Hanns Glöckle
Gesprengte Ketten

Hanns Glöckle

GESPRENGTE KETTEN

Historischer Roman

Eugen Salzer-Verlag · Heilbronn

© Eugen Salzer-Verlag, Heilbronn 1993
Alle Rechte vorbehalten
Umschlaggestaltung: Klaus Pohl, unter Verwendung
eines Gemäldes von Moritz Rugendas
Gesamtherstellung: Gutmann, Heilbronn
Printed in Germany · ISBN 3 7936 0315 6

Für Polly

»Wie nennt er sich? Stoll? Seltsamer Name. Klingt wie das Entkorken einer Champagnerflasche!« Der Sprecher zog an seinem Zigarillo und sah den Rauchringen nach. Sein Nachbar zur Linken schüttelte den Kopf. »Mich erinnert es eher an einen Musketenknall. Woher stammt er? Holländer, schätze ich. Oder Schwede.« »Weder – noch. Er ist Deutscher. Geboren im Kurfürstentum Baiern. Viel mehr weiß ich nicht über ihn. Florian Stoll! Sie haben recht. Mir verrenkt sich fast die Zunge, wenn ich den Namen ausspreche. Tatsächlich – ein schußähnlicher Knall! Paßt trefflich zu ihm. Vielleicht erfand er ihn sogar. Zuzutrauen wäre es ihm. Legte ihn sich zu, als er sich auf seinen Handel einließ. Nun gut, Senores, ich mache keinen Hehl daraus – seine Herkunft ist obskur. Außer daß er aus Baiern stammt und längere Zeit in Venedig lebte, weiß niemand etwas über ihn. Andererseits – seine Haltung und sein Benehmen entsprechen denen eines Herrn von Stand. Für seine Jahre – er ist um die Dreißig – führt er ein zurückgezogenes Junggesellenleben. Dabei sieht der Bursche blendend aus.«

Don Fernandez Baroja, Herr über dreihundertvierundachtzig Feld- und zweiundzwanzig Hausklaven, Besitzer der Zuckerplantage »La Manuela« nahe dem Ort Loped falso auf Cuba, in der dritten Generation Kreole und einer der reichsten Männer der Insel, paffte genüßlich an seiner dicken, fast schwarzen Zigarre, schob sie in den anderen Mundwinkel und winkte einem der beiden schwarzen Diener, die an der zur Veranda führenden Doppeltüre des Salons standen.

»Kaffee, Sema!«

Der ältere Neger verschwand lautlos. Baroja, ein mittelgroßer, untersetzter Mann mit großen, traurigen Augen, Hängebacken, einem vorspringenden, breiten Kinn und faltigem, schlaffem Hals, wandte sich wieder seinen Gästen zu, drei Männern, alle in altmodisch und sehr spanisch wirkenden engen Samtwämsen von dunklen Tönungen, mit hohen, unbequemen Spitzenkrägen. Sie saßen um einen Spieltisch aus Mahagoni, der zusammen mit vier hochbeinigen, lederbezogenen Stühlen die linke Fensterecke des saalartigen Raumes beherrschte. Auf der Tischplatte lagen durcheinandergeworfene französische Spielkarten.

Der zweite Diener, barfüßig, aber mit einer dunkelgrünen, goldbetreßten Livreé bekleidet, räumte unaufgefordert die Karten weg. Der Hausherr, er mochte die Fünfzig knapp überschritten haben, zog erneut an seiner Zigarre, deren Dicke ihn zwang, Zeige- und Mittelfinger weit auseinanderzuspreitzen.

»Seine Verbindungen im Orient und in Europa sind hervorragend, erzählt man sich. In Habana spricht man mit Hochachtung von ihm. Er war mehrmals Gast des Generalkapitäns. Daß er über ein beträchtliches Vermögen verfügt, versteht sich bei der Art seiner Geschäfte von selbst. Diese Augusta-Flinten und Pistolen – alle Welt weiß, es gibt keine besseren Gebrauchswaffen.«

Aus dem nur durch einen Vorhang aus Glasperlenschnüren vom Salon getrennten Nebenraum unterbrachen die zarten Klänge eines Spinetts den Redefluß des Gastgebers. Während er das nervöse Zukken seines linken Augenlides durch ein kurzes Darüberwischen mit dem Handrücken zu verbergen suchte, sagte er geschmeidig:

»Sie hören es, unsere Damen unterhalten sich blendend und vermissen uns nicht.« Und zum Diener, der die Spielkarten in der Schublade eines Sekretärs verstaute: »Schließe die Tür zur Veranda, Jerome!«

Der ältere, schon leicht ergraute Sklave namens Sema servierte den Kaffee. Carlos Vidal, ein fünfundvierzigjähriger Tabakpflanzer aus der Umgebung brummte:

»Es ist verdammt kalt geworden. Ich erinnere mich an keinen derartigen Januar. Meine Leute jammern mir nach Decken die Ohren voll. Ich muß tatsächlich welche beschaffen. Sonst lassen sie des Nachts ihre Feuer brennen und zünden mir die ganze Siedlung an. Am Morgen sind sie steif wie Bretter und husten sich die Seele aus dem Leib. Besonders die Kinder.«

Doktor Gonzales Ceruda, ein Advokat aus Matanaz, klein, breit, grauäugig und farblos, der immer ein wenig bestürzt wirkte, so, als ginge links und rechts von ihm alles schief, und der Baroja bei der Aufsetzung seines neuen Testaments beraten hatte, schaufelte drei gehäufte Löffel braunen Zucker in seine Tasse. Mit einem Blick auf Vidal sagte er vorwurfsvoll:

»Sie sind zu gutmütig, mein Bester. Das schwarze Pack muß klappern vor Kälte, wenn es am Morgen erwacht. Um so emsiger gehen sie bei der Arbeit ran. Mit Verlaub, mein lieber Carlos, es ist absonderlich, wie Sie Ihre Leute behandeln. Kein Wunder, wenn sie Ihnen auf der Nase herumtanzen.«

»Dafür gibt es bei mir keine toten Vorarbeiter!«

Der Hausherr war peinlich berührt.

»Sie wissen ...?«

Vidal nickte.

»Innerhalb weniger Stunden wußte es der ganze Distrikt. Neger! Du lieber Himmel! Ihren Trommelzauber haben wir zwar verboten, aber sie hören ihn jede Nacht! Eine Negernachricht braucht keine zwei Stunden von hier in die Hauptstadt. Und was Ihren Pedro betrifft – entschuldigen Sie, Don Fernandez, ich wollte Sie nicht kränken. Sie haben Ihre Methoden, ich die meinen. Ich ärgere mich nur, wenn man meine Art, mit Sklaven umzugehen, als borniert abtut. Um es klar zu sagen – ich schätze die derzeitige Situation ebensowenig wie Sie, Senores. Daß ich andere Schlüsse aus der Lage ziehe, müssen Sie mir freilich zugestehen.«

Der Vierte am Tisch, ein jüngerer Mann mit sehr bleicher Hautfarbe, lebhaften braunen Augen, mädchenhaft geschwungenen Lippen und einer winzigen, als wäre sie noch im Wachsen begriffenen, nach oben gebogenen Nase, die seinem Gesicht etwas Kindliches gab, bemühte sich, die plötzlich gereizte Atmosphäre wieder zu entspannen, in dem er das Gespräch erneut auf den erwarteten Gast brachte.

»Senor Stoll kommt geschäftlich?«

Baroja, froh über den Einwand, beeilte sich mit seiner Antwort.

»Geschäftlich, ja, Don Cristobal.«

Dr. Ceruda zog die Brauen hoch.

»Sie kaufen Flinten?«

»Nicht nur. Ich – nun – ich gedenke, bei Stoll ein Geschütz zu bestellen.«

Noch stand allen die Verblüffung auf den Gesichtern, als Ceruda gedehnt wiederholte:

»Ein Geschütz? Zum Teufel, was wollen Sie mit einer Kanone?«

Baroja legte seine Zigarre in den weitgeöffneten Rachen eines Panthers aus Steingut, streifte die Asche ab, nippte an seiner tintigen Kaffeebrühe und erwiderte gelassen:

»Schießen. Wenn es soweit sein wird, daß geschossen werden muß. Und wenn Sie auf mich hören – lange ist da nicht mehr hin!«

»Die Schwarzen?«

»Richtig, Doktor, die Schwarzen.«

Er winkte ab, als alle drei gleichzeitig zu widersprechen versuchten.

»Ich kenne Ihre Einwände, teilte sogar bisher Ihre Ansicht. Affen sind zu keinem organisierten Widerstand fähig. Und sie sind Affen, zugegeben. Aber, Herrschaften –« er blickte kurz von einem zum anderen – »trotzdem tut sich etwas. Irgend etwas ist im Gang. Nicht nur hier auf ›La Manuela‹, wie ich in Erfahrung bringen konnte. Die Kretins tuscheln, stecken die Köpfe zusammen und, was mir am bedenklichsten erscheint, lachen nicht mehr! Schwarze mit todernsten Gesichtern – zwölf Stunden lang ohne jedes Grinsen – wann gab es das jemals? Pedro, mein Majordomus, griff sich zwei, ließ sie auspeitschen, bis ihnen die Haut in Fetzen hing – nichts! Kein Wort! Behaupteten stur und steif, von nichts zu wissen. Ich bin so weit, eines der Weiber zu opfern, um aus ihr ein Geständnis zu pressen. Für mich steht es völlig außer Zweifel, daß alle davon wissen. Jeder verdammte Neger dieser Plantage weiß, daß etwas Seltsames geschieht, schweigt aber verbissen. Was bedeutet, daß ihnen die Furcht das Maul stopft. Ihre Angst vor dem uns Unbekannten ist größer als jene, ausgepeitscht oder gar getötet zu werden. Noch einmal – ich empfehle Ihnen, meine Herren, Augen und Ohren offenzuhalten.«

»Ihr Aufseher – dieser Portugiese ...«

»Starb, Don Christobal. An was, weiß bis jetzt niemand. Vor drei Tagen war er noch völlig gesund.«

»Gift?«

»Keine Ahnung! Vielleicht. Dieser englische Arzt, Lockwood, wird ihn morgen zerschneiden, um die Ursache festzustellen.«

Der Advokat schüttelte den Kopf.

»Absurd! Wenn es der Inquisition zu Ohren kommt, landet der Mann auf dem Scheiterhaufen! Und Sie mit ihm!«

»Niemand wird etwas erfahren. Und wenn – erst muß es bewiesen werden! Ohne Leiche keine Anklage. Wir sind auf Cuba, Verehrtester, nicht in Spanien. Keine Angst, lassen Sie das ruhig meine Sorge sein. Jedenfalls werde ich morgen wissen, ob man Pedro tötete.«

»Und wenn Sie es wissen?«

»Finden wir seinen Mörder. Und wenn es mich zehn Schwarze kostet. Oder zwanzig. Ließen wir es durchgehen, stellten wir uns dumm oder gäben wegen des Wertverlustes klein bei, züchteten wir uns selbst eine Affenrevolte an den Hals. Und da sei Gott vor!«

Christobal de Nunez, dem die Nachbarplantage gehörte, ein Mann aus uraltem andalusischem Adel, als Kreole ein erbitterter Feind Spaniens, wobei sein besonderer Haß dessen oberstem Repräsentanten auf Cuba, Generalkapitän Roja, galt, wechselte erneut das Thema.

»Diese Flinten des Deutschen – was ist das Besondere an ihnen?«

An Barojas Stelle antwortete Ceruda:

»Sie schießen schneller, weiter und genauer als alle bekannten Armeegewehre der Welt. Ich betone – Armeegewehre! Selbstverständlich gibt es wertvolle Jagdwaffen, von berühmten Büchsenmachern hergestellt, die besser sind als Stolls Augusta-Flinten. Nur – sie kosten entsprechend, sind im Schnitt nicht unter viertausend Livres zu haben, während man einen kurzläufigen Augusta-Karabiner für fünfzig oder sechzig Livres bekommt.«

Baroja ergänzte:

»Stoll ist ein seltsamer Bursche. Als er vor vier Jahren – ja, ich denke, es war 1713 – in Habana von Bord eines Sklavenschmugglers ging, war er ein Niemand. Einer jener zahllosen europäischen Abenteurer, kaum des Spanischen mächtig, wie sie jetzt in Scharen kommen. Zwei Jahre später besaß er ein Haus in Matanaz, ein Büro in Habana. Heute gehören ihm eine Art Privatarsenal in Augsburg, sowie verschiedene Beteiligungen an Schiffen, wenn die Informationen stimmen, die man mir hinterbrachte. Apropos Augsburg. Stolls dortiger Beauftragter oder Partner, ist ein Bankier, mit besten Verbindungen zu Prinz Eugen, noch ehe dieser anno vierzehn gegen die Türken nach Dalmatien zog. Es kam zu einer Vereinbarung – ein Gerücht, ob es auf's Wort stimmt, vermag ich nicht zu sagen – daß gegen die Überlassung einer bedeutenden Kreditsumme an den Prinzen oder den Kaiser in Wien, unter den türkischen Kriegsgefangenen Büchsenmacher ausgesondert werden sollten, um sie anschließend nach Augsburg zu schaffen, wo Stolls Leute eine Flintenmanufaktur einrichteten. Genau das geschah später, wie man mir versicherte. Mehr noch – von den Augsburger Bankleuten dazu animiert – riskierte ein österreichischer Obrist einen Handstreich auf ein türkisches Waffendepot bei Ragusa, erbeutete mehrere tausend Gewehre mit gezogenen Läufen samt zweier damaszener Experten – auf diese hatte man es vor allem abgesehen – und schaffte sie mit Billigung des Prinzen Eugen von Savojen nach Augsburg. Seit dem werden dort unter türkischer Anleitung gezogene Spezialkurzläufe hergestellt, die den Originalen aus Damaskus in nichts nachstehen. Sie sind speziell für die Tropen geeignet. Wer jemals mit langläufigen Büchsen durch den Dschungel mußte, weiß warum! Aber nicht genug damit. Stoll ließ, so wird behauptet, durch seine venezianischen Partner an der Levanteküste türkische Pulverexperten entführen, sie nach Augsburg schaffen und dort für sich arbeiten. Sie stellen ein Pulver her, das sich sogar während der Regenzeit entzünden läßt! Etwas, das es noch nie gab! Ich bin gerne bereit, es Ihnen im kommenden Sommer zu beweisen. Die Gewehre wiederum sind mit den besten deutschen Wangenschäften ausgestattet, während die Schlösser aus Straßburg stammen.«

»Natürlich alles Schmuggelware!«

»Richtig, Doktor. Wenigstens was Cuba betrifft. Auf Jamaika und Martinique, vor allem auf den Parateninseln, ist man weniger kleinlich. Dort werden Augusta-Flinten offiziell eingeführt. Aber selbst unser trefflicher Generalkapitän hat dazugelernt und hält still, wenn eines von Stolls Schiffen in Surgidero de Batabano landet und die begehrte Fracht gelöscht wird. Die Angst vor einem Negeraufstand läßt diesen Speichellecker ein Auge zudrücken. Auch er weiß, daß mit den uralten Waffenbeständen von uns Kreolen eine Revolte kaum niedergeschlagen werden kann. Und was die Armee betrifft – die Herren Obersten Santana und Vegantes sitzen mit ihren Leuten in Habana und Manzanilo. Ehe von denen Hilfe kommt, brennt das ganze Land. Aber was soll's – ich bin davon überzeugt, daß in den letzten zwölf Monaten auf Kuba mindestens tausend Augusta-Karabiner verkauft wurden. Stoll macht sein Geschäft!«

Der grauhaarige Diener erschien.

»Senor Stoll, Herr.«

Baroja erhob sich.

»Ich lasse bitten.«

Aller Augen wandten sich zur silberbeschlagenen Tür, die den Salon zur Halle hin öffnete. Die beiden Flügel schwangen nach außen, und Florian Stoll trat ein.

Er hatte sich verändert seit seiner Ankunft auf Kuba vor vier Jahren. Sein tiefgebräuntes Gesicht war schmal geworden, der Mund krümmte sich zu den Winkeln hin leicht nach unten, als hätte er das Lachen verlernt, und in seinen Augen war nichts mehr von jener unbeschwerten Frische, nichts mehr von jener jugendlichen Begeisterungsfähigkeit, die zum großen Teil seinen Charme bestimmt hatten. Die beherrschten, verschlossenen Züge signalisierten distanzierte Kühle, die den Einzelgänger verriet. Es war ein herbes, sehr männliches Gesicht.

Achtlos ließ Florian seinen dunklen Umhang von den Schultern gleiten, drückte ihn zusammen mit seinem schwarzen, breitkrempigen Hut dem wartenden Diener in die Arme und verbeugte sich vor dem Hausherrn, der ihm die Hand reichte, während er sagte:

»Willkommen auf ›La Manuela‹. Und meinen Dank, daß Sie sich den weiten Weg hierher bemühten.« Sich an seine Freunde wendend, die sich nacheinander von ihren Stühlen erhoben, ergänzte er: »Erlaubt, meine Lieben, daß ich unseren Gast zuerst den Damen vorstelle.«

Florian konnte mit seiner Aufnahme im Haus Baroja zufrieden sein. Wenn er es darauf angelegt hatte, seine gesellschaftliche Reputation auf Cuba einer strengen Prüfung zu unterziehen, war niemand besser geeignet, Wertmesser zu sein als dieser Kreole, der reich war, angesehen und voll anmaßenden Stolzes, der ihn Ausländern gegenüber in der Regel so unnahbar machte, wie es alle jene spanischen Granden gewesen waren, die er zu seinen Vorfahren zählte. Besonders daß Baroja die Ankunft des Gastes zum Anlaß genommen hatte, ein kleines, festliches Abendessen mit Freunden zu arrangieren, das es ihm gestattete, den Fremden der Ehefrau und den Töchtern vorzustellen, verdeutlichte Florian die Wertschätzung, die ihm der Hausherr mit dieser Geste bekundete. Er war lange genug auf Cuba, um die schier rituelle Besessenheit zu kennen – Erbe einer fast tausendjährigen kulturellen Beeinflussung durch die islamischen Besetzer Spaniens – mit der die kreolische Oberschicht ihre Frauen und Töchter Fremden gegenüber verborgen hielt. Dabei zählten die Kreolinnen dieser bevorzugten Kategorie zu den schönsten Frauen der Welt. Nur zu oft freilich wurde diese Schönheit durch eine strapaziöse, zum Teil krankhafte Lebensweise erkauft. Klares Wasser und Limonade waren in diesem Jahrhundert die stärksten Getränke, die Cubas Damen zu sich nahmen. Zu Mittag bildete ein dünnes Gemüsegericht mit Cayennepfeffer gewürzt, ihre Hauptmahlzeit, um ja nicht Fett anzusetzen. Das Resultat dieser spartanischen Ernährung in einem heißen, oft drückenden Klima, waren ständig leichtes Fieber und eine blasse, durchsichtig scheinende Hautfarbe. Selbst ihre Stimmen klangen krankhaft leise und ein wenig leblos, verrieten Mattigkeit und Lustlosigkeit, als hätten die Damen gerade das Krankenlager verlassen.

In einem der wichtigsten Schönheitsmerkmale aber übertrafen nur wenige Frauen die Kreolin. Sie hatte die schönsten Augen der Welt, groß, ausdrucksvoll, sprechend, zuweilen beseelt, zuweilen schmelzend vor Zärtlichkeit.

Senora Baroja und ihre Töchter Mercedes und Ines waren typische Kreolinnen und entsprachen voll diesem Bild. Die Mutter, eine zierliche, kleingewachsene Dame in mittleren Jahren mit einer Figur, auf die jede Zwanzigjährige hätte stolz sein können, begrüßte Florian mit der freundlichen, ein wenig schreckhaft wirkenden Zurückhaltung einer Frau, die zu lange unter dem dominierenden Willen des Gatten hatte leben müssen. Florian war davon überzeugt, daß der Hausherr sich keinesfalls die Mühe gemacht hatte, Senora Baroja einen Grund für die Anwesenheit des Gastes zu nennen und dies auch in Zukunft nicht tun würde.

Mercedes Baroja, neunzehn Jahre jung und um einen halben Kopf größer als die Mutter, hatte deren volles, blauschwarzes Haar, das sie, um die Flut zu bändigen, durch einen Mittelscheitel geteilt, streng und straff nach hinten gekämmt trug, wo im dicken Knoten des eingedrehten Zopfes ein hoher, ziselierter Silberkamm steckte, der zu den dünnen Silberrädern ihrer Ohrringe paßte. Ihre Augen waren eigenartigerweise von einem tiefen, dunklen Blau – bei Kreolinnen eine Seltenheit – und einer Scheu, wie sie nur sehr jungen Mädchen eigen war, die kaum Umgang mit Fremden hatten. Als ihr Florian ebenso wie der Mutter die Hand küßte – er verfluchte sich hinterher ob des Teufels, der ihn ritt – zuckte sie zusammen und suchte erschrocken den Blick des Vaters. Völlig irritiert von dessen Lächeln zog sie die Hand zurück, knickste wie eine Dreizehnjährige und errötete tief.

Ines war lebhafter. Wahrscheinlich um dem ihr unziemlich erscheinenden Handkuß des jungen Gastes zuvorzukommen, reichte sie Florian die Rechte und sagte entschlossen: »Guten Tag, Senor. Ich bin Ines.«

Sie mochte zwei oder drei Jahre jünger sein als ihre Schwester und hatte nicht nur den etwas breiteren Gesichtsschnitt des Vaters, sondern auch dessen dunkelbraune, feuchtschimmernde Augen, die freilich dessen Strenge, nicht aber dessen Stolz entbehrten. Irgendwie wirkte sie erwachsener als Mercedes, unbefangener und gewandter. Selbst ihre Figur, voller um Brust und Hüften, war entwickelter und fraulicher. Sie lächelte ihn offen an, und zeigte dabei die berühmten, schneeweißen Kreolinnen-Zähne, deren blendend heller Glanz, so viel wußte Florian, durch ständiges Polieren mit dem Saft einer besonderen Weidenrutenart bewirkt wurde. Der gleichen Weidenrute, die, in kleine Stücke geschnitten, den Cubanern als Zahnbürste diente.

Die anderen beiden Damen, Rosa Ceruda, Ehefrau des Advokaten, eine üppige, resolute Dreißigerin, sowie Elvira de Nunez, geborene Contessa Sileo, Gattin des nachbarlichen Pflanzers, und ob ihres Mundwerks und dünkelhaften Hochmuts im weiten Umkreis gefürchtet, waren langjährige Freundinnen der Hausfrau.

Nach dem Essen, das aus Turtlesuppe, Bouilli, Lammbraten mit Vica-Bohnen und Palmenkohl bestand, mit Früchten und Backwerk als Nachtisch, und das in einem selbst für koloniale Verhältnisse recht großen Speisezimmer eingenommen wurde, wo, wenn es sein mußte, zwanzig und mehr Gäste an der langen Tafel verköstigt werden konnten, zogen sich die Herren erneut in den Salon zurück, eine der typisch cubanischen Unarten, wie Florian, der aus Venedig eine ganz andere Art gesellschaftlichen Lebens gewohnt war, im stillen kritisierte. Er bemerkte sehr wohl die bedauernden Blicke der beiden Mädchen, die diese ihm nachschickten, als er zusammen mit dem Hausherrn das Speisezimmer verließ. Auf irgendeine Art rührten ihn die jungen Frauen, die, wenn er alles, was er über Baroja wußte, in Betracht zog, kaum je einem jüngeren, unverheirateten Mann in die Nähe gekommen waren.

Kinder, dachte er, naive, unwissende, durch absurde, mittelalterliche Erziehungsmethoden infantil gehaltene junge Geschöpfe, dazu ausersehen, mit blaublütigen, reichen, den Besitz mehrenden, bis zur Eheschließung gesichtslosen Cubanern egal welchen Alters verheiratet zu werden, ohne Rücksichtnahme auf eigene Wünsche und Neigungen. Daß Baroja sie zur gegebenen Zeit ohne Schwierigkeiten an den Mann bringen würde, stand bei ihrem Aussehen und Herkommen außer Zweifel, zumal in einem Land, dessen Frauenmangel sprichwörtlich war.

Der Gedanke, daß er, was gar nicht so unwahrscheinlich sein mochte, vielleicht einer der ersten jungen Männer überhaupt war, dem ihr weibliches Interesse galt, belustigte ihn ebenso wie die nicht minder amüsante Frage, mit welchen Augen sie ihn wohl betrachteten, wüßten sie um das Vorhandensein jener vor Temperament überschäumenden Mulattenmädchen, mit denen er immer dann das Lager teilte, wenn ihm danach war.

Im Salon konzentrierte sich die Unterhaltung bald auf Tagesaktualitäten. Die Herren bestürmten Florian mit Fragen nach Neuigkeiten aus der zweihundert Meilen entfernt gelegenen Hauptstadt. Tatsächlich hatte der Deutsche bis zu diesem Augenblick absichtlich darauf verzichtet, der Runde die jüngsten Ereignisse in Habana zu offenbaren, um dem Gastgeber nicht den Appetit zu verderben.

»Wie es heißt, beabsichtigt Generalkapitän Roja ein Dekret zu erlassen, das der Krone das Tabaksmonopol überträgt. Danach sollen cubanische Pflanzer ihren Tabak nicht mehr zu Marktpreisen, vor allem aber nicht mehr in jedes beliebige Land verkaufen können wie bisher, sondern ausschließlich an den spanischen Staat und zu den von diesem festgesetzten Preisen.«

»Der Mann ist verrückt!«
Vidal hieb erregt mit der Faust auf den Tisch.
»Er ruiniert uns! Er vernichtet mit einem Federstrich nicht nur eine der beiden ökonomischen Säulen dieser Insel, sondern verspielt Cubas Zukunft!«
Baroja nickte grimmig.
»Dieser elende Ehrgeizling! Er hat es also gewagt! Ich schwöre darauf, daß die Idee auf seinem eigenen Mist wuchs, daß man in der Cortes keine Ahnung hat. Er will sich in Madrid mit diesem Geschenk lieb Kind machen. Tabak ist nur der Anfang. Wenn er damit durchkommt, folgt morgen der Zucker und übermorgen der Rum. Sie wollen uns endgültig an die Kandare nehmen.«
Dr. Ceruda äußerte die gleiche Meinung.
»Zuerst die Verweigerung cubanischer Sitze im Ständetag, jetzt ein wirtschaftliches Monopol der Krone, am Ende eine de facto-Enteignung. Aber diesmal, glaube ich, bringt Roja das Faß zum Überlaufen.«
»Ist die Nachricht hundertprozentig?« Miguel de Nunez› Stimme klang ungläubig.
Florian nickte.
»Ich fürchte, sie ist es.«
Baroja hielt es nicht mehr auf seinem Stuhl. Er sprang auf, begann auf und ab zu gehen und hieb bei jedem Schritt mit der Faust in die offene Innenfläche der anderen Hand. Vor Vidal blieb er stehen.
»Wir müssen etwas dagegen tun!«
Der Tabakpflanzer antwortete heftig:
»Das bedeutet Krieg!«
»Und wenn schon! Dann eben Krieg! Oder Aufruhr! Oder wie immer Sie es nennen! Ceruda hat völlig recht. Das Tabakmonopol ist nur der Anfang. Man hält sich an Cuba für die verlorene Silberflotte schadlos. Wir müssen uns wehren!« Er drehte sich auf dem Absatz um. »Wann erwarten Sie Ihr nächstes Schiff, Senor Stoll?«
»In zwei Wochen.«
»Mit Waffen?«
»Unter anderem mit Waffen. Aber nicht für Cuba.«
»Sondern?«
»Jennings bestellte sie.«

17

»Der Freibeuter? Wieviel?«

»Vierhundert Augustaflinten, 200 Pistolen, Damaskuspulver und mehrere Geschütze.«

»Das Schiff landet in Surgidero de Batabano?«

»Ja. Aber nur, um mich an Bord zu nehmen. Ich treffe Jennings in Kingston und will dann weiter nach Virginia.«

Baroja beugte sich vor. In seinen Augen war ein seltsames Glitzern. »Ich kaufe die ganze Ladung. Für das Doppelte der Summe, die Ihnen Jennings bezahlt.«

Florian schüttelte den Kopf. »Unmöglich, Senor Baroja. Nicht für das Zehnfache! Es ist ausgeschlossen. Mein Ruf als Händler wäre ruiniert.« Der Hausherr wollte aufbrausen, beherrschte sich aber und nickte dann zerstreut. »Mag sein. Vielleicht haben wir Zeit. Vielleicht ist es sogar besser so. Wir können nicht an zwei Fronten angreifen. Gegen die Spanier und gegen die Schwarzen. Noch ist das Mandat nicht in Kraft.«

»Noch, richtig! Vor Anfang April wird nichts geschehen. Ohne die Bestätigung durch die Cortes hängt Rojas Dekret in der Luft.«

»Und wenn schon! Kommen wir zur Sache. Eigentlich wollte ich Sie erst morgen mit Geschäften behelligen, Senor Stoll. Rojas Schurkenstreich verändert die Situation. Sei's drum! Vor meinen Freunden habe ich keine Geheimnisse. Ich möchte dreihundert Augusta-Flinten kaufen. Ferner drei Ihrer berühmten zweischüssigen Hinterlader, sowie ein Geschütz, über dessen Kaliber wir noch reden müssen. Was die Bezahlung betrifft – sie kann in Silber erfolgen, oder, falls Sie einverstanden sind, in Zucker oder Tabak.«

»Trotz des Dekrets?«

»Worauf Sie sich verlassen können!«

Florian überlegte kurz, nickte dann.

»Gemacht. Ich nehme Tabak und Zucker. Auch Rum, wenn Sie wollen. Über die Modalitäten werden wir uns einig.«

»Dessen bin ich sicher. Wann können Sie liefern?«

»Mitte Juli, spätestens innerhalb der ersten Septemberwochen, wenn nicht bei der Überfahrt Unvorhergesehenes geschieht.«

»Natürlich. Abgemacht. Sie sind mein Mann!«

Sie schüttelten sich die Hände.

18

Barojas Plantage, von den Cubanern »Ingenio« genannt, bot bis auf die mit einigem Aufwand gärtnerisch gestaltete Grünfläche um das Herrenhaus, mit vielen Kokospalmen, Kaffeestauden und Hibiskussträuchern einen recht häßlichen Anblick. Die flachen, baumlosen Felder wurden von breiten, schnurgeraden Wegen durchschnitten und endeten im Westen, wo die Ebene in ein hügeliges Savannengelände überging, aus dem wenige Meilen dahinter hohe, urwaldbedeckte Berge wuchsen. Jetzt, während der Ernte – sie hatte am dritten Advent bei den Sklaven mit viel Tanz, Singen und einer zum Ritual gewordenen Rum-Labung begonnen – stand das Zuckerrohr an die zehn, zwölf Fuß hoch. Die mehr als dreihundert Schwarzen, irgendwo in der giftiggrünen Wüstenei am Schneiden des Rohres, blieben den ganzen Tag über unsichtbar. Daß mit Hochdruck gearbeitet wurde, erkannte man nur an den qualmenden Schornsteinen einiger Lehmhütten, wo der in Windmühlen ausgepreßte Saft des Zuckerrohrs gekocht wurde.

Kurz nach dem Frühstück, das Florian, der nach den Strapazen der beiden Anreisetage länger als üblich geschlafen hatte, auf seinem Zimmer serviert bekam, erschien Semo, der Diener und überbrachte ihm die Bitte des Hausherrn, nach unten zu kommen. Minuten später traf er Baroja auf der westlichen Veranda, die den Blick auf die Zuckerrohrfelder und die niedrigen, langgezogenen Hütten der Sklaven freigab, in Begleitung Dr. Cerudas und eines großen, hageren jungen Mannes, der ihm als Doktor der Medizin John Lockwood vorgestellt wurde und der, wie Baroja erklärend hinzufügte, auf dem Ingenio botanische Studien trieb. Alle drei schienen sehr erregt. Besonders der junge Arzt gebärdete sich über alle Maßen aufgebracht. Zum dritten Mal wiederholte er:
»Es ist unglaublich, einfach unglaublich!« Er drückte seine Fingerspitzen gegen die Stirn. »Hätte ich es nicht mit eigenen Augen gesehen, hielte ich das Ganze für die unverschämteste medizinische Lüge dieses Jahrhunderts! Niemand – bei Gott – niemand in London wird mir Glauben schenken.«
Baroja unterbrach ihn mit einem ärgerlichen, unhöflichen:
»Genug damit! Was interessiert uns hier London!«
An der Unbeherrschtheit des sonst penibel auf äußere Formen be-

dachten Mannes konnte Florian dessen Nervosität ermessen. Deren Grund erfuhr er postwendend.

»Dr. Lockwood untersuchte die Leiche eines meiner Aufseher, der gestern kurz vor Ihrem Eintreffen, verstarb. Bitte, Doktor, schildern Sie Senor Stoll Ihre Diagnose.«

Der Engländer bückte sich, hob einen runden, walnußgroßen Stein vom Boden auf und präsentierte ihn Florian auf der ausgestreckten Handfläche. Vor Aufregung schwitzend, sagte er auf Englisch: »Schauen Sie gut hin, Sir. Nicht größer als dieser Stein waren Herz und Leber des Mannes, dessen Leiche ich untersuchte. Beide Organe waren innerhalb weniger Tage auf das Format dieses Steins geschrumpft. Ich bin ein aufgeklärter Mensch, Sir. Aber was hier geschehen ist, läßt sich wissenschaftlich nicht erklären. Es ist – lachen Sie ruhig über mich, wenn Sie wollen – es ist Zauberei! Der Mann wurde durch Zauberei umgebracht!«

Baroja knirschte:

»Sagte ich's doch! Das also steckt dahinter! Deshalb schweigen alle wie Trappistenpatres und lassen sich eher töten als darüber zu reden. Aber keine Bange, ich werde ihnen die Mäuler öffnen! Zauberei auf meinem Grund und Boden! Wir müssen den Kerl finden. Es steht außer Frage – unter den Neuen ist ein Medizinmann, einer dieser Obeah-Burschen oder noch schlimmer – ein Voodoo-Priester!«

Florian zeigte sein Erstaunen.

»Sie glauben daran?«

»Glauben? Das ist keine Frage des Glaubens, Senor! Die Kerle existieren und sie können in der Tat zaubern! Wenn Sie Unerklärbares Zauberei nennen wollen. Pedro, mein Aufseher, war ein harter Bursche. Der härteste, den ich je beschäftigte. Sie fürchteten ihn wie den Teufel. Wenn einer auf ihrer Liste stand, dann er. Noch einmal – ich bin davon überzeugt, einer der Neuen ist ein Voodoo-Mann. Er ließ sich überreden, Pedro zu beseitigen. Machte irgendeinen Hokuspokus und – aus! Tot. Mit geschrumpftem Herzen und geschrumpfter Leber! So einfach ist das. Aber ich bekomme ihn, bei Gott, ich bekomme ihn, ehe der Hund weiteres Unheil anrichtet!«

»Was haben Sie vor?«

»Ich würde sagen –« er warf zuerst dem jungen Arzt und anschließend Florian einen kurzen, abschätzenden Blick zu – »ich würde sagen, kümmern Sie sich nicht darum. Um einem Voodoo-Mann hinter die Schliche zu kommen, bedarf es verschiedener Spezialmethoden. Ich weiß jetzt, wonach ich fragen muß. Das ist mehr, als ich auf Anhieb zu hoffen wagte. Eines verspreche ich Ihnen: Heute nachmittag weiß ich, wer Pedro umgebracht hat.« Und zu Florian, mit der Andeutung eines konventionellen Lächelns: »Falls Sie sich langweilen, Senor Stoll – ich bin überzeugt, daß es meine Töchter zu schätzen wüßten, Ihnen ›La Manuela‹ zu zeigen, Ihr Interesse daran vorausgesetzt.«

Die Einladung war kaum abzulehnen. Zudem kam sie ihm nicht ungelegen. Er konnte sich unschwer vorstellen, daß die Umgebung des Herrenhauses in den nächsten Stunden zum Schauplatz verschiedener Szenen würde, deren Zeuge zu werden ihn wenig lockte. Abgesehen davon hätte Baroja kaum deutlicher werden können, um ihn wissen zu lassen, daß er ihn dabei aus dem Weg haben wollte. Sklavenwirtschaft war ein hartes Geschäft und ohne ein bestimmtes Maß an Erbarmungslosigkeit nicht zu betreiben. Mit den Realitäten, die er nicht ändern konnte, hatte er sich abgefunden, auch wenn er persönlich bis zum heutigen Tag keine Sklaven beschäftigte und auch nicht daran dachte, dies jemals zu tun. Andererseits wußte jedermann, daß die gesamte Karibik, egal ob es sich um spanische, britische oder französische Inseln handelte, ohne Sklaven nicht profitabel war.

Im großen und ganzen wurden die Schwarzen, wie er in den vier Jahren seines Hierseins hatte beobachten können, nicht einmal all zu schlecht behandelt. Zumindest nicht schlechter als Zugvieh, darauf mochte er schwören. Zugvieh, das ebenso hart schuften mußte und mit der Peitsche bearbeitet wurde, aber ausreichend Nahrung und Zeit zum Schlafen bekam. Da zudem die katholische Kirche in zahllosen Verlautbarungen ihrer höchsten Würdenträger mit Hinweisen auf die Bibel den scharfsinnigen Beweis führte, daß Neger in der Tat nicht dem Menschengeschlecht, sondern vielmehr dem seelenlosen Vieh zuzuzählen waren, und deshalb auf eine Missionierung der Sklaven verzichtet werden konnte, wunderte sich niemand darüber, wenn besonders grausame Plantagenbesitzer, Leute, die Freude daran fanden, Mensch und Tier zu quälen, ihre Sklaven entsprechend behandelten. Aber das waren Ausnahmen. Sklaven kosteten

Geld, viel Geld sogar, und einen Wertgegenstand dieser Größenordnung beschädigten oder verstümmelten nur Idioten oder Perverse. Nichts ging über eine gesunde, ökonomische Betrachtungsweise. So hatten die Pflanzer die Erfahrung gemacht, daß die Aufzucht von Sklavenkindern teurer kam als der Erwerb »frischer Rudel« arbeitsfähiger Schwarzer aus Afrika. Folglich erzwang man auf vielen Plantagen Abtreibungen, deren Techniken die Frauen aller westafrikanischen Stämme seit unzähligen Generationen trefflichst beherrschten, während den sich Sträubenden so mörderische Arbeitsleistungen abverlangt wurden, daß sich fast immer Fehlgeburten einstellten und von den zu früh Geborenen nur die wenigsten eine Überlebenschance hatten. Waren solche Auswüchse einer »ökonomischen Sklavenhaltung« auch nicht die Regel, wurden sie dennoch auf nur all zu vielen Plantagen gnadenlos praktiziert. Kamen dort tatsächlich hin und wieder Kinder zur Welt, überlebten sie nur in den seltensten Fällen die ersten sechs Monate, weil sich als Folge der Überbeanspruchung der Eltern im Arbeitsprozeß niemand um sie kümmerte. Die Kleinkinder starben schlicht an Verwahrlosung und Unterernährung. All das war so und würde so bleiben, ob es einem paßte oder nicht.

Mercedes und Ines freuten sich kindlich, mit dem Gast aus Matanaz ausreiten zu dürfen, ohne von ihrer spanischen Gesellschafterin, einer entfernten Verwandten der Mutter, begleitet zu werden. Florian kam der Verdacht, daß dieser Ausritt mit zu den aufregendsten Abenteuern zählte, die beide je erlebt hatten, und nahm sich vor, sie so gut wie möglich zu unterhalten.

Offensichtlich hatten sie es eilig, zwischen sich und das Herrenhaus eine möglichst große Wegstrecke zu bringen. Dabei erwiesen sie sich, obwohl sie im Damensattel ritten, als ausgezeichnete Reiterinnen. Ein Umstand, der Florian freilich nur so lange verwunderte, bis er erfuhr, daß Senora Baroja einer Familie entstammte, der das größte cubanische Gestüt gehörte.

Oben auf den Hügeln, wo sie im Schritt reitend das weite Land überblicken konnten, das flach wie ein Teller vor ihnen lag und in seinem öden, gleichmäßigen Grün einem erstarrten Ozean glich, mit den Palmen ums Herrenhaus und den Windmühlen als Inseln am Horizont, hatten die Mädchen ihre anfängliche Scheu überwunden. Besonders Ines, die ungewohnte Freiheit voll auskostend, begann ihn nach Herzenslust auszufragen »nach all den Wundern der Welt«, wie sie sich ausdrückte, die er gesehen haben mußte, und er ließ es gerne geschehen. Erst als Mercedes wissen wollte, warum ihn die Leute den »Venezianer« nannten, obwohl er doch Deutscher sei, stockte plötzlich sein Redefluß, erstarrte sein Lächeln. Es dauerte eine Weile, ehe er antwortete.

»Ich lebte dort viele Jahre.«

Ines, seelisch robuster als ihre Schwester und mit weniger Gespür, ließ nicht locker.

»Oh, erzählen Sie uns von Venedig! Man sagt, es sei die schönste Stadt der Welt. Ist sie es wirklich?«

Es schien, als müßte er über seine Antwort nachdenken, so viel Zeit ließ er verstreichen, ehe er sagte:

»Ja, ich glaube, sie ist es. Ich kenne keine schönere.«

Während er sprach, veränderten sich seine Züge. Sein hageres, hohlwangiges Gesicht mit dem schmallippigen Mund und den winzigen Fältchen um die Augenwinkel erschien plötzlich weicher, wirkte für einen kurzen Moment um Jahre jünger. Die jungen Frauen bemerkten die seltsame Veränderung im Mienenspiel ihres Begleiters. Insbesondere Ines beobachtete sie fasziniert. Vor Überraschung erstarb ihr die nächste Frage auf den Lippen.

Er wiederum registrierte nicht einmal, daß sein Pferd inzwischen auf der Stelle verharrte und an dem dürren Gras herumknabberte, das hier den Boden bedeckte. Abwesend wiederholte er:

»Nein, es gibt keine schönere.«

Die beiden Mädchen spürten, daß er mit seinen Gedanken in diesem Augenblick weit fort war und Erinnerungen nachhing, die schmerzten. Als er endlich leicht an den Zügeln ruckte und sein Pferd erneut antraben ließ, hatte sich nicht nur das Klima zwischen ihnen verändert. Aus dem zwar nicht uninteressanten, aber doch, um wirklich aufregend zu sein, viel zu gereiften Gast, war für Ines und Mercedes ein romantischer, begehrenswerter junger Mann geworden, den ein Geheimnis umgab, das zu ergründen reizvoll sein mußte. Beide beschlossen unabhängig voneinander, diesen Venezianer, der offensichtlich das Wohlwollen des Vaters genoß, in ihre Zukunfts-Wachträume einzubeziehen.

Ohne von ihren schweigsam gewordenen Reitern daran gehindert zu werden, schlugen die Pferde den Weg zurück zu den Stallungen ein. Nach einer Weile – die Sonne stand jetzt senkrecht über ihnen und brannte sengend herab – tauchte im Norden hinter einer Baumgruppe ein rosarot getünchtes, einstöckiges Gebäude mit schmalen, hohen Fenstern auf, das ein wenig einsam, ja verlassen wirkte. Unmotiviert begann Florian darauf zuzureiten, bis er feststellte, daß seine Begleiterinnen ihre Pferde zügelten. Er wandte sich um und bemerkte, wie beide die Köpfe zusammensteckten und tuschelten, um dann ratlos und, wie es ihm schien, ein wenig ängstlich in Richtung des hinter Buschwerk verborgenen Herrenhauses zu blicken. Florian registrierte es mit Verwunderung.

»Sie möchten zurück? Oder soll ich allein weiter?«

»Nein!«

Es kam wie aus einem Mund. Seine Verwunderung wuchs und verwandelte sich in Neugierde. Zögernd ritten sie näher. Um die Mädchen zu ermuntern, ihm zu folgen, gab er seinem Pferd die Sporen und trabte dem einsamen Gebäude entgegen. Es konnte unmöglich zur Sklavensiedlung gehören. Vielleicht, dachte er, hatte es Barojas verstorbener Majordomus bewohnt.

Aus der Nähe wirkte der Bau mit seinen beiden Balkonen und den feingearbeiteten eisernen Gittern davor schlößchenartig-graziös. Ohne eine besondere Absicht zu verfolgen, beschloß er, das eigenartige Haus zu umrunden, und sah sich, kaum daß er den Brunnen an der rechten Ecke des Bauwerks passiert hatte, einer jungen Kreolin gegenüber, die, durch sein plötzliches Auftauchen erschreckt, regungslos auf der Wegmitte stand und unverwandt zu ihm aufblickte. Sie trug ein langes, weißes, ein wenig abgetragenes Mousseline-Kleid, dessen sicher wertvolle Spitzen fransten, mit langen Ärmeln und einem hohen, eng am Hals anliegenden Kragen, sowie einen breitkrempigen Strohhut, wie ihn die Neger benützten.

Nur zögernd löste sie ihre Blicke von ihm und sah zu seinen Begleiterinnen, die nun ebenfalls um die Ecke bogen, ihre Rösser gleichzeitig zügelten und erblaßten, als sie die Weißgekleidete erkannten. Vom Pferd steigend, machte Florian der peinlichen Szene ein Ende, und schritt, den Gaul am Zügel führend, der Fremden entgegen. Für einen Moment schien es, als wollte sie sich umwenden. Dann überlegte sie es sich anders, zuckte mit den Schultern, hob den Kopf und blickte ihn abschätzend an. Während er vor ihr stehenblieb und sich verbeugte, sagte er:

»Mein Name ist Florian Stoll. Ich bin Gast auf ›La Manuela‹.« Erneut suchten ihre Blicke jene der beiden Mädchen. Ines biß sich auf die Lippen, beobachtete aus den Augenwinkeln ihre ältere Schwester, ließ sich, als diese keine Anstalten traf, einzugreifen, ebenfalls aus dem Sattel gleiten, drückte Mercedes die Zügel ihres Pferdes in die Hand und trat sichtlich nervös neben Florian. Endlich sagte sie mit belegter Stimme:

»Ein Gast unseres Vaters. Senor Stoll aus Matanaz.« Und zu Florian: »Senor, darf ich Ihnen unsere Schwester Isabella vorstellen?«

Florian traute kaum seinen Ohren. Schwester? Unbehagen erfüllte ihn. Was sollte das Ganze? Warum war immer nur von zwei Töchtern des Pflanzers die Rede gewesen? Warum versteckte man Isabella vor Fremden, sonderte sie ab, als gehöre sie nicht zur Familie? Selbst ihren Schwestern war es, wenn ihn nicht alles trog, verboten, sie aufzusuchen, und mit ihr zu reden.

Ehe er seiner Verwirrung Herr wurde, hastete eine korpulente, ältliche Negerin aus der hinteren Tür des Hauses, stutzte, als sie seine Begleiterinnen und ihn bemerkte, und kam dann mit rudernden Armen, die runden, vorquellenden Augen rollend, eilig näher.

»O Isabell – Sie dürfen es nicht tun! O Ina – Senorita Mercedes – gehen Sie fort! Es bringt großes Unglück über Isabell – bitte, Senor, auch Sie – gehen Sie! Schnell!« Ihre Stimme überschlug sich. »Isabell – komm ins Haus – bitte! Willst du wieder die Peitsche? Wenn es Don Fernandez erfährt – mein Gott – was soll ich nur tun?« Sie schüttelte verzweifelt den Kopf.

Die junge Frau löste das Band unter ihrem Kinn und nahm den Hut ab. Erst jetzt sah Florian, was für eine Schönheit er vor sich hatte. Ihr dunkles Haar war wellig zur Seite gekämmt. Ihre trotz der Sonnenhelle weit geöffneten Augen schimmerten smaragdgrün, ihre Nase war klein und stupsig, und der winzige Leberfleck links von ihrem Mund unterstrich die Wirkung ihrer vollen roten, ungeschminkten Lippen, die Feuer und Leidenschaftlichkeit verrieten.

Sie begann eigenartig zu lächeln, während sie der heulenden Schwarzen ein wenig abwesend über die vollen Wangen strich, um sie zu beruhigen und zu trösten. Ihr rechter Mundwinkel zuckte eine Spur nach oben und zeigte knapp darüber ein lustiges Muster hauchdünner Fältchen. Ihre leicht gebräunte Haut ließ erkennen, daß sie sich oft im Freien aufhielt. Sogar zwei Grübchen entdeckte er bei längerem Hinsehen im sonst fast klassischen Ebenmaß ihres Gesichtes, das nicht, wie es ihm zuerst schien, einem Mädchen gehörte, sondern einer jungen Frau. Einer jungen Frau, die – darauf hätte er schwören können – aufgehört hatte, sich zu fürchten.

Mit einer dunklen, spröden, dennoch melodiös klingenden Stimme sagte sie:

»Es war mir ein Vergnügen, Ihre Bekanntschaft zu machen, Senor. Leider ist sie nur von kurzer Dauer. Ich möchte meiner guten Tuma nicht noch mehr Ungelegenheiten bereiten und mich deshalb zurückziehen. Und – ja – meine lieben Schwestern nicht in Gewissensnöte oder noch Schlimmeres stürzen. Leben Sie wohl, Senor. Ich wünsche Ihnen viel Vergnügen auf ›La Manuela‹, zusammen mit meinen Lieben.«

Sie beugte grüßend den Kopf, warf Mercedes und Ines einen spöttischen Blick zu, drehte sich um und folgte, den Hut hin und herschlenkernd, der dicken Schwarzen, die so schnell sie die Füße trugen der Tür entgegenstrebte.

Florian blickte den beiden nach, bis sie im Haus verschwanden. Ines' Räuspern riß ihn aus seinem Sinnieren. Das Mädchen wußte vor verlegener Ratlosigkeit nicht, was es sagen sollte.

»Es tut mir leid, Senor, aber ich weiß nicht, wie und wo ich beginnen – und ob überhaupt ...« Sie verstummte betreten.

Die Ältere schaltete sich ein. Es war das erste Mal, daß sie die Initiative ergriff. Entschlossen sagte sie:

»Wir sind Ihnen eine Erklärung schuldig.« Dem vermuteten Einwand zuvorkommend fuhr sie fort: »Natürlich sind wir dies! Und Sie wissen es! Es ist – nicht normal, daß – ich meine – sie ist wirklich unsere Schwester. Besondere Umstände führten dazu, daß sie – nun, daß sie so abseits lebt, so ...«

Ines unterbrach sie.

»Rede nicht herum! Sag es ihm! Los, sag es ihm! Ich bin sicher, er wird uns nicht verraten.« Und zu Florian: »Versprechen Sie, daß alles unter uns bleibt? Diese Begegnung hat nie stattgefunden, darf nie

geschehen sein! Tuma hat ganz recht. Es würde schrecklich. Für Isabella. Und wahrscheinlich sogar für uns und – Sie selbst, Senor! Ich werde Ihnen alles erklären, Ihr Wort, daß Sie es für sich behalten.«
Er antwortete beherrscht:
»In Ordnung. Ich lernte Ihre Schwester nie kennen. Doch damit genug. Keine Erklärungen. All das geht mich nichts an. Erinnern Sie sich bitte – ich bin Gast im Haus Ihres Vaters. Ihre Familiengeheimnisse interessieren mich nicht. Ich muß Sie ernsthaft bitten, sie für sich zu behalten. Ich will nichts wissen.«
Was eindeutig eine Lüge war.
Seinen Einwand übergehend, wiederholte Ines:
»Sag es ihm!«
»Tu's du doch!«
»Nein. Du bist die Ältere.«
»Gut. Wie du willst.«
Mercedes blickte ihn voll an.
»Sie sollen – nein, Sie müssen es erfahren. Wir vertrauen Ihnen.« Es klang feierlich und in seinen Ohren wie der Auftakt zu einer Verschwörung. Sie holte tief Atem und sagte dann, jedes Wort abwägend: »Vielleicht ist es gut, daß Sie Isabella begegneten. Das gibt uns, meiner Schwester Ines und mir die Möglichkeit, endlich von einem Außenstehenden Rat in einer Sache zu erbitten, die uns mehr belastet als es scheinen mag. Wir lieben sie nämlich, unsere Schwester Isabella, selbst wenn unser Verhalten das Gegenteil zu beweisen scheint. Es ist sehr schwer für uns, das Richtige zu tun. Oder besser, wir sind uns nicht mehr sicher, was richtig ist und was falsch. Es ist Gottes Wille, daß Kinder dem Vater gehorchen. So brachte man es uns bei, und wir hatten keinen Grund, jemals diesen Gehorsam zu verweigern. Seit einiger Zeit aber überkamen uns Zweifel. Gibt es eine Grenze für diesen Gehorsam? Können Ereignisse eintreten, die ein Gehorchen zur Sünde werden lassen? Mein Beichtvater verneinte diese Frage entschieden. Lediglich eine von Ärzten bestätigte Geistesverwirrung unseres Vaters entbände uns von unserer Gehorsamspflicht. Mit unserer Mutter können wir nicht darüber reden und sonst kennen wir niemanden, dem wir vertrauen und der erfahren genug wäre, uns zu raten. Sicher fallen wir Ihnen mit unserer

Eröffnung lästig. Trotzdem bitten wir Sie inständig: hören Sie uns an!«

Das war nicht mehr das schüchterne junge Mädchen von vorhin, sondern ein von vielen Skrupeln belasteter, verzweifelter junger Mensch, der die Grundfesten dessen in Frage zu stellen begonnen hatte, was ihm Zeit seines Lebens beigebracht worden war. Florians Unbehagen wuchs. Er hatte wohl keine Wahl, als beide reden zu lassen.

»Wir bringen die Pferde zurück. Dann stehe ich Ihnen zur Verfügung.«

Wenig später saßen sie auf der Bank aus Stein am Ufer eines kleinen, künstlich angelegten Zierteiches, als die Mädchen, sich im Erzählen abwechselnd, damit begannen, ihm Isabella Barojas Geschichte zu berichten.

Vor eineinhalb Jahren, im Frühsommer des Jahres 1715, versammelten sich im Hafen von Habana fünf Schiffe, um unter der Führung des Flottengenerals Juan Estébal Ubilla einen aus sechs großen Handelsschiffen bestehenden Geleitzug, der neben Gold und Silber im Wert von vierzehn Millionen Pesos Edelsteine und Antiquitäten aus Ostasien geladen hatte, bewaffneten Schutz während der Heimfahrt nach Spanien zu stellen.

Einer von Ubillas Offizieren, ein fünfundzwanzigjähriger Leutnant namens Antonio Sanchez, wurde des Nachts zwei Tage vor Auslaufen der Flotte auf dem Weg zu seinem Schiff im Hafen von Unbekannten überfallen, beraubt und so schwer verletzt, daß er in das Armeehospital gebracht werden mußte. Seine Genesung dauerte siebeneinhalb Wochen. Am Tag seiner Entlassung lag Ubillas Silberflotte längst auf dem Grund des Ozeans. Sie war in der Bahamastraße Opfer des fürchterlichsten Hurricans geworden, dessen sich die Leute in dieser Gegend entsannen.

Leutnant Sanchez, ein junger Mann bürgerlicher Abkunft, wurde bis zu seiner Wiederindienststellung als Seeoffizier der örtlichen Küstenwache, der Guarda Costa zugeteilt, die dem Generalkapitän Roja direkt unterstand.

Nach »La Manuela« kam Sanchez im Rahmen einer Großaktion gegen den Sklavenschmuggel, da Roja den sehr begründeten Verdacht hegte, daß Fernandez Baroja, den er kaum seinen Freund nennen durfte, den größten Teil dieser Sklaven gekauft hatte. Eine Gegebenheit, die sich sehr rasch bestätigte, ohne daß der Leutnant großer polizeilicher Recherchen bedurfte. Der Grund dafür, daß der Offizier dennoch volle zwei Wochen für seine Untersuchungen und Befragungen benötigte, hieß Isabella Baroja. Die beiden jungen Leute hatten sich nach dem ersten Kennenlernen ineinander verliebt. Am Tag seiner Abreise nach Habana offenbarte Leutnant Sanchez dem Hausherrn nicht nur, daß er bei ihm vierundachtzig geschmuggelte Sklaven gefunden hatte, die leider zu Gunsten der Krone eingezogen werden mußten, sondern bat ihn zusätzlich und voller Leidenschaft um die Hand seiner ältesten Tochter Isabella. Es kam zu einem Auftritt, der das Herrenhaus der Plantage erzittern ließ. Noch in der gleichen Nacht machte sich Sanchez heimlich zurück auf den Weg zur Küste. Freilich nicht allein. In seiner Begleitung befand sich Isabella, wie Baroja all zu schnell erfuhr. Trotzdem dauerte es volle zwei Tage, ehe er die beiden zwischen Matanaz und der Hauptstadt stellte. Umgeben von seinen Begleitern, einigen weißen Aufsehern und seinem Majordomus, fragte er seine Tochter kalt, ob sie während der Flucht die Geliebte des Leutnants geworden sei. Sie antwortete mit einem nicht minder kalten und entschiedenen »Ja«.

Für Baroja gab es kein Halten mehr. Er forderte den Leutnant – so die offizielle Version – zu einem Pistolenduell und erschoß ihn vor den Augen der Tochter. Anschließend stellte er sich den Behörden in Habana, wo man ihn verdächtigte, Sanchez in dessen Eigenschaft als Angehöriger der Guarda Costa getötet zu haben, um eigene verbrecherische Machenschaften zu vertuschen. Die beeideten Aussagen seiner Begleiter entschieden am Ende das Untersuchungsverfahren zu seinen Gunsten. Baroja bekam die amtliche Bestätigung, den sich mit ihm duellierenden Offizier in berechtigter Verteidigung seiner Ehre erschossen zu haben.

Isabellas Ruf freilich war ruiniert. Baroja beschloß, sie in ein Kloster nach Spanien zu schicken, eine Angelegenheit, um die sich sein Neffe Juan kümmern sollte, der in Valladolid studierte. Aus Gründen, die Isabellas Schwestern unbekannt blieben, verzögerte sich die Abreise der inzwischen Zweiundzwanzigjährigen, und sie hauste

noch immer, abgesondert von der durch Baroja mit einem Sprech-
verbot ihr gegenüber belegten Familie, in dem schmalen, rosaroten
Gebäude, das noch unter dem Großvater des Hausherrn Mittelpunkt
der Plantage gewesen war. Der einzige Mensch, mit dem Isabella
Kontakt hatte, war ihre frühere Amme, die Negersklavin Tuma.
Mercedes beendete ihren Bericht mit der Frage:
»Sie hören zum ersten Mal davon? Auf ganz Cuba sprach man
darüber!«
»Zum ersten Mal, ja. Das Waffengeschäft zwingt zu ständiger Mobi-
lität. Ich bin fast dauernd zwischen Jamaika, Florida, Haiti und Costa
Rica unterwegs. Meine gesellschaftlichen Verbindungen auf der
Insel beschränken sich auf Geschäftskontakte. Deshalb erreichen
mich auch kaum Skandalgeschichten. Nein, ich wußte nichts von all
dem.«
»Und?«
Er ahnte sehr wohl, was sie damit meinte, ließ sich aber viel Zeit, ehe
er mit einer Gegenfrage antwortete.
»Was erwarten Sie nun von mir?«
»Daß Sie Stellung beziehen. Daß Sie uns sagen, ob es rechtens ist,
was Vater von uns verlangt. Ich meine – so zu tun, als gäbe es Isabella
nicht.«
»Rechtens! Natürlich hat er das Recht dazu. Er ist ihr Vater.«
»Sie wissen, was ich meine. Billigen Sie sein – Verhalten?«
»Das habe ich nicht gesagt.« Er stand auf und bemühte sich nicht,
seinen Ärger zu verbergen. »Ich soll ›Stellung‹ beziehen, wie ihr es
nennt? Eingestehen, daß ich euren Vater, meinen Gastgeber, für
einen borniertem und grausamen Mann halte? Eure Schwester
wußte, was sie tat, als sie sich mit diesem Sanchez auf den romantischen Unfug einer Entführung einließ, und sie kannte die möglichen Folgen. Kannte vor allem die Einstellung eures Vaters und
konnte sich ausrechnen, was geschehen würde – wenn. Ihre einzige
Chance bestand darin, als Ehefrau des Leutnants Cuba zu verlassen.
Daß es schief ging – Pech für alle Beteiligten. Euer Vater handelte so,
wie er es nach Herkommen, Erziehung und Tradition tun mußte.
Ihm blieb, in seiner Vorstellung, keine Wahl.
Was nun Sie beide betrifft – schön, Sie wollen meine Meinung
hören. Wäre ich Isabellas Bruder, würde mich weder der liebe Gott,

noch der Teufel und schon gar nicht mein Vater davon abhalten
können, meiner Schwester so viel menschlichen Beistand wie überhaupt angedeihen zu lassen. Auch wenn dies aus Vernunftsgründen
heimlich geschehen müßte. Das wär's, meine Damen. Ich bitte mich
jetzt zu entschuldigen.«
Mercedes sah ihm nach, während er um den Teich schritt und zwischen den Büschen verschwand.
»Welch ein Mann! Aber eben – ein Mann! Er hat leicht reden.«
Ines antwortete kühl:
»Du bist eine Närrin, Schwester. Aber eines muß man ihm lassen: Er
hat recht. Nicht sehr schmeichelhaft für uns.«

Baroja konnte sein Versprechen nicht einlösen, den Namen des ver-
mutlich für den Mordzauber Verantwortlichen noch am gleichen
Nachmittag zu nennen und war darüber entsprechend wütend. Erstes Opfer seiner Bemühungen, den Voodoomann zu entlarven, war
eine junge Sklavin namens Betseba geworden, die Baroja hatte zu
Tode prügeln lassen, ohne daß die Tortur ihr den Namen entlockte.
Am nächsten Morgen ließ er zwei Jungen im Alter von sieben und
neun Jahren, die zusammen mit ihrer Mutter, einer Cormantee-
Negerin, neu eingetroffen waren und zum Transport des vermuteten
Medizinmannes gehörten, in Ketten legen und an den Füßen über
glühenden Scheiten aufhängen, wie Florian hinterher erfuhr. Es
dauerte keine fünf Minuten, bis die Mutter der beiden den Namen
herausbrüllte, um anschließend, mit Schaum vor dem Mund, in ein
unheimliches Gliederzucken zu verfallen, das so gespenstisch
wirkte, daß der Zuckerpflanzer, überzeugt, einer weiteren Demon-
stration der Macht des Voodoopriesters beizuwohnen, sich zum ersten Mal Sorgen um die eigene Haut zu machen begann.
Kurz ehe die rasch einsetzende Tropendämmerung den Himmel im
Westen in dunkles Purpur tauchte, in das die untergehende Sonne
letzte goldene Streifen schoß, kamen die Schwarzen von der Arbeit
auf den Feldern zurück. Zu dritt, zu viert, trotteten sie nebeneinander her, Männer, Frauen, Junge, Alte, Halbwüchsige, wie es sich traf.
Nur wenige unterhielten sich, keine Zurufe wie üblich, kein fröhli-
ches Lärmen, wie es Schwarze selbst nach der schwersten Arbeit
zuwege brachten, kein Lachen.

Als sie die kleine Gruppe der Weißen erkannten, die den Weg zum Eingang in die Siedlung versperrten, fast alle mit schußbereiten Flinten in den Händen, verlangsamten sich die Schritte der Vordersten. Ihre Blicke wurden unstet, als suchten sie eine Fluchtmöglichkeit. Aber es gab keine. Dafür hatte Baroja gesorgt. Florian nahm beobachtend den Platz neben dem Pflanzer ein und musterte ihn von der Seite. Der gedrungene Mann erinnerte an einen General vor der Front, wie er gekrümmt dastand, erregt auf dem Rücken die Fäuste gegeneinander stieß und schräg von unten herauf auf die Schwarzen stierte. Es war überdeutlich – er spürte den Schrecken, den er verbreitete, genoß die Furcht, die sich langsam in die schwarzen Gesichter grub, auch in jene der Mutigsten. Langsam und methodisch begann das gute Dutzend Aufseher, die Sklaven auf den hartgestampften Lehmboden des Versammlungsplatzes inmitten der Siedlung um die hohe Palme zu treiben, wo sich sonst das abendliche Dorfleben abspielte, am Ziehbrunnen das Wasser geholt und die wenigen Feste gefeiert wurden, die man den Negern zugestand. Mit gesenkten Köpfen, wie eine zusammengedrängte Viehherde, trotteten sie hinter- und nebeneinander her und standen endlich, bis auch die letzten Nachzügler den ovalen Platz erreicht hatten. Wolken von Mücken stürzten sich auf die schweißglänzenden Leiber, und hoch am Himmel zogen ein paar Geier ihre Kreise. Der Pflanzer wartete schweigend, bis die Menge vor ihm verharrte und völlige Stille eintrat. Vor dem Herrenhaus bellte ein Hund. Als setzten die Laute ein Zeichen, trat Baroja einen Schritt vor. Ohne seine Stimme zu erheben, aber doch so laut, daß alle ihn hören konnten, sagte er:
»Ich befehle, daß der Mann Kanken Puru vortritt!«
Durch die Menge, die so dicht an dicht stand, daß sie wie ein einziger Körper wirkte, ging ein Ruck. Es war, als verkrampften sich die Muskeln eines riesenhaften Tieres, als erzitterte ein gigantischer schwarzer Rochen. Um ein Zentrum auf der linken Seite des Haufens verstärkte sich diese Bewegung. Plötzlich klaffte dort ein Loch und erweiterte sich um einen regungslosen Punkt in der Mitte. Eine Gasse tat sich auf, und ein unscheinbarer Mann, ein mittelgroßer, nicht sehr kräftiger Neger, wohl anfang dreißig, mit einem Lendenschurz aus schmutzigweißer Baumwolle um die Hüften und einem

Strohhut auf dem Kopf, mit schmaler Nase, schmalen Lippen, schmalen Hüften und gutmütig wirkenden Augen, setzte sich langsam in Bewegung, ohne nach rechts oder nach links zu blicken, schritt, seine Augen unverwandt auf Baroja gerichtet, der Gruppe der Weißen entgegen und blieb dann, äußerlich ohne Regung, vor seinem Herrn stehen. Im Gesicht des Sklaven zuckte kein Muskel. Nicht einmal ein kurzes Augenzwinkern verriet, daß Leben in ihm war. Er schaute Baroja an, als blicke er durch ihn hindurch oder bemerke etwas in ihm, das nur er wahrzunehmen vermochte. Florian stand kaum eine Armlänge neben dem Pflanzer. Plötzlich spürte er ein eigenartiges Kribbeln im Nacken, obwohl ihn der Blick des Schwarzen kaum, oder, wenn überhaupt, nur kurz getroffen hatte. Die Auswirkung der Nähe des vermutlichen Voodoo-Priesters auf den Kreolen war ungleich verheerender. Zuerst, so schien es, sträubten sich ihm – Florian hätte darauf schwören können – die Haare am Hinterkopf. Ein Vorgang, der von Dr. Lockwood – er stand auf der anderen Seite neben Baroja – ebenfalls bemerkt wurde, wie Florian, kurz nach links schielend, feststellte.

Dann sackte Barojas Unterkiefer schlaff nach unten, als befände er sich in Tiefschlaf, obwohl seine Augen weit offen standen und mit einer Intensität in das Gesicht des Negers stierten, daß es Florian kalt über den Rücken lief. Er versuchte den Kopf zu wenden, um die Aufseher hinter Baroja zu beobachten. Zu seiner Bestürzung gelang es ihm nicht. Seine Halsmuskeln versagten aus unerklärlichen Gründen den Dienst. Dann gewahrte er ein Phänomen, das ihn gänzlich um die Fassung brachte: Die Blätter der Palme bewegten sich nicht mehr, die Moskitos über den Köpfen der Sklaven schienen in der Luft stillzustehen, selbst die Geier am Himmel verharrten an ein und derselben Stelle, hingen regungslos in der Luft – die Zeit hatte aufgehört zu sein. Ihm war, als müßte er schreien, seine ungeheuerliche Beobachtung laut hinausbrüllen. Aber seine Stimme war ebenso tot wie alles um ihn. Nur die Luft flimmerte auf eine unheimliche Weise, bis sich die Konturen all dessen, was in Florians Blickfeld war, verwischten, unscharf wurden, sich aufzulösen schienen.

Plötzlich hallte ein ächzender, klagender Laut, dessen Ursprung unbekannt blieb, über den Platz und zwang die Zeit aus der Verbannung zurück. Es war, als löste das Geräusch den grauenvollen Spannungszustand, in dem sich Mensch und Tier, Himmel und Erde befunden hatten. Florians Brust hob und senkte sich, er fühlte sich wie von einem Alptraum befreit, schüttelte Arme und Schultern, um daran glauben zu können, daß sein Körper wieder dem eigenen Willen gehorchte.

Sein Blick traf Baroja. Der Pflanzer wirkte noch immer starr, wie aus Holz geschnitzt. Jetzt tat er etwas Seltsames. Abgehackt, ruckartig, steif wie eine Marionette bewegte er sich nach vorne, sackte schwer und ungeschickt in die Knie, krümmte den Rücken, bis seine Stirn fast den Boden berührte und küßte die schmutzstarrenden bloßen Füße des Schwarzen, um dessen Lippen nun – oder war auch dies nur Teil des Geisterspuks, der sich hier vollzog – ein spöttisches Lächeln spielte.

Baroja hob den Kopf, während sein Körper in der Pose grauenhafter, demütigender Unterwerfung verharrte. Selbst dann noch, als sich aus den Reihen der Sklaven eine Frau löste – auch sie einer Puppe ähnlicher denn einem lebenden Menschen – und langsam auf ihn zu schritt. Es war die Mutter der beiden Kinder, die Baroja hatte rösten lassen. Unbeirrt näherte sie sich dem Pflanzer, der sie mit schrecklich verwandeltem, einer Dämonenmaske ähnelndem Gesicht anstierte.

Nun sah es auch Florian. In den Händen des Weibes befand sich eine vier männerarmlange, blaugrün schillernde Schlange, die sich aus dem Griff züngelnd zu befreien suchte. Die Frau blieb stehen und warf das Reptil vor Baroja auf den Boden. Der Kreole zuckte zurück, wand sich in Todesangst, sein Körper verkrampfte sich, krümmte sich – dann war alles vorbei.

Es gab keine Frau und keine Schlange. Wo sie hätten sein müssen oder eben noch waren, befand sich nichts als der ausgedörrte, rissige Lehmboden, dessen schmutziger Grauton im diffusen Licht der Dämmerung rötlich schillerte.

Dr. Lockwood krächzte verstört:

»Mein Gott – haben Sie es gesehen? Sagen Sie um Himmels willen, daß Sie es sahen – die Frau – die Schlange! Eine Schlange, die es auf Cuba überhaupt nicht gibt. Bin ich verrückt geworden?«

»Nicht nur Sie, Doktor. Anscheinend die ganze Welt,« sagte Florian

»Die Zeit – verdammt und wenn man mich in der Hölle brät – die Zeit stand still! Haben Sie es bemerkt? Die Frau – die Schlange – sie waren wirklich! So real wie Sie und ich. Ich meine – man konnte sie sehen. Alle sahen sie, darauf möchte ich schwören! Nein, wir sind nicht plötzlich übergeschnappt. Der Bursche verfügt tatsächlich über Kräfte, die unerklärlich sind.«

»Unerklärlich? Es ist Zauberei! Hexenzauber, Sir! Schwarze Magie! Da – sehen Sie sich Baroja an!«

»Richtig, Dr. Lockwood, sehen Sie ihn an! Sie sollten etwas für den Mann tun. Er braucht Ihre Hilfe.«

Der Pflanzer lag am Boden, die Beine gegrätscht, das Gesicht im Staub. Nur am Heben und Senken seiner Schultern und seines Rückens war erkennbar, daß er lebte und sich wahrscheinlich wieder bei Bewußtsein befand.

Kanken Puru, der Voodoomann, stand wie ehedem vor dem Liegenden mit harmlos vor dem Bauch gefalteten Händen, leicht gesenktem Kopf und halbgeschlossenen Augen – ein Bild der Unschuld und des Friedens, ein Mann, der kein Wässerchen trüben konnte und voll guten Gewissens. Aber er stand nicht mehr lange so. Noch ehe Florian und der junge Arzt den Pflanzer erreichten, stürzte sich plötzlich mit unartikuliertem Gebrüll, das die Stille wie ein Kanonenschlag zerriß, ein großer, kräftiger, vollbärtiger Mann auf den Neger und schlug ihm ins Gesicht, daß der Schwarze zurücktaumelte. Der Große setzte nach und begann ihn beidhändig am Hals zu würgen und ihn dann wie ein zum Ausbluten ergriffenes totes Ferkel hin und her zu schütteln. Florian überzeugte sich mit einem Blick, daß der Angreifer bereit war, zu töten, und der Neger keine Anstalten machte, sich zur Wehr zu setzen. Zwei Sprünge brachten ihn neben den Bärtigen. Er versuchte, ihn zurückzureißen und schlug ihm, als dies nicht gelang, mit ziemlicher Kraft seitlich gegen die Kinnlade. Erst jetzt ließ der Mann den Sklaven los und torkelte benommen zur Seite. Kanken Puru aber sackte mit verdrehten Augen zusammen.

Florian warf einen Blick auf die Schwarzen. Noch verharrten sie still, mit hängenden Armen auf ihrem Platz. Aber in ihrer Haltung hatte sich etwas verändert. Es dauerte eine Weile, bis Florian begriff, in welcher Weise sich diese Veränderung offenbarte. Aus ihren Gesichtern war die Unterwürfigkeit gewichen. Zum ersten Mal sahen sie aus wie – er ertappte sich dabei, daß ihn der Gedanke erschreckte – wie normale Menschen, mit einem Stück eigener Würde. Und er begriff. Sie hatten ihn liegen sehen, den mächtigen weißen Mann, sich vor einem der ihren im Staub windend und ihm die Füße küssend. Und Florian ahnte, daß sich dieses Bild, das unvorstellbar gewesen war bis zu dem Augenblick, für alle Zeiten in ihr Gedächtnis grub. Der weiße Mann hatte an diesem 25. Januar 1717 im Distrikt Las Villas auf Cuba nicht nur eine Schlacht verloren. Sein Nimbus eines gottähnlichen Herrentums war dahin.

Erst jetzt, viele Minuten, nachdem die Frau und die Schlange aus dem Nichts erschienen und verschwunden waren, brüllte einer der Aufseher ein paar Befehle. Ein Schuß krachte. Zögernd, sich immer wieder umwendend und auf den liegenden Pflanzer starrend, machten die Sklaven der beiden vorderen Reihen Anstalten, sich, wie man es ihnen befohlen hatte, in ihre Hütten zu trollen. Es dauerte lange, ehe der Platz um den Ziehbrunnen geräumt war.
Baroja stand wieder.
Kreidebleich im Gesicht, das Zittern seiner Hände verbergend, in dem er sie gegen die Oberschenkel preßte, bemühte er sich um Haltung, brachte aber lange kein Wort über die Lippen. Florian ertappte sich dabei, daß er ihn für einen Moment bemitleidete. Möglich, daß der Tod nur eine Sekunde dauert, dachte er. Aber der Schrecken hat ein feingeeichtes Zifferblatt, und eine Sekunde kann so lang sein wie ein ganzes Leben. Wenn dem aber so war, hatte der Kreole jetzt eine Anzahl Leben hinter sich.

Stumm und abwesend blickte Baroja in die Flammen der Feuerstellen, die vor den Hütten zu lodern begannen, wo die Schwarzen ihren Maisbrei mit Pisang und Bataten kochten. Dr. Lockwood redete leise auf ihn ein, versuchte, ihn fortzuziehen, ohne daß der Pflanzer eine Reaktion zeigte. Endlich hob er den Blick, starrte auf den mit Hanfstricken zu einem Packen zusammengeschnürten Voodoo-Priester, dessen Kopf als Folge des Blutstaues um Hals und Brust grotesk angeschwollen war, der höllische Schmerzen erduldete und dennoch keinen Laut von sich gab.

Baroja glotzte ihn an, stumpfsinnig und trüben Blicks, einem Betrunkenen gleich. Im Osten schob sich eine schmale Mondsichel über den Horizont, im Westen zeichnete sich die Silhouette der Berge in den letzten Dämmerschein des Tages. Baroja hob den Arm. Ein Wink brachte den neuernannten Majordomus an seine Seite, der Florian im Vorbeigehen mit einem scheelen Blick musterte.

»Senor?«

Die Stimme des Kreolen war kaum zu vernehmen, als er flüsterte: »Heb ihn mir gut auf, Ricardo, heb ihn mir gut auf!«

Dann wandte er sich um, schleppte sich fort wie ein uralter Mann und verschwand in der Dunkelheit.

Florian speiste mit Senora Baroja, den beiden Mädchen und Dr. Lockwood zu Abend. Der Hausherr ließ sich wegen Unpäßlichkeit entschuldigen. Bei Tisch wurde kaum gesprochen. Alle stocherten lustlos in ihren Tellern herum. Dr. Lockwood hatte die Familie gleich nach seiner Rückkehr ins Haus über das Geschehen auf dem Dorfplatz in groben Zügen und in der begründeten Annahme unterrichtet, daß Baroja kein Wort darüber verlor und auch weiter schweigen würde.

Senora Baroja erschrak sehr. Aber, wie es Dr. Lockwood und Florian schien, nicht aus sonderlicher Sorge um ihren Ehemann, vielmehr aus Furcht vor dem Hexer, der sicher bemüht sein würde, vor seinem sehr qualvollen Tod, wie sie zu wissen glaubte, die ganze Familie auszulöschen. Weder Lockwood noch Florian konnten sie beruhigen. Die Atmosphäre am Tisch war so bedrückend, daß die Runde nach dem Essen sofort auseinanderging.

Florian trieb es aus dem Haus. Ziellos schritt er in die Dunkelheit. Er achtete kaum auf die Zweige der Hibiskusbüsche, die ihm ins Gesicht klatschten und seinen teuren Anzug beschädigten, dessen Spitzenkragen entzweiriß. Wie er es auch anstellte und so oft er es zu verdrängen suchte – das Bild des am Boden kauernden, gedemütigten Pflanzers wollte ihm nicht aus dem Kopf. Zauberei gab es nicht. Welche Kraft aber war es, die Baroja in den Staub gezwungen hatte? Der Wille des Schwarzen etwa? Unwahrscheinlich. Und doch – dieser grausige Pseudo-Priester damals in Venedig – auch er hatte auf irgendeine Weise den Willen vieler Menschen beeinflußt, sie manipuliert. Sicher existierten hier Zusammenhänge, mit denen sich die Wissenschaft befassen müßte. Oder wie Shakespeare es einst ausgedrückt hatte: Es gab mehr Dinge zwischen Himmel und Erde, als sich die Schulweisheit träumen ließ.

Ein unterdrückter Schrei, das Brechen von Zweigen und hastiges Atmen riß ihn aus seinen Gedanken. Den Kopf zur Seite geneigt, blieb er lauschend stehen. Jetzt vernahm er es deutlich – ganz in seiner Nähe, aber noch unsichtbar für ihn, liefen Menschen durch die Parkanlage. Reflexartig suchte seine Rechte den Griff des Degens. Aber da war nichts. Er fluchte leise.

Wieder ein keuchender Schrei, und eine kurze, schnelle Wortfolge in einer ihm unverständlichen Sprache, ausgerufen von einer Frau. Dann sah er sie. Es war Tuma, Isabella Barojas dicke Negeramme, die wenige Schritte vor ihm aus dem Dickicht brach, um eilends die schmale Lichtung zu überqueren, die sich vor ihr auftat. Atemnot zwang sie, einen Moment stehenzubleiben. Die Hände gegen den wogenden Busen drückend, blickte sie zurück und erkannte ihre Verfolger. Fast lautlos, geschmeidig wie Raubkatzen, schlängelten sich ohne übergroße Eile drei dunkle Gestalten durchs Buschwerk. Wieder schrie Tuma.

Florian ballte die Fäuste. Er würde eingreifen müssen. Müssen? Am Ende machte er sich lächerlich. Vielleicht waren die drei nur scharf auf Tumas mächtige Titten und ihre grandiosen Hinterbacken! Und er stempelte sich zum Narren und brachte sie um einen Mordsspaß! Was wußte er schon von den Sitten und Gebräuchen dieser Leute! Zwei Worte aus dem Mund der Schwarzen, die er verstand und die unzweifelhaft »Senorita Isabell« lauteten, veränderten die Situation für ihn grundlegend. Einer der Verfolger warf sich auf Tuma und preßte ihr die Hand auf den Mund, um sie am Schreien zu hindern, während sein Begleiter versuchte, ihr einen Jutesack über den Kopf zu ziehen. Der Dritte sah Florian zuerst, stieß einen Schreckensruf aus, drehte sich um, und rannte so schnell er konnte über die Lichtung, den Hütten der Sklavensiedlung entgegen, gefolgt von seinem Kumpan, der den Sack fortwarf.

Jener, der Tuma festhielt, schien im ersten Augenblick unfähig, sich zu bewegen, obwohl ihn Florian fast erreicht hatte. Es war ein sehr junger, kaum dem Kindalter entwachsener Bursche. Er zitterte am ganzen Leib. Erst als ihm Tuma ihren gutgepolsterten Ellbogen in die Hüfte rammte, überwand er seine Erstarrung und lief, als hetzte ihn eine Hundemeute, den anderen hinterher.

Die Negerin blickte ihm schwer atmend nach. Florian sagte leise und beruhigend:

»Nicht fürchten. Es ist vorbei.«

Sie faßte sich an den Hals. In ihrem aufgedunsenen, verquollenen Gesicht stand noch immer Angst.

»Was wollten sie von dir?«

»Sie sind böse. Böse aus Furcht. Wenn ich nur wüßte, was ich tun soll. Die Feld-Negros werden …«

Sie stockte.

»Was werden sie?«

Sie drehte sich um und wand sich, als hätte sie Leibschmerzen. Florian kannte diese Negergeste der Ratlosigkeit. Er legte seine Hand auf ihre Schulter.

»Rede, Tuma! Ich werde dir helfen. Dir und Senorita Isabella.«

Sie sah ihn an.

»Was wissen Sie?«

»Nichts. Du wirst es mir sagen.«

»Ja. Alles. Ich vertraue Ihnen. Ich muß Ihnen vertrauen. Sie werden alles erfahren. Aber nicht hier. Wir müssen ganz schnell zu Isabell. Sie ist in großer Gefahr. Die Feldnegros haben beschlossen – vielleicht auch die Hausleute, wer weiß – nein, nicht sprechen jetzt! Kommen Sie, Senor. Kommen Sie ganz schnell in Casa rosada!«

Er zögerte. War es schon tagsüber ein Unding, sich dieser »gefallenen Tochter« des Pflanzers zu nähern, nach all dem, was er über sie, ihre Geschichte und ihren Vater wußte, ein Unterfangen, das nichts wie Ärger heraufbeschwor, kam ein Besuch bei ihr zu dieser nächtlichen Stunde einem Sakrileg gleich. Vielleicht forderte ihn sein Gastgeber, Choleriker der er war, ebenfalls zum Duell, wenn er davon erfuhr! Bei einem Granden mit der ellenlangen Ahnenreihe dieses erzkonservativen Kreolen mußte er damit rechnen.

Die Schwarze drängte.

»Sie glauben mir nicht? Sie müssen, Senor! Man will Isabell töten!«

Unwillkürlich verfiel er in ihren Flüsterton.

»Wer? Mein Gott, warum?«
Es klang ungläubig. Tuma ließ die Arme hängen.
»Vergessen Sie es. Entschuldigen Sie, Senor, ich muß gehen.«
Sie drehte sich um.
»Bleib!« Sie blieb stehen, hob das Kinn und preßte die Lippen aufeinander.
»Wer will sie töten? Laß das Herumgerede! Ich will es wissen! Auf der Stelle!«
»Die Negros! Die mich festhielten! Die mich fortschleppen wollten, um mein Leben zu retten. Ich soll nicht tot sein wie Isabell, sagten sie. Deshalb wollten sie mich fort haben. Oh, Senor, wenn Sie mir nur glaubten! Seid ihr Weißen denn alle gleich? Alle wie Senor Baroja? Rührt euch überhaupt nichts an? Was hat sie euch getan, meine kleine Isabell, daß ihr alle so böse seid? Warum verweigert Ihr Eure Hilfe, Herr? Warum reden, obwohl die Gefahr für Isabell immer größer wird?« Sie schrie es ihm ins Gesicht.
Er verschloß ihr mit der Hand den Mund, wartete, bis sie sich beruhigte.
»Still! Kein Wort mehr. Ich komme mit.«
Sie beruhigte sich überraschend schnell, drehte sich schweigend um und schritt vor ihm den schmalen Weg längs der Rasenfläche, der Casa rosada entgegen. Zwiespältige Gefühle nagten in ihm, während er ihr folgte. Daß Unannehmlichkeiten auf ihn warteten, konnte er sich an den Fingern abzählen. Bei allen Heiligen – was ging ihn diese Kreolin an! Andererseits – wenn man ihr tatsächlich ans Leben wollte, konnte er nicht gut den Unbeteiligten spielen. Obwohl es eigentlich Barojas Sache war, sich um sie zu kümmern. Der Pflanzer – natürlich! Was lag näher, als ihn zu verständigen! Und – auch dies galt es zu bedenken: Er wußte, wie sehr Neger zu phantasiereichen Übertreibungen neigten. Wahrscheinlich würde sich herausstellen, daß die Dicke Räuberpistolen erzählte. Je länger er überlegte, umso mehr wuchs sein Ärger. Grimmig stapfte er weiter hinter der Schwarzen her. Der Anblick des Hauses, das mit seinen jetzt verschlossenen Fensterläden noch verlassener und einsamer wirkte als tagsüber, änderte seine Stimmung. Plötzlich tat ihm das Mädchen leid. Aus diesem Elternhaus ausbrechen zu wollen – dazu gehörte verdammt viel Mut oder eine abgrundtiefe Verzweiflung.

Tuma betätigte den eisernen Türklopfer. Als sie Schritte vernahm, sagte sie beruhigend:
»Keine Bange, Isabell, ich bin es, Tuma. Bitte öffne!«
Eine Kette rasselte, ein Verschlußbalken wurde zurückgeschoben und die beiden Türläden aufgestoßen. Die Flammen zweier Kienspäne ließen Florian eine kleine, links und rechts mit zwei Truhen bestückte Diele erkennen, ehe er das Mädchen sah, das erschrak, als sie ihn hinter ihrer Dienerin gewahrte. Er nahm den Hut vom Kopf, während Tuma, ohne ein Wort zu verlieren, die Tür verriegelte und den Querbalken wieder einrasten ließ.
Es gab ihm Zeit, die Bewohnerin der Casa rosada zu mustern. Keine Frage, Isabella Baroja war eine bildschöne Frau. Das flackernde Spanlicht hinter ihrem Rücken brachte die Spitzen ihres Haares, das ihr lang und zum Schlafengehen zurechtgemacht, in den Nacken fiel, zum Glühen. Ein schmaler, hochgeschlossener Mantel aus blauem Satin umschmeichelte hauteng ihre schlanke Figur, daß kaum eine Rundung verborgen blieb. Leise sagte er:
»Bitte nicht erschrecken, Senorita. Und – verzeihen Sie mein Eindringen. Erkennen Sie mich wieder? Wir trafen uns gestern.«
Ihre Züge entspannten sich.
»Senor Stoll! Sie haben Mut, mein Herr, zu dieser Stunde hierher zu kommen! Aber Sie müssen wissen, was Sie tun.« Es klang sarkastisch.
Er ging nicht darauf ein, ließ Tuma den Vortritt und folgte den beiden.
Der Raum, in den sie ihn führten, war sehr dunkel und wurde nur vom Licht einer Kerze erhellt, die in einem schweren, neunarmigen Silberleuchter steckte. Trotzdem genügte selbst dieses spärliche Licht, um ihn völlig von ihrem atemberaubenden Aussehen zu überzeugen. Sie ließ seine Blicke über sich ergehen, ohne die Lider zu senken. In ihren Augen und in ihrem Lächeln war etwas Warmes und Impulsives.
Tuma unterbrach das stumme Zwischenspiel und begann in kurzen Worten ihr nächtliches Abenteuer zu erzählen.
Nachdem sie sich, wie jeden Abend, im Dorf Brennholz für ihren Küchenherd besorgt hatte und sich anschickte, mit ihrer Last zu verschwinden, versuchten einige Männer, sie zum Bleiben zu überreden. An Stelle einer Begründung speiste man sie mit Ausflüchten

ab. Zum Schein begnügte sie sich damit und trollte sich in die Waschküche, um Luca, die Wäscherin, über das sonderbare Verhalten der Männer auszufragen. Was sie zu hören bekam, trieb ihr den Angstschweiß auf die Stirn. Noch jetzt, Stunden danach, ließ sie die Erinnerung zittern wie Espenlaub.

»Sie wollen die Casa rosada anzünden heute nacht! Sie wollten dich töten, mein Täubchen! Dich verbrennen lassen, um Don Fernandez einen Denkzettel zu verpassen! Diese Mißgeburten! Ans Herrenhaus wagen sie sich nicht. Sie zu viele, viele Bange!« Sie äffte das Sklaven-Spanisch nach. »Aber die Casa rosada überfallen und anzünden, dazu reicht ihr Mut! Oh, was ist aus diesen verdammten Negros geworden!« Sie schlug sich auf den Busen. »Mich – mich wollten sie schonen, sagten sie. Ich dürfe nicht zurück, sollte bei ihnen bleiben, bis alles vorüber ist. Ich sollte untätig zusehen, wie dieses Kind, das zu mir gehört als hätte ich es selbst geboren, in diesem Haus verbrennt! Sie versuchten mich zurückzuhalten, mich am Heimgehen, am Weglaufen zu hindern. Ich tat, als gäbe ich nach und machte mich auf dem schnellsten Weg davon, als sich eine Möglichkeit bot. Am Ende freilich hätten sie mich fast eingeholt. Wenn der Senor nicht gekommen wäre …«

Dankbar musterte sie Florian, der ihren Bericht mit wachsender Sorge und Beunruhigung angehört hatte. Das waren keineswegs die Hirngespinste einer alten Negerin. Er glaubte ihr jedes Wort. Am meisten entsetzte ihn die Heimtücke der Leute, die sich diese Teufelei ausgedacht hatten. Isabellas Gedanken nahmen die gleiche Richtung. Leise sagte sie:

»Warum ich? Was habe ich ihnen getan?«

Florian legte seine Fingerspitzen auf den Rücken ihrer linken Hand, die schlaff auf dem Tisch lag. Es war eine spontane Bewegung. Trotzdem genoß er die Berührung, als sie ihm bewußt wurde. Es schmeichelte ihm, daß sie ihre Hand, wie es schicklich gewesen wäre, nicht sofort zurück zog. Sicher drückte sich darin nur ihre Unbefangenheit aus. Gleichzeitig wurde er sich bewußt, daß Zärtlichkeiten in seinem Leben spärlich geworden waren. Unwillig schüttelte er den Gedanken ab und sagte nüchtern:

»Die Casa rosada zu überfallen, birgt für sie kein Risiko. Machten sie sich hingegen am Herrenhaus zu schaffen …« Er ließ den Satz un-

vollendet ausklingen und fügte nach einer Weile hinzu:»Man will
Ihren Vater treffen. Sie wissen, daß es ihrem Hexer an den Kragen
geht. Ein Verbrechen an Ihnen, Senorita, wäre für die Schwarzen
eine Art Ausgleich. Selbst wenn sie heute davon Abstand nehmen,
weil sie wissen, daß ich hier bin, befinden Sie sich in höchster Ge-
fahr. Es ist unvertretbar, daß Sic von dieser Stunde an weiter allein
mit Tuma hier wohnen. Sie müssen zu Ihren Leuten.«
»Senor …«
»Nein, Tuma. Nicht du. Es ist meine Sache.«
Isabella wirkte sehr beherrscht.
»Senor Stoll, ich darf annehmen, daß Ihnen meine Schwestern unser
Familiengeheimnis offenbarten.«
Er nickte unbehaglich.
»Ich dachte es mir. Dann begreifen Sie bitte, auch wenn es Ihnen
schwerfällt: Für Senor Baroja bin ich tot. So gut wie tot jedenfalls.
Ich starb, als ich an Antonios Seite ›La Manuela‹ verließ. Vor Ihnen,
Senor, sitzt ein Gespenst, eine fleischlose Hülle.«
»Senorita!«
»Sie glauben mir nicht? Fragen Sie meinen – fragen Sie Don Fernan-
dez. Er wird es Ihnen bestätigen.«
»Sie versündigen sich!«
Sie seufzte. Nicht mitleidheischend; es war mehr ein Ausdruck ihrer
Ungeduld, ihm Nichterklärbares erläutern zu müssen.
»Senor Stoll, Sie sind Deutscher. Was wissen Sie von den Wertvor-
stellungen eines Mannes wie Baroja!« Sie vermied bewußt, den
Pflanzer Vater zu nennen.»Glauben Sie mir – egal, welche Argu-
mente Sie vorbrächten, ihm würde es nicht im Traum einfallen,
mich jemals wieder im gleichen Haus nächtigen zu lassen, das er
selbst bewohnt. Eine tote Isabella ist für ihn weitaus erträglicher als
eine ehrlose. Ich bin ehrlos, Senor, müssen Sie wissen. Verzeihung.
Ich vergaß. Man hat Sie darüber unterrichtet.«
Sie sagte es ohne jeden Sarkasmus. Unbeherrscht konterte er:
»Sie bleiben nicht ungeschützt hier, was immer Ihr Vater denkt.«
Ihre Antwort kam müde.
»Mit dem Erfolg, daß er Sie aus dem Haus wirft, alle Geschäfte mit
Ihnen abbricht, Sie verleumdet und verleumden läßt. Und veranlaßt,
daß mich eine seiner Kreaturen hierher zurückprügelt.«

Sie spürte seinen Unglauben.

»Sie zweifeln daran? Sag es ihm, Tuma.« Als die Amme schwieg, fuhr sie fort:»Vor einem Jahr, als der große Hurrican kam, Sie erinnern sich, auch Matanaz wurde betroffen, waren Tuma und ich in Todesängsten. Wir fürchteten uns bis zur Tollheit und flüchteten ins große Haus. Auf Befehl des Herren trieb mich Pedro, der Mann, der jetzt tot ist, mit Stockhieben hierher zurück.«

»Und Ihre Mutter?«

Er bereute die Frage sofort. Aber sie antwortete ohne Zimperlichkeit.

»Lernten Sie meine Mutter kennen?«

»Sie wissen es.«

»Was soll dann die Frage? Nach dreiundzwanzig Ehejahren mit Senor Baroja erledigt sich jede Opposition. Wollen Sie noch mehr wissen?«

Er schwieg. Sie sagte müde:

»Senor Stoll, ich muß Sie bitten, das Haus umgehend zu verlassen. Tumas Flucht veränderte die Situation. Die Neger wissen, daß wir gewarnt sind. Ich versichere Ihnen – mir wird heute Nacht kein Haar gekrümmt. Sie können vollauf beruhigt sein.«

»Sie weigern sich, mitzukommen? Ist das Ihr letztes Wort?«

Ungeduldig nickte sie.

»Das ist es.«

»Gut ...« er lockerte seine Halsbinde, öffnete den obersten Knopf seines Rocks,»dann werde ich wohl für die nächsten Stunden Ihre Gastfreundschaft in Anspruch nehmen müssen.« An seinem Entschluß, die beiden nicht allein zu lassen, gab es nichts mehr zu rütteln. Isabella Baroja betrachtete ihn nachdenklich. Endlich sagte sie:

»Man muß es Ihnen zugestehen – ein Feigling sind Sie nicht. Wenn Baroja von Ihrer nächtlichen Exkursion erfährt ...«

»Nun?«

Sie zögerte, runzelte die Stirn.

»Vielleicht irre ich mich. Es gibt in der Tat noch eine Perspektive. Spanier können die Ehre nur einmal verlieren, denke ich, nicht zweimal. Vielleicht erkundigt er sich morgen bei Ihnen, ob die Dirne Ihrer Zufriedenheit entsprach.«

44

»Isabell!«

»Laß nur, Tuma. Im übrigen müßtest du ihn kennen. Im Ernst, Senor, möglich ist alles. Nicht daß es mich stören würde. Was Senor Baroja sagt, denkt, tut, ist seine Sache. Ich bin nur bemüht, Ihnen die Lage zu erklären. Ich kann mir vorstellen, daß es für einen Fremden nicht leicht ist, all das zu begreifen. Ein bißchen tun Sie mir leid, in dieses Durcheinander geraten zu sein.«

»Sie sind verbittert.«

»Wundert Sie's? Ich glaubte immer daran, daß Schmutz einen nicht besudeln kann. Aber ich täuschte mich. Er tut es.« In verändertem Tonfall ergänzte sie:»Verzeihen Sie meine Ungastlichkeit. Leider verfüge ich nicht über Wein, den ich Ihnen anbieten könnte. Trinken Sie eine Tasse Kaffee mit mir?«

Er nickte zerstreut, dachte – man könnte sie mögen, diese Isabella, wenn man sich die Mühe machte. Wenn! Ihn verlangte es nicht danach.

Sie tranken Kaffee, den die Amme brachte, kamen ins Reden, während Tuma, durch die Aufregungen und Anstrengungen des Tages erschöpft, auf ihrem Stuhl in der Ecke einnickte.

Die Situation schloß jede oberflächliche Konversation aus. Sie begann zu berichten, begann, ihm ihr bisheriges Leben zu offenbaren. Und je länger sie redete, um so bewußter wurde Florian, wie sehr die junge Frau einen Menschen vermißt haben mußte, dem sie ihr Herz ausschütten konnte. Ihr Redefluß, einmal im Strömen, kannte kein Halten. Es brach förmlich aus ihr heraus. Sie erzählte von den für junge Mädchen ihres Standes üblichen Jahren im Kloster, von der unbändigen Freude, als sie mit Sechzehn heim durfte, und von ihrer Enttäuschung, als sie erkennen mußte, wer ihre Eltern wirklich waren: die Mutter eine zwar noch immer schöne, aber von den Furien ständiger Angst verfolgte, unterwürfig gewordene Frau ohne eigenen Willen, immer in Furcht, vom Herrn und Meister gerügt zu werden – der Vater, ein kleinlicher, grausamer Tyrann, selbstgerecht, dünkelhaft, mit beschränktem Verstand und dem krankhaften Drang, Menschen leiden zu sehen, voller Bosheit und besessen von einem Ehrbegriff, der die Grenze zur Lächerlichkeit längst überschritten hatte.

»Das Gefängnis des Klosters hatte ich mit jenem der Plantage vertauscht. Senor Baroja hielt mich wie eine Gefangene. Am liebsten wäre es ihm gewesen, hätte ich noch immer mit Puppen gespielt. Er ertrug den Gedanken nicht, eine erwachsene Tochter vor sich zu haben. Ich hatte ihm zu gehören. Ich war sein Kind und Kind sollte ich bleiben. Dann kam Antonio. Ich verliebte mich in ihn. Zum ersten Mal in meinem Leben war ich in einen Mann verliebt! Als Zwanzigjährige! Aber das allein hätte nicht genügt, mich Hals über Kopf in diese Flucht zu stürzen. Ich wollte weg von ›La Manuela‹, verstehen Sie, fort von hier, um jeden Preis! Er war ein braver, anständiger Junge, nicht das Ungeheuer, das Senor Baroja hinterher verbal aus ihm zu machen versuchte. Und er hatte weiß Gott Besseres verdient, als meinetwegen auf diese Art sterben zu müssen! Die große Liebe – was wußte – was weiß ich von Ihr? Vielleicht war sie's, vielleicht auch nicht. Ich wollte frei sein, Senor, das zuerst und vor allem anderen. Frei von der Atmosphäre dieses Hauses, frei von dieser Familie, nicht zuletzt von Senor Baroja. So sieht die Wirklichkeit des romantischen Unfugs aus, den ich mir leistete: Nicht die Flucht als solche war unsinnig, sondern an die Chance ihres Gelingens zu glauben. Ich hätte es besser wissen müssen.«

Sie ließ fast eine Minute vergehen, ehe sie weitersprach:

»Dann brachte er ihn um, kaltblütig und unbewegt schoß er ihn über den Haufen. Es war kein Duell, Senor! Auf dem Pferd sitzend erschoß er ihn. Antonio hatte nicht die geringste Chance. Er stand waffenlos, mit ausgebreiteten Armen vor ihm. Die Geschichte von einem Duell wurde erst später erfunden und von Baroja's Speichelleckern ausposaunt. Aber ich war Zeugin der Tat! Mich konnten sie nicht über den Haufen knallen. Das wenigstens brachte er nicht fertig. Aber verschwinden mußte ich, als hätte es mich nie gegeben. Verstehen Sie? Die Gefahr, daß ich redete, wenn man mich *nicht* mundtot machte, erschien ihm mit Recht zu groß. Zudem haßte er mich von diesem Augenblick an wie das nur ein in seiner Ehre zutiefst verletzter spanischer Grande fertigbringt. Deshalb, Senor Stoll, sitze ich hier, deshalb soll ich weit weg, nach Spanien, ins Kloster. Begreifen Sie – ich weiß von einem Mord, den Senor Baroja beging. Und – ich weiß, daß er keineswegs nur meiner verletzten Ehre wegen mordete, sondern weil Antonio es abgelehnt hatte, über Barojas dunkle Machenschaften zu schweigen.«

Sie schöpfte Atem. Florian nickte gedankenverloren vor sich hin. Er glaubte ihr jedes Wort. Ihn schauderte, als er sich die Ausweglosigkeit ihrer Lage verdeutlichte. Je eher sie von diesem Ungeheuer von Vater nach Spanien verfrachtet wurde, um so besser für sie. Die Idee freilich, diese junge, bildschöne Frau hinter Klostermauern verschwunden zu wissen, trieb ihm die Galle hoch. Es stank wahrlich zum Himmel, was Baroja angestellt hatte und noch anstellen würde – und trotzdem – was in Teufels Namen ging ihn selbst das alles an? Er war in der vergnüglichen Vorstellung hierher gekommen, einige angenehme Tage in ländlicher Umgebung voller Ungezwungenheit und Heiterkeit zu erleben und zusätzlich ein äußerst lukratives Geschäft unter Dach und Fach zu bringen. Einer Einladung folgend, die ihn zwar überraschte, dennoch aber nicht völlig unerwartet erreichte, da er mit dem Gastgeber seit längerem in geschäftlichem Briefwechsel stand. Vor einem Jahr hatte er dem Kreolen für teures Geld ein Paar der begehrten kurhessischen Duellpistolen verkauft. Und nun dies! Es war zum Haareraufen! Was als kurzweiliger Vergnügungsaufenthalt mit der angenehmen Begleiterscheinung eines interessanten Geschäfts gedacht war, entpuppte sich immer deutlicher als Falle. Plötzlich fand er sich in der Rolle des Mitakteurs einer Tragödie, deren Ausgang völlig im Dunkeln lag. Er tat gut daran, sich über verschiedene Dinge klar zu werden. Zugegeben – sie war ihm alles andere als unsympathisch, diese Isabella. Welche schöne Frau, die zudem über den Charme und die bezaubernde Impulsivität dieser Pflanzerstochter verfügte, hatte je ihre Wirkung auf ihn verfehlt! In diesem Fall aber geboten Vernunft und Logik, die Finger von ihr zu lassen. Auch wenn ihm bei dem Gedanken an die ihr bevorstehenden Lebensumstände speiübel wurde. Seine philantropische Phase lag, wenn es sie denn je gegeben hatte, längst hinter ihm. Vollauf damit beschäftigt, reich und gleichzeitig den Hochgestellten ebenbürtig zu werden, erübrigte er für seine einstige Bereitschaft, die Sorgen der ganzen Welt zu seinen eigenen zu machen, nur noch ein Schulterzucken. Jeder für sich, und wenn es sein mußte, gegen die gesamte übrige Menschheit, lautete seine Erfolgsdevise und er war seit seinem Eintreffen auf Cuba bestens mit ihr gefahren. Auch diese kreolische Schönheit würde ihn nicht von diesem Rezept abbringen. Erst jetzt merkte er, wie müde sie war und stand auf.

»Verzeihen Sie meine Gedankenlosigkeit. Ich muß darauf bestehen, daß Sie zu Bett gehen, Isabella.«

Die Vertraulichkeit, sie mit ihrem Vornamen anzusprechen, glaubte er sich leisten zu können. Ihre für einen Moment geschlossenen Augen öffneten sich wieder. Schlaftrunken murmelte sie: »Sie haben recht. Es ist spät. Und – Sie bleiben tatsächlich?«

»Ja.«

Sie rüttelte die Amme wach.

»Richte dem Herrn ein Lager auf der Chaiselongue.«

Und zu ihm:»Gute Nacht, Senor.«

»Gute Nacht, Isabella.«

Den Hausherrn sah Florian am nächsten Tag erst gegen Abend wieder, als er von einem ausgedehnten Erkundungsritt ins Hügelland um Santa Clara, der nächstgelegenen Stadt zurückkam. Baroja gab sich gutgelaunt. Den Schock des Vortages hatte er anscheinend überwunden. Er begrüßte den Gast lebhaft.

»Hörten Sie schon das Neueste?«

Florian verneinte und erkannte gleichzeitig, daß Don Fernandez getrunken hatte. Das Gesicht des Kreolen war gerötet, seine Augäpfel rot gesprenkelt.

»In Habana wird geschossen. Es ist Revolution! Der Generalkapitän hat das Kriegsrecht verhängt, nachdem sich die Bürger der Stadt mit den Tabakpflanzern verbündeten und vor das Ayuntamiento zogen, worauf Rojás Soldaten zu schießen begannen. Auf beiden Seiten gab es Tote und Verwundete. Unsere Leute brennen darauf, den Erzschurken aus Cuba zu vertreiben. Mein Platz ist jetzt an ihrer Seite, wie Sie verstehen werden. Das Staatsmonopol muß vom Tisch. Jetzt oder nie! Ich reise. Noch heute.«

Bemüht, seinen Enthusiasmus in Sachlichkeit ausklingen zu lassen, ergänzte er in ruhigerem Ton:»Bezüglich meines Waffenauftrags gibt es nicht mehr viel zu sagen. Weder über die Handfeuerwaffen noch über das Geschütz. Ich benötige es zur Abwehr einer Affenrevolte. Wegen des Kalibers verlasse ich mich auf Ihre Erfahrung. Sie kennen das Gelände und die übrigen maßgeblichen Details. Und – wahrscheinlich wird Cuba in naher Zukunft von Spanien unabhängig. Wie auch immer, ich will die Plantage gegen jeden Angriff verteidigen können. Was diesen Voodoo-Kerl betrifft: Wenn Sie sich in Richtung Esmeraldamühle bemühen, werden Sie auf ihn stoßen. Nehmen Sie letzteres nicht wörtlich. Er hockt nämlich in einem dreißig Fuß über dem Boden angebrachten Käfig und dörrt nach und nach aus. Wie Pedros Herz und Leber. Das heißt, wenn ihn die Geier nicht bei lebendigem Leib auffressen. Das Käfiggitter wurde so gesetzt, daß sie von allen Seiten ein wenig an ihn ran können. Ich gab Order, den Käfig mit den Leichenresten erst nach vier Wochen zu entfernen. Täglich zweimal müssen die Kanaillen darunter vorbeimarschieren – wenn es am Morgen an die Arbeit geht und abends bei ihrer Rückkehr. Das wird ihr Erinnerungsvermögen stärken.«

»Sie rechnen nicht mit weiteren Unruhen?«

»Von Seiten der Affen? Bestimmt nicht!« Er lachte verächtlich. »Wenn die merken, daß ihr großer Voodoo-Mann jämmerlich abkratzt, ohne sich helfen zu können, daß sein Zauber wirkungslos wurde, fressen sie jedem Weißen aus der Hand. Keine Angst, Senor. Ich kenne die Schwarzen.«

»Ich fürchte, Sie irren sich in diesem Fall, Don Fernandez.«

Barojas gute Laune schwand. An Widerspruch im eigenen Haus nicht gewöhnt, bemerkte er kühl:

»Ich bleibe dabei. Meine Erfahrungen lassen mich die Lage durchaus objektiv beurteilen.«

»Auf die Gefahr, Ihr Wohlwollen zu verlieren – Sie irren sich. Man versuchte heute nacht, die Dienerin Ihrer Tochter Isabella zu entführen, um die Casa rosada anzuzünden. Ihre Tochter wäre elend umgekommen, wenn sich die Schwarze nicht hätte befreien und entkommen können.«

Baroja wurde bleich.

»Wer hat ...?«

Er unterbrach sich, ballte unbeherrscht die Fäuste und atmete, als fürchte er zu ersticken. Florian geneigt, sich leidlich aus der Affäre zu ziehen und bereit, dem Rat Isabellas zu folgen, ihre Begegnung zu verschweigen und nur Tumas Abenteuer zu schildern, zögerte kurz mit seiner Antwort. Wenn er seinem Verstand gehorchte, blieb ihm keine andere Wahl. Er erkaufte sich mit seinem Hinweis auf die drohende Gefahr das Gefühl, seiner Menschenpflicht genügt zu haben und konnte, ohne Komplikationen befürchten zu müssen, verschwinden. Insbesondere nach der Erklärung seines Gastgebers, ebenfalls noch heute abzureisen. Die Karten auf den Tisch zu legen und Baroja die tatsächliche Rolle zu eröffnen, die er seit gestern abend gespielt hatte, widersprach nicht nur jeder Vernunft, sondern nicht zuletzt seiner Einsicht, daß er damit dem Mädchen keinesfalls half, sondern es wohl in noch größere Schwierigkeiten brachte.

Größere Schwierigkeiten? Mann – was konnte der Tochter dieses Halbverrückten über die Verbannung ins Kloster hinaus denn noch geschehen? Möglich, daß er sie ein weiteres Mal schlug oder, wie gehabt, schlagen ließ. Er knirschte mit den Zähnen. Der Gedanke, daß der Hausherr selbst oder einer seiner Aufseher Hand an die junge Frau legte, machte ihn rasend. Wütend stieß er hervor: »Das will ich Ihnen sagen! Da sich Ihre Tochter in unmittelbarer Lebensgefahr befand, Sie selbst aber, Don Fernandez, der gestrigen Ereignisse wegen sich unwohl fühlten, wie Sie sich sicher erinnern, und demnach außerstande waren, einzugreifen, hielt ich es für meine Pflicht, die Nacht im Haus der beiden Frauen zu verbringen.«

Barojas Blick wurde glasig.

»Sie – Sie …« Er biß sich so heftig in die Unterlippe, daß ihm Blut übers Kinn rann. »Sie sprachen mit ihr?«

»Ja.«

»Sie hat …?«

»Ja. Sie hat mir alles erzählt.«

»Ah! Alles?« Bestätigung suchend, wiederholte er mit schiefgelegtem Kopf: »Alles?«

»Ich denke, daß nichts ungesagt blieb.«

»Und Sie glauben der Schlampe?«

»Ich sehe keinen Grund, Senorita Isabella nicht zu glauben. Im übrigen – ich pflege mich nicht in Dinge einzumischen, die nicht die meinen sind, Senor. Es war reiner Zufall, daß ich Ihre Tochter traf, und Zufall, daß ich der Sklavin Tuma behilflich sein konnte, als diese bedroht wurde.«

»Ein bißchen viele Zufälle auf einmal, finden Sie nicht?«

»Was wollen Sie damit sagen?«

Plötzlich veränderte sich Barojas Miene. In seine Züge kam etwas Tückisches, Hinterhältiges.

»Sie schliefen also bei Ihr? Wissen Sie, daß ich Sie dafür töten kann?«

Florian erwiderte kalt:

»Ungestraft? Wie den Marineleutnant? Ich glaube nicht, daß die Behörden zweimal die gleiche Nachsicht üben.«

»Die Behörden? Nachsicht?«

Baroja schüttelte es vor Wut. Auf einmal verzerrten sich seine Lippen zu einem widerlichen Grinsen. »Senor Stoll. Sie sind ein junger, vollblütiger Mann. Und, wie ich sehe, ein Menschenfreund. Hören Sie mir jetzt gut zu, ich glaube, jedes Wort ist wichtig. Ich mache Ihnen ein Geschenk. Sie haben recht gehört. Ein sehr reizvolles Geschenk, wie Ihnen gleich aufgehen wird, das Sie, wenn Sie der Mann sind, für den ich Sie halte, nicht ablehnen können.« Er trat so dicht vor Florian, daß dieser seine Rumfahne riechen konnte. »Ich schenke Ihnen die Dirne aus der Casa reseda. Nehmen Sie sie mit, tun Sie mit ihr, was Sie wollen, unter der Voraussetzung, daß das Weib nie wieder cubanischen Boden betritt. Sie wollen nach Jamaika, nach Florida? Viel Spaß, mein Bester! Greifen Sie zu! Denken Sie an die vorteilhaften Konditionen! Geht sie Ihnen am Ende der Reise auf die Nerven, dann Schluß. Abnehmer finden sich immer. Noch sieht sie ganz passabel aus. Wie ist es? Einverstanden? Was heißt einverstanden! Sie haben keine Wahl. Die Vorstellung dessen, was mit ihr geschehen würde, sollten Sie ablehnen, macht Ihnen Alpträume? Mit Recht, Verehrtester, mit Recht! Also. Gehen Sie schon. Übernehmen Sie Ihr Eigentum!«

Florian war viel zu verblüfft, um wütend zu sein. Er bewegte den Kopf hin und her, als hätte man ihn geschlagen. Sein dunkles Gesicht glich einer hölzernen Maske. Bis ihm klar wurde: Dieser grelle, brennende Haß auf das eigene Kind kam aus Tiefen, die der Kreole wahrscheinlich selbst nicht begriff. Es war nicht allein Reaktion auf die verlorene Ehre der Tochter und ihr Mitwissen um die Ermordung des Offiziers, sondern, wenn ihn nicht alles trog, Ausdruck einer unglaublichen, inzestuösen Eifersucht, die blind zerstören mußte, zertreten, wehtun – nicht zuletzt sich selbst. Der Mann war nicht bei Sinnen, war krank, und – auch das begriff er – durch nichts mehr von seiner Idee abzubringen. Mit Isabellas Erniedrigung und

Beleidigung bestrafte er sich selbst. Die Schmach, die er ihr zufügte, wurde für ihn unbewußt zum Teil der Sühne, nach der der gläubige Katholik in ihm gierte. Ihre Abschiebung ins Kloster hätte nur ihre Körperlichkeit entfernt, nicht aber das Wissen um ihre Weiterexistenz, und sie nicht so vollkommen ausgelöscht wie ihr Versinken im Undenkbaren. Eine Dirne konnte nicht Don Fernando Barojas Tochter sein.

»Wann reisen Sie?«

Es bedurfte mehrerer Sekunden, ehe Florian die Frage begriff. Nun völlig gefaßt wiederholte Baroja gelassen:

»Wann entfernen Sie sich? Ohne unhöflich sein zu wollen – nach allem, was sich ereignete, erscheint es mir am besten, wenn Sie sich noch heute zur Abreise entschließen. Sicher haben Sie noch in Matanaz zu tun, ehe Sie sich einschiffen.«

Seine Stimme wurde sanft.

»Sie möchten darüber nachdenken? Gut. Nur – überlegen Sie nicht zu lange, Senor Stoll. Vorsorglich lasse ich Ihren Wagen bereitstellen. Ergehen Sie sich im Park, mein Freund. Wenn Sie das Für und Wider abwägen, werden Sie feststellen, daß auch Sie bei dem Geschäft gar nicht so übel bedient sind. Unsere übrige Vereinbarung wird davon nicht berührt.«

Er wandte sich um und stolzierte hocherhobenen Hauptes davon.

Florian sah an sich herunter, als hätte ihn ein Haufen Unrat gestreift. Obwohl er nicht daran zweifelte, daß der Mann krank war, fühlte er sich außerstande, ihn aus der Distanz dessen zu betrachten, dem sich ein Irrer offenbart hatte.

Dann kam der Schock. Isabella! Er mußte es ihr sagen. Mein Gott – wie formulierte man so etwas? »Erlauben Sie Teuerste – Ihr Vater offerierte Sie mir eben als Gespielin für ein paar Wochen. Als Mätresse, als Hure. Machen Sie sich reisefertig, wenn's beliebt.«

Kopfschüttelnd begann er sich dem Teich zu nähern, der die linke Seite des Weges zur Casa rosada säumte. Als die Büsche zurückwichen und die savannenartige Ebene freigaben, die sich von hier bis zum Bereich der Windmühlen erstreckte, sah er die Geier. Mehr als ein Dutzend der häßlichen Vögel kreisten lautlos am Himmel, dort, wo der Galgen stand. Florian blinzelte, hob die Hand, um seine

Augen vor der tiefstehenden Sonne zu schützen. Der Voodoo-Priester kauerte im Käfig und rührte sich nicht. Noch lebte er. Zwei, drei Tage würde er durchhalten, ohne Wasser, wenn ihn nicht vorher die Geier erledigten.

Baroja hatte nicht all zu viel Phantasie darauf verwandt, die Bestrafung des Schwarzen zu arrangieren. Das Ausdörrenlassen war die übliche Art, mit schwarzen Mördern zu verfahren.

Er machte einen Bogen um den Galgen, der von einem der weißen Aufseher und drei riesigen Kötern bewacht wurde und zwang sich, wegzusehen.

Gedankenversunken erreichte er die Casa rosada, deren Fensterläden der Hitze wegen geschlossen waren. Wieder nahm er den Weg ums Haus. Sie stand am Ziehbrunnen, beugte sich über den gemauerten Brunnenrand und zog den mit Wasser gefüllten Holzeimer auf die Brüstung. Die geschmeidige Beweglichkeit ihrer Rückenlinie erinnerte ihn an jene einer Balletteuse. Als sie sich bückte, um ihre Schürze vom Boden aufzuheben, deren Bänder sich gelöst hatten, rutschte ihr der Hut über die Stirn bis zur Nasenspitze. Sie sah so komisch aus, wie sie zwei Dinge zur gleichen Zeit zu tun versuchte – die Schürze zu ergreifen und den Hut zurückzuschieben, daß er unwillkürlich zu lachen begann. Mitten in der Bewegung erstarrte sie, richtete sich auf und bemerkte ihn.

»Sie!«

Er stand schwerfällig vor ihr. Nach Lachen war ihm nicht mehr zumute.

»Isabella ...«

»Ja? Was ist?«

Forschend studierte sie seine ernstgewordenen Züge und sagte verhalten:

»Ist es – etwas Schlimmes?«

»So kann man es nennen.«

Plötzlich ergriff er sie an den Oberarmen. Sie versuchte nicht, sich ihm zu entziehen.

»Ich war bei Ihrem Vater.«

Ihr Körper versteifte sich.

»Und?«

»Er wird Sie nicht nach Spanien schicken.«

»Sondern?«

»Er wünscht, daß Sie …«

»Daß ich was? Sagen Sie es! Keine Angst, mich wirft nichts mehr um.«

»Er will, daß ich – daß ich Sie mitnehme.«

Ihre Augen weiteten sich.

»Ich – mit Ihnen – ich verstehe nicht …«

»Er möchte, daß Sie mit mir nach Jamaika kommen.«

Sie schüttelte ungläubig den Kopf.

»Es ist absurd. Sie scherzen!«

Florian lockerte seinen Griff, ließ sie aber nicht los.

»Es ist die Wahrheit. Sollten Sie sich weigern, mit mir zusammen Cuba zu verlassen, wird er Sie bestrafen.«

»Senor Stoll …« sie schluckte und zitterte dabei – »er – sagte es selbst – zu Ihnen? Ich soll mit Ihnen fort, nach Jamaika? Aber dann – dann …« plötzlich kam ein Leuchten in ihren Blick, das ihm unheimlicher erschien, als hätte sie vor Entsetzen geschrien. »Wollen Sie mich denn – zur Frau?«

»Um Gotteswillen – nein!«

Er hätte sich ohrfeigen können. Aber das spontane Erschrecken war nicht mehr zurückzunehmen und auch nicht die Wahl der Worte. Der Glanz in ihren Augen erlosch. Es war, als ginge ein Licht aus. Tonlos sagte sie:

»Verzeihen Sie mir. Was bin ich für eine anmaßende Närrin! Er will also, daß ich Ihre Mätresse werde?« Sie verzog ihre Lippen. Es wurde der jämmerliche Abklatsch eines Lächelns. Ihre Stimme bemühte sich um Festigkeit. »Wann reisen wir?«

Sie befreite sich aus seinem Griff.

»Isabella – ich …«

»Ich bitte Sie! Nicht *Sie* müssen sich entschuldigen. Nach all dem, was meine Familie und ich auf Sie, den Unbeteiligten, abluden. Verrückt! Sie müssen glauben, in ein Tollhaus geraten zu sein!« Ihr Blick glitt von ihm ab. »Sie haben wirklich die Absicht, mich mitzunehmen?«

»Ja, die habe ich! Verdammt, Isabella! Es ist nicht an Ihnen, die Augen niederzuschlagen! Um es deutlich zu sagen. Ja, ich bringe Sie nach Jamaika. Aber nicht als meine Geliebte. Ihr Vater wird Sie mit den nötigen Mitteln ausstatten, damit Sie in Kingston oder wo immer Sie wollen in angemessenem Rahmen leben können.«

»Sie lehnen mich ab als Geliebte? Erscheine ich Ihnen zu sehr besudelt?«

Er war nahe daran, gänzlich die Fassung zu verlieren, während sie ihn aufmerksam anblickte. »Bin ich so unansehnlich?«

»Halten Sie den Mund!« Er schrie es fast. Sie tat, als hörte sie ihn nicht.

»Sie verzichten sogar auf einen Versuch?«

»Ja! Das heißt – nein! Herrgott – ich finde Sie bezaubernd, hinreißend, all das – aber ich muß nicht unbedingt mit Ihnen das Lager teilen.«

Sie zuckte zusammen.

»Sie brauchen nicht so zu schreien! Ich verstehe! Sie sind der Herr! Sie bestimmen! Was soll ich tun?«

»Packen Sie Ihre Sachen zusammen. Nur das Nötigste. Wir können alles, was Sie brauchen, in Kingston kaufen.«

»Und Tuma?«

»Tuma?«

Er stutzte. Etwas wie Erleichterung überflog sein Gesicht.

»Natürlich, Tuma! Die nehmen wir mit. Sie benötigen eine Dienerin. Was bin ich für ein Idiot!«

Sie spürte, wie froh er über die Ablenkung war und schämte sich so, daß ihr die Stimme versagte.

Flüsternd fragte sie:

»Wann möchten Sie reisen?«

»Es dunkelt bereits. Schaffen Sie es in einer halben Stunde?«

Sie nickte und wandte sich ab, ihre Tränen verbergend. Er bemerkte sie trotzdem.

Jamaika war reich. Es schwitzte Gold aus. »Insel der harten Guineen« nannten es die Spanier und sie wußten warum. Bis 1655 gehörte die einhundertzwanzig Seemeilen südlich von Cuba gelegene, gebirgige, oft von Wirbelstürmen und Erdbeben heimgesuchte Insel, als koloniale, den Nachfahren Christobal Colons zugesprochene Grafschaft, zum spanischen Weltreich. Anschließend bedienten sich die Engländer. Fünf Jahre dauerte der Kampf gegen Spaniens Truppen und gegen die von einem Negerstaat träumenden, durch die Kriegsereignisse plötzlich freigewordenen Sklaven. Dann war es soweit: Jamaika, an der »Straße der Silberflotte« gelegen, avancierte zur wichtigsten strategischen Basis Großbritanniens in Mittelamerika. Mit der Marine kamen die Pflanzer und Kaufleute, die Schmuggler und Freibeuter. Und alle waren willkommen. Die Schmuggler als Verbündete im permanenten Wirtschaftskrieg gegen die Spanier, die Freibeuter als Bundesgenossen im offenen Kampf gegen die verhaßten Dons, die Pflanzer und Kaufleute als »Garanten der Erschließung des erstrangigen Territoriums Seiner Majestät in Westindien«, wie die Londoner Regierung es in einem Dekret ausdrückte.

Freilich, bei der Auswahl dieser »Garanten« hatte Whitehall das letzte Wort. Um zu vermeiden, was auf Cuba und anderen Karibikinseln geschehen war – nämlich die Aufteilung des anbaufähigen Landes bis herunter zu kleinen und kleinsten Parzellen, die sich schon bald als unrentabel erwiesen, kamen in der neuen englischen Kolonie nur Leute mit Geld und hervorragenden Verbindungen, kam nur – von Ausnahmen, die die Regel bestätigten abgesehen, die Aristokratie zum Zug. Von Anfang an Großgrundbesitzer, fehlte es den neuen Herren an billigen Arbeitskräften. Um sie nicht ausschließlich vom Sklavennachschub aus Guinea abhängig zu machen, übte sich England schon kurz nach der Eroberung Jamaikas in der Praxis, seine zu langjährigen Freiheitsstrafen verurteilten Verbrecher – auch solche weiblichen Geschlechts – auf die Zucker-, Tabak- und Ruminsel abzuschieben, wo Plantagenarbeiter, resolute Frauenzimmer und Dirnen in jeder Menge gebraucht wurden.

Die beiden wirtschaftlichen Zentren Englisch-Westindiens dieses Jahrhunderts waren Bridgetown auf Barbados und Kingston auf Jamaika, das wenige Meilen nordöstlich des 1692 durch ein Erdbeben zerstörten Port Royal erbaut worden war, der früheren Hauptstadt, berühmt und berüchtigt durch seinen Piraten- und Freibeuterhafen, der lange Zeit Henry Morgan als Ausgangspunkt seiner Raubzüge diente.

Von Kingston aus operierten die im ständigen Kampf mit der spanischen Guarda Costa befindlichen Schmuggelschiffkapitäne, ohne die der Luxus der kreolischen Oberschicht auf Cuba und in Costa Rica unmöglich gewesen wäre. Von Kingston aus stachen die Freibeuterbesatzungen zu ihren Kaperfahrten in See. Hier residierte die South Sea Company, eine Londoner Gründung des Jahres 1711, der Spanien im Utrechter Friedensvertrag das alleinige Recht hatte zugestehen müssen, Negersklaven in die spanischen Besitzungen zu importieren.

Das Kingston dieser Jahre glich einem Hexenkessel. Die Stadt mit ihrem großen, durch eine langgestreckte Landzunge trefflich geschützten Hafen barst schier vor überschäumender Vitalität. Gegen das Heer von Glücksrittern und Abenteurern aus der ganzen Welt, gegen die Flibustiere, Bucanier und Freibeuter, gegen die abgetretenen oder noch aktiv wirkenden Piraten, Dirnen, Seeleute und Schnapsbrenner kam nicht einmal das Militär an. Noch herrschte eine Art Faustrecht, ähnlich wie in der Bucanier-Hochburg Tortuga. Wer Muskeln hatte, bestimmte, wer Geld hatte, befahl, und wer über beides verfügte, war König.

Der stattliche, an der Harbour-Street gelegene Gasthof »Golden Horse« gehörte mit seinen achtzehn Zimmern, Stallungen und Remisen für dreißig Pferde und einem halben Dutzend Kutschen und Fiacres zu den besten auf allen karibischen Inseln. Sein Besitzer war ein Mann namens Barry Walling, der vor einem Jahrzehnt seiner Flibustier-Karriere mit der Kaperung der spanischen Galeone »Santa Miriam« die Krone aufgesetzt hatte, als sich hinterher herausstellte, daß sein persönlicher Beuteanteil über hunderttausend Silberpesos betrug. Ohne Zögern oder Bedauern, hängte er seinen Kapitäns-Dreispitz an den Nagel, überließ das Prisenschiff seiner Mannschaft, verkaufte seine Brigg und machte sich zu einer Riesen-Fete in Kingston auf, die wochenlang dauerte und ihn fast sein ganzes Geld kostete. Diese betrübliche Feststellung ging mit der Erkenntnis einher, daß selbst der größte Spaß, das größte Vergnügen, zum Dauerzustand geworden, in öder Langeweile endet. Ohne viel zu überlegen, erwarb er für den Rest seiner Beute das »Golden Horse«, als diese urenglische Fachwerk-Herberge, die eher in die Gegend von Cambridge gepaßt hätte, denn in die Karibik, wegen Streitigkeiten unter den Erben zum Verkauf stand. Es wurde die beste Investition, die Barry Walling je getätigt hatte.

Sooft Florian nach Kingston kam, wohnte er im »Golden Horse«. Er schätzte nicht nur die Sauberkeit des Hauses, die gediegene Bequemlichkeit seiner Zimmer und das Essen des französischen Kochs, den Walling sich von Bord der »Santa Miriam« geholt hatte, sondern mochte vor allem den Mann Walling persönlich. Der ehemalige Freibeuter – Böswillige behaupteten sogar, er hätte selbst seine seemännische Ausbildung auf einem englischen Piratenschiff absolviert –, ein Hüne von einem Kerl, war bei aller Gerissenheit ein Mann, der sich trotz seines bewegten Lebens ein Gefühl für Fairness und natürlichen Anstand bewahrt hatte, was viele Leute, die ihn nur oberflächlich kannten, dazu verführte, ihn zu unterschätzen. Es gab nicht wenige unter ihnen, die diesen Irrtum damit bezahlen mußten, daß sie nachher mit der Nase im Dreck lagen. Walling hatte ein scharfes Auge für Menschen, wußte, wie man sich ihrer bediente und verstand es, wenn dies nötig war, den Mund zu halten.

Bei aller Menschenkenntnis freilich – das eigenartige Verhältnis zwischen seinem gerngesehenen Gast und dessen schöner und offensichtlich aus bester Familie stammenden jungen Begleiterin, mit der Florian Stoll diesmal aufgekreuzt war, vermochte er nicht zu entschlüsseln. Vielleicht war sie wirklich die jugendliche Witwe eines spanischen, im Krieg mit England gefallenen Marineoffiziers wie Stoll behauptete, und der Deutsche erfüllte nur eine Freundespflicht, wenn er sich um sie kümmerte. Möglich. Wenngleich Walling, trotz der schwarzen Kleider, die sie trug und trotz der ein wenig konfusen Tristesse, die sie umgab, seine Zweifel hegte. Die Geliebte ihres Reisebegleiters, darauf hätte er schwören können, war sie nicht. Aber irgendein dunkles Geheimnis rankte sich um ihre Person. Sittsame junge Damen, die in Begleitung eines Mannes im »Golden Horse« abstiegen, waren entweder deren Ehefrauen, Töchter oder Schwestern. Junge Witwen bildeten eine Kategorie, die ihm bisher noch nicht untergekommen war.

Selbstverständlich schlief das seltsame Paar in getrennten Zimmern, von denen Senora Isabella Varga, ihrer schwarzen Dienerin wegen, über deren zwei verfügte. Mit ihrer Zeit wußte sie anscheinend ebensowenig anzufangen, wie ihr Begleiter mit der Dame selbst, der er sich tagsüber kaum widmete, da ihn seine Geschäfte in Anspruch nahmen. Gerade, daß er am Abend mit ihr zusammen in dem den Honoratioren und Übernachtungsgästen von Stand vorbehaltenen Anbau der Gaststube das Essen einnahm. Tagsüber blieb die schöne Senora samt ihrer Dienerin verschwunden.

Um so überraschter war Walling, als Mrs. Varga jetzt, am frühen Nachmittag, oben auf der Treppe erschien, gemessen herunterschritt, mit einem stillen, nicht unfreundlichen Nicken an ihm vorbeiging und im Gastraum – oder besser der Schänke – verschwand. Er sah es mit Unbehagen. Die Rumstube des »Golden Horse« war selbst in dieser Nachmittagsstunde ein gutfrequentiertes, öffentliches Lokal, in dem – wie hätte es hier, mitten im Hafen, anders sein können, nicht nur Gentlemen verkehrten. Diese waren vielmehr in der Minderzahl. Eine junge blendend aussehende Dame wie diese Mrs. Varga würde hier selbst in geziemender Begleitung, erhebliches Aufsehen erregen. Kam sie gar allein, war die Sensation perfekt. Walling beschloß, persönlich nach dem Rechten zu sehen. Normalerweise überließ er den Schankstubenbetrieb einem seiner Knechte.

Während er die Schanktüre öffnete, wunderte er sich über den geringen Lärmpegel, der ihm entgegenschlug. Obwohl draußen die

Sonne schien, lag der Raum im Halbdunkel. Durch die kleinen Fenster mit ihren grünen Butzenscheiben drang nur wenig Licht, das zudem von der niedrigen Holzdecke und den dunklen, verqualmten, holzgetäfelten Wänden fast völlig verschluckt wurde. Walling mußte den Kopf einziehen, um nicht, ehe er die eine Stufe zum Lokal passierte, mit der Stirn am Gebälk der Decke anzustoßen.

Die Stube war ziemlich gut besucht. An den zwei Dutzend Tischen saßen die üblichen Nachmittagszecher, Würfel- und Kartenspieler, Seeleute meist, die es sich leisten konnten, Kapitäne und Steuerleute, einige Marinesergeanten und Subalternoffiziere sowie verschiedene undefinierbare Typen, deren Äußeres auf gefüllte Geldkatzen schließen ließ. Im Augenblick aber wurde weder gezecht noch gespielt. Vielmehr waren fast aller Augen – er hatte es geahnt – auf Isabella Varga gerichtet, die allein in einer Ecke saß und eben bei der Schankdirne in kehligem Spanisch Tee bestellte. Die Frau, eine ehemalige Taschendiebin aus Bristol, rümpfte die Nase und wollte gerade zu einer patzigen Antwort ansetzen, als sie Walling bemerkte, sich um ein beflissenes Grinsen bemühte und nickend verschwand. Zumindest das Wort »Tee« hatte sie verstanden.

In diesem Augenblick erhoben sich drei junge, uniformierte Leute, die nahe der Tür Karten gespielt hatten, von ihren Plätzen. Einer von ihnen in solcher Hast, daß sein Stuhl umfiel und einem Seemann, der hinter ihm saß, sachte gegen das Knie schlug. Der Matrose fluchte, fuhr herum, zog aber sofort den Kopf ein, als er sah, daß es sich bei den Dreien um Offiziere handelte.

Zielbewußt lümmelten sie sich zwischen den Stühlen hindurch der Ecke entgegen, wo Isabella saß. An der Spitze ein großer, hohlwangiger Marine-Leutnant mit strohblonden Augenbrauen und einem Rübenkopf, zu dem sein Mund paßte, der wie ein Schnitt in einem Mehlpudding wirkte.

Walling fluchte im stillen. Ausgerechnet dieser verdammte Sidney Puttenham, dritter Sohn Seiner Lordschaft, des Earl of Trenton, Vizeadmiral, wenn ihn nicht alles trog, im Stab des Ersten Seelords seiner Majestät, ein rücksichtsloser, jähzorniger, unverschämter Kerl, Aladins Flaschengeist ähnlich, dachte er: Knallte plötzlich nach allen Seiten, wenn man ihn ließ, und machte Stunk, wo immer dies ging.

Einer, der sich ständig mit seinem Namen großtat, freilich auch schoß und kämpfte wie der Teufel.

Die beiden anderen Kerle, Fähnriche noch, mit pausbäckigen Burschengesichtern, zählten nicht, auch wenn sie sich jetzt als gerissene Schwerenöter aufspielten. Steif wie uralte Ladestöcke näherten sie sich der Sitzenden. Walling wollte keinen Ärger. Folglich beschloß er, erst einzugreifen, wenn es sich nicht mehr umgehen ließ. Schließlich handelte es sich bei dieser Mrs. Varga trotz ihrer Jugend um eine erwachsene Frau, die wissen mußte, daß sie Annäherungsversuche riskierte, wenn sie sich ohne Herrenbegleitung in einer Schänke niederließ.

Isabella sah das Trio kommen. Wie sehr sie dabei war, sich eine Eselei zu leisten, hatte sie bereits kurz nach ihrem Betreten der Stube geahnt, und die plötzliche Stille, die ihr Erscheinen in dieser Männerwelt bewirkte, bestätigte ihre Befürchtung. Während sie einem Tisch zustrebte war es ihr, als lege sich Watte um ihre Beine, und sie atmete erleichtert auf, als sie endlich saß. Trotzig schob sie das Kinn vor. Der Deutsche war schuld! Hätte er sie nicht alleingelassen, eingeschlossen in diese schrecklichen vier Wände des Fremdenzimmers – niemals wäre sie auf die Idee gekommen, die Schänke aufzusuchen. Es geschah ihm gerade recht, wenn es Ärger gab! Wenn er wenigstens vernünftig mit ihr geredet und ihr seine Zukunftspläne offenbart hätte! Schließlich war es nicht unbillig, erfahren zu wollen, was mit ihr geschehen sollte! Er hingegen dachte gar nicht daran, den Mund aufzutun! Schlimmer noch – er ging ihr aus dem Weg, wann immer es die Höflichkeit zuließ. Höflich - Jungfrau Maria – höflich war er! Höflich, distanziert und kühl wie ein Eisberg! Und tüchtig! Vom Augenblick seines Entschlusses an, für sie Entscheidungen zu treffen, ging alles reibungslos. Ein kurzer Abschied von Mama – die Arme hatte überhaupt nicht begriffen, was sich tat – anschließend ein nicht allzu rührseliges »Adios Mercedes, Adios Ines« – und ab ging's nach Matanaz. Vierspännig und in einem Tempo, daß die Kutsche mehrmals in Gefahr geriet, umzukippen. Muchas Gracias, Senor, für diese Eile! Nur weit, weit weg von ›La Manuela‹ und Senor Baroja, falls es sich dieser doch noch anders überlegt! Danke, Senor, tausend Dank! Am liebsten hätte sie ihm die Hände geküßt. Dem großen, entschlossenen, gutaussehenden Aleman. Und nicht nur die Hände. Aber das würde er nie erfahren, dieser hochnäsige überspannte, gefühllose Eisblock!

Den man, zugegeben, schändlich überrumpelt – schlimmer, dem man ein Mädchen angedreht hatte, das er nicht haben wollte! O verdammt! So oft sie an ihre beschämende Lage dachte, stiegen ihr Tränen der Bitterkeit und Wut in die Augen.

Und jetzt mußten auch noch diese drei geschniegelten Widerlinge ihren Weg kreuzen! Ihr blieb nichts erspart! Sie setzte ihre finsterste und abweisendste Miene auf. Ihre giftigen Blicke bewirkten freilich nur, daß das Grinsen der Drei, die sich hölzern wie Nußknacker vor ihr aufbauten, eher noch breiter wurde.

Vollauf mit den Offizieren beschäftigt entging ihr, daß von der Straße her ein weiterer Gast den Schankraum betreten hatte und sich suchend umblickte. Der athlethisch gebaute junge Mann war sauber, aber einfach gekleidet und trug einen breitrandigen Hut, den er automatisch vom Kopf nahm, als er Isabella gewahrte. Sein volles, braunes Haar, das ein dunkles Samtband tief im Nacken zusammenhielt, durchzog auf der linken Kopfseite eine zwei Finger breite, schlohweiße Strähne, die die dunkle Sonnenbräune des Neuankömmlings noch auffälliger machte.

Im Begriff, sich der Theke zuzuwenden, drehte er sich langsam um. In diesem Augenblick dröhnte das rauhe, schnarrende Organ Lieutenant Puttenhams durch die Stube und übertönte dabei spielend das Lärmen der Zecher.

»So allein, schöne Frau?«

Wieder wurde es ruhig im Raum.

»Gestatten Sie uns die Gunst, bei Ihnen Platz zu nehmen?«

Ohne Isabellas Reaktion abzuwarten, ergriff Puttenham einen Stuhl, schob ihn dicht neben den ihren und setzte sich, während er seine Hand besitzergreifend auf ihren Unterarm legte. Als sie zusammenzuckte und aufzustehen versuchte, drückte sie einer der beiden Fähnriche sachte, aber bestimmt auf ihren Sitz zurück. Noch immer lag Puttenhams Hand auf ihrem Arm.

»Aber, aber, Sie werden uns doch nicht die Ehre und das Vergnügen Ihrer Bekanntschaft vorenthalten!«

Isabella versuchte, seine Hand abzuschütteln. Auf spanisch sagte sie: »Ich möchte gehen. Lassen Sie bitte meinen Arm los.«

Sie bemühte sich, ruhig zu bleiben. Ihr Tonfall war ohne Schärfe.
Puttenham zeigte lachend die Zähne.
»Was habe ich euch gesagt, Jungens! Eine Kreolin! Die rassigsten
Weiber der Welt! Es gibt nichts Tolleres auf der ganzen Erde als eine
cubanische Hure. Sie sind teuer, diese Nutten, aber – verdammt will
ich sein – ihr Geld wert!« Und in einem wüsten Spanisch: »Ich Ihre
Bekanntschaft – ich meine – pardon sagt man – wünschen? Also – ich
Bekanntschaft, schöne Senora. Verstehen? Zusammen trinken, ein
Becher, vielleicht zwei.«
Sein kleinerer Begleiter ergänzte grinsend:
»Und dann wir machen ...«
»Kann ich der Senorita behilflich sein?« Der Satz kam im geschliffe-
nen, fließenden Spanisch der Granden.
Isabella hob verblüfft den Kopf und blickte in die weit auseinander-
stehenden Augen eines großen, jungen Mannes, der sie mit ruhiger,
wacher Aufmerksamkeit musterte. Ihr Blick fiel auf die weiße Haar-
strähne. Was für ein Beau! Der Mann sah schier verboten gut aus.
Ihre Verwirrung mit einem flüchtigen Lächeln überspielend und
bemüht, die Situation zu entschärfen, antwortete sie:
»Vielen Dank, Senor. Aber die ein wenig – saloppen – Herren woll-
ten eben aufbrechen. Ich danke Ihnen.«
»Was will der Bursche?«
Der Jüngste der drei stemmte sich hoch, blickte hochmütig und
herausfordernd zu dem etwas Größeren hoch. Eher erstaunt als ver-
ärgert knurrte er:
»Übergeschnappt, Wicht? Los – mach dich fort, sonst gibt's Ärger!«
»Ich sprach mit der Lady, Sir.«
Er sagte es bestimmt, aber höflich und in manierlichem Englisch.
Als existierten die drei Uniformierten nicht, wandte er sich mit einer
kleinen, formellen Verbeugung erneut Isabella zu.
»Mein Name ist Umberto Garcia. Wenn Sie meiner Hilfe bedürfen
– ich bin Ihr Diener.«
Puttenham ruckte hoch. Mit unnachahmlicher Arroganz näselte er:
»Es stimmt. Hunde kann man nicht beleidigen. Ebensowenig wie
Lakaien. Ein Diener grinst, wenn man ihn anspuckt oder ihm einen
Tritt verpaßt. Falls er ein guter Lakai ist. Bist du ein guter Knecht,
Bursche?«

Um seiner Verachtung besonderen Ausdruck zu verleihen, spuckte er über den Tisch hinweg und traf den rechten Stiefelschaft des Fremden.

Dessen Lächeln schwand. Aufmerksam studierte er das Gesicht des Lieutenants. Dann zuckte er die Achseln.

»Sie sind albern, Sir. Albern und unhöflich. Am Tisch von Damen spuckt man nicht. Jedenfalls nicht in der Gegend, aus der ich komme. Sie sollten sich bei der Lady entschuldigen.«

Dem Engländer verschlug es für einen Moment die Sprache. Endlich brüllte er:

»Sergeants!«

Wie auf einem Exerzierhof hallte es durch die Stube, daß es auch jenen die Köpfe herumriß, die sich bisher nicht um die Szene gekümmert hatten. Vorne an der Theke erhoben sich widerwillig zwei englische Seesoldaten.

Puttenham bemerkte ihr Zögern, stützte die Hände in die Taille und beugte sich nach vorne.

»Macht schon, ihr Säcke!«

Walling schien es an der Zeit, einzugreifen. Gemächlich schob er seinen schweren Körper an den Sitzenden vorbei und stellte sich den Unteroffizieren in den Weg, die Arme im Rücken. Ein gutmütiges Lächeln zauberte Biederkeit in sein Gesicht.

»Nicht doch, meine Herren! Alles nur Mißverständnisse. Ich bin sicher, der Lieutenant wird den Befehl zurücknehmen.«

Sich an diesen wendend, ergänzte er mit ruhiger Bestimmtheit:

»Es wäre mir angenehm, wenn Sie sich mäßigten. Die Lady ist mein persönlicher Gast und wünscht in Ruhe und ohne Gesellschaft ihren Tee einzunehmen. Ich muß Sie ersuchen, Gentlemen, sich wieder an Ihren Tisch zu begeben.«

Es hätte eines gewissen Maßes an Überempfindlichkeit bedurft, seiner Stimme einen Anflug von Spott zu entnehmen. Puttenham beachtete den Wirt überhaupt nicht. Seine Aufmerksamkeit konzentrierte sich nach wie vor auf die beiden Unteroffiziere.

»Sergeants – noch einmal: Schnappt euch den Mann und werft ihn auf die Straße!«

Barry Walling kannte die beiden. Es waren nette Burschen, mit denen es nie Stunk gab. Er beschloß, der Geschichte ein Ende zu machen. Ehe die Sergeanten sich reichlich widerwillig daranmachten, dem Befehl des Lieutenants nachzukommen, breitete er die Arme aus, berührte beide am obersten Knopf ihrer Uniformen, grinste und sagte beruhigend:

»Ihr kennt mich, Jungs! Nichts liegt mir ferner, als euch in Schwierigkeiten zu bringen. Darum hört mal gut zu. Ihr befindet euch in meinem Haus. Und in meinem Haus habe nur ich zu bestimmen! Sind wir uns darüber einig?«

Sie nickten stumm.

»Allright. Dann ersuche ich euch, auf der Stelle mein Haus zu verlassen. Eure Zeche geht auf meine Kosten. Nun, wie ist es? Weigert ihr euch, müßte ich euren Kommandeur, Colonel McAdams, verständigen.« Sein linkes Auge blinzelte, dann schielte er zum Ausgang. Sie begriffen sofort, drehten sich blitzartig um, erreichten mit wenigen Schritten den Ausgang und verschwanden auf Nimmerwiedersehen.

Während alle auf die ins Schloß knallende Tür starrten, nützte Isabella die vermeintliche Gelegenheit, um den Tisch zu gelangen. Puttenham war eine Idee schneller. Wieder berührte er ihre Schulter. Im gleichen Augenblick knallte die Faust des Fremden gegen sein Kinn, daß sein Kopf in den Nacken ruckte, sein Körper rückwärts gegen die Wand schlug, und der Mann mit glasigen Augen zu Boden sackte.

Die Fähnriche griffen nach ihren Klingen. Walling drückte den Spanier zur Seite, stellte sich vor ihn, wandte sich um und schüttelte den Kopf.

»Ich muß mich sehr wundern, Gentlemen!« In der Schankstube war es still geworden. Walling fuhr fort: »Sollte McAdams erfahren, daß Sie gegen einen waffenlosen Mann Ihre Degen zogen, möchte ich nicht in Ihrer Haut stecken.«

Der Größere der beiden knirschte:

»Sollen wir tatenlos zusehen, wenn die Kanaille unseren Kameraden schlägt? Gut, Wirt! Wenn Ihnen der Degen nicht paßt, dann besorgen Sie uns Peitschen!«

An der Wand rappelte sich Puttenham hoch. Er war ziemlich bleich. Seine linke Kinnseite markierte ein sich rasch vergrößernder roter Fleck, den er unbewußt rieb. Seine Geste erkennend, riß er wütend und ungestüm die Hand nach unten. Überraschend schnell gewann er seine Beherrschung zurück. Mit vor Anmaßung klirrender Stimme sagte er:

»Fast bedaure ich, Kerl, daß du nicht satisfaktionsfähig bist.«

Er nahm den Stuhl hoch, knallte ihn gegen die Tischplatte, daß einer der Füße brach, hob ihn auf und wog ihn in der Hand. Seine Miene war betont gleichmütig. Plötzlich sprang er nach vorne und versuchte, den Prügel über das Gesicht des Sonnenverbrannten zu ziehen. Genau so gut hätte er sich an den Versuch machen können, ein Phantom zu treffen. Einem Torero gleich ging der Angegriffene leicht in die Knie, wich dem Hieb, mit dem Oberkörper nach hinten einen Halbkreis beschreibend aus, ohne sich mit den Füßen von der Stelle zu bewegen, schnellte dann vor, faßte den Offizier mit beiden Händen an dessen Gürtel, stemmte ihn hoch und beförderte ihn in die gleiche Ecke, die dieser eben verlassen hatte. Dann wandte er sich mit ruhiger, höflicher Stimme, der man den eben demonstrierten Kraftakt kaum anmerkte, an die Kameraden des Lieutenants. »Ich fürchte, Ihr Freund benötigt Hilfe.« Walling anlächelnd meinte er: »Danke für Ihr Eingreifen, Sir. Sie sind, wie ich hörte, der Hausherr. Haben Sie ein Nachtlager für mich?«

Der ehemalige Freibeuter bemühte sich, seine Überraschung zu verbergen.

»Gerne. Seien Sie willkommen.«

Garcia ließ die Engländer nicht aus den Augen. Gleichbleibend höflich sagte er zu ihnen:

»Ich heiße Umberto Garcia. Möglich, daß Sie dies vorhin überhörten. Ansonsten – ich halte mich in den nächsten Tagen in Kingston auf, genauer – hier im ›Goldenen Horse‹ – mit Verlaub.« Und nach einer kleinen Pause: »Ich vermute, daß es für Sie etwas bedeutet oder die Situation verändert – mein voller Name lautet Don Umberto de Carcia y Terronada. Ich könnte mir vorstellen, daß es das Wohlbefinden Ihres Freundes hebt, wenn er erfährt, von einem Herrn von Stand in die Ecke befördert worden zu sein. Ich stehe ihm selbstverständlich zur Verfügung, wann und wo immer er es für angebracht hält.«

Und zu Isabella: »Sollten Sie beabsichtigen, sich in Ihre Räume zurückzuziehen – erlauben Sie, daß ich Sie in die Halle begleite?«

Isabella blickte zu Puttenham, der stöhnend am Boden lag, dann zu den Fähnrichen und am Ende auf Walling. Plötzlich lachte sie. Es war ihr erstes Lachen nach vielen Wochen. Ihr Blick ruhte auf dem Spanier.

»Gracias, Senor. Ich erlaube es.«

Sic reichte ihm die Hand. Er ergriff sie behutsam. Erhobenen Hauptes schritten sie nebeneinander zur Tür, als absolvierten sie Menuettschritte. Die Schänke barst schier vor Klatschen und Johlen. Erst in der Halle verhielten beide. Sie sah zu ihm auf.

»Ich bin Isabella – Varga. Nochmals herzlichen Dank, Senor.«

Er verbeugte sich.

»Es war mir eine Ehre, Madame. Immer Ihr Diener.«

Keine Frage – Florian hatte sich im Verlauf der letzten vier Jahre erstaunlich herausgemacht. Sowohl unter den maßgeblichen Kaufleuten und Pflanzern auf den größeren Inseln, als auch bei den Militärs und höheren Verwaltungsbeamten kannte man seinen Namen und die Art seiner Unternehmungen, die er von Matanaz und Habana aus betrieb und dabei viel Geld verdiente. Wobei ihm nicht zuletzt Cubas wirtschaftliche Abhängigkeit von Spanien zustatten kam. Sie nötigte selbst die großen Zuckerbarone der Insel, alle Waren des gehobenen Standards, von der goldenen Taschenuhr aus Basel oder den Louis-quatorze-Möbeln aus Frankreich, bis zu Kutschen aus London und Wien, venezianischen Kristallspiegeln oder doppelläufigen Augustaflinten aus Augsburg, mit Zucker oder Rum zu bezahlen, da es fast allen an Bargeld mangelte. Daß Kompensationsgeschäfte dieser Art den Preis des cubanischen Zuckers drückten, verstand sich von selbst. Andererseits trugen die Importeure das hohe Frachtrisiko der Verschiffung über den Atlantik. Florian hatte sich nach einigen Totalverlusten gegen eine unverschämt hohe Prämie, die er freilich auf seine Preise schlug, bei dem Londoner Kaffeehausbesitzer Lloyd gegen derartige Katastrophen versichert.

Seine Gewinne waren beträchtlich, aber doch nicht so hoch, wie man sie ihm auf Cuba, Jamaika, Barbados und Tortuga zuschrieb. Schuld an diesen Gerüchten trugen die Spekulationen und Erzählungen der Kapitäne jener Schiffe, die auf Florians Anregung im Dienst der Tiepolts seit mehreren Jahren die Atlantikroute befuhren. Allerdings nicht mehr von der für das Amerikageschäft abgelegenen Lagunenstadt aus. Vielmehr hatte Michael Tiepolt, dessen Aktivitäten keine Grenzen zu kennen schienen, zusammen mit einem befreundeten englischen Bankier in London ein Handelskontor eröffnet, an dem sich Florian von Beginn an mit zwanzig Prozent beteiligte.

In Augsburg wiederum werkten mehrere Dutzend ausgewählte Fachleute, von denen in der Tat zwei türkische Pulverspezialisten auf Florians Betreiben höchst abenteuerlich aus Beirut entführt worden waren, in einer »Schießwaffenmanufaktur«, um die berühmten Augustaflinten sowie Stoll-Pistolen herzustellen, wozu das Haus Tiepolt durch ein Dekret der Freien Reichsstadt Augsburg vom 12. September 1715 ermächtigt worden war. Die technische Leitung des Unternehmens hatte Michael einem in der Schlacht bei Karlowa gefangenen deutschblütigen Waffenexperten und Janitscharen-Hauptmann namens Ali Burman übertragen, einem wahren Genie auf seinem Gebiet, der Florians Idee, die jeweils besten auf dem Markt befindlichen Gewehr-Einzelteile zu einer Schußwaffe zusammenzufügen, bravourös in die Tat umsetzte. Inzwischen waren die Augusta-Leute längst nicht mehr auf Läufe aus dem Orient angewiesen. Vielmehr zogen sie in ihrer Manufaktur an der Wertach ihre eigenen Läufe, die denen aus der Levante kaum nachstanden. Die Waffenschmiede gehörte Tiepolt und Florian zu gleichen Teilen. Um die Geschäftsleitung kümmerte sich das Bankhaus Tiepolt und Sohn mit dem noch immer recht vitalen Senior an der Spitze, der sich höchst persönlich einschaltete, als es darum ging, die erste Flintensendung, einen Hundertstück-Posten »Augusta Spezial«, an Ihre Majestät, Königin Feta Neah von Auguina, Guinea/Goldküste, versandfertig zu machen.

Natürlich entstanden auch Verluste, die keine Versicherung ausglich. Ihren größten Schaden erlitt die »British-Augusta Traid-Corporation« im Spätherbst 1715, als Cubas Guarda Costa bei Santa Cruz del Norte die »Renata Tara« aufbrachte und das Schiff samt seiner ordentlich deklarierten Fracht, bestehend aus Hamburger Tuch und venezianischen Glaswaren, konfiszierte, weil zusätzlich sieben nachweislich einigen Besatzungsmitgliedern gehörende Augusta-Doppelläufer gefunden und als Schmuggelware bezeichnet wurden. Tatsächlich handelte es sich um einen vom Generalkapitän angeordneten Übergriff, durchgeführt mit der Absicht, ein Exempel zu statuieren. Die spätere Verhandlung vor einem Appellationsgericht in Madrid, bei der sich Signorelli glänzend behauptete, rettete zwar das Schiff, nicht aber – aus Prestigegründen – die Fracht. Seitdem trug sich Florian mit der Hoffnung, es den Dons einmal heimzahlen zu können.

Seine Verhandlungen in Kingston näherten sich ihrem Ende. Mit ihrem bisherigen Ergebnis konnte er zufrieden sein. Als besonderer Clou erwies sich sein Abschluß mit einer Kapitäns-Abordnung der Freibeuterinsel Tortuga, die bei ihm gegen Bezahlung in spanischem Beutegold achthundert Flinten und vierzig Pistolen samt allem Zubehör bestellte, von der neuen Lieferung für Pitt Jennings, Jamaikas berühmtesten und reichsten Freibeuter, gar nicht zu reden, der ihm die Wahl ließ, in Silber oder in Rum bezahlt zu werden, wobei Florian sich für Rum entschied, während er das Tortugagold in Tabak anzulegen gedachte.

Ungelöst war nach wie vor das Problem »Isabella Baroja«. Aus verständlichen Gründen hatte er das Mädchen bereits am ersten Reisetag in eine verwitwete Senora Varga verwandelt. In eine absolut mittellose Senora Varga, da ihn Baroja kalt und kurz angebunden abwies, als er ihn eine halbe Stunde vor seiner Abreise zu bewegen versuchte, der Tochter eine Summe auszuhändigen, die es ihr erlaubt hätte, so lange in bescheidenem Rahmen auf Jamaika zu leben, bis sich ein einigermaßen akzeptabler Ehemann fand. Sein: »Nie und nimmer! Sie kennen meinen Standpunkt. Verschenken Sie sie, wenn Sie ihrer überdrüssig sind«, war endgültig.

Im Wust seiner Verhandlungen und Besprechungen in Kingston gelang es ihm, den Gedanken an Isabella tagsüber mit Erfolg zu verdrängen. Was freilich nur so lange funktionierte, bis ihn die Dämmerung in den Gasthof zurücktrieb, wo er kaum umhin konnte, sich ihr wenigstens während des gemeinsamen Abendessens zu widmen. Daß sie sich dabei kühl, ja abweisend zeigte, irritierte ihn nur so lange, bis er ihre Haltung als verzweifeltes Bemühen zu begreifen glaubte, ein bißchen Selbstachtung zu bewahren. Meistens war sie dem Weinen näher als dem Lachen. Er versuchte nicht, sie zu trösten. Manchmal schüttelte er über sich selbst und sein idiotisches

Verhalten den Kopf, drängte es ihn dazu, sie wenigstens sein Mitleid nicht spüren zu lassen? Oder war auch das nur ein Teil jener Heuchelei, die sein Verhältnis zu ihr belastete? Diese gekünstelte, jede Natürlichkeit erstickende Distanziertheit, deren er sich als Panzer gegen eigene Anfechtungen bediente. Was hinderte ihn daran, sie zu seiner Geliebten zu machen? Schließlich war sie eine rundum begehrenswerte Frau und ihm auf Gnade und Ungnade ausgeliefert. Auf Gnade und Ungnade – hier lag das Problem. Wie immer er es drehen und wenden mochte – es gab nur zwei Möglichkeiten: entweder er ließ die Hände von ihr, um allen Komplikationen zu entgehen, oder er mußte sie heiraten. Ein Gedanke, der ihn, je länger er sie kannte, immer weniger schreckte, vielmehr an Reiz gewann, je öfter er darüber nachdachte, wie er sich widerwillig eingestand. Eine unmögliche Situation, die ihm dieser Drecksverl eingebrockt hatte! Tatsächlich ahnte er längst, daß er sich ohne die absurden Umstände ihres Kennenlernens nicht mehr dagegen wehren würde, sich in sie zu verlieben. Aber wie die Dinge nun einmal lagen, blieb ihm kaum etwas anderes übrig, als ihr in Kingston ein kleines Haus zu mieten und für ihren Unterhalt aufzukommen, bis sich ein Ehemann fand. Dabei weigerte er sich seit Wochen, diesen Gedanken weiterzuspinnen, weil er ahnte, daß er sich wahrscheinlich etwas vormachte. Immerhin würde ihn der Spaß eine nicht unbeträchtliche Summe kosten.

Selbstverständlich durfte sie nie erfahren, daß das Geld nicht von ihrem Vater kam. Wie beglückend wäre es, sie einfach in die Arme zu nehmen und ihr zu gestehen, daß er sie mochte! Das Wort »Liebe« umging er selbst in Gedanken. Ja, er mochte sie! Und würde mit ihr darüber reden. Bald. Vielleicht schon nächste Woche.

Seit gestern aber hatte sich die Situation grundlegend verändert. Sein ruhiger, von Geschäften diktierter Tagesablauf war dahin. Vorbei war es mit den – zugegeben – einsilbigen Gesprächen bei Tisch, vorbei mit den langweiligen Kartenrunden in der Honoratiorenecke des »Golden Horse«. Dafür hatte Isabellas Eroberung gesorgt. Dieser undurchsichtige spanische Held, der, wie er sich bewegte und aussah, ebensogut ein verkrachter Adliger wie ein auf der Insel gestrandeter Komödiant sein konnte. Welch ein Theater um die Szene in der Schänke! Sogar Barry Walling, der sich nicht so leicht blenden ließ, sang Loblieder auf diesen lackierten Don, von »Senora Varga« – er rümpfte die Nase – gar nicht zu reden. Unglaublich, wie unverfroren ihr der Kerl die Cour schnitt und schmachtend die Augen verdrehte, so oft er sie sah!

Gut, sie schuldete ihm Dank. Anscheinend hatte er sie wirklich aus einer peinlichen Situation befreit. Und wenn schon! Es rechtfertigte keinesfalls das Getue, das man um ihn machte, Hilfe hin, Hilfe her! In Ordnung, Senor, verbindlichsten Dank. Es war uns ein Vergnügen. Basta! Uns? Seit wann und wieso dachte er plötzlich im Plural? Er verschluckte sich vor Ärger. Dem Burschen konnte doch – verdammt nochmal – nicht verborgen geblieben sein, daß Isabella bereits über einen Beschützer verfügte. Und dieser hieß immer noch Florian Stoll! Aber anscheinend rührte das den Beau gar nicht. Er würde ihn zur Seite nehmen und einige Wörtchen mit ihm reden müssen. So nicht, mein Freund, würde er sagen. Kein Wildern in fremden Revieren. Es galt, den Burschen unmißverständlich in seine Schranken zu weisen. Es galt, zusätzlich Isabella beizubringen, daß sie nichts in der Golden Horse-Schänke zu suchen hatte, so lange er selbst sich in Geschäften unterwegs befand. Marschierte einfach in eine Hafenschankstube und wunderte sich, wenn es Ärger gab! Er würde sich Tuma vornehmen müssen. Die verdammte Negerin hatte aufzupassen. Es war deren Pflicht. Dafür hatte er sie mitgenommen! Na, wartet, alle beide!

Zuerst aber mußte er dem Don die Leviten lesen.

Florian saß am offenen Fenster der Schankstube, blickte trübsinnig auf die Reste seines Porridge-Breis, den er appetitlos hinuntergewürgt hatte und ließ sich die Morgensonne auf den Rücken brennen. Vom Pier her stieg ihm der Geruch von Schiffen und Teer in die Nase. Eine eigenartige Unruhe bemächtigte sich seiner, ein Sehnen, dem er keine Bezeichnung zu geben vermochte. Er wandte den Kopf, blickte zur Mole hinüber, wo eine Fleute an der Ankerkette zerrte. Und auf einmal wußte er es – er hatte Heimweh. Heimweh nach – Venedig? Nein. So stimmte es nicht. Besser: Nach einem Venedig, das nicht mehr existierte, seitdem sie tot war. Rebekka. Mein Mädchen! Wie nahe war sie ihm plötzlich. Ihr reizendes, schmales Gesicht mit den riesigen, langbewimperten Augen, das schwarze Gelock ihres dichten, glänzenden, auf Schultern und Rükken fallenden Haares, ihre fast noch kindlich weichen Lippen, ihr perlendes, herzerfrischendes Lachen, ihre zarte, jugendliche Gestalt mit den noch winzigen und dennoch so erregenden Brüsten. Rebekka! Seine Gedanken wanderten weiter in die Zeit zurück. Vor seinem geistigen Auge sah er die Elfjährige in der Klosterzelle zu Rovereto, wo sie, krank an Leib und Seele, darnieder gelegen war. Nach diesem entsetzlichen, mit einer Vergewaltigung endenden Überfall entsprungener französischer Kriegsgefangener auf das nach Venedig reisende Bankiersehepaar Tiepolt aus Augsburg, in dessen Begleitung sie sich befunden hatte. Und ausschließlich zu ihm, der ihr mit seinen siebzehn Jahren unter all den Klosterbewohnern im Alter am nächsten stand, faßte sie Vertrauen und Zuneigung. Jahre später wurde sie seine Geliebte und schenkte ihm ein Kind, bei dessen Geburt sie starb.

Oh Mann! Lange war es her, daß ihn dieses verdammte Würgen im Hals überfiel.

Wieder blickte er auf den leeren Teller vor sich und versuchte, sich ihr Gesicht vorzustellen, aber vor seinen Augen entstand nur ein heller, konturloser, von dunklen Haaren umrahmter Fleck. Erst als seine krampfhafte Anspannung nachließ, schob sich für den Bruchteil einer Sekunde ein weiteres Mal ihr Bild in sein Gedächtnis, ihr verschmitzter Blick, ihre vor Lebensfreude überschäumende Fröhlichkeit. Nein, es war nicht die Lagunenstadt, nach der er sich sehnte, sondern das Mädchen Rebekka Grünspan. Heimweh nach dem unsäglichen Glücksempfinden von damals, nach dem Traum von Seligkeit, den er nur kurz hatte träumen können.

Er schob den Teller zurück und starrte auf die Sonnenkringel, die über die Tischplatte tanzten und den Staub darüber flimmern ließen. Das Kind hieß auch Rebekka. Ihr Großvater hatte sie so genannt. Seine Tochter, die schuld war am Tod ihrer Mutter. Wie alt war sie jetzt? Vier – fünf Jahre? Ein süßes kleines Mädchen. Möglich, daß sie ihr ähnelte. Er erschrak. Daran hatte er noch gar nicht gedacht! Ein Teil von ihr! Mit einem Schuß Stoll. Der Alte in Tonneck, sein Vater, hätte sich gefreut über die Enkeltochter. Der Stoll Toni, Hochwürden Poller, auch er längst tot.

Rebekka in Neuauflage? Er schüttelte den Kopf, wütend fast.

Wieder das Würgen. Und doch – Himmelherrgott – er wollte sie haben! Sie war *sein* Kind. Auf einmal spürte er eine seltsame Fröhlichkeit, ein Gefühl des Wohingehörens, das ihn vor Überraschung den Kopf schütteln ließ.

»Senor!«

Abwesend blickte er hoch. Seine Lippen umspielte der Anflug eines Lächelns, das nicht in dieses harte Gesicht paßte. Es schwand schnell.

»Senor!«

Der Spanier trug die gleichen einfachen Seemannskleider wie tags zuvor. Sie wirkten an ihm, den sich Florian besser in Brokat und Seide hätte vorstellen können, wie eine Verkleidung.

»Darf ich mich zu Ihnen setzen?«

Garcia bediente sich des Englischen. Florian nickte gleichmütiger, als ihm zumute war.

Er würde die Gelegenheit nutzen, dem Geheimnisvollen ein wenig auf den Zahn zu fühlen. Kennengelernt hatten sie sich gestern abend beim gemeinsamen Essen mit Isabella und Barry Walling, ohne freilich mehr als ein paar belanglose Sätze zu wechseln.

»Aus welcher Gegend Spaniens kommen Sie?«

Die Antwort überraschte ihn.

»Ich bin kein Spanier, Sir. Meine Heimat ist Katalonien, genauer – die Gegend um Barcelona. Wir Katalanen lieben die Spanier nicht all zu sehr.«

Florian nickte.

»Ich weiß. Ihre Landsleute kämpften bis vor wenigen Jahren zusammen mit dem Kaiser gegen Frankreich und jene Spanier, die sich den Bourbonen verschrieben. Trotzdem sprechen Sie Kastilianisch.«

Garcia fertigte die Schankdirne mit seiner Bestellung ab und sagte dann, eine Spur verwundert:

»Sie bemerkten es? Ich studierte in Valladolid.«

Florians Überraschung wuchs.

»Oh.« Er hob die Brauen.

»Alles Zeitverschwendung. Ich beschäftigte mich vorrangig mit Astronomie.«

»Eine interessante Wissenschaft. Und ein weiter Weg von Valladolid nach Kingston.«

»Sicher nicht weiter als der Ihre, Sir. Von den Alpen – vom Lido in die Karibik – auch da kommen einige Meilen zusammen.«
Florian wurde wachsam.
»Sie wissen anscheinend eine ganze Menge über mich.«
»Sie sind kein Unbekannter auf den Inseln, Mr. Stoll. Man weiß von Ihnen, kennt Ihre Geschichte. Sie wissen – wenn Seeleute am Erzählen sind ...«
»Ah – meine Geschichte! Als Seemannsgarn. Schmeichelhaft!«
Florian wunderte sich über die Schärfe des eigenen Tons. Weshalb diese Gereiztheit? Natürlich wurde geredet in den Kneipen, wo Matrosen zusammensaßen. Über alles und jeden. Die Besatzung der »Renata Tara« machte dabei sicher keine Ausnahme. Der andere fuhr fort:
»Ich will ehrlich sein, Senor. Ich weiß mehr über Sie, als Sie sich vorstellen können. Ich kenne die Geschichte, die zu Ihrer Ausweisung aus Venedig führte, und bekam Kunde von Ihrer Tätigkeit in Afrika – um genau zu sein – an der Goldküste, wo Sie als Gast einer der Küstenköniginnen Furore machten. Aber auch von der entsetzlichen Überfahrt in die Karibik – auf einem Sklavenschiff. Muß ich noch mehr andeuten? Natürlich kennen Sie meinen Informanten. Ich leugne seinen Namen keineswegs, Senor. Der treffliche Mann heiß Signorelli und ist Kapitän eines Schiffes mit Namen ›Renata Tara‹.«
Florian, rot vor Ärger, knurrte:
»Dieses alte Waschweib! Ich werde ihn mir vornehmen!«
Sein Gegenüber winkte ab.
»Sie werden nichts dergleichen tun, Senor. Ich lernte den Kapitän in Bassa Terre kennen, wir kamen ins Gespräch, fanden Gefallen aneinander. Senor Signorelli erzählte von seinen Reisen, von Guinea« – er lächelte – »von der Levante« – das Lächeln vertiefte sich – »von Ihren und seinen Geschäften, die wohl kaum Geheimnisse sind.«
Florians Zorn registrierend beschwichtigte er: »Seien Sie um Himmels willen nachsichtig, Mr. Stoll. Wir tranken zusammen, kamen ins Reden, kippten noch mehr, Sie verstehen. Am Ende erzählte ich dem Kapitän meine Geschichte. Danach meinte er, Sie müßten sie erfahren.«
»Ich?«

»Sie, Sir.«

»Wollen Sie etwa behaupten, Sie seien nach Kingston gekommen, um mir Ihre Geschichte zu erzählen?«

»Genau deshalb.«

»Zum Teufel – warum?«

»Um Ihnen einen Gefallen zu tun. Wenn ich es genau bedenke, einen sehr großen Gefallen. Sollten Ihnen meine Erlebnisse interessant genug erscheinen, werde ich Ihnen ein Geschäft vorschlagen, bei dem mehr Geld zu verdienen ist, als Ihnen Ihr Waffenhandel je einbringen wird.«

Florians Mißtrauen wuchs. Signorelli! Der alte Schwätzer! Schickte ihm diesen Lackaffen auf den Hals! Na warte, wir sehen uns wieder, *capitano*! Sei's drum. Schon des langen Weges wegen, den dieser Katalane zurückgelegt hatte, um ihn zu sprechen, war er es ihm schuldig, ihn anzuhören. Ruhig sagte er:

»Schießen Sie los. Ich bin ganz Ohr.« Er lehnte sich zurück und verschränkte die Arme vor der Brust. Der andere begann:

»Ich kam vor fünf Jahren, 1712, aus Valladolid nach Barcelona zurück, wenige Tage, ehe die spanische Flotte und Marschall Pascals Truppen die Stadt einschlossen. Wir kämpften. Wie es endete, ist bekannt. Ich wurde Kriegsgefangener und kam auf ein spanisches Schiff, das später Mexico ansteuerte. Es ging mir nicht besonders gut während dieser Zeit. Den Spaniern galt ich als Verräter. Katalonien ist für sie ein Teil Spaniens.« Er machte eine bagatellisierende Geste. »Vergessen Sie's. Mit der Zeit verbesserte sich meine Lage. Meiner astronomischen und sonstiger Kenntnisse wegen avancierte ich zu einer Art Bootsmann. Vor zwei Jahren stieß mein Schiff, die ›urca de Lima‹ in Habana zur Flotte General Ubillas, die das Handelsgeschwader eines gewissen Antonio de Echeverz, eines nordspanischen Großkaufmanns, sicher nach Spanien zu geleiten hatte.«

Florian nickte. Garcia sah es.

»Sie kennen die Geschichte?«

»Wer kennt sie nicht! Die verlorene Silberflotte.«

»Die verlorene Silberflotte! In der Bahamastraße gerieten wir in den schlimmsten Hurrican seit Menschengedenken. Die Flotte sank, bis auf Echeverz' ›Griffon‹ und Ubillas ›urca de Lima‹. Mehr als tausend

Mann, unter ihnen der Flottenadmiral und Echeverz' Sohn, der ebenfalls ein Schiff befehligte, waren tot, Frachtgut im Wert von vielen Millionen Pesos auf dem Meeresgrund, zahllose Kaufleute, Schiffseigner und Gläubiger der Krone ruiniert.« Er machte eine Pause, trank einen Schluck von seinem Rumpunsch, und fuhr fort: »Wie gesagt – nur die Fregatte und unsere Nußschale konnten sich retten. Während die ›Griffon‹ verschwand, segelten wir nach Habana zurück und verständigten die Behörden. Seit dem Auslaufen der Silberflotte waren dort kaum noch Schiffe im Hafen und diese wenigen durch die in Schwärmen kreuzenden Engländer blockiert. Offensichtlich hatten die Briten Wind von unserem reichbefrachteten Flottenverband bekommen, waren dann aber vom gleichen Hurrican überrascht worden, ohne freilich ähnliche Verluste wie wir hinnehmen zu müssen. Jetzt jedenfalls waren sie sehr präsent. Wir mit unserer kaum 150 Tonnen großen ›urca de Lima‹ bekamen den Befehl, uns des Nachts davonzumachen und schafften es tatsächlich. Wir kehrten an die Unglücksstelle vor Cap Canaveral zurück. Das Gewässer ist dort seicht. Von den dreizehn untergegangenen Schiffen lagen vier in nur wenigen Faden Tiefe. Wie wir herausfanden, waren sie an den dortigen Untiefen zerschellt. Wir hatten Befehl zu erkunden, ob sich durch Tauchen Teile des Schatzes bergen ließen. An die drei Wochen arbeiteten wir bis in neun Faden Tiefe. Während dieser Zeit ermittelten wir 147 Kisten, die an die Oberfläche zu bringen waren. 147 Kisten mit geprägtem Silber aus der Prägungsstätte Potosi in Peru, zumeist zehn- und zwanzig Peso-Münzen, aber auch Unmengen von dreiundzwanzigkarätigen, schweren Golddublonen, die berühmten, prachtvollen Doppelstücke des spanischen Escudo, mit den Prägestempeln von Mexico Stadt und zum geringeren Teil, jenem von Santo Domingo. Um das Verlustrisiko zu verkleinern, verteilten die Spanier die gemischte Münzfracht, also sowohl Silber als auch Goldmünzen, auf alle Schiffe der Flotte. So lange ich mit am Tauchen war, holten wir zweiundzwanzig Kisten mit Münzen im Gesamtwert von vierhunderttausend Pesos oder ›Pistolen‹, wie sie aus unerklärlichen Gründen genannt werden, nach oben! Unser Kapitän war überzeugt, daß wir, die Taucher, es schaffen konnten. Die besten von uns vermochten bis fünf Minuten unten zu bleiben. Daraufhin befahl Kapitän de Malo, auf Cap Canaveral eine Blockhütte zu errichten und das Bergungsgut am Strand zu lagern, da der geringe Stauraum unserer ›urca de Lima‹ die Übernahme auch nur eines Viertels der Kisten ausschloß. Zudem war die Gefahr, auf der Rückfahrt nach Cuba mit dem Gold und Silber an Bord von den Engländern aufgebracht zu werden, erheblich. Ein peinliches Verhör über den Lagerungsort des Schatzes durch die Briten, und alles gehörte ihnen. Nein, den Transport mußte die Flotte durchführen. Folglich blieb dem Kapitän keine andere Wahl, als erneut mit einem Teil der Mannschaft nach Habana zu segeln, um seinen Oberen die Situation zu erläutern. Während er den Rest der Crew und alle Seesoldaten mit der Order zurückließ, auf Cap Canaveral eine Art Fort zu errichten und die Kisten zu vergraben. Für die Versorgung der Besatzung mit Wasser und Proviant würden kleine Boote sorgen, die man von Cuba aus in Abständen nach Norden schickte.

Natürlich war das ganze Unternehmen mehr als riskant, aber Kapitän de Malo hatte keine Wahl. Nur zu genau wußte er, wieviel der Krone daran lag, wenigstens einen Teil des Schatzes zurückzubekommen. Gelang das Unternehmen, würde es Beförderungen geben: für den Kapitän, den Gouverneur und noch zwanzig andere. Wir segelten also nach Habana zurück. Nur – das Pech blieb Kapitän de Malo treu. Südöstlich von Cap Sable gerieten wir mit Bucaniern aus Tortuga aneinander. Sie versuchten uns zu entern, zogen aber den kürzeren und mußten aufgeben. Ich nutzte die Gunst des Augenblicks, gelangte während des Entergetümmels an Bord des Gaffelschoners »Seaeagle« und verkroch mich. Nach einem halben Tag machte ich mich bemerkbar und wurde windelweich geprügelt. Danach bekam ich die Chance, mich dem Kapitän – er hieß Rattler – zu offenbaren. Er kündigte mir an, mich auf dem Sklavenmarkt von Tortuga zu verkaufen. Gott sei Dank waren er und seine Leute trotz ihres Mißerfolges bei der Kaperung unserer ›urca de Lima‹ gut gelaunt. Sie hatten schon vorher Beute gemacht. Wie auch immer – ich kam mit ihnen nach Tortuga, wurde davongejagt und stieß zwei Tage später auf Ihren Signorelli. Soweit die – sagen wir – Ouvertüre.« Er machte eine kunstvolle Pause und ergänzte gelassen: »Inzwischen dürften Münzen im Wert von annähernd fünf Millionen Pesos auf Cap Canaveral vergraben sein, eine lausige, trostlose Landzunge vor Florida. Nach meinen Erfahrungen vor Ort bin ich ganz sicher, daß sie alles heraufholten. Die ›Griffon‹ wiederum, das einzige spanische Kriegsschiff, das für den Transport des Schatzes in Frage käme, erreichte gerade noch den Hafen von Nassau. Und der gehört bekanntlich den Engländern. Was mit dem schwerbeschädigten Schiff geschieht, weiß niemand. Meines Wissens wird nicht einmal an seiner Reparatur gearbeitet. Die Verproviantierung der Fortbesatzung übernahm eine Schaluppe. Jedenfalls verläßt ein solches Schiff alle drei Wochen Habana, wie ich herausbekam.«

Ungläubig schüttelte Florian den Kopf.

»Sie wollen mich glauben machen ...«

»Daß auf jeden Kerl, der das Zeug dazu hat und ein Schiff und die entsprechende Mannschaft, auf Cap Canaveral Münzen im Wert von fünf Millionen Pesos warten! Das sind zwölf Millionen Pfund Sterling! Ihr Kapitän Signorelli war der Meinung, daß Sie dies wissen sollten.«

»Wer weiß noch ...?«

»Niemand sonst. Nur er, ich und jetzt Sie!. Halten Sie mich für blöd? Mich gibt es nicht mehr. Ich bin tot, ertrunken, gefressen von Barracudas, verstehen Sie?«

Florian schloß für einen Moment die Augen. Ihm schwindelte. Fünf Millionen Pesos! Seine Gedanken überschlugen sich. Jennings! Pitt Jennings! Mit ihm war es zu schaffen! Um seine Erregung zu zügeln, sagte er hölzern:

»Ich weiß Ihr Vertrauen zu schätzen, Garcia. Ich denke, wir werden zusammenkommen.«

Der Katalane grinste.

»Davon bin ich überzeugt, seitdem ich Sie sah.« Es kam einem Kompliment sehr nahe. Florian fragte:

»Brauchen Sie Geld?«

»Im Augenblick nicht. Kapitän Signorelli war so liebenswürdig, mir eine gewisse Summe zu leihen. Sie genügt vollauf. Vorläufig.«

Ein Pluspunkt für den *capitano*, dachte Florian, während er zur Tür blickte. Er wurde steif. Man beobachtete sie. Er machte eine Kopfbewegung. Der Katalane wandte sich um.

Im selben Augenblick aber hatten die beiden bereits den Tisch erreicht. Ihre Uniformen wiesen sie als britische Offiziere aus. Knappe Verbeugungen folgten.

»Lieutenant Albert Ferguson und Lieutenant William Delany, Gentlemen.« Der Blick des Sprechers streifte Garcias weiße Haarsträhne. »Habe ich die Ehre mit Don Umberto de Garcia?«

»Die haben Sie, Sir.«

Der Angesprochene erhob sich lässig und erwiderte die Andeutung einer Verbeugung. Seine geflickten Seemannskleider vermittelten in diesem Augenblick besonders penetrant den Eindruck von Maskerade.

Mit starrem Gesichtsausdruck fuhr der Uniformierte fort:

»Sir, wir überbringen Ihnen die Forderung unseres Kameraden, Lieutenant Sidney Puttenham. Da ihm, als dem Beleidigten, die Wahl der Waffe zusteht, dürfen wir Sie darüber informieren, daß sich Lieutenant Puttenham für Pistolen entschied. Wenn Sie die Güte hätten, uns Ihre Sekundanten zu nennen, setzen wir uns umgehend mit ihnen in Verbindung.«

Garcia war die Gelassenheit selbst.

»Sie müssen sich ein wenig gedulden, Gentlemen. Ich habe Sekundanten nicht wie Schnupftücher zur Hand. Zudem bin ich unbekannt in Kingston.«

Florian unterbrach ihn.

»Selbstverständlich stehe ich Ihnen zur Verfügung, Don Garcia. Wenn Sie mich akzeptieren.«

Der Katalane nickte.

»Ich danke Ihnen, Sir.«

Florian erhob sich. Zum Reden kam er nicht. Ohne abzuwarten, sagte Ferguson:

»Akzeptiert, Sir. Sie sind Florian Stoll, der Deutsche?«

Florian bestätigte es.

»Wären Sie morgen gegen zehn Uhr bereit, hier an dieser Stelle mit uns Ort, Zeitpunkt und die Bedingungen des Duells zu vereinbaren und sich zwischenzeitlich nach einem weiteren Sekundanten umzutun?«

»Sie können darauf zählen, Gentlemen.«

Erneut zwei Verbeugungen, und weg waren sie. Garcia machte sich nicht einmal die Mühe, ihnen nachzublicken. Gleichmütig setzte er sich wieder. Florian dachte – Nerven hat der Bursche! Immerhin ging es um einen Kampf auf Leben und Tod. Nach all dem, was er über den Auftritt in der Schänke erfuhr, war kaum damit zu rechnen, daß sich dieser Puttenham mit einer Geste zufriedengab. Die Vorstellung, daß sich zwei Männer, die nichts voneinander wußten, zwei sich völlig Fremde, die weder Feinde waren noch Haß gegeneinander empfanden, allen Ernstes daran machten, sich gegenseitig umzubringen, war grotesk und abscheulich. Und alles nur, weil eine kapriziöse, gelangweilte junge Frau eine Rumschänke als Aufenthaltsraum erkoren hatte. Zum Teufel – wenn Garcia den kürzeren zog und starb, lösten sich fünf Millionen Pesos in Nichts auf! Dieses verdammte Duell durfte unter keinen Umständen stattfinden. Er mußte schnellstens zu Pitt Jennings. Hastig erhob er sich.

»Ich muß fort! Und Ihre unglaubliche Geschichte an den richtigen Mann bringen. Wenn alles gut geht, kann ich Ihnen bereits heute abend detaillierte Vorschläge machen.« Er überlegte kurz. Dann stahl sich ein maliziöses Lächeln auf seine Lippen. »Da wäre noch etwas. Die sich überstürzenden Ereignisse brachten mich in eine – nun – mißliche Lage, was Senora Varga betrifft.«

Der Katalane zeigte höfliches Interesse.

Florian fuhr fort:

»Ich verabredete mit der Senora einen Kaffeehausbesuch. Leider sehe ich mich dazu jetzt außerstande. Hätten Sie die Güte, mich bei Madame Varga zu vertreten? Ich wäre Ihnen dankbar.«

Der andere verzog keine Miene, während er ernst und gemessen antwortete:

»Wenn die Senora mit meiner Person vorlieb nimmt und meine Garderobe – ich besitze leider keine andere –« er blickte an sich herunter und zuckte die Schultern – »Gnade vor ihren Augen findet, wird es mir ein Vergnügen sein.«

Florian winkte ab.

»Seien Sie nicht zu bescheiden. Der Mann zählt, nicht sein Kostüm.«

Und in einem Nachsatz, den er sich nicht verkneifen konnte: »Senora Vargas verstorbener Gatte fuhr ebenfalls zur See. Madame ist also an Männerkleidung dieser Art gewöhnt.«

Pitt Jennings Pech bestand darin, ein halbes Jahrhundert zu spät geboren zu sein. Als er sich anschickte, auf eigene Faust einen erfolgreichen und gewinnbringenden Kaperkrieg gegen die Spanier vor der Westküste des nördlichen Südamerikas und im Golf von Mexico zu führen, war die große Zeit der Freibeuter längst vorbei. Die in dieser Gegend präsenten Großmächte Spanien, England und Frankreich waren es leid, die Situation im Krisenherd Karibik durch unabhängige Halb- und Dreiviertelpiraten ständig neu anheizen zu lassen, nachdem die Epoche der Eroberungen in diesem Raum mehr oder weniger abgeschlossen schien. In diese sich abzeichnende Ordnung paßten die Flibustiere nicht mehr, die fast eineinhalb Jahrhunderte lang als unabhängige Kämpfer zu Schiff ihre Dienste den jeweils Meistbietenden verkauft hatten. Außerdem war die Situation der hier operierenden Staaten zu Beginn des 18. Jahrhunderts in Westindien diplomatisch und strategisch zu heikel, um sie durch von unberechenbaren Söldnern ausgelöste Zwischenfälle weiter zuzuspitzen.

Noch 1674 war einer der rücksichtslosesten und blutrünstigsten Bucanier, der in Wales geborene Freibeuter Henry Morgan, von Karl II. zum Ritter geschlagen und zum stellvertretenden Gouverneur von Jamaika ernannt worden. Pitt Jennings hingegen, der, was seine Erfolge im Kaperkrieg gegen Spanien betraf, dem edlen Sir Henry bestimmt in nichts nachstand, mußte froh sein, von seinen eigenen Landsleuten unbehelligt weiter auf Kaperfahrt gehen zu dürfen, und manche hochoffizielle Rüge einstecken, wenn er sich mit einem spanischen Kriegsschiff ein Gefecht lieferte, was mitunter vorkam. Einen Adelstitel jedenfalls durfte er nie erwarten. Immerhin waren seine persönlichen Kontakte zum Gouverneur von Jamaika, Sir Archibald Hamilton, so gut, daß er bei gesellschaftlichen Anlässen im Kingshouse, dem hochmodernen, im Queen Anne-Stil errichteten Gouverneurspalast, empfangen wurde und sich einer gewissen Gönnerschaft erfreute.

Er selbst residierte, wenn er sich an Land befand, was höchstens achtzig oder neunzig Tage im Jahr der Fall war, zusammen mit seiner Frau, einer rothaarigen, grünäugigen Irin aus Dublin, in einem weißgestrichenen, zweistöckigen, säulenportalversehenen großen Ziegelbau in Spanish-Town, der Hauptstadt der Insel, die etliche Meilen westlich von Kingston durch die spanischen Eroberer erbaut worden war.

Als ihm einer seiner Bediensteten Florians Ankunft meldete, reagierte er mit leichtem Erstaunen. Nachdem alle das Waffengeschäft betreffenden Formalitäten erledigt waren, hatte sich der Deutsche tags zuvor mit dem Hinweis auf seine Weiterreise nach Florida verabschiedet. Wenn er jetzt erneut auftauchte, mußte Überraschendes geschehen sein.

Freibeuterkapitän Pitt Jennings befand sich im Patio seines Hauses und fütterte zwei riesige graue Doggen, die ihn temperamentvoll umsprangen, mit handlichen Happen frischer Ochsenlende. Es waren herrliche, kräftige Tiere, auf den Mann dressiert, wobei sie sehr wohl zwischen weißen und schwarzen Männern zu unterscheiden verstanden, wie Jennings jedem Gast, der ihn zum ersten Mal besuchte, versicherte. Florian, der in den letzten Jahren mehrere Male in Jennings Residenz empfangen worden war, kannten sie, beschnupperten schweifwedelnd seine Hände und Knie, und ließen ihn anstandslos passieren, als er sich dem Hausherrn näherte, der ihn freundschaftlich begrüßte und die Hunde fortschickte. Ohne Umschweife begann Florian, Garcias Geschichte zu erzählen. Der mittelgroße, bullige Mann, mit Schultern, die so breit waren, daß er fast verwachsen wirkte, hörte ihm mit gespannter Aufmerksamkeit zu. Er hatte einen Schopf fast blauschwarzer, völlig unenglischer Haare und einen breiten, flachen Mund, der sich meist in einem Lächeln versuchte, als wollte er den Schrecken, den seine Augen verbreiteten, wieder gutmachen.

Als Florian für einen Augenblick schwieg, drängte der Kapitän ungeduldig:

»Weiter, Mann, weiter!«

Am Ende schnaubte er wie ein Walroß. Mit zusammengekniffenen Augen blinzelte er zu Florian hoch, der ihn um einen halben Kopf überragte und der dennoch neben dem Bullen fast schwächlich wirkte.

»Bewachung?«

»Rund fünfzig, sagt Garcia. Ausgerüstet mit Musketen und zwei Kanonen.«

»Hm.« Der Engländer spuckte aus und kratzte sich. »Das heißt – um sicher zu gehen, brauchen wir hundert. Mehr, als ich derzeit habe. Andererseits, bei fünf Millionen Pesos kann man es darauf ankommen lassen.«

Ein schneller, blitzender Blick nach oben. Ein Doggenblick, kurz ehe die Bestie zuschnappte.

»Und Sie? Was verlangen Sie für Ihre heutige Spazierfahrt von Kingston nach Spanishtown?«

»Fünfhunderttausend für Garcia und mich.«

»Das meinen Sie doch nicht im Ernst! Sie sind ein Witzbold, mein Bester. Nochmals, nennen Sie Ihren Preis!«

Florian blieb ungerührt.

»Ohne Garcia geht nichts. Er ist *mein* Mann. Nummer zwei – Sie *dürfen* mit, Jennings, aber Sie *müssen* nicht. Eines meiner Schiffe, die ›Renata Tara‹ – acht Zwölf-, zehn Fünfzehnpfünder – vierzig Mann Besatzung – liegt in Tortuga. Signorelli – so heißt der Kapitän – braucht nur so zu machen« – er schnipste mit dem Finger – »und hundert der besten Tortuga-Burschen überschlagen sich vor Eifer, um auf sein Schiff zu kommen. Ausgestattet mit den besten Waffen der Welt.«

Der Engländer blieb gelassen.

»Möglich. Oder auch nicht. Sie vergessen etwas – ab sofort haben Sie es auf Cap Canaveral nicht nur mit den Spaniern zu tun, sondern zusätzlich mit mir und meinen Leuten.« Seine Züge bekamen etwas Wölfisches. Florian heuchelte Gleichmut, verschränkte die Arme vor der Brust und beeilte sich nicht mit seiner Antwort. Endlich meinte er kühl:

»Damit rechnete ich. Trotzdem bleibt es die Alternative. Aber ich gestehe es gern – lieber mit Ihnen zu paktieren, als Sie zum Gegner zu haben. Hören Sie zu, Jennings, man kann nicht beides bekommen, den Rahm und die Butter. Entweder haben wir beide das Nachsehen – höchst wahrscheinlich jedenfalls, wenn wir uns Prügel zwischen die Beine werfen, oder wir ziehen fünf Millionen Pesos an Land. Die größte Beute, die seit zwanzig Jahren, was sage ich, die seit Henry Morgan in dieser Gegend gemacht wurde! Und ich schwöre es Ihnen, Kapitän, ohne Garcia und mich bekommen Sie nicht eine einzige Dublone der Spanier in die Finger!«

»Sie sind ein Bluffer.« Und nach einer Pause: »Eigentlich müßte ich es riskieren, Sie mit Ihrem Signorelli und dessen Backpflaumen aus Tortuga aufkreuzen zu lassen. Außer einigen Veteranen mit Zipperlein und Bauchkrümmen existiert dort nur Grobzeug. Bucanier! Egal – ich bin einverstanden. Je fünfhunderttausend für Sie und den Don.«

Sie reichten sich die Hände.

»Wir verteilen das Fell des Bären, der erst erlegt werden muß.« Jennings lachte. Plötzlich war er übermütig wie ein Schuljunge, schlug sich auf die Schenkel, begann im Kreis herumzuhüpfen wie ein korpulenter Ziegenbock und grinste sardonisch. Er gluckste »Verlaß dich drauf, mein Junge, verlaß dich drauf! Wir erlegen ihn, diesen Meister Petz!«

Es dauerte eine Weile, ehe er sich beruhigte. Florian sagte:

»Da wäre noch etwas.«

»Ja?«

»Garcia. Er hat eine Forderung am Hals. Von einem Lieutenant Puttenham.«

»Scheiße. Ausgerechnet von dem! Wann?«

»Übermorgen früh, denke ich. Auf Pistolen.«

»Auch das noch!« Jennings stöhnte. »Wie schießt der Don?«

»Keine Ahnung. Wahrscheinlich ausgezeichnet. Jennings, wir müssen das Duell verhindern. Um jeden Preis. Wenn man Garcia tötet ...«

»Stehen wir schön dumm da.«

»Fraglos.«

»Eine Entführung?«

Florian schüttelte den Kopf.

»Viel zu riskant. Wir machten uns den Burschen zum Gegner. Er würde nie einwilligen. Die Ehre, verstehen Sie! Die verdammte Ehre! Diese Senores sind seltsam, insbesondere die Katalanen. Er stünde als Feigling da. Hätte vor einem Zweikampf gekniffen, seinen und seiner Familie Namen befleckt, würde es heißen. So jedenfalls könnte er es betrachten. Nein. Es muß einen anderen Weg geben, den Unfug zu verhindern. Kein Aufsehen, kein Stunk, kein Duell.«

»Wie läßt sich das erreichen?«

»Jamaika ist Krisengebiet. Duelle sind verboten. Festgelegt in einem Mandat Seiner Majestät höchstselbst.« Jennings versuchte ihn zu unterbrechen. Florian winkte ab. »Ich weiß, kaum jemand schert sich darum. Trotzdem. Bekäme Sir Hamilton einen Hinweis, müßte er eingreifen.«

Das bedeutet – wir müßten unsere Karten auf den Tisch legen.«

»Und? Hielten Sie dies für einen Nachteil?«

Jennings überlegte. Dabei griff er sich mit der Linken abwesend an die Nase. Nachdenklich sagte er: »Hamilton mag die Dons ebensowenig wie sonst wer auf Jamaika. Mehr noch, er haßt sie inbrünstig. Sie töteten seinen Sohn. Er fiel vor Palma de Mallorca.« Und in einem Nachsatz: »Sie denken an ein förmliches Verbot?«

»An ein Verbot und an Hausarrest für Puttenham. Bereits die Forderung zum Duell steht unter Strafandrohung. Colonel McAdams kommt nicht umhin, sich Puttenham vorzuknöpfen, wenn Hamilton darauf besteht.«

Der Freibeuter grinste.

»Sie sind ein gerissener Hund, Stoll. Das sähe diesem Arschloch von Lieutenant ähnlich, uns den wertvollsten Mann ganz Westindiens abzuknallen. Worum geht es eigentlich?«

Florian schilderte den Auftritt in Wallings Rumschänke. Jennings knurrte:

»Das sieht solchem Aristokratengezücht ähnlich.« Sachlich: »Gut, Mr. Stoll. Ich werde mich darum kümmern. Sie können sich darauf verlassen. Das Duell findet nicht statt, und Puttenham wird ein paar Tage brummen.«

»Was ihm sicher nicht schadet. Gut. Ich vereinbare den Zweikampf mit Puttenhams Sekundanten, als wäre nichts geschehen und begleite den Don zum Kampfplatz. Doch jetzt zur Hauptfrage. Wann können wir starten?«

»Wir?«

Jennings tat überrascht.

»Natürlich – wir! Dachten Sie, ich drehe Daumen, während Sie das Weiße im Auge des Gegners sehen? Nein, mein Lieber, Sie müssen sich schon darauf einrichten, daß ich mit von der Partie bin.«

»Mißtrauisch? Fürchten Sie, übervorteilt zu werden?« Er grinste diabolisch, wurde aber sofort wieder ernst. »An Bord unterstehen Sie meinem Kommando, mit allen diesbezüglichen Konsequenzen.

»Ich kenne das Bucanierreglement. Sie sind der Kapitän. Wir sind uns darüber einig – jede Verzögerung steigert das Risiko des Wegschaffens der Münzen. Irgendwann in naher Zukunft werden die Dons aufkreuzen. Ich möchte nicht ihrer Flotte begegnen.«
»Da sei Gott vor! Spätestens übermorgen müssen wir los.«
»Schaffen Sie das?«
»Meine Angelegenheit. Sie kommen direkt vom Duellplatz weg mit Garcia an Bord. Je früher, um so besser.«
»Ich tue mein Möglichstes. Halten Sie uns die Daumen!«
Sie schüttelten sich die Hände.

Isabella wußte inzwischen von dem geplanten Coup, obwohl Florian selbstverständlich kein Wort über seine Pläne, geschweige denn über den bevorstehenden Zweikampf verloren hatte. Besonders verletzte es sie, daß der Spanier eingeweiht war und mit dem Deutschen zuerst in der Schänke, später auf dessen Zimmer endlose Gespräche führte und auch sonst eine rege Aktivität entfaltete. Ursprünglich hatten sie ihre Erziehung, aber auch ihr Stolz gehindert, Fragen zu stellen. Jetzt erübrigten sie sich. Männer, hatte man ihr getreu den Prinzipien spanischer Sitte und spanischer Familienhierarchie beigebracht, waren eine Art höhere Wesen, deren Entscheidungen und Handlungen man als Weib bewundern, oder, falls sie Fehler machten, in keinem Fall kritisieren durfte. Am besten war es, nur zu antworten, wenn der Vater, der Ehemann oder der Bruder Fragen stellten. Florian Stoll aber war weder der eine noch der andere! Sie hatte es satt, von ihm wie ein unmündiges Kind behandelt zu werden! Als sie hörte, daß Florians Zimmertüre knarrte, trat sie in den dunklen Flur.
»Senor Stoll.«
Florian, im Begriff nach unten zu gehen, stutzte, drehte sich um.
»Isabella? Was kann ich für Sie tun?«
»Ich muß mit Ihnen reden.«
»Jetzt?«
»Jetzt.«
Er war unschlüssig. Endlich sagte er:
»Gut. Zehn Minuten. Bitte entschuldigen Sie meine Unhöflichkeit, aber ich werde erwartet. Gehen wir in Wallings Patio?«

»Nicht gerne. Ich möchte allein mit Ihnen sprechen, Tuma begab sich zum Sklavenmarkt. Darf ich Sie hereinbitten?« Sie wies auf die offene Tür ihres Zimmers, drehte sich um, ging voraus und setzte sich auf einen der beiden Sessel neben dem hochpfostigen spanischen Bett. Florian folgte ihr, schloß die Tür hinter sich, schritt zum Fenster, warf einen kurzen Blick auf die Masten der Schiffe, die bis vor zum Leuchtturm dicht an dicht nebeneinander ankerten. Er wandte sich um und sah sie an. Er ahnte, was kommen würde. Unvermittelt ging sie zum Angriff über. »Sie behandeln mich unredlich! Ich bin ein erwachsener Mensch. Zwar nur eine Frau, aber dennoch – ein Mensch. Warum akzeptieren Sie mich nicht als solchen? Was Sie mit mir anstellen, seit ich mit Ihnen unterwegs bin, ist entwürdigend!« Ihre Augen blitzten. »Was tat ich Schlimmes, daß Sie mich mit so viel Mißachtung strafen?«

»Isabella ...«

»Bitte, Senor! Bitte unterbrechen Sie mich nicht. Es bedarf meines ganzen Mutes, so mit Ihnen zu reden!« Sie erhob sich und trat so dicht vor ihn, daß sie ihn hätte berühren können, warf den Kopf in den Nacken und blickte zu ihm auf. Er sah die flaumigen Härchen unter ihrer Ohrmuschel und die winzigen Lachfältchen um Augen- und Mundwinkel. Unmutsfalten auf ihrer Stirn belehrten ihn, daß noch einiges nachkam. Ihre Stimme klang beherrscht, als sie sagte: »Bin ich ein Ding? Bin ich ein Gegenstand, den man abstellt wie einen Krug? Genauso behandeln Sie mich.«

Sie hat wirklich süße Lippen, dachte er. Am liebsten hätte er die schöngeschwungenen Bögen ihrer Oberlippe mit dem Finger nachgezeichnet. Warum küßte er sie nicht auf der Stelle? Riß sie nicht in die Arme, um ihr seine Sympathie, seine – nun – Zuneigung zu gestehen? Die Dinge nähmen ihren Lauf, wie es natürlich war, und die Welt bekäme wieder Glanz. Den Sinn ihrer Worte nur zum Teil aufnehmend, hörte er sie sagen:

»Ihnen wuchs all das, was Ihnen Baroja zumutete, über den Kopf. Jetzt plagt Sie die Frage, wie Sie mich auf manierliche Art und Weise schnellstens loswerden. Ich verstehe, daß Sie wütend sind, erpreßt worden zu sein. Denn um eine Form von Erpressung handelt es sich. Sie müssen nicht antworten. Ich will die Details Ihrer Abmachung mit Baroja gar nicht kennen. Warum aber lassen Sie Ihren Unmut darüber an mir aus? Gestehen Sie mir wenigstens zu, erfahren zu dürfen, was Sie für mich beschlossen? Ich bin ein denkender, fühlender Mensch, Senor.« Und leiser: »Wieviel Geld übergab er Ihnen für mich?«

Die Überraschung ließ ihn stottern.

»Ihr Vater – ich – nun, ich glaube – zweitausend Pesos.«

Sie rückte noch näher.

»Lügen Sie mich nicht an! Wieviel gab er Ihnen wirklich? Keine fünfhundert, seien Sie ehrlich! Bekamen Sie überhaupt Geld?« Der Gedanke an die Möglichkeit, daß er verneinte, ließ ihre Stimme brüchig werden. »Senor Stoll – ich kenne ihn. Er gab Ihnen nichts, keinen Centavo?«

Florian spürte, daß er errötete.

»Nein, verdammt – ja! Natürlich gab er mir Geld, das Ihnen gehört. Nicht zweitausend, sondern genau zweitausendfünfhundert Pesos. So, jetzt wissen Sie es.«

»Ihr Wort als Cabalero?«

Er stutzte einen Moment und zuckte dann resignierend die Achseln. Wenn sie darauf bestand! Diese Lüge schuldete er ihr, und ein Cabalero war er zweifelsfrei auch nicht.

»Schön – mein Wort darauf.« Als Antwort traf ihn ein verschleierter, nicht zu deutender Blick. Um der Sache ein Ende zu bereiten, sagte er: »Ich werde in Kingston ein Haus für Sie mieten. Sie und Tuma werden mit dem Geld Ihres Vaters gut und gerne einige Jahre sorgenfrei leben können. Ich kümmere mich weiter um Sie, das verspreche ich.«

»Um die Witwe Varga.«

»Richtig, um die Witwe eines meiner besten Freunde! Ich werde dafür sorgen, daß diese Geschichte jenen Leuten in Kingston und Spanishtown, auf die es ankommt, plausibel erscheint. Man wird Sie achten.«

»Achten – achten! Und wenn ich keinen Wert darauf lege, geachtet zu werden?« Ihre Hände ballten sich zu Fäusten, ihre Lippen bebten.

»Ich verstehe nicht?«

»Nein, Sie verstehen nicht! Sie verstehen gar nichts«, fauchte sie.

»Werden Sie das Haus vor Ihrer Reise mieten oder nachher, wenn es überhaupt ein Nachher gibt? Vor Ihrem Schurkenstreich auf Cap Canaveral oder hinterher?«

Er erschrak und umfaßte ihre Schultern. Gefährlich leise fragte er: »Was soll das heißen?«

Sie wand sich unter seinen zupackenden Händen.

»Das wissen Sie sehr genau! Ein Überfall auf spanische Soldaten, mitten im Frieden! Männer töten, die im Dienst der Krone ihre Pflicht tun. Es ist so ungeheuer abscheulich, so garstig, daß mir übel wird! Was sind Sie für ein Mensch?«

Er schüttelte sie.

»Wer erzählte Ihnen diesen Unsinn? Reden Sie! War es Garcia?«

»Nein.«

»Sondern?«

»Ich –« sie blickte zur Seite, »ich horchte.«

»Was taten Sie?«

Sie riß sich los, blitzte ihn an.

»Ich lauschte! Mit dem Ohr an dieser Wand!«

Sie deutete zum Bett.

»Und damit Sie es wissen – ich schäme mich keineswegs! Ich wollte erfahren, ob ihr über mich spracht! Ob Sie Garcia Ihre mich betreffenden Pläne offenbarten! Als Sie ihn mit auf Ihr Zimmer nahmen, weil Sie fürchteten, in der Schänke belauscht zu werden. Nicht ich muß mich schämen, Senor, sondern Sie! Dafür, daß Sie mich zwangen zu lauschen. Ja, Sie zwangen mich! Kein normalfühlender Mensch hätte mich die ganze Zeit über dieser Ungewißheit ausgesetzt! Spielen Sie nicht den Entgeisterten! Sie wissen sehr genau, daß ich recht habe! Sie zwangen mich dazu. Ich hoffte zu erfahren, wie sich der große Herr meine Zukunft vorstellt, welche Entscheidungen er treffen würde, dieser Senor, der gerade noch registriert, daß es mich gibt, wenn er mir am Abend die Ehre erweist, mich an seinem Tisch abfüttern zu lassen. Aber auch bei dieser Gelegenheit und auch sonst nie ein klärendes Wort! Darum lauschte ich! Nur darum! Nicht um etwas über eure schmutzigen Geschäfte zu erfahren! Und als Sie mir gar noch Garcia schickten, der mich durch Kingston schleppte, als wäre ich die Prinzessin auf der Erbse, bis obenhin voll Respekt, Hochachtung und Distanz, daß er steif wie ein Gockel neben mir her stakte, begann ich zu ahnen, daß dies der Auftakt war, mich abzuschieben, mich los zu werden!«

Schreiend unterbrach er sie.

»Sind Sie wahnsinnig?«

»Ganz im Gegenteil! Mußte ich nach Ihrem beharrlichen Schweigen nicht mit allem rechnen? Und dann hörte ich es: Nicht um mich ging es! Für euch bin ich viel zu unwichtig, um einen Gedanken an mich zu verschwenden. Immerhin kam ich auf diese Weise dahinter, was ihr wirklich vorhabt. Ich weiß alles, Senor, alles!« Triumphierend schleuderte sie es ihm ins Gesicht.

Er öffnete den Mund, wollte zu einer Erwiderung ansetzen, verzichtete aber darauf. Am besten war es, sie einzusperren. Was sich freilich nur bewerkstelligen ließ, wenn er Walling einweihte. Ausgerechnet Walling! Der sofort darauf bestehen würde, mit von der Partie zu sein. Denkste, Mister! Sie erzwang erneut seine Aufmerksamkeit.

»Ich verrate nichts, keine Angst! Es ist abscheulich, was ihr vorhabt, aber es geht mich nichts an.«

Eine volle Minute über beobachtete er sie schweigend. Endlich nickte er.

»Nein, verraten werden Sie uns nicht. Ich glaube es Ihnen.«

»Danke, überaus gütig! Ich rechnete bereits damit, während der Zeit Ihrer Abwesenheit festgesetzt zu werden. Zutrauen würde ich Ihnen das durchaus.«

Er fühlte sich durchschaut und ärgerte sich.

»Man sollte Ihnen den Hintern versohlen, meine Schöne. Nicht zuletzt Ihrer Infamie wegen, den Spieß einfach umzudrehen und mir einzureden, ich trüge die Schuld.«

Sie hob trotzig das Kinn.

»Bitte, bedienen Sie sich. Verprügeln Sie mich. Das wollten Sie sicher schon längst. Tun Sie sich keinen Zwang an! Es würde zu Ihnen passen!«

»Halten Sie den Mund, ...« Erneut packte er sie an den Armen, riß sie an sich, zögerte einen Moment, und küßte sie plötzlich. Zu überrascht, um spontan zu reagieren, ließ sie es geschehen. Dann versteifte sie sich, ihr Körper wurde zur Kleiderpuppe. Sie flüsterte: »Warum tun Sie es nicht? Hemmungen? Warum? Schließlich gehöre ich Ihnen. Ich bin Ihr Eigentum, Senor Stoll. Warum so zimperlich? Los, nehmen Sie mich! Es trifft keine Jungfrau, wie Sie wissen! Also keine Skrupel!« Sie warf einen Blick zum Bett.

Er stieß sie von sich.

»Sie – Sie – ach, rutschen Sie mir den Buckel runter!«

Als er die Tür hinter sich zuschlug, starrte sie ihm abwesend nach. Auf einmal lächelte sie.

Am späten Abend, bevor Florian die Schänke verließ, um schlafen zu gehen, bekam er von einem Negerjungen einen Zettel zugesteckt, der die mit einem J unterzeichnete Mitteilung *Alles in Ordnung* enthielt. Daraufhin legte er sich mit der beruhigenden Gewißheit, eine komplikationslose Abreise vor sich zu haben, ins Bett.

Ehe er einschlief, überdachte er ein weiteres Mal Isabellas Vorwürfe und gelangte widerwillig zu dem Eingeständnis – all zu unberechtigt waren sie nicht. Warum sollte sie sein Verhalten verstehen, wenn er es im Grunde selbst nicht begriff? War es wirklich nur seine Furcht, daß nicht Zuneigung oder gar Liebe, sondern nur Dankbarkeit sie dazu bringen würde, seinem Werben nachzugeben, die ihn daran hinderte, endlich das zu tun, was er längst hätte tun sollen? Der Gedanke daran verfolgte ihn noch in seinen Träumen.

Er erwachte erst, als gegen fünf Uhr das Läutwerk seiner Taschenuhr schrillte. Er erhob sich, wusch und rasierte sich, zog einen schmucklosen, sandfarbenen, strenggeschnittenen spanischen Anzug an, stellte sein Gepäck, das er an Bord mitzunehmen gedachte, zurecht und verließ den Gasthof. Auf der noch im Dämmerlicht liegenden Straße traf er Garcia, der munter mit dem Kutscher des Mietwagens plauderte, der auf der Pierseite der Harbourstreet wartete.

»Wie fühlen Sie sich?«

Der Katalane grinste.

»Danke. Um ehrlich zu sein — in einer Stunde ist mir wohler. Haben Sie die Pistolen?«

Florian schwenkte den schwarzen Lederkasten in seiner Linken.

»Langläufige französische Duellpistolen. Beste Arbeit. Von Walling. Sie werden zufrieden sein.«

»Ausgezeichnet.«

Sie stiegen ein. Im leichten Trab ging es zur Kings Road und weiter in Richtung Half Way Tree. Trotz des frühen Morgens machte sich der Windstille wegen bereits eine drückende Schwüle unangenehm bemerkbar. Florian bereute es, des von Regeln diktierten Anlasses wegen eine seiner Allongeperücken aufgesetzt zu haben. Beeindruckt musterte er seinen Begleiter von der Seite. Garcia gab sich zumindest äußerlich den Anschein von Gleichmut. Er bezweifelte, in ähnlicher Situation ebenso gelassen reagieren zu können. Immerhin stand Puttenham im Ruf, einer der besten Schützen seiner Garnison zu sein. Beiläufig sagte er:
»Vielleicht ließe sich die Sache mit einer – nun – Geste – aus der Welt schaffen. Natürlich müßten wir auf einer schriftlichen Entschuldigung Puttenhams bei Senora Varga bestehen.« Garcia lachte lauthals.
»Sie sind ein Spaßmacher, bei Gott! Ich kam in die Kneipe, sah diese drei hijos de putas, diese Hurensöhne, wußte, daß es Ärger geben und ich eingreifen würde. Nicht nur Männer der Mancha haben diese Art, sich in Szene zu setzen, in jedem Spanier und Katalanen steckt ein Stückchen Don Quichote. Ab und zu wollen wir es wissen. Und ich denke, meine Chance ist gar nicht so übel.«
»Hoffentlich. Sonst bin ich eine Menge Geld los.«
Garcia war nicht beleidigt.
»Eines ehrlichen Mannes Wort! Darauf wollen wir trinken, wenn die Sache hinter uns liegt!«

Erst als die Kutsche zum Queenspark abbog und der Wind von den Blue Mountains her Staub aufwirbelte, wurde es kühler. Sie umfuhren ein kleines Wäldchen und kamen auf eine ausgedörrte Wiesenfläche. Die Kutsche hielt. Beide verließen das Gefährt. Florian warf einen Blick in die Runde. Wie erwartet, war die Gegend menschenleer. Er heuchelte:
»Die Burschen lassen sich Zeit«, während er an der Seite Garcias auf- und abschritt. Gleichzeitig befristete er die Wartezeit im stillen auf eine Viertelstunde.
Fünf Minuten verstrichen. Der Katalane wurde unruhig.
»Verstehen Sie das? Normalerweise sind Militärs pünktlich. Disziplin! Gehört dazu wie bei gewöhnlichen Leuten das Atmen.«

Florian hob die Schultern.

»Geben wir ihnen noch zehn Minuten. Vielleicht ...«

»Ja?«

»Vielleicht bekam Puttenham Schwierigkeiten. Der Mann ist ein Schwätzer. Wenn sein Kommandeur vom Duell erfuhr – möglich, daß er ihn festsetzte.«

»Wieso?«

Garcia war ehrlich verblüfft.

»Duellverbot! Auf ganz Jamaica. Wußten Sie es nicht?«

Garcia winkte verächtlich ab.

»Doch, ich weiß davon. Trotzdem – der kommt! Es sei denn, sie legten ihn in Ketten.«

»Oder nahmen sein Ehrenwort.«

»Nein.«

Der Katalane schüttelte den Kopf.

»Nur Zivilisten würden es tun. Hamilton, der Gouverneur vielleicht. Aber nicht Puttenhams militärischer Vorgesetzter, der bisher jedes Duell duldete, das sein Lieutenant austrug, wie man mir flüsterte. Wenn überhaupt, sperrt er ihn ein. Aber nicht zu sehr, damit der Kerl Gelegenheit bekommt, rechtzeitig zu verschwinden!« Er lauschte, lachte, und sagte: »Na bitte. Sie kommen!«

Auch Florian hörte das Pferdegetrappel. Sicher Puttenhams Sekundanten, die die Nachricht von der Absage des Zweikampfes und der Festnahme des Lieutenants überbrachten. Dann platzte die Illusion. In gestrecktem Galopp preschte die Gruppe um das Wäldchen. An der Spitze Puttenham. Florian fluchte leise. Also hatte er es doch geschafft! Der Teufel sollte ihn holen! Nebem dem Lieutenant ritt Fähnrich Kirkpatrik, der sich tags zuvor als Sekundant seines Freundes vorgestellt hatte. Der Dritte mochte der Wundarzt sein – nach der Ledertasche zu schließen, die er bei sich trug. Ein weiterer Offizier tauchte auf, wischte sich kurz nach dem Absitzen den Schweiß vom Gesicht und stellte sich als Lieutenant Allan Webster vor.

»Wenn Sie mich als Unparteiischen akzeptieren, stehe ich zur Verfügung. Meine Funktion erzwingt das Duellreglement. ›Steht für die Duellanten nur jeweils ein Sekundant ...‹«

Florian unterbrach ihn.

»Ich weiß. Tatsächlich war es meinem Freund und mir unmöglich, derartig kurzfristig einen weiteren Sekundanten zu beschaffen. Selbstverständlich sind wir mit Ihnen als Unparteiischem einverstanden.«

Webster salutierte, Florian verbeugte sich förmlich. Über das niedrige Buschwerk züngelten die ersten Sonnenstrahlen. Puttenham stand etwas abseits und unterhielt sich mit dem Arzt. Einmal lachte er und schlug sich auf die Schenkel. Ob es Theater war, konnte Florian nicht ausmachen. Wenn ja, schauspielerte der Engländer glänzend.

Lieutenant Webster fragte der Form halber, ob die Angelegenheit mit Entschuldigungen aus der Welt zu schaffen sei. Puttenham grunzte verneinend. Garcia schüttelte gleichmütig den Kopf.

»Darf ich um die Pistolen bitten?«

Florian reichte ihm den Kasten. Der junge Offizier öffnete ihn, nahm bewundernd die beiden silberbeschlagenen Duellpistolen heraus, ergriff sie an den Kolben und hielt sie in die Höhe. Ihre Läufe glänzten matt in der Sonne.

»Herrliche Waffen! Ich beneide Sie um Ihren Besitz.«

Florian verbeugte sich erneut und beobachtete aufmerksam, wie der Unparteiische Pulver in die Läufe stopfte, etwas Hanf nachschob und die Kugeln folgen ließ. Der Mann war sehr geschickt und überkorrekt. Mit geschmeidigen Händen öffnete er den Batteriedeckel, placierte das Pfannenpulver und schloß die Klappe.

»Fertig, Gentlemen. Ich bitte, die Röcke abzulegen.«

Sie taten es. Florian nahm Garcias Überrock. Webster umfaßte die Pistolen an den Läufen und streckte die Arme aus.

»Lieutenant Puttenham, wählen Sie!«

Der Engländer griff lässig zu und sah dabei kaum hin. Garcia nahm die andere Waffe, wog sie abschätzend in der Hand, prüfte den Schwerpunkt, nickte. Wenn er nervös war, verstand er es nicht minder perfekt als sein Gegner, es zu verbergen.

»Stellen Sie sich Rücken an Rücken!«

Ruhig kamen beide der Aufforderung nach. Florian sah, daß Garcia Schweißtropfen auf der Stirn standen. Gegen Drüsen war selbst der Wille machtlos, dachte er. Puttenhams Gesicht wirkte wie aus Basaltstein geschnitten.

»Wenn ich zu zählen beginne, werden Sie zwölf Schritte machen, bis ich Halt anordne. Zwölf Schritte, genau im Rhythmus meines Zählens. Dann drehen Sie sich um und spannen den Hahn. Vom Augenblick meiner Losung an können Sie nach Belieben feuern. Alles verstanden?«

Beide nickten. Lieutenant Webster begann zu zählen.

»... zehn – elf – zwölf!«

Es knackte metallisch. Beider Arme hoben sich. Florians Zunge war strohtrocken. Webster rief:

»Los!«

Dann knallte ein Schuß. Am Waldrand hoben ein paar Vögel vom Boden ab. Florian registrierte es im Unterbewußtsein.

Ein Schuß? Wieso nur ein Schuß?

Welcher der beiden hatte verzögert? Dann sah er es. Garcia lag am Boden und krümmte sich. Puttenham stand. Aber jetzt – er begann sich langsam um seine Achse zu drehen, knickte in der Hüfte ein und kippte nach hinten. Sein Körper streckte sich unendlich langsam und rührte sich nicht mehr.

Ein Schuß? Mein Gott – wieso denn nur einer? Bis er begriff – beide hatten gleichzeitig abgedrückt. Er ließ die Jacke fallen und rannte zu Garcia. Der Katalane lag zusammengerollt wie ein Embryo und stöhnte leise. Florian dreht ihn auf den Rücken, riß ihm das blutdurchtränkte Hemd auf und sah das Loch, aus dem es dunkelrot quoll. Zwei Fingerbreit unter dem Schlüsselbein war die Kugel in die Brustmuskulatur eingedrungen. Obwohl Garcia brüllte wie am Spieß gelang es Florian ihn ein wenig aufzurichten, um festzustellen, ob das Blei den Körper durchschlagen hatte. Verdammter Mist! Er fluchte weiter. Ein Steckschuß! Das bedeutete Vergiftung des Blutes. Von der Operation nicht zu reden. Er ließ ihn zurücksinken und atmete schwer. Der Unparteiische kam, gefolgt vom Arzt im Rang eines Captains. Beide waren bleich. Während der Doktor sich zu Garcia herabbeugte, flüsterte Webster:

»Lieutenant Sidney Puttenham ist tot. Der Spanier traf ihn voll im Gesicht. Es riß ihm den Kiefer weg. O Gott, o mein Gott!«

Florian würgte es. Sein Blick begegnete dem des Arztes, der sich eben aufrichtete und mit unnatürlich krächzender Stimme sagte:

»Steckschuß! Die Kugel muß auf der Stelle raus.«

Er schlüpfte aus seinem Waffenrock, rollte die Ärmel hoch.

»Die Tasche!«
Webster lief die paar Schritte zum Waldrand, ergriff den Rundkoffer und brachte ihn eilends.
»Halten Sie den Mann!«
Florian flüsterte:
»Sie können doch nicht – so – so ...«
»Ich kann, Bester. Los, fassen Sie an. Beide. Sie oben, Sie, Webster, an den Beinen. Legen Sie sich auf sie und umklammern Sie seine Schenkel mit aller Kraft, die Sie in den Armen haben!«
Den Lieutenant, der unbeholfen Garcias Beine festhielt, traf ein schräger Blick. Ungeduldig knurrte der Doktor:
»Verdammt, stellen Sie sich nicht so an! Halt, warten Sie!« Er richtete sich auf und sah über die Wiese. »Zitieren Sie den Fähnrich her. Der Tote kommt ohne ihn aus. Hier aber braucht man den Knaben, und zwar umgehend.«
Eine Minute später trabte Webster mit Kirkpatrik an. Der Fähnrich wandte sich angeekelt ab, als er den Katalanen sah, und war nahe daran, die Fassung zu verlieren.
»Also dann« – der Doktor wurde energisch – »alle drei auf den Mann! Sie, Webster wissen, was Sie zu tun haben.« Und zu Kirkpatrik: »Knien Sie sich auf seine Schultern. Zugleich benutzen Sie Ihre Hände als Schraubstöcke. Sein Kopf muß unten bleiben. Muß! Selbst wenn Sie fürchten, sie erdrückten ihm die Hirnschale. Lassen Sie keinesfalls los! Begriffen? Und Sie, Sir« – er sah Florian an – »halten sein Becken fest. Und wenn ich fest sage, meine ich fest, mit aller Kraft, die Sie haben! Die Kugel sitzt höllisch tief, und es wird verdammt weh tun. Je mehr er sich bewegt, um so größer sind die Schmerzen. Es hängt also mit von Ihnen ab, wie sehr oder wie wenig er leidet.« Er drehte sich zu Garcia um, der ihn wachsbleich, mit zusammengekniffenen Augen beobachtete. »Öffne den Mund, Spanier! Ja, so ist es gut. Und jetzt trinkst du, soviel du kannst.« Er hielt ihm eine silberne Brandyflasche an die Lippen. Der Verwundete schluckte, bis ihm die Tränen kamen und es ihn schüttelte. Der Arzt warf die Flasche neben sich ins Gras, holte ein Stück Leder aus seiner Tasche und schob es Garcia zwischen die Zähne.
»Wenn es jetzt weh tut, dann beiß ganz fest zu. Hast du mich verstanden?«

Der Katalane nickte.

»Allright!«

Der Doktor sah sich suchend um. Fähnrich Kirkpatrik stand mit abgewandtem Gesicht neben ihm. Den Blick des Arztes erahnend, murmelte er:

»Ohne mich! Ich mache es nicht! Soll dieses Dreckschwein krepieren!«

Der Arzt, ein Mann in mittleren Jahren, mit einem schlaffen, vom vielen Trinken aufgedunsenen Gesicht, dessen faltige Tränensäcke ihn über seine Jahre hinaus gealtert erscheinen ließen, machte sich nicht die Mühe, den Sprecher anzusehen. Sein Gewicht von einem Knie auf das andere verlagernd, sagte er kühl:

»Wenn Sie nicht in drei Sekunden den Verletzten so festhalten, wie ich es anordnete, Fähnrich, bring' ich Sie wegen Befehlsverweigerung vor Gericht, so wahr ich Finnigan heiße! Was dies zusammen mit Ihrer Sekundantenrolle bedeutet, können Sie sich ausrechnen.«

Der Fähnrich benötigte keine drei Sekunden, um dem Befehl nachzukommen.

Es wurde sehr blutig. Garcia versuchte mit unheimlicher Kraft, dem bohrenden Messer des Arztes zu entkommen, der dem Wundkanal folgend, nach der Kugel suchte. Die Prozedur dauerte, so schien es Florian, endlos, bis der Doktor nach mehrmaligem Nachfassen mit einer Zange das Stückchen Blei triumphierend hochhielt. Zu diesem Zeitpunkt hatte Garcia längst das Bewußtsein verloren.

Endlich lag er tamponiert und ordentlich verbunden auf der Erde. Seine Haut spannte sich wachsgelb über sein geschrumpft scheinendes Gesicht, sein Atem ging schwach. Dr. Finnigan wandte sich an Florian.

»Das wär's. Die Kugel ging haarscharf an der Lunge vorbei. Wenn er Glück hat und der Blutvergiftung entgeht, ist er in drei, vier Wochen gesund. Wenn! Seine Chancen stehen dreißig zu siebzig. Wohin jetzt mit ihm?« Er nahm Florian einige Schritte zur Seite. Leise sagte er: »Er muß raus aus Kingston. Es wird einen Höllenstunk geben. McAdams, der Kommandeur, verbot Puttenham, sich zu duellieren. Wahrscheinlich auf Anordnung von oben. Würde mich nicht wundern, wenn Hamilton persönlich die Hand im Spiel hätte. Puttenham stand seit gestern abend unter Arrest. Aber, großmäuliger Narr, der er war, rückte er aus und zwang seine Kameraden, an ihre Ehrenpflicht appellierend, mitzukommen. Am Ende holten sie mich aus den Federn. Als Arzt hatte ich keine Möglichkeit, abzulehnen. Wie auch immer – wenn der Don durchkommt, was ich hoffe und wünsche, wird man ihm den Prozeß machen, ihn verurteilen. Und das nicht zu knapp. Puttenhams Vater ist Vizeadmiral. Wußten Sie das?«

Florian nickte.

»Und er, der Don? Offizier?«

»Nein. Er war Kriegsgefangener auf einem spanischen Schiff. Aristokrat. Stammt aus Barcelona.«

»Ah – Katalane. Ich verstehe. Na ja, nicht mein Problem. Ihr Freund?«

»So etwas ähnliches.«

»Nochmals – wohin mit ihm?«

Fähnrich Kirkpatrik hatte sich, von den beiden unbemerkt, genähert, und antwortete an Florians Stelle.

»Wohin, Sir? Das ist keine Frage! Natürlich ins Marinehospital, wo er bis zu seiner Genesung bleiben wird. Und dann vor Gericht mit dem Mörder!«

Lieutenant Webster, der sich ebenfalls zu den dreien gesellte, stieß Kirkpatrik in den Rücken. Der Fähnrich drehte sich um. Mit verächtlicher Stimme sagte der Ranghöhere:

»Sie haben noch eine Menge zu lernen, Fähnrich. An erster Stelle das Wort Fairness. Ich buchstabiere f-a-i-r-n-e-s-s! Es war ein fairer Kampf. Der bessere Schütze überlebte. Beide Treffer – beide, Fähnrich – beweisen, daß es um Leben und Tod ging. Was wollen Sie also? Oder hätte der Don Ihrer Meinung nach darauf warten sollen, erschossen zu werden?« Als eine Antwort unterblieb, zischte der Lieutenant: »Antworten Sie, Mann! Sollte er das?«

Kirkpatriks Gesicht lief rot an. Er schluckte und wirkte wie ein verprügelter Schuljunge. Erst jetzt wurde es deutlich, wie jung er war.

»Haben Sie es begriffen?«

»Ja.«

»Ja, Sir!«

»Ja, Sir.«

»Haben Sie auch begriffen, daß Sie immer und unter allen Umständen das Maul zu halten haben, wenn die Frage gestellt wird, wohin man den Don schaffte? Auch wenn Sie seinen Aufenthaltsort erfahren sollten. Haben Sie das begriffen? Unter Gentlemen pflegt man diese Dinge solcherart zu regeln. Das wär's! Und jetzt packen Sie mit an. Wir wollen den Mann zum Wagen schaffen.«

Es dauerte eine Weile, ehe Garcia, leise stöhnend, auf dem Rücksitz des Gefährts lag und die Pferde antraben konnten. Ein silbernes Pesostück hatte den Protest des Kutschers im Keim erstickt. Dr. Finnigan und Lieutenant Webster winkten. Kirkpatrik wandte der Kutsche den Rücken zu. Er stand zu Füßen seines toten Freundes und ließ den Kopf hängen.

Bis Garcia an Bord der Fregatte »Firebird« war, verging fast eine Stunde. Kapitän Jennings beobachtete mit steinernem Gesicht, wie man den Katalanen anschleppte, und ordnete an, ihn in seine eigene Kajüte zu bringen. Florian stellte sich neben den Bucanier an die Reling. Sein Bericht über das Geschehene beschränkte sich auf wenige Sätze. Jennings unterbrach ihn mit keinem Wort. Erst als Florian sich nach dem Schiffsarzt erkundigte, beendete der Kapitän sein Schweigen.

»Kein Arzt. Tut mir leid. War innerhalb von zwei Tagen unmöglich. Ich kann nicht irgendeinen Doktor entführen.«

»Und wer versorgt Garcia? Der Mann ist schwer verwundet. Haben Sie wenigstens einen Kerl an Bord, der mit Verletzten umgehen kann, der über ein Minimum an medizinischen Kenntnissen verfügt? Verdammt – Jennings – in Florida wird es Blessuren geben, und ...«

»Und – und!«

Jennings ließ seinem Ärger freien Lauf.

»Zum Teufel, Stoll, was verlangen Sie noch alles? Wir sind auf einem Freibeuterschiff, Sir! Ein Bucanier auf kleiner Fahrt. Meine Leute mußte ich praktisch über Nacht zusammentrommeln. Sie haben keine Ahnung, was das bedeutet. Nein, ich habe keinen Mann dieser Art. Wenigstens weiß ich von keinem. Und damit Schluß mit dem Gequatsche. Jetzt, Mr. Stoll, sind Sie am Zug. Ich erfüllte meinen Teil der Vorbereitungen. Der Mann – *Ihr* Mann, Stoll, – geht auf Ihre Kappe. Sie kümmern sich gefälligst darum, daß der Kerl wenigstens so lange durchhält und vor Ort vernünftige Informationen geben kann, bis das Unternehmen gelaufen ist. *Wie* Sie das machen, ist Ihre Sache. Nur eilt es etwas. Wenn wir Pech haben, schickt uns dieser Scheiß-Fähnrich die Marine auf den Hals. Ganz blöd sind die Leute ja nicht. Daß die »Firebird« ausläuft, hat sich längst herumgesprochen. Hier ein verwundeter Flüchtling, der außer Landes will – dort ein Schiff das in See sticht – die müßten bescheuert sein, um nicht zwei und zwei zusammenzuzählen! Und das Schlimmste, Hamilton kann nicht eingreifen, ohne seiner Marine reinen Wein einzuschenken. Und da sei Gott vor!«

»Haben Sie wenigstens Medikamente an Bord?«

»Selbstverständlich. Und selbstverständlich gehört zur normalen Besatzung auch ein Medizinmann. Aber unser Hutchinson befindet sich in seinem Haus an der Morant Bay. Ihn rechtzeitig zu verständigen war unmöglich.«

Florian zerbrach sich den Kopf nach einer Lösung des Problems. Plötzlich kam ihm eine Idee.

»Mr. Jennings …«

»Nur der Form halber, Sir, an Bord ab jetzt Käptn.«

»Schon gut. Natürlich – Käptn. Entschuldigen Sie.«

Auf einmal richtete er sich auf.

»Ich hab's. Es ist die einzige Möglichkeit. Keine Ideallösung, bei Gott nicht, aber besser als gar keine. Denken Sie daran, Käptn, wenn Sie mich nachher verdammen. Ich bin in spätestens einer Stunde zurück.«

Sprach's, drehte sich auf dem Absatz um, eilte zum Fallreep und lief dann so schnell er konnte die Pier entlang.

Isabella hörte ihn kommen, als er, jeweils zwei Stufen auf einmal nehmend, die Treppe heraufstürmte, seine Zimmertür aufschloß und – den Geräuschen nach – einige Gepäckstücke auf den Boden stellte. Seit ihrem etwas abrupt endenden Gespräch vor zwei Tagen hatten sie kein Wort mehr gewechselt. Nun also reiste er ab. Und ließ sie hier bei Walling sitzen, ohne sich zu verabschieden, ohne irgendeinen Hinweis, wann er zurückzukommen gedachte, ohne ihr

– sie erschrak – ohne ihr auch nur einen Peso zurückzulassen! Ein
kräftiges, ungeduldiges Klopfen an der Tür ließ sie zusammenzuk-
ken. Sie ging hin, schob den Riegel zurück.
Erregt, außer Atem, unsicher, stand Florian vor ihr. Keine Frage,
irgendetwas war schief gelaufen.
»Entschuldigen Sie meinen Überfall, aber – …«
»Ja?«
»Wo ist Tuma?«
Tuma? Was wollte er von Tuma? Kam er ihretwegen angekeucht,
einem entsprungenen Sträfling gleich? Befremdet sagte sie:
»In Wallings Küche. Der Franzose läßt sie in seine Töpfe gucken. Sie
verriet ihm Kräuterkombinationen, die ihm unbekannt waren, und
jetzt revanchiert er sich.«
»Kräuter! Ich ahnte es! Sie versteht etwas von Kräutern!«
Er schien höchst zufrieden. Seine nächste Frage verwunderte sie
noch mehr.
»Sie kann mit Kranken umgehen, nehme ich an? Und hat Erfahrung
mit Heilpflanzen Ist es so?«
Ihre Unruhe wuchs.
»Ja. Senor Baroja ist viel zu geizig, um bei Sklavenerkrankungen
einen Arzt zu Rate zu ziehen. Er vertraut auf das Wissen schwarzer
Heiler. Tuma gehörte zu ihnen. Und war besonders als Hebamme
sehr gefragt.« Während sie sich eine Haarsträhne aus der Stirn strich,
fragte sie drängend: »Was ist geschehen, Senor? Wer ist erkrankt?«
Er beschloß, auf Umschweife zu verzichten.
»Sie müssen beide – Tuma und Sie selbst, Isabella – auf ein Schiff,
das in einer knappen Stunde in See sticht. Sie vermuten richtig. Es
geht nach Norden, nach Florida. Um genau zu sein, nach Cap Canaveral.«
»Sie sind wahnsinnig!«
»Keineswegs! Mädchen – mir fehlt die Zeit für lange Erklärungen.
Nur so viel: Garcia duellierte sich mit Puttenham wegen der Geschichte in der Schänke. Ihretwegen also. Der Lieutenant ist tot,
Garcia schwer verwundet. Bekommen ihn die Behörden, erwartet
ihn eine langjährige Freiheitsstrafe. Er muß Jamaika verlassen. Wir
brachten ihn an Bord der ›Firebird‹.« Ihrem Einwand zuvorkommend, wiegelte er ab: »Gut, schon gut. Ich bekenne mich schuldig –

es geschah nicht nur aus christlicher Nächstenliebe. Wir benötigen ihn. Bei möglichst guter Gesundheit. Aber dieser Umstand kann Ihre Entscheidung, wie Sie zugeben müssen, kaum beeinflussen.« Als sie beharrlich schwieg, fuhr er fort:»Es gibt keinen Arzt an Bord. Das heißt – natürlich existiert einer, aber in der Eile des Aufbruchs, die wir Garcia schulden, ist er nicht mehr an Bord zu bekommen.« Daß die überstürzte Abfahrt ausschließlich aus Gründen erfolgte, die mit den sich bei einem Zeitverlust verringernden Erfolgschancen ihres Unternehmens zusammenhingen, mußte er ihr ja nicht unbedingt offenbaren. Er drängte:»Verstehen Sie? Wir brauchen Tuma!«

Tuma! Nicht sie! Sie war im höchsten Fall geduldete Beigabe. Ärgerlich rief sie sich zur Ordnung. Für Ressentiments war kaum der richtige Zeitpunkt. Der habgierige Aleman hatte recht – man mußte sich um den Mann mit der weißen Strähne kümmern. *Sie* mußte dies tun, sie zuallererst. Ohne ihr kindisches und eigensinniges Benehmen wäre der Engländer noch am Leben und Garcia unverletzt. Verwundet also. Wie sehr? Wo hatte ihn die Kugel – oder ein Säbelhieb – ein Degenstich – getroffen? Plötzlich gewann sein Bild vor ihrem geistigen Auge Gestalt. Der Katalane war während ihres Flanierens durch Kingston weitaus netter und galanter gewesen, als sie es dem Deutschen hatte eingestehen wollen. Ein vollendeter Kavalier und ein sehr gut aussehender Mann! Es stand außer Frage – Garcia benötigte sie. Nicht nur Tuma. Und würde sich freuen, sie in seiner Hilflosigkeit um sich zu haben, mit ihr reden zu können. Der Gedanke daran drängte ihr die Frage auf – von wem und wann war sie jemals in ihrem Leben wirklich gebraucht worden? Es gab kein Herumdrücken – im Grunde von niemand. Selbst nicht vom romantischen Gefährten ihrer ersten und einzigen Liebesnacht, Antonio Sanchez. Gebraucht werden! Endlich eine Aufgabe, auch wenn sie zeitlich noch so befristet war! Endlich etwas Sinnvolles tun! Und endlich ein Stückchen absehbare, überschaubare Zukunft! Nur mit Mühe unterdrückte sie einen zufriedenen Seufzer. Er mißverstand den Ausdruck ihres Gesichts und drängte erneut:
»Isabella – Sie können ihn nicht im Stich lassen. Vielleicht sind Tumas Heilkünste seine einzige Chance, durchzukommen. Und selbstverständlich Ihre Pflege.«

»Schon gut.«

Ihre abweisende Kühle, bescheinigte sie sich selbst, war gut gespielt. Der Zorn aber, der sie nun, als sie ihre Gedanken zu Ende dachte, befiel, hatte keineswegs etwas mit Theater zu tun. »Geben Sie es zu – Ihnen geht es nicht um das Wohl Don Umbertos« – sie nannte den Katalanen absichtlich beim Vornamen und bemerkte mit boshaftem Vergnügen Florians Verärgerung –, »sondern ausschließlich darum, Ihren wertvollen Cap Canaveral-Experten bis zum Abschluß Ihres Piratenstücks am Leben zu erhalten, weil sein Tod Euch ein Vermögen kostete. Ihnen und Ihren Spießgesellen. Ich schäme mich für Sie, Senor!«

Er verzichtete auf einen Einwand. Es war weder der Augenblick, Motive zu untersuchen und zu erläutern, noch hätte er darauf schwören können, daß ihre Unterstellung nicht exakt den Gegebenheiten entsprach.

Isabella fügte sich in scheinbarer Ergebenheit.

»Schicken Sie Tuma rauf. Wir sind in zwanzig Minuten fertig.«

Na also! Warum nicht gleich so!

»Ich danke Ihnen.«

»Sparen Sie sich's. Es geschieht bei Gott nicht Ihretwegen. Ganz bestimmt nicht!«

Aber da war er schon auf dem Flur und hörte nur noch mit halbem Ohr hin.

Karibikhimmel. Sonnendurchflutete Bläue von Horizont zu Horizont, Möwen. Im Osten Cubas Küste, ein hauchdünner Strich nur, mit einer Wolkenbank darüber. Der Südostpassat frischte auf, blähte Fock-, Besan-, Bram- und Großsegel und ließ Spieren und Wanten erzittern. In gleichmäßigem Rhythmus tauchte der Bug der ›Firebird‹ ins dunkle Gewässer. Das Wetter meinte es gut mit Don Umberto de Garcia, der erschöpft, aber – seit er vor wenigen Minuten erwachte – fast fieberfrei in Jennings Kajüte lag und mit halboffenen Augen Isabellas grazile Rückenlinie bewunderte. Die junge Frau hantierte an der dem Bettkasten gegenüberliegenden Wandseite auf einer Anrichte mit einer Kanne voll dampfendem Kräuterabsud, goß einen Teil davon in eine Schüssel, tauchte ein leinenes Tuch ein, drückte es aus, entnahm einer Steingutdose eine schwarze, schmierige Paste und strich sie mit den Fingerspitzen auf das Tuchstück. Obwohl das Schiff nach Lee hing, und der Kajütenboden sich ständig hob und senkte, bewegte sie sich mit einer ruhigen Sicherheit, die ihn beeindruckte.

Sie drehte sich um, erkannte, daß er bei Bewußtsein war und verzog die Lippen zu einem Lächeln.

»Der Welt wiedergegeben?«

Klang es nicht fast zärtlich? Zumindest beschloß er, ihren Tonfall so zu werten. Als er ihre Augen sah, erschrak er. Sie lagen tief in den Höhlen und waren vor Erschöpfung gerötet. Er wollte sich aufrichten, unterließ es aber des Schmerzes wegen, der ihm von der Schulter her in Hals und Nacken schoß und die Schweißdrüsen auf seiner Stirn erneut in Tätigkeit setzte. Kein Zweifel – sie waren seinetwegen an Bord, Senora Varga und diese korpulente Schwarze mit den begnadeten Händen. Hatten ihn gefüttert und gehegt, gewaschen und gereinigt wie einen Säugling. Hatten seinen stinkenden Leib trockengelegt und den Dreck entfernt, während er sich die Sünden eines vollen Jahrzehnts aus dem Leib schwitzte. Und trotzdem fühlte er sich im Augenblick, insgesamt besehen, nicht unwohl. Bis auf die bohrende Frage: Was hatte sie mit dem Deutschen zu tun? War sie seine Geliebte oder war sie es nicht? Auch in diesem Fall beschloß er, den für ihn günstigsten Sachverhalt anzunehmen. Warum war sie an Bord? Wirklich seinetwegen? Oder nur wegen des Coups? Stoll und die andern brauchten ihn. Ohne ihn waren sie aufgeschmissen. Ein einfacher Handel. Sie spielte ihre Rolle und er die seine. Alles sonnenklar. Nur keine falsche Einbildung.

»Seit wann sind wir unterwegs?«

»Seit vier Tagen, Senor.«

»Heiland!«

Er griff sich ans Kinn, fühlte die Bartstoppeln. Isabella tastete über seine nackte linke Schulter und begann den Verband zu lösen. Als sie sich über ihn beugte, roch er den diskreten Duft ihres Parfüms. Er drehte den Kopf, berührte wie unabsichtlich mit der Stirn ihren Oberarm und schloß die Augen. Wie kam diese wunderbare junge Frau in die Gesellschaft des Deutschen? In die – ja – in die abhängige Gesellschaft des Deutschen? Was verband die beiden? Freund des verstorbenen Mannes der Witwe? Alles schön und gut. Aber bestimmt war dies nur die halbe Wahrheit. Wie sie sich gab, wie sie sich bewegte! Wie sie mit der Sicherheit der im richtigen Milieu Aufgewachsenen das Wort führte. Eine Dame von Stand.

»Ich bin sehr in Ihrer Schuld, Senora Varga.«

»Nicht reden. Halten Sie still. Es wird ein wenig weh tun. Ich muß den Verband wechseln.«

Es tat weh, aber er ertrug es gelassen. Vielleicht war er in ihren Augen ein Held! Wer konnte es wissen! Eine Zwiebel hatte sieben Häute, ein Weib deren neun. Wer blickte da schon durch. Sie schüttelte sein Kissen auf, bettete ihn zurecht.

»Und jetzt schlafen Sie. Ich komme später wieder.«

»Bitte gehen Sie noch nicht!«

Sie zögerte. Daß er mit ihr sprach – jetzt ganz seiner Sinne mächtig, machte sie verlegen. Mit ihr, die jede Stelle seines Körpers kannte, die ihn umsorgt hatte, als sein Geist meilenweit fort war und Tätigkeiten an ihm verrichtete, die ihr noch vor Wochen undenkbar erschienen wären. Jetzt aber hatte er sich wieder in den katalanischen Aristokraten mit dem Habitus des Intellektuellen zurückverwandelt. Umberto Garcia, ein Mann, dessen Nähe sie zwang, unentwegt daran zu denken, daß sie eine Frau war. Ihre Unsicherheit wuchs. Wenn er jetzt noch damit begann, persönliche Fragen zu stellen – nach ihrem »Mann«, nach ihrem Herkommen ... Sie verfluchte Florian, der ihr diese Lüge aufgezwungen hatte, auch wenn sie verstand, daß es in ihrem eigenen Interesse geschehen war. Ihr Abgang glich einer Flucht.

»Tut mir leid, Senor. Ich bin sehr müde. Bitte seien Sie mir nicht böse. Tuma wird sich um Sie kümmern, meine Dienerin.«

»Verzeihen Sie, Madonna.«

Es klang zerknirscht.

»Ich bin ein egoistischer, selbstsüchtiger Idiot. Nach allem, was Sie für mich taten. Aber wenn das Herz voll ist – pardon – erlauben Sie mir nur zu sagen, daß ich mich sehr auf Ihr Wiederkommen freue.«

Verwirrt schloß sie die Kajütentüre hinter sich.

Sie machten gute Fahrt, segelten mit rauhem Wind entlang der Bahama-Inseln, passierten Andros und Nassau. Noch zwanzig Stunden und es war soweit. Die Stimmung an Bord hätte nicht besser sein können. Die Besatzung bestand zum größten Teil aus Leuten, die seit vielen Jahren zu Kapitän Jennings Crew gehörten. Manche von ihnen lebten, wenn sie sich nicht auf Kaperfahrt befanden, in Kingston, Spanishtown und St. Andrew das geruhsame Leben von gutgestellten Rentiers und bezogen ihre Einkommen aus angelegten Beuteanteilen, die vier- oder fünfmal jährlich Aufstockungen – mitunter sogar sehr beträchtliche – erfuhren.

Jennings und Florian genossen die Ruhe vor dem Sturm.

Am späten Nachmittag saßen sie sich in der engen Kajüte gegenüber, die Jennings zusammen mit seinem Ersten Offizier bewohnte, seit er sich wegen der Unterbringung der Frauen in seinem Domizil selbst ausquartiert hatte. Aus zarten, schön bemalten Porzellantassen – erlesene Beutestücke des Kapitäns – tranken sie ungesüßten Tee. In ihr Gespräch vertieft, überhörten sie das mehrmalige Klopfen an der Kajütentür, die sich nach einem weiteren Pochen langsam öffnete. Ihr Knarren ließ beide Männer aufblicken. Ein wenig verlegen betrat Isabella den Raum. Der Kapitän und Florian erhoben sich. Jennings bat sie, neben ihm auf der gepolsterten Bank Platz zu nehmen. Sie setzte sich und legte dann müde ihre gefalteten Hände auf den Tisch. Vier an Garcias Koje abwechselnd mit Tuma durchwachte Nächte hatten in ihrem Gesicht Spuren hinterlassen. Während Florian sie schweigend musterte, begann er zu begreifen, daß man ihr, seit sie an Bord war, physisch und psychisch mehr abverlangte, als jemals von ihr gefordert worden war. Ihr klagloses Aufsichnehmen aller mit der Pflege des Verwundeten notwendigen Verrichtungen beeindruckte ihn.

Sie saß auf der Sesselkante, offensichtlich gewillt, diesen Platz so schnell wie möglich wieder zu räumen. Erst als Jennings sie mit Tee bediente und sie darum bat, Florian und ihm Gesellschaft zu leisten, wurde sie gelöster und setzte sich bequem.

»Ich kam, um Sie davon zu unterrichten, daß Ihnen Senor Garcia heute für ein kurzes Gespräch zur Verfügung steht. Er ist fieberfrei und bei klarem Bewußtsein, hat endlich wieder Nahrung zu sich genommen und fühlt sich frisch genug, Ihnen eine halbe Stunde Fragen zu beantworten, sollte dies nötig sein. Freilich nicht länger. Darauf muß ich bestehen.«

»Selbstverständlich, Madame. Er verdankt Ihnen viel.«

Jennings sagte es mit tiefem Ernst. Auch er bediente sich mühelos der spanischen Sprache. Isabella winkte ab.

»Ohne meine Dienerin Tuma lebte er nicht mehr. Ohne ihre Salben, Pasten und Tränke wäre er entweder an vergiftetem Blut oder am Fieber gestorben. Sie war der Arzt, ich nur die leider recht ungeschickte Pflegerin.«

Jennings ließ es nicht gelten.

»Ich weiß um die Verdienste Ihrer Sklavin. Aber auch um die Ihren, Madame. Wenn Sie darauf bestehen, reden wir nicht mehr darüber. Nur so viel – die Ehrlichkeit zwingt mich, Abbitte zu leisten. Sie sind die erste Frau, die je ihren Fuß auf die Planken der ›Firebird‹ gesetzt hat, seitdem ich Herr dieses Schiffes bin. Wie sehr ich mich gegen Ihr Hiersein sträubte, wissen Sie. Und auch, daß meine Männer protestierten. Sie beschämten uns. Ich möchte Ihnen meine Hochachtung und meinen Dank ausdrücken.«

»Sie sind zu gütig, Capitan.«

Florian beschloß, die Gelegenheit zu einer Erklärung zu nutzen, zu der es ihn längst drängte.

»Kapitän Jennings hat recht – wir alle, und ich an erster Stelle, waren Rüpel, um es gelinde auszudrücken. Ich schäme mich, und es tut mir leid.«

Weil es aufrichtig klang, warf sie ihm nach Tagen erstmals wieder einen nicht all zu unfreundlichen Blick zu. Er aber war noch nicht fertig. Vorsichtig begann er:

»Es ist, glaube ich an der Zeit, über die Zukunft zu reden. Durch unser Unternehmen, von dem Sie durch eigenes Zutun bereits in Kingston erfuhren« – er grinste säuerlich – »verändert sich meine Lage im karibischen Raum grundlegend. Sicher werden die Spanier über kurz oder lang erfahren, wem sie – falls alles klappt – den Verlust mehrerer Millionen Pesos verdanken, und alles daransetzen, Kapitän Jennings und dessen Besatzung hinter Schloß und Riegel zu bringen, um ihnen in Madrid den Prozeß zu machen. Aber das ist sein Problem.«

Er deutete auf den vergnügt schmunzelnden blauberockten Freibeuter. Florian verschränkte die Arme vor der Brust.

»Anders liegt der Fall bei Garcia. Falls er den Dons in die Hände fällt, hängen sie ihn auf der Stelle. Er kann sich vorsehen und mit seinem Beuteanteil verschwinden, wohin er will. Vorausgesetzt, daß wir das Abenteuer ohne Schaden zu nehmen überstehen. Niemand wird ihn daran hindern, Jamaika oder den karibischen Archipel auf einem englischen Schiff zu verlassen. Schließlich machte er sich, so wir Glück haben, um Britanniens Sache verdient.« Er grinste. »Ich bin sicher, daß ihn der Gouverneur trotz des Duells ziehen läßt. Es wird kaum Probleme geben, ihn als ›in Cap Canaveral gefallen‹ zu deklarieren.«

Jennings bestätigte es mit nicht minder breitem Grinsen. Florian fuhr fort:

»Was nun mich selbst betrifft – mit Sicherheit muß ich ab sofort alle meine Besitzungen und Verbindungen auf Cuba abschreiben. Jede Dublone, jeder Ziegelstein wird von den Spaniern beschlagnahmt. Ich kann es verschmerzen. Auch daß man mich ebenso wie Garcia in Abwesenheit zum Tode verurteilen wird. Was aber andererseits, und jetzt kommt das Unangenehme, bedeutet, daß mein gesamtes Kari-

bikgeschäft unwiederbringlich dahin ist. Es setzt meine ständige
Mobilität zwischen den Inseln voraus. Eine Gelegenheit für die
Spanier, mich aufzugreifen, fände sich bald. Eine einzige Kontrolle
durch spanische Kriegsschiffe oder durch solche der Guarda Costa –
letztere operiert immer willkürlicher, wie Jedermann weiß – und ich
säße in der Falle. Aus all diesen Erwägungen habe ich mich ent-
schlossen, Westindien zu verlassen und nach Europa zurückzukeh-
ren, wenn wir alles erfolgreich hinter uns haben und ich meine
Geschäfte in Kingston liquidieren konnte.«
Er nippte an seiner Tasse. Jennings sagte leise:
»Sie haben etwas vergessen. Ich denke, Sie sollten es Senora Varga
sagen.«
Florian quittierte die Unterbrechung mit einem verärgerten Blick.
»Keineswegs. Gedulden Sie sich Kapitän.« Es kam nicht ohne
Schärfe. Sich wieder an Isabella wendend, fuhr er in normalem Ton-
fall fort:»In der Tat, da ist noch etwas.« Er griff sich abwesend ans
Kinn und sah sie offen an.»Ich weiß nicht, ob Sie sich darüber
Gedanken gemacht haben, welcher Situation wir alle an Bord ge-
genüberstehen, wenn unser Vorhaben gelingt. Der Größe der Beute
wegen wird es in die Geschichte eingehen. Die ganze Welt wird
davon erfahren und noch Jahrzehnte darüber reden. Die Story aus-
schmücken und bis zur Unkenntlichkeit übertreiben. Und die
Namen der Leute nennen, die dabei waren. Jeder von uns wird zum
Helden oder zum Teufel hochstilisiert, von welcher Seite der Inter-
essensphären man es betrachtet. Auch Ihr Name, Isabella, wird in
Erinnerung bleiben. Besonders der Ihre! Oder glauben Sie, die Männer der ›Firebird‹ werden schweigen, wenn es an die Ausschmük-
kung ihres größten Abenteuers geht, das sie je erlebten? Es verheim-
lichen, daß eine Lady samt ihrer Dienerin mit an Bord war? Um
Ihren Namen, um den Namen Isabella Varga werden sich – so absurd
Ihnen das im Augenblick erscheinen mag – romantische Legenden
bilden, die nichts, aber auch gar nichts mit der Wirklichkeit zu tun
haben, aber dafür sorgen, daß Ihr Name in Westindien und nicht nur
hier, bekannt wird. Freibeuterinnen – verzeihen Sie, Isabella – Freibeuterinnen genießen Seltenheitswert.«
Sie sah ihn fassungslos an.
»Maria und Joseph – Florian Stoll …«

Er senkte den Blick.

»Ich gebe es zu – all das überlegte ich nicht, als ich Sie – nun, man kann es kaum anders nennen – erpreßte. Es ist geschehen und, um ehrlich zu sein, ich bereue es nicht. Aber das ist nur die eine Seite der Medaille. Die andere – wenn Sie je in die Hände Ihrer Landsleute fallen, ich meine – in jene der Spanier, wird man mit Ihnen genauso verfahren wie mit allen übrigen an der Sache Beteiligten. Es dürfte Ihnen schwerfallen, ein spanisches Gericht von Ihrer Unschuld zu überzeugen. Legenden verbreiten sich nicht nur rascher als die schlichte Wahrheit, sondern werden auch eher geglaubt.«

Jetzt war sie wirklich entsetzt.

»Ich bin also von diesem Moment an – bitten sagen Sie, daß es nicht stimmt – ständig auf der Flucht?«

Kapitän Jennings versuchte abzuwiegeln.

»Ganz so dramatisch ist es nicht, Senora Varga. Ich versichere Ihnen, daß ich Sie heil und gesund nach Jamaika zurückbringen werde, und dort krümmt Ihnen niemand ein Haar. Im Gegenteil! Wie ich meine Landsleute kenne, wird man Sie mit Heiratsanträgen überhäufen, werden Ihnen die Männer der Insel zu Füßen liegen! Sie müssen sich wohl oder übel damit abfinden, nach Ihrer Rückkehr eine – Berühmtheit – zu sein. Senor Stolls Hinweis darauf kann ich nur unterstreichen.«

Florian, um Beiläufigkeit bemüht, fügte hinzu:

»Eine Möglichkeit bleibt.« Er blickte zu Boden. »Sie kommen mit nach Europa!«

Ihr verschlug es die Sprache. Sie öffnete den Mund, schloß ihn wieder, Wangen und Stirn wechselten mehrere Male die Farbe. Endlich stotterte sie:

»Wie – wie meinen Sie das?«

Von der Wirkung seiner Worte betroffen, fuhr er fort:

»Ich könnte mir vorstellen, daß es für Sie reizvoll sein müßte, London und Paris kennenzulernen. Das Leben dort, der Luxus, die tausend Annehmlichkeiten, die sich für eine Frau Ihres Standes und Ihrer Schönheit bieten! Sie würden, dessen bin ich sicher, in den Salons Furore machen. Noch etwas kommt hinzu.«

Er warf einen Blick auf Jennings, der interessiert und mit heimlichem Vergnügen lauschte.

»Sie würden nicht ohne Mittel nach Europa reisen, Isabella! Zum Vermögen meines Freundes, Ihres verstorbenen Gatten« – sie biß sich auf die Lippen – »kommen zwei Anteile aus dieser Unternehmung. Einer für Sie selbst, den Sie sich in den letzten vier Tagen redlich verdient haben und einer für die Tätigkeit Ihrer Sklavin Tuma, der, wie es rechtens ist, ebenfalls Ihnen zusteht. Macht zusammen eine respektable Summe.«

»Nein!« Sie sprang auf und schien den Tränen nahe.

Florian blickte ratlos zu Jennings, dessen Sessel knarrte, als sich der schwere Mann umständlich daraus erhob, sich nach vorne beugte und Isabella zart am Handgelenk ergriff.

»Nicht, Madame! Bitte laufen Sie nicht fort.«

Sie rang um Fassung, schluckte, senkte den Kopf. Als sie sich endlich resignierend setzte, starrte sie stumpf vor sich hin.

Kapitän Jennings goß ihr Tee nach. Sachlich meinte er:

»Selbstverständlich werden Sie das Geld nehmen. Seien Sie nicht kindisch. Sie haben es verdient. Es steht Ihnen zu wie jedem Besatzungsmitglied der ›Firebird‹. Um deutlich zu werden, Madame: Wir sind keine Piraten, sondern Bucanier, Freibeuter! Und was mich persönlich betrifft: Ich stehe seit über fünfzehn Jahren im Dienst der englischen Krone und führe Krieg für mein Land. Krieg, Senora! Der, was die Karibik betrifft, mit dem Friedensvertrag nur offiziell und im Grunde nur auf dem Papier beendet wurde. Wie es auf den westindischen Gewässern wirklich aussieht, weiß jeder, der hier lebt. Unser Schlag gegen die Spanier auf Florida hat nichts mit Seeräuberei zu tun, sondern ist Teil dieser Kriegsführung. Ohne den Segen des Gouverneurs von Jamaika, ohne Sir Hamiltons wohlwollendes Stillschweigen ginge gar nichts. Natürlich wird seine Exzellenz später offiziell vorgeben, ahnungslos gewesen zu sein, ganz egal, wie die Sache ausgeht. Das ist Teil der diplomatischen Spielchen. Aber niemand in Europa, weder in Madrid, Paris, Wien oder London, wird sich über den wahren Sachverhalt etwas vormachen. Nochmals – Sie sind nicht Beteiligte eines Piratenstückes, sondern Mitaktrice eines ehrlichen, gut christlichen Beutezuges in Feindesland! Kein Wort mehr darüber, wenn Sie mich nicht beleidigen wollen!« Sehr viel ruhiger fügte er hinzu: »Im übrigen – niemand zwingt Sie, nach Europa zu gehen. Sie werden sehen, in Kingston lebt es sich prächtig, wenn man zu den richtigen Leuten gehört. Ich persönlich, Madame, verbürge mich dafür, daß Sie im Palast des Gouverneurs empfangen werden, was in diesem Teil der Welt einer Audienz beim König gleichkommt. Denken Sie darüber nach. Da wir später gegen den Wind kreuzen, dauert unsere Rückreise wesentlich länger als die Fahrt von Kingston nach Florida. Niemand drängt Sie. Es bleibt Zeit genug, alles abzuwägen und zu einem vernünftigen Entschluß zu kommen.« Bemüht, sie abzulenken, begann er dem Gespräch eine neue Wendung zu geben. »Senor Stoll und ich diskutierten, ehe Sie uns das Vergnügen Ihres Kommens bereiteten, über einige Lebensrealitäten in diesem Teil der Welt. Um genau zu sein, wir sprachen über das Sklavenproblem, wenn es denn eines ist. Senor Stoll lehnt die Sklaverei grundsätzlich ab. Ich formulierte eine gegenteilige Meinung, denke, daß Sklaven in beiden Amerikas unbedingt nötig sind. Sie selbst, Madame, besitzen eine Sklavin. Tuma. Fühlen Sie sich schuldig?«

Mit ihren Gedanken nicht bei der Sache, antwortete sie uninteressiert:

»Sklaven gab es zu allen Zeiten. Ebenso wie in Europa Herren und Knechte. Ich weiß es nicht anders. Warum sollte ich mich schuldig fühlen?«

»Ganz meine Meinung!«

Erleichtert darüber, daß die Klippe umschifft schien und sie, wenn auch einsilbig, antwortete, nickte ihr Jennings zu. Florian traf Anstalten sich zu erheben. Eine letzte Bemerkung aber mochte er sich nicht verkneifen.

»Richtig! Sie wissen es nicht anders.« Er bemühte sich, sachlich zu bleiben. »Stellten Sie sich jemals die Frage, was Ihre Sklavin Tuma fühlt und denkt, ob sie unglücklich ist oder zufrieden, ob sie ihr Los, Sklavin zu sein, gottergeben hinnimmt oder dem Himmel gar dafür dankt, von Senor Baroja für gutes Geld gekauft worden zu sein?«

Verblüfft starrte sie ihn an.

»Wollen Sie damit andeuten, sich über das Seelenleben der Schwarzen Gedanken zu machen? Ausgerechnet Sie!«

Er verzog geringschätzig die Lippen.

»Ob Sie es glauben oder nicht – manchmal mache ich mir derartige Gedanken. Und manch einer auf den Inseln wäre gut beraten, ebenfalls darüber nachzudenken. Es stimmt schon – überall gibt es Herren und Knechte. Seit dem Anbeginn aller Zeiten, wie die Kirche es formuliert. Manchmal versuche ich mir vorzustellen, was wohl geschehen wird, wenn es die Knechte einmal satt haben, Knechte zu sein und auf die Idee kommen, dagegen etwas zu unternehmen. Die Schwarzen gar – erwächst ihnen je ein Spartakus wie einst den Sklaven im alten Rom – dann – meine schöne junge Dame, gnade Gott Westindien!«

Ihr Interesse war geweckt. Sie musterte ihn kritisch.

»Angenommen, Ihre Befürchtungen treffen zu, angenommen, das Sklavenproblem, wie Sie es nennen, ist wirklich so – explosiv und änderungsbedürftig – was tun Sie dagegen? Dachten Sie jemals daran, an den von Ihnen kritisierten Verhältnissen etwas zu ändern?«

»Ich?«

»Ja, Sie! Sie besitzen Geld, Beziehungen, einflußreiche Freunde. Und damit Voraussetzungen, gehört zu werden.«

Er schien amüsiert.

»Sie überschätzen mich.«

»Kaum, Senor Stoll. Ich halte Sie vielmehr für einen Heuchler. Sie lehnen es ab, persönlich Sklaven zu besitzen und kommen sich großartig vor und weiß Gott wie fortschrittlich. Sie bringen das grandiose Opfer, auf schwarze Diener zu verzichten, wobei Sie als Kaufmann und Seeräuber – oh, verzeihen Sie, Senor Jennings – als Freibeuter – keine Sklaven benötigen. Gleichzeitig kritisieren Sie Leute, die nicht Ihren Erfahrungsschatz, die nicht über Ihre tiefen Einsichten und hohen moralischen Qualitäten verfügen. Deshalb müssen Sie mir die schlichte Frage erlauben: Was taten Sie bisher und was tun Sie in Ihrem ganz privaten, persönlichen Bereich gegen all die Zustände und Dinge, die Ihnen so schlimm und änderungsbedürftig erscheinen wie die Sklaverei?«

Er wollte aufbrausen. Was bildete sich diese immer vorlauter werdende Göre ein? Die, abhängig von seinem guten Willen, von seiner Barmherzigkeit und Großzügigkeit, unter den Händen ihres ›Senor Baroja‹ oder in einem spanischen Kloster verkommen wäre – ohne sein Zutun, ohne seine Bereitschaft zu ›ändern‹! Mühsam beherrschte er sich.

»Vielleicht bewirkte ich hin und wieder ein paar winzige Veränderungen. Wäre doch möglich? Was wissen Sie von mir?«

Sie betrachtete ihn eingehend und bemühte sich dann mit Erfolg, ebenso unterkühlt zu antworten.

»Behaupten können Sie viel. Im übrigen fürchte ich, daß Sie mit unserer Grammatik auf dem Kriegsfuß stehen. Sie wollten bestimmt sagen – nicht Sie veränderten etwas, sondern veränderten sich! Bestimmt waren Sie nicht immer der Mann, der Sie heute sind. Ob Sie sich zu Ihrem Vorteil veränderten, steht dahin. Zu Ihren Gunsten nehme ich an, daß es auch in Ihrem Leben Zeiten gab, während der Sie bereit waren, Dinge nicht nur ihres materiellen Nutzens wegen zu tun.«

»Muy bien, Senora Varga. Erstaunlicher wäre das Gegenteil. Unbefleckter Idealismus war seit jeher ein Vorrecht der Achtzehnjährigen. Diese Phase habe ich in der Tat hinter mir.«

Sie beließ es dabei, sagte:

»Wie alt sind Sie eigentlich, Senor?«

Die Frage verblüffte ihn.

»Warum wollen Sie das wissen?«

»Nur so.«

»Wenn es Ihre Neugierde befriedigt – ich wurde anno 90 geboren.«

Sie riß die Augen auf, flüsterte:

»Barmherzige Jungfrau – siebenundzwanzig! Und ich dachte, Sie wären fast vierzig!«

»Sie werfen mit Komplimenten um sich.«

Sie hörte nicht mehr hin, dachte – nur lächerliche fünf Jahre älter als sie selbst! Unglaublich. Aber er mußte es schließlich wissen. Sie fühlte plötzlich etwas wie Erleichterung, Befreiung, spürte, daß seine Eröffnung von einer Sekunde auf die andere ihr Verhältnis zu ihm verändert hatte. Es dauerte eine Weile, ehe sie begriff: Aus der erwachsenen, kompetenten Respektperson war ein fast Gleichaltriger geworden, wenn auch mit einigem an Erfahrung und Wissen mehr, als sie sich möglicherweise je aneignen konnte. Den Nimbus des geheimnisvollen, allwissenden, bewunderten Fremden aber, zu dem sie aufgeblickt, dessen Maßnahmen und Entscheidungen sie fast kritiklos hingenommen hatte, war er in ihren Augen los! Und so sollte es, das schwor sie sich, auch in Zukunft bleiben. Sein Charak-

ter, glaubte sie erkannt zu haben, setzte sich aus einer Mischung von
– na ja – Großmut, vor allem aber aus Grausamkeit, Grobheit,
Leichtsinn, Selbstsucht und sonstigen Schwächen, die ihr im Moment nicht alle einfielen, zusammen. Daß sie sich je hatte einbilden
können, in diesen Mann verliebt zu sein, gar ihn zu lieben, entsetzte
sie. Schnippisch sagte sie:
»Sie dauern mich, Senor. Siebenundzwanzig! Kaum zu fassen.«
Nach einer effektvollen Pause fuhr sie fort: »Ein Mann namens Marc
Aurel, lernte ich in der Schule, sagte einmal: ›Jeder ist so viel wert,
als die Dinge wert sind, um die es ihm ernst ist.‹« Sie ließ eine
Sekunde verstreichen und fuhr dann ein wenig erschrocken über die
eigene Unverfrorenheit, trotzig fort: »Welches sind die Dinge, um
die es Ihnen ernst ist, Senor Stoll?«
Er stutzte. Welcher Teufel ritt sie jetzt wieder, so mit ihm um-
zuspringen?
»Warum fragen Sie das?«
Um Festigkeit bemüht, antwortete sie:
»Ich weiß kaum etwas von Ihnen, Sie hingegen alles über mich. Fast
alles. Wundert es Sie, wenn ich versuche, herauszubekommen, welcher Mensch der Mann ist, dem mich mein Gatte auf dem Sterbe-
lager anvertraute, wenn ich interessiert daran bin, seine Gedanken,
seine Wertvorstellungen, seinen Glauben kennenzulernen?«
Glauben! Wertvorstellungen! Blitzartig überfiel ihn die Erinnerung
an Venedig und an Felix Grünspans Frage: Woran glauben Sie?
Damals hatte er zwar spontan geantwortet, war sich aber dieser
Antwort weitaus weniger sicher gewesen, als sie geklungen haben
mochte. Heute hingegen ging es nicht mehr um Glauben, sondern
um Wissen. Heute wußte er, daß sich jeder selbst der Nächste war
und daß es nur zwei Sorten von Menschen gab – die Betrogenen und
die Betrüger. Und daß jeder Mann mit einem bißchen Verstand gut
daran tat, zeitlebens dafür zu sorgen, nicht zu den Betrogenen zu
gehören. War es das, was sie hören wollte?
Kapitän Jennings unterband eine Antwort. Bedächtig sagte er:
»Die Ziele von gestern machen denen von morgen Platz. Heute geht
es um einen beträchtlichen Teil des Schatzes der Silberflotte. Er
lohnt ein Engagement. Und zwar mit allen Kräften und mit allem
Verstand.« Er stand auf. »Tut mir leid, Lady, aber wir müssen unsere

interessante Unterhaltung beenden. Die Pflicht ruft. Wir sollten mit Ihrem Schützling reden.«

Kapitän Jennings kannte die Gewässer nördlich der Bimini-Inseln bis hinauf nach Virginia, Norfolk und Hampton. Um die Florida-Haffs freilich hatte er der dortigen Untiefen wegen, immer einen großen Bogen gemacht. Deshalb war er heilfroh, als ihn der Katalane mit einer genauen Positionsangabe überraschte, die es anzusteuern galt.

»28 Grad 28 Minuten nördlicher Breite, und 28 Grad 33 Minuten nördlicher Länge. Erreichen Sie diesen Punkt, wird im Westen eine niedrige Küstenlinie, flach wie eine Flunder, sichtbar, in der Mitte markiert von einer Kieferngruppe. Cap Canaveral! Eines der dem Festland von Florida vorgelagerten Haffs, an die acht Meilen tief und im Westen von seichtem Lagunengewässer begrenzt. Achten sie auf den Kiefernwald. Er ist unser Ziel und bewog den Kapitän, auf Cap Canaveral zu bleiben. Die Insel ist unbewohnt. Schiffe kommen der Untiefen wegen selten so dicht unter Land, daß mit Überraschungen zu rechnen wäre. Die Bäume lieferten das Baumaterial für die Hütte samt den Palisaden und nicht zuletzt Brennholz.«

Ihr taktischer Plan glänzte nicht durch besondere Brillanz. Sie wollten Garcias Rat befolgen, der vorsah, sich gegen Abend dem Haff so weit zu nähern, bis der Wald ausgemacht werden konnte, um eine Stunde vor Mitternacht 1000 Fuß vor der Küste zu ankern. Die vier Boote der Fregatte, vollgestopft mit bis an die Zähne bewaffneten Männern, ungesehen an Land zu bringen, war danach ein Kinderspiel. Unangenehm wurde es erst ein beträchtliches Stück landeinwärts, wo die Spanier um ihre Blockhütte einen mit vier Wachtürmen bestückten, an seiner niedersten Stelle zehn Fuß hohen Palisadenwall errichtet hatten.

Isabella öffnete in der Kapitänskajüte eines der vier Heckfenster, um ihren Patienten mit Frischluft zu versorgen. Sie trug ein weitärmeliges, rotes Musselinkleid. Um auf dem schlingernden Boden sicherer gehen zu können, hatte sie den Rocksaum ihres Gewandes zwei Handbreiten hochgesteckt. Umberto Garcia betrachtete von seinem Lager aus mit Wohlgefallen ihre schmalen Fesseln, die jedesmal bis zum Wadenansatz sichtbar wurden, so oft eine Drehbewegung den weiten Rock zum Schwingen brachte.

Mit Garcias Genesung hatte es inzwischen Probleme gegeben. Als Brecher den Schiffsrumpf immer heftiger durchzuschütteln begannen, war der Katalane mehrere Male kräftig gegen die Kojenwand gerollt. Seine Wunde brach erneut auf. Isabella blieb, nachdem sie ihm einen frischen Verband angelegt hatte, längere Zeit bei ihm. Garcia genoß dieses Beisammensein und verstand es in der Folge glänzend, schamlos seine momentane Hilfsbedürftigkeit demonstrierend, die einstündige Plauderei mit ihr als sich täglich wiederholendes Ritual zu ertrotzen. Fieberfrei und entsprechend gut gelaunt meinte er:

»Ich bin dem kleinen Malheur dankbar. Es bescherte mir Ihre Gegenwart.«

Der Luftzug spielte mit ihrem Haar, der Schein der Lampe brachte ihr Profil zum Glühen. Die Erkenntnis, daß er sie liebte, ließ ihn mehrere Male kräftig durchatmen, obwohl ihn jeder Atemzug schmerzte. »Isabella!«

Sie trat zwei Schritte zurück, lehnte sich gegen die Kajütenwand und sah ihn an. Er stemmte sich mit dem linken Ellbogen hoch, sein Kopf suchte an der Kojenstütze Halt. Isabella fühlte sich seltsam erregt.

»Bitte setzen Sie sich zu mir.«

Weniger seine Worte als der Klang seiner Stimme beunruhigte sie. Sein Tonfall hatte jede Munterkeit verloren. Sie rückte den mit Kalbsleder bezogenen Hocker in die Halterung an der Kojenstütze und setzte sich. Er griff zögernd nach ihrer Hand, hielt mitten in der Bewegung inne und ließ den Arm auf die Decke sinken. Isabella meinte ihr Herz schlagen zu hören.

»Ich muß Ihnen ein Geständnis machen, muß Ihnen offenbaren, daß ich weiß, wer Sie wirklich sind.« Sie öffnete den Mund, schloß ihn wieder. Er begann von neuem. »Sie heißen Isabella Baroja, sind zweiundzwanzig Jahre alt und kommen vom Ingenio ›La Manuela‹ auf Cuba. Ihre Familie gehört zu den angesehensten der Insel. Es gab nie einen Ehemann Varga.« Isabella saß regungslos, die Hände im Schoß gefaltet. Er fuhr fort: »Sie verließen ihr Elternhaus zusammen mit Senor Stoll. Und sind dennoch nicht seine Geliebte. Darauf könnte ich schwören.«

Er versuchte, sich weiter aufzurichten und unterließ es erst, als der Wundschmerz überhand nahm. Ohne den Blick von ihr zu wenden, fuhr er fort:

»Ich horchte Ihre Dienerin aus, soweit sie es zuließ. Nicht gerade honorig, ich weiß. Aber ich mußte es herausbekommen. Ich ahnte von Anfang an, daß etwas nicht stimmte.«

Er beugte sich zu ihr, strich mit dem Zeigefinger über ihr Ohrläppchen, den Nacken. Fast willenlos ließ sie es geschehen, senkte den Blick, dachte – lieber Gott, laß es ihn nicht gewahr werden, welche Empfindungen seine Berührung auslöst. Erschrocken begriff sie, daß es sie nach seiner Liebkosung verlangte. Sie machte sich nichts vor – ein physisch intakter Umberto Garcia wäre kaum auf Widerstand gestoßen, nähme er sie jetzt in seine Arme. Vielleicht hatte Baroja doch recht und sie war nichts weiter als eine liebestolle Dirne. Es war sündhaft, sich wohlig dieser Körperlichkeit hinzugeben, obwohl sie wußte, daß sie ihn keinesfalls liebte. Aber sie wollte lieben und geliebt werden, Frau sein, einem Mann gehören. Zweisamkeit fühlen und all das, wofür es keine Worte gab. Seine Fingerspitzen glitten zärtlich über die dünne Haut, die sich über ihr Schlüsselbein spannte, senkten sich zum Busen und zuckten erfahren, ein kurzer, lustvoller Hauch nur, über die Spitzen ihrer Brüste. Sie stöhnte, wollte sich erheben, aufspringen, fortlaufen und saß, unfähig sich zu rühren, auf ihrem Hocker, die Lippen halb geöffnet, die Augen geschlossen. Er wußte, daß sie jetzt, in diesem Augenblick, willens war, alles, was er wollte, mit sich geschehen zu lassen. Und verfluchte seine zur Passivität zwingende Lage. Als leckten Flammenzungen nach seiner Hand zog er sie zurück. Beide atmeten heftig. Nach und nach brachte sie sich wieder unter Kontrolle. Mit zitternden Knien erhob sie sich, streifte den Liegenden mit einem kurzen, betroffenen Blick und verließ stolpernd die Kajüte.

Dunkelheit hüllte das Schiff ein. Der frische Wind war schon vor Stunden einer kaum wahrzunehmenden, ablandigen Brise gewichen, die Wellenberge hatten sich nahe des Haffs in eine sanfte Dünung verwandelt. Die ›Firebird‹ machte der erwarteten Untiefen wegen kaum Fahrt, sondern dümpelte dicht unter Land weiter nach

Norden. An Deck herrschte Stille. Einem Gespensterschiff gleich glitt die Fregatte durchs Wasser, dessen tintige Schwärze Tiefe und Sicherheit vorgaukelte. Jennings stand auf dem Achterdeck und blickte auf die waffenstarrenden Männer hinunter, die zwischen Groß- und Fockmast auf seine Befehle warteten. Der Freibeuterkapitän machte sich, was die kämpferischen Qualitäten seiner Leute betraf, keine Illusionen. Sein fünfzigköpfiger Landetrupp bestand nicht aus durchtrainierten, in unzähligen Drillmanövern geschulten, zu exakt funktionierenden Kampfmaschinen gewordenen Seesoldaten, wie Kriegsschiffe sie zur Verfügung hatten. Er setzte sich vielmehr aus Männern zusammen, die im Lauf der Jahre träge geworden waren, vom Wohlleben verwöhnt und nicht mehr sonderlich darauf erpicht, ihr Leben in die Schanze zu werfen. Trotzdem würde es klappen. Bei einem geschätzten Beuteanteil von fünfzigtausend Pesos für jeden einzelnen würden sie, diszipliniert wie Paradesoldaten des Preußenkönigs, selbst in die Hölle marschieren, um sich des Teufels Bratspieße zu verschaffen, wenn diese den Erfolg gewährleisteten. Aus Sicherheitsgründen hatte er seine Crew erst auf hoher See über den Zweck und das Ziel ihrer Reise informiert. Trotzdem waren alle gekommen, die zu erreichen gewesen waren. Es sprach für das Vertrauen, das er nach wie vor bei ihnen genoß.
Das Kommando über den Landetrupp führte er selbst. Während seiner Abwesenheit befehligte sein Erster, Lucky Rothman, ein einarmiger Bucanier aus St. Andrew, das Schiff. Ein Seemann, der seine nautischen Kenntnisse einst als Kadett ihrer Majestät Korvette »Prince George« erworben hatte, bis ihm, kaum zwanzigjährig, in der Seeschlacht bei Gibraltar, 1704, eine spanische Kanonenkugel den linken Arm samt dem Schultergelenk vom Körper getrennt hatte. Ein Unglück, das zwar seine Offizierskarriere, nicht aber seine seemännische Laufbahn beendete, die er nun unter dem Motto »Rache an den Dons« auf einem englischen Freibeuterschiff in der Karibik fortsetzte.
Florian, der neben Jennings stand, sagte leise:
»Lassen Sie loten?«
Der Kapitän blieb still. Als hätte es der Frage des Deutschen bedurft, tönte es leise von Steuerbord:
»Kein Grund, Käptn, noch kein Grund.«

Florian biß sich auf die Lippen. Kurz danach kam erneut der verhaltene Ruf eines Lotsengasts, diesmal von Backbord:

»Kein Grund, noch kein Grund!«

Florian blickte zum Himmel, wo die Sterne stärker funkelten als draußen auf See, weil die tagsüber von der Sonne aufgeheizte Landmasse im Westen trotz der beginnenden nächtlichen Abkühlung noch immer soviel Wärme abstrahlte, daß diese die unteren Luftschichten in Schwingungen versetzte.

Obwohl ihm erstmals eine Art Gefecht bevorstand, war Florian den ganzen Tag über zur eigenen Verwunderung ziemlich gelassen. Daß ihm Übles geschehen könnte, hielt er für unwahrscheinlich. Außer Neugierde auf das kommende Abenteuer und einem Anflug von Nervosität fühlte er nichts Außergewöhnliches. Der Ruf vom Ausguck her »Land in Sicht« hatte Schiffsführung und Besatzung bereits am Spätnachmittag alarmiert. Garcia, auf einer Bahre auf dem Achterdeck liegend, hatte zufrieden nach Westen gedeutet und gerufen:

»Da habt Ihr es – Cap Canaveral!«

Der flache Küstenstreifen, ein dünner, dunkler Strich am Horizont, war von Achtern aus mehr zu ahnen als zu sehen. Als sie näher kamen, konnte der Mann im Ausguck den angekündigten Wald ausmachen. Er erwies sich als zweigeteilt, wie sich jetzt zeigte, mit einer 500 Fuß breiten Lichtung zwischen dem südlichen und nördlichen Teil. Um einen möglichen Beobachtungsposten am Strand zu täuschen, drehten sie anschließend nach Nordosten ab, wendeten in angemessener Entfernung und kamen bei Anbruch der Nacht erneut in den zur Landung vorgesehenen Bereich zurück. Im Verlauf einer Lagebesprechung wurde das Übersetzen des Landetrupps um Mitternacht beschlossen. Unter Jennings Führung würden sich die Männer zum südlichen Waldteil vorarbeiten, um sich dann dem fast eine Meile landeinwärts gelegenen Fort zu nähern. Garcia, der auf seiner Bahre liegend die Erörterung des Angriffsplanes verfolgte, warf an dieser Stelle ein:

»Sie errichteten es der Deckung wegen so weit vom Ufer entfernt. Es von See aus auszumachen, ist unmöglich. Sicher vergrößerten sie inzwischen ihr Schußfeld, obwohl sie sich sehr sicher fühlen, da niemand bis auf die paar Schaluppenleute, die sie mit Proviant versorgen, etwas von ihrem Vorhandensein weiß.« Sich an Jenning wendend erklärte er: »Sie werden auf allen vier Seiten des Forts auf ein brettebenes, fünfhundert Fuß breites Glacis ohne jede Deckung stoßen. Es ist möglich, und ich halte es sogar für wahrscheinlich, daß sie es in der Zwischenzeit erweiterten. Hier ist größte Vorsicht geboten. Zwei der vier Wachtürme sind die ganze Nacht über mit Posten besetzt, deren Aufmerksamkeit freilich nicht mehr all zu groß sein dürfte. Ich sagte es schon, sie fühlen sich sehr sicher. Insbesondere nach der langen Zeit, die sie unbehelligt blieben.«

»Acht Faden, Käptn!« Es war so weit.

»Langsam beidrehen.«

»Beidrehen. Aye, aye, Käptn.«

»Sieben Faden jetzt.«

Fast unmerklich veränderte das Schiff seine Richtung.

»Noch sieben Faden! Sechs Faden, Käptn. Fünf jetzt. Fünf bleibt! Bleibt weiter!«

Die Stimme des Lotsengasts klang gedämpft und gleichmütig.

Die ›Firebird‹ stand jetzt mit dem Bug zur Küste und damit zum Wind.

»Anker aus!«

Die langsam durch die Klüse laufende Ankerkette machte kaum Geräusche.

»Anker aus, Käptn!«

Dann erstarb jeder Laut. Die Augen der Männer an Deck waren nach Westen gerichtet, Isabella lehnte Achtern an der mit Arabesken verzierten Brüstung zum Hauptdeck. Aufmerksam beobachtete sie Florian, der sich mit dem an Deck getragenen Garcia leise unterhielt. Beim Anblick der beiden Männer beschlich sie eine Art Schuldgefühl, wie sie sich unangenehm berührt eingestand. War sie dem Deutschen Rechenschaft schuldig? Im nächsten Moment betete sie im stillen. »Heilige Jungfrau, laß ihn zurückkommen!« Die Vorstellung seines möglichen Todes entsetzte sie. Betroffen über die Intensität ihres Schreckens verließ sie das Achterdeck.

»Boote zu Wasser!«

»Aye, Käptn.«

Die Geräusche der dem Haff entgegenrudernden Männer wurden vom Lärm der Brandung übertönt. Danach zogen sie die Boote gemeinsam den flachen Anstieg des Strandes hinauf.

»Alle hinsetzen und zuhören!« Ohne Hast kam der Landetrupp dem Befehl nach und lagerte sich um den Kapitän, der mit dem Rücken gegen eine Bootswand gelehnt, im Sand saß. Gerade so laut, daß seine Stimme das Rauschen der Brandung übertönte, sagte er:
»Denkt daran – unter allen Umständen die Finger weg von Hahn und Abzug! Wer die Dons durch Unachtsamkeit vorzeitig alarmiert, kommt vor das Crewgericht nach Brauch und Sitte! Drückte ich mich verständlich aus?« Sie murmelten ihre Zustimmung. Jennings erhob sich. »Auf jetzt! Jeder hält Fühlung zum Vordermann. Ihr mit den Leitern, euch geht es besonders an – keine Geräusche! Die Leiterträger unterstehen Ihrem Befehl, Stoll.« Und zu allen: »Noch Fragen? Nein? Dann Gott befohlen.«
Sie bildeten eine Kette, wateten zuerst durch Sand, dann durch messerscharfes Riedgras. Die ersten verschwanden bereits unter den Bäumen, als sich Florian, ohne stehenzubleiben, noch einmal kurz umwandte und Richtung See blickte, wo die ›Firebird‹ deutlich auszumachen war. Er zuckte die Schulter. Ohne Risiko kein Preis.

Eine Weile ging es durch Dornendickicht und niederes Buschwerk. Zwischen dem Gestrüpp war es stockdunkel. Florian orientierte sich während des Marsches am breiten Rücken seines Vordermannes. Der vollbärtige Bucanier fluchte jedesmal leise, so oft einer seiner Rockschöße sich an den Dornen verfing.
Die Kolonne kam zum Stehen. Die Abstände zwischen den Sträuchern waren größer geworden, die Sicht hatte sich verbessert.
Von der Spitze des Zuges kam von Mann zu Mann geflüstert das Kommando »Vorrücken bis zum Waldsaum« nach hinten durch. Der Befehl wurde ausgeführt. Als Florian den Rand des Dickichts erreichte, öffnete sich vor ihm eine weite, abgeholzte Fläche, die sich bis zum Horizont zu erstrecken schien, wo sich vage die Silhouette eines flachen, langgestreckten, von niederen, dicken Türmen flankierten Bauwerks gegen den Sternenhimmel abhob. Das Fort der Spanier. Er schätzte die Entfernung bis zum Palisadenwall von seinem Standort aus auf hundertfünfzig Schritte. Obwohl die dünne Sichel des zunehmenden Mondes zusammen mit dem Licht der Sterne das Gelände nur spärlich erhellte, war die zum größten Teil

von hellem, feinkörnigem Sand bedeckte Ebene vor ihnen gut über-
schaubar.

Von rechts kam der geflüsterte Befehl, sich hinzulegen. Die Stille
danach wurde bedrückend. Florian wunderte sich über die Disziplin
der Männer. Nicht einmal ihre Atemgeräusche waren zu hören. Eine
endlos scheinende Zeit verging. Dann war plötzlich Jennings neben
ihm. Keine schlechte Leistung für den fülligen Mann, ging es ihm
durch den Kopf, sich so geräuschlos heranzumachen. Der Kapitän
flüsterte:

»Garcia hatte recht. Auf zwei Türmen je ein Posten. Die Herrschaften fühlen sich verdammt sicher. Geschehen wird folgendes: Acht
Mann tasten sich von der Strandseite her an den nordöstlichen
Wachturm heran, schießen den Posten an und vollführen einen Höl-
lenlärm. Der Spektakel ist das Zeichen für Sie und Ihre Leute so
schnell ihr könnt loszurennen und eure Leitern an zwei Palisaden-
seiten anzusetzen – an jene im Südwesten und Südosten. Und zwar
in Abständen von fünf Schritten nebeneinander. Ihr bleibt bei den
Leitern, bis alle hinüber sind und folgt als letzter. Und dann nichts
wie los auf die Kerle, denen wahrscheinlich vor Schrecken die Luft
wegbleibt. Noch etwas, Stoll! Wir sind keine Soldaten. Der Ruhm
von Bucaniern summiert sich aus ihrer Beute und den niedrigen
Verlusten an Männern. Wenn wir es geschickt anstellen, heben die
Spanier die Hände und nur den wenigsten geschieht etwas.«

»Und danach? Werdet Ihr sie töten lassen?« Jennings knurrte:
»Warum umbringen? Wenn sie sich fügen, wird ihnen kein Haar
gekrümmt. Es wird mir vielmehr ein besonderes Vergnügen sein
zuzusehen, wie sie ihre eigenen Pesos an den Strand schleppen. Im
übrigen sind sie von diesem Augenblick an als Soldaten erledigt.
Den Jungs bleibt nur noch, sich weit nach Florida hinein abzusetzen.
Fallen sie nämlich in die Hände ihrer Leute, ist es um sie geschehen.
Insbesondere möchte ich dann nicht in der Haut ihrer Offiziere
stecken. Auf die wartet der Strick.«

Er hob den Kopf, lauschte. Aus Richtung des Forts war metallisches
Knacken zu vernehmen.

»Die Postenablösung!« Der Kapitän horchte nach weiteren Geräuschen. Als keine kamen, sagte er: »Und jetzt zu Ihnen, mein Freund.
Ihr macht euch als erste auf den Weg über das Glacis. Mit dem

Bauch am Boden, versteht sich. Wir hätten es üben müssen, in dieser Position Leitern zu transportieren. Aber dazu war keine Zeit. Denken Sie daran – ihr habt an die zwanzig Minuten zur Verfügung, bis zu den Palisaden zu kommen. Beim ersten Knall stürmt ihr los, legt die Leitern an und haltet sie so lange fest, bis der letzte meiner Männer oben ist. Erst dann folgt ihr. Begriffen?«

Florian und der Mann neben ihm nickten.

»In Ordnung! Ihr geht sofort los. Wiedersehen auf dem Appellplatz der Dons!«

Die Leitern, jede an die zwölf Fuß lang, bestanden aus schwerem Pernambuco-Rotholz und konnten mit ihren dicken Sprossen drei, vier schwerbewaffnete Männer mühelos gleichzeitig tragen. Ihr Nachteil: sie waren sperrig und sehr schwer zu transportieren. Mit ihnen, auf dem Bauch kriechend und ohne Geräusche zu verursachen, die Sandwüste zu überwinden, war alles andere denn ein Kinderspiel, da sich die Männer nur in kürzesten Schüben vorwärtsbewegen konnten.

Im Gegensatz zum Kolonnenmarsch dicht hintereinander durch den Wald, machten sich Florian und sein Sturmtrupp in breiter Front nebeneinander auf den beschwerlichen Weg. Sollten sie vorzeitig entdeckt werden, war die Entfernung zwischen jedem Mann und dem Bohlenwall des Forts die gleiche.

Sie ließen sich wirklich Zeit. So sehr, daß Florian, den Kopf dicht am Boden, den Mund zu seinem Leidwesen voll Sand, unruhig wurde. Aber er mußte es zugeben: Die Leute verstanden ihr Handwerk. Die bei der Art ihrer mühevollen Fortbewegung unumgänglichen Geräusche waren so leise, daß sie von den Wachposten kaum gehört wurden.

Noch vierzig Schritte. Sie hörten, wie einer der Posten auf dem Turm links von ihnen sich kräftig durch die Finger schneuzte und dann aus Langeweile mit der Stiefelspitze rhythmisch gegen die Bohlenwand schlug.

Noch zwanzig Schritte. Florian blickte unverwandt auf den Uniformierten, dessen obere Körperhälfte die Turmkrone überragte. Auf die kurze Entfernung war selbst die Erhebung der Schultertasche am Riemen neben dem linken Ohr des Postens zu erkennen, sowie der lange Lauf seiner Muskete, die er neben sich abgestellt hatte. Ihm wurde es immer unbehaglicher. Wenn der Kerl nicht blind war, mußte er sie sehen! Aber nichts dergleichen geschah. Dennoch wagte er kaum zu atmen, und den Männern rechts und links von ihm ging es sicher nicht anders. Näher wagten sie sich nicht heran. Hier würden sie liegenbleiben, starr wie Mumien, bis zum großen Knall. Er versuchte, an nichts zu denken, um sich ganz auf den Moment des Losrennens zu konzentrieren. Und obwohl er auf das, was kommen mußte, vorbereitet war, erschrak er so sehr, daß ihm fast seine doppelläufige Flinte entglitt, als Schüsse, Geschrei und sogar ein Trommelwirbel die Stille zerrissen.

Im Osten tobte, heulte und brüllte es, als hätte die Hölle tausend Teufel ausgespuckt, die gleichzeitig losstürmten um die Säulen des Himmels zu stürzen. Er sprang auf und rannte so schnell er konnte die paar Schritte bis zur Südpalisade, neben ihm die Leiterträger, die ihre Geräte blitzschnell an den Bohlenwall lehnten, während die ersten Bucanier bereits hinaufkletterten, über die oben zugespitzten Pfähle sprangen und jenseits des Walls verschwanden.

Erst in diesem Augenblick erscholl ein aufgeregtes Trompetensignal der Spanier. Als es abbrach, sah sich Florian, seinen mit einem mörderischen Vierkantbajonett versehenen Doppelläufer beidhändig umklammernd, inmitten eines Haufen tobender Bucanier, die vor dem Zentralgebäude des Forts, einer stattlichen, einstöckigen Blockhütte, gestikulierend und brüllend so laut sie konnten, herumrannten und die panikartig ins Freie stürzenden, spärlich bekleideten, zumeist unbewaffneten Spanier in eine Ecke trieben. Die Sinnlosigkeit jeden Widerstandes erkennend, hoben die Soldaten die Arme über ihre Köpfe, während sie sich wie eine Herde verängstigter Schafe zusammendrängten. Im Schlaf überrascht, war keiner von ihnen fähig, einen klaren Gedanken zu fassen oder so zu reagieren, wie man es ihnen als Soldaten beigebracht hatte. Die Dunkelheit machte es schwer, Freund von Feind zu unterscheiden und tat das ihre, die Konfusion der Fortbesatzung zu steigern. Lediglich ein schlanker, jüngerer Mann in offenstehendem, silberbetreßtem Uniformrock schrie pausenlos spanische Kommandos und stürzte sich, als sie keiner seiner Leute zur Kenntnis nahm, Verwünschungen ausstoßend mit gezogenem Degen auf einen älteren Bucanier, der gerade eine neben der Tür des Zentralgebäudes befestigte Pechfackel angezündet hatte und sich nach einer weiteren Lichtquelle umsah. Der Angriff erfolgte so überraschend, daß der Freibeuter nicht einmal eine Abwehrbewegung machte, als der Degen seinen Leib durchbohrte. Mit einem gurgelnden Schrei, beide Hände auf die Wunde in Nabelhöhe pressend, fiel er nach vorne in die Knie, während der Offizier mit irren Augen nach weiteren Opfern Ausschau hielt.

Florian hörte den Schrei, sah nach rechts, erblickte den anstürmenden Kerl und rammte ihm, als hätte er es tausendmal geübt, das Bajonett seines Doppelläufers bis zum Heft in die Brust. Außer sich vor Zorn zog er die Vierkantklinge zurück und stieß erneut zwischen die jetzt reflexartig abwehrbereit erhobenen Hände des Spaniers hindurch in dessen Körper, der ihm entgegenkippte und zu seinen Füßen zusammensackte. Der Anblick des todwunden Mannes brachte ihn zur Besinnung. Als er sich umzusehen begann, wußte er, daß das Unheil seinen Lauf nehmen würde. Hatte bis jetzt ihr rascher, unblutiger Sieg zusammen mit der Order des Kapitäns, die Spanier weitgehend zu schonen, auf die Kampfeswut der Bucanier dämpfend gewirkt, verwandelten sie sich von einer Sekunde auf die andere, in reißende Bestien, als sie erkannten, daß ihr Gefährte sterben würde. Der verwundete Freibeuter kniete noch immer, das Gesicht dicht über der Erde, am Boden und wimmerte vor sich hin, während sich die Blutlache um seine Knie langsam vergrößerte. Durch die Reihen seiner Kameraden ging ein Aufbrüllen. Ohne sich um den Liegenden zu kümmern, stürzten sie sich mit Säbeln, Messern, Musketenläufen, manche mit bloßen Händen auf die wehrlosen Spanier und machten sie in rasender, mörderischer Wut nieder. Fast wahnsinnig vor Todesfurcht versuchten einige auszubrechen, stolperten, fielen übereinander, verkrochen sich zwischen Fässern und Proviantsäcken, liefen in ihre Unterkunft, verbarrikadierten sich, bis man sie herauszog, flehten um Gnade, warfen sich zu Boden, erbrachen sich und besudelten sich mit Exkrementen. Wie immer sie sich verhielten – die Bucanier schlachteten, verstümmelten weiter in berserkerhafter Wut, trunken vor Zorn und Rachsucht ob der Verhöhnung ihres Edelmuts, auf ein Blutvergießen verzichten zu wollen. Der Gedanke, hereingelegt worden zu sein, machte sie rasend. Bis plötzlich im Nordosten eine weißglühende, sonnengleiche Lohe barst und hoch zum Himmel schoß, während die Druckwelle einer Explosion die Erde erbeben ließ und bei Freund und Feind jedes Handeln beendete. Wände stürzten ein, Dächer hoben und senkten sich, ehe sie in sich zusammenfielen, Bretter, Balken, Gewehre und menschliche Körper wirbelten durch die Luft, die schweflig roch und voll beizenden Rauches war. Die anschließende Stille dauerte fast eine Minute. Wie ein Leichentuch legte sich diese Ruhe über das Fort. Dann begann es von der westlichen Palisade her zu prasseln. Florian, der sich unter Lagen aufgeschichteten Brennholzes fand, hörte es benommen, obwohl ihm der Kopf dröhnte und keine Stelle seines Körpers unverletzt schien. Irgend jemand, der jetzt sicher in der Hölle schmorte, hatte das Pulvermagazin in die Luft gejagt. Das Fort brannte.

Mühsam richtete er sich auf, suchte nach einer Verletzung, fand keine, sah sich um, bemerkte die Flammenwand im Nordosten und war plötzlich hellwach. Irgendwo rief einer:

»Sucht die Verletzten!«

Das mußte Jennings sein. Er fluchte. Mochte sie alle der Teufel holen, diese bestialische, bornierte, stupide Bande. Sollte es verrecken, dieses hirnverbrannte, elende Mordgesindel! Er würde keinen Finger rühren, es zu retten. Mit brennenden Augen starrte er nach Norden, wo die Flammen nach einem der Wachtürme leckten. Es war nur noch eine Frage von Minuten, bis die Funken das Zentralgebäude erreichten, dessen dickbohlige Rückwand vom Explosionsdruck aufgerissen worden war. Erneut schüttelte ihn der Zorn über die blindwütige Reaktion des spanischen Offiziers und das sich daran anschließende Gemetzel. Dessen ungeachtet und trotz seines Abscheus und Entsetzens über dieses Verbrechen erinnerte er sich auf einmal des Grundes, der ihn hierhergebracht hatte – des Schatzes der Silberflotte. Was, wenn die Kretins die gesamte Fortsbesatzung einschließlich des letzten möglichen Informanten niedergemacht hatten? Wo befanden sich die Kisten mit den Münzen? Bestimmt hatte man sie vergraben. Ihre Unterbringung in einem der Gebäude war allein aus Platzgründen unmöglich. Es konnte irgendwo drei Meilen im Umkreis geschehen sein, wenn der Kommandant ein vorsichtiger Mann war. Dem widersprach freilich die offenkundige Sorglosigkeit der Besatzung sowie der Umstand, daß man des nachts keinen Strandposten aufgestellt hatte. Ohne einen Informanten waren sie dennoch aufgeschmissen. Seine Hoffnung einen Überlebenden zu finden war freilich minimal. Unvermittelt erinnerte er sich der Wachposten auf den beiden Türmen. Der im Nordosten war wahrscheinlich bei der in seiner Nähe erfolgten Explosion umgekommen. Der zweite konnte noch am Leben sein, jener, den er von der Glacis aus hatte beobachten können. Er hätte verrückt sein müssen, sich aus der schützenden Isolation des Turmes ins Kampfgeschehen zu stürzen. Insbesondere als er begriff, daß das Gefecht zu Ende war, ehe es richtig begann. Entschlossen setzte er sich in Bewegung, überquerte den von Trümmern übersäten Appellplatz, ließ die Bucanier unbeachtet, die ihre verletzten Gefährten betreuten und stieg dann Sprosse um Sprosse die zur Turmplattform führende Leiter hinauf. Auf halber Höhe erinnerte er sich, daß er waffenlos war. Der Explosionsdruck hatte ihm seinen Doppelläufer entwunden. Die letzten vier Sprossen nahm er langsam und vorsichtig, und sah endlich über den Bodenrand der Plattform. Betroffen starrte er auf den jungen Uniformierten, der sich an die Dachstütze des Turmes drückte. Im Feuerschein des brennenden Forts bemerkte er, daß dem Jungen Tränen über die Wangen liefen.

Unfähig Worte zu bilden, glotzte er auf Florians Hände, die dieser, eines möglichen Angriffs wegen, in Brusthöhe vor dem Körper hielt. Der junge Spanier näßte aus Angst seine Hose. Florian sah es, ließ die Arme sinken und sagte ruhig:

»Keine Angst mein Junge. Es geschieht dir nichts. Mein Wort darauf. Sieh her – kein Messer, keine Pistole, nichts.«

Dem Soldaten schlotterten die Knie. Er rutschte mit dem Rücken an der Brustwehr zu Boden und blieb dort mit zusammengepreßten Knien, die Fäuste an seinen Bauch drückend, sitzen, während er Florian benommen anstarrte. Der sagte mit sanfter Stimme:

»Komm hoch, Freund! Hätte ich dich töten wollen, wäre es längst geschehen. Ich brauche dich, Kleiner, ohne Spaß. Ich brauche dich sehr. Es geht um die Pesos. Und du wirst mir sagen, wo ich sie finde. Du weißt, wo sie sind. Bestimmt weißt du es. Und du wirst es mir sagen, weil es das Vernünftigste ist, was du tun kannst. Das siehst du doch ein?«

In diesem Augenblick vergrub der höchstens neunzehn Jahre alte Bursche sein Gesicht in beide Hände und weinte hemmungslos. Stoßweise schüttelte es seinen Körper. Florian näherte sich ihm langsam. Als er dicht vor ihm stand, berührte er ihn sachte an der Schulter.

»Es ist vorbei. Du brauchst keine Angst zu haben, glaube mir. Ich persönlich werde dafür sorgen, daß dir nichts geschieht, daß du freikommst. Das verspreche ich.«

Der junge Soldat schniefte noch einige Male, griff nach dem neben ihm am Boden liegenden Dreispitz, fuhr sich mit dem Ärmel seines Uniformrocks über die Augen und erhob sich. Die sich in seinen noch weichen, kindlichen Zügen spiegelnde Furcht wich langsam einem Schimmer von Zutrauen. Florian setzte nach:

»Du weißt, wohin man die Kisten brachte?«

Der Junge nickte. Leise sagte er:

»Ja. Das wissen alle. Wir vergruben sie.«

Florian erfüllte wilder Jubel. Sie hatten es wirklich und wahrhaftig geschafft! Ein Teil der Ladung dieser legendenumwobenen Silberflotte gehörte ihnen!

»Wo ist es?«

Der Spanier ließ die Schultern hängen.

»In Strandnähe. Im südlichen Waldteil. Zuerst sollten wir sie nach Fertigstellung des Forts hierher bringen. Aber die Entfernung war mit den schweren Kisten zu groß. Für den Transport hätten wir Rollen benötigt. Der Aufwand hätte nicht dem Ergebnis entsprochen. Ich meine – kein Mehr an Sicherheit. Deshalb wurde im Wald eine Grube ausgehoben, wir verstauten die Kisten und schütteten Sand darüber. Alle meine Kameraden hielten selbst das für unnötig. Niemand, so glaubten wir, wußte von unserem Hiersein. Niemand konnte es wissen. Daß Sie, Senor, und Ihre Männer – es ist Hexerei!«

Er brach ab und begann kurz darauf von neuem: »Ihr müßt mit dem Teufel im Bund sein, Herr. Anders ist es nicht möglich.«

Florian beließ es dabei. Im stillen dachte er: Ganz falsch liegst du gar nicht, mein Freund. Wenn nicht mit dem Teufel, so doch mit einer Höllenbrut von Spießgesellen. Sein Triumphgefühl hatte ihn für Momente das an den Spaniern verübte Massaker vergessen lassen. Um so nachhaltiger legte sich ihm nun die Erinnerung daran auf den

Magen. Die grausigen Bilder aus seinem Kopf verdrängend, sagte er entschlossen:

»Komm jetzt! Bring mich hin!«

Als er sich wenig später am Fuß des Wachturms nach Jennings und dessen Bucaniern umschaute, blieb sein Gefangener dicht an seiner Seite und berührte ihn plötzlich am Arm. Aschfahl im Gesicht rief er:

»Mein Gott, sie sind alle tot! Ihr habt sie alle umgebracht!«

Er deutete auf die zwischen den Trümmern liegenden ermordeten Soldaten.

»Ihre Kameraden werden mich ebenfalls töten.«

»Nichts werden sie, diese Schweinehunde! Kein Haar werden sie dir krümmen!«

In seiner Stimme lag so viel grimmiger Ernst, daß der Spanier ihm zu glauben schien. Wo waren sie eigentlich, diese »Kameraden«? Wieso befand er sich hier mit seinem Gefangenen allein auf dem Appellplatz? Wo war Jennings, wo der Mann mit dem Degenstich im Bauch? Ja – der war noch da. Nur kniete er nicht mehr, sondern lag, seltsam verdreht, wenige Schritte neben der Leiche seines Mörders.

Florian hob den Kopf. Irgendwo rief jemand, übertönte eine Stimme das Heulen des Windes und das Prasseln des Feuers, dessen Gewalt langsam nachließ. Von den westlichen Palisaden und den dortigen Wachtürmen war bis auf einen Haufen schwelenden Gebälks nichts mehr übrig. Auch der Platz, auf dem sich das Pulvermagazin befunden hatte, war leer und gab den Blick bis zum Waldrand frei. Nur die große Blockhütte stand noch, freilich ohne Dach, mit verkohlten Wänden. Dann hörte er eine Stimme, die unverkennbar Jennings gehörte.

»Kommt zurück, ihr feigen Hunde!«

Eine Serie von Verwünschungen in drei verschiedenen Sprachen folgte. Der junge Spanier lauschte entsetzt und blieb stehen. Florian ermunterte ihn, ihm zu folgen, erntete aber nur ein heftiges Kopfschütteln.

»Ihre Kameraden werden mich ...«

»Hör endlich auf damit! Ich habe die Nase voll von deinem Gejammer! Leg dich hin und warte, bis ich dich hole! Rühr dich nicht vom

Fleck! Hier bist du sicher. Innerhalb des Forts ist kein lebender Mensch mehr. Ein Davonlaufen bringt dir nichts. Und wohin solltest du auch? Wenn wir abziehen, bist du allein auf Cap Canaveral. Was das bedeutet, kannst du dir ausrechnen. Haben wir uns verstanden?«

»Ja, Senor. Ich laufe nicht weg. Ganz bestimmt nicht. Ich werde …«

»In Ordnung.«

Florian setzte sich in Bewegung. Noch immer lag Qualm über dem Geviert der kleinen Festung. Am Tor des Forts, das die nördliche noch intakte Palisade teilte, erkannte er den Kapitän, der breitbeinig, in jeder Hand eine gespannte Pistole, in der Mitte des Durchlasses stand. Wieder brüllte er in die Nacht:

»Kommt zurück, ihr Kojoten. Das Feuerwerk ist vorbei. Macht schnell, ihr Hurensöhne. Wir müssen die Jungs herausholen! Wollt ihr sie verrecken lassen, ihr Drecksäcke!«

Im Widerschein des vom Wind neu angefachten Feuers an der Blockhüttenwand wurden im Vorfeld einige Gestalten sichtbar, die sich ohne Hast näherten. Florian trat neben den Kapitän. Dessen Gesicht war rußgeschwärzt und schweißglänzend. Jennings musterte ihn von der Seite.

»Sie leben also. Glück gehabt!« Es war mehr ein Knurren. Dann voll Zorn: »Jeder dieser Drecskerle, der noch laufen konnte, rannte davon und ließ die Kameraden schmoren. Sie sahen es, Stoll! Ich denke, es ist aus mit uns. Walling begriff das schon vor einem Jahrzehnt. Freie Bucanier – Männer – nichts mehr blieb! Das, Sir«, er deutete zum Wald, »waren einmal ganze Kerle und fürchteten weder Tod noch Teufel. Jetzt sind sie träge, satt und feig. Hätten die Spanier ernsthaften Widerstand geleistet, hätten wir nicht unwahrscheinliches Glück gehabt – lassen wir's! Bei den Kaperungen konnten sie ihren Verfall noch kaschieren. An Bord gab es kein Davonlaufen. Wenn es darauf ankam, mußten sie kämpfen, um nicht selbst vor die Hunde zu gehen, mußten sie sich um ihre verwundeten Kameraden kümmern, weil jeder der nächste sein konnte, der Hilfe brauchte. Hier aber – ein lauter Knall und sie laufen weg wie Kaninchen. Alle! Verstehen Sie das? Die gleichen Männer, die seit vielen Jahren unter meinem Kommando die Spanier in ganz Westindien zum Zittern brachten!« Er spuckte aus. »Und vorher diese hirnverbrannte Metzelei! Der Schatz der Silberflotte – verspielt im Blutrausch! Die ganze Welt hält sich den Bauch vor Lachen, wenn künftig irgendwo der Name Jennings oder der unseres Schiffes fällt. Mit Fingern werden sie auf uns zeigen, wo immer sich einer von uns sehen läßt. Seht hin, werden sie sagen, dort läuft einer jener dümmsten Bucaniers der Weltgeschichte! Die Kisten können weiß Gott wo vergraben sein. Wir werden es nie erfahren. Das Cap ist groß. Ich könnte sie alle umbringen. Stoll – wir sind erledigt.«

Noch nie hatte Florian mit tieferer Befriedigung widersprochen als in diesem Augenblick.

»Sie irren sich, Kapitän. Sie irren sich gründlich. Ich zeige Ihnen, wo sie das Zeug vergruben.«

Es tagte. Im Osten zeichneten sich die Konturen der ›Firebird‹ messerscharf gegen das langsam lichter werdende Blau des Firmaments ab. Dicht über dem Horizont wirkte es durchsichtig wie Glas und dort, wo in wenigen Minuten die Sonne aufgehen würde, zog sich ein breiter goldener Streifen über den Himmel. Erst jetzt wurde das Ausmaß der Zerstörung deutlich. Einige Überreste des Forts qualmten noch immer. Von den, wie sich herausstellte, halben Dutzend, aus Kiefernstämmen roh zusammengezimmerten Bauwerken existierten nur noch die Offiziersunterkunft, ein Vorrats- und Geräteschuppen, und der Abtritt des Forts samt zwei Wachtürmen. In die nördliche Palisade hatte die Explosion ein übermannshohes Loch gerissen, von dessen verkohlten Rändern noch immer Funken stoben, so oft der Wind auffrischte.

Kapitän Jennings ähnelte in seiner zerfledderten, angesengten, uniformähnlichen Bekleidung, mit seinem rußgeschwärzten Gesicht, in das der Schweiß helle Rinnen gezeichnet hatte, dem Urbild eines verkommenen, brutalen Piratenhäuptlings. Jetzt deutete er auf den Leichenberg neben den Resten der Blockhütte. Mit sturer Verbissenheit hatte er auf das mühevolle Herbeischleppen und Abzählen der zum Teil grauenhaft verstümmelten Toten bestanden, nachdem die wenigen eigenen Verwundeten geborgen und an Bord gebracht worden waren. Bis auf Florians Gefangenen hatte nicht ein Spanier das Massaker überlebt.

»Wir müssen sie begraben.«

Florian nickte.

»Sie sollten sich damit beeilen. Sehen Sie dort hin!«

Von See her näherte sich ein Möwenschwarm und umkreiste die rauchenden Trümmer. Die Luft war erfüllt vom häßlichen Krächzen der Vögel. Einige von ihnen stießen im Flug bis dicht auf die Toten herab, die langen, mörderischen Schnäbel zum Zupacken aufgerissen. Jennings bekreuzigte sich, murmelte ein paar unverständliche Worte, drehte sich um, starrte schweigend auf seine, ihn inzwischen mit hängenden Köpfen umstehenden Leute und sagte dann: »Begrabt sie und beeilt euch!«

Vormittags gegen neun Uhr führte sie Florians Gefangener zum Rand des Südwaldes und zeigte ihnen, wo die Kisten vergraben worden waren. Sie machten sich an die Arbeit. Zehn Minuten später stießen sie auf die ersten eisenbeschlagenen Behälter. Trotz des jetzt für alle sichtbaren Erfolges blieb ihr Jubel gedämpft.

Ehe sie das Fort verließen, hatte sie der Kapitän mit einer Rede gedemütigt, die keiner von ihnen je vergaß. Am Ende hatte er ihnen bedeutet, daß dies die letzte Fahrt der ›Firebird‹ unter seinem Kommando gewesen sei, und hinzugefügt:

»Ihr könnt zufrieden sein. Die Beute ist unser. Ihr wart bisher wohlhabend und seid jetzt reich. Aber vergeßt es nie – an jedem Peso, den ihr in die Hand nehmt, klebt das Blut der von euch hingeschlachteten Männer. Manche von euch mag das kalt lassen. Aber ich kenne euch – die meisten wird die Erinnerung an diese Nacht bis in die Träume verfolgen. Und ganz am Ende – denkt auch da immer daran – werdet ihr für diese Untat in der Hölle schmoren!«

Die Bergungsarbeiten dauerten bis zum Nachmittag des darauffolgenden Tages. Insgesamt förderten sie 144 Kisten zutage. Eine davon ließ Jennings öffnen. Sie war bis obenhin mit Dublonen angefüllt. Er nahm eine davon in die Hand und untersuchte sie.

»Wie Garcia sagte. Mexico-Gold. Geprägt 1710 in der Münze von Mexico Stadt. Die Indios sagen, Gold ist der Gott der Spanier. Vielleicht ist es so. Glück hat es ihm keines gebracht, diesem Ubilla.«

»Er war Admiral?«

»Ja. Sein voller Name lautete Don Juan Esteban de Ubilla. Inzwischen wurde einiges über die Vorgeschichte der Katastrophe bekannt. Eigentlich wollte der Don bereits Ende 1714 nach Spanien aufbrechen. Aber es kam anders – die Abreise verzögerte sich Monat um Monat. Schuld daran waren die an der Pazifikküste erwarteten, aus Ostasien kommenden Schiffe, sogenannte Manila-Galeonen, bis zum Rand vollgefüllt mit allen nur möglichen Kostbarkeiten aus dem fernen Osten, Gewürze, Edelsteine, Porzellan, Seide und was weiß ich alles. Länger als ein Jahr wartete Ubilla in Vera Cruz, bis die durch den Dschungel geschleppte Fracht bei ihm eintraf und endlich verladen werden konnte. Seine Wut über die Verzögerung muß beträchtlich gewesen sein, denn nun drohte ihm eine Gefahr, die er fürchtete.«

»Was?«

»Die Hurricans. Im August und September ist die schlimmste Zeit. Dazu kam die schlechte Beschaffenheit seiner Flotte. Die Schiffe waren Gerümpel. Sie liefen weder hoch genug am Wind, noch zeichneten sie sich durch Wendigkeit aus. Bei Sturm waren sie kaum noch manövrierfähig. Jeder wußte das und am besten der Admiral. Aber des Königs Order ließ ihm keine Alternative. Folglich segelte er nach Habana, wo sich die Flotte versammelte. Wieder kam es zu Verzögerungen, da wenigstens die gröbsten Reparaturen durchgeführt werden mußten. Zusätzlich erzwang die Menge der Fracht ein Überladen jedes Schiffes. Nein, er brachte ihm kein Glück, dieser ›goldene Gott der Spanier‹. Am sechsten Tag nach dem Ablegen des Flottenverbandes erreichte der Hurrican die nördliche Karibik und – aus.«

»Friede seiner Seele.«

»Er brät längst in der Hölle wie jeder Don, den der Teufel holt. Und recht geschieht ihnen!«

Nachmittags gegen vier Uhr war die letzte Kiste an Bord der ›Firebird‹ verstaut. Als das Schiff den Anker lichtete, sah kaum einer von der Crew noch einmal nach Cap Canaveral zurück. Auch nicht der junge spanische Soldat, der Florian wie ein verlorener Hund gefolgt war, als er merkte, daß sich niemand um ihn kümmerte.

In Kingston löste die Nachricht von Jennings erfolgreichem Beute-
zug unter der weißen, fast durchwegs britischen Bevölkerung ungeheueren Jubel aus. Zwei Stunden nach dem Festmachen der »Firebird« am Pier verwandelten sich die Harbourstreet und die zu ihr
führenden Gäßchen mit ihren Absteigen, Kaffeehäusern und Rum-
schänken in ein Tollhaus. Fremde Menschen schüttelten sich die
Hände, klopften sich gegenseitig auf Schultern und Rücken oder
schlugen sich vor Begeisterung über die Demütigung der Spanier
auf die Schenkel. Endlich hatten Briten, mehr noch – hatten Männer
aus Jamaika, hatten Einwohner dieser Stadt es den Dons in einer
Weise gegeben, die diese am bittersten und demütigendsten traf – an
ihrem Geldbeutel! Diesen Spaniern, die sich noch immer in einer
Art in Westindien breitmachten, als hätten sie nicht im Frieden zu
Utrecht klein beigeben müssen, sondern am Ende den Krieg gewonnen! Die noch immer in unverschämtester, arrogantester Don-
Manier braven britischen Kaufleuten ihre Küsten verschlossen und
Zölle forderten, deren Höhe zum Himmel stank, sondern auch noch
wegen jedes bißchen Schmuggel ein Getöse verursachten, daß man
es bis London und Madrid vernahm. Jene Älteren, die sich an die
karnevalistische Ausgelassenheit des Jahrs 1704 während der Sieges-
feier nach dem Fall von Gibraltar erinnerten, mußten zugeben, daß
sich das damalige Fest gegenüber dem Spektakel, den Jennings Husarenstück auslöste, wie ein Kaminfeuerchen zu einem Waldbrand
verhielt. Der ganz große Coup aber folgte noch. Irgendwann im
Laufe des Vormittags kam einer von Kingstons Faktoreibesitzern im
Überschwang patriotischer Begeisterung auf die Idee, allen seinen
Sklaven, vierunddreißig an der Zahl, einen freien Tag zu gewähren.
Die Nachricht von diesem unglaublichen Geschehen sprach sich in
Windeseile herum, andere Sklavenbesitzer fanden die Idee passabel,

und gegen Mittag war es, als hätte sich eine Schleuse geöffnet. Von allen Seiten strömten fröhliche, kichernde und lachende Schwarze zum Hafen, ergossen sich singend und tanzend, von ihren Besitzern mit abgelegten Kleidern grotesk herausgeputzt, in die engen Gäßchen und mischten sich in kindlicher Ausgelassenheit unter die nicht minder gutgelaunten Weißen, die freilich zuerst nicht recht zu wissen schienen, wie sie sich der buntscheckigen Gesellschaft gegenüber verhalten sollten. Zum ersten Mal, seitdem die Stadt existierte, aber auch für eine sehr, sehr lange Zeit zum letzten Mal, feierten Schwarz und Weiß zusammen ein Fest. Es dauerte bis zum nächsten Morgen.

Am frühen Nachmittag rückte von den Kasernen am Sandy Gully ein Trupp Soldaten an, bahnte sich einen Weg durch die immer ausgelassener und betrunkener werdende Menge und besetzte auf Befehl des Gouverneurs das Freibeuterschiff. Zu diesem Zeitpunkt befand sich Kapitän Jennings längst im Palast Sir Hamiltons und erstattete einen ausführlichen Bericht über die erfolgreiche Operation gegen Spanien. Der als kühl und zurückhaltend bekannte oberste Repräsentant Seiner Majestät König Georg I. geriet, wie glaubwürdige Zeugen später versicherten, in euphorische Verzückung, als ihn Jennings mit Einzelheiten bediente, und klatschte mehrere Male begeistert die Hände zusammen. Trotzdem kam der ehrenwerte Lord im Anschluß an die Ausführungen des Freibeuterkapitäns aus diplomatischen Gründen nicht umhin, dem Bucanier vor einer Anzahl würdig nickender hoher Persönlichkeiten eine strenge, ernste und höchst offizielle Rüge zu erteilen, ob, wie er sich ausdrückte:
»Des verwerflichen, ja schändlichen Unternehmens, das – bei allem Patriotismus und allem gezeigten Heldenmut – nicht hätte geschehen dürfen während einer Periode, die vom Frieden zwischen England und Spanien bestimmt ist!«
Nachdem damit den staatsmännischen, den offiziellen Erfordernissen Genüge getan war, festgehalten in diversen Protokollen und später für die Nachwelt verewigt in den Archiven von Whitehall im fernen London, konnte man zwanglos zum privaten, zum gemütlichen Teil übergehen, der sich mit einem gewaltigen Umtrunk, in

den sich die anwesenden Herren ergingen, über alle Maßen gut anließ und der damit endete, daß sich Hamilton zu einer spontanen Geste hinreißen ließ, die dem hölzernen, zugeknöpften Lord kaum jemand, der ihn kannte, zugetraut hätte. Leicht angetrunken, aber absolut im Vollbesitz seiner Sinne, verkündete er, im Kingshouse eine Festlichkeit veranstalten zu wollen, die in die Geschichte der Stadt, in jene Jamaikas, ja, in die ganz Westindiens eingehen würde! Selbstverständlich und Gott bewahre nicht um mit ihr die nichtswürdige Untat eines Flibustieranführers namens Jennings zu feiern! Ein Schelm, der dem Vertreter der Krone derartiges zu unterstellen wagte! Vielmehr ergab es sich – gegen Zufälle dieser Art war selbst die höchste und allerhöchste Diplomatie nicht gefeit – daß sich ausgerechnet während dieser Tage eine Persönlichkeit in Kingston aufhielt, die es mit einem geziemenden Spektakel zu ehren galt. Der Hochgeachtete hieß Hermann von der Schulenburg und war General und Abgesandter seines Königs Friedrich Wilhelm von Preußen. Noch standen zwar die ob der geheimen Mission des Generals zu führenden diplomatischen Gespräche aus. Was freilich keineswegs ein Hindernis sein sollte, dem Herrn aus Berlin zu zeigen, wie man auf Jamaika zu feiern verstand.

Die Einladungen, zweihundert an der Zahl, ergingen noch am gleichen Tag für den nächsten Abend. Selbstverständlich kam Seine Lordschaft nicht umhin, auch Kapitän Jennings und dessen Gattin zu den Feierlichkeiten zu bitten. Immerhin galt der Freibeuter als einer der bedeutendsten Steuerzahler der Insel und hatte, zumindest von dieser Seite her, ein Anrecht darauf, im Kingshouse empfangen zu werden, wenn es darum ging, einen Hochgestellten zu ehren. Die Einladung an einen Mr. Stoll wiederum war nicht zu umgehen, da es sich bei dieser Persönlichkeit um einen – im erweiterten Sinn – Landsmann Seiner Erlaucht, des Reichsgrafen von der Schulenburg handelte. Isabella Varga endlich, eine – man durfte dies mit Fug und Recht behaupten – Persönlichkeit von wahrhaft historischem Rang, die in der Gunst des Volkes im Augenblick sehr hoch stand, zu übergehen, wäre einem Affront gegenüber allen Bürgern Kingstons, ja Jamaikas gleichgekommen, den sich ein britischer Gouverneur, ohne als unpatriotisch abqualifiziert zu werden, nicht leisten konnte. Also kam Senora Varga ebenfalls auf die Liste, auf der freilich, den

137

Umständen entsprechend sowie der Not gehorchend, und nicht, weil Seine Lordschaft es so wollte, der Name jenes Wackeren fehlte, der den großen Coup erst ermöglicht hatte – Umberto de Garcia. Der Katalane befand sich vielmehr mit Wissen des Gouverneurs im Haus von Kapitän Jennings, und wurde dort von der Dienerin Tuma betreut, die ihn mit ihren Tränken und Salben so erfolgreich behandelte, daß er sich bereits wieder, wenn auch mühevoll, auf den eigenen Beinen fortbewegen konnte.

Jennings Einladung an Isabella, ebenfalls in seinem geräumigen Haus Wohnung zu nehmen, bis feststand, welche Richtung ihre Zukunftspläne nehmen würden, akzeptierte die Cubanerin. Eine Tatsache, die Florian auf seine Weise auslegte und die ihn in seinem Verdacht bestärkte, hintergangen zu werden. So sicher wie das Amen in der Kirche war Senora »Varga« dabei, sich dem Katalanen an den Hals zu werfen, dachte er grimmig. Daß er sich darüber ärgerte, hätte er keinesfalls als ganz gewöhnliche Eifersucht erkannt, wäre ihm dergleichen überhaupt in den Sinn gekommen.

Im »Golden Horse«, wo Florian seine alte Unterkunft wieder bezog, fiel Walling, kaum daß er ihn sichtete, mit einem Schwall derber Flüche über ihn her.

»Sie Nichtswürdiger! In die Hölle mit Ihnen! Nie verzeihe ich Ihnen das! Nie und nimmer! Und kommen Sie mir nicht mit Ausreden! Es ist unentschuldbar, daß Sie mich um das Vergnügen brachten, die Scheißpapisten vor der ganzen Welt zu blamieren!«

Er schnaubte vor Entrüstung wie ein Pferd, holte keuchend Atem, bis es ihm fast das Wams sprengte, änderte dann den Tonfall und sagte, den Kopf schräg nach vorne beugend und wie ein Levantehändler von unten herauf blinzelnd: »Heraus mit der Sprache, mein Sohn! Mir gegenüber kein Herumgerede: Habt ihr tatsächlich Dublonen im Wert von fünf Millionen Pesetas kassiert, wie man sich erzählt?«

Florian warf seine Segeltuchtasche aufs Bett, schritt zum Fenster, öffnete dessen beide Flügel, ließ auf diese Weise das Geschrei der sich vor dem Haus wie toll gebärdenden Menge ins Zimmer, drehte sich um und verzog seine Lippen zum breitesten ihm möglichen Grinsen.

»Eher noch mehr, wie sich am Ende herausstellte. Es fanden sich
zusätzlich Rubine und Smaragde aus Asien. Arme Schweine
schleppten sie vom Pazifik durch den Dschungel, damit wir sie
einsacken konnten.«
»Grandios! Unglaublich. Die Krone kassiert nur zehn Prozent.
Wenn überhaupt, da die Sache ja weiß Gott illegal war. Könnte
Jennings ›nen Titel bringen. Dabei ist sein Kaperbrief seit 1714
wertlos. Die Dons werden toben. Hamilton wäre verpflichtet, euch
alle in Ketten zu legen und an die Spanier auszuliefern. Von den
Dublonen gar nicht zu reden.«
»Denken Sie, daß er's tun wird?«
»Teufel auch, dann müßte er inzwischen senil geworden sein, und
dafür spricht nichts. Er kassiert seine fünf Prozent wie es üblich ist
und damit Schwamm drüber. Schließlich ist er lange genug Jennings
Teilhaber. Noch vor zehn Jahren wäre euer Coup ein casus belli
gewesen, hätte es Krieg gegeben mit den Spaniern. Heute wird
Whitehall sich einige lausige Entschuldigungen abringen. Spanisches Imperium – daß ich nicht lache! Jetzt machen vor Cap Canaveral eine Handvoll Freibeuter die spanische Nation lächerlich, und
niemand hindert sie daran. Das ist die Realität. Sollten sich die Dons
hinter die Ohren schreiben. Wer jetzt noch von einer spanischen
Weltmacht spricht, dem ist nicht zu helfen! Ihr habt die Schwächen
der Spanier schonungslos aufgedeckt. In Whitehall wird man es mit
Interesse registrieren. Der Dank der Krone ist euch sicher. Dennoch
möchte ich im Augenblick nicht in Hamiltons Haut stecken. Trotz
allem bleibt es ein Risiko, euch in Schutz zu nehmen. Das Rad der
Geschichte rotiert mitunter.«
Plötzlich erinnerte er sich, weshalb er seinem Gast gefolgt war und
zog einige Briefe aus der Weste.
»Kamen mit der ›Mary Rose‹ aus London, während ihr euch auf dem
Kriegspfad befandet. Nachrichten aus Europa. Hoffentlich gute. Ich
verdrücke mich wieder. In der Schänke unten ist die Hölle los! Die
Verrückten saufen mich leer bis auf die letzte Pinte. Und Sie, Werte-
ster, werden anschließend mithalten und Ihre Geschichte ausspuk-
ken, so wahr ich Walling heiße. Glauben Sie ja nicht, sich verdrük-
ken zu können!«
Florian hörte kaum hin. Mit nervösen Fingern riß er den obersten

der drei Briefe auf. Der, dachte er, war bestimmt nicht aus London, als er Signorellis typisch romanische Handschrift erkannte. Hastig überflog er die Einleitungsfloskeln, bis er zu der Stelle kam:

... Wenn Gott es so will, werde ich mit der »Renata Tara« um den 1. Februar herum in Kingston eintreffen, letzte Ladung nehmen, wie wir vereinbarten, um dann die Rückreise anzutreten. Ich hoffe und bete, Euch bei bester Gesundheit anzutreffen, und wäre überglücklich, Euch nicht all zu ungehalten über meine Eigenmächtigkeit bezüglich des Seemanns Garcia zu wissen, den ich Euch auf den Hals schickte. Immerhin erschienen mir seine Erzählungen so bedeutungsvoll, daß ich nicht umhin konnte, ein bißchen Schicksal zu spielen. Ich bin sehr neugierig zu erfahren, was mein kleiner Eingriff in Don Umberto's Karma bewerkstelligte. Gestattet mir zum Schluß eine Bemerkung, die ich, zugegeben, und Gott verzeih mir den Frevel, nicht ohne angemessene Befriedigung niederschreibe: Auf Tortuga erreichte mich die Nachricht, daß die Herren Hamid und Lewis einem Sturm zum Opfer fielen. Der Teufel bediene sich ihrer und lasse sie schmoren in Ewigkeit!
Ergebenster Diener, Ihr Signorelli, Kapitän.

»Amen«, knurrte Florian und schloß sich in Gedanken den Wünschen des Venezianers an. Abwesend griff er nach dem zweiten Schreiben und wurde hellwach, kaum daß er zu lesen begonnen hatte. Es kam von Tina. Sein Herzschlag ging schneller.

Amor mio, elender Schurke und Herumtreiber, treuloser, unverbesserlicher Schreibfaulenz und – noch schlimmer – fast unauffindbarer Pirat! Gott und dem Himmel sei es geklagt – dies ist bereits die vierte Botschaft, die ich im Verlauf zweier Jahre mit der fast sicheren Gewißheit auf die Reise schicke, ohne Antwort zu bleiben. Begreife meinen unschicklichen Eifer als den Ausdruck schleichender Langeweile, die mich um so spürbarer quält, je älter ich werde, und als vorübergehenden Rückfall in frühere Sentimentalitäten. Jeder meiner Tage scheint dem vorangegangenen wie ein Haar dem anderen zu gleichen. Es geschieht nichts, was mich berührt oder gar beglückt. Oh, wie beneide ich dich, ein Mann zu sein!
Mehr denn je werde ich mir jener Grenzen bewußt, in die mein Weibsein mich zwingt. Wahrscheinlich bin ich viel zu spät oder um Jahrhunderte zu früh geboren. Tina Parsani, ein feminines Monstrum während einer Epoche, die

140

duldsame Weiber hinter dem lieben Vieh rangieren läßt! Oftmals hasse ich es,
über ein Hirn zu verfügen und denken zu müssen. Merke – kaum etwas wird
einem Weib unserer Zeit übler vermerkt, als Verstand zu besitzen. Er kostet den
Preis des Alleinseins. Verzeih, Caro, wenn ich Dich mit solchem Zeug langweile.
Seit Enrico fort ist, gibt es hier niemanden, mit dem ich darüber reden könnte.
Mein Bruder setzte sich nach Paris ab. Er vertritt die Republik am Hof des
Regenten von Frankreich. Der Kaiser beliebt, Verwicklungen im Norden be-
fürchtend, Venedig trotz dessen neuerlicher Siege über die Türken allein zu
lassen. Keine der Großmächte steht derzeit zu uns. Um so wichtiger ist Enricos
Pariser Mission. Vielleicht gelingt es ihm, Philipp von Orleans für die Sache
Venedigs zu gewinnen, auch wenn hier niemand daran glauben will. Es ist, als
hätte man sich in unserer Stadt mit dem Schicksal, unterzugehen, abgefunden.
Selbst die Optimisten sind kleinmütig geworden. Sogar Pisani, der Nachfolger
des großen Morosini, rechnet damit, daß man uns einen Friedensvertrag auf-
zwingen wird, der unsere jüngsten Eroberungen annulliert. Trotzdem wird hier
gefeiert wie eh und je und als stünde alles zum Besten. Im letzten Jahr kamen
wir – es ist unfaßbar – auf einhundertvierundsechzig Karnevalstage! Ich machte
mir die Mühe darüber Buch zu führen.
Lorenzo Brabante möchte mich heiraten. Fast bin ich entschlossen, einzuwilli-
gen. Über unseren Ehebund, wenn er denn entstehen sollte, machen wir uns
keine Illusionen. Wir sind uns – geneigt. Und das, Amor mio, scheint mir eine
Menge gegenüber jener Gleichgültigkeit und mitunter Abneigung zu sein, die
zur Heirat bestimmte Paare unseres Standes normalerweise an Gefühlen vor der
Hochzeit füreinander aufbringen. Falls ich in eine Ehe mit ihm einwillige, werde
ich Brabante keine Schande machen und er mir nicht. Dessen glauben wir uns
sicher zu sein. Vielleicht kommt am Ende sogar noch ein Stückchen Liebe
dazu.
Jetzt eine Nachricht, die bestimmt Dein Wohlgefallen finden wird. Das Mura-
nodekret hat sich erledigt. Es wurde stillschweigend zu den Akten gelegt. Der
Rat begriff, daß er seine lukrativste Industrie zerstörte, hätte er auf dem Unsinn
beharrt. Niemand mehr rüttelt an den Privilegien Deiner einstigen Arbeiter. Für
wie lange, steht allerdings in den Sternen. Vielleicht gönnt man ihnen nur eine
Atempause, wer vermag es zu sagen? So vieles ist derzeit im Wandel begriffen,
verändert sich, wird von Neuem abgelöst. Nichts mehr erscheint unmöglich.
Apropos Wandel! Der erstaunlichste vollzog sich mit Madame Tiepolt. Zwar
kreuzen sich unsere Wege kaum. Dennoch hielt ich – ein ungeschmälertes
Interesse deinerseits am Befinden der Gattin Deines einstigen Prinzipals und

heutigen Partners voraussetzend – ein Auge auf sie. Seit Madame Tiepolt zu zweifachen Mutterfreuden kam – dem Sohn Michael folgte zehn Monate später eine Tochter Karoline – ist sie nicht wiederzuerkennen. Aus der Sünderin wurde die Ehrbarkeit in Person, die nur noch für das Ziel zu leben scheint, Stammutter eines Tiepolt-Clans zu werden, der dereinst in dieser Stadt ganz oben mitreden wird. Ich gehe jede Wette ein, daß sie es schafft. Seit mehreren Monaten ist sie, wie man mir zutrug, ein weiteres Mal guter Hoffnung. Dennoch finde ich, sie übertreibt wie alle Konvertiten, sowohl beim Kinderkriegen als bei ihrer zur Schau gestellten Ehrpusseligkeit.

Dein Intimfeind Merovigli endlich tat, was er längst hätte tun sollen, um seine überschüssigen Energien nutzbringend zu verwerten: Er ging zur See und kämpfte mit viel Bravour aber wenig Fortune an der Seite Pisanis in Dalmatien und Macedonien. Heute sitzt er, soviel ich weiß, in einem Lager für kriegsgefangene Offiziere bei Saloniki, wo es ziemlich ruppig zugehen soll, wenn man Gerüchten Glauben schenken darf. Ich wünsche ihm, daß er dort wenigstens einen Teil seiner Schandtaten abzubüßen gezwungen wird, auch wenn die zeitliche Begrenzung seiner Gefangenschaft abzusehen ist. Einen Merovigli wird Venedig um jeden Preis auslösen, von seiner Familie gar nicht zu reden.

Auch über dieses Schwein Georg von Tonneck – Barone, glaube ich, ist der Kerl – noch ein paar Zeilen. Er machte am Hof seines Kurfürsten in Brüssel Karriere und dient Max Emanuel seit einem Jahr als Vizegesandter beim französischen Regenten, Enrico sieht ihn hin und wieder. Sie benehmen sich, wie er mir schrieb, ›sehr korrekt‹. Wie Diplomaten sich eben verhalten.

Und du, Amor? Bist Du es noch? Du selbst, dem ›Floriano‹ ähnlich, dessen Bild ich in meinem Herzen trage? Oder hast auch du der Macht, des Ruhmes und insbesondere des Geldes wegen, Deine Seele verkauft? Laß es nicht zu, Caro, bitte, laß es nicht zu! Ich wünsche es Dir so sehr. Tina.

Florian verzog keine Miene, während er die letzten beiden Zeilen ein weiteres Mal und dann erneut überflog.

Der dritte Brief kam aus Augsburg, sein Absender war Felix Grünspan. Er beinhaltete nur wenige Sätze. Auf jede Einleitung verzichtend, schrieb der Händler:

Mit jedem mir erreichbaren Schiff nach Westindien sende ich diese Nachricht: Mein Bruder, Rebekkas Vater starb. Ich befinde mich derzeit in Augsburg und wickle das Erbe ab. Es wird Zeit, daß Sie heimkommen. Ihre Tochter braucht Sie. Je eher Sie hier eintreffen, um so besser.

Der Gouverneurspalast, das Kingshouse, war 1694, ein Jahr nach dem großen Erdbeben, das Port Royal zerstörte, am oberen Ende der sich zwischen der See und den Bergen ausbreitenden Ebene, die das schachbrettartig angelegte Kingston trug, erbaut worden. Als modernstes und aufwendigst gestaltetes Gebäude der Insel selbstverständlich im neuen, die gesamte englische Architektur der Epoche bestimmenden Stil, der später als Queen Anne-Periode in die Geschichte einging. Mit seinem trutzigen, quadratischen Turm erinnerte das Bauwerk mehr an eine Festung denn an ein der Verwaltung und der Repräsentation dienendes Gebäude. Ein Eindruck, der dadurch gemildert wurde, daß sich die Residenz Lord Archibald Hamiltons inmitten einer tropisch-üppigen, farbenprächtigen Parkanlage erhob, deren Schöpfer sich nicht an der strengen Symmetrie französischer Gärten orientiert hatte, sondern seiner Phantasie freien Lauf ließ, als er sich ans Werk machte. Das Resultat war überwältigend.

Am Abend des großen Empfangs verwandelten den Park Hunderte von riesigen, bunten Lampions, die vom Reich der Mitte des großen Mandschu, Kaiser Scheng-Tsu, den Weg über London bis in die Karibik gefunden hatten. Zusammen mit den Fackeln und den Dutzenden von Bronzekandelabern machten sie die Anlage zu einem schillernden, romantischen Märchengarten von so exquisiter Pracht, daß sein Anblick selbst weitgereisten, verwöhntesten und blasiertesten Gästen Rufe des Entzückens abnötigte.
Eine weitere Bereicherung erfuhr das sich den ankommenden Nobilitäten offenbarende Bild durch die blitzenden Helme und Galauniformen der Seesoldaten, die beidseitig den Weg von der Straße quer durch den Park bis zum Portal der Gouverneursresidenz flankierten. In drei Schritten Abstand voneinander placiert, hatten sie entweder präsentierend blanke Säbel oder weitere Fackeln in den Händen. Dabei standen sie regungslos wie aus Erz gegossen.
In der langen Kette von vorfahrenden Wagen fanden sich alle Typen je auf die Insel gelangter, durchwegs in Europa gebauter Fahrzeuge, vom leichten, graziösen französischen Vis a Vis bis zur schweren, protzig bemalten Staatskarosse, von der biederen englischen Break bis zur eleganten Kalesche. Die Gäste verließen ihre Gefährte bereits

am Eingang zum Park, wo sich das Volk zu beiden Seiten des Platzes in Scharen drängte, um einen Blick auf jene Glücklichen zu werfen, denen die Ehre zuteil wurde, dem glanzvollen Ereignis im Kingshouse beiwohnen zu dürfen.

Wieder näherte sich eine hochrädrige, von zwei gleichfarbenen, glänzenden Schecken gezogene Kalesche in hellem Beige dem Parkportal, wo livrierte Bedienstete den Ankommenden beim Aussteigen behilflich waren. Als die Wagentür auf der dem Palast abgewandten Seite geöffnet wurde – das Volk sollte einer Order des Gouverneurs gemäß sein Schauspiel haben – und ein schwergewichtiger, farbenprächtig herausgeputzter Gentleman das Treppchen herabstieg, das einer der Lakaien devot herbeigeschleppt hatte, brandeten Beifallsrufe auf.

»Hoch, Käpt'n Jennings! Ein Vivat dem Sieger von Cap Canaveral! Es lebe Kapitän Jennings und seine Crew!«

Der Gefeierte winkte gutgelaunt, zog den Dreispitz mit großer, theatralischer Geste und grüßte temperamentvoll in die Menge, die mit frenetischem Gebrüll antwortete. Der Bucanier genoß den überwältigenden Empfang. Mit einer Handbewegung wies er einen der Diener zurück, der Anstalten traf, einer ganz in Rosa und Weiß gekleideten Lady aus dem Wagen zu helfen. Diese Aufgabe behielt sich der Kapitän selbst vor. Mit Grandezza reichte er seiner Begleiterin den Arm, die nun, sich darauf stützend, ob ihrer hoch aufgetürmten, perlenverzierten Lockenpracht mit tiefgebeugtem Kopf nur vorsichtig den Schritt ins Freie wagte.

»Deine Hand, Teuerste.«

Olivia Jennings lächelte. So voll Lebenslust und sprühender Laune hatte sie ihren Gatten lange nicht mehr erlebt. Sie machte ihm die Freude und spielte mit. Geziert reichte sie ihm ihre Fingerspitzen, die er so behutsam ergriff, als berühre er hauchdünnes, zerbrechliches Porzellan. Mit drei winzigen Schritten betrat sie den Boden mit seinem dicken Kopfsteinpflaster, warf den Kopf zurück und handhabe den goldgemusterten Fächer aus Seide mit der vornehmen Eleganz einer Dame der Hocharistokratie. Sie wußte, wie sehr ihr Bill diesen Auftritt genoß.

Florian sprang aus dem Gefährt, ohne das Treppchen zu benutzen.

Über der dezent-geblümten, ärmellosen, langen, auf Taille gearbeiteten Weste mit breiter Goldborte trug er einen dunkelgrün schillernden, offenen, ab der Hüfte ausgestellten Knöpfrock, aus dessen Ärmelenden Spitzenmanschetten sich bis zu den Fingerspitzen falteten. Dazu unterm Kinn eine breite, sorgfältig geknöpfte Schleife in hellerem, golddurchwirktem Grün, ferner hautenge Kniehosen in weiß und ebensolche Seidenstrümpfe samt schwarzen Halbstiefeln mit hohen Absätzen.

Isabella erschien in der Wagentür in einer Wolke aus hellgelbem Tüll. Sie sah hinreißend aus. Fest zupackend, ergriff sie Florians Hand und huschte leichtfüßig über das Treppchen. Durch die Reihen der Neugierigen ging ein Raunen.

»Die Cubanerin! Die Varga! Welch ein Weib! Wißt ihr, daß sie zwei Spanier mit eigener Hand aufspießte und einen Don mit dem Degen kastrierte? Beim Satan, sie tat es! Es lebe Lady Varga! Was für eine Frau!«

Die Umjubelte verlor nach und nach ihre zur Schau getragene Gelassenheit, je stürmischer und direkter die Rufe aus der Menge wurden. Errötend nahm sie Florians Arm. Er beugte sich zu ihr herab und raunte ihr ins Ohr:

»Lächeln Sie! Machen Sie ein freundliches Gesicht und grüßen Sie zurück, ehe man Sie für hochnäsig hält.«

Ihre Lippen öffneten sich zögernd, bemühten sich um ein Lächeln, das nicht einmal halbwegs Selbstbewußtsein oder gar Fröhlichkeit ausdrückte. Sie fühlte sich deplaciert und entsprechend unsicher. Verkrampft erwiderte sie:

»Ich komme mir vor wie ein Zirkuspferd, von dem Dressurcapriolen erwartet werden. Soll ich auf Händen laufen, radschlagen oder was sonst? Es ist abscheulich!«

Kapitän Jennings drehte sich, ihren Einwand überhörend, grinsend um.

»Was prophezeite ich Ihnen! Das Volk feiert seine Heldin! Winken Sie, meine Liebe, seien Sie huldvoll!«

Isabella drohte ihm mit der Faust, verzog gespielt-grimmig ihr Gesicht und lächelte dann.

»Ja, so ist es richtig!« rief Jennings. »Denken Sie immer daran, Sie sind jetzt eine Berühmtheit! Alle kamen, Sie zu sehen. Wir übrigen sind unwichtig! Und nun, meine Damen, darf ich bitten?«

Sie begannen den Parkweg entlang zu gehen, stolzierten durch das Spalier der Fackelträger und verschwanden in der Residenz.

Entlang der mit hohen Spiegeln versehenen Wände, die den Repräsentations- und Ballsaal des Palastes größer erscheinen ließen, als er tatsächlich war, standen die festlich gekleideten Nobilitäten Kingstons, St. Andrews und Spanish-Towns mit ihren Damen, machten, um das Empfangszeremoniell nicht zu stören, mit gedämpften Stimmen Konversation und blickten immer dann zum Eingang des Saals, wenn der ganz in schwarz gewandete Butler Neuankömmlinge ankündigte. Der Türsteher, ein hellhäutiger Mulatte mit blauen Augen, der mit fast an Verachtung grenzender Gelassenheit über die Köpfe der Anwesenden hinwegblickte, hob erneut seinen mit Gold und Elfenbein verzierten Stab aus Zedernholz, stieß ihn dreimal auf den Boden, daß das Klopfgeräusch selbst auf der gegenüberliegenden Stirnseite des Raumes gehört wurde, wo Lord Hamilton in Begleitung seiner Gattin, Lady Sarah und umgeben von seinen höchsten Beamten Thomas Fisk und Sir Reginald Hampton, sowie Colonel McAdams Hof hielt und seine Gäste begrüßte.

»Kapitän William Lyonell Jennings und Mistress Olivia, Senora Isabella Varga und Herr Florian Stoll!«

Schlagartig verstummten die Gespräche. Aller Augen richteten sich auf die Vierergruppe, die sich dem Hausherrn gemessenen Schrittes näherte. Als Lord Hamilton grüßend die Hand hob, erscholl von der linken Saalecke her zaghaftes Beifallklatschen. Vier Schritte des Gouverneurs, die er Jennings entgegenkam, lösten den Bann. Die ehrende Geste war bisher nur dem Sondergast des Abends, dem preußischen General von der Schulenburg zuteil geworden. Ein Beifall sondergleichen brandete zur Alabasterdecke des Saales. Selbst nüchterne, hochrangige Militärs stimmten mit ein, während Hamilton die Hand des Freibeuterkapitäns zu schütteln begann, ein Vorgang unerhörter Art und gegen alle Sitten und Konvention. In diesem Augenblick begriff jeder Anwesende im Raum, wem die Veranstaltung, wenn auch inoffiziell, dafür aber um so ausschließlicher galt. Jeder konnte es sehen, wen der Vertreter des Königs vor aller Augen auszuzeichnen wünschte, und selbst die politisch Unbedarftesten bekamen eine Ahnung von der Brisanz des Vorgangs, der nichts mit verständlicher patriotischer Begeisterung zu tun hatte, sondern vom Repräsentanten der Krone gezielt und exakt kalkuliert herbeigeführt worden war. Hier wurde ein Experiment zelebriert, das Whitehall einen Maßstab lieferte, wie weit man bei der Demütigung der einstigen Weltmacht Spanien gehen konnte.

Der Beifallssturm, den vorwiegend die anwesenden Herren entfachten, steigerte sich zur enthusiastischen Ovation, als der Gouverneur Isabella die Hand küßte und so neben ihr Aufstellung nahm, daß sie sich den Gästen zuwenden mußte. Der exotische Liebreiz der jungen Frau erfuhr durch die kleine Verlegenheit, mit der sie sich, ohne linkisch zu wirken, den kritischen Blicken der Festbesucher präsentierte, einen weiteren sympathischen Akzent. Selbst Florian mußte es sich trotz allen Ärgers über sein unsinniges, von verdrängter Eifersucht ausgelöstes Verhalten eingestehen, daß diese zweiundzwanzigjährige Pflanzerstochter zu den bezauberndsten Frauen gehörte, die ihm je begegnet waren. Ihr von Tumas geschickten Händen zu einer kunstvoll arrangierten, aber nicht all zu hochgesteckten Frisur gestaltetes Haar zeigte sie, den diktatorischen Forderungen der Pariser und Londoner Mode zum Trotz, ungepudert in seinem natürlichen, glänzenden Schwarz, von dem sich die weiße, mit gelben und schwarzen Tupfen gemusterte, vollerblühte Orchidee über ihrem linken Ohr effektvoll abhob. Ein modisches Wagnis von unerhörter Kühnheit in einer Gesellschaft, deren Kleidung vom spröden, strengen Zuschnitt der englischen Hofmode bestimmt wurde. Auch ihr Kleid mit seinem tief ausgeschnittenen, straffsitzenden Mieder und den nur bis zur Oberarmmitte reichenden Ärmeln, die von einer achtfach übereinander drapierten, über die Ellbogen fallenden Spitzenmanschette abgeschlossen wurden, wagte durch die Kürze seines weit ausgestellten Rockes, der Isabellas Beine bis zum Wadenansatz sichtbar werden ließ, modische Revolution. Daß das Kleid noch aus ihrer Jungmädchenzeit stammte und eines der beiden war, die sie aus Cuba hatte mitnehmen können, mußte ja nicht publik werden. Zwar war sie von Tuma ob der Unschicklichkeit ihres Aufzuges, der dem eleganten und hochoffiziellen Charakter des Festes, wie die Sklavin sich ausdrückte »Hohn sprach«, mit Verve und Temperament gerügt worden. Aber nach einem Streifzug durch Kingstons

Schneiderstuben – drei an der Zahl und eine biederer und provinzieller als die andere – hatte sie sich trotz der Einwände der Schwarzen für ihr mit viel Tüll und Blumenbordüren versehenes Jungmädchenkleid entschieden, in dem sie sechs Jahre zuvor im viel eleganteren Habana in die Gesellschaft eingeführt worden war. Daß sie heute, ein halbes Dutzend Jahre später, damit in Kingston Furore machte, sprach Bände über die modische Rückständigkeit der Kronkolonie Jamaika, dachte sie.

Wie immer bei gesellschaftlichen Veranstaltungen dieser Größenordnung roch es im großen Bankettsaal penetrant nach Mensch. In den Duft mengte sich der Geruch von gewachsten Parkettböden und Unmengen von Rosenöl und anderer Parfüm-Ingredienzien, die vergessen machen sollten, daß selbst die Reinlichsten der Anwesenden ihre Leibwäsche, wenn es hoch kam, nur alle drei Wochen wechselten, und sich bei der Körperpflege mit dem Befeuchten der Fingerspitzen und dem Waschen der oberen Gesichtspartien begnügten.

Musik erklang. Die Musikanten, vier Streicher, zwei Flötisten und ein Fagottist mühten sich nach Kräften, gegen den Lärm anzuspielen, den die Menge entwickelte, aber es gelang ihnen nur in Maßen.

Isabella hatte Mühe, einen Kreis jüngerer Kavaliere, die sie umschwärmten und in einem meist sehr eigenwilligen und verwegenen Spanisch auf sie einredeten, auf geziemende Distanz zu halten. Florian warf ab und zu einen amüsierten, halb verärgerten Blick auf die Gruppe und wandte sich dann wieder seinem Gesprächspartner zu, diesem pompös herausgeputzten preußischen General, der seit einer Viertelstunde voll Begeisterung über »die ganz vorzüglichen Augusta-Flinten, die, wenn nicht alles täuscht, im Stande sind, eine Revolution im Militärwesen herbeizuführen«, auf den Schöpfer der »exzellenten Waffe« in einem für diesen nach all den Jahren fremdgewordenen, harten, kehligen Deutsch einsprach. Von der Schulenburg, ein schlanker, gelehrtenhaft wirkender Mann mit dichtem eisgrauem Schnurrbart, einer schneeweißen Zopfperücke und trotz seiner fünfzig Jahre faltenlos glatten Zügen, befand sich im Auftrag König Friedrichs, seines sparsamen, pietistischen Herrschers, der seit vier Jahren Europas jüngstes Königreich despotisch-brutal regierte, auf einer politischen Erkundungsreise, die ihn über Fort Friedrichsburg, Habana, die kleinen Antillen bis nach Kingston geführt hatte. Die Musikanten wechselten die Notenblätter und setzten zu einem neuen Stück an. Florian, dem die Melodie bekannt schien, hob lauschend den Kopf. Auch der General sinnierte den Klängen nach und nickte dann.

»Aus Rinaldo, wenn ich nicht irre, von Meister Händel. Schade, daß der Mann nach London ging. Seitdem er Hofkapellmeister wurde, hat er keine Oper mehr geschrieben. Hätte in Halle bleiben sollen. Britannien ist kein Land für Musik. Bach weiß, warum er Deutschland nicht verläßt. Als Hofkonzertmeister in Weimar hat er ein Publikum, das ihm zu Füßen liegt.«

»Ein General, der sich nicht nur fürs Kriegführen interessiert! Sie setzen mich in Erstaunen, Exzellenz. Es ist tatsächlich aus Rinaldo. Ich hatte das Glück, die Oper siebzehnhundertzwölf bei ihrer ersten Aufführung in Venedig zu erleben. Händel komponierte sie ein Jahr vorher. Sie erkannten das Werk auf Anhieb! Ist dies bei Offizieren des Königs von Preußen üblich?«

»Sie belieben zu scherzen, mein Herr!« Er wurde einen Moment verlegen. »Sagen wir – ein Erbteil. Meine Mutter war sehr – kunstverständig.« Ohne näher darauf einzugehen, fuhr er fort: »Auch bei Waffenhändlern pflegt man nicht vorauszusetzen, daß sie Opernpremieren besuchen.«

»Ich lebte über ein halbes Jahrzehnt in Venedig, Exzellenz.«

»Verzeihen Sie meine Gedankenlosigkeit. Natürlich! Venedig! Das ist Antwort genug.«

Der General schob ihn sanft in die Nähe der mit beigem Seidendamast bezogenen Wand.

»Erlauben Sie eine persönliche Frage, Herr Stoll?«

Florian stutzte und nickte dann zögernd.

»Bitte.«

»Liegen Ihre Pläne für die nähere Zukunft bereits endgültig fest? Nach diesem so überaus glücklichen und mit überwältigendem Erfolg zu Ende gebrachten Abenteuer auf Cap Canaveral wäre es nicht unverständlich, wenn Sie sich – trotz Ihrer Jugend – für einige Zeit Ruhe gönnten.«

»Warum interessieren Sie sich für meine Pläne, Exzellenz?«

Es kam sehr vorsichtig. Von der Schulenburg musterte ihn eindringlich und runzelte die glatte Stirn. Endlich sagte er:

»Ohne Umschweife, Herr Stoll: Ich hatte das Vergnügen eines langen Disputes mit unserem Gastgeber, Lord Hamilton, bei dem Ihre Person – verzeihen Sie die Direktheit – Erwähnung fand. Im besten Sinn, wenn ich so sagen darf. Um genau zu sein – Seine Lordschaft hielt es für möglich, daß es mir gelingt, Sie für ein – sagen wir – nicht unbedeutendes Vorhaben zu interessieren, das mir sehr am Herzen liegt.« Er warf einen mißmutigen Blick auf das Gewoge im Saal. »Würden Sie mir einige Minuten Ihrer Zeit opfern und mir in den Park folgen, mein Freund? Ich denke, dort spricht es sich besser.«

Florian bemühte sich nicht, seine Überraschung zu verbergen. Was hatte ein deutscher Reichsgraf, was ein preußischer General mit ihm zu schaffen? Ein Flintengeschäft? Mit Sicherheit nicht! Er kannte die Praktiken der europäischen Souveräne viel zu gut, ihre Armeen ausschließlich mit in landeseigenen Manufakturen hergestellten Gewehren auszurüsten, Manufakturen, die ohne Einschränkung nur für den Eigenbedarf der jeweiligen Heere produzierten. Eben dies war mit der Grund, warum er die Freie Reichsstadt Augsburg als Produktionsstätte seiner Flinten ausgewählt hatte, da nur eine reichsunmittelbare Kommune bereit war, das – freilich teuer bezahlte – Privileg zur Herstellung von für den Armeegebrauch geeigneten Feuerwaffen zu erteilen. Die dann – nota bene und ebenfalls fast ausschließlich – nur in exotischen Ländern und in den Kolonien ohne eigene Waffenproduktion verkauft werden konnten, da der europäische Markt aus sich überschneidenden Interessen der einzelnen Herrscher noch auf Jahre und Jahrzehnte hinaus gesperrt war und gesperrt bleiben würde, wenn nicht Einschneidendes geschah.

Nein, vom König von Preußen würde schwerlich Order kommen, Augustaflinten zu kaufen, und schon gar nicht über einen General von der Schulenburg und in Kingston auf Jamaika. Immerhin war seine Neugierde so weit geweckt, daß er seinen Entschluß, Isabella aus dem Schlepptau ihrer Verehrer zu lösen, auf später verschob. Ohne Zögern folgte er dem General auf die Terrasse des Palastes und von dort in den Park, der jetzt vom Gekicher und Geraune verliebter junger Leute erfüllt war, die mit koketten Schäferspielen und Pfänder-Lotterien die legitime Gelegenheit zum Zärtlichwerden vehement nutzten. Obwohl viele dieser Kavaliere in seinen Jahren waren, erinnerten sie ihn an Kinder.

»Ich weiß, daß Sie zurück nach Europa wollen. Der Gouverneur unterrichtete mich. Eben deshalb meine Eile, deshalb mein förmlicher Überfall, für den ich mich in aller Form entschuldige. Er entspricht nicht meiner Art. Aber mir bleibt keine Zeit, Sie mit diplomatischen Winkelzügen für mein Vorhaben zu gewinnen. Gestatten Sie mir deshalb militärische Kürze.«

Lauscher waren kaum zu befürchten. Trotzdem und obwohl er Deutsch sprach, das mit Sicherheit außer ihnen beiden hier in der näheren Umgebung kein Mensch verstand, dämpfte von der Schulenburg seine Stimme, als er fortfuhr:

»Zuerst ein Geständnis, das Ihnen Unbehagen bereiten, das Sie schockieren wird, aber das dennoch ausgesprochen werden muß, um Ihnen die Situation verständlich zu machen. Ich habe, Herr Stoll, so weit mir das auf dieser Seite der Erde möglich war, unter Nutzung meiner Verbindungen zu den Briten als auch zu den für solche Dinge zuständigen Leuten in Habana alles an Informationen über Sie eingeholt, was zu beschaffen war. Dabei kam mehr zusammen, als ich mir träumen ließ. Fast alle diese Daten und – zugegeben möglichen Gegebenheiten basieren auf Angaben von Besatzungsmitgliedern der venezianischen Pinasse »Renata Tara«, die Ihnen kaum unbekannt sein dürfte.« Er hüstelte und fuhr dann gelassen fort: »Ihre Karriere vom entlaufenen leibeigenen Bräujungen des oberbaierischen Baron Tonneck zum Berater eines in Venedig ansässigen Augsburger Bankiers, später sogar zum Prinzipal einer Glashütte in Murano, der die Freundschaft hochgestellter venezianischer Persönlichkeiten genoß, ist mehr als bemerkenswert. Pech für Sie, daß Ihr Todfeind Tonneck ausgerechnet zu dem Zeitpunkt an der Adria auftauchte, als es mit Ihnen weiter bergauf zu gehen schien und Sie kurz vor einer Verehelichung standen.«

Von der Schulenburg blieb einen Augenblick stehen. Die Hände zu Fäusten geballt, verhielt Florian ebenfalls im Schritt. Sein Begleiter fixierte ihn eine Weile schweigend, als erwarte er Protest. Als dieser unterblieb, sprach er weiter.

»Sie sehen, ich gab mir Mühe, Ihren – Hintergrund – zu eruieren. Selbst wenn ein Fouragewagen voll Lügen und Übertreibungen in meine Informationen einfloß, festigte alles zusammen meine Überzeugung, daß Sie exakt der Mann sind, den ich brauche.« Und nach einer weiteren Pause: »Ehe ich zur Sache komme, bitte ich Sie um Ihr Wort, über all das, was ich Ihnen jetzt offenbare, gegenüber jedermann zu schweigen. Zu schweigen auch für den Fall, daß wir nicht zu einer Übereinkunft kommen. Es geht, wie Sie sich denken können, um Politik. Ich betone besonders, daß bei all dem, was ich beabsichtige zu tun, niemand zu Schaden kommt oder auch nur behelligt wird, von einer Handvoll Eingeborenen einmal abgesehen.«

Florians Miene blieb eisig. Die Eröffnung des Generals, ihm derart penetrant nachgespürt zu haben, hatte ihn mehr schockiert, als er sich eingestehen mochte. Trotzdem wurde sein Ärger über die Unverschämtheit des Preußen von seiner Neugierde übertroffen.

»Nun gut. Mein Wort darauf.«

»Danke. Herr Stoll – Sie sind heute ein sehr vermögender Mann – selbst für europäische Verhältnisse. Und trotz alledem sind Sie, sobald Sie europäischen Boden betreten, ein Niemand. Ihnen fehlt trotz Ihres Geldes noch immer das, was dort mitunter mehr zählt, um über ein Höchstmaß an persönlicher Freiheit zu verfügen, wobei ich Ihre ökonomische Freiheit mit einschließe – der Adel! Ohne ein Adelsprädikat bleiben Sie eingeengt in die gesellschaftlichen Zwänge des dritten Standes, egal, wohin Sie sich in Europa wenden. Sie wissen das. Ich kann mir alle weiteren Auslassungen darüber ersparen.« Er verhielt im Schritt und berührte Florians Oberarm mit den Fingerspitzen. »Sollten Sie sich entschließen, mir bei meinem Vorhaben Ihre Unterstützung zu gewähren und es zum erwarteten Erfolg führen, bin ich dazu befugt, Ihnen ein Adelsprädikat meines Königs Friedrich Wilhelm von Preußen verbindlich zuzusagen.«

Florians Mund wurde trocken. Er saugte nervös an der Zunge, um Speichel zu produzieren. Gleichzeitig fühlte er einen Krampf in seinen Schulter- und Halsmuskeln. Bemüht, gelassen zu bleiben, begann er zu überlegen. Der Mann war Reichsgraf und General. Wenn er Derartiges versprach, stand die Seriosität des Angebots außer Zweifel. Freiherr von Stoll! Baron Florian von Stoll! Eine

Krone. Fünf Zacken oder waren es sieben, die dem Freiherrn zustanden? Adlig! Der von ihm tausendmal verfluchte Adel für den Sohn des leibeigenen Ehalten Toni auf Tonneck im baierischen Alpenvorland nahe der Haupt- und Residenzstadt München. Dieser Stoll Toni, in dessen Kopf eine winzige Mücke von Aufsässigkeit herumgespukt hatte gegen alles, was Obrigkeit hieß, um an einer hanebüchenen Verrücktheit, die sich baierischer Bauernaufstand schimpfte, mitzuwirken und dabei den Tod zu finden. Adlig! Großer Gott, was für eine unsinnige, absurde Idee! Ein Verrat an – ja, an was eigentlich? An seinen »Idealen«, wenn es sie je gegeben hatte? Die sich, wenn man näher hinsah, am Ende nur als Ressentiments entpuppten? Warum sich etwas vormachen? Insbesondere nach dem Coup vor Florida und dessen Auswirkungen. Wann und wo hatten sich Ideale je verwirklichen lassen? Es waren Träume, die Vollkommenheit voraussetzten, die es nie und nirgends geben würde. Die vollkommene Gesellschaftsordnung für vollkommene Menschen. Das eine bedingte das andere. Und damit biß sich die Katze in den Schwanz. Und alle, die ihren Jugendträumen noch in gereifteren Jahren nachhingen, waren Narren, denen recht geschah, wenn es ihnen übel erging. Das Schicksal war nicht in allen Details vorgezeichnet, ähnlich dem Bauplan eines Architekten, sondern eine Sache, die sich täglich änderte und auf die es zu reagieren galt zum eigenen Besten, die Verstand, Anpassung und, wenn es sein mußte, auch Härte verlangte, um sich durchzusetzen. Vielleicht, wer konnte es wissen, kredenzte ihm sein Schicksal tatsächlich irgendwann einmal den Adel. Sollte er nein sagen? Lächerlicher Vorurteile wegen, die niemand begriff, und, hol's der Teufel, auch er nicht mehr?

Er spürte, wie ihm das Blut zu Kopf stieg. Dankbar für die Dunkelheit, die sein Mienenspiel und seine Gesichtsfarbe verbarg, sagte er leise:

»Was wollen Sie?«

Der General ließ sich Zeit. Offensichtlich bereitete es ihm Mühe, den richtigen Anfang zu finden. Endlich sagte er:

»Santa Lucia.«

Florian öffnete den Mund und schloß ihn wieder.

»Die Insel?«

»Ja.«

»Santa Lucia für – Preußen? Sie müssen …«

»Verrückt sein? Keineswegs. Denken Sie nach! Ich bin kein Abenteurer, sondern preußischer General. Es geht nicht um einen Freibeuterhandstreich.«

»Und die Briten? Wie steht der Lord dazu?«

»Hamilton weiß natürlich davon, und unterrichtete Whitehall. Das diplomatische Glacis ist abgesichert. Die Briten erheben keine Einwände.«

Santa Lucia! Was wußte er über das Eiland? Eine kleine, wilde Antilleninsel, an die dreißig Meilen lang, um die zwanzig breit, Teil der Leewardgruppe zwischen dem französischen Martinique und dem englischen Barbados. Ein Niemandsland bisher, ausgespart seitens der ansonsten recht expansionslüsternen Großmächte mit Interessen in dieser Weltgegend, denen Santa Lucia unwichtig erschien, da es weder strategische Bedeutung hatte, noch über irgendwelche Reichtümer verfügte und zu allem Übel von einer Horde blutrünstiger Eingeborener bevölkert wurde. Gewiß hatte es einen fruchtbaren Boden, auf dem ebenso Tabak, Kaffee und Zuckerrohr gedeihen würden wie auf den Nachbarinseln. Aber was wollte Preußen dort, das genug mit sich selbst zu tun hatte, um sich, eingeklemmt zwischen den Österreichern und Franzosen, und dabei jämmerlich arm, behaupten zu können? Sollte der junge König verrückt genug sein, bei der Aufteilung des spanischen Imperiums mithalten zu wollen?

»An was denken Sie?«

Der General brach einen Zweig von einem der Bougainvilleasträucher, roch an den Blättern und erwiderte:

»Könnten Sie es sich vorstellen, auf Jamaika, wenn es sein muß auch auf St. Kitt, Barbados, von mir aus sogar auf Tortuga, fünfhundert Mann für einen Sold zu rekrutieren, den ihnen niemand sonst zahlen würde, um mit ihnen nach Order des preußischen Königreiches die Insel Santa Lucia zu besetzen, und sie zumindest gegen die Eingeborenen für einen längeren Zeitraum zu halten?«

Florian überlegte kurz und nickte dann.

»Zu machen wäre es. Wenn auch nicht unbedingt von mir.«

Viele ehemalige Bucanier lebten verstreut auf den verschiedenen britischen Karibikinseln, und nur zum geringen Teil in geordneten Verhältnissen. Den meisten war der Absprung ins bürgerliche Leben ohne eine Jennings-ähnliche Leitfigur nicht gelungen. Sie betätigten sich, wenn sie noch kräftig genug waren, entweder als gewöhnliche Piraten, in jedem Staat, der ihrer habhaft wurde, vom Strick bedroht, oder fristeten das armselige Leben von Gestrandeten, als Handlanger ihrer mehr vom Glück begünstigten Landsleute, dabei mit der zähen Verbissenheit alter Goldgräber den Tag erwartend, an dem der Stern eines neuen Bucanierkapitäns aufging, dem sie folgen konnten, der ihnen das glückliche, bewegte Leben ihrer Jugend zurückbrachte, von dem sie träumten. Die Klügeren unter ihnen wußten natürlich längst, daß sie alle auf ein Phantom warteten. Die Zeit der Freibeuter war für immer dahin. Um so eher würden sie bereit sein, sich auf ein Abenteuer einzulassen, das guten Sold, legale Beute, und ein Entrinnen aus der Langeweile ihres schäbigen Alltags versprach. Und am Ende – so ganz unwahrscheinlich war das gar nicht – unter Umständen eine Zukunft als Landbesitzer auf Santa Lucia. Vorsichtig sagte er:

»Leute innerhalb eines vernünftigen Zeitraumes zu besorgen, brächte keine Probleme.«

»Sie trauten es sich zu?«

»Lassen Sie meine Person im Augenblick aus dem Spiel. Meine Antwort lautet: Ja, es ließe sich machen.«

»Und die Schiffe?«

»Auch diese sind zu bekommen. Es würde freilich eine Menge Geld kosten.«

»Sicher. Ich rechne mit fünfzigtausend Pesos.«

»Das ist realistisch. Verfügen Sie über diese Summe? Ich meine – jetzt und hier?«

»Natürlich nicht. Aber Sie!«

»Sie belieben zu scherzen!«

»Scherzen? Ganz gewiß nicht, mein Lieber. Überlegen Sie selbst. Warum wende ich mich mit dieser Geschichte an Sie? Leute, die sich in Westindien auskennen und bereit wären, alles auf eine Karte zu setzen, gibt es genug. Dazu bedürfte es nicht Ihrer Person, Verehrtester. Sie können sich denken, daß ich nicht mit fix und fertigen Plänen aus Berlin losgeschickt wurde, um zusammen mit meinen beiden Adjutanten und meinem Diener Eroberungen zu bewerkstelligen. Allein die Idee wäre lächerlich. Ich sollte mich vielmehr –

umsehen. Umsehen und nichts weiter. Mir dann ein Urteil bilden, nach Berlin zurückkehren und Bericht erstatten.« Er räusperte sich und fuhr fort: »Preußen ist arm. Ohne seine Armee wäre es noch immer ein deutscher Teilstaat, weltpolitisch bedeutungslos und ein Spielball seiner Nachbarn. Aber eben – die Armee! Der König hält ein stehendes Heer von achtzigtausend Soldaten unter Waffen. Die Armee verschlingt fast den gesamten Staatsetat, ist aber gleichzeitig der Garant dafür, daß wir uns, eingekreist von Frankreich, Hannover, Schweden, Rußland und dem Kaiser, halten können, daß man uns zunehmend respektiert, oder, wenn Sie so wollen – fürchtet. Weiter. Der Staat ist, wie gesagt, arm. Nicht nur an Geld, sondern auch an Nahrungsmitteln. Bereits der Große Kurfürst bemühte sich, Abhilfe zu schaffen. Im Sinn dieser Politik schickte er Späher bis Afrika, die dann in Guinea das auch Ihnen bekannte Fort Friedrichsburg gründeten. Ich komme von dort. Weiß Gott keine Gegend für Christenmenschen. Und das wenige, das wir von Friedrichsburg beziehen, ist nicht einmal den Aufwand wert, den der Unterhalt des Forts kostet.«

»Hier aber« – er machte eine weitausholende Handbewegung – »hier in Westindien ist die Lage anders, wie ich mich überzeugen konnte. Ein herrliches Klima, viel fruchtbares Land auf den Inseln, und der Weg kaum weiter als bis zur Goldküste. Freilich – ohne einen bestimmten Wink Lord Hamiltons wäre ich nicht auf die Idee gekommen, sofort und selbständig zu handeln. Ein deutlicher Hinweis des Gouverneurs veränderte für mich die Situation grundlegend.« Er wurde eifrig.

»Gelingt es uns, Santa Lucia für Preußen und geduldet von England bzw. von Großbritannien, wie es jetzt heißt, zu annektieren, von diesen Briten, denen es offensichtlich nicht ungelegen käme, in dieser Gegend einen Verbündeten zu wissen, wäre das nicht nur für unsere Staatskasse, nicht nur für unser Prestige, sondern auch für viele Untertanen des Königs ein Segen.«

»Aber ...«

»Warten Sie. Ich komme sofort darauf. Wenn dem so ist, warum schickt dann der König nicht ein paar Schiffe mit Soldaten und läßt die Insel erobern? Das, mein Freund, geht nicht. Preußen als bisher ausschließlich in Mitteleuropa orientierte Macht, mit einer präzise abgegrenzten Interessensphäre – der Abstecher an den Golf von Guinea des Großvaters Seiner Majestät zählt in diesem Zusammenhang nur am Rande – Preußen muß an seiner einmal gewählten Politik festhalten, zumindest die Form wahren. Die Situation in Europa ist nach dem Utrechter Frieden – sagen wir – sehr delikat. Ich weiß nicht, ob Sie sich in den letzten Jahren überhaupt für das europäische politische Ränkespiel interessierten und inwieweit Sie sich auf dem laufenden hielten. Lassen Sie mich das inzwischen Geschehene rekapitulieren: Seitdem in Spanien mit Kardinal Alberoni ein Mann die Geschicke des Landes bestimmt, der alles daran setzt, die für Spanien ungünstigen Bedingungen des Friedensvertrages einer gründlichen Revision zu unterziehen, sind neue Allianzen im Entstehen, die noch vor Jahren undenkbar gewesen wären. Sicher wissen Sie, daß Alberoni eine Flotte baute und im Vorjahr, gewissermaßen im ersten Probeeinsatz, mit seinen neuen Schiffen Sardinien und Sizilien eroberte, Inseln, die seit Utrecht dem Kaiser gehörten. Seine Majestät in Wien tobt, hat aber keine Chance, daran etwas zu ändern, da er nur über eine winzige Flotte verfügt, und England es ablehnte, ihn zu unterstützen. Zudem hat der Kaiser gerade den letzten Krieg gegen die Türken hinter sich und sträubt sich gegen neuen Hader.«

»Bei dem einer Ihrer Verwandten zu Lorbeeren kam, wie hier zu vernehmen war«, warf Florian ein.

»Richtig. Mein Vetter Mathias Johannes. Er ist Feldmarschall im Dienst Venedigs und schlug die Türken vor Korfu. Ein hervorragender Mann. Doch zurück zu Alberoni. Der Kardinal, das wurde im letzten Jahr immer deutlicher, bemüht sich darum, eine Allianz zwischen Schweden, Rußland und Preußen zustande zu bringen. Sein Ziel ist der Sturz des Hauses Hannover in England, sowie die Ablösung des Regenten in Frankreich. Gleichzeitig hetzt Alberoni die Ungarn gegen den Kaiser.

Was nun Preußen betrifft: England legt den größten Wert darauf, einen Dreierbund Rußland-Schweden-Preußen zu verhindern. Es ist gegenüber meinem König zu einer Reihe von Zugeständnissen bereit, falls sich Preußen zur Neutralität entschließt. Eines dieser Zugeständnisse wäre – Santa Lucia.«

Er schwieg. Florian ließ den Vortrag in sich nachklingen und wählte dann seine Worte mit Bedacht. Nüchtern sagte er:

»Exzellenz, erlauben Sie, daß ich beim Namen nenne, was Sie, zugegeben, interessant und artig, zu umschreiben beliebten. Ihre Überlegungen sind einleuchtend. Nehmen wir einen Halbverrückten, der bereit ist, sein Geld und – unter Umständen – sein Leben zu riskieren, trommeln wir gemeinsam mit ihm einen abgebrühten Söldnerhaufen zusammen, schippern mit der ganzen Mischpoke frisch-fröhlich nach Santa Lucia, errichten dort ein Fort oder auch zwei, hissen Preußens Fahne und warten dann ab, was geschehen wird. Ist das Geschrei in Madrid, Paris und Wien nur halb so groß, als man ursprünglich annahm oder befürchtete, und macht keine der auf die Zehen getretenen Majestäten größere Schwierigkeiten, setzt sich nach einer angemessenen Frist ein preußisches Expeditionskorps in Bewegung, der König bestätigt die Annexion und alles ist bestens. Geht es schief, wird Seine Majestät seinem »eigenmächtigen General« auf die Finger klopfen, und, wenigstens offiziell, eine Rüge aussprechen, einige Entschuldigungspost verschicken, seine Gesandten Bücklinge machen lassen und damit hat sich's. Der eingangs erwähnte Halbverrückte endlich wird als skrupelloser, gewinnsüchtiger Abenteurer abqualifiziert, wahrscheinlich sogar aufgehängt. Habe ich recht?«

»Absolut.«

Trockener hätte die Antwort nicht kommen können. Der General nickte bedächtig.

»Ich wiederhole – absolut. Nur – Sie vergaßen etwas hinzuzufügen. Die Chance, daß es gelingt, ist unverhältnismäßig groß. Ich würde sagen – über neunzig Prozent.« Und nach einer Pause: »Natürlich wird Großbritannien nicht mehr tun, als das Unternehmen mit Wohlwollen zu verfolgen und uns keinen Prügel zwischen die Beine werfen. Allein dies hat Signalwirkung genug.«

»Ein weiteres, risikoloses Überprüfungsexperiment, das keinen roten Heller kostet?«

»Genau. Für England nichts weiter als ein Experiment mit Blick auf Spanien und Frankreich. Von dem es sich notfalls ohne Gesichtsverlust distanzieren kann. Sie sehen, ich hüte mich, Ihnen oder mir selbst etwas vorzumachen. Nur noch dies – und damit bin ich am

Ende und entziehe Sie nicht weiter Ihren Kavalierspflichten – für Sie, Herr Stoll, bedeutet der von allen kontaktierten Fachleuten erwartete glückliche Ausgang dieses Experiments, wenn Sie es denn ermöglichen, nicht nur den Adel, nicht nur einen ansehnlichen Landbesitz auf Santa Lucia, sondern zusätzlich eine Spitzenfunktion innerhalb der zukünftigen Inselverwaltung.«

Florian rang sich ein Lächeln ab.

»Als – Vizegouverneur?«

Der General blieb ernst.

»Sie sagen es.«

Während sie die Stufen zur Terrasse hinaufschritten und sich an lustwandelnden Paaren und Gästegruppen vorbeischoben, sagte von der Schulenburg, kurz ehe sie sich trennten:

»Sie haben vier Tage Zeit sich zu entscheiden. Am zweiundzwanzigsten schickt Hamilton einen Kurier nach London. Herr Stoll, es war mir eine Ehre und ein Vergnügen.«

Er verbeugte sich gemessen, drehte sich um und verschwand im Gedränge des Saales.

Isabella genoß ihre Popularität keineswegs. Die Komplimente und Artigkeiten, mit denen man sie von allen Seiten überhäufte, wo immer sie sich zeigte, machten sie nicht froh, sondern ängstigten sie eher, obwohl sie dies, Kapitän Jennings zuliebe, dem sie die Stimmung nicht verderben wollte, durch gespielte Munterkeit zu kaschieren versuchte.

Zudem war ihr nicht verborgen geblieben, daß die Sympathiebekundungen ausschließlich von Männern kamen. Ihre Verwirrung und ihre Unsicherheit wuchsen, je deutlicher die anwesenden Damen kühle, fast beleidigende Zurückhaltung demonstrierten und mitunter verschiedene Ladies nicht einmal die einfachsten Formen der Höflichkeit walten ließen, wenn Isabella ihnen vorgestellt wurde. Mehrere Male mußte die junge Frau die Demütigung über sich ergehen lassen, daß sich Gruppen ältlicher Lorgnonträgerinnen ostentativ abwandten, um einem persönlichen Kontakt zu entgehen, als sie sich im Schlepptau des Ehepaares Jennings näherte. Und sie wußte sehr wohl, daß diese Mißachtung nicht dem Freibeuter galt, sondern ausschließlich ihr selbst. Es war, als hätte irgendjemand im

Kingshouse die Parole ausgegeben, sie zu erniedrigen. Eine Aufforderung, die bei den weiblichen Gästen des Gouverneurs viel fruchtbaren Boden fand, wie sich immer öfter und immer deutlicher zeigte.

Natürlich bemerkte es auch der Kapitän, daß sich ihr ursprünglich heiteres und ungezwungenes Flanieren durch die Menge, je weiter die Zeit fortschritt, zu einem Spießrutenlaufen für Isabella entwikkelte. Nur mit Mühe seine Wut bezähmend, gestand es sich Jennings zähneknirschend ein, daß er gute Miene zum bösen Spiel machen mußte, sollte es nicht zu einem Eklat kommen, den er seinem Gastgeber nicht zumuten durfte. Nicht an diesem Tag.

Einmal, als sich einige der Frauenzimmer besonders penetrant verhielten und die Cubanerin Mühe hatte, Haltung zu bewahren, flüsterte er ihr heiser ins Ohr:

»Kopf hoch, Kleine! Sie sind tausendmal mehr wert, als alle diese ungezogenen Weiber! Mein Wort darauf, daß ich den Bastard, der dies auf dem Kerbholz hat, in die Hölle schicke. Man kann mich nicht für dumm verkaufen. Nichts kommt von ungefähr. Irgendein Mistkerl hat Unrat versprüht. Aber ich bekomme ihn, keine Sorge!«

Auf dem Parkett des großen Saales formierten sich die Paare zum Menuett, dem von Ludwig XIV. zum Hof- und Gesellschaftstanz dieser Epoche erhobenen uralten Bauerntanz der französischen Provinz Poitou. In getragenen Tönen und mäßigem Tempo setzten die Streicher ein. Die Bläser folgten. Von der zweistufigen Empore in der linken Saalecke aus beobachtete Isabella am Arm des Kapitäns, wie sich die Paare in Würde, Anmut, verspielter Galanterie und verhaltener Leichtigkeit zu bewegen begannen. Einmal vermeinte sie, unter den Tanzenden Florian zu erkennen und erschrak, als sie gewahr wurde, wie sehr sie sich wünschte, ihn jetzt neben sich zu wissen. In den Räumen des Obergeschosses waren lange Tafeln errichtet worden. Jene für die Ehrengäste stand auf einer Estrade an der Schmalseite des Hannoverschen Saales, und wurde von einem Baldachin aus hellblauer Seide überdacht, während die Wand hinter der Stuhlreihe ein riesiger englischer Gobelin mit Jagdszenen bedeckte.

Auf den überbreiten Tafeln standen Schiffsmodelle, bemalt in Gold, Purpur und Blau, jedes mit dem Namen einer berühmten Fregatte oder Korvette der englischen Karibikflotte versehen. Erst aus der Nähe konnte man erkennen, daß die Schiffe den Deckeln von Schüsseln aufgesetzt waren, in denen sich Fleisch befand. Umgeben wurden sie von verschiedenen Pasteten, die ein Meister seines Faches zu Burgen und Schlössern modelliert hatte. Der Anblick war überwältigend.

Im Saal verstummte die Musik, und die Menge begann ohne Hast zur Treppe ins Obergeschoß zu strömen, wo in Kürze aufgetragen werden würde.

Isabella, den letzten Klängen des Menuetts nachlauschend, fand sich plötzlich getrennt von den Jennings, schaute sich suchend um und beschloß, als sie das Ehepaar in einiger Entfernung im Gespräch mit Fremden bemerkte, unter einem der Kristallspiegel auf die beiden zu warten.

Hier geschah es dann.

Während sich von der offenen Terrassentür her langsam und immer wieder kichernd und lachend und die Köpfe zusammensteckend eine Gruppe junger Paare näherte, unter denen sich einige Offiziere in Galauniformen befanden, schob sich plötzlich aus dem Gedränge der das Tanzparkett Verlassenden ein ebenfalls uniformierter, sehr junger Mann vor die übermütige und leicht beschwipste Schar und versperrte den Weg. Gleichzeitig hob er, Aufmerksamkeit heischend, den rechten Arm. Ohne die übrigen Gäste zu beachten, die ihm pikiert auswichen, stellte er sich breitbeinig in Positur. Dabei schwankte sein Körper mehrere Male so weit nach vorne, daß er Mühe hatte, das Gleichgewicht zu bewahren. Den Lärm übertönend, rief er nasal:

»Nur auf einen Moment, Kameraden, und – ich bitte um Vergebung – meine Damen!«

Er machte eine Kunstpause und garnierte sie mit einer karikierenden, übermäßig gezierten Verbeugung. Dann erst faßte er Isabella ins Auge, die mehr verwundert als beunruhigt der Szene gefolgt war. Knappe drei Schritte trennten sie von ihm. Mit leicht vorquellenden Augen, die so weit auseinanderstanden, daß der Kopf des Rotbefrackten fast mißgestaltet erschien, musterte er sie unverschämt bedächtig von oben bis unten und wandte erst den Blick, als sich ihm eine Hand auf die Schulter legte. »Was soll das, John?«, bekrittelte einer der Offiziere sein Verhalten.

»Sofort, mein Lieber. Nur keine Eile.«

Er rülpste und wischte sich mit der Spitzenmanschette seines Ärmels den Mund ab. Sich erneut Isabella zuwendend, sagte er schneidend: »Sie kennen mich nicht, meine Teure? Pardon, wie sollten Sie auch! Wir hatten noch nicht das persönliche Vergnügen. Ich darf mich also vorstellen – Fähnrich John Hardy Kirkpatrik. Kamerad und Freund eines vorzüglichen Mannes und Offiziers mit Namen Sidney Puttenham. Lieutenant Sidney Puttenham. Sagt Ihnen der Name etwas, Madame?« Er lächelte verzerrt. »Sidney war mein Freund, Lady. Mein – Blutsbruder, Lady! Lady? Du lieber Himmel!«

Er bemühte sich nicht, seine Verachtung zu verbergen. Eine der jungen Begleiterinnen der Offiziere lachte hysterisch, preßte aber sofort erschrocken die Hand auf den Mund, als sie die grimmigen Blicke ihrer Kavaliere bemerkte, die langsam ihre Verblüffung abschüttelten und unruhig wurden.

»Es ist genug!« In ätzender Schärfe peitschte die Stimme des Lieutenants, der erneut nach Kirkpatriks Schulter griff, aus der Lärmflut. »Verlassen Sie auf der Stelle den Saal, Fähnrich. Scheren Sie sich in die Kaserne. Sie betrunkener Narr! Mir bleibt nichts anderes übrig, als Sie morgen dem Kommandeur zu melden.«

Und zu Isabella, die ihn kreidebleich und fassungslos anstarrte: »Verzeihen Sie, Madame. Ich bitte tausendmal um Vergebung für die Ungezogenheit, die sich Fähnrich John Hardy Kirkpatrik soeben leistete. Sie können versichert sein, daß der Fähnrich zur Rechenschaft gezogen wird. Ich bedaure, daß ein Angehöriger meines Regiments sich einer Lady gegenüber wie ein Schwein benimmt.«

Er wandte sich wieder an den um einen halben Kopf Größeren, der ihn mit gelassener und wie es schien – amüsierter – Aufmerksamkeit beobachtete.

»Mach, daß du wegkommst! Wäre ich nicht Gast des Gouverneurs, hätte ich dich längst geohrfeigt!« Als offenbar wurde, daß der Lange gar nicht daran dachte, der Aufforderung nachzukommen, knirschte der Lieutenant: »Das ist ein Befehl, Fähnrich. Entschuldigen Sie sich bei der Lady und verlassen Sie umgehend den Saal!«

»Lady? Sagten Sie Lady?«

Kirkpatriks Augen verengten sich zu bösartigen Schlitzen.

»Sie mißverstehen die Situation, Sir!«

Das »Sir« zog er lächerlich in die Länge.

»Dies ist keine Lady, Sir. Dies ist vielmehr jene Dirne aus Wallings Kneipe, deren Benehmen zum Duell zwischen dem verdammten Don, der anschließend auf so seltsame Weise verschwand, und Lieutenant Puttenham führte. Sollten Sie an meinen Worten zweifeln, Sir« – der Hohn quetschte seine Stimme, als besorgte statt der Stimmbänder und Zunge seine Nase das Reden – »rate ich Ihnen, einen Blick auf die Lady zu werfen. Auf Ihre – zugegeben – hübsche Larve. Ist sie nicht voll schlechten Gewissens? Schreit ihr die Schande nicht von der glatten Stirn? Noch einmal und in aller Deutlichkeit« – wieder ein Rülpsen – »die große Heldin von Cap Canaveral – nichts weiter als eine gewöhnliche cubanische Hafendirne. Und wegen so etwas mußte Sidney sterben!«

Die schwachen Protestrufe aus der Offiziersgruppe brachte er mit einer Handbewegung zum Verstummen. Isabella, unfähig sich zu bewegen, starrte gebannt auf seinen roten, vollippigen Kindermund.

»Und nun, meine Schöne, bitte ich um Ihre geschätzte Aufmerksamkeit.« Sein kalter Blick suchte ihre Augen. »Wenn Ihr Spanier glauben sollte, daß er ungeschoren davonkommt, weil er hier über Gönner verfügt, die ihn beschützen, kann sich dies sehr rasch als Täuschung entpuppen. Ich unterrichtete den Vater meines Freundes, Admiral Lord Trenton, über das Geschehene. Seine Lordschaft wird nichts unversucht lassen, Garcia aufzuspüren, und ich selbst werde ihn dabei nach Kräften unterstützen. Damit, Madame, überlasse ich Sie wieder Ihrem Vergnügen. Und – was Sie betrifft, Sir« – er wandte sich um und sah den Lieutenant an, »sollten Sie immer noch das Bedürfnis verspüren, mich zu ohrfeigen, dann tun Sie, was Sie nicht lassen können.«

Dabei reckte er provozierend das Kinn vor. Bis er eine leichte Berührung am linken Oberarm fühlte, den Kopf drehte und den weitausgeholten Schlag zwar kommen sah, aber keine Möglichkeit mehr fand, ihm auszuweichen. Isabellas zarte, kleine Hand traf seine linke Wange, und mit den Fingerspitzen auch noch sein linkes Ohr, daß es ihm die weißgepuderte Perücke nach hinten riß, und über der Stirn sein rotblondes natürliches Haar sichtbar wurde. Er zuckte zusammen und röchelte ein gequältes:

»Au!«

Die schweigende, aber mit viel Genuß auf weitere, erregende Ereignisse wartende Menge, dachte gar nicht daran, den Schauplatz des Auftritts zu räumen. Alle beobachteten gespannt die Reaktion des sich die Wange reibenden Fähnrichs, der reflexartig den Kopf einzog und beide Schultern vorschob, als wollte er sich auf die vor Zorn bebende Cubanerin stürzen.

»Was in Teufels Namen geht hier vor? Sind Sie nicht bei Trost, Fähnrich?« Hart, schneidend, voll einer kalten Autorität, ließ die Stimme nicht nur den jugendlichen Offizier zusammenzucken. Alle Augen richteten sich auf den mittelgroßen, hageren Mann in der goldbetressten Uniform des Stabsoffiziers, der sich ruhig und gemessenen Schritts von der Terrasse her näherte, die Gruppe der Lieutenants mit strengem Blick und verkniffenem Mund musterte, ehe er sich zeremoniell vor Isabella aufbaute, sich tief verbeugte und der noch immer in heller Erregung befindlichen, stoßweise Atmenden die nur widerwillig gereichte Hand küßte. Den Ton wechselnd, sagte er:

»Ich betrachte es als Ehre und als unverdientes Vergnügen, Ihre Bekanntschaft machen zu dürfen. Senora Varga. Verfügen Sie über mich. Ich bedaure, daß sich dieses Kennenlernen unter so widerlichen Begleitumständen vollzog. Per Distanz wurde ich Zeuge, wie Sie sich eines meiner Offiziere – ich schäme mich zu Tode – erwehren mußten. Wie groß die Beleidigung war, die dem vorausging, kann ich mir denken. Eine Beleidigung, die keiner dieser Herren« – er blitzte die Lieutenants mit verächtlichen, nichts Gutes verheißenden Blicken an – »zu verhindern sich bemühte.«

»Colonel – Sir ...«

»Halten Sie den Mund!«

»Sir ...«

Kirkpatricks Wangen färbte ein hektisches Rot. Seine Aufgeblasenheit war wie weggewischt, und sein babyhafter Herzkirschenmund bemühte sich, eine Entschuldigung zu formulieren. Es blieb beim Versuch, reichte nur zu einem erneuten, zögernd vorgebrachten:

»Sir…«, das unter McAdams eisigen Blicken verhauchte. Voll Grimm, aber beherrscht sagte der Colonel:

»Sie stehen ab sofort unter Arrest, Fähnrich. Es bleibt Ihnen genau eine Viertelsekunde, sich bei Senora Varga zu entschuldigen. Dann führen Sie ihn« – er deutete auf einen der Lieutenants – »ab ins Quartier.«

»Nein!«

McAdams zog die schneeweißen, buschigen Brauen hoch. Isabella wiederholte:

»Nein!« Sie ballte die Fäuste. »Keine Entschuldigung. Er soll gehen! Bitte, er soll ganz schnell gehen!« Ihr Mund zuckte, während sie sich hilfesuchend umschaute. Das Gedränge in ihrer Nähe war dünner geworden; das Eingreifen des Colonels hatte die Gaffer vertrieben. Ihr war sehr elend zumute. Sie fühlte sich im Stich gelassen. Jetzt, wo der Zorn in ihr immer mehr einer inneren Leere wich, war sie nahe am Weinen. Nur McAdams forschender Blick hielt sie zurück, sich diese Blöße zu geben. Aus den Augenwinkeln beobachtete sie, wie der Fähnrich mit krummem Rücken und eingezogenem Kopf in Begleitung eines Kameraden der Terrasse zustrebte und dann über die Freitreppe verschwand. Sie warf den Kopf in den Nacken. Es blieb noch etwas zu tun. Und es mußte rasch geschehen.

»Colonel McAdams …«

»Madame?«

Der fast Sechzigjährige stand sehr gerade.

»Werden Sie mir, der cubanischen Hafendirne, eine Bitte erfüllen?«

Sie sah ihn voll, mit großen Augen an. Sein Gesicht färbte sich rot. Er flüsterte:

»Hat er Sie so genannt?«

»Hat er. Und noch einiges mehr. Aber nicht darum geht es.« Ihre Stimme wurde drängend. »Wenn Kapitän Jennings oder Senor Stoll erfahren, was eben geschah, kommt es mit Sicherheit zu einem Duell. Einer der beiden wird nicht eher ruhen, bis er diesen – diesen – Menschen vor die Klinge oder Pistole bekommt. Das darf nicht geschehen. Ich habe es einmal erlebt, daß ein Mann, einer Albernheit wegen, die ich mir zuschulden kommen ließ, sterben mußte, während ein zweiter auf den Tod darniederlag. Nie wieder, Colonel, das schwor ich mir!«

»Ich verstehe. Mein Gott, so ist das. Dann sind Sie …«?
Ihre Augen wichen nicht aus.

»Ja. So unrecht hatte er gar nicht, Ihr Fähnrich. Ohne mich wäre Lieutenant Puttenham noch am Leben. Wenngleich …«

»Kein Wort mehr darüber. Es war ein faires Duell. Ich kenne die Vorgeschichte und ich weiß um den Hergang des Zweikampfes. Es wurde eine offizielle Untersuchung durchgeführt, Zeugenaussagen protokolliert, das Oberkommando, das Ministerium und nicht zuletzt Lord Trenton, der Vater des Lieutenants, unterrichtet. Nur der Name der Dame fiel nie.« Er sah zu Boden. »Deshalb also. Stimmt. Er war sein Freund. Ich meine Fähnrich Kirkpatrik. Dieser unglückselige, betrunkene Idiot.« Nach Worten suchend, fuhr er fort: »Ich – wir alle, die wir von diesem Duell Kenntnis erhielten, wissen, daß Sie keine Schuld trifft. Das kam bei der Untersuchung unmißverständlich zutage. Persönlichkeit und Stand der das Duell auslösenden Dame erschien den mit der Aufklärung des Falles beauftragten Offizieren so unwichtig, daß sie sich nicht darum bemühten, deren Namen zu erfahren. Puttenham war bekannt dafür, daß er Zweikämpfe provozierte. Und ich selbst muß ein gehöriges Quantum Schuld einräumen, weil ich nicht energischer durchgriff. Einmal mußte es für ihn schief gehen. Ich bitte Sie dringend, sich nicht diese völlig unsinnigen Gewissensbisse zu machen.« Er nahm ihre beiden Hände in die seinen. »Bei Gott, Madame, den Auftritt vorhin haben Sie nicht verdient. Vertuschen können wir ihn nicht. Es gab zu viele Zeugen. Sie dürfen versichert sein, daß es nicht mehr all zu viele Gäste Lord Hamiltons gibt, die noch nicht davon wissen.« Unwillkürlich warf er einen Blick in die Runde und ließ die Hände sinken. »Trotzdem kann ich Sie beruhigen. Zu einem Duell wird es nicht kommen. Einen inhaftierten Mann kann man nicht fordern. Kirkpatrik bleibt für eine ziemliche Weile in strengstem Arrest. Sein Verhalten schädigte das Ansehen der Armee in einer Weise, die schwerste Bestrafung nötig macht. Daß er den Eklat auf einem Gala-Empfang Seiner Exzellenz, des Gouverneurs, inszenierte, verschlimmert den Fall. Ganz abgesehen von dem Schimpf, den er Ihnen zufügte. Ich bin sicher, daß Lord Hamilton darauf bestehen wird, den Fähnrich abzulösen und nach England zu schicken. Mein Wort darauf – kein Duell!«

»Wirklich? Bei Gott, McAdams, Sie gehen großzügig mit Ihrem Ehrenwort um!«

Kapitän Jennings rauhes Organ hallte dröhnend durch den jetzt fast menschenleeren Saal, in dessen Mitte sich Lakaien bemühten, die heruntergebrannten Lüsterkerzen durch neue zu ersetzen. Mit einer ungestümen Bewegung schob Jennings den Colonel zur Seite, ergriff Isabella an beiden Schultern und rief:

»Was hat dieser Schweinehund mit dir angestellt, Kleine? Ich reiße den Bastard in Stücke!« Er zog sie an sich und drückte ihren Kopf an seine mächtige Brust, daß sie nach Luft rang. »Und Sie ließen es zu!« Er funkelte McAdams an, als wollte er sich im nächsten Moment auf ihn stürzen. »Wo haben Sie ihn versteckt? Los, spucken Sie's aus! Wenn Sie ihn nicht herausrücken, Colonel, gibt es einen Spektakel, den man bis London hören wird!«

»Bitte, Kapitän Jennings, hören Sie auf!«

»Aufhören, meine Kleine? Ha – dies ist erst der Anfang! Ich werde ...«

»Nichts werden Sie, Kapitän! Seien Sie nicht albern. Und lassen Sie die Senora los. Sie erdrücken sie ja!«

McAdams Grimm stieg wieder und mit seinem Bemühen um Gelassenheit war es nicht weit her. Die beiden Männer stierten sich an wie gereizte Kampfhähne, bis Jennings mit einem Schulterzucken Isabella aus einer Umarmung entließ, während er knurrte:

»Verlassen Sie sich darauf, ich bekomme es, dieses Bürschchen. Und dann Gnade ihm Gott!«

Der Colonel maß ihn zornig.

»Kirkpatrik ist meine Angelegenheit, Jennings. Verdammt, Mann, soviel wissen Sie doch über militärische Gepflogenheiten. Niemand denkt daran, ihm das Bubenstück durchgehen zu lassen. Der Fähnrich wird angemessen bestraft. Deshalb spielen Sie sich nicht auf wie ein Pfau. Die Senora glaubt es Ihnen auch so, daß Sie gewillt sind, für sie einzutreten.« Er holte Atem und fuhr um einiges ruhiger fort: »Aber es ist dennoch gut, daß Sie kamen, Kapitän. Ich kann vor Senora Varga als einer Mitbeteiligten und – ich bedaure dies – direkt Betroffenen, offen reden. Ihre Männer haben nicht dicht gehalten. Eine Menge Leute wissen bereits, daß sich dieser Garcia in Ihrem Haus befindet. Auch Seine Exzellenz ist unterrichtet.«

Jennings fluchte.

»Diese verdammten Idioten! Diese gottverdammten Idioten!« Er schob das Kinn vor. »Und? Wollen Sie ihm an den Hals? Nach allem was geschah? Wollt ihr ...« er runzelte die Stirn – »wollt ihr mich auf die Schippe nehmen? Weil ich den Don ... um so an meine Beute zu kommen?«

»Lassen Sie den Unsinn! Niemand will das! Schämen Sie sich, Seiner Exzellenz eine derartige Gemeinheit zu unterstellen.« McAdam war außer sich. Mit unterdrückter Wut sagte er: »Bringen Sie ihn fort. Morgen früh muß er weg sein. Wie Sie das machen, ist Ihre Sache. Er muß unter allen Umständen verschwinden. Um es Ihnen deutlich zu machen: Der tödliche Ausgang des Duells mit Puttenham zwingt mich, ihn aufzuspüren und festzusetzen. Seine Exzellenz wiederum kommt nicht umhin, ihm den Prozeß zu machen. Den aber darf es nicht geben! Es ließe sich kaum verhindern, daß dabei Ihr Abenteuer ausführlichst zur Sprache käme. Der Gouverneur sähe sich gezwungen, offiziell Stellung zu beziehen.« Er maß Jennings mit kaltem, durchdringendem Blick. »Begreifen Sie endlich – was wissen wir denn in Kingston, in welcher Weise Whitehall Euer Husarenstück zu verwerten gedenkt? Was wissen wir von den derzeit aktuellen Winkelzügen der europäischen Politik? Die neueste Nachricht ist sieben Wochen alt, ehe sie uns erreicht. Ohne die Sprachregelung Whitehalls zu kennen, hütet sich Hamilton, offizielle Erklärungen abzugeben, was ich ihm nachfühlen kann.« Ruhiger werdend mahnte er: »Denken Sie auch ein wenig an Ihre eigene Rolle. Die Aussagen Garcias und aller anderen Zeugen während eines Prozesses zwängen Seine Exzellenz, das Unternehmen entsprechend zu verurteilen und Sie samt Stoll und Madame Varga kämen in des Teufels Küche. Das muß Ihnen doch einleuchten! Folglich: Schaffen Sie uns den Mann vom Hals. Ohne Garcia kein Prozeß. So einfach ist das. Und jetzt bitte kein Aufsehen mehr!«

Er wandte sich an Isabella. In ihren Augen spiegelte sich Furcht. Er mißverstand den Grund ihres Erschreckens.

»So sehr ich verstehe, Madame, daß Sie nach allem, was hier geschah, das Kingshouse am liebsten auf der Stelle verließen, muß ich Sie trotzdem bitten, uns an die Tafel des Gouverneurs zu folgen. Wer am Tisch Lord Hamiltons speist, benötigt keine Rehabilitation.«

Das war eine Lüge, und alle drei wußten es. Was immer in Zukunft geschah – Isabella war auf Jamaika gesellschaftlich erledigt. Von dieser Stunde an würde jede Familie, die zählte, darauf bedacht sein, die Cubanerin von sich fernzuhalten. War bereits ihre vermutete Rolle auf Jennings Schiff im Grunde unverzeihlich für jede Dame von Stand, hatten die Eröffnungen des Fähnrichs das Maß endgültig vollgemacht. Das unsichtbare Schandmal der Hafendirne würde sie zukünftig auf Schritt und Tritt begleiten.

Ihr Selbstmitleid verdrängte die Sorgen um Garcia. Das Durcheinander in ihrem Kopf begann sich zu ordnen. Ähnlich dem Katalanen hatte auch sie keine Wahl. Wie er mußte sie die Insel umgehend verlassen. Was nichts anderes bedeutete als – mit ihm. Der Gedanke barg keinen Schrecken.

Nach dem Abgang von der Schulenburgs ließ sich Florian mit seiner Rückkehr ins Kingshouse Zeit. Erneut den jetzt menschenleer gewordenen Parkweg beschreitend bemühte er sich, seine durch die Pläne und Vorschläge des Generals sich überschlagenden Ideen und Spekulationen an den Realitäten zu messen und Klarheit zu gewinnen. So viel stand freilich jetzt schon fest – der Preuße hatte genau den Punkt getroffen: Wenn er noch so viel Geld scheffelte, Land und Eigentum erwarb und sich noch so groß tat – im Europa der Fürstenhöfe zählte dies alles wenig. Dort war und blieb er mit all seinem Reichtum die von jedem popeligen Adeligen zu demütigende Unperson und mußte froh sein, sich in einem genau und kleinlich abgesteckten Rahmen untertänigst bewegen zu dürfen. Die einzige Ausnahme, Venedig, war für ihn nicht mehr erreichbar.

Die Chancen für ein erfolgreiches »Unternehmen Santa Lucia« erschienen ihm, je länger er darüber nachdachte, besser, als sie von der Schulenburg einschätzte. Im Grunde konnte kaum etwas schiefgehen, wenn tatsächlich Englands Wohlwollen die Sache begleitete. Auf das Wort Hamiltons war Verlaß und selbstverständlich mußte man sich dessen versichern. Frankreich und Spanien würden sich hüten, einer wilden, unwegsamen Insel wegen das Abenteuer eines neuen Krieges einzugehen. Zumal im alten Europa noch immer die Türken herumrumorten und für Unruhe sorgten. Andererseits sollte er sich – mußte er sich auf Gedeih und Verderb auf das Wort des

Reichsgrafen verlassen. Sagte dessen König nein, war er der Gelack-
meierte. Und stand wieder dort, wo er vor Jahren begonnen hatte.
Und noch etwas galt es zu bedenken. Bis ein preußisches Expedi-
tionscorps Westindien erreichte, würde sehr viel Zeit vergehen. Ob
es klug war, mehr noch, ob überhaupt möglich, sich nach dem Eintreffen der Truppen schnellstens abzusetzen, um sich nach Europa
einzuschiffen und dort baldigst in Augsburg einzutreffen, erschien
ihm mehr als fraglich. Konnte – nein, durfte er Signorelli mit der
Mission beauftragen, Rebekka über den Ozean zu holen? Was,
wenn Felix Grünspan sich verständlicherweise weigerte, dem Kapitän das Kind anzuvertrauen? Und selbst wenn – wohin sollte die
Reise gehen? Nach Santa Lucia etwa, zu einem wilden, unerschlos-
senen, stets von Überfällen bedrohten Eiland? Oder hierher, nach
Kingston, obwohl er längst wußte, daß Jamaika ihm nie zur Heimat
werden würde?
Natürlich blieb die Möglichkeit, die Kleine in der Obhut Grünspans
zu lassen. Zumindest für die nächsten paar Jahre. Der Mann war ihr
Großonkel und damit nach ihm selbst ihr nächster Verwandter. Ver-
blieb sie aber in dessen Haus in Venedig, war sie für ihn verloren
und – was nicht minder wog – würde sie im mosaischen Glauben
erzogen und zur Jüdin werden. Das durfte nicht geschehen.
Aus der Traum also! Nichts mit Santa Lucia, nichts mit dem Adelstitel, Herrentum und Ämterwürden! Desillusioniert, beschloß er,
sich für den Rest des Abends zu betrinken. Und überhaupt – wer
konnte es wissen, vielleicht sah morgen alles anders aus! Mit langen
Schritten eilte er den Parkweg zurück.

Das Bankett im Hannoveranischen Saal des Gouverneurspalastes zu
Kingston wurde für ihn zum Alptraum, den er nie vergaß. Als er
nach längerem Suchen endlich Olivia Jennings entdeckte, die eben
eine, wie es ihm schien, etwas bleiche, aber gelassen um sich blik-
kende Isabella an ihren Platz an der Tafel dirigierte, überkam ihn
kurz der Anflug eines schlechten Gewissens. Immerhin hatte er
seine Begleiterin recht lange alleingelassen, was nicht gerade den
Normen der Höflichkeit entsprach. Andererseits, und das zu leugnen würde ihr schwerfallen, amüsierte sie sich gerade zu dem Zeitpunkt ausnehmend gut und intensiv im Kreis ihrer Anbeter, als er

mit dem Preußen den Park aufsuchte. Um so betroffener war er von der eisigen Kühle, mit der sie ihn empfing. Auch Olivia Jennings Benehmen schien ihm verändert. Sie wirkte nervös, übellaunig und im Gegensatz zu ihrer vorangegangenen Herzlichkeit so reserviert, daß er erschrak. In diesem Augenblick erschien der Kapitän, stutzte, als er ihn sah und begann ihn kritisch zu mustern. Florian fühlte sich immer unbehaglicher. Ihm schwante Unheil.

»Was ist geschehen?«

»Sie wissen von nichts?«

Er schüttelte den Kopf. Der Kapitän winkte ab.

»Kein Aufsehen jetzt. Setzen Sie sich. Wir verschwinden, sobald es die Schicklichkeit zuläßt.«

Alle vier aßen lustlos. Florian saß zwischen Isabella, die sich mit Kapitän Jennings über Belanglosigkeiten unterhielt, und einer vollbusigen, geschwätzigen Reedersgattin. Einsilbig wechselte er mit ihr einige Sätze. Seine Tischnachbarin ließ freilich nicht locker und fand immer wieder Ansatzpunkte, ihn ins Gespräch zu ziehen. Gleichzeitig goß sie ansehnliche Mengen eines kräftigen Rotweins in sich hinein und wurde immer munterer. Manchmal beugte sie sich vor und warf zwischen zwei Bissen eigenartige Blicke auf Isabella, deren seltsam übertriebene Munterkeit Florian ebenso verwirrte wie das komische Benehmen seiner Nachbarin, die plötzlich ihren Mund nahe an sein Ohr brachte und kichernd flüsterte: »Stimmt es, ist sie tatsächlich« – ihr Kopfnicken galt Isabella – »ist sie tatsächlich eine vom Hafen?«

Ihm blieb der Bissen im Hals stecken. Es dauerte eine Weile, ehe ihm die Ungeheuerlichkeit ihrer Bemerkung voll bewußt wurde. In den Blick der Frau kam ein lüsterner Zug. Begierig wiederholte sie: »Treibt sie es wirklich, wie man erzählt, auch mit ganz gewöhnlichen Seeleuten? Kaum zu glauben!« Sie kicherte und ließ ihre Fingerspitzen spielerisch über seinen Handrücken huschen. »Aber ihr Männer mögt ja so etwas!«

Das Tischmesser entglitt seiner Hand. Er richtete sich im Sitzen auf und starrte über die Tafel hinweg, sich zur Gelassenheit zwingend. In seinem Kopf hämmerte es. Ganz ruhig bleiben, nur kein falsches Wort! Die Frau war angetrunken. Trotzdem. Die Fragen in ihrer plumpen, lüsternen Neugierde waren so gezielt eindeutig, daß sie nicht spontan, ohne speziellen Anlaß, ihrem Hirn entsprungen sein konnten. Irgendetwas Abscheuliches mußte während seiner Abwesenheit um Isabella geschehen sein. Ihn würgte es. Langsam wandte er den Kopf und schaute sie an. Sie saß, ähnlich wie er selbst, sehr gerade und ein wenig steif auf ihrem Stuhl. Ihre rechte Hand lag in scheinbarer Ruhe auf der schweren Damastserviette neben ihrem Teller, auf dem ein paar unangetastete Wildbretstücke kalt wurden. Erst als er genauer hinblickte, bemerkte er, daß ihre Finger zitterten.

Ihre Blicke trafen sich. Und dann sah er es. Las das Verletztsein und ihr verzweifeltes Bemühen um ein wenig Würde und Stolz in ihren Augen, die, als wäre er aus Glas, durch ihn hindurchzublicken schienen. Ihr Mund brachte sogar ein Lächeln zustande, das freilich nicht ihm galt, sondern Teil der Rolle war, die sie unter Anspannung aller Kräfte zu spielen sich abrang. Er begriff – lange würde sie das Theater nicht mehr durchstehen. Auf einmal spürte er die eigenartige Atmosphäre an der Tafel, bemerkte die von allen Seiten ihren Tisch, ihre Gruppe und immer wieder Isabella treffenden Blicke. Die meisten sensationslüstern oder Verachtung und Abscheu offenbarend, wenn sie weiblich waren, von offen gezeigtem Begehren, augenzwinkerndem Einverständnis oder schlichtem, naivem Staunen, wenn Männer sie abschossen.

Mit einem Ruck erhob er sich. Köpfe flogen herum, nahmen Witterung einer sich anbahnenden Ungewöhnlichkeit auf. Die Unruhe sprang selbst zur Estrade mit ihrem Tisch der Ehrengäste über, an dem der Gouverneur präsidierte, und neben Lady Hamilton General von der Schulenburg seine Nachbarn mit Schauergeschichten aus Westafrika traktierte. Auch hier wandten sich einige der Tafelnden, neugierig geworden, zur anderen Saalseite um und musterten den Deutschen, der, wie er so gelassen und schweigend stand, die Gesellschaft überflog, jeden auf ihn gerichteten Blick herausfordernd erwiderte, den Eindruck machte, als wolle er gleich zu einer Tischrede ansetzen.

Die Sensation schien perfekt. Denn daß der Begleiter der gedemütigten Freibeuterin keine Freundlichkeiten versprühen würde, wenn er jetzt den Mund öffnete, war allen Anwesenden klar.

Aber Florian tat nichts dergleichen. Ein verächtliches Lächeln auf den Lippen, fixierte er unverschämt lange den offenen Mund seiner glotzenden Tischnachbarin, der die Geflügelsoße über das mollige Kinn lief, ohne daß sie vor Aufregung Anstalten traf, sich zu säubern; dann die Gesichter der ihm Gegenübersitzenden, die eine ähnlich erschrockene Beklommenheit offenbarten. Die Spannung im Saal wurde unerträglich und manifestierte sich in einem Klumpen von Stille. Eine explosionsartige Entladung schien unausweichlich.

Aber nichts dergleichen geschah.

Am Ende seiner Musterung wandte sich Florian vielmehr ruhig an Jennings.

»Ihr Einverständnis voraussetzend, Sir, denke ich, daß es an der Zeit ist, zu gehen.«

Der Kapitän beäugte ihn eine Weile von unten herauf wie einen Hexenmeister, dem es gelungen war, aus dem Nichts ein Kaninchen zu zaubern, zerrte sich dann gemächlich die Serviette von der Brust, legte sie auf den Tisch zurück und nickte Florian stoisch zu.

»Ein guter Gedanke, mein Lieber. Ein sehr guter Gedanke.«

Das die Stille unterbrechende Geraune konnte kaum verhindern, daß jedes seiner Worte bis in die entfernteste Saalecke zu verstehen war. Als nähme er den Faden eines zwischen ihm und Florian nicht zu Ende geführten Gesprächs wieder auf, fuhr er fort:

»Um die Sache von vorhin abzurunden – ich versichere Ihnen, daß es eine Reihe von Leuten gibt, die Anlaß bekommen, eine bestimmte Stunde sehr zu bedauern. Die Rechnung wird mit Zins und Zinseszinsen präsentiert und – wie steht es in der Bibel – es wird großes Wehgeschrei sein unter den Gerechten und Ungerechten.« Als übermannte ihn die Vorfreude auf den angekündigten Tag der Abrechnung, verzog er den Mund zu einem verzerrten Grinsen. Es war alles andere als fröhlich. »Meine liebe Olivia – Senora Varga – darf ich bitten? Es wird tatsächlich Zeit, uns von Seiner Exzellenz zu verabschieden.«

Die beiden Angesprochenen erhoben sich ohne Hast oder Nervosität. Sie bewegten sich ungezwungen, als befänden sie sich allein im Saal und lösten eine kleine, intime Tafel auf. Erst jetzt, während das Quartett entlang der Stuhlreihe schritt, begann zögernd die übliche Geräuschkulisse wieder zu funktionieren.

Der Abend aber hielt noch eine Überraschung bereit. Als hätte das erneute Aufleben der Tafelgeräusche ihr Stichwort markiert, erhoben sich der Gouverneuer, General von der Schulenburg und – bei Gott – sie tat es wirklich – Lady Hamilton von ihren Plätzen, näherten sich der Gruppe um den Kapitän.

In der Saalmitte zwischen den beiden Tafeln trafen sie sich. Und während der Gouverneur Olivia Jennings die Hand küßte – unglaublich, dem Weib dieses Freibeuterkapitäns – dem Recken selbst auf die Schulter klopfte und Florian eines Händedrucks würdigte, umarmte Lady Sarah – die Leute konnten es nach allem, was geschehen war, kaum fassen – die nun doch sehr verwirrte und verlegene Isabella mit so demonstrativer Herzlichkeit, daß aus dem spannungsträchtigen Schweigen der Gesellschaft verschiedene Seufzer und überraschte »Ohs« hörbar wurden. Aber es kam noch ungeheuerlicher. Die Herrin des Hauses, eine vollschlanke, breithüftige, großgewachsene Frau Ende Dreißig, Cousine des Herzogs von York und bekannt für ihre resolute, unkonventionelle Art, sagte laut, daß alle es hören konnten:

»Sie sind ein Mensch nach meiner Façon, mein Kind. Und hier jederzeit willkommen.«

Eine ältere Dame am linken Ende der Tafel murmelte leisen Protest. Wohin war die Welt geraten, wenn die Gattin des Gouverneurs sich mit einer Schankdirne auf eine Stufe stellte!

Jennings, der hinter Lady Hamilton wartete, suchte Florians Blick und kniff ein Auge zu. Das Gesicht des Jüngeren blieb ausdruckslos. Selbst die unerwartete Geste der Gastgeber vermochten seinen Zorn nicht zu dämpfen. Nicht zuletzt jenen auf sich selbst. Ohne seine Gleichgültigkeit, ohne sein absurdes Zögern, sich zu ihr zu bekennen, hätte Isabella kaum jene wie auch immer geartete Widerlichkeit, die ihr in diesen Räumen zugefügt worden war, erdulden müssen. Zwar existierte zwischen beiden Gegebenheiten kaum ein logischer Zusammenhang, was ihn freilich nicht daran hinderte, sich an der Idee festzubeißen. Und wieder konfrontierte er sich mit der immer gleichen Frage: Was, zum Teufel, hinderte ihn daran, ihr zu sagen, daß er sie mochte? Der Gedanke an den spanischen Offizier etwa? Das Wissen, der Zweite zu sein? Bedurfte er der Illusion der »virgo intacta« – er, der das Maul nicht weit genug aufreißen konnte, wenn es um das Infragestellen von Konventionen ging! Tina Parsani – unwillkürlich mußte er an sie denken – Tina hätte ihn ob der Heuchelei verachtet. Oder spukte gar der Verdacht eines blutschänderischen Verhältnisses zwischen ihr und ihrem Vater in seinem Kopf? Als er es sich eingestehen mußte, schämte er sich so, daß er sich von ihr abwandte, während er an Isabellas Seite dicht hinter den Jennings zum Ausgang schritt.

Die kurze Fahrt vom Kingshouse zum »Golden Horse« in Jennings Kalesche verlief schweigend. Als das Gefährt in die Harbour-Street einbog und das Geräusch der vom Wind bewegten Masten und Wanten und der an den Ankertrossen zerrenden Schiffskörper den Lärm der trabenden Pferde zu übertönen begann, sagte der Kapitän unvermittelt:
»Ich schaffe Garcia noch heute Nacht nach Morant Bay ins Haus unseres Mediziners. Irgend ein Vollidiot meiner Crew spuckte es aus, daß ich ihn beherberge. Den Wink bekam ich von McAdams. Ein Prozeß brächte den Don auf Jahre hinter Gitter und, wie man mich wissen ließ, Lord Hamilton in Bedrängnis. In Morant Bay ist Garcia freilich nur einige Tage sicher. Dann muß er endgültig verschwinden. Für immer. Fort von der Insel. Damit, Verehrtester, sind Sie am Zug.« Sein Blick streifte Florian. »Garcia ist Ihr Mann. Wann, sagten Sie, kommt Signorelli?«
»Um den ersten Februar.«
»Das wär's dann wohl, denke ich.«
In der Tat, das war es.

Die Pferde verhielten. Florian sprang aus dem Wagen. Jennings knurrte:
»Wir sehen uns morgen. Ich erwarte Sie am Abend gegen sieben.«
Florian nickte.
»Madame –« er verbeugte sich vor Olivia Jennings, näherte sich dann der Wagenecke, in der Isabella kauerte. Er hätte ihr gerne viel mehr gesagt. So blieb es bei einem spröden:
»In wenigen Tagen also. In wenigen Tagen befinden wir uns auf dem Weg nach Europa. Sie, Garcia und ich.«

Er erwartete keine Antwort.

Als er den schmiedeeisernen Klopfer an Wallings Tür betätigte, wendete die Kalesche und rollte in Richtung Spanish-town davon.

Die »Renata Tara« erreichte am Spätnachmittag des 7. Februar 1718 den Hafen von Kingston. Noch am gleichen Abend ließ Kapitän Signorelli Wasser und Proviant an Bord bringen. Am Morgen des 8. Februar schifften sich die Passagiere Isabella Baroja und Florian Stoll ein. Zu ihrem Gepäck gehörten einundfünfzig große, kupferplatten-bedeckte, eisenbeschlagene Kisten.

Noch am Abend des gleichen Tages ankerte das Schiff am südlichen Ende der Morant Bay, um Umberto Garcia aufzunehmen. Der Katalane benötigte keine fremde Hilfe, um an Bord zu kommen.

Kapitän Signorelli nahm Kurs nach Osten. Sein Zielhafen war London.

»Lassen Sie ihr Zeit, Florian. Vergessen Sie nicht – sie ist erst fünf Jahre alt.«

»Selbstverständlich. Wo ist sie?«

»Nebenan. Sie weiß, daß Sie kommen und wer Sie sind. Wenngleich ihr der Begriff ›Vater‹ fremd ist. Für sie gab es nur den Großvater. Der Schrecken über das ›Fortgehen‹ Grünspans sitzt tief. Sie denkt, böse Menschen hätten ihn weggeholt. Schlafend. Sie war dabei, als man ihn einsargte. Stand daneben und schrie. Ich konnte es nicht verhindern, wurde viel zu spät benachrichtigt.«

»Ich verstehe.«

Florian nestelte an den Fältchen seiner Ärmelspitzen. Erwartungsvoll und ein bißchen nervös sah er auf die goldbraune, doppelflüglige Tür. Nur zögernd den Kopf wendend, traf sein Blick den älteren Mann in schlichtem Grau, der ihm mit gefalteten, altersfleckengesprenkelten Händen gegenübersaß und ihn ruhig aus hellen, wässrigen Augen betrachtete.

Durch die Tür erscholl ein Kinderlachen.

»Die blauen Schleifen! Bitte! Die blauen!«

Karl Tiepolt verzog den Mund.

»Weiber – egal wie klein und jung sie sind! Sie möchte Eindruck machen. Na, Sie werden sehen.«

»Warum blieb er in Augsburg?« Florian ergänzte: »Warum ging er nicht nach Venedig, zu Felix, seinem Bruder?«

Die Züge des alten Tiepolt verdüsterten sich.

»Wundert es Sie? Rebekkas Tod verwandelte alles für ihn. Daran änderte auch die Kleine wenig. Grünspan war – wie soll ich es nennen – ausgebrannt, das Feuer in ihm erloschen. Vier Wochen danach kam der Herzanfall. Ein Wunder, daß er sich davon erholte. Wenigstens äußerlich. Tatsächlich erhob sich vom Krankenlager ein alter Mann. Von nun an war er reizbar, übellaunig, nachtragend und ungerecht gegen alle und jeden, ausgenommen das Kind. Dann, im Herbst letzten Jahres, kam der Rückfall. Er ließ mich kommen und bat, mich um Rebekka zu kümmern. Er wußte, daß er sterben würde. Zwei Tage später war es soweit. Ich verständigte seinen Bruder. Er kam zwei Wochen danach und nahm sich des Nachlasses an. Ein Vermögen, wie sich herausstellte. Es gehört ihr.« Er nickte in Richtung Tür. »Felix wurde Testamentsvollstrecker und – ihr Vormund.«

»Warum ließ er sie bei Ihnen?«

»Es gelang mir, ihn davon zu überzeugen, daß dies im Interesse des Kindes vorläufig die bessere Lösung war. Mich, als den Freund des Großvaters, kannte und mochte sie, an mich war sie gewöhnt. Oft und oft spielte sie zu unseren Füßen, wenn wir beiden Alten redeten. Was lag näher, als daß ich sie so lange samt ihrem Kindermädchen bei mir behielt, bis Sie selbst Ihre Entscheidungen treffen konnten. Auf diese Weise unterblieb ein weiterer Ortswechsel mit all der Unruhe und Aufregung, und sie mußte sich nicht erneut an Menschen gewöhnen, die sie nicht kannte, in einem fremden Land und an eine unverständliche Sprache.«

Florian stimmte zu. Der Bankier ergänzte:

»Grünspan ließ sich überzeugen. Er vertraute sie mir an. Er ist Ihnen, so scheint es, trotz allem was geschah, gewogen. Daß er die Kleine bei mir ließ war mehr als eine Geste.«

Tiepolt schluckte. »Er war davon überzeugt, daß Sie umgehend nach Augsburg kämen, sobald die Nachricht Sie erreichte und es die Umstände erlaubten. Ich freue mich, daß er recht behielt. Seitdem« – er breitete die Arme aus und sah sich im Zimmer um – »lebt sie hier.«

Die Tür knarrte leise. Einer der beiden Flügel schwang langsam nach innen. Florian spürte einen Kloß in der Kehle. Unwillkürlich hielt er den Atem an. Aber was da hereintrippelte, blaß, großäugig, winzig, vorsichtig Fuß vor Fuß setzend, die mißtrauisch funkelnden, fragenden Augen weit geöffnet, daß sie noch größer wirkten, war eine Fremde. Er starrte sie an; unverwandt, abwesend und ein wenig benommen, und immer wieder zuckte die Enttäuschung in ihm hoch – dies war bei Gott keine Miniaturausgabe seiner Rebekka.

Nichts, überhaupt nichts an ihr erinnerte ihn an ihre Mutter. Weder ihr Haar, das aschblond war und ihr in zwei langen, noch etwas dünnen Zöpfen bis zu den Hüften reichte, noch ihre dunklen, blauen, langbewimperten Augen oder gar ihre Nase, die ihm ein klein wenig lang und ein bißchen zu schmal erschien. Wenigstens auf Anhieb. Nein, keine Reinkarnation, kein Duplikat seiner Geliebten, wie er es erhofft oder mehr noch als selbstverständliche Gegebenheit erwartet hatte! Verwundert und ernüchtert starrte er auf das Kind, das mit der linken Hand die viel zu hoch gelegene Klinke umfaßte, während es den Kopf an den Oberarm lehnte. Nein, keine Rebekka! Eine kleine Fremde stand vor ihm mit fremdem Gesichtsschnitt, fremden Augen.

Und doch – je länger er in das helle, schmale Oval dieses Kindergesichtes blickte, um so bekannter erschien ihm etwas darin, um so vertrauter. Bis er begriff – ihm selbst war sie wie aus dem Gesicht geschnitten! Unwillkürlich faßte er sich ans Kinn, begann mit beiden Händen seine Wangen zu reiben, nach seiner Stirn, seinen Ohren zu greifen. Er flüsterte:

»Ich! Ich – alles ich! O Rebekka!«

Die Kleine in ihrem hochgeschlossenen, dunkelgrauen, steifen Kleid, dessen hoher Stehkragen mit seinem winzigen Spitzenbesatz ihren Hals bis zum Kinn verbarg, rührte sich nicht, sondern musterte ihn unverwandt mit gerunzelter Stirn. Fehlt nur noch die Judenhaube, um die Grünspansche Maskerade zu vervollständigen, dachte er in einer zornigen Aufwallung. Bemüht, ruhig zu bleiben und sie nicht zu erschrecken, sagte er leise:

»Guten Tag, Rebekka. Ich – ich freue mich sehr, dich zu sehen.«

Er spürte, wie unbeholfen und fremdartig sein Deutsch klang. Vorhin im Gespräch mit Tiepolt, hatte er es kaum bemerkt. Zögernd unternahm er einen neuen Anlauf. »Weißt du, wer ich bin?«

Als Antwort kam die Andeutung eines Nickens.

»Willst du mir nicht die Hand geben?«

Sie schüttelte den Kopf. Florian warf Tiepolt einen hilfesuchenden Blick zu. Der Ältere beugte sich vor.

»Er ist es wirklich, Rebekka! Ganz bestimmt! Er ist dein Vater.«

Erneutes Kopfschütteln. Endlich kam ihre Stimme, rauh und so leise, daß man sie trotz der Stille kaum hörte.

»Nicht mein Vater. Nein. Ein fremder Mann. Ich mag ihn nicht, den fremden Mann. Er soll gehen.«

Erst jetzt nahm sie die Hand von der Klinke, griff mit den Fingern in ihr Haar und löste die beiden Schleifen. Die Geste kam einem abschließenden Urteil gleich. Das Auftauchen des Fremden war kein Grund zum Feiern. Also ab mit den Schleifen.

»Onkel Karl – darf ich gehen?«

Die beiden Männer sahen sich an. Florian nickte. Tiepolt beließ es dabei.

»Gut, mein Kind. Wir reden später darüber.«

Sie drehte sich um, griff wieder nach der Klinke, öffnete die Türe, hielt plötzlich inne, wandte den Kopf, sagte zaudernd

»Wiedersehen, fremder Mann« – und verschwand blitzschnell. Tiepolt zuckte die Schultern. »Ich befürchtete diese Reaktion. Sie wuchs sehr einsam auf, müssen Sie wissen. Sie hatte keine Spielgefährten. Nur der alte Mann und das Kindermädchen waren um sie. Außer den wenigen Besuchern – meist jüdische Geschäftsleute und der Rabbi Goldstein – sah sie kaum Menschen. In den letzten Wochen sprachen wir öfter über Sie, Florian. Das Kind und ich. Zuerst wollte sie es nicht glauben, daß es – daß ihr Vater – ich meine …«

»Daß es mich gibt?«

»Eben. Daß es Sie gibt. Dann, als sie es zu akzeptieren begann, phantasierte sie sich das Bild eines Mannes, eines Vaters zusammen, dem Sie – verzeihen Sie – nicht zu entsprechen scheinen. Vielleicht sind Sie ihr zu jung oder zu alt, zu groß oder zu dunkelhäutig, was weiß ich. Aber nehmen Sie es der Kleinen nicht übel. Das legt sich.«

Florian winkte ab.

»Lassen Sie nur. Ich denke, ich habe keinen besseren Empfang verdient. Nach all der Zeit.«

Trotzdem nagte die Enttäuschung an ihm, auch wenn er es zu verbergen suchte und sich kindisch schalt. Tiepolt beobachtete ihn und sagte, um ihn abzulenken:

»Ihre verständliche Eile vorhin, das Kind zu sehen, erlaubte es mir nicht, Sie zu fragen, wie lange Sie in Augsburg zu bleiben gedenken. Sie wohnen in den ›Drei Mohren‹?«

»Ja. Ein ausgezeichnetes Haus. Nach all den Herbergen, die ich in den letzten zehn Tagen hinter mich brachte, die wahre Wohltat.«

»Sie kamen direkt von London hierher?«

»Direkt und in einem Stück. Die ›Renata Tara‹ landete am 16. März, die nächsten vier Tage benötigte ich, meine Angelegenheiten zu ordnen, am 20. war ich in Dover.«

»Florian – pardon, ich darf Sie doch so nennen?«

»Ich bitte Sie!«

»Florian – ohne Umschweife – ich bekam gestern den ›Daily Courant‹ vom 23. März mit der Extrapost aus London. Sagen Sie – stimmt das alles?« Er griff neben sich auf den Stuhl und legte ein zerlesenes Zeitungsblatt auf den Tisch. In seiner Stimme war Unglauben und ein gehöriges Maß an Spannung, als er fortfuhr: »Die Silberflotte – ihr habt wirklich – Sie haben tatsächlich – 1,5 Millionen Pfund Sterling kassiert?«

»1,8 Millionen, um genau zu sein. Was den Artikel betrifft, ja, er entspricht den Tatsachen.«

»Herr des Himmels!« Es klang ehrfürchtig. Tiepolt gingen die Augen über. Um seiner Erregung Herr zu werden, fragte er: »Und dieser Spanier – und diese Madame« – er nahm die Zeitung hoch und hielt sie dicht vor die Augen – »diese Mrs. Varga, sind sie …?«

»Nein. Sie sind nicht mehr in London. Unsere Wege trennten sich.«

Florians Gesicht wurde abweisend, und für einen kurzen Moment ballten sich seine Hände zu Fäusten. Er hatte sich aber sofort wieder unter Kontrolle. Tiepolt war die Reaktion des Jüngeren dennoch nicht entgangen.

»Entschuldigen Sie. Ich wollte nicht …«

»Schon gut. Eine lange Geschichte. Mein Wort darauf, ich werde Ihnen alles berichten. Von Anfang an.«

Tiepolt nickte. Nach einer Weile sagte er:

»Was werden Sie mit dieser ungeheuren Summe tun? Vor allem – wo werden Sie sie anlegen?«

»Ehrlich gestanden, ich weiß es nicht. Noch nicht. Ich weiß nur eines – daß ich auf gar keinen Fall in Mitteleuropa bleibe! Nie und nimmer!«

Den Bankier überraschte die Schärfe des Nachsatzes. Er hob die Brauen, verzog nachdenklich die Stirn, und sagte dann, seine Enttäuschung geschickt verbergend:

»Ich verstehe.« Die Fingerspitzen an den Schläfen, als wolle er einen Migräneanfall andeuten, wiederholte er: »Ich verstehe. Es ist Ihnen hier zu eng geworden. Sie waren zu lange draußen.«

Florian wandte den Kopf und sah zum Fenster, das sich hoch und schmal zur dunklen Kassettendecke streckte, und den Blick auf ein Stück wolkenverhangenen Himmel freigab.

»Sie haben recht. Mich bedrückt hier alles. Die Enge, das servile Getue der Leute, die Arroganz der Mächtigen, dieses ganze lackierte Theater mit abertausend Vorschriften, Verboten, Verordnungen. Als ich gestern in den ›Drei Mohren‹ ankam und auf ein Erkerzimmer bestand, belehrte man mich, daß dies und die daran anschließenden Räume ausschließlich Leuten von Adel vorbehalten seien. Kontinental-Europa – nein, ich habe bereits jetzt die Nase voll davon!« Er verzog angewidert die Lippen.

»Sie wollen nach England zurück?«

»Vielleicht.«

»Werden Sie unserem Haus auch unter den – veränderten Gegebenheiten – gewogen bleiben?«

Tiepolt rang sich die Frage ab. Er mußte es wissen. Jetzt und hier. Es standen zu große Summen auf dem Spiel.

»In jedem Fall. Ohne Ihren Sohn – was weiß ich, was aus mir geworden wäre!«

Der Bankier legte die knochigen Hände aufeinander.

»Die Wege des Herrn sind seltsam. Wenn ich es recht bedenke, begann alles in diesem Zimmer. Hier auf diesem Platz« – sein Zeigefinger wies auf Florians Stuhl – »saß vor zehn, nein vor elf Jahren Moses Grünspan und bat meinen Sohn, Rebekka nach Venedig zu bringen.«

Die Haut über Florians Wangenmuskeln spannte sich. Stockend sagte er:

»War – war sie später – auch noch hier?«

»Ja. Sie war hier. Oft. Und sprach von Ihnen.« Verlegen ergänzte der alte Herr: »Ich mußte es Ihnen sagen. Ich war sicher, daß es Ihnen etwas bedeutet.«

»Ja, es bedeutet mir etwas.«

Florian erhob sich, schritt zum Fenster, strich mit den Fingerspitzen über den Sims. Dann drehte er sich abrupt um und versuchte die

Erinnerung zu löschen. Aber sie sickerte in warmen kleinen Schmerztropfen aus den verborgenen Winkeln seines Innern. Tiepolts nächste Worte zerrissen die Stimmung.

»Sie werden die Manufaktur sehen wollen. Wir beschäftigen jetzt einundzwanzig Männer!« Sein Stolz auf diese Entwicklung war nicht zu überhören.

»Das freut mich.« Es kam einsilbig. Als Florian Tiepolts Enttäuschung bemerkte, bemühte er sich, Interesse zu heucheln.

»Natürlich will ich hin. Wir werden morgen …«

»Bemühen Sie sich nicht.«

Der Ältere hatte seine Gelassenheit zurückgewonnen.

»Seien Sie ehrlich – Ihnen ist der Betrieb gleichgültig, stimmt's? Der hier in Augsburg, geben Sie's zu, und auch jener in Murano. Ich kann mir denken, was in Ihrem Kopf herumspukt. Sie planen einen völlig neuen Anfang. Ist es so? Ganz von vorne beginnen – sich den Wunschtraum erfüllen, von dem alle träumen – neu anfangen, aber mit allen Erfahrungen mit allem Wissen um die Dinge, das sich häufte im Lauf der Jahre.«

Nachdenklich: »Es könnte aufgehen. Sie sind ein Glückspilz, Florian. Ich beneide Sie. Um Ihre Möglichkeiten und um Ihre Jugend. Und – Sie haben recht – Ihr Platz ist nicht hier. Sie brauchen Bewegungsfreiheit nach allen Seiten, wenngleich …« Plötzlich stahl sich ein belustigtes Lächeln auf sein Gesicht. Er zog die rechte Braue hoch. »Natürlich! Warum eigentlich nicht?«

Er spreizte die Finger mit der sanft abwehrenden Bewegung eines Levante-Händlers, der fürchtet, bei einer nicht ganz astreinen Manipulation ertappt zu werden. Florian bemerkte die Geste und wurde wachsam. Der Alte war ein Fuchs und bei allem Wohlwollen, bei aller Freundschaft mit Vorsicht zu genießen.

»Florian!« Tiepolt legte den Kopf auf die Seite. Seine listigen Altmänneraugen funkelten. »Was im Leben schätzen Sie über alles? Geld kann es nicht sein. Davon haben Sie genug. Was also? Denken Sie darüber nach.«

Florian entschloß sich, das Spiel mitzuspielen. Trotzdem war es ihm ernst, als er antwortete:

»Frei sein. Tun und lassen können, was mir beliebt, ohne jemand um Genehmigung bitten zu müssen.«

»Ausgezeichnet. Genau so habe ich es mir gedacht. Und was ist die Voraussetzung für diese Freiheit? Na – was denn? Denken Sie nach! Es gibt nur eine Sache, die Sie frei macht, frei in Ihrem Sinn! Der Adel, Mann, der Adel! Ist das so schwer zu begreifen? Was immer Sie anstellen – Geld erwerben, Boden, Schiffe, Güter an sich bringen – all dies nützt Ihnen wenig, so lange Sie den Gesetzen des dritten Standes unterliegen. Sie sahen sich um in der Welt! Muß ich Ihnen die Spielregeln deuten? Und wären Sie ein gottbegnadeter Künstler – ein Leonardo, ein Tizian, ein Michelangelo, oder ein Denker wie Newton, Locke, Leibniz, ja selbst ein Aristoteles – und erfänden Sie eine Maschine, die fliegt oder Steine in Brot verwandelt, Sie blieben, wären Sie nicht von Adel, ein Nichts, blieben abhängig vom Wohlwollen eines Mäzens, eines Beschützers von Geblüt, rangierten gesellschaftlich, und hätten Sie sechzig Lenze auf dem Rücken, noch hinter dem jüngsten Fähnrich der Garde des Preußenkönigs!«

Sein noch immer vorhandenes Temperament begann mit ihm durchzugehen. Es hielt ihn nicht mehr auf seinem Stuhl. Mit einer für seine Jahre erstaunlichen Elastizität sprang er auf, schritt um den Tisch, beugte sich zu Florian herab, legte den Arm um dessen Schulter und sagte mit einer vor Unternehmungslust vibrierenden Stimme: »Lassen Sie mich machen. Ich sorge für Ihre ›Freiheit‹! Und tue gleichzeitig jemandem einen Gefallen, der sich zu gegebener Zeit wird daran erinnern müssen.« Sein Eifer verführte ihn zu einer Unhöflichkeit. »Jetzt, mein Freund, müssen Sie mich entschuldigen. Ich habe eine Menge zu tun. Kümmern Sie sich um Ihre Tochter, flanieren Sie mit ihr durch die Stadt, machen Sie sich gut Freund, beweisen Sie, daß Sie mit einer knapp Fünfjährigen fertig werden, sie für sich zu gewinnen verstehen. Jede Frau will erobert sein. Also erobern Sie Rebekka!«

Ohne sich zu verabschieden entfernte er sich.

Florian beherzigte den Rat. Bereits eine halbe Stunde später – vom schlanken Turm der Kirche Sankt Maria Stern schlug es elf Uhr – schritten der Mann und das Kind einträchtig, wenn auch schweigend, nebeneinander her. Rebekkas Gesicht drückte kühle Zurückhaltung und vorwurfsvolle Mißbilligung aus. Sie fühlte sich vergewaltigt und zeigte es. Dennoch sträubte sie sich nicht mehr gegen den Fremden, der sie mit so gelassener Selbstverständlichkeit an der Hand führte, als hätte er tatsächlich ein Recht dazu.

Manchmal, wenn er längs der Straße eines der Häuser betrachtete und mit respektvollem Staunen die prächtigen Fassaden bewunderte wie eben jetzt jene des hundert Jahre alten Rathauses, blickte sie verstohlen zu ihm hoch und musterte ihn abschätzend. So viel war ihr klar – alle Kinder besaßen Väter. Zumindest fast alle. Freilich – andere Kinder hatten auch Mütter! Sie nicht. Oder doch? O ja, ihre Mutter war im Himmel. Sie legte den Kopf in den Nacken und beäugte die Wattewölkchen über den Giebeln der Fuggerhäuser. Oder war der als Himmel bezeichnete Ort gar nicht das da oben, sondern eine Stadt wie diese hier, mit Häusern und Bäumen und Leuten? Dann konnte man hin und sie besuchen. Dies galt – überlegte sie – freilich auch umgekehrt. Auch der Mutter war dann eine Rückkehr möglich. Nur – sie war nie gekommen! Wieder schielte sie nach oben, wo föhnige Streifen das Blau zu verschleiern begannen. Um dorthin zu gelangen bräuchte man – sie schaute sich um und erspähte eine Horde von Spatzen neben dem Randstein, die Haferkörner aus noch dampfenden Pferdeäpfeln pickten – bräuchte man Flügel wie diese dort. Sie aber besaß keine. Resignierend zog sie die Schultern hoch.

»Ist was?«

Sie schüttelte den Kopf. Flügel konnte ihr selbst dieser Mann nicht beschaffen, obwohl er so groß war und irgendwie nett oder wenigstens nicht unnett, dachte sie einschränkend. Vielleicht war es ganz lustig, einen Vater zu haben. Der Gedanke kam ihr zum ersten Mal und schien ihr des Nachdenkens wert. Sie zog die Stirn kraus.

»Du!« Er überhörte es. Sie stupste ihn mit ihrem winzigen Zeigefinger in den Oberschenkel. »Du!«

Er schien überrascht und erfreut, blieb stehen, und beugte sich zu ihr herab.

»Ja, meine Kleine?«

»Wann wirst du wieder fortgehen?« »Oh, ich denke, in …« er unterbrach sich und begann langsam und nachdrücklich den Kopf zu schütteln, daß sein weißgepuderter und mittels einer Schleife gebändigter Haarschopf, der sich hinten aus seinem Dreispitz bauschte, hin und her hüpfte – »nein, meine Kleine. Ich gehe nicht mehr fort. Nie mehr. Ich meine, ich werde von nun an immer bei dir bleiben.«

»Mhm.«

All zu große Begeisterung verriet ihr Brummen nicht. Ihm kam ein Einfall.

»Du – ich möchte, daß du schöne bunte Kleider trägst. Und hell müssen sie sein wie der Frühling und bunt wie der Herbst. Aus Seide, mit Spitzen und Blumen.«

Nun war sie es, die im Schritt verhielt. Ohne eine Miene zu verziehen sagte sie verwundert:

»Warum? Gefalle ich dir nicht?«

Er fühlte sich verunsichert. Wie machte man es einer Fünfjährigen begreiflich, daß sie schrecklich angezogen war? Daß sie, besah man sie von hinten, in ihrem strenggeschnittenen, von der jüdischen Bekleidungstradition geforderten trostlosen, dunkelgrauen Erwachsenengewand an eine uralte, trippelnde Zwergin erinnerte.

»Natürlich gefällst du mir. Aber ich möchte, daß du schönere Kleider bekommst als alle Kinder, die ich kenne. Du mußt leuchten wie ein Juwel. Was ist deine Lieblingsfarbe?«

»Oh, vielleicht grün?«

»Vielleicht?«

»Also grün.«

»Schön. Gehen wir. Auf der Stelle!«

Sie nickte entschlossen und schob jetzt freiwillig ihre Hand in die seine. Wie Verschwörer schritten sie durch das schlichte Portal des Gasthofes ›Zu den drei Mohren‹, wo ihnen der Wirt bereitwillig die Adresse der angesehensten Schneiderwerkstatt nannte. Eine Stunde danach war alles bestens geregelt und eine Ausstattung – »einer kleinen Fürstin würdig, edler Herr – auf mein Wort – die Fugger tragen nichts Besseres« – mit einer nur zweitägigen Lieferfrist in Auftrag gegeben. Anschließend speisten sie gemeinsam in der »Drei Mohren«-Bürgerstube, wo Florian Gelegenheit fand, sich in verschiedenen ihm ungewohnten väterlichen Handreichungen zu üben. Er bewältigte sie mit Würde und, als sie alles protestlos geschehen ließ, in dem guten Gefühl, eine Probe bestanden zu haben. Am Ende war Rebekka so satt und müde wie eine kleine, vollgefressene Katze. Kurz entschlossen beförderte er sie in sein mit schweren, uralten, silberbeschlagenen Möbeln vollgestopftes Zimmer und legte sie in das baldachin-überspannte Prunkbett, in dem, wie ihm der Wirt renommierend versichert hatte, »bereits Marschälle, Prinzen, und einmal sogar ein Emir aus dem Morgenland« genächtigt hätten.

Der Spanier Alfonso Zaragata, durch die Geräusche angelockt, kam mit offenem Kragen und aufgestülpten Ärmeln aus seinem zur Suite gehörenden Dienergemach, wo er bis zu diesem Augenblick mit Eifer, Hingabe und einem großen Holzkohlen-Bügeleisen damit beschäftigt gewesen war, Florians Leibwäsche in adretten Zustand zu versetzen. Beim Anblick des sich schläfrig räkelnden Kindes lächelte er und trat näher.

»Ist sie das? Ihre Tochter, Senor?«

Florian bejahte stumm und legte den Zeigefinger an die Lippen. Der zierlich gewachsene junge Mann mit den fast fiebrig glänzenden dunklen Augen nickte, ließ sich aber Zeit, ehe er auf Zehenspitzen den Rückzug antrat. Florian schickte ihm einen wohlwollenden Blick nach. Keine Frage, mit Alfonso hatte er einen guten Griff getan. Auch wenn ihm anfangs der Gedanke, einen persönlichen Diener zu beschäftigen, Unbehagen bereitete. Um ihn am Ende doch dazu zu überreden, hatte es der flehentlichen Bitten des jungen spanischen Soldaten der Cap Canaveral-Besatzung bedurft, ihn nicht im feindlichen Kingston auszusetzen, sondern als Bedienten mit nach Europa zu nehmen. Seitdem ließ er sich Alfonsos Assistenz gefallen.

Das Kind schlief. Die Zeit für den Besuch, den er allein machen mußte, war gekommen. Dann stand er an ihrem Grab. Tannengrün und ein Strauß Palmkätzchen lagen auf dem Hügel. Er bettete seine Märzenbecher daneben und las die Inschrift der Steintafel am Kopf der Grabstätte.

Rebekka Patricia Grünspan. Geboren am 16. Juni 1695 zu Augsburg. Verschieden im neunzehnten Jahr ihres jungen Lebens, am 7. Januar anno 1713 allhier.

Das Goldblatt, mit dem die Buchstabenvertiefung ausgelegt war, blätterte an den Rändern bereits ab.

Er verspürte ein Würgen im Hals, fühlte an der Stelle seines Herzens einen Steinklumpen. Fünf Jahre. Fünf unendlich lange Jahre, die plötzlich zu einem Nichts schrumpften.

Patricia. Nie hatte sie ihm ihren zweiten Vornamen verraten. Er klang so fremd, weckte nichts in ihm. Rebekka. Nichts anderes. Wäre das Kind nicht, lebte sie noch. Das Kind hatte sie umgebracht. Nein, nicht das Kind. Er. Er selbst hatte sie auf dem Gewissen. Der alte Grünspan hatte in seinem Brief die Dinge durchaus richtig gesehen. Ohne die Nacht im Palazzo Parsani – falsch. So stimmte es nicht. Die Kausalkette ließe sich bis zu seiner Geburt fortsetzen und noch weiter, und nur Spinner gerieten darüber ins Grübeln. Nicht einmal der unerbittliche, böse, alttestamentarische jüdische Gott war schuld an ihrem Tod. Und das Grab hier – er stierte stumpfsinnig auf die Blumen – ein Stück Erde in einem verwahrlosten jüdischen Friedhof, weiter nichts. Ohne Bezug zu dem Bild, das er von ihr im Herzen trug. Den Gang hierher hätte er besser unterlassen, dachte er. Es wäre sinnvoller gewesen, bei der Kleinen zu bleiben. Bei der anderen Rebekka, die lebte und seiner bedurfte. Enttäuscht und erfüllt von einer verträumten Traurigkeit verließ er den Friedhof.

Erst am frühen Abend kamen Florian und seine Tochter ins Tiepolt-sche Haus am Oberen Graben zurück, wo ihn der Hausherr mit gewichtiger Miene persönlich an der Tür empfing.

»Ich habe Neuigkeiten für Sie, mein Lieber. Man erwartet uns im Salon.« Er beugte sich vertraulich vor und dämpfte die Stimme. »Wenn ich Ihnen einen Rat geben darf – zögern Sie nicht, dem Vorschlag zuzustimmen, den man Ihnen unterbreiten wird. Er dürfte Sie überraschen. Seien Sie versichert, daß alles absolut korrekt ist und seine Richtigkeit hat. Aber was rede ich – kommen Sie!«

Während Renata, das blutjunge blonde Kindermädchen aufatmend die längst erwartete Rebekka in Empfang nahm und in ihr Zimmer verfrachtete, obwohl die Kleine lauthals protestierte und kaum davon abzubringen war, bei ihrem Vater zu bleiben, winkte der Hausherr energisch ab und schleppte Florian in den im Oberge-schoß gelegenen Salon, wo zwei über alle Maßen prächtig geklei-dete Herren warteten.

Noch ehe Tiepolt Gelegenheit bekam, seinen Gast vorzustellen, sagte der kleinere der beiden mit farbloser, dünner Stimme:

»Herr Stoll, wie ich annehmen darf?«

Florian reagierte zurückhaltend und mit einem gehörigen Maß an Mißtrauen. Der kleine, schmächtige Mann war bestimmt nicht mehr weit von den Siebzig entfernt, auch wenn er dies durch ausgiebigen Gebrauch von Wangenrot, Puder und Lippenstift zu kaschieren suchte. Er trug einen gelben, mit Gold bestickten Satinrock. An den Strümpfen hatte er goldene Zwickel und auf der karminroten Weste cremefarbene Rosen eingestickt. Seine Barceletts klangen bei jeder Bewegung aneinander, während er sich mit der lässigen Würde des standesbewußten Kavaliers verbeugte und Florian seine zierliche, schmalfingrige Rechte entgegenhielt, an der ein großer, roter Stein Feuer versprühte.

»Ich bin entzückt! Endlich lerne ich Sie persönlich kennen und bekomme Gelegenheit, Ihnen meine unendliche Dankbarkeit auszudrücken. Erlauben Sie, daß ich mich vorstelle – von Prack. Baron Theodor von Prack.« Als beim Angesprochenen die offensichtlich erwartete Reaktion unterblieb, ergänzte er in nicht nur gespielter Enttäuschung: »Ah, er sagt Ihnen nichts, mein Name? Hat ihn meine Tochter nie erwähnt? Parbleu!«

Florian stutzte. Tochter? Endlich kam ihm die Erleuchtung.

»Sie sind Evas Vater? Herr von Prack, natürlich!«

Blitzartig erinnerte er sich der Szene an der Klosterpforte von Sankt Benedetto. »Sind Sie Aristokratin?« hatte er sie damals gefragt und verblüfft ihr »ja« vernommen. Das also war ihr oft genannter adliger Erzeuger, den er damals bei dessen Besuch in Venedig verpaßt hatte!

»Selbstverständlich hat Eva von Ihnen berichtet!«

Der alte Mann mit der schlanken Figur eines Jünglings nickte befriedigt, deutete dann auf seinen Begleiter, der sich bisher im Hintergrund gehalten hatte und sagte:

»Darf ich Ihnen Herrn von Deyer vorstellen. Ritter Franz Hermann von Deyer, ein langjähriger Freund und vortrefflicher Edelmann.«

Der Große, Schlanke, mit den ebenmäßigen, ein wenig weibischen Zügen, den weichen, Zärtlichkeit versprechenden Lippen und den schönen, sanften Augen, machte die Andeutung einer Verbeugung, die Abstand ausdrückte, aber dennoch eine gewisse Vertraulichkeit andeutete. Ein glänzender Beau, dachte Florian. Hübsch, geschmeidig, sich seiner Wirkung bewußt und sicher eitel und egoistisch bis zum Überdruß. Samtweich ertönte die geschulte Salonstimme.

»Ihr Diener, Monsieur.«

Es klang wie das Schnurren eines jungen Katers. Nach weiteren Begrüßungsfloskeln und dem Wechseln diverser Belanglosigkeiten, die besonders Ritter von Deyer mit fast lyrischer Artigkeit von den Lippen gingen, bat der Hausherr seine Gäste, am runden Tisch Platz zu nehmen, auf dem in zierlich gearbeiteten Ständern Tabakspfeifen aus edlen, mit Elfenbein versehenen Hölzern vor sich hin qualmten.

Tiepolt ließ frisch eingebrautes dunkles Sommerbier in schlanken Zinnkrügen bringen, animierte zum Prosten und zu einem kräftigen Schluck und wurde dann konkret. Florian ansprechend, sagte er:

»Ritter von Deyer kommt aus Pyrrenstein-Lindenkamm und ist Erster Sekretär Seiner Durchlaucht, des Regierenden Prinzen von Pyrrenstein-Lindenkamm, dessen Staat zwar – verzeihen Sie, Ritter – an Ausdehnung klein, dafür aber an Ansehen und Reputation umso größer ist. Seine Durchlaucht, der Prinz geruht hin und wieder, die vortrefflichsten Persönlichkeiten unserer Epoche an seinen Hof zu bitten und entsprechend ihres Wirkens auszuzeichnen.«

An dieser Stelle wurde er von Deyer unterbrochen. Dem Wohlklang seines Organs mit geneigtem Kopf nachlauschend sagte er sonor:

»In der Tat, so ist es. Meine Wenigkeit wiederum wurde von Seiner Durchlaucht mit der immens vertraulichen, aber auch beglückenden Aufgabe betraut, solche Persönlichkeiten aufzuspüren und an Seiner Durchlaucht Hof zu bitten. Durch meinen Freund, den Freiherrn von Prack« – er neigte in Richtung des Barons artig sein schönes Haupt – »wurde ich auf Ihre – ich darf wohl sagen – historisch bedeutsame Persönlichkeit, wurde ich auf Sie, Monsieur, aufmerksam gemacht. Ich habe die Ehre und das erregende Vergnügen, Sie Seiner Durchlaucht als über alle Maßen besonderer Ehrung würdig vorzuschlagen und bin sicher, bei meinem durchlauchtigsten Herren ein geneigtes Ohr zu finden.«

Florians steigende Verwirrung zauberte ein gelacktes Lächeln auf die Lippen des edlen Ritters.

»Ich bin ermächtigt, Monsieur, Sie namens Seiner Durchlaucht in die Residenz nach Pyrrenstein-Lindenkamm zu bitten, falls wir uns einig werden. Seine Durchlaucht unterbreitet Ihnen durch mich eine Offerte – Ihrer Verdienste um des westlichen, nichtspanischen Abendlandes wegen – die auf Ihre Nobilitierung hinausliefc. Ohne Umschweife: Sollten Sie sich entschließen können, das auf dem Territorium Seiner Durchlaucht gelegene Gut Dahlenbühl gegen eine angemessene Summe zu erwerben, ein romantischer Besitz, zu dem ein vakanter Freiherrntitel gehört, wäre jener nach Abschluß der Kaufformalitäten der Ihre.«

Florian benötigte mehrere Atemzüge, Deyers Angebot zu erfassen. Nach Blicken in die ihn mit schmunzelndem Vergnügen musternden Augen der Herren Tiepolt und von Prack sagte er hölzern: »Machen Sie Witze?«

Deyers Züge gefroren in Hochmut.

»Witze? Ich muß doch sehr bitten! Mit Derartigem pflegt man im Heiligen Römischen Reich Deutscher Nation, dessen Staatenverband anzugehören auch Pyrrenstein-Lindenkamm die Ehre hat, keine Scherze zu treiben! Herr Tiepolt, erklären Sie es Ihrem Freund.«

Tiepolt nickte. Fast beleidigend trocken und ohne alle Umschweife sagte er:

»Lassen wir die Mätzchen. Das sogenannte ›Gut Dahlenbühl‹ besteht aus einer im Dreißigjährigen Krieg von den Schweden in ihren jetzigen Zustand versetzten Schloßruine, etlichen Ziegelhaufen, die ehemals Ställe waren, sowie dreizehn Morgen saurer Wiesen. Freiherr von Dahlenbühl, ein im Greisenalter stehender Kammerherr Seiner Durchlaucht, dessen gesamte, bisher recht bescheidene Besitztümer im Falle des freiherrlichen Ablebens dem Erbprinzen zufallen, wird Sie, mein Lieber, gegen den Betrag von 15 000 Dukaten, an Kindesstatt annehmen, also adoptieren. Mit dem Tode des Barons würde die Linie aussterben, was weder im Sinne Seiner Durchlaucht noch in jenem Dahlenbühls ist. Sie würden im Falle, daß Sie sich mit den Herren einigen, den Namen Florian von Stoll-Dahlenbühl tragen. Der Freiherrntitel ist ohne jeden Fehl und Tadel und für Sie selbst so astrein und hieb- und stichfest wie nur einer aus deutschen Landen. Ich ließ alles von dem mir gutbekannten Hausjuristen der Fürsten Fugger überprüfen. Wenn Sie zusagen, sind Sie Baron, mein lieber Junge, keine Frage.«

Florian nestelte an seinem Jabot. Jagende Hitzen röteten seinen Hals, und der Druck seiner Hände auf die Armstützen des Sessels verstärkten sich so, daß seine Gelenke knackten. Nein, niemand machte hier Witze. Es ging um ein stocknüchternes Geschäft. Über die Ernsthaftigkeit der Offerte bedurfte es keines Nachdenkens. Nicht nach Tiepolts Hinweis. Der Beau meinte, was er sagte, und kannte sich aus in Geschäften dieser Art.

15000 Dukaten. Eine respektable Summe. Immerhin 40000 Livres! Aber dennoch wenig, wenn die Adoption und vor allem deren Auswirkung der automatische Miterwerb des Erbadels seine Richtigkeit hatte.

Pyrrenstein-Lindenkamm? Vage schoß ihm eine Erinnerung ins Gedächtnis. Es war eines jener obskuren dreihundert deutschen Ländchen, die sich nach dem Westfälischen Frieden, am Ende des Dreißigjährigen Krieges, 1648, im Herzen Europas als souveräne Staaten etabliert hatten. Selbstverständlich konnte der regierende Prinz des Landes eine derartige Adoption Kraft souveränen Rechts sanktionieren. Ein Grinsen erhellte sein Gesicht. So einfach war das, so kindisch einfach. Keine waghalsigen, risikoreichen Eroberungen wilder Karibikinseln, kein Einsatz von Hunderttausenden, keinerlei Risiken Schulenburgscher Prägung! 15000 Dukaten auf den erbprinzlichen Tisch, und der Aristokrat von Stoll war perfekt. Er hätte schreien mögen. Wie war das – Adel gleich Ehre, Aristokratie gleich Herrschaft der Edelsten und Besten! O Mann! Und vor so etwas kuschten noch immer Millionen, beugten ganze Völker die Häupter in Demut und Unterwürfigkeit, zitterten die Sklaven. Sein Blick traf Tiepolt. Der Ältere verzog keine Miene. Unvermittelt sagte er mit starrem Gesichtsausdruck:

»15000 Dukaten – ein angemessener Preis. An Ihrer Stelle, Florian, würde ich akzeptieren. Wenn Sie alle Posten zusammenzählen, die sich aus dieser ›Ernennung‹ ergeben, bleibt unterm Strich eine Menge.«

Florian hätte am liebsten schallend gelacht. Aber ja, Mister! Natürlich blieb da eine ganze Menge! Mehr noch, eine ganze Welt öffnete sich, völlig neue Perspektiven taten sich auf! Es würde keine demütigenden Barrieren mehr für ihn geben. Barrieren wie jene nievergessene vor dem Cellinischen Kaffeehaus auf der Piazza San Marco zu

Venedig, keine ungesühnt bleibenden Beleidigungen mehr durch adlige Kläffer und Vaganten, kein entwürdigendes Zukreuzekriechen. Und wieder durchfuhr ihn ein Erinnerungsblitz aus einer kaum noch vorstellbaren Vergangenheit; die Erinnerung an jenen Eid, den er am Morgen des 28. Dezember 1705 in der elenden Bretterhütte zu Tonneck sich selbst geleistet hatte und der eingeleitet worden war mit dem Wissen: Die Welt konnte er nicht verändern und wollte es auch nicht. Gegen die etablierten Kräfte und Mächte war kein Kraut gewachsen. Dem Einzelnen aber blieb die Möglichkeit, sich aufzuraffen und auszuscheren aus dem Haufen und nach der Chance zu greifen, wenn sie sich bot, dem Knechtstatus zu entrinnen. Seitdem er denken konnte, war dies sein Ziel gewesen. Für 15 000 Dukaten gehörte er dazu!

Alle Nervosität fiel von ihm ab. Lässig sagte er:

»Ich bin mir der Ehre, die mir hier zuteil wird, bewußt, und werde Seine Durchlaucht nicht enttäuschen. Zwölftausend Dukaten sind die Summe, die ich erübrigen kann. Zwölftausend« – er warf Tiepolt einen fragenden Blick zu und wiederholte, als dieser keine Miene verzog, den Betrag ein weiteres Mal, »wenn es beliebt in Dublonen einer peruanischen Münze.« Deyers Einwand zuvorkommend – der Beau rang die Hände und schickte einen flehentlichen Blick zur Decke, ergänzte er: »Ferner möchte ich Ihre Gefälligkeit mit tausend Dukaten entlohnen« – der Terminus »entlohnen« ließ Deyer schmerzlich zusammenzucken – »und Ihr Mitwirken an meiner Aristokraten-Karriere, lieber Baron« – sein Blick traf Prack – »ist mir weitere 500 Dukaten wert.« Die Ausrufe der beiden mit einer Handbewegung abwürgend, fügte er hinzu: »Freilich nur unter der Bedingung, daß die – Adoption – noch in dieser Woche erfolgt. In diesem Zusammenhang den Hinweis: Heute haben wir Dienstag.« Nachdrücklich fuhr er fort: »Ich werde heute in zwei Wochen in Paris erwartet. Dieser Termin ist unaufschiebbar. Noch einmal: Halten Sie eine so rasche Abwicklung unseres – Vorhabens – für möglich, bin ich Ihr Mann. Andernfalls muß ich passen.«

Deyer maß ihn mit einem langen Blick. Unter Verzicht auf alle bisher verwendeten sprachlichen Arabesken meinte er sachlich: »Wahrscheinlich bluffen Sie, mein Bester. Aber ich gebe zu, Sie sind in der Vorhand. Tatsächlich nehme ich Ihnen weder die Eile ab noch die Endgültigkeit Ihres Angebots. Aber sei's drum. Einverstanden also. Sie bürden mir einen ziemlichen Packen auf. Ich muß, wenn alles glatt über die Bühne gehen soll, umgehend in die Residenz. Es sind eine Reihe von Vorbereitungen zu treffen, wie Sie begreifen werden. Kostspielige Vorbereitungen, wenn ich mir den Hinweis erlauben darf. Die tausend Dukaten wären mir eine große Hilfe, um ehrlich zu sein.«

Tiepolts zustimmendes Blinzeln ließ Florian nicken.

»In Ordnung.« Er wandte sich an den Bankier. »Bitte erledigen Sie das für mich?«

»Gerne.«

Franz Hermann von Deyer verabschiedete sich, Eva Tiepolts Vater im Schlepptau. Zu Florian sagte er, an der obersten Stufe der Treppe zum Erdgeschoß verharrend:

»Dürfen wir Sie übermorgen, sagen wir – kurz nach Tisch, gegen zwei Uhr, bei Hofe erwarten?«

Florian gab sich verwundert.

»Bei Hofe? Ah, ich verstehe! Seine Durchlaucht bekommt die Summe persönlich. Ohne Umwege über Herrn von Dahlenbühl. Nun gut, ich komme.«

Deyer verzog die Lippen, blieb aber stumm.

»Wo liegt das Prinzentum Pyrrenstein-Lindenkamm überhaupt? Verzeihen Sie, Herr von Deyer – ich komme aus Westindien und bin mit der deutschen Geographie nicht all zu sehr vertraut.«

Tiepolt ergriff das Wort.

»Keine sechzig Meilen von hier, Richtung Nordwesten. Die Landesgrenze beginnt knapp jenseits der Donau und stößt dann an jene von Württemberg. Für Sie auf Ihrem Weg nach Paris kaum ein Umweg.«

Die Miene des zukünftigen Aristokraten erhellte sich.

»Ausgezeichnet.«

»Noch ein Hinweis, Herr Stoll. Das Zeremoniell erfordert Gala. Großer Staatsrock also, wenn es beliebt.«

Deyers Stimme knarrte vor Arroganz. Jetzt, nachdem für den erfolgreichen Abschluß des Geschäftes keine Gefahr mehr bestand, hatte sich seine Haltung Florian gegenüber wesentlich verändert. Er ließ ihn fühlen, daß er ihn für einen unverbesserlichen Parvenü hielt, dem seitens Seiner Durchlaucht, des Erbprinzen, für popelige 12 000 Dukaten viel zu viel Ehre widerfuhr. Kurz vor seinem Abgang musterte er ihn pikiert, während er näselte:

»Adel, mein Bester, hat nur wenig mit dem Ritterschlag zu tun. Adel empfindet man hier« – er deutete auf seine Brust – »und verfügt dann auch über ein Gespür für echte Werte, zu denen diverse äußere Gesten des Höfischseins, zu denen auch eine bestimmte verbale Disziplin gehört. Äußerlichkeiten, gewiß, aber von erheblicher Bedeutung in einer Welt, die täglich mehr verrottet, die sich täglich mehr dem Plebs ausliefert. Ihr Diener, Herr Stoll!«

Mokant lächelnd neigte er sein schönes Haupt und schritt, die Linke am Griff seines Zierdegens, gravitätisch die Treppe hinunter. Florian grinste ihm nach. Er war nicht beleidigt, eher amüsiert. Prima Abgang, Herr Ritter! Sich an Tiepolt wendend, feixte er:

»Deutscher Uradel, was?«

Der Bankier musterte seine Fingernägel. Ohne aufzusehen, meinte er:

»Möchte ich nicht sagen. In wieweit sein Adelsbrief es verträgt, genau unter die Lupe genommen zu werden, weiß ich nicht. Seine Durchlaucht jedenfalls scheint nichts dagegen zu haben, wenn Deyer sich mit einem »von« dekoriert. Ein Beau, nicht? Er war Hof-Bader bei Max Emanuel in Brüssel und genoß die Ehre, den Perükken des Kurfürsten jeweils den letzten Schliff geben zu dürfen. Bis man ihn einer Unregelmäßigkeit wegen, über die ich nichts genaueres weiß, davonjagte. Als er in Pyrrenstein-Lindenkamm aufkreuzte, war er raffiniert genug, den Frankfurter Geldjuden Hirschmann mitzubringen, der es sich, so erzählt man sich, 60 000 Dukaten kosten ließ, Baron zu werden. Wie sich *diese* Erhebung in den Adelsstand vollzog, ist mir unbekannt. Jedenfalls wurde sie sogar vom Kaiser in Wien bestätigt, was eine weitere, beträchtliche Summe gekostet haben dürfte. Herr von und zu Hirschmann konnte sich den Betrag leisten! Seit damals gehört Deyer zum innersten Kreis der Pyrrensteinschen Hofschranzen und lebt wie die Made im Speck von Ehrungen aller Art. Sein Vater soll – dies nur am Rand – ein Hufschmiedgeselle aus dem Hessischen gewesen sein, wird behauptet.«

»Nicht schlecht! Eine Karriere! Ein Schalk, der Bursche. Irgendwie habe ich ein Faible für ihn.«

Tiepolt war nicht damit einverstanden. Fast zornig sagte er: »Kein Bruder im Geist, falls Sie dies meinen. Zugegeben, der Mann hat Chuzpe. Aber im Grunde ist er ein Einfaltspinsel. An sein Gewäsch von den »echten Werten« glaubt er tatsächlich.«

Florians Zeit begann knapp zu werden. Schuld daran war sein – er gestand es sich ein – kindisches Vergnügen, diesem Ritter und, als Folge davon, auch diesem Souverän eines deutschen Staates mit der kurzfristigst geforderten Zeremonie der Adoption seinen Willen aufzuzwingen. Der Gedanke an die so erwiesene und öffentlich demonstrierte Erpreßbarkeit dieses Herrschers von Gottes Gnaden erleichterte es ihm, in der ganzen Geschichte eine Farce zu sehen, eine Narretei, allein dazu gut, einem ehemaligen Bauernknecht die Chancen in dieser verrückten Welt zu verzehnfachen. Der Gedanke war weiß Gott belustigend, daß 12 000 Dukaten, gleichgültig, auf welche Weise die Summe erworben worden war, jedem Hans Dampf den Weg zu einem Baronat öffnete.

Nur noch ein einziger Tag blieb ihm in Augsburg. Er beschloß, ihn zur Gänze mit dem Kind zu verbringen, nachdem alle geschäftlichen Probleme mit Tiepolt zur allseitigen Zufriedenheit bereits am Abend erledigt worden waren. Wobei Florian versprochen hatte, den wesentlichen Teil seiner spanischen Beute-Peseten zu exzellenten Bedingungen dem Londoner Zweigbetrieb der Tiepoltbank zu überlassen, und bezüglich seiner Augsburger und venezianischen Beteiligungen keine voreiligen Entschlüsse zu treffen.

In der Nacht schlug das sonnige Frühlingswetter um. Als er sich am nächsten Morgen gegen neun Uhr anschickte, den Gasthof zu verlassen, um, wie tags zuvor, gemächlich schlendernd das Tiepoltsche Anwesen am Oberen Graben zu erreichen, fegte ihm ein eisiger Wind ins Gesicht, der in böigen Streifen dicke Graupeln vor sich her trieb, die prasselnd gegen Wände und Fenster schlugen. Die gegenüberliegende Häuserzeile verschwand fast hinter den grauen Schwaden. In Minutenschnelle bedeckte grobkörniger Schnee knöcheltief das Kopfsteinpflaster. Er beugte sich herab, mühte sich, einen Schneeball zu formen, und warf ihn dann mutwillig in Richtung Merkurbrunnen, der im Gestöber kaum noch auszumachen war.

Einige vorbeihastende, vermummte Gestalten musterten ihn verwundert und mißbilligend.

Zögernd trat er ins Haus zurück und ließ sich Handschuhe und
Mantel bringen. Letzteren, ein Prachtstück aus wetterfestem schwar-
zem Stoff, hatte er im kalten, verregneten London noch am Tag
seiner Ankunft der Eile wegen in einem Ladengeschäft an der Ox-
fordstreet erworben, dessen Inhaber mit Nachlässen bedeutender
Persönlichkeiten und natürlich ausschließlich solchen »von Stand«,
wie er während des Verkaufsgespräches betonte, einen schwunghaf-
ten Handel trieb. Das Kleidungsstück, mehr Umhang als Mantel
und auch zu Pferd gut zu tragen, kostete ihn einundzwanzig Gold-
füchse, war mit Bisamfellen gefüttert, am Hals mit einem breiten,
pompösen Zobelkragen versehen und so lang, daß seine Enden den
Boden streiften.

Während er auf die bestellte Sänfte wartete, die ihm bei der Kürze
des Weges als das passendere Verkehrsmittel erschien, betrachtete er
sich recht befriedigt im Spiegel der Gasthofhalle. Die tiefen Bücklinge, mit denen ihn kurz danach die beiden Träger umdienerten,
bestärkten ihn in dem Gefühl, mit dem Mantel einen glücklichen
Kauf getätigt zu haben.

Nun existierten wie überall in den Landen Europas auch in dem
noch immer als »Freie Reichsstadt« deklarierten Augsburg, selbst
wenn diese Bezeichnung längst ihren einstigen Glanz eingebüßt
hatte, diverse Kleidervorschriften, sowie das Tragen von Waffen re-
gelnde Mandate. Florian hatte sich schon kurz nach seiner Ankunft
damit vertraut gemacht und war dabei auf einige höchst interessante,
bezeichnende und bemerkenswerte Passagen gestoßen, die ihm ein
weiteres Mal die Augen über obrigkeitsspezifische Zusammenhänge
öffneten, deren er sich bisher nie so richtig bewußt geworden war.
In der am 17. März 1718 von der Freien Reichsstadt Augsburg erlas-
senen »Neuesten, die Einwohner gleich welchen Standes betref-
fende Kleiderordnung und solche das Waffentragen regulierende«,
fanden sich unter anderem folgende Punkte:

*Nachdem fortwährend und mißfälligst wahrzunehmen befunden, daß die Klei-
der betreffenden Mandate, so in den letzten Jahren ausgefertigt, durchgehend*

ausser Acht gelassen, und sowohl die Gold- und Silber- als Seiden und andere verbotene hochgültige Waren-Tracht bei jenen, welchen es betreffs der Ordnung nicht zusteht, von neuem wiederum sehr im Schwang steht, so wird wiederholt und der Befehl erneuert ganz ernstlich dahin, daß:

In Zukunft nur unsere Bürgermeister und Räthe, die von Adel, namentlich auch die bei den Truppen stehenden Ober-Officiers, sowie vornehme Beamte, Doctores und alles was Siegelmäßig ist, nebst ihren Frauen und Kindern, sich des gesponnenen Golds und Silbers, jedoch mit Discretion und ohne Übermaß, gebrauchen dürfen. Alle übrigen, welche oben nicht ausgeführt, ist Gold- und Silbertracht auf Kleidern, Hauben, Miedern, Halstüchlein, Hüten, Brustflecken, wie auch immer sie Namen haben, gänzlich verboten und abgeschafft.

Gemeinen Bürgern oder innerhalb des Burgfriedens hausende Bauernschaft, nebst dortigen Wirten, Becken, Müllern und dergleichen, besonders aber Dienstboten, sowohl solche bei Herrschaften, als auch in Klöstern und bei Pfarrern, dann den Bräuknechten, Handwerksburschen und endlich auch den Amtleuten, nebst Weib und Kindern ist nicht nur gesponnen Gold und Silber ohne Unterschied, sondern auch der Gebrauch des die Elle über zwei Gulden stehenden Tuchs, und ausländischer feiner Wollwaren zu Kleidungen, nebst den niederländischen und dergleichen kostbaren Spitzen gänzlich abgeschafft, von den Seidenwaren aber höchstens ein Halstuch oder Hauben zu tragen erlaubt. Hingegen alle übrige Seidenware als da sind Strümpfe, Mieder, Corsette, Fürtücher, Camisol, Röck und ganze Kleider sind kategorisch verboten!

Die minder ansehnlichen Bürger, Beamte, Kanzlisten, Haus-Secretarien, Kammerdiener und Hausmeister nebst Weib und Kind, auch die sogenannten Kammer- und Stubenmägdlein und Beschließerinnen, dann Unteroffiziersweiber mögen zwar feinere Tuch- und Wollwaren wie auch von Seiden und etwas Sammet tragen, Spitzen und dergleichen aber nicht enthalten. Sich gar viele des Degens bedienen, welchen dieses nicht gebühret, so ist nunmehr eingeführt, daß solche nur noch tragen, so sie von Adel und als Offiziers der Militz angehören, dann die Räthe, oberen Beamten, graduierte oder Siegelmäßige Personen, ferner Academicis von Ingolstadt und auch während der Vacanz alle übrigen Studenten.

Außer diesem genannten Personenkreis aber wird das Tragen von Degen und auch Seitengewehr gänzlich und für immer abgeschaft mit Ausnahme bei den Jägern der Hirschfänger, und was die Reisenden zur Defension oder die Amtsleut in ihrer Amtsverrichtung bei sich tragen. Falls aber nun aus obigem Personenkreis so ihn das Verbot betrifft, jemand hievon befreit zu werden verlanget, so soll er zuvor alle Jahr eine gewisse Tax, und zwar für erwähnte Gold- und Silbertracht 1 Gulden, für Seiden- und feinem Tuch, sowie Spitze und Wollwaren 30 Kreuzer, und für den Degen ebenfalls einen Gulden bezahlen und dafür ein Police erhalten. Alljährlich hat diese Tax renoviert zu werden. Wer die Befreiungspolice nicht kann vorweisen und trägt dennoch dergleichen, soll nicht nur die Confiscation sondern auch ein Geldstraf von zehn Reichsthalern verfallen sein, welche gleiche Geldstraf auch den Hausvätern wird auferlegt, wo all solche Leut untergekommen. Der Aufbringer solcher Übertreter soll allzeit erhalten ein Drittel, die übrigen zwei Drittel aber dem Fiscio zukommen. Die Unvermögendlichen aber, so sie die Geldstraf nicht bezahlen können, sollen mit offenkundlicher Schand und Gefängnis-Strafe eingedeckt werden, wie jeder andere Falsarius auch malefizisch processiert und gestraft werden. So werden von Zeit zu Zeit eigene Visitatores ausgeschickt und die Straffälligen auf der Stell ohne alle Gnad und Pardon mit Schärfe exequieret.«

Zynischer konnte der Sinn dieser Verordnungen und Mandate nicht mehr demonstriert werden, dachte Florian. All diese einst die Standesunterschiede in der Öffentlichkeit zu verdeutlichen bestimmten Reglements sowohl in den Freien Reichsstädten, als auch in den absolutistisch regierten Landesfürstentümern, waren längst zu Steuereintreibungsvorwänden verkommen, die es jedem durch Raub zu Geld gekommenen Vagabunden gestatteten, sich in Samt und Seide zu kleiden und einen Degen an der Seite zu tragen, wenn er bereit war, den Betrag für die »Befreiungspolice« zu opfern. Die seine hatte ihm der Gasthof-Hausbursche in den »Drei Mohren« besorgt. Solches gehörte zum Servicio eines Hauses von Rang für jene Gäste, deren Stand noch nicht ihrem Reichtum anzupassen möglich geworden war. Er hatte also nichts zu befürchten. Altes, verdammtes, dreimal verzopftes Europa!

Im Haus Tiepolt erwartete ihn Rebekka voll Ungeduld. Die beiden breiten, rosaroten Schleifen an den Enden ihrer Zöpfe wirkten so exotisch ungewöhnlich auf dem Hintergrund ihres schwarzen, tristen Kleidchens, daß sie Florian an bunte Schmetterlinge auf einer blumenlosen Winterwiese erinnerten. Schmunzelnd würdigte er die Geste, sich für ihn besonders schön gemacht zu haben, als ein Zeichen dafür, daß er allmählich Gnade vor ihren Augen fand.

Zwei volle Stunden tobte er mit der Kleinen durchs Haus, daß dem Kind, an gesetzte, altväterliche Spielgefährten gewöhnt – die Mamsell Renata zählte nicht, da sie sich penetrant an die Tiepoltschen Anweisungen hielt, die turbulente Szenen kaum zuließen – am Ende vor Ausgelassenheit und Übermut die Wangen glühten.

So ein Vater, dachte sie mitunter, war eigentlich doch ganz brauchbar. Und wenn sich nicht noch irgendetwas an ihm offenbarte, das ihn weniger lustig, weniger angenehm und weniger sympathisch machte, konnte sie im großen und ganzen mit ihm zufrieden sein. Trotzdem war sie nicht überrascht, als sich dieses an ihm befürchtete Unangenehme sehr schnell zeigte.

Im Verlauf des Mittagessens, bei dem Karl Tiepolt zugegen war, kam Florian, sich fast ausschließlich an das Kind wendend, vorsichtig auf die bevorstehende Abreise zu sprechen.

»Würdest du dich über eine lange Fahrt mit der Kutsche, die von vier Pferden gezogen wird, freuen?«

Sie strahlte.

»Aber ja! Wann geht es los? Wohin fahren wir?« Sie legte vor Aufregung den Löffel zurück.

»Das ist die ganz große Überraschung. Wir fahren zu einer Art – nun – König!«

»Zu einem richtigen König? Wie im Märchen? Mit Schloß und Königin und Prinzessin?«

Er lächelte über ihren Eifer. Aber es war ein sehr gezwungenes Lächeln.

»So ähnlich jedenfalls. Die Königin und die Prinzessin kann ich nicht versprechen, das Schloß schon.«

Sie ging über die Einschränkung großzügig hinweg und begann erneut in ihrem Spätzle-Berg zu stochern. Tiepolt, der Florians Schweigen als Kneifen auslegte, brummte:

»Nun sagen Sie es schon. Einmal müssen Sie ja doch damit heraus!«

Die Kleine stutzte. Sie spürte intuitiv, daß Unangenehmes in der Luft lag. Mißtrauisch schaute sie von einem der Männer zum anderen. Florian wischte sich mit der Serviette den Mund ab, schickte Tiepolt einen langen Blick zu, der alles bedeuten konnte, und sagte dann, sich leise seufzend zurücklehnend:

»Es ist so, Rebekka, die – Fahrt, die Reise, geht noch weiter. Viel weiter.«

Sie unterbrach ihn kauend:

»Viel weiter? Du sagst auf einmal – reisen, nicht mehr Fahrt. Reise, das ist lange. So wie Onkel Felix. Nach Ven – nach Ven …«

»Nach Venedig. Ja. Genau so weit.«

Sie blinzelte zu Tiepolt.

»Du kommst mit.«

Es war keine Frage, sondern eine selbstverständliche Annahme. Er schüttelte den Kopf, schwieg. Sie legte die Stirn in Falten und schien nachzudenken. Plötzlich sagte sie mit erhobener Stimme, als wollte sie die Bedeutung der Frage durch die neue Tonlage unterstreichen:

»Und wann kommen wir zu Onkel Karl zurück?«

Sie ließ Florian nicht aus den Augen. Dessen Schweigen steigerte den Mißmut und die Ungeduld des Älteren.

»Keine Ausflüchte, mein Sohn! Los, die Karten auf den Tisch!«

»Schon gut.«

Es kam recht einsilbig. Florians Gelassenheit war weg. Steif, hölzern fast, sagte er:

»Nun denn – wir kommen nicht mehr zurück, Rebekka.«

Sie sperrte den Mund auf. Ihre kleinen, regelmäßigen Zähne schimmerten.

»Nie mehr? Du meinst – nein! Nein, ich will nicht zu deinem König!«

Sie hob abwehrend die Hände, sprang vom Stuhl, begann zu schluchzen, lief zu Tiepolt und klammerte sich an ihn. Der alte Mann strich ihr mit krubbeligen Fingern über den Kopf.

»Nicht doch, meine Kleine.«

Er hob sie hoch, setzte sie auf seinen Schoß. Sein Unbehagen machte ihn kurzatmig. Er schnaufte wie ein müdes Roß. Die Kleine schlang die Arme um seinen Hals.

»Ich will nicht fort! Der fremde Mann soll gehen. Ich mag ihn nicht! Onkel Karl – bitte, bitte hilf mir. Laß mich bei dir!«

Tiepolt drückte ihren schmalen Körper wortlos an sich und zuckte hilflos die Schultern. Florian beschloß einzugreifen. Er begann von neuem:

»Zuerst wirst du die schönste Stadt der Welt kennenlernen. Sie heißt
Paris. Sie ist groß und herrlich wie das Paradies – was sage ich – wie
der Himmel! Paris ist der Himmel auf Erden! Genau der richtige Ort
für mein kleines Mädchen.«
Ihr Schluchzen brach ab.
»Der Himmel?«
Es klang dünn.
»Paris ist der Himmel?«
Sie schniefte ein paarmal, wandte zögernd den Kopf, schaute ihn an.
In ihren tränenfeuchten, rotgeweinten Augen war ein großes, eigen-
artiges Staunen. Es hätte ihn warnen müssen. Aber er übersah es,
froh darüber, ihr Interesse geweckt zu haben. Wieder flüsterte sie:
»Der Himmel?«
Er nickte eifrig. Langsam löste sie sich aus Tiepolts Armen und
setzte sich gerade. Obwohl ihr das Weinen noch ganz oben im Hals
saß, bemühte sie sich, verständlich zu sprechen. Noch immer zuck-
ten ihre Mundwinkel, während sie sagte:
»Dort ist meine Mutter. Wir gehen zu meiner Mutter.«
Florian fiel aus allen Wolken. Sprachlos starrte er sie an. Bis er
begriff. Er blickte das Kind an, dann Tiepolt, dann wieder das Kind,
das ihn plötzlich anleuchtete, als wäre er der liebe Gott oder zumin-
dest der heilige Nikolaus. Andächtig wiederholte sie:
»Wir fahren zu meiner Mutter in den Himmel! Und du bist mein
Vater.«
Es war das erste Mal, daß sie ihn so nannte. Sein Herz verkrampfte
sich.
»Onkel Karl – hast du es gehört – wir fahren zu Mutter in den
Himmel!«
Der Bankier verfluchte Florian, wagte aber kein Kopfschütteln. Die-
ser schien zu einem Entschluß zu kommen. Er feixte verzerrt und
sagte dann laut und deutlich:
»Ja, Rebekka, das tun wir. Willst du mitkommen?«
Sie sah ihn an, als zweifelte sie an seinem Verstand.
»Ja, ja, Vater!«
Er hätte sich schlagen können. Aber an der Lüge gab es nichts mehr
zu rütteln.
Sie lächelte. Ein kleines, zartes Lächeln, das sich von ganz tief innen

her auf ihr Gesicht stahl. Zögernd und ein wenig verwundert dachte sie, daß sie ihn plötzlich mochte, wirklich mochte, diesen seltsamen fremden Mann mit der dunklen Haut und der komischen Sprache.

Er starrte in das helle Oval dieses Kindergesichtchens. Ungläubig, betroffen und dann voller Beklemmung, die ihm die Kehle zuschnürte. Und es war ihm, als ertönte von ganz weit her eine Stimme, die ihn rief, eine süße, vertraute Stimme, deren Klang sein Herz öffnete und Wellen der Erinnerung in sein Hirn strömen ließ.

Sie war gekommen. Sie, die andere, große Rebekka. Er spürte ihre Nähe mit einer staunenden, beglückenden Gewißheit, die ihn schwindlig machte. Und die Welt war wieder jung.

»O Gott, o mein Gott!« Er schloß die Augen und kostete den bittersüßen Moment bis zur Neige.

Eine Hand schob sich zart in die seine. Eine winzige, tolpatschige Hand, weich, ein Hauch nur von Berührung Er sah auf. Die Kleine stand vor ihm. Noch immer war das Lächeln auf ihren Lippen. Das Lächeln des Judenmädchens aus dem Ghetto von Venedig.

Er ergriff sie unter den Armen, hob sie hoch und legte seine Wange an die ihre. Sie kuschelte sich an ihn. Plötzlich sagte sie:

»Du, ich bin Rebekka und ich mag dich.«

Er flüsterte:

»Ja, mein Liebling, du bist Rebekka. Ja.«

Später, viel später, als das Kind fort war, sagte ein zorniger alter Mann:

»Sie sind ein Narr, Florian, ein Narr und ein Kindskopf. Das hätten Sie nicht tun dürfen. Diese Lüge trägt sie Ihnen lange nach. Sie hätten ihr sagen müssen, daß ihre Mutter tot ist. Tot bis zum jüngsten Tag. Und daß für die Lebenden kein Weg in den Himmel existiert. Und für die Toten keiner zurück.«

Florian akzeptierte den Vorwurf. Natürlich hatte der Alte recht.

Er hätte die Phantastereien des Kindes sofort berichtigen müssen. Nur gut, daß ihm bis Paris genug Zeit blieb, seine Vorstellungen zu korrigieren. Enrico war in Paris. Er würde sich freuen über den Besuch. Es würde Spaß machen, alte Zeiten aufleben zu lassen.

Und noch jemand lebte in Paris. An dieser Stelle weigerte er sich, den Gedanken weiterzuspinnen.

Begleitet von den guten Wünschen eines recht traurigen und sich vor der nun unweigerlich kommenden Vereinsamung fürchtenden Karl Tiepolt, verließen sie am frühen Morgen des 30. März 1718 die Freie Reichsstadt Augsburg, nachdem sie im Schneidereisalon der Madame Koppenhöfer in der Dominikanergasse acht wunderhübsch gearbeitete Kinderkleidchen aus Seide, Battist, Brokat und Musseline abgeholt und verstaut hatten. Mit ihnen reisten der zwanzigjährige Spanier Alfonso Zarata, sowie die achtzehnjährige Renata Silbernagl, derzeit Kindermamsell der zukünftigen Baronesse Rebekka von Stoll-Dahlenbühl. Die ledige, elternlose Buchbinderstochter aus Haunstätten erlebte die Abfahrt ob der ungeheueren Lebensveränderung, die das Auftauchen dieses Herrn Stoll für sie gebracht hatte, halb in Trance. Trotzdem wurde sie gewahr, daß der rassige, aber leider völlig unverständlich parlierende Spanier vom ersten Moment an ein Auge auf sie geworfen hatte, was ihre Aufregung noch um einiges steigerte.

Pünktlich kurz vor zwei Uhr passierte die von vier Schimmeln gezogene, für sündteueres Geld angemietete, dafür aber auch ausnehmend gut gefederte und mit großem Luxus ausgestattete Reisekalesche das von zwei farbenprächtig herausgeputzten uniformierten Gardesoldaten bewachte Tor der Residenz von Pyrrenstein-Lindenkamm.

Zuerst ging es in ein Nebengemach der erbprinzlichen Hofkammer, wo der Notar, ein Mann in dunklem Talar und ebensolchem Barett, dessen ganze Erscheinung etwas Unpersönliches hatte, sich beim Eintreten Florians so langsam und vorsichtig hinter seinem Schreibtisch erhob, als machte es ihm Mühe, seine knappen fünfunddreißig Jahre hochzuhieven.

Unter Zuhilfenahme einer Brille visitierte er den auf das Bankhaus Tiepolt bezogenen Wertbrief über 12 000 Dukaten, nickte wichtig und deutete dann auf ein verschrumpeltes Männchen, das bis zu den Hüften in Wolldecken gehüllt, in einem Rollstuhl saß und mühsam den Kopf hob, als Florian seinen Namen nannte. Seine halbblinden Augen, die offensichtlich kaum noch die nähere Umgebung wahrnahmen, schwammen in Greisentränen.

Der Notar schob den Stuhl mit dem kaum noch Lebenden bis an die Schreibtischkante, worauf Baron Dahlenbühl das Kunststück fertigbrachte, mit zittrigen fahrigen Buchstaben seinen Namen unter ein vorbereitetes Dokument zu setzen. Nach dieser Leistung entschlummerte er sanft. Zwei Zeugen, ein Stallmeister namens von Raul, sowie ein Bürgerlicher, dessen Namen Florian später als Moritz Wolters entzifferte, beglaubigten die Adoption.

Der anschließende Gala-Empfang, den ein Hofschranze namens Erasmus von Plisch zelebrierte, der den ausgedörrt wirkenden, senilen Erbprinzen in schmieriger Unterwürfigkeit umdienerte, während Ritter von Deyer an der Spitze einiger ausgewählter Kammerherren die possenhafte Farce mit Luchsaugen überwachte, dauerte knapp eine halbe Stunde und erschien Florian so belanglos, daß er sich später an Einzelheiten kaum noch erinnerte. Ganz im Gegensatz zu seiner Tochter, die noch Jahre danach begeistert von ihrer Audienz beim »Märchenkönig« zu erzählen wußte und sogar in der Lage war, dessen Kleider bis zur letzten Borte zu beschreiben.
Ihm genügte es, das umfangreiche, mit pompösen Siegeln versehene Dokument, das ihm Serenissimus am Ende mit gnädigem Nicken und einem anschließenden feuchten Händedruck überreichte, in seinem Koffer zu wissen. Bereits um vier Uhr fuhr die nun freiherrliche Familie samt ihrer beiden Dienstboten in Richtung Stuttgart weiter.
Florian zog sich der Bequemlichkeit halber die Schuhe aus und vergrub seine seidenbestrumpften Beine in den Kissen der gegenüberliegenden Polsterbank, während Rebekka neben ihm, des vielen Schauens müde, schläfrig vor sich hindöste.
Von Stoll-Dahlenbühl! Es würde dauern, sich daran zu gewöhnen. Wenn überhaupt. Der Gedanke an das uralte, spindelige Männchen, seinen Adoptivvater, ließ ihn grinsen. Dennoch! Das Ganze war zwar spaßig, in seinen Auswirkungen freilich alles andere denn ein Witz. Und deshalb den Preis, den er dafür bezahlt hatte, reichlich wert.
Er schloß die Augen. Seine Gedanken begannen zu wandern, unbewußt, unkontrolliert, und fanden sich plötzlich in jenen Bereichen seiner jüngsten Vergangenheit, die er bislang verbissen aus seinem Gedächtnis zu streichen versucht hatte.

Ja sie waren in Paris. Don Umberto samt Ehefrau Isabella, geborene Baroja. Und er selbst hatte in seiner absurden Borniertheit das Seine dazu beigetragen, daß dem so war. Mit einem bißchen Verstand hätte er von Anfang an damit rechnen müssen, daß alles so kommen würde, wie es sich dann entwickelte. Isabella Baroja war eine sehr schöne, heißblütige junge Frau in einer mehr als ungewöhnlichen Situation, für die sie nichts konnte, die ihr vielmehr auf recht drastische Weise aufgezwungen worden war. Daß sie danach trachtete, ihre Lage zu verbessern, war nur all zu verständlich.

Nach dem Eklat in Kingston mußte es auch Florian als nicht zu leugnende Tatsache akzeptieren, daß für die Cubanerin, gleichgültig, wieviel Geld sie besaß, nur zwei Möglichkeiten offenblieben, zukünftig ihr Leben einzurichten. Entweder ging sie in ein Kloster, um dort mittels einer frommen Stiftung Karriere zu machen, oder sie verheiratete sich, so schnell sie konnte. In einer nach christlichen Wertvorstellungen geformten und von männlichen Gesetzgebern geordneten Welt gab es für ein weibliches Wesen in ihrer Situation keine andere Möglichkeit, ihr Leben von der Gesellschaft unbehelligt zu gestalten. Selbst eine Tina Parsani mußte sich zu gegebener Zeit arrangieren und sich zähneknirschend den Zwängen der Konvention fügen, wie ihr Brief verdeutlichte. Dagegen wuchs kein Kraut: Nur Jungfern und Eheweiber, Witwen und Nonnen galten als ehrbar.

Es kam, wie es kommen mußte. Isabellas Zusammentreffen mit dem Katalanen in Wallings Schänke und die sich daraus ergebenden Folgen beinhalteten romantische Facetten genug, um einem jungen Mädchen den Kopf zu verdrehen. Noch dazu, wenn der daran beteiligte Kerl so blendend aussah wie Umberto de Garcia, der zum richtigen Zeitpunkt seine Gesundheit und Vitalität in ausreichendem Maß wiedererlangte, der Cubanerin mit südländischem Charme und Temperament die Cour zu schneiden. Seine eigenen lauen, hölzernen und unentschlossenen Bemühungen, die Atmosphäre zwischen Isabella und sich zu verbessern, verkümmerten in Ansätzen. Seine Wut auf sich selbst über sein Unvermögen, resolut um sie zu werben, wie er es längst hätte tun sollen, dieses Unvermögen, das seiner Verhaltensweise schönen Frauen gegenüber in schier grotesker Weise widersprach, machte ihn übellaunig und reizbar. Aus seiner Stupidität, wie er es hinterher nannte, riß es ihn erst, als es zu spät war. Nämlich an Bord der »Renata Tara«, am zweiten Tag auf See.

Während er vom Achterdeck aus einige auf dem Hauptdeck werkelnde Seeleute beobachtete, tauchte plötzlich Umberto de Garcia neben ihm auf und begrüßte ihn mit einem Kopfnicken. Noch immer trug er seine zwar sauberen, aber reichlich mitgenommenen Seemannshosen. Dazu einen breiten mexikanischen Gürtel mit Silberbeschlägen, der seine schlanke Taille betonte, sowie ein weißes, bis zur Brustmitte offenes Leinenhemd. Seinen Hals umflatterte ein verwegenes rotes Tuch. Die frühere Blässe seines Gesichtes war einer hellen Sonnenbräune gewichen, seine Wangen schienen voller geworden.
»Hallo, Partner!«
Den ungezwungenen Ton straften seine Augen Lügen. Mit gesammeltem Ernst betrachtete er Florian von der Seite, während er die Reling umfaßte und sich aufstützte.
»Ich glaube, es ist an der Zeit, einige Dinge zu bereden. Offen, von Mann zu Mann.« Florian ahnte, was kommen würde. Der andere sagte schleppend, ohne den Blick abzuwenden: »Es geht um Isabella.« Erst jetzt drehte er ein wenig den Kopf und sah aufs Meer hinaus. Der laue Fahrtwind spielte mit seinen Locken und fegte die weiße Strähne in seine Stirn. Seine Stimme schien belegt, als er weitersprach. »Ich möchte sie heiraten.«
Obwohl Florian auf dergleichen vorbereitet war, bestürzte ihn die Gelassenheit, mit der Garcia sein Wollen offenbarte. Es gelang ihm mit einiger Anstrengung, seine Fassung zu bewahren. Äußerlich kühl entgegnete er:

»Warum kommen Sie damit zu mir?«

Garcia wandte sich langsam um und lehnte sich mit dem Rücken an die Reling. Auf seiner Stirn bildeten sich Falten. Auf einmal lächelte er.

»Wie Sie wollen. Dann anders. Ich werde Isabella Baroja heiraten.« Einem vermuteten Einwand Florians begegnend, hob er die Hand. »Warten Sie, Partner.« Sein Lächeln schwand. »Isabella Baroja, ja. Nicht Senora Varga! Ich kenne ihre Geschichte. Zumindest in groben Zügen, die eine Beurteilung der Situation zulassen. Die Schwarze, die Sklavin Tuma, weihte mich ein. Ich weiß natürlich auch, daß Isabella Ihnen eine Menge zu verdanken hat. Nicht zuletzt, daß Sie sich als Gentleman erwiesen und ihr erlaubten, sie selbst zu bleiben. Eine gute Tat. Später einmal, auf der Bilanzliste vor dem Allmächtigen.« Ein flüchtiges Grinsen verzog seine Mundwinkel. Dann hob er die Brauen. Für einen Moment war der Anflug von Staunen in seinem Gesicht. »Ich werde euch Nordländer nie begreifen. Manchmal scheint es, als habt ihr Fischblut in den Adern. Andererseits bin ich natürlich geziemend dankbar, daß Sie Isabella – nun, sagen wir – für mich aufbewahrten. Sie selbst hatten nie Absichten, wurde mir zugetragen. Wenn dem so ist, und nach Lage der Dinge zweifle ich nicht daran, muß es für Sie eine Erleichterung sein, die Verantwortung loszuwerden. Es ist soweit, Partner – jetzt, von diesem Augenblick an, sind Sie von dieser Verantwortung entbunden. Für immer.«

»Ja?« Es kam gedehnt, aber ohne Schärfe. Auch der Nachsatz klang eher gleichmütig. »Bis jetzt redeten Sie immer nur von sich – Partner.«

Florians winzige Pause vor der Anrede gab dem Satz eine sarkastische Note. Der Katalane blieb ungerührt. »Wie steht Senorita Isabella zu ihren Plänen? Eröffneten Sie sich ihr? Weiß sie bereits um ihr Glück?«

»Sie wird keine Schwierigkeiten machen.«

»Keine Schwierigkeiten?«

Florians Spott wurde überdeutlich.

»Das klingt, wenn Sie die Feststellung erlauben, nicht gerade nach Liebesschwüren und ›ewig dein‹.«

»Möglich. Aber das ist nicht Ihre Sache.«

Garcia beugte sich lässig zurück, daß sein Rücken über die Reling hing und verharrte eine Weile in dieser Stellung.

»Ich liebe Isabella, werde sie heiraten und ihr ein guter Ehemann sein.«

»Ein sehr spanischer Ehemann, fürchte ich. Wenn es tatsächlich dazu kommt.«

Zum ersten Mal reagierte der Katalane mit einem Anflug von Unwillen.«

»Werden Sie deutlicher!«

»Aber gerne. Ich wiederhole – ein sehr spanischer Ehemann. Was besagen will – Sie werden, wenn ich Sie nicht gänzlich falsch einschätze, Isabella in einen goldenen Käfig sperren, sie von der Welt fernhalten, als steckten Sie sie hinter Klostermauern, sie recht- und besitzlos wie eine Sklavin halten und ihr bis an ihr Lebensende Ihren Willen aufzwingen. Ihr Dons könnt gar nicht anders, selbst wenn ihr voll bester Vorsätze seid. Das lehrten mich meine Jahre auf Cuba. Ich denke nicht, daß Senorita Baroja über ein Schattendasein dieser Art all zu begeistert wäre. Sie käme vom Regen in die Traufe, wechselte von der Tyrannis ihres Vaters in jene des Gatten.«

Garcias Unmutsfalten verschwanden. Ruhig sagte er:

»Isabella ist Cubanerin, Kreolin. Sie weiß von früher Kindheit an, in welcher Weise die Ehe ihr Leben verändern wird. Alle unsere Mädchen wissen dies. Denn alle Töchter besitzen Mütter, Schwestern oder Tanten. Isabella wird wie alle iberischen Ehefrauen ihr ›schreckliches Los‹ zu tragen wissen.«

Den leichten Spott in der Stimme nun nicht mehr verbergend fuhr er fort: »Zugegeben, Partner – ich bin ahnungslos, wie die Engländer, Franzosen, oder Niederländer oder gar wie ihr Mitteleuropäer eure Ehefrauen behandelt. Dennoch kann ich mir nur sehr schwer vorstellen, daß dabei all zu große Unterschiede in den – was die Ehe betrifft – Wertvorstellungen ehrbarer Leute existieren. Sollten Sie freilich die Sitten außeriberischer Aristokraten als moralische Grundlagen einer guten Ehe betrachten, gestehe ich gern, anderer Meinung zu sein. Im übrigen scheint es mir, berühren Sie hier Dinge, von denen Sie – bei aller sonstigen Hochschätzung – nichts verstehen.«

Florian wollte ihn nicht provozieren und verbarg seine Belustigung.

Der Lack aus Hochmut und Gelassenheit des ›Partners‹ schien angekratzt. Es befriedigte ihn. Er erwiderte:

»Das mag sein. Meine Frage freilich ließen Sie unbeantwortet.« Sie standen sich auf Armlänge gegenüber. Sachlich fuhr er fort: »In einem stimme ich Ihnen zu. Der Verantwortung für Senorita Baroja wäre ich von dem Augenblick an entbunden, wo sie mir sagt, Ihre Frau werden zu wollen. Deshalb Schluß mit dem Gerede: Ist sie bereit, Sie zu heiraten – ja oder nein?«

Garcias Antwort kam mit einiger Verzögerung. Es war offensichtlich, daß sie ihn Überwindung kostete.

»Nun gut. Es mag Ihr Recht sein, diese Frage zu stellen, auch wenn ich es unerträglich finde, Ihnen etwas zugestehen zu müssen, das normalerweise nur dem Vater oder dem Bruder meiner zukünftigen Gattin zugestanden werden kann. Trotzdem, Sie sollen es wissen. Ich bekam noch kein Jawort. Isabellas Taktgefühl läßt es nicht zu, ihr Einverständnis zu erklären, so lange wir an Bord dieses Schiffes sind. Es erscheint ihr unpassend, sich beim engen Zusammenleben auf der ›Renata Tara‹ als meine Braut zu bekennen. Vor Ihnen, ihrem bisherigen ›Beschützer‹, wenn ich es so formulieren darf. Sie erbat sich vielmehr Bedenkzeit bis zu unserer Ankunft in Europa. Ich achte diese Einstellung und ich hoffe, Sie tun dies ebenfalls. Damit ist vorläufig alles gesagt.«

»Nicht ganz.«

Florians Blick ruhte auf Garcias Brust, wo der Wind dessen Hemd bauschte und die Sonne ein kleines, an einer Kette hängendes Kreuz aufblitzen ließ.

»Ihr Eingeständnis bestätigt meine Vermutung und gleichzeitig meine weitere Verantwortung für meinen Schützling. Sie erkannten es ganz richtig. Ich bin – in aller Bescheidenheit – in der Position des Vaters, oder, wenn Sie das lieber hören, in jener des Bruders. In der Tat vertraute sie mir ihr Vater an. Deshalb kommen Sie nicht um eine Erklärung, wie Sie sich eine Zukunft mit ihr vorstellen. Daß Sie über genügend Geld verfügen, um bis an Ihr Lebensende ein Herrendasein zu führen, weiß ich. Aber dieses Wissen allein reicht mir nicht. Sollte Isabella tatsächlich bereit sein, Ihre Frau zu werden, muß ich darauf bestehen, mehr über Ihre Pläne zu erfahren.«

Das hörte sich verdammt gut an, dachte er. Er beglückwünschte sich zu seiner Wortwahl. Sie blieb nicht ohne Wirkung. Garcia war nahe daran zu explodieren. Äußerlich allerdings erschien er gefaßt und von grenzenloser Geduld.

»Wenn Sie es so sehen – bitte. Ich kann Sie beruhigen: Isabella erwartet ein standesgemäßes, seriöses Heim. Wir werden nach Südfrankreich gehen, wo man der katalanischen Sache gewogen ist. Zuerst nehme ich in Paris mit katalanischen Patrioten Verbindung auf. Meine Familie bestreitet ihren Lebensunterhalt seit fünf Generationen mit dem Anbau von Wein. Ich selbst besuchte nur deshalb die Universität, weil für mich, als dem Letztgeborenen, kein Land mehr vorhanden war. Jetzt kann ich dieses Land erwerben. Allerdings nicht in meiner Heimat, sondern, wie gesagt, im Süden Frankreichs, irgendwo zwischen Arles und Perpignan. Die Gründe dafür brauche ich Ihnen kaum auseinanderzusetzen. Zufrieden?«

Florian ertappte sich dabei, daß er den anderen um dessen festumrissene Zukunftspläne beneidete. Weit weniger mit sich zufrieden, sagte er lahm:

»Genug davon. Isabella wird es mir sagen, wenn es an der Zeit ist, sich mit all dem zu befassen.«

Garcia nickte und trollte sich. Als hätte sie darauf gewartet, erschien Isabella auf der Leeseite des Achterdecks. Der Katalane gesellte sich zu ihr. Sie drehte sich um. Über die Schulter des Mannes aus Barcelona hinweg traf ihn ihr Blick, der ihn traurig stimmte und das Gefühl des Verlustes verdichtete, das ihn seit Tagen erfüllte. Jetzt war es also endgültig soweit – es gab keine Ausflüchte mehr – er mußte sich eingestehen, daß er sie liebte. Seine Stimmung schlug um. Ein Anflug von Optimismus, ja von Fröhlichkeit verdrängte seine Niedergeschlagenheit. Noch war nichts entschieden. Noch hatte er seine Chance, und bei Gott, er würde sie wahren. Zuerst aber mußte er mit Tuma reden. Wußte Garcia wirklich alles? Kannte er auch die romantische Entführungsgeschichte oder hatte ihm diese die Sklavin verheimlicht. War dem Mann Isabellas Affäre mit dem jungen Offizier aber unbekannt, würde er kaum zu einem Eheversprechen stehen, öffnete man ihm die Augen. Sie selbst würde dies tun müssen. Auch wenn es nötig wurde, deshalb Druck auf sie auszuüben. Verbarg sie dem Katalanen diesen Teil ihrer Vergangenheit, konnte es ihr geschehen, daß die Ehe innerhalb weniger Stunden annulliert wurde. Eine Praxis, die in Spanien und Portugal kaum Seltenheitswert genoß und für die betroffenen Frauen den Sturz ins Elend bedeutete.

Schon am nächsten Tag sprach er mit der Schwarzen. Die Unterredung verlief wenig erfreulich und ließ ihn beschämt und um einige Erfahrungen reicher zurück. Tuma begriff seine Sorge sofort. Unter Verzicht auf den fast gesungenen Kauderwelsch der cubanischen Neger, dessen sie sich nur bediente, wenn sie es mit Fremden zu tun hatte, sagte sie:
»Keine Angst, Senor. Don Umberto wird Isabella ein guter Mann sein. Er liebt sie und weiß, was er will. Im Gegensatz zu einigen anderen Leuten.« Das galt ihm, und er wußte es. Sie fuhr fort: »Don Umberto kennt die Geschichte um Lieutenant Sanchez – der Herr hab ihn selig. Senor« – sie sah ihn mit ihren runden, kohledunklen Augen vorwurfsvoll an: »Ich bin schwarz und vielleicht nicht all zu klug. Aber ich bin auf Cuba geboren und verbrachte mein ganzes Leben in der Gesellschaft weißer Leute. In meiner Kindheit als Feldsklavin, danach, weil ich hübsch und anstellig war, als Hausmagd und Bettmädchen von Senor Baroja. Erst nach der Geburt meines Sebastian – er verstarb drei Tage danach – wurde ich Isabellas Amme und Kindermädchen. Ich kenne folglich die Verrücktheit von euch Weißen im Zusammenhang mit einer so einfachen Sache wie der Liebe zwischen Mann und Frau. Selbstverständlich war ich mir darüber klar, daß Don Umberto von dem Augenblick an, als er beschloß, Isabella zur Frau zu nehmen, wissen mußte, wie es bezüglich ihrer – ›Jungfräulichkeit‹ –« sie schickte einen Blick zum Himmel – »um sie stand. Sie können sicher sein: Ich weiß, wie grausam weiße Männer sich gebärden, wenn sie sich in dieser Sache angeschmiert fühlen. Und Sie, Senor, bilden keine Ausnahme! Ah!« – sie schnaufte erregt, ihr Busen hob und senkte sich wie Fregatten im Hurrican – »jetzt sind Sie betroffen und begreifen dennoch nichts! Wußten Sie nicht, daß Isabella bereit war, für ein einziges zärtliches Wort aus Ihrem Mund ihre Seele zu verkaufen? Wußten Sie nicht, daß sie besessen war von Ihnen und sich hingegeben hätte auch ohne den Segen der Kirche, wenn Sie durch ein einziges Zeichen hätten erkennen lassen, daß Sie sie mochten? Nein, Sie wußten es nicht und

wollten es gar nicht wissen! Was seid ihr für Leute! Sie demütigten sie fortwährend, jeden Tag, jede Stunde, mit Ihrem verdammten Gleichmut, Ihrer Mißachtung, Ihrem Unverständnis! Sind Sie überhaupt ein Mann?«

Die Ungeheuerlichkeit ihres Auftritts gegenüber einem Weißen erkennend, hob sie beide Hände vor ihr Gesicht, als erwartete sie einen Schlag. Als er unterblieb, richtete sie sich aus ihrer gebückten Haltung auf und sagte leise:

»Verzeihen Sie einer alten schwarzen Närrin, Senor. Es wird nie wieder vorkommen.«

»Schweig!«

Er schämte sich. Schämte sich seines Hochmuts, seiner Arroganz, seiner Gleichgültigkeit und seines Unwissens. Die Sklavin Tuma. Was hatte sie ihm bisher bedeutet? Hatte er sie nicht ganz im Stil der von ihm verachteten weißen Sklavenhalter ausschließlich unter dem Prädikat »nützlich« betrachtet: treu, brav, ergeben und immer präsent, wenn man ihrer bedurfte? Und plötzlich stand da ein Mensch: gutherzig, mütterlich, urteilsfähig, voll Wärme und herzerfrischender Tapferkeit. Und alles, was sie sagte, traf zu. Alle ihre Worte wurden zu glühenden Kohlen auf seinem Haupt, in seiner Seele und in seinem Herzen. Sie hatte recht – er war der dümmste, einfältigste Mann auf der ganzen Welt! Sie wertete seine Reaktion richtig und zuckte bedauernd die Schultern.

»Lassen Sie es gut sein, Senor. Es ist vorbei. Gewähren Sie ihr Frieden. bitte. Sie mußte Schlimmes erdulden. Dinge, die sie selbst Ihnen verschwieg, die für immer ungesagt bleiben müssen. Wenn sie Don Umberto heiratet, erwartet sie ein Leben, für das sie erzogen, für das sie bestimmt ist. Sie wird ihrem Mann eine gute Frau sein und viele Kinder bekommen, einem Haus mit Würde und Verstand vorstehen und sich in ihre Rolle finden. An Ihrer Seite, Senor, wäre alles anders. Sie sind unentschlossen, unstet, um Sie ist Unruhe und vieles, was ich nicht verstehe. Ich weiß nichts von Männern Ihrer Art. Manchmal erscheinen Sie mir wie ein Kind, dann wieder wie ein uralter Mann, der sein Leben längst lebte. Und dann – verzeihen Sie mir – wie ein Stein, hart, gefühllos. Es ist Rat und Bitte zugleich: Verzichten Sie auf Isabella, auch wenn Ihnen das Kind aus welchen Gründen auch immer plötzlich begehrenswert erscheint. Diese Gründe – ich denke, der wichtigste ist, daß Don Umberto sie haben will.«

Vernichtender hätte ihr Urteil über ihn nicht ausfallen können, dachte er. Du irrst, Tuma. Nicht, weil er sie will. Nein, nicht weil er sie will.

Das Leben an Bord der »Renata Tara« verlief bar aller Aufregungen. Sie erreichten die Kanarischen Inseln ohne Zwischenfälle und bei bestem Wetter. In Las Palmas ergänzten sie Wasser und Proviant. Unter britischer Flagge segelnd, blieben sie von den spanischen Behörden unbehelligt. Auf der Höhe von Cadiz gerieten sie für eine Weile in einen spanischen Flottenverband, ohne Schwierigkeiten zu bekommen. Vorübergehend herrschte Frieden in diesem Teil der Welt. Lediglich im Mittelmeerraum gärte es weiter, da man den Spanier Alberoni für fähig hielt, nach der Eroberung Sardiniens und Siziliens auch noch in Calabrien einzufallen.

Die Atmosphäre zwischen den drei Passagieren war gespannt, aber nicht feindselig. Die junge Frau achtete peinlich darauf, keinen ihrer beiden Kavaliere zu bevorzugen und behandelte sie mit distanzierter Freundlichkeit. Dabei entging ihr nicht Florians verändertes Verhalten. Manchmal schien es ihr, als bemühte er sich, ihr zu zeigen, daß er sie mochte. Aber sie weigerte sich, daran zu glauben. Aus Furcht, ein weiteres Mal enttäuscht zu werden. Wenn er mit ihr über Belanglosigkeiten redete, hatte sein Tonfall die sie früher so oft verletzende Kühle verloren. Wie beredt wurde er, als er sein spätes Erscheinen während des Eklats im Gouverneurspalast zu Kingston zu erklären versuchte! Und wie schuldig er sich fühlte, obwohl sein Hinweis auf die Unterredung mit General von der Schulenburg eine ausreichende Erklärung lieferte! Wenn sie nicht alles trog, plagte ihn sogar ein Hauch von Eifersucht, auch wenn er sie zu verbergen suchte. Der Gedanke daran befriedigte sie sehr. Ihre Rolle zwischen den beiden Männern mißfiel ihr keineswegs. Je länger die Reise dauerte, um so mehr Gefallen fand sie daran. Während jede Geste Umberto de Garcias offen seine Bewunderung und seine Gefühle zeigte, die er ihr entgegenbrachte und für sie empfand, bemühte sich der »Senor«, wie sie ihn selbst in ihren Gedanken nannte, um ein möglichst korrektes, der Situation angemessenes Verhalten, soweit ihm dies gelang. Aber auch der Katalane überschritt bei seinem Werben nie die Grenze der Schicklichkeit, bestrebt, bis zu ihrer Ankunft in London nichts am status quo zu ändern.

Der Katalane entpuppte sich, je besser ihn Florian nach dem die Situation klärenden Gespräch kennenlernte, als passabler Reisegefährte und Kamerad, den er ohne ihre Rivalität gern zum Freund gehabt hätte.

Was das Gespräch zwischen Isabella und ihm einleitete, das dann alles veränderte, wußte er bereits Stunden später nicht mehr. Es war am frühen Nachmittag – sie hatten die Schlechtwetterzone des Golfs von Biscaya hinter sich und kreuzten entlang der französischen Küste, als sie in den Salon zurückkehrte. Es schuf eine gewisse Art von Intimität, als sie sich dicht neben ihn ans Fenster stellte und das Spiel der Wellen beobachtete. Der Verdacht, daß sie dieses tête à tête gesucht haben könnte, kam ihm nicht. Obwohl sie sich nichts sonderlich Interessantes zu sagen hatten, überraschte sie sich dabei, daß sie seine Gesten sympathisch fand, wenn er mit den Händen eine Redewendung unterstrich, ebenso wie sein Lächeln, das er ihr hin und wieder schenkte. Zugleich würdigte sie sein Bemühen, in einer Weise freundlich zu ihr zu sein, wie sie es an ihm nie erlebt hatte. Dann schwiegen sie wieder eine Weile zusammen ohne daß sich in ihnen der Wunsch regte, sich zu trennen. Mehrmals machte er einen Ansatz, sie in die Arme zu nehmen, unterließ es aber als ihm klar wurde, welche Komplikationen daraus entstehen würden. Schließlich existierte eine Art Gentlemens-Agreement zwischen Garcia und ihm, und solange sich der andere daran hielt, wollte er es auch tun. Später verwünschte er sich deswegen. Alles wäre anders verlaufen.

Irgendwann kam dann die Rede auf Tuma. Unbefangen meinte er: »Was Ihre Dienerin betrifft, bin ich voll schlechten Gewissens. Im Grund kümmerte ich mich während der ganzen Zeit kaum um sie. Eine Sklavin – Sie kennen das. Es ist beschämend, ich weiß, aber die schlichte Wahrheit.« Eher gleichmütig ergänzte er: »Sie sollten sie frei lassen.«

»Frei? Ich verstehe nicht?«

Ihr Ton hätte ihn warnen müssen. Er aber fuhr arglos fort:

»Ja. Ihr Sklavendasein beenden. Ihr den Freibrief gewähren und sie mit einer guten Summe heimschicken, zu ihren Leuten, wo sie hingehört, wo sie ihr Leben leben kann, wie es ihr gefällt, ohne Befehle auszuführen, ohne ...«

»Ja? Sprechen Sie ruhig weiter!«

»Nun – ich meine, sie sollte einfach ein freier Mensch sein, wie Sie und ich.«

»Ich verstehe. Es ist Ihr Ernst.«

»Was ist daran erstaunlich? Immerhin ...«

»Immerhin – was?«

Erst jetzt bemerkte er, wie zornig sie war und wunderte sich darüber. Einlenkend meinte er:

»Ich wollte Ihnen nicht zu nahetreten. Allerdings wunderte ich mich, mit welcher Selbstverständlichkeit Sie es zuließen, Tuma nach Jamaika zu – nun, es klingt garstig, aber trifft die Situation – zu verschleppen und jetzt gar nach Europa. Sie ist eine Sklavin, ich weiß, ist Ihr Besitz. Trotzdem. Bei dem Gedanken ihr die Heimat genommen zu haben, fühle ich mich nicht besonders wohl. Wir rissen sie aus ihrem Lebenskreis, verpflanzten sie in eine Welt, die ihr fremder nicht sein könnte, und ...«

»Seien Sie still!« Sie kochte vor Empörung. »Sie sind – Sie sind ...«

»Bitte, Isabella! Keine Aufregung! Ich versuche doch nur zu verstehen. Sie war für Sie, wenn ich es richtig sehe, lange Zeit eine Art Ersatzmutter. Daß Sie zögern, ihr die Freiheit zu geben, will nicht in meinen Kopf.«

Ihre Entrüstung schwand. Er bemerkte es mit Erleichterung. Sie zuckte die Schultern und ließ die Arme hängen.

»Entschuldigen Sie, Senor. Es war mein Fehler. Sie verstehen es wirklich nicht. Tuma, Senor, war aus meiner Sicht zu *keinem* Zeitpunkt eine Sklavin. Sie betrachten es richtig. Tuma *war* und *ist* meine – Mutter! Sie schenkte mir Zärtlichkeit, die ich bei meiner leiblichen Mutter nur selten fand, zu ihr kam ich mit meinen Problemen, mit meinen Sorgen, meinen Schmerzen. Sie tröstete mich, wenn ich Trost brauchte und lachte mit mir, wenn sich ein Anlaß dafür fand. Sie war und ist, Senor, meine ›Nächste‹, wenn Sie begreifen, was ich damit ausdrücken will. Es hätte ihr das Herz gebrochen, wäre ich ohne sie mit Ihnen nach Jamaika gegangen. Ich bin Ihre Welt. Es mag anmaßend klingen, aber es ist so. Tuma eine Sklavin! Oh, Senor! Was sollte sie mit einem Freibrief auf Jamaika? In Kingston, als Freigelassene, als eine dieser armseligen Marktweiber an der Baconstreet? Hundeelend allein, wie es nur eine freigelassene Schwarze ohne Anhang und ihres Alters sein kann? Das können Sie doch nicht wollen?«

Florian sagte betreten:

»Verzeihen Sie mir. Sie müssen mich für einen Idioten halten.«

»Sie wuchsen in einer sklavenlosen Gesellschaft auf. Woher sollen Sie es wissen.« Unvermittelt brach sie ab, trat dicht neben ihn und deutete zum Horizont. Weit im Osten war Land zu erkennen. Wie aus einem Mund riefen sie:

»Europa!«

Die Spannung zwischen ihnen hatte sich verflüchtigt.

»Was werden Sie tun, Senor, wenn wir ankommen? Wohin werden Sie gehen?«

»Von London aus? Meine Tochter holen.«

»Ihre – was?« Sie wiederholte verblüfft: »Ihre was?«

Er lachte. Es war ein glückliches Lachen.

»Ich nehme mein Kind zu mir. Meine Tochter. Sie ist fünf Jahre alt und lebt in Augsburg. Das ist eine große Stadt im Süden Deutschlands. Meine Tochter heißt Rebekka. Ihre Mutter starb bei ihrer Geburt.«

Isabella hauchte:

»Sie haben eine Tochter! Mein Gott!«

»Was finden Sie daran seltsam?«

»Seltsam?« Sie stützte sich mit der Hand am Fensterkreuz. »Sagten Sie – seltsam? Wir sind seit – seit über drei Monaten fast täglich zusammen, Sie kennen und wissen um alle Dinge, die in meinem Leben jemals eine Rolle spielten – und jetzt – nach dieser ganzen Zeit – reden Sie zum ersten Mal von Ihrem Kind!« Sie rückte von ihm ab und wies nach Osten. »Sie sind mir so fremd wie dieses Land dort drüben.« Ihre Erregung steigerte sich. »Ein Kind, das Sie fünf Jahre allein ließen. Allein bei irgendwelchen Leuten!«

»Bei seinem Großvater!«

Jetzt begann auch er wütend zu werden.

»Das ist keine Entschuldigung! Ich hätte es wissen müssen! Sie sind so! Es entspricht Ihrer Wesensart. Sie verhalten sich nicht nur mir gegenüber gedankenlos, herzlos und arrogant, sondern sind zu allen Menschen so. Es ist Ihnen angeboren. Bis jetzt, bis zu diesem Augenblick glaubte ich, daß Ihr garstiges Verhalten mir gegenüber als Strafe gedacht sei, weil man mich Ihnen wie eine lahme Stute aufschwatzte, aufdrängte oder sogar erpreßte. Aber es war keine Strafe, sondern Ihr ganz normales Verhalten. Sie sind grundsätzlich so. Sie können nicht anders. Sie sind ein egoistisches, eingebildetes, herzloses Mannsbild!«

Betroffen ergriff er sie an den Armen.

«Isabella!«

Sie versuchte, sich zu befreien.

»Lassen Sie mich los, Sie tun mir weh!«

»Isabella, nehmen Sie Vernunft an!«

»Sie sollen mich loslassen!« Ihre Stimme bebte vor Zorn.

»Verdammt, was soll das Ganze? Was tat ich Ihnen? Daß ich nicht mit gleicher Verve Süßholz rasple wie Garcia, ist es das?«

Sie holte keuchend Atem.

»Halten Sie den Mund, Sie durch und durch gemeiner Mensch!« Sie wand sich unter seinem Griff und schrie ihm Verwünschungen ins Gesicht. Ihr lange aufgestauter Zorn auf ihn ließ sie die Fassung verlieren.

»Nehmen Sie Ihre Hände weg!«

Sie schrie lauthals mit sich überschlagender Stimme. In diesem Moment wurde die Salontür mit solcher Wucht aufgerissen, daß fast die Angeln barsten. Garcia stürzte herein und blieb angewidert stehen. Ohne die Stimme zu erheben sagte er schneidend:

»Nimm deine Dreckpfoten von ihr!«

Florian erstarrte. Seine Arme fielen schlaff herunter. Isabella flüsterte:

»Nicht! Bitte! Umberto – nicht!«

Aber da geschah es bereits. Die Rechte des Katalanen traf Florian voll auf den Mund. Seine Lippen platzten. Er schmeckte Blut auf der Zunge. Erneut traf ihn Garcia. Diesmal dicht unterm Ohr. Spontan schlug er zurück, traf Kinn, Stirn und Brust des Gegners, bis der noch von seiner Verwundung geschwächte Mann zusammenbrach und keuchend liegenblieb.

Isabella war kalkweiß im Gesicht. Unfähig, ein Wort hervorzubringen, lehnte sie an der Heckwand und starrte auf Garcias Brust. Sein zerfetztes Hemd ließ eine zerfranste, in der Mitte sehr dünnhäutige Narbe sichtbar werden, aus der Blut quoll. Der Anblick war makaber. Garcia machte den Eindruck eines Gefolterten.

Mit einem Ruck löste sie sich von der Wand, schritt wie eine Schlafwandlerin auf den Liegenden zu, kniete sich neben ihm zu Boden und machte sich an ihm zu schaffen. Ohne sich umzudrehen sagte sie tonlos:

»Gehen Sie, Senor. Gehen Sie! Sie dürfen stolz auf sich sein. Ich werde mich immer daran erinnern. Sie schlugen gezielt auf Umbertos Wunde. Sie sind ein Feigling, ein gottverdammter Feigling.«

Vor ihrer brüchigen, rauhen Stimme flüchtend wankte er ins Freie.

Florian sprach mit ihr nur noch einmal, kurz ehe sie in London von Bord gingen. Ihr Aussehen bestürzte ihn. Sie hatte Schatten unter den Augen, wirkte erschöpft und irgendwie leblos. Florian reichte ihr ein in Segeltuch gehülltes Päckchen.

»Ihr Permit. Sie brauchen es für den Hafenmeister und den Zoll. Alles übrige ist erledigt, sagte mir der Kapitän. Ihr Cap Canaveralanteil steht bereit.«

Sie machte eine vage Geste und wandte sich ab. Der Gedanke, sie nie wiederzusehen, sie endgültig an Garcia verloren zu haben, erfüllte ihn mit Panik. Um Beherrschung bemüht murmelte er:

»Leben Sie wohl, Isabella. Ich wünsche Ihnen ...«

Er verstummte unter ihrem Blick. Eine Weile musterten sie sich schweigend. Plötzlich ergriff sie das Wort.

»Ich dachte lange über alles nach, Senor. Vielleicht – nein sicher tat ich Ihnen Unrecht. Sie waren all die Monate über gütiger, freundlicher und netter zu mir als alle meine Verwandten die Jahre vorher. Ich glaube –« sie stockte und schlug die Augen nieder – »ich glaube, daß sich die meisten Männer weitaus weniger rücksichtsvoll verhalten hätten, als Sie es taten.« Leise ergänzte sie: »Sie wissen, was ich meine. Ohne Ihre – Zurückhaltung – gäbe es für mich jetzt keinen neuen Anfang.«

»Zurückhaltung!« brach es aus ihm heraus. »Ein Narr war ich! Ein verblödeter Narr!«

»Still! Bitte! Zerstören Sie nicht den Rest. Niemand kann aus seiner Haut. Es mußte geschehen, wie es kam. Trennen wir uns in Frieden – Florian.«

Er preßte die Lippen zusammen, als er sie seinen Namen flüstern hörte. Zum ersten und sicher auch zum letzten Mal nannte sie ihn so. Endlich fand er die Sprache wieder.

»Sie gehen mit ihm.« Es war keine Frage, sondern eine Feststellung. Als sie schwieg, fügte er hinzu: »Nach Paris.«

»Ja. Wir werden heiraten.« Sie antwortete sachlich und, wie er sich einredete, kalt. »Im Juli oder August. Don Garcias Verwandte werden nach Paris kommen. Es soll alles seine Ordnung haben.«

Er nickte.

»Ich verstehe.« Gleichzeitig reichte er ihr die Hand. »Ich wünsche Ihnen alles Glück der Welt.«

Sie schüttelte den Kopf.

»Nicht so, Florian, jetzt am Ende.«

Isabella nahm sein Gesicht in beide Hände und küßte ihn auf den Mund.

»Danke. Danke für alles. Adieu, Senor.«

Sie wandte sich um und ging.

Am Niedergang stand Umberto de Garcia, groß, dunkel und sehr gerade. Bedächtig löste er seine vor der Brust verschränkten Arme und kam langsam näher. Drei Schritte vor Florian blieb er stehen. Ohne eine Miene zu verziehen, sagte er:

»Fast bin ich mir sicher, daß wir uns noch einmal begegnen. Nennen Sie es eine Vorahnung. Gleichviel – vergessen Sie nie: Künftig stehen wir auf zwei verschiedenen Seiten der Barriere. Und erinnern Sie sich – was mein ist, bleibt mein. Für immer!«

PARIS 1718 – WIEDERSEHEN MIT FOLGEN

Der Himmel wölbte sich kalt, schmutzig und niedrig über Paris, als sich von Vincennes her dem Tor Thron im gestreckten Galopp ein Reiter näherte, dem der dichte Sprühregen, der schräg über die Äcker peitschte, den Atem nahm. Die Ecken seines Dreispitzes hingen ihm vor Nässe triefend wie Hundeohren auf seine Schultern herab. Erst angesichts des achttürmigen Ungeheuers der Bastille, die sich grau und schweigend als ständige Drohung aus dem Wallgraben erhob, zügelte er sein Roß, dessen Nüstern und Flanken Schaumflocken bedeckten. Mit raschem Blick streifte er das von Richelieu zum Staatsgefängnis für Edelleute degradierte einstige Schloß, über dessen Kellerverliese man sich schlimme Dinge erzählte.

Den Wasserpfützen der zerfahrenen Straße ausweichend, näherte er sich den Posten des Stadttores, wies sich als reitender Bote der privaten Post- und Fuhrlinie Troyes – Fontainebleau – Paris aus, trabte, nachdem man ihn ziehen ließ, die lange, krumme Rue Saint Antoine hinunter und verhielt endlich nahe dem Hotel de Ville vor einem der hundert Jahre alten Herrenhäuser, die hier das Bild des Faubourg Saint Antoine bestimmten. Nach einem Blick auf die Renaissance-Fassade des Gebäudes rief er zum Türsteher, der griesgrämig aus einem vergitterten Fenster neben dem Portal glotzte: »Ist dies die venezianische Gesandtschaft?« Als er ein Nicken erntete, knurrte er: »Dann nimm den verdammten Brief, der mich einen Achtstundenritt durch dieses Scheiß-Wetter kostete!«

Wenige Minuten später war er seine Botschaft los, die kurz danach auf dem Schreibtisch des Sekretärs des Gesandten der Republik Venedig landete. Der Beamte wiederum beeilte sich, nachdem er einen kurzen Blick auf das Begleitschreiben geworfen hatte, den extra versiegelten Kern der Schriftstücke Seiner Exzellenz, dem Gesandten persönlich, zu überreichen.

Enrico Parsani nahm die beiden Blätter und begann sie zu überfliegen. Je länger er las, um so mehr erhellten sich seine Züge. Am Ende sagte er im Gegensatz zu seiner sonst üblichen distanzierenden Kühle ungewöhnlich lebhaft:

»Es stehen Gäste ins Haus, Vittorio. Bitte veranlassen Sie alles Nötige. Ein lieber alter Freund wird während seines Aufenthaltes in Paris zusammen mit seiner kleinen Tochter bei uns wohnen.«

Seine Stimme klang so erwartungsfroh, daß sich der Sekretär beeilte, ebenfalls eine fröhliche Miene aufzusetzen.

»Sehr wohl, Zelenza. Es wird alles zu Ihrer Zufriedenheit geschehen. Ich werde mich persönlich darum kümmern.«

Ein wohlwollendes Nicken verabschiedete ihn.

In den späten Vormittagsstunden des darauffolgenden Tages hob sich der Schlagbaum am Tor Thron vor einer eleganten, aber schmutzstarrenden Kalesche, die sich, flankiert von einem Vorreiter der Stadtwache in Richtung Westen bewegte, nachdem die Reisedokumente der Wageninsassen von einem Offizier gründlichst überprüft worden waren, der, kaum daß das Gefährt um die nächste Krümmung der Rue Saint Antoine verschwand, ebenfalls sein Pferd bestieg und so schnell er konnte im Gewirr der Gäßchen des Faubourgs untertauchte.

Die Nachricht vom Eintreffen des einstigen kurbaierischen Leibeigenen Florian Stoll nebst Tochter sowie zweier Diener erreichte den Polizeiminister d'Argenson um drei Uhr kurz nach Tisch, den spanischen Botschafter, Fürst Cellamare, eine Stunde später und den Ersten Rat und Vertreter des Gesandten Monasterol, Baron Georg von Tonneck, gegen halbsechs Uhr.

Am gelassensten reagierte der vierundsechzigjährige Marquis d'Argenson. Zu Beginn des Jahrhunderts zum Minister-Staatssekretär avanciert, hatte der einer alten Familie aus der Tourraine entstammende Marquis sofort nach Übernahme seines Amtes, 1702, den korrupten Pariser Polizeiapparat reorganisiert und Inspektoren zur Überwachung der Kommissariate eingesetzt. Der Erfolg gab ihm recht. Innerhalb weniger Monate stieg die Effektivität der Polizei beträchtlich, deren Arbeit durch die Aufteilung der Stadt in zwanzig

Bezirke – ebenfalls ein Werk des Ministers – eine wesentliche Erleichterung erfuhr.

Phillip von Orléans, seit dem Tod des Sonnenkönigs bis zur Volljährigkeit des XV. Ludwig Regent von Frankreich, sah keine Veranlassung, den tüchtigen Marc-René Voyer d'Argenson seines Postens zu entheben, wie es so vielen Günstlingen der verstorbenen Majestät geschehen war, als Phillip die Staatsgeschäfte in die Hand nahm. Ganz im Gegenteil. Leute die es wissen mußten, hielten d'Argenson nach des Regenten Vertrauten, Ministerstaatssekretär Kardinal Guillaume Dubois, für den drittmächtigsten Mann des Reiches. Als Herr von Paris, als der er sich mit einigem Recht fühlen durfte, befehligte der Marquis nicht nur eine 500 Mann starke Polizeitruppe, sondern zusätzlich ein Heer von Geheimagenten und politische Rechercheure, die ihn zum bestinformiertesten Mann der Stadt machten.

Den Blick nachdenklich auf die ihm gereichte Akte gerichtet, sagte er halblaut zum Viscomte Mamenais, seinem Vertreter im Amt:

»Sieh an, sieh an!« Er hob den Kopf. »Er ist es doch? Dieser Mensch aus Westindien, von dem die Engländer Schauergeschichten erzählen. Der Freund dieses Garcia, den Cellamare so gerne kassieren möchte?«

»Gewiß, Marquis. Es besteht kein Zweifel. Die Erstschrift seiner Legitimation stammt von Lord Hamilton, Jamaicas Gouverneur. Capitaine d'Arronge reagierte sofort und benachrichtigte mich.«

»Einen Stern in die Kladde des Mannes! Daß er bei dem Durcheinander an den Toren die Legitimationen dieses Neuankömmlings gründlich überprüfte, spricht für ihn. Wie viele Einreisen heute insgesamt?«

»An die 4000. John Law und die Rue!«

»Verrückt! Und da pickt der Capitaine aus einem Heuhaufen diese Stecknadel! Florian – Stoll. Kam er allein?«

»Nein. Mit seiner Tochter. Ein Kind. Vier oder fünf Jahre alt. Dazu ein Diener, Spanier übrigens, sowie eine deutsche Kindsmagd. Er selbst – ein Bürgerlicher mit dem Habitus des Herrn von Stand.«

Der Minister gestattete sich ein spöttisches Hochziehen der Mundwinkel.

»Ah – ja? D'accord! Mir soll es recht sein. Behandeln wir ihn gut, Viscomte. Schon um die Spanier zu ärgern. Noch etwas?« Plötzlich stutzte er. »Er wohnt bei Parsani? Eigenartig! Lassen Sie recherchieren. Ich will alles über ihn erfahren. Die ganze Vorgeschichte. Der Bursche könnte noch interessanter werden. Die Leute Max Emanuels dürften über ihn Bescheid wissen nach dem Wirbel, den er in Westindien veranstaltete. Bericht morgen um elf!«

»Sehr wohl, Marquis. Um elf.«

Die spanische Botschaft lag an der Rue Saint Nicaise, nahe dem Palais des Tuileries. Hier residierte seit vier Jahren der Conde Juan Cellamare als Vertreter seines Königs, Philipp V., oder, wenn man es genau nahm, als Sprachrohr des Kardinals Alberoni, der allein die spanische Außenpolitik mit dem immer wieder eindeutig formulierten Ziel bestimmte, die durch den Utrechter Friedensvertrag entstandene politische Situation Mittel- und Westeuropas zu Gunsten Madrids zu verändern. Verständlich, daß der Conde in Paris zu jenen Diplomaten zählte, die sich einer steten Sonderüberwachung durch die Agenten des Innenministers erfreuten, was Cellamare freilich wenig störte, da er selbst über einen umfangreichen Stab von – meist französischen – Geheimagenten verfügte, die mit reichlich vorhandenem Silber generös bezahlt wurden. Einige seiner Informanten fungierten in hohen und höchsten Positionen bei Hofe oder in Pariser Ministerien und die Beziehungen des Botschafters zur Pariser Unterwelt, die nach wie vor vom Verbrecherkönig Cartouche beherrscht wurde, waren stadtbekannt.

Antonio Giudica, Herzog von Giovinazzo und Fürst von Cellamare, mittelgroß, untersetzt, mit klugen, ständig ein wenig entzündeten Augen und einem gepflegten, graugesprenkelten Kinnbart, war sechzig Jahre alt, wirkte aber jünger. Bei Hofe galt er als einer der klügsten und gebildetsten Diplomaten, der aus dem Stegreif lange Passagen aus Cervantes »Galatea«, und selbstverständlich aus dem »Don Quijote« zu rezitieren wußte, ebenso Abschnitte aus Lope de Vegas Werk, den er seinen Lieblingsdichter nannte, und selbstverständlich Zitate großer französischer und italienischer Dichter. In seinem mit verschwenderischer Pracht ausgestatteten Arbeitszimmer, dessen weißgoldene Möbel, seidenbezogene Fauteuils und Bergèren, Porzellanvitrinen, wertvolle Gobelins und funkelnde venezianische Lüster in eklatantem Gegensatz zu der in Madrid noch immer bevorzugten spartanischen Strenge standen, studierte der Botschafter aufmerksam ein soeben eingetroffenes Dossier, während zwei seiner Mitarbeiter respektvoll wartend vor seinem Tisch standen. Endlich blickte er auf. Ruhig, aber bestimmt sagte er mit seiner geschmeidigen, dunklen Stimme:

»Ich denke es wird Zeit, die Garcia-Sache voranzutreiben. Daß sich jetzt beide Halunken in Paris aufhalten, möchte ich als Fingerzeig Gottes werten. Damit wir uns richtig verstehen – kein Blut, keine Toten. Ich will die Piraten Seiner Eminenz in bestem Zustand überstellen. Es wird nicht leicht sein, ich weiß. D'Argenson wird den Deutschen ebenso unter seine Fittiche nehmen wie den Verräter Garcia. Das ist er seinem Haß auf Spanien schuldig. Wir werden die Geschichte Cartouche überlassen.«

»In diesem Fall wird es sehr teuer, Euer Gnaden.«

Den Einwand übergehend, musterte Cellamare den kleineren der beiden Botschaftsbediensteten, dessen spitzes Wieselgesicht ausdruckslos blieb.

»Der Betrag spielt keine Rolle. Es geht um unsere Ehre, um das Prestige Spaniens. Wir müssen sie schnappen.«

»Wieviel?«

Die sachliche Frage des Wieselgesichts ließ Cellamare überlegend auf den Schreibtisch klopfen.

»Bis hunderttausend.«

»Livre?«

»Natürlich. Was dachten Sie denn? Etwa Pesos? Lächerlich! Das wären an die zwei Millionen Livres! Da sei Gott vor! Hunderttausend Livre. Auch das ist mehr als genug für diesen Dreckskerl. Selbst aus der Sicht Madrids.« Der Botschafter beugte sich vor und zupfte an seinem Kinnbart.

»Wie viele Tage benötigen Sie, Vivanco?«

»Eine Woche, Euer Gnaden.«

»Eine Woche. Nicht einen Tag mehr!«

Ludwig Maria Weißgerb, ein gutgepolsterter, rundlicher, bäuerisch wirkender, siebenunddreißigjähriger Sekretarius dritter Klasse an der kurbaierischen Gesandtschaft zu Paris, entstammte einer Advokatenfamilie aus Rott am Inn, hatte seinen philosophischen Doktorhut in Ingolstadt mit einer Arbeit über den italienischen Politiker Niccolo Machiavelli erworben, war anschließend in den baierischen Staatsdienst getreten, zuerst als Hilfsarbeiter in der Landschaftskammer, später als zweiter Archivar in der Residenz, um danach den für einen Bürgerlichen normalerweise kaum zu schaffenden Sprung in den diplomatischen Dienst zu tun, einen Sprung, bei dem der Erzbischof von München und Freising dem Vernehmen nach ein wenig nachgeholfen hatte, den Weißgerb entfernt zu seinen Verwandten zählen durfte.

Sein Weg führte ihn zuerst nach Wien, später über Mainz und Karlsruhe 1716 endlich nach Paris.

Dr. Weißgerb litt unter seiner bürgerlichen Herkunft und er hatte Grund dazu. Selbst sein akademischer Grad blieb dabei bedeutungslos, dieser Doktortitel, der bei all den hochgestochenen Baronen und Grafen, Marquis und Comtes sowieso nicht zählte. Für alle diese Aristokraten, mit denen er täglichen Umgang zu pflegen gezwungen war, blieb er der »Wooschäb«, wie die Franzosen seinen Namen verunstalteten, dessen Nützlichkeit vorwiegend darin bestand, daß er über ein ausgezeichnetes Gedächtnis verfügte.

Wenn »Wooschäb« sich außerstande sah, einen aktenmäßig niedergelegten Vorgang auf Anhieb aus seinem Gedächtnis zu zaubern, existierte er unter den ihm überlassenen Dokumenten nicht.

Von einem Monsieur Stoll hatte er noch nie etwas gehört, und eben dies teilte er auch dem Polizeioffizier vom Chaletet am Pont au Change mit, der von seinem obersten Chef mit diesbezüglichen Nachforschungen betraut worden war. In seinem der Eleganz entbehrenden Französisch wiederholte er bestimmt:

»Noch nie vernommen, diesen Namen, ich versichere es Ihnen. Der Mann soll aus Baiern kommen?«

»Ja. Das ist nach unseren Informationen absolut sicher.«

»Stoll?«

Weißgerb schüttelte den Kopf und ergänzte, ohne sich die Mühe eines weiteren Nachdenkens zu machen: »Nein. Nicht aktenkundig. Woher kommt der Mann?«

»Er verließ vor einer Woche Augsburg.«

Der Sekretär zupfte sich ein Stäubchen vom Ärmel.

»Ist die Frage erlaubt – wieso dieses Interesse an einem deutschen Bürgerlichen? Hat er etwas auf dem Kerbholz?«

»Wie man's nimmt. Jedenfalls verfügt er über gut eine halbe Million Pesos und steht ganz oben auf der spanischen Abschußliste.«

Doktor Weißgerbs feiste Bäckchen strafften sich, sein Blick verlor die bisher gezeigte Gleichgültigkeit.

»Oh. Tut er dies? Eine halbe Million? Pesos? Ungeheuerlich!«

»Die er den Spaniern in Westindien abknöpfte. Zusammen mit einem gewissen Jennings.«

Der rundliche Baier hatte plötzlich gar nichts Gemütliches mehr an sich.

In seinem Gesicht verdrängte der Ausdruck hellwacher Intelligenz die Maske schläfrigen Unbeteiligtseins. »Warum sagten Sie das nicht gleich, mon Colonel? Einer der Burschen, die sich den Rest der Silberflottenfracht aneigneten! Der Compagnon des Garcia, der sich an der Place Vendome einnistete! Interessant! Verbindlichsten Dank für diese Information. Die Gesandtschaft wird sich so schnell wie möglich mit detaillierten Nachrichten über Monsieur Stoll revanchieren.« Der Offizier nickte. »Es ist, wie immer, ein Vergnügen, mit Ihnen zusammenzuarbeiten. Und es wird Arbeit geben, fürchte ich. Cellamare dürfte alles daransetzen, der Herren Garcia und Stoll habhaft zu werden. Im Paris dieser Tage nicht all zu schwierig, wie Sie zugeben müssen. Wenn wir nicht höllisch aufpassen.«

Weißgerb gestattete sich ein wissendes Lächeln.

»Stoll steht demnach unter dem Schutz …?«

»C'est tout simple, ma foi. Sagen wir – das Wohlwollen einiger hoher Persönlichkeiten begleitet ihn.«

»Natürlich.«

Die Herren schüttelten sich die Hände. Der Offizier ging, und Ludwig Maria Weißgerb begann, eine neue Akte anzulegen, deren Umschlag er fein säuberlich in hohen, steilen, kalligraphisch-gestochenen Buchstaben mit dem Namen »Stoll, Florian«, beschriftete, als ein großgewachsener, schlanker, erlesen gekleideter Mann ohne anzuklopfen ins Zimmer trat. Wie immer, wenn ihn sein unmittelbarer Vorgesetzter, der Erste Gesandtschaftsrat Baron Georg von Tonneck, in seinem Refugium beglückte, mußte sich Weißgerb zwingen, auf seinem Platz zu verharren und nicht dienernd

aufzuspringen und untertänigste Kratzfüße zu zelebrieren. So sehr war er sich des Aristokratentums und damit des Andersseins des Kollegen bewußt, das sich, in seiner Vorstellung völlig zu Recht, in einer Vielzahl unnachahmlicher, herrischer Gesten manifestierte, wie sie nur Männern eigen waren, in deren Adern seit Generationen blaues Blut floß, von der untadeligen, standesgemäßen Erziehung und dem höfischen Schliff einer ellenlangen Kette adliger Ahnen gar nicht zu reden. Er billigte dies mit der Inbrunst eines Mannes, der sich eine reelle Chance ausrechnete, in – freilich noch ferner Zukunft –, nach einem Leben voller Arbeit und Pflichterfüllung im Dienst seines kurfürstlichen Herrn, selbst einmal in den Adelsstand erhoben zu werden. Aus diesem Grund verachtete er auch alle diese besonders häufig in Frankreich anzutreffenden Emporkömmlinge, die sich ihr Adelsprädikat käuflich wie eine Dorfkneipe oder einen Wintermantel zugelegt hatten. Zudem waren Baron Tonnecks Aussichten, in naher Zukunft den Platz seines Vorgesetzten, des Grafen Monasterol, der fast ein Vierteljahrhundert über als Gesandter Kurbaierns am Hof in Versailles tätig gewesen war, bis des Königs Tod vor zwei Jahren, am 1. September 1715, den Umzug der Gesandtschaft nach Paris erzwang, gar nicht so übel. Es galt, sich so gut wie möglich mit ihm zu stellen und ihm gefällig und stehts zu Diensten zu sein, um sein Wohlwollen zu genießen und eine karrierefördernde hervorragende Beurteilung zu erlangen. Was bei der seit Monaten in der Gesandtschaft herrschenden allgemeinen Nervosität aller Beschäftigten, nicht zuletzt jener der Exzellenzen Monasterol und Tonneck, gar nicht so einfach war. Alle Gesandtschaftsangehörigen sehnten sich nach den guten, ja köstlichen Jahren in Versailles zurück, wo man immer hatte sicher sein können, nicht einer Arbeitsüberlastung wegen auf viele dem Diplomatischen Corps sich bietenden zahllosen Vergnügungen verzichten zu müssen, auch wenn nur zu oft solche offeriert wurden, die die Weißgerb, sittenstreng und gutchristlich-katholisch erzogen, mitunter schaudern ließen.
Seit des Königs Tod aber war alles anders geworden. Das Zentrum der Politik hatte sich unter seinem Nachfolger, dem Regenten Philipp von Orleans, Frankreichs Interimsherrscher bis zur Volljährigkeit von des verstorbenen Königs Urenkel, der dereinst als Ludwig XV. den Thron besteigen würde, von Versailles nach Paris verlagert,

da seine »Königliche Hoheit«, wie er sich nennen ließ, im Palais Royal an der Rue Saint Honore residierte, das seiner Familie seit 1692 gehörte. Wenn sich der Sekretarius dieser Regentschaftsübernahme erinnerte, wurde ihm übel. Schon einen Tag nach dem Ableben seiner Majestät am 2. September vor zwei Jahren, hatte der Herzog sich ins Parlament begeben, vorsichtshalber freilich vorher das Gebäude durch Gruppen der Französischen und Schweizer Garde umstellen lassen. Eine absolut unnötige Vorsichtsmaßnahme, wie sich hinterher und zu Monasterols, Tonnecks und nicht zuletzt Weißgerbs Bedauern ergab, da man Philipp dort trotz der Proteste des Präsidenten des Gerichtshofes und einer stattlichen Reihe von Richtern zum alleinigen Regenten des Reiches ausrief! Des Sonnenkönigs Testament, das eine Teilung der Macht zwischen seinen Neffen Philipp und seinem legitimiertem Sohn, dem Herzog von Maine, vorsah wurde nicht einmal verlesen, vielmehr Ludwigs letzter Wille samt dem Kodizill kalt annulliert und – abscheulich – der Herzog von Maine ruchlos verhaftet. Die Reaktion nahm ihren Anfang! Es kam wie es kommen mußte – schlimm. Den baierischen Subalterndiplomaten schüttelte es beim Gedanken an alle jene Maßnahmen, die Philipps Machtübernahme folgten. Die durch den Spanischen Erbfolgekrieg reichgewordenen Bankiers, mit denen die Gesandtschaft zur Freude des Kurfürsten ein hervorragendes Einvernehmen hatte herbeiführen können, wurden umgehend aufgefordert, Rechnung zu legen. Eine neugegründete Justizkammer überprüfte die Angaben, worauf ein halbes Dutzend der angesehendsten Finanzmänner – durch die Bank Förderer seiner Hoheit, des Kurfürsten Max Emanuel – in die Bastille wanderten. Nicht genug damit, stellte man einige von ihnen vorher zur Volksbelustigung an den Pranger, was Philipp – Weißgerb knirschte mit den Zähnen – auf billigste Weise Popularität verschaffte.
Der neue Finanzrat aber griff zu einem besonders perfiden Mittel, zu Geld zu kommen. Er machte eine sogenannte »Buchhaltung« zur Pflicht und ließ Einnahmen und Ausgaben durch Inspektoren kontrollieren! Natürlich war es naiv zu glauben, daß die Betroffenen richtige Angaben machen würden. Und auch das Parlament protestierte gegen die Maßnahmen. Philipp, so war zu vernehmen, begann zu begreifen, daß er dem sogenannten Amtsadel – »diesen ewig

unzufriedenen Elementen« – Befugnisse eingeräumt hatte, die Ludwig XIV. diesen Leuten Zeit seines Lebens vorenthielt. Das Absinken der herzoglichen Popularität war zu Weißgerbs Zufriedenheit vorauszusehen. Die an sich kluge Außenpolitik des Abbé Dubois endlich kostete bedauerlicherweise viel Geld. Folglich kam dieser Schotte, kam dieser Schwindler John Law gerade recht. Und seit sich der Regent daranmachte, sich vorrangig seinen Weibern zu widmen – das Palais Royal war in kurzer Zeit zum gleichen oder gar noch größeren Hurenhaus verkommen, wie es Jahrzehnte über das Schloß in Versailles gewesen war, bestand wieder Hoffnung auf bessere Zeiten.

Wie alle Gesandtschaften, hatte sich auch des Kurfürstentums Baiern diplomatische Vertretung zur Anmietung eines repräsentativen, im neuen Stil mit einer von Konsolen, Bindezieraten und Muschelornamenten überhäuften Fassade versehenen Palais durchringen müssen, das im November 1715 an der Rue Saint Honoré nahe der Kirche St. Roch gefunden ward. In den folgenden Monaten wurde offenbar, daß mit dem Tode Ludwigs nicht nur Frankreich seinen prächtigsten Herrscher aller Zeiten verloren hatte, sondern aus der Sicht Baierns, vor allem einen treuen Freund und Förderer Max Emanuels, der selbst in den schlimmsten Tagen des Kurfürsten, 1709, nach der von Frankreich gegen die Armeen Preußens, Englands und Österreichs verlorenen Schlacht bei Malplaquet, als sich seine Hoheit gedemütigt nach Narly und später nach Suresue zurückzog, sich nicht von ihm abwandte. Der neue Regent hingegen, Philipp von Orléans, ein Widerling von Kerl, den Weißgerb aus tiefster altbaierischer Seele haßte, hatte die Stirn, den Türkensieger von Wien verächtlich als »Kostgänger Frankreichs« zu diffamieren! Nur gut, daß sich Seine Hoheit schon vor zwei Jahren zur Rückkehr nach München hatte bewegen lassen, in der Hoffnung, nach seiner Aussöhnung mit dem Kaiser Statthalter der Niederlande zu werden. Daraus war am Ende dann doch nichts geworden, da Seine Majestät Max Emanuels Gegenspieler, den Prinzen Eugen vorgezogen hatte, der sich dann ein Jahr später mit einem weiteren Sieg über die Türken bei Großwardein revanchierte. Auf jeden Fall waren Baierns Landesherrn durch dessen Rückzug in die Münchner Residenz alle jene Demütigungen erspart geblieben, denen er bei einem weiteren Verweilen in Frankreich seitens des Herzog von Orléans ausgesetzt gewesen wäre. Dafür machte der »im Palais Royal wie eine Sau hausende königliche Neffe« – ein bekanntgewordener Ausspruch von Philipps Mutter, der als scharfzüngig bekannten Liselotte von der Pfalz, seither den Exzellenzen Graf Monasterol und Baron Tonneck als Max Emanuels unermüdlichen Diplomaten die Hölle heiß und betrieb die Begleichung der Schulden des Kurfürsten, die dieser in Paris zurückgelassen hatte, mit plebejischer Penetranz. Einer Mahnung des Herzogs folgte die andere, eine Drohung wurde von einer noch ungeziemenderen abgelöst. Mit der Folge, daß an ein ruhiges, gelassenes diplomatisches Wirken nicht mehr zu denken war und im Kurfürstentum Scharen von der Armee gestellte, schwerbewaffnete Steuereintreiber über die Bevölkerung herfielen, den Bauern das Vieh aus den Ställen trieben und den Bürgern die Sparstrümpfe leerten. Zum einen, und dies durchaus rechtens, wie Weißgerb sich einredete, um Seiner Durchlaucht eine angemessene Hofhaltung in der Münchner Residenz zu ermöglichen und den Ausbau der Schlösser Schleißheim und Nymphenburg voranzutreiben, zum andern aber, um Geld für die Schuldenbegleichung in Paris zu bekommen, die insbesondere Baron Tonneck abzuwickeln hatte, da Seine Exzellenz, den Gesandten, der Schlag streifte und er sich für eine Weile zur Kur nach dem Süden absetzte. Tatsächlich stürzte sich Monasterols Vertreter todesmutig in den Kampf mit des Regenten Finanzexperten, erreichte Moratorien und Nachlässe, die Weißgerb Respekt abnötigten, während sie der Kurfürst im fernen München leider als Selbstverständlichkeiten abtat, wie Informanten übermittelt hatten.

Den devoten Gruß Weißgerbs mit einem lässigen Kopfnicken erwidernd, näherte sich sein Vorgesetzter dem Schreibtisch, schritt, noch immer ohne eine bestimmte Absicht, um den mit zurückgenommenen Schultern sitzenden Doktor, warf einen gleichmütigen Blick auf den obenaufliegenden Aktendeckel und verfärbte sich. Mit vor Hast fahrigen Händen griff er danach, schlug ihn auf und runzelte enttäuscht und wütend die Stirn, als er nicht eine einzige Zeile fand. Es dauerte eine Weile, ehe er seine Beherrschung zurückgewann. Um einen gleichmütigen Klang seiner Stimme bemüht, erkundigte er sich nach dem Vorgang, der in diesem Akt festgehalten werden sollte. Weißgerb gab Auskunft, so gut er es vermochte und Tonnecks Erregung wuchs wieder, je länger er zuhörte. Ohne daß er es verhindern konnte, fuhr seine Hand in einer Reflexbewegung an die linke Schläfe und zupfte dort abwesend an der breiten Haarwelle seiner Perücke, die hier das grausige Loch seines muschellosen Gehörgangs verbarg.

Der Schmutzfink aus Tonneck unter dem Schutz des Regenten von Frankreich! Unglaublich! Er hatte es also tatsächlich geschafft! Und dazu Münzen im Wert von zehn Millionen Livres an Land gezogen!

Eine Welle von Haß stieg ihm vom Herzen ins Hirn, bis er meinte, seinen Kopf dröhnen zu hören. Blitzartig nahm in ihm eine Idee Gestalt an. Rechtlich war das Bürschchen, Millionen hin, Millionen her, noch immer ein ganz gewöhnlicher Leibeigener derer von Tonneck! Und, noch wichtiger – man befand sich nicht mehr in dieser verdammten Republik Venedig, die jeden Abenteurer und Verbrecher mit offenen Armen bei sich aufnahm, wenn er über genügend Geld verfügte, ohne auf Recht und Sitte zu achten, sondern im mit dem Kurfürstentum Baiern befreundeten Frankreich, dessen Recht jenem der Heimat entsprach, und man mit Leibeigenen noch immer kurzen Prozeß zu machen pflegte, wenn sie sich ihren Pflichten entzogen. Andererseits hatte sich der Kerl, daran war kein Vorbeikommen, zur politisch relevanten Person gemausert. Ihn in die Hände Alberonis zu spielen, wog viel erlittenes Ungemach auf, die Ausweisung aus Venedig nicht zu vergessen. Aber eben nur – viel, nicht alles. Man würde sondieren müssen, wie weit das Interesse d'Argensons an dem Drecksack tatsächlich ging. Einen Eklat durfte er sich nicht leisten. Im äußersten Fall gab es noch immer Cartouche.

»Weißgerb!«

»Herr Baron?«

»Man will alles über diesen Stoll erfahren?«

»In der Tat, Herr Baron. Am wenigsten versteht man, weshalb der Mann die Ehre genießt, Gast des venezianischen Gesandten zu sein. Bei seiner angedeuteten oder soll ich sagen – vermuteten einfachen Herkunft erscheint dies verwunderlich.«

»Nicht unbedingt!« Ein verzerrtes Grinsen begleitete die beiden Worte. Tonneck wiederholte: »Alles über Florian Stoll?«

»Ja, Herr Baron, von seiner frühesten Kindheit an.«

»Nun, dann fragen Sie.«

»Ich verstehe nicht …«

»Fragen Sie! Seien Sie nicht so unflexibel! Ja, ich kenne den Mann! Und wie ich ihn kenne! Florian Stoll! Sacredieu! Der Kerl ist ein entlaufener Leibeigener des Gutes Tonneck, ein Leibeigener meines Vaters. Begreifen Sie? Ein beschissener Knecht der Hofmark Tonneck, weiter nichts!«

Doktor Weißgerb blieb der Mund offen. Nach einer Weile schloß er ihn, musterte die erbarmungslos gewordenen Züge seines Vorgesetzten an die fünfzehn Sekunden und nickte dann. Gelassen griff er nach einem Quartbogen, prüfte mit der Zunge die Spitze seiner Feder, tauchte sie in ein großes Tintenfaß zu seiner Rechten, sah zum Licht, das vom Fenster her einfiel, fand es für ausreichend und führte dann die Feder zum Papier.

»Sind sie einverstanden, Herr Baron, wenn wir mit seiner Geburt beginnen?«

»D'accord! Nur zu!«

»Dann, Herr Baron – wann und wo wurde das Subjekt geboren?«

Was für ein dreckiges, stinkendes, im eigenen Unrat schier erstikkendes, grandioses, prachtvolles, überwältigendes, gefräßiges Ungeheuer von Stadt! Welch unfaßliches Nebeneinander von bitterster Armut und unglaublichster Häßlichkeit, üppigstem Reichtum und anmaßender Pracht. Hier verwinkelte, licht- und luftlose Gäßchen, zwei oder drei Armlängen breit, wenn es hochkam, sich schmutzig und regellos wie die Falten in einem Greisengesicht durch ein Meer uralter Häuser furchend, deren Vorbauten und Rückgebäude, Wäschehängen, Balkone oder einfach ihre vom Zahn der Zeit bewirkte Schiefe kaum ein winziges Stück Himmel freigaben – dort sich breit entfaltende, schnurgerade, auf dem Boden geschleifter Stadtbefestigungen entstandene, von Adelspalästen gesäumte Boulevards, statuenbestückte Plätze, raffiniertest gestaltete Parkanlagen und Gärten. Dort ein Sichschieben, Drängen, Vorwärtshasten in widerlicher, hautnaher Enge ewigen Halbdunkels der Gemäuerschluchten, mit ihren blinden Fenstern, verwanzten Wohnbuden, düsteren, rattenversäuchten Läden, Werkstätten und Kellern, zu schmal die Wege, für jedes Gefährt von normaler Größe, oft selbst für Sänftenträger und Karrenschieber – hier ein gemächliches Flanieren auf breiten, eleganten, lichtüberfluteten Avenuen, ein beschwingter Corso vornehmer Wagen, ein pausenloses Einander-Zuwinken und Scherzen, grüßende, dienernde, sich an Höflichkeit und gutem Aussehen überbietende Damen und Herren jeden Alters, flirtend und courschneidend in einem fort, bis die Nacht kam.

Die Nacht von Paris. Die schmutzigste, gemeinste, dunkelste und tristeste Nacht aller Nächte, mit menschenleeren, gefährlichen Straßen, lichtlos, bis auf einige rußende Fackeln und Öllampen an den Stadttoren, entlang der Seinebrücken und an den Portalen der Gebäude, die die Staatsmacht repräsentierten, ein finsteres Eldorado der Dirnen, Strichjungen und Zuhälter, der Diebe, des Raubgesindels und der Mörder. Jener fünfzigtausendköpfigen Armee des Verbrechens, deren General, deren König Cartouche war, der große, junge, vitale todesmutige Cartouche, vor dem sie alle zitterten, die Hochgestellten und die armen Schlucker, der die Reichen kaufte, wenn es sein mußte, und sie noch reicher machte, der Offiziere und Polizisten und Minister bestach, der mit Marquisen ins Bett stieg, der grausam war und rechthaberisch und gerissen und dem sie gehörte, wie er immer wieder bei jeder sich bietenden Gelegenheit großmäulig versicherte – diese Stadt Paris. In der fünfhunderttausend Menschen lebten und arbeiteten, so dicht, so eng aneinander – und aufeinandergequetscht wie nirgendwo sonst auf der Welt, in der ein Rekord den anderen überbot, in der Rekorde Selbstverständlichkeiten waren, über die man kein Wort verlor, die dazugehörten wie Notre Dame und der Mont Parnasse, die Ile de Cité und die Bastille. Oui, Monsieur, so war das mit Paris und seinen 10000 Aristokraten, seinen 15000 Studenten, seinen 20000 Dirnen, seinen 60000 Zugereisten, mit seinen Emporkömmlingen und kleinen Leuten, seinen gerissenen Händlern und braven Bürgern, seinen Lebemännern und Clochards. Sie lebten, liebten, werkelten und schnitten sich, je nach Vermögen und Kräften, ihre Scheibe vom Kuchen ab, wie es die Norm war. Bis ein Mann kam und alles veränderte, ein Mann, der das Unterste zu oberst stülpte, die ganze Stadt und die meisten ihrer Bürger umkrempelte und durcheinanderwirbelte, der Arme reich machte und Reiche arm, der 500 000 Fremde an die Seine lockte und das Gros von ihnen zwang, in Zelten zu nächtigen oder unter den Brücken, weil kein Bett mehr zu haben war. Und alle brachten sie ihr Gold und ihr Geschmeide, um dafür mit Ziffern und Buchstaben bedrucktes Papier in Empfang zu nehmen, das dieser Mann, so er es in komische Streifen geschnitten anbot, »Banknoten« nannte oder als Quartbogen geliefert »Aktien«.

Natürlich hatte Florian bereits wenige Stunden nach seinem Eintreffen in Europa davon erfahren, was sich finanzpolitisch zur Zeit in Paris tat. In Londoner Bankerkreisen war von nichts anderem die Rede, wobei die Fachleute keinen Hehl aus ihrer Meinung machten, daß hier der gewiefteste Schwindel um das Vermögen einer ganzen Nation zelebriert wurde. Dennoch wünschten sie als gute britische Patrioten ihrem Landsmann John Law, der das Ganze ausgebrütet und mit wohlwollender Hilfestellung des Regenten Philipp von Orléans und dessen Oberminister Dubois in die Tat umgesetzt hatte, weiterhin eine glückliche Hand bei seinen Unternehmungen, die, dessen war man sich sicher, die Franzosen am Ende als Düpierte zurücklassen würden. Auch im Verlauf seiner Gespräche mit Tiepolt senior in Augsburg war die Rede mehrere Male auf John Laws Papiergeld und Aktien gekommen. Erwartungsgemäß hatte sich der alte Herr die Ansichten seiner Londoner Kollegen zu eigen gemacht.

»Ein Bluff, mein Lieber! Ein hanebüchener, aber, ich gebe es zu – genialer Bluff, den Leichtgläubigen das Geld aus der Tasche zu ziehen, um Frankreichs Staatsschulden mit einem Schlag loszuwerden. Philipp und Dubois, nicht zuletzt dieser Schotte, dieser John Law selbst, können sich die Hände reiben. Noch läuft das Geschäft wie geschmiert. Ansonsten – Finger weg von den Papieren! Das Ding wird platzen wie eine Seifenblase. Auch wenn die Pariser zur Zeit dafür ihre Seele dem Teufel verschreiben!«

Welches absurde Theater in Paris derzeit tatsächlich über die Bühne ging, war weder ihm noch seinen Londoner Kollegen bekannt gewesen. Was wirklich an der Seine geschah, ging Florian erstmals in

Nancy auf, seiner ersten Übernachtungsstation auf französischem Boden. Dort berichteten ihm Reisende, die Paris erst wenige Tage vorher verlassen hatten, daß die Stadt einem von Hunderttausenden von Fremden belagerten Hexenkessel glich, zu dessen Mittelpunkt eine kleine Straße avanciert war, die sich Rue Quincampoix nannte, oder kürzer – einfach *die* »Rue«.

»Es ist gänzlich ausgeschlossen, daß Sie irgendwo innerhalb der Mauern von Paris oder im Umkreis von fünf Meilen eine Unterkunft für sich und die Ihren bekommen«, lauteten übereinstimmend alle diesbezüglichen Angaben. Ein junger, eifernder Kleriker, unterwegs von Paris nach Straßburg, sagte mit einem Blick auf Rebekka: »Meiden Sie dieses moderne Sodom, Monsieur, wenn Sie nicht unbedingt und aus zwingendsten Gründen hinmüssen!«, während der neben ihm sitzende mitreisende Händler ergänzte:

»Es sei denn, Sie sind selbst hinter John Laws sogenannten Aktien her. Dann, Monsieur, beeilen Sie sich, daß Sie hinkommen, denn deren ›Kurs‹, wie man das nennt, steigt ständig!«

Florians Neugierde war nun endgültig geweckt. Er würde, koste es, was es wolle, die Hauptstadt Frankreichs aufsuchen. Jetzt gerade und jetzt erstmals aus einem plausiblen Grund, wie er sich eingestand. Freilich galt es, umzudisponieren und einige Vorsorge zu treffen. Kurz entschlossen beauftragte er eine unglaublich teure private Postagentur mit der Vorausbeförderung eines Schreibens an den venezianischen Gesandten. Enrico würde sie aufnehmen. Florian scheute sich nicht, diesen Freundesdienst von ihm zu fordern. Zum guten Glück, wie sich immer deutlicher offenbarte, je mehr sich sein Gefährt der französischen Metropole näherte, die wirklich in der über sie hereinbrechenden Menschenflut zu ersticken drohte.

Der Empfang für einen nach langer Abwesenheit heimgekehrten Bruder hätte nicht herzlicher sein können als jener, den der Venezianer Florian zuteil werden ließ. Enrico sah besser aus denn je. Das sehr männliche, edel geschnittene Gesicht des jetzt Fünfunddreißigjährigen strahlte eine innere Ruhe und Gelassenheit aus, die bei einem Mann seines Alters überraschte.

Schon nach den allerersten Umarmungen und dem anschließenden Händeschütteln war sich Florian dessen sicher, daß sich zwischen ihnen nichts verändert hatte. Hier war ein Freund. Selbst Rebekka, sonst Fremden gegenüber von geziemender Zurückhaltung, spürte die spontane Zuneigung des Mannes und spitzte, von Enrico hochgehoben, den Mund zum Kuß.

Stunden danach saßen die beiden Freunde, von Bediensteten unbehelligt, im kleinen Salon der Gesandtschaft, wo nur wenige Kerzen und ein leise vor sich hin schwelendes Kaminfeuer die sanfte Dämmerung aufhellte und das Gold der Spiegelrahmen, der Stuhl- und Tischbeine, in den Fäden der beiden Gobelins rechts und links des Kamins und am Stuck der Decke erglühen ließ. Sie ergingen sich in Erinnerungen mit einer endlosen Serie von »Mein Lieber, weißt du noch« und »da war doch« – Einleitungen. Später berichteten sie von den herausragendsten Ereignissen ihres Lebens während des vergangenen halben Jahrzehnts, wobei es Enrico keineswegs entging, daß einer jungen Frau namens Isabella Baroja in der Gefühlswelt des Freundes ein weitaus höherer Stellenwert zukam, als dieser ihn in seiner Erzählung einräumte. Als Florian schwieg, sagte der Hausherr nach einer Pause des Nachdenkens:

»Sei ehrlich – du liebst diese Cubanerin?«

Sein Gast stierte eine Zeitlang vor sich hin und nickte dann zögernd.

»Ja, ich liebe sie. Leider erkannte ich es zu spät.«

»Mag sein. Jedenfalls solltest du sie auf der Stelle in Sicherheit bringen.«

Florians Gesicht spiegelte Unverständnis.

»Wie meinst du das?«

Der Venezianer machte mit der linken Hand eine unbestimmte Geste und schüttelte den Kopf.

»Es ist unbegreiflich, daß erfahrene, weitgereiste Leute wie dieser Spanier und du so naiv sein können. Statt nach eurem spektakulären Coup irgendwo in der europäischen Provinz unterzutauchen, drängt ihr euch ausgerechnet ins Rampenlicht des überfüllten Welttheaters Paris, suchet euch mit Bedacht den für euch gefährlichsten Ort des gesamten Erdballs außerhalb Spaniens als Vergnügungsdomizil. Ich fürchte, ich muß dich jetzt sehr beunruhigen.« Tiefer Ernst prägte seine Züge. »Wäre ich du, würde ich diese Stadt umgehend – ich betone umgehend, und dies will heißen noch heute abend – verlassen! Betrachte dies als besten Rat, den ich dir als Freund, aber auch als Kenner der hiesigen Situation geben kann. Wenn dir diese Frau wirklich etwas bedeutet, wenn du ihr wohl willst, dann veranlasse, daß Garcia ebenfalls sofort mit ihr verschwindet. Euer Leben ist im Augenblick keinen Schuß Pulver wert.«

Florian wollte protestieren. Der andere winkte ab.

»Hör zu! Mein Kollege Cellamare, Spaniens Botschafter beim Regenten, weiß schon seit Stunden, dessen bin ich sicher, daß du in Paris bist. Um sich Garcia und dessen Braut zu bemächtigen, drängte bisher die Zeit nicht. Die beiden wissen nicht um ihre Gefährdung. Zumindest erscheinen sie ahnungslos, wenn man Rückschlüsse aus ihrem bisherigen Verhalten zieht. Dein Auftauchen veränderte die Lage. Der Spanier muß handeln, da er kaum absehen kann, ob du die Stadt nicht bereits in wenigen Tagen wieder verläßt. Aber das ist bei weitem nicht alles. Ich schrieb dir von Tonneck. Ihn scheinst du vergessen zu haben. Oder du begehst nach allem, was du mit ihm erlebtest den Fehler, ihn zu unterschätzen? Als Vertreter des baierischen Gesandten – de facto hat er längst dessen Position inne – verfügt er über beste Kontakte zur französischen Geheimpolizei. Folglich weiß auch er von deinem Hiersein.«

Florian atmete tief durch.

»Das ist schlimm. Wir waren wirklich naiv. Meine Zeit in der Karibik ließ mich die europäischen Gegebenheiten vergessen.« Verwirrt blickte er auf. »Eines begreife ich nicht. Ich bin noch keinen Tag hier, und schon meinst du, daß ganz Paris darüber informiert ist. Übertreibst du nicht? Wer bin ich denn? Ich erlebte das Gedränge an den Stadttoren und in den Straßen. Die Stadt quillt über, so viele Fremde drängen herein. Und da soll ausgerechnet ich …«

Enrico, erneut kopfschüttelnd, unterbrach ihn.

»Ich glaube, ich muß etwas Grundsätzliches richtigstellen, Florian. Seit fast achtzig Jahren gibt es Zeitungen in Frankreich. Allein in Paris existieren drei verschiedene Blätter. Das bekannteste nennt sich ›Mercure de France‹. Im ›Mercure‹ schreibt auch John Law, auf den wir noch zu sprechen kommen. Es war ein Unfug sondergleichen, daß ihr den Leuten in London reinen Wein einschenktet.«

»Ich konnte die Matrosen der ›Renata Tara‹ nicht daran hindern, mit diesem Zeitungsmann zu reden.«

»Leider. Aber dieser Artikel im ›Courant‹ – Junge – eure Namen kennt heute jeder gebildete Mensch in Europa. Und wenn nicht heute, dann spätestens in vier oder sechs Wochen. Jede Zeitung holt sich den größten Teil ihres Stoffes aus anderen Blättern. Der Originalbericht des ›Courant‹ über euren Silberflottencoup ist längst in vier oder fünf Sprachen übersetzt!«

Florian biß sich auf die Lippen.

»Ich war zu lange fort. Drüben ist alles anders. Zeitungen – du lieber Gott – es gibt kaum Bücher! Also gut – was soll ich deiner Meinung nach tun?«

»Ich sagte es schon – ihr müßt weg aus Paris! So leid mir das tut. Verständige Garcia noch heute. Übrigens – gefährdet bist du vom Augenblick deines Verlassens der Gesandtschaft an. Ich werde dir eine Leibwache besorgen.«

»Eine was?«

»Eine bis an die Zähne bewaffnete, erfahrene Leibwache! Die benötigst du so dringend wie die Luft zum Atmen, um zu überleben. Wobei ich unterstelle, daß d'Argenson – er ist Innenminister – bereits ein paar Agenten auf dich ansetzte, die eingreifen, wenn es wirklich brenzlig werden sollte. Einfach um die Spanier zu ärgern.«

»So ist das.« Es kam leise.

»Genau so, mein Lieber. Glaub mir – Paris ist die unsicherste Stadt der Welt. Und seit Cartouche das Verbrechertum wie eine Firma organisierte und ebenso leitet, herrscht hier Krieg. Mit allen Finessen und Winkelzügen, mit offenen Feldschlachten zwischen Cartouches Banden und der Polizei und mit diplomatischem Sondieren auf beiden Seiten.«

»Cartouche! Ich hörte den Namen bereits auf der Herreise. Wer ist er, wo kommt der Bursche her? Und, zum Teufel, wie konnte er in der kultiviertesten Stadt der Welt eine solche Macht erringen?«

Enricos Züge entspannten sich und spiegelten eine seltsame Mischung aus Verwunderung, Anerkennung und Belustigung wider, während er seine Pfeife stopfte und das goldgelbe, starke und frischgeschnittene Kraut im Tabakstopf mit dem Zeigefinger drückte. Endlich sagte er:

»Louis Dominique Cartouche wäre, hätte er Erziehung genossen, einer der ganz großen Bankleute vom Schlage Laws geworden oder

– verdammt, ich glaube wirklich daran – Marschall von Frankreich. Seine Herkunft liegt im Dunkeln. Man weiß nur, daß er als Jesuitenzögling – ein Kind noch – von Zigeunern entführt wurde, die ihn in allen Sparten des Verbrechens unterrichteten. Intelligent und skrupellos, machte er sich als Siebzehnjähriger selbständig, scharte eine Bande Gleichaltriger um sich und bekam sie in den Griff wie ein Feldwebel seinen Zug Soldaten. Vor drei, vier Jahren dehnte er seinen Machtbereich auf die gesamte Unterwelt von Paris aus. Seine Beute geht in die Millionen. Und was die Sache noch pikanter macht – der Mann sieht nicht nur blendend aus – ein Beau, ich versichere es dir, groß, dunkelhäutig, verwegen – hat nicht nur Manieren wie ein Herr von Stand, sondern verfügt darüber hinaus auch noch über gute Beziehungen zum Hof.«

»Dein Ernst?«

»Völlig. Philipp bewundert und – fürchtet ihn. Auch die Damen der Umgebung seiner Hoheit haben ein Faible für den schönen Dominique. Um genau zu sein – sämtliche Weiber der Hocharistokratie sind hinter ihm her, kommen freilich kaum zum Zug. Ein Bandit, tollkühn wie je einer, der Umgangsformen bevorzugt, die einem Fürsten zur Ehre gereichten, geistvoll parliert und Gedichte schreibt, sogar gute, wie es heißt – diese Mixtur muß Bewunderer finden. Vor allem solche weiblichen Geschlechts. Cartouche hat ständig einen Schwarm der schönsten Frauen von Paris um sich, die er alle ›ma belle‹ nennt, weil er zu faul ist, sich ihre Namen zu merken.«

»Und du meinst …?«

»Ich denke, daß er die größte Gefahr für euch darstellt. Weder Cellamare noch Tonneck legen Wert darauf, daß die Spur eines Verbrechens zu ihnen führt. Sie wären als Diplomaten erledigt. Dafür gibt es Cartouche. Dessen Leute meistern die Schmutzarbeit diskret, lautlos und nicht einmal unelegant. Schließlich sind es Professionals. Die auch dann schweigen wie das Grab, wenn man ihrer habhaft wird, was selten genug vorkommt. Nicht einmal d'Argensons Folterknechte bringen sie zum Reden, so sehr sitzt ihnen die Angst vor dem Chef im Nacken, der Verräter unsagbar bestialisch bestraft.«

»Ich verstehe. Du hast recht. Es war Wahnsinn, nach Paris zu kommen. Ich kann nur ein weiteres Mal meine Unwissenheit betonen.«

Florian erhob sich. »Also auf zu Garcia, so unangenehm mir dieser Besuch ist. Hast du seine Adresse?«

»Setz dich!« Es kam schärfer als beabsichtigt. Er wiederholte wesentlich sanfter: »Setz dich. Bitte!« Widerstrebend kam der Jüngere der Aufforderung nach. Der Hausherr beugte sich vor. Eindringlich sagte er: »Du bist immer noch ahnungslos. Junge – Mensch – mach es ihnen doch nicht auch noch leicht! Es ist Nacht. Pariser Nacht! Ehe du bis zwei zählst, hast du einen Sack über dem Kopf und einen Schlag im Genick, der dich außer Gefecht setzt, wenn nicht Schlimmeres. Vor morgen geschieht nichts. Alles bedarf gründlicher Vorbereitung. Entführungspläne dieser Art schütteln nicht einmal Cartouches Spezialisten aus den Ärmeln, geschweige denn die Herren Diplomaten Tonneck und Cellamare. Wenn du darüber nachdenkst, kommst du zum gleichen Schluß.«

»Stimmt. Aber das Nichtstun mit all dem Wissen im Hinterkopf macht mich verrückt!«

Enrico antwortete trocken:

»Das legt sich. Und weißt du warum? Ich habe eine Überraschung für dich, die dich die nächste Stunde ausreichend beschäftigen wird.« Er blickte zur mit hauchzarten Schäferszenen bemalten Emailleuhr auf dem Kaminsims und nickte zufrieden.

»In wenigen Minuten erwarte ich Besuch. Interessanten Besuch. Einen Mann, den du unbedingt kennenlernen mußt. Du würdest es dir später nie verzeihen, die Gelegenheit ausgeschlagen zu haben. Es gibt eine Menge Leute, die ein Vermögen dafür auf den Tisch legten, mit ihm Kontakt zu bekommen.«

»Du meinst – er?«

»In der Tat, er! Law! Er will Venedig für seine Pläne gewinnen. Alle Welt weiß das. Ich kann deshalb offen darüber reden und bin sicher, daß er nichts gegen dein Dabeisein einzuwenden hat.«

»Du schmeichelst, mein Freund.«

»Ach was! Im übrigen – ich halte es nicht für ausgeschlossen, daß ihr euch, du und Law, bereits einmal begegnet seid.«

»Mit Sicherheit nicht.«

»Oh, nicht so vorschnell. Law beglückte Venedig zur gleichen Zeit, als du die Piazetta unsicher machtest.«

»Im Ernst?«

»Aber ja. Sein Vermögen stammt aus Venedig. Genauer – aus dem Palazzo Vecchio, wo er zweieinhalb Millionen Livres mitnahm. Spielgewinn dreier Nächte.«

»Das war Law? Natürlich erinnere ich mich an ihn. Nicht an den Namen – den erfuhr ich damals nicht. Wohl aber an einen hageren Schotten, der fast die Bank sprengte. Das war John Law! Nun – ich bin ihm nicht begegnet. Meine Finanzen gestatteten den Besuch eines Casinos damals nur in sehr großen Abständen, wie du dich erinnern wirst. Aber sei's drum – jetzt bin ich noch gespannter auf den Burschen!«

Ihr war kalt. Fröstelnd kreuzte sie die Arme vor der Brust und grub die Nägel ihrer Fingerspitzen in die Haut ihrer Schultern, bis es schmerzte. Mit mäßigem Interesse blickte sie durch das hohe, schmale Küchenfenster im Seitenflügel des pompösen, an der Place Vendome gelegenen Palais, das sie seit vier Wochen bewohnte, auf die emsig werkenden Bauarbeiter hinab, die nebenan eine tiefe Grube aushoben als Auftakt zu einem weiteren repräsentativen Bau, würdig dieser Anlage, die sich um das auf einem Piedestal aus weißem Marmor errichtete Reiterstandbild des Sonnenkönigs gruppierte. Wenn sie sich vorbeugte, konnte sie den ausgestreckten Arm des Prächtigen erkennen, der mit vielsagender Gebärde auf das Kloster des strengen Kapuzinerordens wies. Was die spottlustigen Pariser in einem bösen Epigramm als den königlichen Hinweis deuteten, daß die Franzosen ob der vielen Kriege, die seine Majestät geführt hatten, genau so arm geworden waren wie diese Bettelmönche.

Das Haus war nur gemietet. Es gehörte dem allgegenwärtigen John Law, der um die Place Vendome die letzten sieben noch verkäuflichen Grundstücke als Spekulationsobjekte erworben hatte, um darauf repräsentative Bürogebäude zu errichten. Letzteres war freilich am geharnischten Einspruch des Kanzlers d'Aguesseau gescheitert, der ebenfalls hier wohnte und Zweckbauten so profaner Natur nicht in seiner Nähe zu dulden beabsichtigte. Die Folge – statt eines wesentlich preiswerteren Büropalastes hatte der Schotte eines jener luxuriösen, »Hotels« genannten Palaisgebäude hingestellt, für das sich lange Zeit kein Käufer fand. Erst Umberto Garcia zeigte Interesse, als ihm einer der renommiertesten Pariser Makler das, wie es Isabella schien, viel zu teure, zu große, zu aufwendige und nolens volens viel zu kalte Bauwerk zu mieten anbot, das den ganzen Winter über bis zu ihrem Einzug ungeheizt geblieben war.

Vom ersten Augenblick an hatte sie sich elend und unglücklich darin gefühlt. Der Kalkgeruch des noch viel zu frischen Mauerwerks begleitete sie auf Schritt und Tritt, in den Dienstbotenräumen und in den ungenutzten Zimmern im zweiten Obergeschoß fraß sich schimmelige Feuchte die Ecken hoch, und selbst im großen Salon mit seinen protzigen, übergroßen Fenstern zeigten sich unter den Gobelins feuchte Flecken an der Wand. Zudem fand sie die dem Zeitgeschmack entsprechende Ansammlung von Konsolen, Bindezieraten und Muschelornamenten in ihrer Vielfalt so übertrieben und barbarisch, daß sie Umberto schon in den ersten Tagen ihres Hierseins am liebsten darum gebeten hätte, das Palais aufzugeben und sich kleiner und gemütlicher einzurichten.

Umberto!

Isabella löste sich vom Küchenfenster, zu dem sie ein Gemisch aus Langeweile, Unruhe und dem Verlangen, endlich wieder einmal normale, natürliche Menschen zu sehen, getrieben hatte, selbst wenn sie ihr so fremd waren wie die italienischen Bauleute dort unten. Abwesend, ohne das Mädchen wahrzunehmen, schritt sie an der blassen, unterwürfigen Küchenmamsell vorbei, die ihr wie einer Gespenstererscheinung nachblickte, bis sich die Tür hinter ihr schloß.

Im mittleren der drei zu ihrer persönlichen Verfügung stehenden Räume, einem mäßig großen, quadratischen und zu ihrem Bedauern viel zu hohen Zimmer, in dem die erlesenen, von Meister Boulle entworfenen Möbel nicht besonders gut zur Geltung kamen, setzte sie sich an ihren mit Silberintarsien versehenen Sekretär, blätterte lustlos in einem Gedichtband und starrte dann gedankenverloren vor sich hin.

Nein, es war kein guter und schon gar kein glücklicher Entschluß gewesen, Umberto nach Paris und – sie fröstelte erneut – in eine Ehe mit ihm zu folgen. Sie wußte dies seit Wochen, und mit jedem Tag, der verging, offenbarte es sich ihr deutlicher.

Seine, wie es ihr schien, übertriebene Grandezza, Ehrerbietung und noble Zurückhaltung machte sie nervös. Auch wenn sie begriff, daß Umbertos Verhalten von seinem Bemühen diktiert wurde, ihr – das nach seinen Vorstellungen von Sitte und Anstand sicher von ihr als peinlich empfundene Zusammenleben mit ihm unter einem Dach, ohne verheiratet zu sein, annehmbar zu machen.

Schlimmer, dachte sie, wog seine Eifersucht, die um so unerträglicher war, da sie keines besonderen Grundes bedurfte, um aufzuflammen. Am liebsten, vermutete sie, hätte er sie fernab aller Männerblicke in ein nur von weiblichen Bediensteten oder Eunuchen bevölkertes Serail gesteckt. Um das Maß voll zu machen, entpuppte er sich, je länger sie ihn kannte, trotz allen Großmuts als unverbesserlicher Despot, der in naiver Selbstverständlichkeit ihre völlige Unterwerfung erwartete. Der Übel größtes aber war – sie liebte ihn nicht! Als sie es ihm sagte, an jenem schrecklichen Abend am zweiten Tag ihres Pariser Aufenthalts, hatte er nur mild gelächelt.

»Was bedeutet es für dich – Liebe? Doch nur ein Wort. Wir werden diesem Wort zusammen Inhalt geben. Ich werde dir ein guter Mann sein. In jeder Beziehung. Nein, keine Sorge, Kind. Du wirst Liebe empfinden und der Liebe nicht entbehren müssen. Ich verspreche es dir!«

Vielleicht war sie wirklich eine romantische Gans, mit Vorstellungen, die sich nur in Büchern verwirklichten. Und vielleicht hatte er sogar recht, wenn er, wie sie vermutete, den Begriff Liebe auf so reale Dinge wie das körperliche Zusammensein und den daraus erwachsenden Kindersegen reduzierte. Zumindest Tuma, die treue, durch nichts zu erschütternde Tuma ließ dies gelten, als sie sich nach dieser Szene zu ihr flüchtete.

»Du bist ein Schaf, meine Kleine. Ich will dir sagen, was dir fehlt, auch wenn du es nicht hören willst! Dein ganzer Kummer kommt daher, daß er dich nicht in sein großes, breites Himmelbett wirft und dich nimmt, bis dir der Atem wegbleibt, wie es sich für einen richtigen Mann gehört. Das vertreibt alle Flausen und alles Nachsinnen über genug oder zu wenig Liebe. Alles übrige ist nur erfundenes Zeug, Hirngespinst, von weißen Leuten für Weiße erdacht, die mit ihrer Zeit nichts Rechtes anzufangen wissen und andere für sich arbeiten lassen! Ich will dir etwas sagen, Kindchen – in deinem Kopf spukt noch immer dieser verrückte Aleman herum! Was nicht hei-

ßen will, daß unser Herr nicht auch spinnt, wie alle weißen Manns-
bilder. Sein – »erst nach der Eheschließung« und all dieses Jammer-
gehabe schreit zum Himmel. Aber die Überspanntheit dieses Stoll
erreicht er dennoch nicht!«

»Schweig!«

Sie war aufgesprungen und hatte sich die Ohren zugehalten, um das
wirre Gerede der Schwarzen nicht mehr hören zu müssen. Sie flüsterte:

»Nenne nie mehr diesen Namen! Nie mehr, hörst du!«

Unbeherrscht warf sie sich auf Tumas Bett und schluchzte. Die
Sklavin setzte sich seufzend neben sie und bettete ihr Gesicht an ihre
Brust.

»Still, mein Täubchen. Hör schon auf damit! Glaub mir, unser Senor
ist ein guter Mann. Einer der besten, den du finden konntest. Es gibt
nicht all zu viele von der Sorte!«

Der Name des Deutschen fiel seither nie wieder. Aber das änderte
nichts. Damals, ganz am Ende ihres gemeinsamen Weges, auf der
»Renata Tara«, im Londoner Hafen, hatte sie ihrem Leben eine
falsche Wende gegeben. Aus dummem, verletztem Stolz, und dem
Drang, sich eine weitere Demütigung zu ersparen, hatte sie ihn
fortgeschickt, obwohl er ihr zum ersten Mal so nahe war wie nie
zuvor.

Ade Aleman.

Sie war schon dabei, sich mit ihrem Schicksal abzufinden, als plötzlich eine spanisch sprechende Dame vorfuhr, herrisch Einlaß begehrte und ihr eine schlaffe Hand zum Gruß reichte, als sie sich nach
ihren Wünschen erkundigte.

»Ich bin Elvira de Garcia, Umbertos Schwester.«

Isabella ließ die Arme hängen und stand so starr wie das Denkmal
des Königs draußen vor der Tür. Unwillkürlich schüttelte sie ungläubig den Kopf, ohne den Blick von der Sprecherin zu wenden, die
sie von oben bis unten maß und dann die dünnen Lippen zu einem
halb spöttischen, halb geringschätzigen Lächeln verzog. Es war
Feindschaft auf den ersten Blick, und beide wußten es.

»Sie scheinen überrascht, meine Liebe. Nun – Umberto bat mich, zu
kommen. Verschwieg er es Ihnen? Oh! Der Schlimme! Mein Bruder

wünscht, daß ich hier so lange nach dem Rechten sehe, bis unsere Familie eintrifft. Sie werden sicher Verständnis dafür haben und dankbar seine Entscheidung billigen. Es war wirklich äußerst kühn von Umberto, Sie vor der Eheschließung im eigenen Haus unterzubringen! In dieser gott- und sittenlosen Stadt mag das hingehen. Bei uns daheim wäre Ihr Ruf passé.«

Anschließend rief sie laut und herrisch nach den Dienstboten, die der Hausherr, seiner und seiner Braut beschränkten Französischkenntnisse wegen sich unter spanischen Flüchtlingen besorgt hatte, und erteilte so souverän ihre Anweisungen, als leitete sie seit eh und je den Haushalt im Palais des Bruders. Sicher genießt sie die Situation, arrogant und böse wie sie ist, dachte Isabella. Womit sie Elvira Garcia Unrecht tat.

Die noch immer und sicher bis an ihr Lebensende unverheiratete Vierzigjährige hatte als Schwester von fünf Brüdern und als Erstgeborene eines mäßig begüterten, adligen, auf dem Land lebenden Hidalgos kein leichtes Leben hinter sich. Mit der Strenge und Unerbittlichkeit eines erzkonservativen, bigotten katholischen Elternpaares erzogen, mußte sie sich von früher Kindheit an um ihre kleineren Geschwister kümmern, da die Mutter kränkelte und starb, als Elvira noch keine siebzehn Jahre alt war. Keine Schönheit, aber ein junges, frisches, freundliches Mädchen mit schmalem Körper, ein wenig eckigen Bewegungen, flachen, winzigen Brüsten, dunklen, nicht all zu großen, aber langbewimperten Augen, die zusammen mit den hochangesetzten Wangenknochen dem Gesicht schon in jungen Jahren eine gewisse Strenge verliehen.

Vom Zeitpunkt des Todes der Mutter an erschöpfte sich das Leben Elvira Garcias in den zahllosen Pflichten der Hausfrau des kleinen Gutes im Nordosten von Barcelona, und sowohl Garcia senior als auch seine fünf Söhne nahmen es mit dem gedankenlosen Egoismus ihres durch Tradition und Sitte geprägten männlichen Anspruchs in aller Selbstverständlichkeit hin, daß Tochter und Schwester, obwohl sich hin und wieder ein Freier einstellte und um die Hand des Mädchens bat, ehelos blieb und sie versorgte.

Später, als die Brüder bis auf den ältesten und Erben, einer nach dem anderen das väterliche Anwesen verließen und selbst Familien gründeten, und Umberto, der jüngste, in den Kriegswirren verschwand,

werkelte sich Elvira weiter wie bisher an der Seite des Vaters und
Bruders durch ein eintöniges, ereignisloses Leben, ohne Hoffnung
und selbst ohne Willen, jemals dieser Tretmühle zu entkommen.
Zu ihrem Glück heiratete ihr Bruder, der künftige Gutsherr, vor
etlichen Jahren ein träges, auch geistig nicht sonderlich reges Mädchen aus der Umgebung, das es gerne geschehen ließ, als Elvira
weiter im Haus die Zügel führte, während sich die junge Frau vorwiegend ihren vier Kindern widmete, die sich in rascher Folge einstellten.
Umbertos umfangreiches Schreiben, das die Familie nach jahrelan-
gem Verschollensein des jüngsten Garcias erreichte, in dem er seine
Erlebnisse schilderte, seine zukünftigen Pläne andeutete, nicht zuletzt Isabella beschrieb und seine Absicht, sie zu heiraten kundtat,
schloß mit der Bitte, die Schwester möge umgehend nach Paris
kommen und bei ihm bis zu seiner Hochzeit die Stelle der Hausfrau
einnehmen. Zuerst erschrocken, wurde Elvira hinterher vor Aufregung und beherrschtem Jubel fast krank. Freilich hegte sie, und, wie
sich im Verlauf der ersten Gespräche im Haus Garcia über Umbertos
Zukünftige rasch herausstellte, nicht nur sie, erhebliche Zweifel darüber, ob diese Isabella, nach allem, was der Brief über sie andeutete
und was man mit einem bißchen Phantasie unschwer zwischen den
Zeilen lesen konnte, die passende Frau und würdige Mutter der
zukünftigen Kinder des Bruders sein würde. Im Grunde erschien es
ihr unvorstellbar, daß eine Frau, ein junges Mädchen, all die Gefahren an Leib und Leben und all die sich aus ihren Abenteuern ergebenden Versuchungen ohne sittliche Beeinträchtigungen, ohne an
ihrem Seelenheil Schaden zu nehmen, durchgestanden hatte. Voll
tiefen Mißtrauens, das weitere Nahrung fand, als sie in Paris der
jungen Frau ansichtig wurde, deren Schönheit sie beeindruckte, reagierte sie wesentlich kühler und härter, als es eigentlich und trotz
allem ihrem Charakter entsprach. Noch weniger machte sie sich
Gedanken darüber, ob ihre robuste und sehr demonstrative Regi-
mentsübernahme im Haus des Bruders die Gefühle der Cubanerin
verletzte. Gewohnt, mit Dienstboten umzugehen, Anordnungen zu
treffen, Befehle, Rügen und Strafen zu erteilen, und im Lauf der
Jahre den Knechten und Mägden gegenüber genau so herrisch geworden wie ihre männlichen Anverwandten, tat sie ihrer Meinung

nach das einzig Richtige und für sie Selbstverständliche, als sie Umbertos Domestiken, deren Anzahl sie beeindruckte, gleich nach ihrer Ankunft gehörig durcheinanderwirbelte, um den bisher vorherrschenden Schlendrian im Haus zu beenden.

Lediglich Tuma blieb von ihr ungeschoren. Deren Verhältnis zu Umbertos zukünftiger Ehefrau gab ihr einige Zeit Rätsel auf. Wäre ihre Hautfarbe nicht schwarz wie Pechstein gewesen, hätte sie, von beider Verhalten her, Isabellas Mutter sein können, so herzlich und familiär war beider Umgangston, wenn sie sich allein glaubten. Erst nach Tagen begann sie zu ahnen, daß die korpulente Schwarze eine Sklavin war und es sich bei ihr um das persönliche Eigentum der Kreolin handelte. Sie hütete sich freilich, aus diesem Wissen Kapital zu schlagen, und beschränkte sich darauf, das »Sklavenweib«, wie sie Tuma bei sich nannte, mit Verachtung zu strafen oder zu übersehen, als wäre sie Luft. Ein Verhalten, das Tumas Wünschen durchaus entgegenkam, da ihr Umbertos Schwester vom ersten Zusammentreffen an aus ganzem Herzen mißfiel und sie aus ihren Gefühlen keinen Hehl machte.

Als Umberto an diesem Abend von einer seiner vielen geheimnisvollen Geschäftsbesprechungen zurückkam, stellte ihn Isabella zur Rede, noch ehe er Gelegenheit fand, die Schwester zu begrüßen. Beherrscht, aber voll kalten Zorns machte sie ihrem Herzen Luft, warf ihm seinen Egoismus und seine Gleichgültigkeit vor und verdeutlichte ihm unmißverständlich, daß sie nicht daran dachte, sich von Elvira Garcia einschüchtern zu lassen.

Voll schlechten Gewissens, da er das im Wust seiner Unternehmungen und Geschäfte passierte Versäumnis, sie vom Brief an die Familie und vom Kommen der Schwester zu unterrichten, selbst als unentschuldbar empfand, zog er sich mit einigen lahmen Floskeln leidlich aus der Affäre. Zwischen den beiden Frauen aber herrschte von diesem Zeitpunkt an ein zwar nie offen erklärter, dafür aber um so erbitterter geführter Kleinkrieg, der Elvira unter anderem zu der gezielten Bosheit trieb, der Braut des Bruders über die Stellung einer katalanischen Ehefrau von Stand innerhalb der Familienhierarchie die Augen zu öffnen. Daß sie dabei alle jene Gegebenheiten in besonders drastischen Farben schilderte, die Illusionen zerstörten, verstand sich von selbst.

Besonders unleidig wurde die Atmosphäre zwischen ihnen von dem Augenblick an, als Umberto – dies lag nun vierzehn Tage zurück – eine dreiwöchige Reise nach Südfrankreich antrat, um, wie er Isabella wissen ließ, sich unter den zum Kauf angebotenen Gütern einen passablen Besitz zu suchen. Es verging kaum ein Tag, an dem die beiden Damen nicht in irgendeiner Form aneinandergerieten, auch wenn der Machtkampf nie entschieden wurde. Das Hauswesen geriet zur Konfusion, da die Bediensteten bald nicht mehr wußten, wem sie gehorchen sollten.

Nachmittag.

Isabella, bemüht, sich in einem französischen Wörterbuch zurechtzufinden, horchte auf. Es schien ihr, als hätte sie das eigenartig dumpfhallende Geräusch des Türklopfers vernommen. Als nichts weiter geschah, widmete sie sich erneut ihrer Lektüre. Ins Palais Garcia kamen keine Besucher, und schon gar nicht während der Abwesenheit des Hausherrn, der es bereits übel vermerkte, wenn Isabella das Anwesen in Begleitung ihrer Dienerin Tuma für einen kurzen Spaziergang verließ.

Erneut hob sie den Kopf. Irgendwo gingen Türen, war Stimmengemurmel. Neugierig geworden erhob sie sich, trat ins Vestibül bis dicht an das verschnörkelte Metallgeländer, beugte sich vor, blickte in die Halle hinunter und stützte sich in einem plötzlichen Schwächeanfall auf den Handlauf des Gitterwerks. Ihr schwindelte noch immer, als sie sich zur Treppe hin bewegte und auf der obersten Stufe stehenblieb, unfähig, einen weiteren Schritt zu tun.

Noch hatte man sie unten nicht bemerkt, wo Elvira mit strenger Stimme und anmaßenden Gebärden auf einen hochgewachsenen Mann einsprach, der geduldig zuhörte, am Ende aber entschieden und mit Nachdruck darauf bestand, zur Herrin des Hauses gebracht zu werden.

Es war Florian.

Isabella stieg Jubel in die Kehle.

Florian!

Sie hörte ihn sagen:

»Ich bestehe darauf, Madame. Selbst wenn – wie Sie behaupten, Donna Isabella unpäßlich ist. Ich muß mit ihr reden und werde dieses Haus nicht eher verlassen, bis ich Gelegenheit bekam, sie über Dinge zu informieren, die sie unbedingt wissen muß. Auch im Interesse Senor Garcias, dessen Abwesenheit ich bedaure.«

Elvira blieb unbeeindruckt.

»Ich sagte nein, Senor. Erklären Sie mir, was Sie glauben, vorbringen zu müssen, und gehen Sie dann. Don Umberto kommt in einer Woche zurück. Es bleibt Ihnen unbenommen, dann erneut vorzusprechen.«

Isabella hatte sich wieder in der Gewalt.

»Florian!«

So schnell ihre steife Kleidung es erlaubte, eilte sie die Treppe hinunter. Dann erst sah sie das Kind. Elviras weitausladender Schlepprock hatte es bisher verdeckt.

Ein kleines Mädchen stand dort neben ihm, das aussah, wie er als Kind ausgesehen haben mußte. Seine Tochter. Die Kleine staunte sie an wie ein Wunder. Mehr noch – wie nur die Jungfrau Maria in tiefster Andacht angesehen werden durfte, dachte sie. Plötzlich verstärkte sich das Leuchten in den Augen des Mädchens. Mit heller, sich überschlagender Stimme rief es:

»Mama – Mama!« und lief ihr, die Arme ausgebreitet, entgegen.

Rebekka Stoll war glücklich wie nie zuvor. Sie hatte immer darauf gehofft – ja, es immer gewußt, daß das Wunder einmal geschehen würde. Ganz sicher hatte sie es gewußt, auch wenn der Mann, der anscheinend wirklich ihr Vater war, wie alle behaupteten, fortwährend, die ganze Reise über, bemüht gewesen war, abzulenken, so oft sie die Rede auf den Himmel, auf das Paradies oder gar auf die Mutter brachte. Einmal, in der Kutsche, während dieser langen, nicht endenwollenden Fahrt, die ihr, je länger sie dauerte, immer weniger lustig und abenteuerlich erschien, sondern nur noch langweilig und unbequem, war er sogar richtig böse geworden, als sie ihn unentwegt mit ihren Fragen traktierte. Wie hatte er sich angestellt und ihr sogar zu reden verboten, als sie nicht einhielt, mit Worten das Bild auszumalen, das sie sich von ihrer Mutter machte! Dabei hatte er sich zu etwas wirklich ganz Schlimmem hinreißen lassen, als er ihr mit erhobener Stimme zu bedeuten versuchte, daß Paris eine ganz gewöhnliche Stadt wäre und mit Sicherheit nicht der Aufenthaltsort von Mama. Viel hatte nicht gefehlt, um sie die bösen Worte glauben zu lassen:

»Es gibt keine Mama, sie ist gestorben, als du zur Welt kamst, sie ist tot, Rebekka, tot, begraben wie dein Großvater! Und zwar für alle Ewigkeit. Du bist alt genug, um dies zu begreifen! Und Paris, Paris ist nicht der Himmel und schon gar nicht das Paradies! Du wirst es sehen. Eine große Stadt, nichts weiter, in der wir uns ein paar Tage aufhalten, um dann nach London zu reisen.«

Hatte er behauptet! Und noch vieles mehr, an das sie sich nicht erinnern wollte. Alles von der gleichen schlimmen Art, daß es einen zum Weinen brachte. Und sie hatte geweint. Trotzdem wußte sie, daß alles, was er damals vorgebracht hatte, nicht wahr sein konnte, und er sie vielmehr aus einem unerfindlichen Grund mit seinen Behauptungen bestrafen wollte. Also hielt sie von da an den Mund.

So lange, bis ihr Vater sie an der Hand nahm und mit ihr hierher fuhr, in dieses riesige Haus, wo die böse Frau dort – sie schielte zu Elvira Garcia – sie am Eintreten hinderte. Aber die Böse rechnete nicht mit Mama.

Mama! Oh, sie erkannte sie auf Anhieb! Gleich von Anfang an, als sie oben auf der Treppe erschien, wußte sie es – das war sie! So wunderschön und so anders als alle Leute, die sie kannte. Eben genau so, wie sie sich ihre Mutter immer vorgestellt hatte. Jetzt war sie da und würde hier bleiben für immer. Es war wunderbar, unaussprechlich wunderbar!

Sie schmiegte ihren Kopf an Isabellas Hals. Die junge Frau wußte nicht, wie ihr geschah, hielt die Kleine umfangen und wurde mit einem Ungestüm und einer Zärtlichkeit umklammert, die ihr unbegreiflich war. Vollends verwirrten sie die »Mama-Mama«-Rufe des Kindes. Aber all dies wurde überlagert von einem überwältigenden Glücksgefühl. Er war gekommen, das Wunder geschehen! Er war in Paris mit seinem Kind, von dem sie Mama genannt wurde. Dem er, Florian, beigebracht haben mußte, sie zu mögen, noch ehe die Kleine sie sah, beigebracht, sie als Mutter anzunehmen! Sie ahnte, wie schwer es war, Kinder auf Unbekannte einzustimmen. Daß es ihm dennoch gelungen war, sprach Bände für die Mühe, die er darauf verwandt haben mußte! Ihretwegen! Um ihr seine Liebe zu verdeutlichen! Florian! Lieber Florian!

Mit dem Kind im Arm näherte sie sich ihm, umspannte seinen Nacken mit ihrer Rechten und küßte ihn auf den Mund. Von ihrer unerwarteten, spontanen Geste überrascht, ließ er den Kuß hölzern über sich ergehen, unsicher, unglücklich. Die Kleine hing weiter wie eine Klette an der jungen Frau. Ihre Haare kitzelten seine Nasenspitze. Du irrst, mein Kind, dachte er. Sie ist nicht deine Mutter. Aber sie hätte es werden können, wenn dein Vater nicht ein so gottverlassenes Rindvieh gewesen wäre. Nun gehörte sie einem Mann namens Umberto Garcia. Es war an der Zeit, sich daran zu erinnern, ehe diese Hagere, ehe Umbertos Schwester der Schlag rührte.

Von Isabella abrückend, die es – zuerst verwundert – geschehen ließ, blickte er zur Seite, wo Elvira Garcia stand. Die Frau schien außer sich. Ihr Gesicht war so bleich, als hätte es der letzte Blutstropfen verlassen. Ihre schräggestellten, flackernden Augen und ihr häßlich verzerrter Mund ließen ihn an eine Irre denken. Es dauerte Sekunden, ehe sie ihre Stimme fand. Wie eine Uralte krächzend, rief sie: »Eine kleine cubanische Hure!« Sie spie die Worte wie Gift aus. »Eine jener Schlampen, von denen selbst Männer nur mit vorgehaltener Hand reden! Ich ahnte es – nein – ich wußte es vom ersten Augenblick an!« Sie keuchte: »Und du wagst es, deinem Kerl im Haus meines Bruders vor Augen zu treten? Deinem Kerl samt eurem Bankert? Im Haus eines Garcia! Dafür wird Umberto euch töten!« Ihre Stimme überschlug sich. »Hinaus – alle beide hinaus! Fort – weg mit euch Lumpengesindel!« Sie ergriff Isabella am Arm und versuchte, sie über die beiden Stufen zum Portal zu zerren, wo zwei livrierte Bediente standen und sich die Augen aus dem Leib glotzten.

Isabella ließ die Kleine zu Boden gleiten, grätschte die Beine um einen sicheren Stand zu haben und hieb mit der Rechten auf Donna Elviras Hand, daß es klatschte. Umbertos Schwester stieß einen kurzen, überraschten Schrei aus, löste ihre Finger vom Oberarm der Jüngeren und rieb sich, für einen Moment sprachlos, den Handrükken. Ehe sie sich von ihrer Verblüffung erholte, rückte ihr Isabella dicht auf den Leib. Sie zuckte zurück, als erwartete sie einen Schlag ins Gesicht.

»Keine Angst, Donna Elvira, es geschieht Ihnen nichts!« Es kam ruhig und ohne Spott. »Es wäre einfach, Ihre falschen Vorstellungen zu korrigieren. Aber mir liegt nichts daran. Es besteht kein Grund, mich vor Ihnen zu rechtfertigen. In einer Hinsicht freilich lege ich Wert darauf, nicht mißverstanden zu werden, denken Sie ansonsten, was Sie wollen!« Sie hob das Kinn. »Ich werde hier bleiben, Teuerste, und zwar so lange, bis Umberto zurück ist. Niemand wird mich daran hindern. Das bin ich ihm – und mir – schuldig! Mag er sich sein Urteil selbst bilden. Und dann, Donna Elvira, gehe ich freiwillig und für immer.« Sie warf den Kopf in den Nacken.
Die Katalanin gewann ihre Fassung zurück.
»Sie bestehen darauf? Nun, wir werden sehen. Ich fürchte, Sie werden diesen Entschluß noch einmal bitter bereuen!« Der harte Zug um ihren Mund vertiefte sich.
»Sie können nicht bleiben, Isabella!«
Beide wandten sich um. Florian wiederholte:
»Sie können nicht hierbleiben. Ihr Leben ist in Gefahr. Ich kam, um Sie zu warnen. Sie und Umberto. Um sie fortzubringen.«
In wenigen Sätzen schilderte er die Situation. Isabellas Miene, die zuerst Überraschung, später Unglauben und Bestürzung ausdrückte, verwandelte sich langsam in jene eines zutiefst enttäuschten Kindes.
Florians Erklärung folgte eine lange, zum Schneiden dicke Stille, in die endlich Rebekkas ungeduldiges, deutsches: »Was ist denn nur los – warum seid ihr alle so komisch!« – platzte. Niemand achtete darauf. Isabella hörte es nicht einmal. So war das also, dachte sie. Eine Warnung! Nicht ihretwegen war er gekommen, er und sein Kind. Nicht weil er ... Eine Warnung, die Umberto ebenso galt wie ihr selbst. Aber warum mit dem Kind und warum dessen »Mama«?
Keine Fragen mehr! Sie hatte sich wieder einmal zur Närrin gemacht! Um gerecht zu sein – ohne sein Zutun. Sie überlegte es mit kühlem Kopf – trotz des Schmerzes, der ihr die Kehle zuschnürte. Armer Florian! Fast hätte sie ihn erneut ins Unrecht gesetzt und ihm Dinge unterstellt, die alles andere denn in seinen Absichten lagen! Ein Verlassen des Hauses aber verbot sich jetzt erst recht. Es wäre unerträglich, seinem Mitleid ausgeliefert zu sein, ihn einer Neuauflage seines cubanischen Abenteuers auszusetzen. Trotz ihrer Jugend

wußte sie, daß sich Mitleid von allen Gefühlen am schnellsten erschöpfte. Leise, aber entschieden sagte sie:

»Ich bleibe.« Und lauter: »Ich danke Ihnen für die Mühe, die Sie sich machten.« Es klang so unangemessen gestelzt, daß sie sich schämte. Das Gerede mußte ein Ende haben. Wenn er nur rasch verschwände, er und sein Kind! Sie wollte allein sein, nichts mehr hören, nichts mehr sehen.

Er aber verlegte sein Gewicht auf das andere Bein und begann von neuem:

»Ich fürchte, Sie begreifen nicht. Man will – nein, man wird Sie entführen und an die Spanier ausliefern. Nichts und niemand wird Sie in diesem Haus davor bewahren können. Cartouche kann eine Armee aufbieten, um Sie herauszuholen, wenn er es darauf anlegt. Und daß er dies tut, dessen dürfen Sie gewiß sein. Nicht nur der enormen Summe wegen, die dabei eine Rolle spielt. Cartouche hat einen Ruf zu wahren. Er ließ noch nie einen angenommenen Auftrag unerledigt, wie man mir versicherte. Noch einmal – Sie und Tuma müssen mit mir in die Gesandtschaft. Nur dort sind Sie in Sicherheit. Später mag Umberto entscheiden, was zu geschehen hat.«

Sie war nicht zu überzeugen.

»Ich bleibe. Wozu gibt es die Polizei?«

Seine Miene verdüsterte sich. Er begriff, daß er gegen eine Wand sprach. Wahrscheinlich stand sie so sehr unter Garcias Einfluß, daß es ihr unerträglich erschien, sich in dessen Abwesenheit ihm anzuvertrauen. Nüchtern sagte er:

»Wie Sie wünschen. Das mit der Polizei werde ich erledigen.«

Rebekkas Zerren an seinem Hosenbein lenkte ihn ab. Die Kleine drängte:

»Was ist? Was sagt Mama? Warum ist sie so traurig?«

Florian antwortete müde:

»Sie ist nicht traurig. Nur eigensinnig. Und laß endlich den Unsinn mit dem ›Mama‹! Sie ist nicht deine Mutter, und du weißt das sehr genau!«

»Natürlich ist sie es! Und sehr traurig über das, was du eben zu ihr sagtest. Das mußt du doch sehen. Daß sie diese komische Sprache spricht, nun –« ihr Ton wurde altklug – »sie war eben zu lange bei diesen Bösen hier, die alle so verrückt reden, daß vernünftige Leute sie nicht verstehen.«

Ihr Vater beließ es dabei.

»Mag sein. Aber wir müssen gehen. Los, verabschiede dich.«

»Nein!«

Er stutzte. Sie wiederholte:

»Nein! Ich bleibe bei Mama!«

Sie lief zu Isabella, die nun überhaupt nichts mehr begriff, als sich das Kind erneut an sie klammerte. Florian beschloß, die Szene zu beenden. An der noch immer verkniffen schweigenden Donna Elvira vorbei, machte er ein paar Schritte nach vorne, ergriff seine Tochter am linken Ellbogen und versuchte, sie zum Gehen zu bewegen. Die Kleine sperrte sich. Sein Griff wurde fester. Rebekka wand sich, schrie:

»Nein – laß mich – bitte! Laß mich – bitte – bei – meiner – Mama!«

Ihre Stimme überschlug sich, während ihr schmaler Körper vom Weinen geschüttelt wurde.

Isabella kniete nieder und drückte das Kind schützend an sich. Zorn und Verwirrung röteten ihre Wangen. Sie sah hinreißend aus. Florian fühlte, daß sein eiserner Vorsatz, der Braut Garcias die Peinlichkeit einer unerwünschten und inzwischen gänzlich geschmacklos gewordenen Liebeserklärung zu ersparen, ins Wanken geriet. Ihre Frage traf ihn, obwohl sie nahelag, unerwartet.

»Warum nennt sie mich Mama?«

Er suchte nach einer Antwort.

»Das ist eine komplizierte Geschichte.«

»Wer hat sie ihr beigebracht?«

»Niemand. Sie entstand in ihrem eigenen verrückten kleinen Kopf.«

»Und?«

»Ja?«

»Sie hält mich wirklich für ihre Mutter?«

Er nickte. Ihre Augen wurden groß.

»Mein Gott!«

»Es ist komisch, ich weiß. Es tut mir leid, daß sie Ihnen solche Umstände macht. Aber nicht einmal der liebe Gott könnte ihr den Unsinn ausreden.« Und mehr zu sich selbst und sehr leise: »Sie ist klüger als ich. Sie begriff auf der Stelle, daß sie Sie liebt. Ich erst, als es zu spät war.«

Seine Hände suchten Rebekkas Schultern und berührten dabei die Finger der jungen Frau. Sie erhob sich langsam, wie unter einer Last, flüsterte:

»Als es zu spät war ...?« Ohne den Blick von ihm zu wenden fuhr sie fort: »Wiederholen Sie es.«

»Bitte, Isabella – was soll das? Sie wissen es längst. Warum quälen Sie mich?«

Seine Stimme wurde hart.

»Als Garcias Zukünftige sind Ihnen solche Fragen nicht mehr gestattet. Südländer sind komisch in diesen Dingen.«

»Florian!«

Er versuchte, den eigenartigen Ausdruck ihres Gesichts zu deuten, unterließ es aber, ein Trugbild zu beschwören, einen Traum, der besser ungeträumt blieb.

Sie rückte näher. Ihre Brust berührte fast die seine und ihre unverwandt auf ihn gerichteten Augen waren groß und klar.

»Florian – lieben Sie mich?«

Er ballte die Fäuste.

»Ja, verdammt nochmal! Sie wissen es!«

Leise, aber sehr entschlossen und sehr sicher kam ihre Antwort:

»Wenn du dir dessen wirklich sicher bist, Florian Stoll, dann möchte ich deine Frau werden!«

Donna Elvira schüttelte ein ersticktes Keuchen. Welche Schande! Dieses schamlose, lüsterne Weibstück! Am liebsten hätte sie sich die Ohren zugehalten, um das unweigerlich folgende Liebesgestöhn der beiden nicht anhören zu müssen. Dennoch horchte sie gierig, als der Deutsche zu reagieren begann und konsterniert flüsterte:

»Und – und Umberto Garcia?«

Elvira duckte sich, als erwarte sie einen Schlag. Was würde es antworten, dieses Flittchen? Und da kam es:

»Ich liebe ihn nicht. Er weiß es. Es kümmert ihn nicht.«

Umbertos Schwester schlug die Augen nieder. Welch eine Welt! Florian hob langsam die Arme. Ungläubig, unsicher, noch immer ihre Abwehr erwartend, umfaßte er Isabella und vergrub sein Gesicht in ihr Haar. Das Kind neben ihm sah es, schluckte und riß die

Augen auf. Während Rebekka noch immer Tränen über die Wangen liefen, strahlte ihr Gesicht plötzlich, als hätte sich ein Stück Himmel geöffnet.

Zusammen, mit der fassungslosen Tuma an ihrer Seite, verließen sie eine halbe Stunde danach das Palais an der Place Vendome. Isabella nahm nichts mit, keine Tasche, kein Gepäckstück. Donna Elvira, die nach und nach die tatsächlichen Zusammenhänge zu erahnen schien, sah der Kutsche mit zusammengekniffenen Augen nach. Sehr kleinlaut geworden und sich in ihrer Haut gar nicht sonderlich wohlfühlend sah sie dem Tag entgegen, der ihren Bruder zurückbrachte, um Rechenschaft zu verlangen. Ihr waren, sie mußte es sich eingestehen, einige Fehler unterlaufen. Und dennoch, und selbst wenn sein Zorn sie treffen würde – das Weib *war* ein Flittchen und ihres Bruders unwürdig! Mochte Umberto zetern und ihr die Pest an den Hals wünschen! Einmal würde die Zeit kommen, da er begriff, ihr Dank zu schulden! Dessen war sie sicher.

Frühling 1718. Paris roch. Wenn der Wind aus Westen kam, hing
eine Dunstglocke von Fäulnis und Verwesung über der Stadt. Die
offenen, sich in den meisten Straßen entlang der Gehsteige schlän-
gelnden Abwassergräben verbreiteten einen pestilenzartigen Gestank. Viele Fremde, die zum ersten Mal Frankreichs Hauptstadt
besuchten, wurden kaum ihres Brechreizes Herr der sie zu würgen
begann, wenn die unerwarteten Düfte sie überfielen. Der verstor-
bene König war vor diesem Gestank dreieinhalb Jahrzehnte früher
nach Versailles geflohen und nur noch dann dazu bereit gewesen, die
Fahrt nach Paris anzutreten, wenn unaufschiebbare Staatsakte ihn
dazu zwangen. Auch die Vornehmen und Reichen hatten sich weitgehend abgesetzt und ihre Paläste, der besseren Luft wegen, links der
Seine auf dem Gelände des Dorfes Grenelle errichtet und sich im
Faubourg Marais angesiedelt. Die Stadt erstickte buchstäblich im
Dreck. Pferdekot lag haufenweise und zuoberst auf dem meist durch
spannendicke Schmutzschichten unsichtbar gewordenen Kopf-
steinpflaster, das nur dann vorübergehend zutage kam, wenn der
Platzregen eines Frühjahrsgewitters die schlimmsten Ansammlun-
gen in die Abwassergräben schwemmte, wo die grausige Brühe rasch
überlief und in die Souterrainräume und Keller der umliegenden
Häuser schwappte. Nur an sehr trockenen Tagen war es möglich,
sich in normaler Kleidung auf den Straßen und Plätzen zu bewegen.
Ansonsten galt die Regel, daß der Adel ritt oder sich geziemender
Gefährte bediente, wohlhabende Bürgerliche sich Sänften leisteten
und das gemeine Volk hohe Stiefel überzog, wenn es die Straße
betrat.

Es goß in Strömen, als vor der Auffahrt zur venezianischen Gesandtschaft der Zustrom vornehmer Kutschen seinen Höhepunkt er-

reichte. Selbst die mittels riesiger Ölkandelaber beabsichtigte festliche Illumination des Palais, das in rosarotem Licht erstrahlen sollte, ließ der Regenfluten wegen zu wünschen übrig, da die meisten Beleuchtungskörper sich in qualmende, rußende Pfannen verwandelt hatten, deren Dämpfe die Augäpfel röteten und Erstickungsanfälle verursachten.

Aber dies alles ließ den Hausherrn ungerührt, der mit der Routine des erfahrenen Gastgebers und Diplomaten seine vom Gewittersturm reichlich zerzausten Besucher begrüßte und sie mit kleinen galanten Scherzen über ihr Mißgeschick tröstete, wenn sie in hektischer Eile und beschirmt von einigen durchnäßten Lakaien die Halle erreichten.

Der vom Sturm in wütenden Schauern gegen das Palaisportal prasselnde Regen näßte nicht nur die erlesenen Roben der Damen und ihrer Kavaliere, sondern zerstörte auch so manche jener in oft ganztägigem, geduldigem und phantasiereichem Bemühen gestalteten ellenhohen Frisuren der Schönen, in die geschickte Coiffeure neben Diademen, Edelsteinen und Perlen allen nur möglichen Zierat bis hin zu kleinen Käfigen mit lebenden Vögeln eingearbeitet hatten. Hin und wieder gab es Tränen und sogar Nervenzusammenbrüche der vom Unglück Betroffenen, und es dauerte weit über die vorgesehene Zeit, ehe sich die Halle der Gesandtschaft halbwegs füllte.

Anlaß des hochoffiziellen Empfangs war die feierliche Enthüllung einer Büste des großen venezianischen Generalkapitäns und Türkenbezwingers Francesco Morosini im Vestibül des Palais. Es war typisch für Enrico Parsani, daß er dazu neben wichtigen Persönlichkeiten der französischen Politik und des Hochadels sowie den diplomatischen Vertretern mit Venedig befreundeter Mächte auch in Paris ansässige Künstler, Philosophen und Wissenschaftler geladen hatte.

Florian, der seit einer Woche Enricos Gastfreundschaft genoß und der die Gesandtschaft seither nicht verlassen hatte, betrat die Halle an der Seite Isabellas durch eine der kleinen, unauffälligen Tapetentüren, die das Amtsgebäude mit den beiden der privaten Nutzung vorbehaltenen Flügeln des Gebäudes verbanden. Das Paar gesellte sich zwanglos unter die bunte, glitzernde Gesellschaft, deren Aufwand an Garderobe und Schmuck sich durchaus mit jenen modi-

schen Monströsitäten messen konnte, denen sich Florian aus Venedig entsann. Eine Steigerung der Prachtentfaltung schien ihm ausgeschlossen, selbst als ihm Enrico versicherte, daß die Toiletten seiner
Gäste selbstverständlich der schwindenden Macht Venedigs wegen
zum Einfachen hin tendierten und daß das zwar gefällige und elegante Bild im Grunde nur ein Schatten dessen sei, was sich in dieser
Hinsicht im Palais Luxembourg tat, wenn die Herzogin de Berry, des
Regenten zwanzigjährige und erst kürzlich zur Witwe gewordene,
verrufene Tochter, Gäste empfing, von gleichrangigen Anlässen im
Palais Royal oder in Versailles gar nicht zu reden.

Nach dem Festakt der Büstenenthüllung bat Parsani seine Gäste
nicht wie von allen erwartet, in den Ballsaal, sondern führte sie in
langer Reihe durch einen von Fackelträgern in türkischen Janitscha-
ren-Uniformen beleuchteten, geheimnisvollen, auf alt dekorierten
Kellergang, der in den Park des Palais und direkt in eine riesige,
haushohe Zelthalle führte, die auf dem Rasengeviert vor der rück-
wärtigen Freitreppe errichtet worden war.

Die wasserdichte und mit einem blauen, das nächtliche Firmament
vortäuschenden Seidenhimmel versehene Halle, beherbergte ein
mittels türkischen Beutegutes naturgetreu nachgebildetes Feldlager
des Sultans, mit einer Anzahl erlesen ausstaffierter Seidenzelte, die
sich um ein Serail-Bassin gruppierten, in dem blutjunge nackte
Mädchen planschten, die sich auf Zeichen eines beturbanten Zere-
monienmeisters zu anmutigen, lebenden Bildern formierten, wobei
phantasievolle Früchte-Arrangements, lebensechte Nachbildungen
allerlei Getiers und bunte Beleuchtungseffekte wichtige Rollen
spielten. Selbst verwöhnte Gäste geizten nicht mit ihrem Beifall und
stürzten sich vergnügt ins Abenteuer eines »Streifzuges durch das
soeben von der Truppe eroberte, im Schlaf überraschte Türkenla-
ger«, wie der als Pascha herausgeputzte Zeremonienmeister in der
Gebärde demütiger Unterwerfung immer wieder verkündete.

Florian, eingedenk der Ereignisse in Kingston, wich diesmal nicht
von Isabellas Seite. Umgeben von ausgelassenen jugendlichen Kava-
lieren, die zusammen mit ihren Begleiterinnen sich dem rüden Vergnügen hingaben, die schon recht unterkühlten und nur noch verzerrt lächelnden, für ihre Zurschaustellung gegen Entgelt ange-

heuerten Nymphen im Bassin mit Korken, Orangen- und Bananen-schalen zu bewerfen, rettete sich das Paar in die Divan-Teppich- und Kissenhöhle eines der Zelte, wo Florian unter dem Eingang mit einem Mann zusammenstieß, der sich bemühte, ins Freie zu gelangen. Der Ausdruck des Ärgers im Gesicht des Angerempelten schwand schnell, als er den Deutschen erkannte. Auf englisch sagte er:

»Mr. Stoll! Erfreut, Sie zu sehen. Ich erinnere mich mit Vergnügen an unser letztes Gespräch.«

Florian registrierte es mit Genugtuung. Vom großen John Law so begrüßt zu werden, steigerte sein Selbstgefühl. Zur Seite tretend, stellte er den Schotten seiner Begleiterin vor.

Law maß an die sechs Fuß, hatte angenehme, wenn nicht gar – Isabella ertappte sich bei dem Gedanken – edle Züge, die sie an jene Leslie Tatchers erinnerten, eines Heldendarstellers der Shakespeare-Company, den sie während ihres kurzen Aufenthaltes in London hatte bewundern können. Ein Herr, zweifellos, mit untadeligen Umgangsformen. Sein voller Name, der ihn als einen aus Edinburg stammenden Aristokraten auswies, lautete John Law of Lauriston. Sie schätzte ihn auf Mitte Vierzig und erinnerte sich daran, gehört zu haben, daß er mit einer Frau seines Alters namens Catherine Knowles, einer Schwester des Grafen Bunbury, zusammenlebte. Ob verheiratet oder nicht, stand in den Sternen. Selbst von Leuten, die Laws Gattin oder Gefährtin nicht kannten, wurde versichert, daß die Frau ohne den roten Flecken in ihrem Gesicht, der das linke Auge und einen Teil der Wange verunstaltete, als wunderschön hätte gelten können. Die Partnerschaft mit der »Gezeichneten«, wie man sie allgemein nannte, sprach für den Schotten, dachte sie.

Während sie zu dritt in nicht unbedingt bequemer, orientalischer Pose sich auf den beiden um eine Wasserpfeife gruppierten Ruhelagern niederließen, wobei Isabella Mühe hatte, ihr Kleid in der ungewohnten, fast liegenden Positur halbwegs schicklich zu drapieren, und die beiden Männer, bemüht, sie immer wieder ins Gespräch zu ziehen, eine Unterhaltung fortzusetzen begannen, die sich um Laws venezianisches Kontaktbemühen drehte, versuchte sich die Kreolin an all das zu erinnern, was ihr Florian über die Geschäfte des Schotten berichtet hatte.

Die Anfänge seines Aufstiegs zum Manipulator der französischen Staatsfinanzen gingen noch auf des Sonnenkönigs Lebzeiten zurück, dem Laws Gedanke einleuchtete, statt des unhandlichen, teuren Geldes aus Edelmetallen solches aus bedrucktem Papier einzuführen, das durch den Wert des nationalen Grundbesitzes gedeckt sein sollte und von dem nur, staatlich überwacht, so viel in Umlauf gebracht werden durfte, wie Frankreichs Grund und Boden derzeit einbrächte, stünde er zum Verkauf. Zusätzlich hatte es den Vorteil, daß es nicht außer Landes abfließen konnte, während die Herstellungskosten des bedruckten Papiers in keinem Verhältnis zum geprägten Metall standen.

Law verkündete zusätzlich die an Blasphemie grenzende Theorie, daß Kredite nicht nur die Produktion förderten, sondern zusätzlich die Wirtschaft der ganzen Nation mittels Schuldenmachen kräftig angekurbelt werden würde. Grundsätze also, die so ziemlich allem widersprachen, was bisher als bewährte Praxis galt.

Damals, vor sechs Jahren, hatte der König nach anfänglicher Begeisterung am Ende abgewunken. Ihm fehlte, alt, krank und müde, die Kraft, sich ins Abenteuer der Banknoten zu stürzen. Ludwigs Neffe aber, der Duc d'Orléans, nach dem Tod des Königs bis zur Volljährigkeit des fünfzehnten Ludwig Interimsregent Frankreichs seit fast einem halben Jahrzehnt, griff sofort zu und unterstützte Laws Vorhaben, als ihm der Schotte versprach, mittels seiner Geldscheine und weiterer neuartiger finanztechnischer Praktiken Frankreichs zerrütteten Staatshaushalt zu sanieren. Bald zirkulierten Unmengen der von Laws »Banque Generale« ausgegebenen Staatsbanknoten in ganz Frankreich, deren Kaufkraft schwankte und mitunter oft nur ein Zehntel des Nennwerts betrug. Mit dem Vertrauen des Volkes in das neue Geld war es nicht all zu weit her. Deshalb griff der Regent zu dem Trick, die Verwendung von Metallgeld beim Kauf von Dingen im Wert über zehn Livres von Staats wegen zu verbieten.

Die »Banque Generale« hatte der Schotte von Anfang an als Aktiengesellschaft konzipiert und später auch gegründet. Damit betrat er wirtschaftspolitisches Neuland, da bis zu diesem Zeitpunkt in Frankreich wirkende Aktiengesellschaften ausschließlich als Basis für schnelle Erschließung und Ausbeutung von kolonialen Besitzungen fungierten.

Aber all dies war nur Ouvertüre. Den Hauptcoup startete Law 1717 mit der Gründung seiner »Companie d'Occident«, einer von ihm erdachten Gesellschaft, um zusammen mit dem Regenten und einigen Partnern, unter ihnen der Herzog von Bourbon-Condé, über die »Banque de Mississippi« in der Rue Quincampoix, ebenfalls eine Lawsche Neugründung, möglichst viele Aktien drucken und unter die Leute bringen zu lassen. Leute, deren Geld, wie es so schön hieß, »mit großem Gewinn die Kolonie Louisiana erschließen« sollte. Nötige Voraussetzungen dafür schuf sich der Schotte schon Jahre vorher, als er dem berüchtigten Abenteurer Crozet, der sich 1712 die ausschließlichen Rechte der Louisiana-Erschließung besorgt hatte, diese Privilegien abkaufte.

Noch vor Gründung seiner Companie begann Law – ein Genie auch auf diesem Gebiet – kräftig die Reklametrommel zu rühren, um die neuen Aktien, Anteilscheine auf riesige Reichtümer in dem jungen Land jenseits des Ozeans, dessen Hauptstadt nach dem Regenten, La Nouvelle Orléans hieß, rasch an den Mann zu bringen. Daß die »Hauptstadt« am Ufer des Mississippi nur zweihundert Einwohner zählte, von Hunger und Seuchen dezimiert – wer in ganz Frankreich wußte davon! Um ein Weiteres zu tun, ließ Law am Ausgabetag seiner Aktien die Nachricht verbreiten, daß an der Mississippi-Mündung Gold gefunden worden sei. Die Kunde vom »Goldfund« verbreitete sich innerhalb weniger Stunden in Paris, und der Ansturm auf die Anteilscheine – achttausend Stück a fünftausend Livres – war unvorstellbar. Schon am nächsten Tag stieg ihr Kurswert auf das Zehnfache. Artig überreichte der Gerissene dem Regenten einen Sonderposten seiner Mississippi-Aktien, selbstverständlich kostenlos. Philipp wiederum revanchierte sich, sehr im allerhöchst eigenen Interesse, da mit Sicherheit ein weiterer Kursgewinn zu erwarten war, mit einem Aufruf an seine Untertanen, den er im »Mercure de France« mit folgendem Text veröffentlichen ließ:

Da es Unserer Absicht entspricht, an den Geschäften der Compagnie und an den Vorteilen, die Wir ihr zugestehen, die größtmögliche Zahl Unserer Untertanen teilnehmen zu lassen, und damit jedermann nach Maßgabe seiner Mittel teilnehmen kann, wollen Wir, daß das Aktienkapital in Aktien zu fünfhundert Livres geteilt wird.

Der Ausgabe von »Volksaktien« an Frankreichs Kleinbürger stand nichts mehr im Weg. Nicht genug damit – der Regent und sein Wundermann aus Schottland ließen sich noch einen weiteren Coup einfallen, mit dem sie zwei Fliegen mit einem Schlag trafen: Einer Anweisung Laws zufolge konnten die fünfhundert Livre-Aktien in Staatsnoten einbezahlt werden. In jenen Banknoten also, die im Grunde niemand haben wollte und deren Kurs nur fünfzig Prozent ihres aufgedruckten Wertes betrug.

Beim Aktienkauf mittels Banknoten ergab sich auf diese Weise ein garantierter Gewinn von fünfzig Prozent, der freilich in der Regel zu Beginn der Aktion um ein Vielfaches größer war, da die Staatsnoten mitunter für ein Zehntel ihres Nennwertes erworben werden konnten, von weiteren Aktienkursgewinnen gar nicht zu reden. Eine fünfhundert Livre-Aktie kostete demzufolge oft nur fünfzig Livres! Ganz Paris, ganz Frankreich taumelte in einen Geldrausch, dem selbst die klügsten Köpfe verfielen. Der Run auf die begehrten Papiere nahm groteske Formen an und hatte, ganz wie von seinen Erzeugern beabsichtigt, die gewünschte Nebenwirkung, daß auch der Kurs der Staatsnoten vorübergehend kräftig anzog. Ja – eine Reihe von Händlern und Handwerkern bestanden bereits darauf, ihre Waren und Dienste nur noch gegen Banknoten zu verkaufen und anzubieten.

Law aber wurde immer reicher. Zu Beginn des Jahres 1718 schätzten französische Bankleute sein Vermögen auf siebenhundert Millionen Livre. Für vier Millionen kaufte er sich in Paris das Palais Mazarin, sowie Schloß Yville, und bald ging das Gerücht, daß er Generalprokurator für Frankreichs Finanzen werden würde.

Schier absurd war es, wie sich die Pariser Gesellschaft um ihn riß. In diesem Zusammenhang erzählte man sich die unglaublichsten, aber durchaus wahre Geschichten. Wie jene über die Dame von Stand, die in ihrem Wagen sitzend, zum Salon der Marquise Lambert will, als ihr das Gefährt Laws begegnet. Darauf ruft sie ihrem Kutscher zu: »Wirf doch um, du Lump! Wirf um!« Der Bedienstete sorgte tatsächlich dafür, daß sein Wagen umkippte. Wie seine Herrin es vorausgesehen hatte, stieg der Schotte aus und kam ihr zu Hilfe. Sie gestand, daß sie nichts anderes wollte, als mit ihm reden zu dürfen.

Die Mutter des Regenten, Elisabeth Charlotte, rühmte Laws Haus als Treffpunkt des Pariser Hochadels und gestand, wie kolportiert wurde: »Als mein Sohn eine Herzogin suchte, um seine Enkelin nach Genua zu begleiten, sagte ein Höfling zu ihm: »Monseigneur, wenn Sie wirklich eine reichliche Auswahl haben wollen, schicken Sie am besten zur Madame Law, dort werden Sie alle beisammen finden!«

Enrico wiederum hatte ihr berichtet, daß das diplomatische Corps von Seiner Königlichen Hoheit angewiesen worden war, John Law wie eine Großmacht oder den wichtigsten Minister zu behandeln. England hatte gar seinen Gesandten, den erbitterten Law-Gegner Lord Stairs abberufen, um dem Schotten gefällig zu sein, und bei einem Fest in Laws Palais, auf dem Enrico zugegen gewesen war, hatte ein wahnwitziges Geschehen für tagelangen Gesprächsstoff in den Salons gesorgt: Bei seinem Eintreffen küßte der päpstliche Nuntius nicht nur der Gattin des Aktienjongleurs die Hand, sondern ebenso Laws unehelich geborener, protestantischer siebenjähriger Tochter und eröffnete, mit dem Kind tanzend, den Ball!

Die direkte Anrede des großen Finanzmannes riß Isabella aus ihrem Nachdenken. Law gab sich zerknirscht.

»Lassen Sie Gnade vor Recht ergehen, Madame. Es war unverzeihlich, in Ihrem Beisein ein so sprödes Thema zu erörtern.«

Er lächelte verbindlich.

»Andererseits sind die Tage dahin, wo Geschäfte das Vorrecht von uns Männern waren. Immer mehr Damen beginnen damit, sich für ökonomische Zusammenhänge zu interessieren, wie ich in Paris mit Vergnügen bemerkte. Nach meinen Informationen befinden sich zwanzig Prozent aller Mississippi-Aktien in zarten Händen.«

Florian grinste.

»Es sprach sich nicht nur in den Salons, sondern auch in den Boudoirs herum, wie reich, und wie schnell reich man mit Ihrer Erfindung werden kann, wenn man sich ihrer bedient und ihr – vertraut.«

»Vertraut. Sie treffen es. Die Papiere verdienen Vertrauen, mein Wort darauf.«

Florian sagte: »Es scheint so. Man hört nur Gutes.«

Von der Seite traf ihn ein langer Blick, kühl, abschätzend, aber nicht ohne Wohlwollen.

»Sie sind interessiert?«

Florian bestätigte es.

»In Grenzen, warum nicht? Es ist ein faszinierendes Spiel.«

Law hob die rechte Braue. Es war eine winzige Andeutung des Mißfallens.

»Kein Spiel, Sir. Nein, eben kein Spiel! Es ist viel mehr als das. Eine neue Macht regt ihr Haupt. Eine Groß- nein, eine Weltmacht! Spiel!« Er verzog geringschätzig den Mund. Leise sagte er: »Sie begreifen nicht, sie begreifen alle nicht, Philipp mit eingeschlossen. Dabei sind sie Zeugen der Geburtsstunde einer neuen Epoche, eines neuen Weltzeitalters, das unsere alte Erde wesentlicher verändert als alle historischen Ereignisse der letzten tausend Jahre zusammen. Wenn ich nur den Regenten überzeugen könnte! Oder den König von Großbritannien. Wenn sie nur mitdächten und erkennen würden, daß die Volksmassen nicht bis in alle Ewigkeit bereit sein werden, das ihnen von oben verordnete Elend hinzunehmen. Dabei ist das Rezept einfach, den Leuten wenigstens einen bescheidenen Wohlstand zu garantieren. Es heißt schlicht und einfach – Kredit! Es muß mehr Geld unters Volk. Klingt banal, nicht? Es *ist* banal, Sir! Geben wir ihnen mehr Geld, den Herren Unternehmern, damit sie entsprechend investieren können und damit sie nicht nur mehr und billiger produzieren, sondern ihren Leuten auch mehr zu bezahlen in der Lage sind, Leute, die nun endlich jene guten und preiswerten Dinge kaufen können. Kredit, mein Freund, bringt ein Rad in Schwung, das sich bisher drehte wie jenes einer von einem wasserarmen Rinnsal angetriebenen Mühle. Kredit, Herr, macht das Rinnsal zu einem reißenden Strom! Einmal werden das die Herrschenden erkennen müssen. Wenn es dann nicht zu spät ist.«

Florians Hochachtung vor dem Schotten wuchs.

»Eine faszinierende Idee. Nur …«

»Nun?«

»Die Besitzenden, nennen wir sie so, die Besitzenden kämen als Ergebnis Ihrer Theorie, unterstellt, sie funktioniert in der gewünschten Weise, um eines ihrer Hauptvergnügen. Nämlich um den Spaß, darum zu wissen und dies täglich bestätigt zu sehen, zu den wenigen, den Auserwählten zu gehören. In diesem Sinn sind alle Reichen Puritaner, die den weltlichen Besitz als Belohnung des

Herrgotts für ein achtbares und gottgefälliges Leben betrachten. Wenn das ganze Volk sich den Bauch mit guten Dingen vollstopfen könnte – nicht auszudenken! Völlerei entartete zur Trivialität. Heute ist sie ein Vorrecht, das der Reichtum erlaubt. Und so steht es mit den meisten Dingen, die das Leben angenehm machen. Denken Sie an die komplizierten Kleidervorschriften in fast allen zivilisierten Ländern. Warum führte man sie ein? Doch nur, um die Herrschaft nicht des Vergnügens zu berauben, sich äußerlich und je nach individuellem Stand innerhalb der hierarchischen Ordnung verschieden, von den weniger vom Glück begünstigten oder gar von den Habenichtsen abzuheben. Ich kann mich irren, aber ich denke, daß dies alles mit der Grund ist, warum Ihre Theorie bei Philipp, ja bei keinem Mächtigen Anklang finden wird. Es bereitet mir Mühe, mir einen Herrscher vorzustellen, der wirklich das erstrebt, was die meisten Souveräne öffentlich vorgeben zu wollen – nämlich über ein reiches, glückliches Volk zu regieren. Wobei ich an das wirkliche Volk denke – Bauern, Knechte Domestiken, Kleinbürger – die Welt der Besitzlosen eben. Ohne Spaß, Sir – die meisten Leute von Rang denken es sich und viele sagen es sogar ganz offen, wenn die Rede darauf kommt: Wie könnte man noch Vergnügen am guten Leben haben, wenn es allen gut ginge – sogar der Kanaille.«

Law nickte, ohne eine Miene zu verziehen.

»Sie vereinfachen, aber im Kern stimmt, was Sie sagen. Und eben dies werden die Herrschaften einmal teuer, bitter und blutig bezahlen müssen.«

Er erhob sich.

»Apropos bezahlen! Ich werde mir erlauben, Ihnen morgen zweihundert ›Occidentale‹ zu schicken. Zum Ausgabekurs. Sie können später in Staatsnoten bezahlen.«

Eine generöse Geste! Florian bedankte sich. Law sagte:

»Empfehlen Sie mich Ihrem Freund Parsani. Sagen Sie ihm – Venedig ist für mich immer wieder eine Reise wert.«

Er küßte Isabella die Hand und schickte sich an, das Zelt zu verlassen, in das jetzt lärmend weitere Gäste drängten. Dicht vor dem Ausgang verhielt er noch einmal.

»Ah – und grüßen Sie Michael Tiepolt, wenn Sie ihn sehen.«

Florians Verblüffung amüsierte ihn.

»Sie wundern sich? Leute zu kennen und Verbindungen zu haben, gehört zu meinem Metier. Tiepolt! Wir trafen uns vor Jahren in London. Als er versuchte, ein Negersklavengeschäft auf die Beine zu stellen. Ich riet ihm damals ab. Was wurde aus der Sache? Ging es gut?«
»Teils – teils.«
Law beließ es dabei.
»Sollte es für Sie irgendwelche Schwierigkeiten geben – hier in Paris meine ich – scheuen Sie sich nicht, mich um Rat zu fragen. Ohne unbescheiden zu sein – die Szene in dieser Stadt ist mir – geläufig. Manchmal kann ich helfen.«
Er ging.

Auch Isabella erhob sich. Während sie den Faltenwurf ihres Kleides ordnete, schob sich durch den Zelteingang die gedrungene Gestalt eines Mannes, der die Runde uninteressiert musterte, bis sein Blick Florian traf. Für einen winzigen Moment stutzte er, wandte sich dann aber betont gleichmütig zu seinem Begleiter um, der ihn um Kopfgröße überragte. Florian bemerkte die beiden mehr im Unterbewußtsein, als er sich anschickte, Isabella ins Freie zu geleiten, um den Streifzug durch das Lager fortzusetzen. Wenig später näherten sie sich einem dichten Spalier tellerbewaffneter Kavaliere, die die mit Delikatessen bestückten Tafeln umringten. Er deutete hin.
»Hungrig?«
»Nein. Du?«
Während er den Kopf schüttelte, zögerte er plötzlich im Schritt. Da waren die zwei Kerle wieder. Sie standen bei einem hageren, älteren, in schillerndes Hellblau gekleideten Festbesucher, der mit verkniffenem Mund, den Nacken gebeugt, anscheinend eine Mitteilung entgegennahm, bis seine herrische Geste den Informanten verstummen ließ. Die beiden waren entlassen. Sie verbeugten sich tief, machten unsichere, tastende Schritte nach hinten, krümmten ein weiteres Mal ihre Rücken und verdrückten sich.
Der Hellblaue wandte sich ab, warf den sich um die üppigen Tafeln Drängenden einen gleichmütigen Blick zu und musterte dann ungeniert aus kleinen, von schweren, hängenden Lidern zu Schlitzen verengten Augen das ihm entgegenschreitende Paar. Plötzlich nickte

er, als hätte er eine Überlegung zu einem entscheidenden Abschluß gebracht, verhielt im Schritt und versperrte so den Näherkommen den den Weg. Sich an Isabella wendend, sagte er in fast akzentfreiem Spanisch:

»Erlauben Sie einem alten Mann, Ihnen, ohne vorgestellt worden zu sein, seine Bewunderung auszudrücken, Senorita Baroja.«

Als er den Namen nannte, dessen sie sich nicht mehr bediente, seit sie als Isabella Varga Jamaica betreten hatte, huschte die Andeutung eines Lächelns über seine zerknitterten Züge. Isabellas bestürzter, fragender Blick traf einen nicht minder beunruhigten Florian. Das Lächeln des Blaugewandeten gefror zu einer Grimasse.

»Keine Sorge, Senor Stoll. Ich bin – sagen wir – ein Bewahrer vieler kleiner Geheimnisse. Nochmals – verzeihen Sie den Überfall. Ich bin d'Argenson.«

Der Minister! Reformer des Polizeiwesens in Frankreich, allmächtiger Chef eines Heeres von Spitzeln und Geheimagenten, Vertrauter des Regenten und, was noch mehr zählte, Duzfreund Dubois! Bewahrer kleiner Geheimnisse! Dies war, dachte Florian, die Untertreibung des Jahres. Einen besser und gründlicher informierten Mann als d'Argenson gab es in ganz Paris nicht. Was seine Exzellenz mit der süffisanten Nennung des Namen Baroja – wo und wie mochte er ihn sich beschafft haben – einmal mehr unterstrich.

Florians Unruhe wuchs. Über die Funktion der beiden devoten Burschen von vorhin gab es kaum Zweifel. Sie gehörten, darauf mochte er schwören, zur Sicherheitswache des Gewaltigen, ohne die in Paris keine gesellschaftliche Veranstaltung von Rang über die Bühne ging, wie Enrico ihm später bestätigte.

D'Argensons Lächeln schwand. Florian überfiel ein Frösteln, als ihn der Blick des Ministers erneut traf. Dessen ungeschminktes, durch zahllose Leberflecke verunstaltetes, alterslos wirkendes Gesicht erstarrte in tödlichem Ernst. Der höfischen Form und Etikette, die den Sitten der Zeit gemäß selbst dann ein Lächeln erzwang, wenn es galt, Unheil anzukündigen, war Genüge getan. Wenn dieser Graf und oberste Polizist Frankreichs sich ihnen in fast brutaler Weise aufdrängte, wie dies eben geschehen war, mußte das, was er ihnen zu sagen hatte, von wesentlicher Bedeutung sein! Wieder fühlte er das Frösteln. Als suchte sie Schutz, drängte sich Isabella an ihn. D'Argen-

son schob seine großen, plumpen Bauernhände in die Rosetten seiner Ärmelmanschetten aus zarten Spitzen. Mit der Andeutung höflichen Bedauerns in der Stimme sagte er:
»Es tut mir leid, gezwungen zu sein, Sie von einem Vorfall zu unterrichten, der Sie schmerzlich treffen wird. Besonders Sie, Madame.« Seine Lider hoben sich und enthüllten stechende, farblose Knopfaugen, die basiliskenhaft jede Regung in Isabellas Zügen zu ergründen suchten. Zögernd fuhr er fort: »Vor wenigen Stunden fand man in der Nähe von Longjumeau das herrenlose Gespann Senor Garcias. Von diesem selbst, ebenso von dessen Kutscher, fehlt derzeit jede Spur.«
Isabella erblaßte. In tiefem Erschrecken verstärkte sich der Druck ihrer Florians Unterarm umklammernden Finger. Sachlich ergänzte der Minister: »Es fand ein Überfall statt. Bauern auf den Feldern wurden von Ferne Zeugen der Tat. Senor Garcia wurde von einem halben Dutzend Berittenen entführt. Das Verbrechen trägt Cartouches Handschrift. Nur er leistet sich diesen Aufwand an – Personal.«
Es klang eigentümlich aus dem Mund des Polizeiministers, und d'Argenson wußte es. Gleichmütig zuckte er die Schultern. »Realität! Es wäre Nonsens, dies zu leugnen oder sich etwas vorzumachen. Andererseits« – seine Sachlichkeit wurde zur Kälte – »Senor Garcia war sehr unvorsichtig. Er wußte um die Bedrohung, kannte die Gefahr. Daß er nichts zu seinem Schutz unternahm – die beiden Pistolen, die er, wie man mir berichtete, ständig bei sich trug, zählen in diesem Zusammenhang kaum – war mehr als leichtfertig. Bon, fortes fortuna adjuvat – dem Mutigen gehört das Glück. Aber es gibt eine Grenze des Mutes. Dort nämlich, wo dieser zur Dummheit entartet.«
Florian mußte ihm recht geben. Nur war es nicht Dummheit, dachte er, sondern Hochmut, was den Katalanen bewogen haben mußte, die Reise in die Provinz ohne angemessene Eskorte anzutreten.
»Was werden Sie unternehmen?«
Der Minister schüttelte gelassen den Kopf.
»Nichts. Vorerst. Es fehlt jeder Beweis, daß Cartouche die Hand im Spiel hat. Seine vermummten Spießgesellen sind längst wieder in ihren Schlupfwinkeln. Und Ihr Freund – nun, ich denke, er wird nicht all zu lange Cartouches Gastfreundschaft genießen, wo immer

dies sein mag. Es ist zumindest denkbar, daß er in Bälde eine Reise in Richtung Süden antritt. Eine Reise ohne Wiederkehr, vor der ich Sie, Madame, und Sie, Monsieur, gerne bewahrt hätte. Eines möchte ich Sie versichern: Frankreichs Polizei ist weit weniger unfähig, als es im Moment den Anschein haben mag. Unsere Chance, Senor Garcia auf dem weiten Weg von Paris nach – nun, keine Unterstellung – nach Irgendwohin wieder zu bekommen, ist gar nicht so schlecht.« Er schloß die Augen, als dächte er nach, und sagte dann; »Am Ende noch ein persönliches Wort: Befleißigen Sie sich weiter des Rates Ihres venezianischen Freundes. Verlassen Sie unter keinen Umständen die Gesandtschaft, so lange Sie sich noch in Paris befinden. Sie ersparen mir und meinen Leuten viel Arbeit, und sich selbst große Unannehmlichkeiten. Madame« – er verbeugte sich – »Monsieur.«

Von den Türmen der Stadt Paris schlug es die achte Stunde. Der Minister entfernte sich gemessenen Schritts.

Florian starrte ihm finster nach. Isabella sagte tonlos:

»Es war Wahnsinn, hierher zu kommen. Er hätte es wissen müssen. Ich selbst hätte es wissen müssen. Nein – er wußte es , dessen bin ich sicher! Aber sein gottverdammter Hochmut ließ es nicht zu, sich zu verstecken. Er mußte sich vor aller Öffentlichkeit produzieren und den verhaßten Spaniern auf der Nase herumtanzen.« Sie schaute zu ihm auf. In ihrem Blick war Pein. »Wenn er erst in Spanien ist – mein Gott, Florian – gibt es nichts, womit wir ihm helfen können?«

Er ließ die Worte auf sich wirken, nickte dann und antwortete mit Bedacht:

»Doch. Doch, es gibt etwas. Geld. Geld ist überall der mächtigste Schlüssel zu verriegelten Türen.«

»Geld? Du denkst, Cellamare …«

Er winkte ab.

»Nicht der Botschafter. Aber Cartouche. Er wäre ein Narr, nicht auf ein Geschäft einzugehen. Ich muß mit ihm reden.«

Ihre Augen weiteten sich.

»Du? Mit Cartouche? Mit ihm selbst?« Er nickte grimmig. Sie flüsterte: »Du bist verrückt!«

»Keineswegs. Komm!«

Er ergriff sie am Arm. Sie sträubte sich.

»Was willst du tun?«
»Enrico suchen. Er muß es erfahren. Ich benötige seinen Rat.«

Enrico Parsani war entsetzt.
»Du hast keine Ahnung, Junge! Weißt nicht, wovon du sprichst:
Begreife es endlich: Cartouche ist Cartouche! Nicht irgendein klei-
ner Halunke. Er wird seinen Auftrag erfüllen. Aus seiner Sicht hat er
einen Ruf zu wahren. Den Ruf der absoluten Vertragstreue. Hier
Ware – hier Geld, ohne krumme Touren. Wenn du überhaupt zu
ihm kommst, was ich bezweifle, wird er dich dankend kassieren.«
»Vielleicht. Aber daran glaube ich nicht. Hör zu, Enrico. Es gibt eine
Reihe von Gründen, warum ich es tun muß. Muß, verstehst du! Es
existieren Verbindungen zwischen uns dreien, die keinen anderen
Weg zulassen.«
Er sah zu Isabella, die erschöpft, mit bleichem Gesicht und geschlossenen Augen neben ihm in der Sofaecke lehnte und kein Wort des in
Venezianisch geführten Gesprächs verstand. Sie befanden sich in
Enricos Arbeitszimmer. Es regnete nicht mehr. Von den beiden offenen Fenstern drang das Lärmen der Gäste ins Kabinett. Die Hallen-
decke war zum Himmel hin geöffnet worden, wodurch es möglich
wurde, eine Anzahl Feuerstellen und unzählige Fackeln zu entzünden. Der Anblick war phantastisch. Enrico, am Fenster stehend und
gierig die frische Luft einatmend, schaute abwesend auf die sich
ständig vermehrenden Lichtquellen. Er verharrte in dieser Stellung,
als Florian erneut anhob:
»Du mußt mir helfen. Ich bin sicher, daß du einen Weg zu Cartouche kennst. Ihr alle hier, die ihr Macht und Einfluß besitzt und eure
Finger im politischen Spiel und in der Geheimdiplomatie habt,
akzeptiert den Verbrecherkönig als Institution, als innenpolitischen
Faktor, mit dem ihr, so oder so, rechnen müßt. Wie die Dinge
derzeit in Frankreich stehen, weiß niemand, ob Cartouche nicht
plötzlich ins legale Lager wechselt. Es wäre nicht das erste Mal, daß
aus einem Erzschurken, wenn er intelligent, mutig und einflußreich
ist, ein ausgezeichneter Staatsdiener wird. Wenigstens aus der Sicht
der Leute, die das Sagen haben. In diesem Jahrhundert ist alles möglich. Nochmals, Enrico, ohne Umschweife – ich muß mit ihm reden.
Heute noch.«

Florian stand auf, schritt erregt um Enricos Schreibtisch und lehnte sich an die Türfüllung.

»Es gibt zwei Möglichkeiten. Die erste – ich kann mich vom Geviert St. Denis–St. Martin zu ihm durchfragen. Ich denke, daß man ihn ziemlich rasch über den verrückten Ausländer unterrichtet, der ihn um jeden Preis sprechen will. Du hast es mir selbst versichert – seine Zuträger zählen nach Tausenden. Niemand wird mich daran hindern, so vorzugehen. Einfacher freilich wäre es, auch risikoloser, wenn du mich deine Möglichkeiten benutzen läßt. Und die gibt es, dessen bin ich sicher.«

»Du bist wild entschlossen?«

»Ja.«

»Du setzt dein Leben aufs Spiel! Ist er es wert?«

»Mir bleibt keine Wahl. Erspare mir jetzt eine Erklärung. Nimm es so wie ich es sage – mir bleibt keine Wahl.«

»Du mußt es wissen. Nun denn – Cartouches Adresse ist allgemein bekannt. Wenn er es nicht gerade vorzieht, unterzutauchen, logiert er in der Herberge »Veau qui tête« am Montmartrehang. Derzeit allerdings dürfte er sich in eines seiner Verstecke zurückgezogen haben, bis Gras über die Garcia-Geschichte gewachsen ist. Sagt dir der Name Delgado etwas?«

Florian überlegte kurz und schüttelte den Kopf. »Nein. Sollte er?«

»Eigentlich schon. Der Mann verdankt dir viel.«

»Mir? Delgado? Ein Spanier?«

»Ein spanischer Glasbläser aus Murano.«

»Murano? Heilige Jungfrau – ja. Delgado. Fernandez Delgado. Natürlich, er lebt in Paris. Aber – ich verstehe nicht – was hat Delgado mit Cartouche zu tun?«

»Eine ganze Menge. Delgado besitzt einige Häuser auf der Insel. In einem davon lebte der junge Cartouche fast zwei Jahre lang, als er nach Paris kam. Als Sechzehnjähriger. Delgado war – nun, sagen wir, freundlich zu ihm. Um keinen falschen Eindruck zu erwecken: Der Bandit ist alles andere als sentimental. Wenn Delgado ihm krumm käme, ließe er ihn auf der Stelle über die Klinge springen. Vergessen freilich hat er den Mann nicht. Der Venezianer war wahrscheinlich der erste und lange Zeit der einzige, der ihn als Mensch behandelte. Ich bin sicher, Delgado kann dich zu ihm bringen.«

273

»Und wie kommst du an den Glasbläser?«

»Er kreuzte in der Gesandtschaft auf, wenige Wochen, nachdem ich meinen Posten hier angetreten hatte. Es war irgendwie komisch. Er kam hierher und bedankte sich in aller Form beim Vertreter der Republik für dessen sogenannte Mithilfe bei der Flucht einer Staatsfeindin aus Venedig. Du hast ihr damals, seiner Frau, meine ich, meinen bescheidenen Anteil an ihrem Entkommen mitgeteilt?«

»Ja.«

»Nun denn. Mir gefiel der Mann. Wir führten einige interessante Gespräche. Delgado gab mir Hinweise, die mich Paris gründlicher und schneller kennenlernen ließen. Jedenfalls in bestimmten Bereichen. Der Mann zählt hier zum Adel. Wußtest du das?«

»Sicher. Er ist adlig wie alle Glasbläser von Format in Frankreich. Das Dekret stammt, glaube ich, aus dem 16. Jahrhundert.«

»Es ist noch älter. Gleichviel – ich denke, Delgado wird dich zu Cartouche bringen. Trotzdem, ich muß es wiederholen – ich halte deinen Entschluß für Wahnsinn. Du hat ein Kind. Du …«

»Schluß! Kein Wort mehr. Mein Gott – begreif es endlich – ich habe keine Wahl! Rebekka …«

»Wenn es das ist – du brauchst dir um deine Tochter keine Sorgen zu machen. Ich bin dein Freund. Was immer geschieht.«

»Ich weiß es. Und jetzt – bitte schick nach Delgado.«

Unwahrscheinlich kurze Zeit später erschien der Glasbläser. Er hatte keinen Augenblick gezögert, als ihn Enricos Boten aus dem Bett holten und ihm ihren Auftrag und den Namen ihres Herrn eröffneten. Delgado war vierundvierzig Jahre alt und mittelgroß. Seine Haut war ebenso hell wie seine Augen, und eine Fülle von brünettem Haar fiel ihm auf die Schultern und ringelte sich in natürlichen Locken. Seine Züge waren scharf und eindrucksvoll. Und dennoch ging ein gewisser Zauber von ihm aus, der sich jedem mitteilte, der mit ihm zu tun bekam. Auf den ersten Blick wirkte er schmächtig und irgendwie ungelenk. Tatsächlich aber besaß er Kraft und war körperlich ausgezeichnet in Form. Florian, in Erwartung eines lebhaften Südländers, mußte seine Vorstellung von ihm korrigieren. Vor ihm stand ein ruhiger, besonnener Mann, dessen Bestimmtheit und Würde ihm die Sympathien Enricos für diesen Glasmacher begreiflich machte. Gemessen, aber mit viel Herzlichkeit und Wärme bedankte er sich in gutem Französisch, auf dessen Erlernen er viel Mühe und Zeit verwandt haben mußte, bei Florian für dessen Hilfe, die – er sagte dies wörtlich: – »... mich zu einem zufriedenen Mann mit einer glücklichen Familie gemacht hat. Wir werden immer in Ihrer Schuld stehen, Monsieur.«

Ernst und aufmerksam hörte er sich dessen Wunsch an, so schnell wie möglich Cartouche sprechen zu können, um ein Geschäft in die Wege zu leiten, bei dem es um Leben und Tod ging. Einzelheiten ersparte sich Florian, und Delgado stellte keine Fragen.

»Wie Sie wünschen Monsieur, Es wird geschehen. Ich verspreche es Ihnen. Sie sind noch vor Mitternacht am Ziel.«

Vorher galt es, Isabella zu unterrichten. Er tat es schweren Herzens. Am liebsten hätte er ihr sein Vorhaben der nächsten Stunden verheimlicht. Aber das durfte er ihr nicht zumuten. Sie mußte Bescheid wissen. In dieser Nacht entschied sich ihre und seine Zukunft, wenn es diese denn gab. Er traf Isabella in Rebekkas Zimmer. Das Kind war eben eingeschlafen. Flüsternd weihte er sie ein.

»Es wird gelingen. Ich bin meiner Sache sicher.« Zärtlich zog er sie an sich, brachte sein Gesicht dicht an das ihre. »Vertraue mir, Isabella! Ich habe mir alles genau überlegt. Mein Risiko ist viel geringer, als es auf den ersten Blick scheinen mag. Cartouche geht es um Geld, nur um Geld. Ich werde ihm das Dreifache dessen bieten, was er von Cellamare zu erwarten hat. Ich schwöre jeden Eid darauf, daß es mir gelingen wird, ihn zu überreden.« Eindringlich ergänzte er: »Du weißt, daß ich es tun muß. Zumindest du weißt es!«

Sie nickte, flüsterte:

»Wir könnten nicht leben mit dem Wissen, ihn seinem Schicksal überlassen zu haben. Du nicht und ich nicht.« Plötzlich warf sie sich in seine Arme, barg ihren Kopf an seiner Brust und schluchzte: »Ich habe solche Angst. Paß auf dich auf! Bitte, paß auf dich auf!«

Er küßte sie, löste sich aus der Umarmung, verließ den Raum und drückte hinter sich leise die Türe ins Schloß.

Paris wirkte wie frisch gewaschen, mehr noch – wie herausgeputzt. Der Regen hatte nicht nur die Straßen und Plätze vom Unrat befreit, daß die abgetretenen, zum Teil noch feuchten Pflastersteine wie kahle Männerköpfe glänzten, sondern auch den Brodem der Fäulnis und Verwesung aus den Häuserschluchten vertrieben, die so betagt erschienen wie der Mond, der in Abständen hinter dem sturmzerfetzten Gewölk seine Existenz ahnen ließ.

Die beiden Männer in ihren Umhängen und den tief in die Stirn gezogenen Hüten schritten schweigend nebeneinander her. Das Klappern ihrer Stiefelabsätze hallte überlaut von den Hauswänden zurück. Sie waren die einzigen Passanten. Selbst den sonst um diese Stunde längst auf Freierpatrouille befindlichen Dirnen war die Luft noch zu kühl und zu feucht, der Wind zu frisch und die Gassen zu leer, um sich aus ihren Löchern zu wagen. Lediglich aus den Eingängen einiger Kellerschänken drang ab und zu Gegröhle und rauhes Gelächter, hin und wieder begleitet oder übertönt von Fidel- und Pfeifermusik.

Florian fragte nicht nach dem Weg. Erst als sie im ältesten Teil der Stadt die Rue Saint Martin erreichten, waren auf einmal Leute um sie. Sie bogen um die nächste Ecke. Die schmale Gasse hieß Rue des Curs, wie Florian hinterher erfuhr.

Vor ihnen teilte ein heller Fleck das Dunkel. Gleichzeitig vernahmen sie gedämpften Lärm. Er hörte sich an wie das Geraune vieler Menschen. Auf Florian wirkte die Szenerie nach ihrem Durchstreifen einer entvölkert scheinenden Stadt unwirklich und gespenstisch. Sein fragender Blick traf Delgado. Dieser sagte:

»Die Rue Quincampoix. Und wir kommen von der richtigen Seite.«

»Von der richtigen Seite?«

»Ja. Nur noch einen Augenblick. Sie werden sehen.«

Vor ihnen öffnete sich eine knapp sechs Schritte breite, verwinkelte, von einem halben Hundert uralter Häuser gesäumte ins unruhige Licht zahlloser Fackeln getauchte, an die vierhundert Schritte lange Gasse, in der sich so viele Menschen drängten, daß Florian weit zurückdenken mußte, um sich eines ähnlichen Bildes zu erinnern. Delgado knurrte:

»Wie die Merceria Orologio zur besten Stunde.« Er deutete auf die beiden in unansehnliche Uniformen alten Schnitts gekleideten Wachposten, die mit Donnerbüchsen nicht minder alten Fabrikates in den Fäusten am Gasseneingang standen. Die Tür des die Gasse verschließenden Gitterwerks war so schmal, daß sie jeweils nur von einer Person durchschritten werden konnte.

»D'Argensons Büttel!« Der Glasmacher warf den Uniformierten einen scheelen Blick zu. »Sie öffnen um sechs Uhr morgens, schließen am Abend um neun, und sorgen nicht etwa für die Einhaltung der Gesetze, sondern wachen darüber, daß hier nur Männer von Stand Einlaß finden. Der Zugang für das gewöhnliche Volk findet sich am anderen Gassenende, von der Rue Aubry-le Boucher her. Das ist Paris! Das ist Frankreich!«

Sie traten dicht an das Gitter. Florian sagte. »Das ist *die* Rue?«

»Das ist sie. Hier ist Frankreichs Börse.«

»Und?«

»Hier haust er. Nicht in der Gasse selbst. Die Eisengitter an beiden Enden fände er doch ein wenig störend, aber in unmittelbarer Nähe.«

Delgado umfaßte die Gitterarabesken mit beiden Händen und starrte auf das Menschengewimmel. Um Florian abzulenken und dessen Nervosität einzudämmen, sagte er:

»Als ich nach Paris kam, war das hier die ärmste und billigste Gegend der Stadt. Die Bruchbuden«, er deutete auf die vierstöckigen, schmalbrüstigen, altersschiefen Gebäude, »waren für ein Spottgeld zu haben. Ein Haus in einem guten Viertel hätte ich mir nicht leisten können. Um vorweg Ihre Frage zu beantworten – ja, er lebt hier. Daran ist kaum etwas Absonderliches. Er residiert mitten in der größten Ansammlung von Halunken und Halsabschneidern, die diese Stadt beherbergt. Mitten unter diesen Leuten von der Börse. Die schlimmste Sorte von Wucherern und Falschspielern, die Sie sich vorstellen können: Nennen sich jetzt freilich ›ehrbare Kaufleute‹ oder ›Börsianer‹!« Er gebrauchte den Ausdruck als Schimpfwort. »Wie Sie sehen, findet das Börsengeschäft im Freien statt. Die Leute hinter den Tischen sind Agenten. Sie kaufen und verkaufen in Kommission. Die jeweiligen Kurse finden Sie auf den Tafeln über ihren Köpfen. Das Geschäft blüht von morgens neun Uhr bis abends um zehn. In einer Viertelstunde wird die Glocke läuten. Dann ist Schluß für heute. Wenigstens offiziell. Was sich danach in den verschiedenen Banken und Büros tut, interessiert niemand. Übrigens –

jedes Gebäude beherbergt im Erd- und ersten Obergeschoß ein Geldinstitut.« Er blickte die Fassaden der nächstgelegenen Bauwerke hoch. »Und bis zu vierzig Büros! Die Miete pro Geschäftsraum bringt an die dreihundert Livres. Pro Monat, Monsieur! Und die Preise steigen noch immer.« Er zog ein Sacktuch und schneuzte sich. »Ein Ende von all dem Rummel ist nicht abzusehen. Dank Mr. Law aus Schottland.« Es war offensichtlich, daß er von dem cleveren Finanzmann und dessen System nicht all zu viel hielt.

Ein kleiner, verkrümmter Mann, den ein kohlkopfgroßer Höcker verunstaltete, drängte sich neben ihnen an den beiden Wachen vorbei durch die Gittertür und verschwand eilig im Gewimmel. Auf seinem Rücken baumelte ein Brett, das er sich mit einem Riemen um den Körper geschnallt hatte. Delgado schaute ihm angeekelt nach.

»Auch ein Börsengewinnler. Sie nennen ihn ›Äsop‹. Wegen seines Buckels. Tatsächlich heißt er Thibault. Das Brett samt seiner Mißbildung vermietet er an die Börsianer zum Schreiben ihrer Schlußzettel. Während sie notieren, krümmt er den Rücken. Er hat ein Vermögen damit gemacht. Man spricht von weit über hunderttausend Livres. Männer, die innerhalb weniger Stunden Abertausende verdienen, sind großzügig. Und abergläubisch. Buckel bringen Glück, meinen sie.« Sein abschätzender Blick traf Florian von der Seite. Er schien zu überlegen. Endlich sagte er: »Monsieur Stoll, was wissen Sie über Cartouche?«

»Genug. Warum?«

»Ich muß es Ihnen sagen. Wenn wir dort sind, kann ich nichts für Sie tun. Absolut nichts, Sie verstehen? Ich wollte es wäre anders. Aber ich kann Ihnen nichts vormachen. Erwarten Sie also keine Hilfe, wenn – nun, wenn Ihre Mission scheitert. Es kann Sie den Kopf kosten. Das ist nicht nur so hingesagt, sondern bittere Realität. Ich weiß, wovon ich rede. Wenn Sie mit ihm keine Einigung erzielen, wird er Sie töten. Noch einmal – sind Sie sicher, daß Sie zu ihm wollen?«

»Ganz sicher, Monsieur Delgado. Sorgen Sie sich nicht um mich. Ich bin kein Selbstmörder, weiß Gott nicht. So viel mögen Sie wissen: Ich bringe ihm viel Geld. Sehr viel Geld, selbst nach seinen Begriffen.«

»Falls Sie für ihn eine Gefahr bedeuten, zählt das Geld nicht. Er könnte Sie für einen Spitzel halten. Dann sind Sie in dreißig Minuten ein toter Mann. Er ist sehr mißtrauisch.«
»Cartouche kennt meinen Namen. Er weiß, wer ich bin.«
Delgado nickte.
»Es ist Ihr Leben, Monsieur. Ich mußte Sie warnen.«
»Dafür danke ich Ihnen. Bringen wir es hinter uns.«

Ein Eckhaus. Schmal und hoch die Fenster. Zur Eingangstür aus eisenbeschlagenem Eichenholz führten drei ausgetretene Steinstufen, die in der Dunkelheit nur zu ahnen waren. Delgado flüsterte: »Vorsicht, Monsieur.« Er berührte ihn am Unterarm.
Florian blieb stehen und betrachtete die Tür. Hier war es also. Er schaute an der Fassade des Gebäudes hoch. Sie paßte in die Gegend und unterschied sich durch nichts von jenen der anderen Bruchbuden der Rue des Curs. Als er den Kopf senkte, hatte er das Gefühl, als starrten aus dem Dunkel Augen auf ihn. Dann sah er sie. Sie lehnte in der geöffneten, ebenerdigen Fensterhöhle, das Kinn in die Hände gestützt, während ihre fetten Unterarme auf dem Sims lagen. Trotz der Nachtschwärze erkannte er, daß sie alt war. Alt, fett und häßlich. Sie verharrte regungslos. Delgado flüsterte:
»Öffne!«
Die Alte rührte sich nicht. Endlich meinte sie:
»Denkst du nicht, daß du einen Fehler begehst, Söhnchen?«
Delgados Antwort kam umgehend und sehr sicher.
»Nein, ich denke nicht.«
»Wie du meinst. Immerhin, es wäre schade um dich. Du bist der Venezianer, nicht? Er hält große Stücke von dir. Trotzdem. Sieh dich vor!« Sie kicherte. Dann plötzlich ungeduldig. »Verdammt, worauf wartet ihr? Es ist offen. Herein mit euch!«
Delgado stieß die Tür auf und betrat den dunklen Flur. Florian folgte ihm dicht auf. Der Glasmacher kannte sich gut aus. Ohne zu zögern oder anzuecken, durchquerten sie den niederen Gang und betraten einen mit wild wuchernden Sträuchern und Ruinenschutt bestückten Hof, durch den ein gutes Dutzend Schritt langer Trampelpfad zu einem schuppenartigen Gebäude führte, das früher, ehe es dem Verfall preisgegeben worden war, Stallungen beherbergt

haben mußte. Schwacher Lichtschein drang aus den Ritzen des Tor-gebälks. Der Glasmacher streckte die Hand nach der schweren, ge-bogenen Eisenklinke aus. Im gleichen Moment schwang der rechte Torflügel knarrend nach innen. Im Schein der in einer Mauernische stehenden Kerze erkannte Florian den massigen Körper eines Koloß von Kerl, der ihn um Stirnhöhe überragte und dessen Muskelpakete unter dem seine Brust eng umspannenden Hemd sich in Wülsten abzeichneten. Mit einer tiefen Baßstimme sagte er in neutralem Tonfall:

»Was willst du, Venezianer? Es ist spät.« Und nach einer Pause: »Zudem hat er Gäste. Du verstehst.«

Von Florian nahm er keine Notiz. Seine Blicke konzentrierten sich auf Delgado. Der erwiderte mit Nachdruck:

»Ich rate dir dringend, uns zu ihm zu bringen. Es ist wichtig, daß dieser Mann mit ihm spricht.«

»Für wen wichtig? Für ihn oder für den da?«

Es kam mürrisch.

»Danach kannst du dich hinterher bei deinem Chef erkundigen. Vielleicht befriedigt er deine Neugierde.«

Der andere knurrte:

»Nimm dich in acht, Venezianer! Es könnte sein, du bereust es bald, hierher gekommen zu sein. Würde Spaß machen, dir eine überzu-braten.«

Delgado antwortete kalt:

»Ich glaube, du überschätzt deine Bedeutung. Mach jetzt und bring uns zu ihm!«

Der Stolz zwang den Großen, fast eine Minute verstreichen zu las-sen, ehe er verächtlich auf den Boden spuckte und dann halblaut in den Flur rief:

»Bringt sie zu ihm! Es ist der Venezianer mit einem Kerl!«

Seine Anordnung galt zwei bisher unsichtbar gebliebenen Männern, die lautlos in den Schein des Kerzenlichtes traten. Beide waren sehr jung, noch unter zwanzig, und von ähnlichem Aussehen. Nur mit Hemden, engen Hosen und bis zu den Knien reichenden Stiefeln bekleidet, bewegten sie sich mit raubtierhafter Gewandtheit. In ihren Gürteln steckten Dolche. Als der Lichtschein für einen Augen-blick ihre Gesichter erhellte, erkannte Florian, daß er Zwillinge vor sich hatte. Weißhäutige, weißbewimperte Albino-Zwillinge mit roten, hervorquellenden Augen so hart wie Kiesel.

Der Koloß hielt ihnen die Kerze hin, an der sie Fackeln entzündeten. Während des Weges durch den Schuppen, über eine Treppe nach unten und entlang eines uralten, niedrigen Ganges, von dessen Decke Wasser tropfte und den linker Hand ein stinkendes, fließendes Gewässer begrenzte, blieb ihm einer der beiden dicht auf den Fersen. Im Nacken spürte er dessen Atem. Der gemauerte Steig neben der stinkenden Brühe war knapp zwei Fuß breit. Sich im Schein der Fackel darauf vorzutasten zwang ihn, sich zu konzentrieren. Ein Fehltritt, und er badete in Pariser Pisse. Florian zählte vierundachtzig Schritte, als es plötzlich links ab eine halb verfallene Steintreppe hoch ging, die an einer feuchten, fauligen Tür endete. Der als ihr Führer tätige Zwilling blieb stehen und klopfte rhythmisch gegen das Holz. Er mußte das Signal mehrere Male wiederholen, ehe man ihm öffnete. Florian zwang ein Stoß in den Rücken, Delgado und dessen beiden Vorderleuten zu folgen. Stolpernd nahm er die letzten Stufen und fand sich in einem unmöblierten, bis zur Decke holzverschalten, einer Herrenhaushalle nicht unähnlichen Raum. Im Lichtschein der Fackel und zweier Ölleuchten bemerkte er eine vollbusige Frau um die Fünfzig. Sie war schmuddelig gekleidet und roch nach Küche. Als ihr einer der Albinos etwas zuraunte, nickte sie. Ihr Blick streifte Delgado, der grüßend die Hand hob. Danach musterte sie Florian von oben bis unten, sah wieder zu dem Venezianer und schüttelte den Kopf.

»Der Dicke muß verrückt sein, euch hierher zu bringen. Wo er weiß, daß …«

Ein mehrstimmiges Gelächter hinter einer offenen Tür am Ende der Halle unterbrach ihr Nörgeln. Eine Frauenstimme sagte etwas. Darauf ein erneutes Lachen.

»Da habt ihr es! Der Dicke spinnt wirklich. Und wer muß es ausbaden? Ich! Immer ich! Der Teufel soll euch holen!« Sie knetete ihre nackten Oberarme. »Na schön! Wartet hier. Rührt euch ja nicht vom Fleck!«

Mit einem gezischten Fluch verschwand sie für eine halbe Minute. Als sie zurückkehrte, schien ihr Unmut verschwunden.

»Ihr könnt kommen.« In Richtung der Zwillinge, die sich anschickten, der Aufforderung nachzukommen, knurrte sie unwirsch: »Das gilt nicht für Euch! Macht, daß ihr zum Dicken zurückkommt. Wenigstens der weiß, was sich gehört!«

Die beiden Jungen standen mit hängenden Schultern. Sie wagten kein Wort des Widerspruchs und senkten die Köpfe, während sie Delgado und Florian Platz machten, dem Weib zu folgen. Ihr Weg war nach wenigen Schritten zu Ende.

Es dauerte eine Weile, ehe sich Florians Augen an die Helle gewöhnten, die die Kerzen des in dieser Umgebung völlig deplacierten Kristallüsters erzeugten, der, tiefgesetzt, von einer hohen, durch massige Balken gestützten Decke hing, die gleichzeitig das Dach bildete. Erst nach und nach bemerkte er Einzelheiten in dem bäuerisch wirkenden großen Raum, dessen Mobilar aus einer weit zurückliegenden Epoche stammte. Die weißgetünchten, zum Teil verrußten Wände unterbrach ein klobiges Fachwerkgebälk, das an den Stellen, wo es spitzwinkelig aneinander stieß, durch ungefüge, unterarmdicke Klammern aus geschmiedetem Eisen und ebensolchen Bändern Stützung erfuhr. Die dem Haupteingang gegenüberliegende Breitseite des Raumes nahm zur Hälfte ein riesiger, zehn Fuß breiter und an die sechs Fuß hoher Kamin ein, in dem die Flammen eines fast mannshohen Feuers in den Abzug züngelten. Den Kaminvorplatz markierten schwere, mit Wappen und Arabesken gemusterte schachbrettartig angeordnete Metallplatten, wobei an einer der Platten Halteringe die Funktion einer Falltür andeuteten. Um den Kamin gruppierten sich im Quadrat mehrere lederbezogene, nur auf den ersten Blick primitiv wirkende Bänke aus dunklem Holz, deren volle Armstützen mit ihren tischähnlichen Aufsätzen ein mehrmals wiederkehrendes gräfliches Wappen zierte. Mehrere kopflose Bärenfelle lappten in geziemender Entfernung vom Kaminfeuer vor den Sitzbänken über die Metallplatten.

Auf einem gedrungenen, klobigen Tisch standen zum Teil mit Wein gefüllte Gläser, sowie Teller aus Porzellan und Zinn mit Naschwerk und Speiseresten.

Aber all dies war bedeutungslos. Florians Blicke richteten sich auf den Mann, der lässig an einem der dicken Stützpfeiler des Kamins lehnte, die langen Beine übereinandergeschlagen. Während er mit der rechten Hand ein Glas zum Mund führte und daraus trank, musterte er aufmerksam die Eintretenden. Neben ihm befanden sich fünf weitere Leute im Raum, zwei Männer und drei junge, gutaussehende und teuer gekleidete Frauen. Trotzdem zog der Mann am Kamin Florians Aufmerksamkeit gleichsam automatisch auf sich. Dieser verblüffend jugendlich wirkende Schlanke, mit der Figur eines Stierkämpfers und der ungezwungenen, völlig entspannten, aufrechten Haltung eines Mannes, der das Sichfürchten und Kuschen verlernt oder der nie Furcht oder gar Demut gekannt hatte. Es war keine Frage – hier stand Louis Dominique Cartouche, der Chefbandit von Paris.

Wenn Leute, die sich darauf versteiften, viel davon zu verstehen, behaupteten, Moral oder Unmoral prägten das Erscheinungsbild eines Menschen, vor allem aber dessen Physiognomie und folglich ein Verbrecher bereits an seiner Visage zu erkennen wäre, wurden sie vom Aussehen dieses jungen Mannes schlagend widerlegt. Er hätte vielmehr ein Schöngeist sein können, ein Künstler, ein sensibler Dichter und Ästhet, dachte Florian betroffen. Seine Hautfarbe war dunkel. Trotzdem wirkte er nicht südländisch oder gar zigeunerhaft. Seine Augenbrauen beschrieben einen überhohen, mädchenhaften Bogen, und die steile Linie seiner Nase erinnerte Florian ebenso an antike Statuen wie seine vollen, ungemein lebendigen Lippen. Seine Backenknochen waren sehr hoch angesetzt und standen vor, daß sich darunter Schatten bildeten. Am beeindruckendsten aber waren die Augen unter der hohen Stirn. Florian schien es, als besäßen sie eine eigene Leuchtkraft. Sie strahlten in klarem, reinem Hellblau und ließen ihn im ersten Moment an Unschuld und Sanftmut denken. Bis er begriff, wie abwegig diese Vergleiche waren. Was ihm Sanftmut zu sein dünkte, war in Wirklichkeit grenzenloser Hochmut, der sich wie ein schützender Panzer um den Mann legte und ihn unangreifbar machte für Gefühle und körperliche Unbill, für Schmerzen und Schrecken und vielleicht auch für die – Liebe. Ein Herrschergesicht. Mehr noch – der Kopf eines jungen Tyrannen.

Er trug eine enggeschnittene, schwarze Kniehose, die seine schmalen Hüften und seine feminine Taille fast obszön zur Schau stellte, dazu gleichfarbige Lackschuhe mit Goldschließen und graue

Strümpfe, sowie ein weißes Batisthemd mit Spitzenbesatz am Kragen und an den Manschetten. Der Wärme im Raum und der Bequemlichkeit wegen hatte er es bis zum Nabel geöffnet. Soweit das Kleidungsstück dies preisgab, wurde seine Brust von einem Flaum dunkler, gekräuselter Haare bedeckt, unter dem kräftige Muskelstränge verrieten, daß er trotz des guten Lebens, an das er längst gewöhnt war, körperlich auf sich hielt. Bestimmt war dieser Mann ein brillanter Degenkämpfer und ein aalglatter, gefährlicher Ringer, der sich in beiden Disziplinen übte.

Eine sorgfältig frisierte, gepuderte, und toupierte modische Kurzzopfperücke vervollständigte seinen Anzug, der dem des jungen, sich im intimen Kreis seiner Freunde bewegenden Edelmanns entsprach. Jetzt wischte er sich mit einem Spitzentuch, das er aus der linken Manschette seines gebauschten Ärmels zog, den Mund ab, steckte es zurück und stieg dann über die bemerkenswert langen, wohlgeformten und bis zu den Knien entblößten, ausgestreckten Beine eines Mädchens hinweg, das ihm am nächsten saß, um zu Delgado zu gelangen. Dicht vor ihm blieb er stehen. Seine Miene verriet Verwunderung.

»Sie hier, mon cher? So plötzlich? Dennoch – ich bin entzückt.«
Die Stimme entsprach seiner gesamten Erscheinung. Sie war gefällig und weittragend, auch wenn er leise redete, und voll einer trügerischen Verbindlichkeit, die es ihm leicht machte, unvorsichtige Gesprächspartner einzuwickeln. Der Bursche hätte einen guten Politiker abgegeben, dachte Florian.

Cartouche klopfte Delgado, der ihn ernst und seltsam würdevoll begrüßte, auf die Schulter. Dann drückten sich beide Männer in einem sonderbaren Ritual, bei dem, wie es Florian schien, die Hände eigenartig verdreht wurden, Daumen und Zeigefinger. Der Hausherr trat zurück. Sein Blick traf Florian. Er zeigte höfliches Interesse. In zwanglosem Plauderton und bis auf ein paar unreine Endungen fast dialektfrei sagte er:

»Kennen wir uns, Monsieur?«
Delgado antwortete an Florians Stelle.
»Wohl kaum. Darf ich dir einen Mann vorstellen, der meiner Familie und mir vor Jahren in Venedig einen unbezahlbaren Dienst erwies? Er wollte unter allen Umständen und unter Kenntnis des

Risikos, das er dabei eingeht, zu dir. Ich« – er verzog die Lippen zum Ansatz eines Lächelns – »ging ein ebensolches ein und brachte ihn hierher. Es löscht einen winzigen Teil meiner Schuld diesem Mann gegenüber. Dominique – das ist Monsieur Florian Stoll aus Baiern.«

Cartouches Mienenspiel verwandelte sich dramatisch. An die Stelle höflichen Interesses rückte gespannteste Aufmerksamkeit. Das Raubtier in ihm stellte die Ohren nach rückwärts, seine Augen signalisierten ein überwaches Auf-der-Hut-Sein, während sein Blick von der Stirn seines Gegenübers bis hinunter zu dessen Stiefelspitzen und wieder zurück wanderte.

»Stoll? Wirklich Stoll?« Plötzlich löste sich seine Spannung in einem fast fröhlichen Lachen. Es klang so unbeschwert heiter wie das eines Zehnjährigen. »Verdammt will ich sein! Ich muß den modernen Stückeschreibern einiges abbitten! Bisher hielt ich derartige Überraschungen für billige Bühneneffekte überspannter Autoren. Daß sie im realen Leben vorkommen, hätte ich nie geglaubt. Sie also sind dieser sagenhafte Florian Stoll! Eigenartig. Man soll nie seiner Phantasie trauen, Ich stellte Sie mir wesentlich anders vor. Abgebrühter und – verzeihen Sie – verkommener.« Er grinste spöttisch. »Hört sich originell aus meinem Mund an? Na los, lachen Sie!« Den Spott in der Stimme beibehaltend fuhr er fort: »Nein, kein Krimineller. Zumindest nicht äußerlich, was sich so ablesen läßt. Ein Herr! Daß Sie freiwillig zu mir kommen, trübt Ihr Erscheinungsbild. Es zeugt von Leichtfertigkeit oder gar von Dummheit. Jedenfalls sind Sie hier. Sie erreichten Ihr Ziel. Und ersparten mir eine Menge Arbeit.« Er verzichtete jetzt auf jeden Spott. Aufmerksam und voll einer menschenverachtenden Ungeniertheit betrachtete er Florians Gesicht, stutzte und sagte gedehnt: »Sie geben mir Rätsel auf, mein Lieber. Sie wissen es also? Sie erfuhren von meinem Interesse an Ihrer geschätzten Person? Und kamen dennoch? Sie sind entweder sehr mutig oder sehr verzweifelt.« Er hob sein Kinn. »Pardon – ich korrigiere mich. Naturelement. Sie unterbreiten Vorschläge?«

Florian nickte. Cartouche reagierte ebenfalls mit einem Nicken.

»Man unterrichtete Sie über das bisher Geschehene. Darf ich raten? D'Argenson auf dem Empfang Ihres Freundes? Oder irre ich mich?«

»Nein. Sie irren sich nicht.«

»Dennoch kommen Sie zu mir? Ich fürchte, Sie werden sehr enttäuscht sein. Aber bitte – reden Sie. Was kann ich für Sie tun?«

»Ich möchte ihn freikaufen.«

»Freikaufen? Einfach so?«

Sein Spott mischte sich mit Nachsicht. Er ging zum Kamin zurück und nahm wieder seine frühere Position ein, ohne seinen übrigen Gästen Beachtung zu schenken, die fasziniert dem Dialog lauschten. Cartouches offensichtliche Mißachtung schien sie nicht zu stören. Wahrscheinlich waren sie daran gewöhnt. Nach einem erneuten Schluck aus seinem Glas sagte er höflich:

»Bitte. Ich höre!«

Florian warf einen Blick in die Runde. Auf der Bank dicht vor ihm lümmelte sich ein erlesen gekleideter Zwanzigjähriger neben einer gleichaltrigen Vorstadtschönheit mit flammendem Rothaar. Ein weiteres Pärchen hielt die Mittelbank vor dem Kamin besetzt. Während der Mann, auch er unter Dreißig, eine Pergamentrolle in seiner sich auf die Rückenlehne stützenden Hand hielt, knetete seine hübsche, dunkelhaarige Begleiterin die nackten Zehen ihres linken Fußes, den sie auf die Sitzfläche der Bank ausstreckte. Ebenso ungeniert gab sich ein kleines, überschlankes, fast noch kindlich wirkendes Mädchen, das, ohne die Neuankömmlinge mehr als eines kurzen, gelangweilten Blickes zu würdigen, fortfuhr, mit einem Schürhaken in der Glut des Kamins herumzustochern. Die Kleine wirkte zart, zerbrechlich fast und war bestimmt noch keine Fünfzehn.

Ganz anders dagegen die hinreißend gewachsene Frau in Weiß, die hinter der Gruppe um den Kamin an einer mächtigen Renaissancetruhe lehnte. Ihre von einem dünnen Goldreif nur mäßig gebändigten schulterlangen, dunklen Locken umrahmten ein Frauenantlitz von atemberaubender, melancholischer Schönheit. Wie kam Cartouche zu diesem Geschöpf? Das war kein Mädchen aus dem Faubourg. Aber er bekam keine Gelegenheit mehr, den Gedanken weiter zu verfolgen. Der Bandit drängte:

»Keine Hemmungen, mein Lieber. Alle in diesem Raum sind gute Freunde. Ich habe keine Geheimnisse vor ihnen. Reden sie ungeniert!«

Florian zögerte mit seiner Antwort. Lieber wäre es ihm gewesen, mit ihm allein zu sprechen. Aber er hatte keine Wahl. Endlich sagte er:

»Nun gut. Sie sind der Hausherr. Ich denke, die Vorgeschichte kann ich mir schenken. Sie kennen meine Situation, ich weiß um Ihren Auftrag, kenne den Auftraggeber, bin mir darüber im klaren, daß Sie uns alle drei zu ›liefern‹ beabsichtigen und daß Sie Garcia kassierten. Wieviel verlangen Sie, meinen Partner freizugeben, sowie ihn, Senora Varga und mich ziehen zu lassen?«

Eine lange Pause folgte. Die Blicke aller waren auf Florian gerichtet. Selbst das Mädchen am Kamin starrte ihn jetzt neugierig an und legte behutsam den Schürhaken zur Seite. Cartouche ließ die Arme sinken.

»Ich verzichte auf taktische Manöver, Monsieur Stoll. Es stimmt, wir haben Garcia und jetzt, Dank Ihrer Freundlichkeit, sich hierher zu bemühen, auch Sie. Ihrer Begleiterin habhaft zu werden mag schwierig sein. Man wird sie bewachen als wäre sie die Tochter des Regenten. Trotzdem, unmöglich ist nichts, wenn man über genügend Zeit verfügt.

Ich will Ihnen noch etwas verraten. Mein Auftraggeber, bleiben wir ruhig bei diesen Begriff – mein Auftraggeber läßt sich den Spaß, Sie durch mich seiner Gastfreundschaft zuzuführen, einen großen Sack Geld kosten. Bei ihm handelt es sich um einen Mann, dessen Persönlichkeit und dessen Position weitere lukrative Zusammenarbeit versprechen. Mir sein Vertrauen zu verscherzen, bedeutete nicht nur, guten zukünftigen Geschäften die Basis zu entziehen, sondern ruinierte meinen Ruf als ehrlicher Vertragspartner.« Er lächelte dünn.

»Ich wäre gezwungen, unterstellt, wir einigten uns, ihm Ihr Angebot zu übermitteln, um ihm Gelegenheit zu geben, es zu überbieten. Ihre Offerte müßte folglich sehr, sehr hoch sein, um ein Gleichziehen meines Auftraggebers auszuschließen. Er ist kein Souverän, vielmehr am Ende trotz aller Macht weisungsgebunden. Sie, Monsieur, sind, wie halb Europa inzwischen weiß, im Besitz von spanischen Münzen im Wert von rund einer halben Million Pesos. Sie entsprechen nicht weniger als 10 Millionen Livres! Über die gleiche Summe verfügt Garcia. Wo er sie hat, will er freilich nicht sagen. Er ist störrisch genug, bei seinem Schweigen zu bleiben, obwohl ich ihm eine Mütze voll Entgegenkommen in Aussicht stellte. Die

Spanier sagen: Einem Katalanen soll man nichts Böses tun, weil dies Sünde ist, aber noch viel weniger Gutes, weil dies verschwendet wäre. Ein eigenartiger Menschenschlag. Selbstzerfleischer. Ich kenne den Typ. Fährt lieber zur Hölle, als sich von seinem Besitz zu trennen. An Garcias Geld heranzukommen, dürfte selbst für Sie unmöglich sein. Vielleicht schaffen es meine Auftraggeber. Obwohl ich Zweifel hege. Bleibt Ihre eigene Beute.« Er warf einen achtlosen Blick auf die aparte Halbwüchsige, die einem Hündchen gleich zu seinen Füßen kauerte. »Eine Million Peseten. In der Tat eine bedeutende Summe. Die bedeutendste, je in meine Reichweite gerückte. Selbst mein Auftraggeber müßte passen.« Seine Miene blieb ausdruckslos. Seine Augen hingegen funkelten vor Vergnügen. »Noch etwas, ehe Sie antworten. Versuchen Sie nicht, mit mir zu feilschen. Es wäre reine Zeitverschwendung. Wenn wir ins Geschäft kommen, lautet das Motto – alles oder nichts.« Er lehnte sich zurück und räkelte sich genüßlich. »Nun, Monsieur Stoll, sind Sie am Zug.«

So war es. Florian versuchte Gleichmut zu heucheln, aber es gelang ihm nur in Maßen. Er begriff, daß die Entscheidung bereits gefallen war. Cartouches wahnwitzige Forderung erfüllte ihn auf seltsame Weise mit Erleichterung, wie er überrascht registrierte. Sie verringerte sein Schuldgefühl dem Katalanen gegenüber. Daß der geforderte Preis sehr hoch sein würde, hatte er erwartet. Ruhig sagte er: »Ich bin einverstanden.«

Cartouche nickte.

»Es ist ein Vergnügen, mit Leuten Geschäfte zu machen, die rasch begreifen. Im selben Augenblick, da sich das Geld hier befindet, ist Ihr Partner ein freier Mann und ihr könnt gehen, wohin ihr wünscht. Wenn Sie wollen, sogar unter meinem Schutz bis zur Grenze Frankreichs. Betrachten Sie das als Dreingabe.« Er lächelte maliziös, um danach fortzufahren: »Wo befindet sich Ihre Beute?«

»In einem Londoner Bankhaus.«

»Das ist sehr gut. Ein Transfer dürfte keine Schwierigkeiten machen. Der – Tausch – läßt sich natürlich verkürzen, wenn Sie hier Freunde haben, die bereit sind, Ihnen einen so großen Betrag vorzustrekken.«

Der Mann mit der Pergamentrolle machte sich bemerkbar.

»Stoll kennt Law.«

Florian war überrascht. Es gab nur ein halbes Dutzend Männer, die über seinen kurzen Kontakt mit John Law Bescheid wußten. Cartouches Bekannter verdiente Beachtung. Der Kerl war keinesfalls ein einfacher Bandit. Die kühlen grauen Augen in seinem schmalen, hohlwangigen Gesicht verrieten Intelligenz, Kaltblütigkeit und Habsucht. Seine Sprache klang gepflegt. Von seinem Äußeren her paßte er ebensowenig ins Hauptquartier des Räuberhauptmanns wie jene rassige Schöne im Hintergrund.

Cartouche stutzte.

»Er kennt Law? Was folgerst du daraus?«

»Nun, Papier wiegt wenig. Du kannst jede Summe darauf drucken.«

Der meistgesuchte Mann Frankreichs verzog seine Lippen zu einem unbeschwerten Jungenlachen.

»Parbleu – daß ich nicht selbst darauf kam. Laws Louisiana-Aktien! Wie stehen sie?«

»Neunundsiebzig für zehn.«

»Für eine Fünfhundertlivre-Aktie werden ...«

»Dreitausendzweihundert Livres bezahlt. In Banknoten.«

Cartouche spitzte die Lippen und stieß einen Pfiff aus.

»Himmel, wir hätten uns engagieren sollen!«

Der andere erwiderte vorwurfsvoll:

»Du wolltest nicht. Leider. Du bist es, der den Schotten für einen Schwindler hält.«

»Er ist ein Schurke. Darauf gehe ich jede Wette ein. Sein ganzer Aktien- und Banknotenzauber – nichts als ein Trick, den Leuten die Mäuse legal aus der Tasche zu ziehen. Dennoch trifft mich dein Vorwurf. Ich hätte mich längst um die Rue kümmern müssen. Eine Zeitlang ist dort viel Geld zu machen. Ich begreife das jetzt. Und es scheint so, als wäre die Chance da.« Er sah vor sich auf den Boden und nickte mehrere Male, ehe er sich wieder an Florian wandte.

»Ich möchte Louisiana-Aktien.«

Dieser konnte es nicht glauben.

»Für die gesamte Summe?«

»Ja. Könnten Sie Law dazu bewegen?«

»Was heißt bewegen. Ein solcher Kauf würde den Kurs auf schwindelnde Höhe treiben.«

Der Grauäugige warf ein:

»Der Schotte macht in jedem Fall seinen Schnitt. Und selbst Sie, verehrter Monsieur Stoll, kämen bei einer solchen Transaktion sehr gut weg. Wenn Sie es geschickt anstellen, bleibt Ihnen am Ende sogar noch ein Happen.«

Cartouche wurde ungeduldig. Da er von dieser neuen Geschäftsart nichts verstand, sagte er nicht ohne Schärfe:

»Genug jetzt!«

Erneut maß er Florian von der Stirn bis zu den Füßen.

»Wie lange?«

»Wenn Law mitspielt, bis morgen Mittag. Wenn nicht, wird es beträchtlich länger dauern. London ist weit. Die Kurierpost benötigt ihre Zeit. Hin und zurück.«

»Gut. Mein Auftraggeber wird morgen früh über die jüngste Entwicklung unterrichtet. Ich bin sicher, daß er meine Situation versteht. Wenn nicht, werde ich es ertragen. Die Möglichkeit einer Überbietung halte ich für ausgeschlossen.«

Er wandte sich an Delgado, der mit steinernem Gesicht zugehört hatte.

»Ich bedanke mich. Sie handelten klug, Monsieur. Sehr klug. Ich werde mich daran erinnern.« Und zu Florian: »Sie sind Realist, wie ich feststellen durfte, und eines einsichtigen Urteils fähig. Es wäre schlimm, wenn ich mich täuschte. Schlimm für Sie, Madame Varga und Ihren Partner. D'Argenson wird versuchen, Sie auszuhorchen. Mein Rat – schweigen Sie. Behalten Sie meine Adresse für sich. Nicht, daß Sie mir viel Schaden zufügen könnten. Dennoch – in Frankreich sagt man – ein gewarnter Mann hat eine doppelte Chance, auf seinen Verstand zu hören. Im übrigen – ich bin sehr nachtragend. Monsieur Delgado war Ihr Bürge. Ist es noch. Wir verstehen uns?«

»Ich denke schon.«

»Ausgezeichnet.«

Er griff nach einer Kordel, die entlang der Wand lief. Irgendwo ertönte eine Glocke. Kurz darauf erschien die nach Küche riechende ältere Bedienerin. Er sagte zu ihr:

»Sorge dafür, daß man sie hinausbringt. Beide.«

Sie nickte.

»Und schick mir Pierre. Nein, besser Augostino. Er soll schnell machen. Es gilt, eine Nachricht zu übermitteln.«

»Sofort, Dominique.«

Während sie sich umdrehte, musterte sie Florian aus der Nähe. Wahrscheinlich hätte sie es weit weniger erstaunlich gefunden, dessen kopflose Leiche fortschaffen zu müssen, als dem Lebenden den Weg zu weisen.

Cartouche ergriff noch einmal das Wort.

»Einige meiner Freunde werden dafür sorgen, daß Sie unbehelligt zur venezianischen Gesandtschaft kommen. Wir halten Verbindung über Monsieur Delgado. Einverstanden?«

»Ich bin einverstanden. Sie hören morgen von mir.«

Florian verbeugte sich, warf einen letzten Blick auf die Runde und folgte der Alten.

»Du bist total übergeschnappt!«

Enricos Stimme klang rauh. Sein Blick streifte Isabella, die ihm im kleinen Salon des Gesandtschaftspalais an der Rue Saint Honoré gegenübersaß und traf erneut Florian. »Der Kerl ist keinen Sou wert, geschweige denn eine halbe Million Pesos. Mag er sich selbst freikaufen, wenn er seinen Kopf retten will. Cartouche ist es gleichgültig, wer bezahlt, wenn die Summe seinen Vorstellungen entspricht. Er wird Laws Aktien einstecken und euren verrückten ›Partner‹ ebenso sicher über die Grenze bringen, wie er es euch anbot.«

Isabella schüttelte den Kopf. »Sie irren, Exzellenz. Garcia ist ein Besessener. Voll anmaßenden Stolzes und voll eines infernalischen Hasses auf Spanien. Ich mußte mir viele seiner Tiraden anhören. Er läßt sich eher zu Tode malträtieren, als zum Verräter zu werden.«

»Zum Verräter? Was hat es mit Verrat zu tun, wenn er sein Leben erkauft?«

Florian sagte: »Isabella hat recht. Es ist nicht Geiz, der ihn daran hindert, seine Freiheit gegen seinen Beuteanteil einzuhandeln. Seine Familie, sein Vater, seine Geschwister wissen längst von dem den Don's entrissenen Schatz und kennen den ihnen zugesagten Anteil, der sie Zeit ihres Lebens von allen finanziellen Sorgen befreit. Ich gehe jede Wette ein, daß er zumindest seinen Vater über den Verbleib der Münzen unterrichtete. Wie ich ihn kenne, informierte er auch die in Paris lebenden Anführer dieser katalanischen Freischärler und versprach ihnen Geld. Aus seiner und wahrscheinlich auch aus der Sicht seiner Familie und seiner Kampfgefährten würde er nicht nur zum Verräter, sondern demaskierte sich zusätzlich als Feigling. Mit Vernunft ist solchen Leuten nicht zu kommen. Nein, er wird schweigen. Bis zum bitteren Ende.«

»Dann laß den Narren sterben! Ich rede mit d'Argenson. Wenn du die Auslagen übernimmst, bringt er euch bis Calais und an Bord, eskortiert von einer Armee seiner Agenten. Und zwar innerhalb kürzester Frist. Was, verdammt noch Mal, hast du mit Garcia zu schaffen? Was schuldest du ihm? Sie wiederum, meine Liebe, entschieden sich für Florian und korrigierten damit einen Irrtum, gestanden es sich ein, daß Garcia der falsche Mann war. Was verbindet Sie noch mit ihm? Daß Sie ihm nicht den Tod wünschen, ist selbstverständlich. Aber es gibt Grenzen des Zumutbaren, und die scheinen mir erreicht. Wenn er selbst es vorzieht, eher zu sterben, als sich von seiner Beute zu trennen, verdient er es nicht anders.«

Florian winkte ab.

»Belaß es dabei. Wir beide, Isabella und ich, sind uns einig. Wir können und werden es nicht zulassen, daß er auf diese Weise Selbstmord begeht. Und genau das wird er tun. Er kann nicht aus seiner Haut. Der Gedanke, den Wahnsinn nicht verhindert zu haben, obwohl wir die Möglichkeit dazu hatten, würde uns ein Leben lang belasten. Das ist dieses verdammte Geld nicht wert. Dieses Geld, das ohne ihn nota bene noch immer in neun Faden Tiefe auf dem Meeresgrund läge. Sein Verlust macht uns ärmer, aber nicht arm, wie du sehr wohl weißt.«

Sie flüsterte:

»Danke. Ich bin sehr froh, daß du so darüber denkst.«

Enrico zuckte die Schultern.

»Ihr seid verrückt, alle beide. Nun denn – es ist eure Habe! Ihr müßt wissen, was ihr tut! Machen wir es kurz. Ich bürge bei Law. Cartouche wird morgen seine Aktien erhalten und euren Katalanen irgendwo in Paris aussetzen. Wie ihr den Idioten schildert, läuft er spornstreichs zur Place Vendome zurück und quartiert sich dort ein, als wäre nichts geschehen.«

Florian stimmte zu.

»Möglich wäre es.« Isabella war der gleichen Meinung.

»Genau so verhält er sich.«

»Eben. Und wird damit erneut Cellamares Eingreifen herausfordern. Seiner Exzellenz bleibt gar nichts anderes übrig. Die Blamage, die sicher geglaubte Beute verloren zu haben, treibt den Don zur Weißglut. Diesmal wird er die Sache persönlich organisieren. Die ›befleckte Ehre Spaniens‹ und so weiter und so weiter. Was willst du dagegen unternehmen? Am Ende seid ihr euer Geld samt Garcia los. Ich werde eine Unterredung mit d'Argenson erwirken. Er soll Cartouche wissen lassen, daß es der Staatsräson nützt, den Burschen diesen katalanischen Aufrührern zu überstellen. Die sorgen dann schon dafür, daß ihr Förderer und Kampfgefährte der Welt noch einige Zeit erhalten bleibt.« Plötzlich stutzte er.

»Wie war das – Cartouche erhält *seine* Aktien? Erhält *seine* Aktien...«

Er schwieg eine Weile und sagte dann gedehnt: »Nicht nur ihr beide seid verrückt. Mein eigener Verstand beginnt ebenfalls auszusetzen. Verdammt, wie konnte ich das Offensichtliche übersehen?«

»Ich verstehe kein Wort«, sagte Florian.

»Nein? Wirklich nicht? Ich will es dir leicht machen. Ahnt ihr, welchen Wirbel dieser grandiose Aktienerwerb in der ›Rue‹ verursachen wird?«

Florian musterte den Freund nachdenklich und nickte dann.

»Ich beginne zu begreifen. Und erinnere mich einer Bemerkung, die einer von Cartouches Gästen am Ende meines Handels mit dem Banditen machte. Er meinte, ich selbst käme nicht allzu übel dabei weg, wenn ich meinen Verstand gebrauchte.«

»Wie reagierte der Hausherr darauf?«

»Überhaupt nicht. Er schien dem Hinweis ebensowenig Bedeutung beizumessen wie ich selbst in diesem Augenblick. Cartouche war viel zu uninteressiert, um nachzufragen.«

»Dein Ratgeber, mein lieber Florian, kennt zweifellos Laws Spielregeln. Andererseits trog der Schein. Offensichtlich zählt er nicht zu den besonders guten Freunden des schönen Dominique. Sonst hätte er diesen Fingerzeig unterlassen. Begreifst du, was er dir sagen wollte?«

»Ich denke schon. Es ist faszinierend. Wenn in John Laws Ideen nicht irgendwo ein schrecklicher Fehler steckt, den erst eine längere Praxis zutage fördert, könnten sie das wirtschaftliche Gefüge der ganzen Welt verändern.«

»Könnten sie. Die dem Lawschen Gedankengebäude innewohnende Gesetzmäßigkeit begreifen bis heute nur wenige der interessanterweise meist den ungebildeten Schichten angehörenden Aktienkäufer. Den meisten dieser Sorte von Spekulanten erscheint es als ein an

Zauberei grenzendes Wunder, wenn ihr gestern mit einer 100 Livre-Banknote, also mit bedrucktem Papier erworbener, ebenfalls nur aus bedrucktem Papier bestehender Anteilschein wenige Tage später, falls sie Glück haben, das Doppelte seines Erstehungspreises bringt.«

»Mag sein. Aber das wird sich sehr bald ändern. So die Termini ›Aktien‹ und ›Banknoten‹ nicht ebenso schnell aus dem Sprachgebrauch verschwinden, wie sie durch Law's Zutun hineingerieten.«

»Alles richtig. Aber wir schweifen ab. All das beantwortet nicht meine Frage. Deshalb nochmals: Weißt du wirklich, welche Folgerungen sich aus all dem für uns hier und jetzt ergeben?«

»Ja. Ich glaube ja.«

»Dann nenne sie!«

Florian sagte trocken:

»Wir benötigen zehn Minuten.«

Enrico lächelte anerkennend.

»Ausgezeichnet. Darum geht es. Gratuliere. Du hast des Schotten System intus. Und was sich damit bewerkstelligen läßt. Zehn Minuten, in der Tat. Nicht mehr. Wenn man über – nennen wir es – ›Spezialinformationen‹ verfügt wie wir in diesem Fall. Auf Cartouches Wohlwollen werden wir allerdings künftig verzichten müssen. Besagte zehn Minuten kosten ihn eine Kleinigkeit. Wir sollten uns freilich davor hüten, ihn zu sehr zu verärgern, oder ihm gar das Gefühl zu vermitteln, hereingelegt worden zu sein. Deshalb rate ich zur Bescheidenheit. Belassen wir es bei hunderttausend Livres.«

»Zusammen?«

»Wo denkst du hin! So einfach sollten wir es dem Schurken doch nicht machen. Lohnen muß es sich schon. Folglich für jeden von uns Hunderttausend. Es müßte mit dem Teufel zugehen, wenn sie nicht wenig später das Zehn- oder gar Zwanzigfache brächten. Schöne runde fünfzigtausend Louis d'or. Ganz ordentlich, nicht? Ich bin noch immer erschüttert. Um ein Haar wäre mir der Clou entgangen! Wie ich vorhin sagte – all das ist zu neu, zu ungewöhnlich, entbehrt aller Präzedenzfälle, aller Vergleichsmöglichkeiten. Es gibt keine ›Erfahrungen‹ mit Aktien. Bestimmt eröffnen sich zukünftigen Spezialisten im Börsengeschäft, falls es überdauert, Chancen, Kniffe und Winkelzüge, die uns heute unfaßbar erscheinen mögen. So viel aber ist sicher: Es wird leichter und ohne viel Aufwand mehr Geld zu verdienen sein als jemals zuvor!«

»Das von irgend jemand bezahlt werden muß.«

»Worauf du dich verlassen kannst. Es ist wie beim Pharao. Mit einem wesentlichen Unterschied freilich – an erster Stelle im Aktiengeschäft rangiert nicht Glück, vielmehr das Wissen um Zusammenhänge. Unsere morgige Transaktion wird zur Quittung aufs Exempel.«

Isabella verschaffte sich leise, aber bestimmt Gehör. »Es wäre zu gütig, wenn die Herren sich zu einer Erklärung entschlössen, was das alles soll?«

Enrico reagierte zuerst. Zerknirscht erwiderte er: »Ich bitte tausendmal um Vergebung. Ich bin untröstlich. Es war meine Schuld. Bitte üben Sie Nachsicht. Wir reden pausenlos von Dingen, die für Sie keinerlei Sinn ergeben.«

Florian ergänzte schuldbewußt: »Verzeih, Geliebte. Es tut uns leid. Wir benahmen uns schändlich.«

Der Venezianer fügte hinzu: »Erlauben Sie mir, die Zusammenhänge zu erläutern.«

Ohne ihre Antwort abzuwarten, fuhr er fort: »Der Preis jeder Ware, jeder Sache steigt, je mehr potentielle Käufer nach ihr verlangen. Gleichgültig, ob es sich dabei um Vieh, Land, Häuser, Schiffe, Kunstschätze oder eben um Aktien handelt. Geschieht das Gegenteil, wird mehr ›Ware‹ angeboten, als sich Käufer finden, fällt der Preis, ›sinkt der Kurs‹, wie man das bei Laws Börsengeschäften nennt. Der Wert seiner Aktien verringert sich. Der Schotte bot ursprünglich im Einvernehmen mit dem Regenten nur eine limitierte Anzahl seiner Louisiana-Papiere zum Kauf an, um die Reaktion des Volkes zu prüfen. Das Ergebnis war deprimierend. Was Law allerdings wenig erschütterte. War er sich doch des Engagements des Regenten sicher. Philipp von Orléans griff ein und ermunterte seine Untertanen, insbesondere die Pariser, zum Erwerb der Lawschen Aktien. Zugleich veranlaßte er Law, Aktien zum relativ niederen Nennwert von 500 Livres per Stück auszugeben. Die Leute blieben dennoch mißtrauisch. Was ihnen der Schotte vorsetzte, war zu neu, zu kühn, zu revolutionär. Nur die wenigsten begriffen, warum bedrucktes Papier einen höheren Wert haben sollte als möglicherweise

ein Sack voll Gold. Erst als Laws ›Banknoten‹, ausgegeben von seinen Gründungen ›Bank General‹ und ›Banque Royale‹ mit nach-
drücklicher Unterstützung des Regenten tatsächlich zu ›Geld‹ wurden, zum von allen akzeptierten Zahlungsmittel, schlug nach und
nach die Stimmung um. Als gar noch das Gerücht über Goldfunde
in einem Ort namens Nouvelle Orléans, an der Mündung des Mississippi, die Runde machte, begann das, was der Finanzakrobat John
Law of Lauriston aus Edinburg in Schottland danach einen ›run‹
nannte – ein Käuferansturm sondergleichen, der den Kurs der Papiere in schwindelnde Höhen trieb. Alles andere ist Geschichte.
Paris und dessen ›Rue‹ wurden zum Mekka aller Glücksritter und
Spekulanten Europas.
In jüngster Zeit mehren sich nun Zweifel am Wert der Kolonie
Louisiana und deren Hauptstadt Nouvelle Orléans. Einem Gerücht
zufolge handelt es sich bei dieser ›Capitale‹ um ein Fiebernest, und
bei der den gesamten Aktienwert verbürgenden Kolonie um eine
nie zu erschließende, von Kannibalen bevölkerte Wildnis. Laws Anteilscheine bekamen die Auswirkungen dieser Fama, deren Über-
prüfung einige Zeit dauern wird, wenn man die Entfernungen be-
denkt, zu spüren. Ihr Kurs fiel nicht unbeträchtlich. Heute vormittag
lag er bei 624 für eine 500 Livre-Aktie. Kaufen nun wir beide,
Florian und ich, morgen zum Börsenbeginn in der ›Rue‹ Louisiana-
Aktien im Wert von zweihunderttausend Livres, steigt umgehend
deren Kurs. Mit welcher Geschwindigkeit sich so etwas vollzieht,
ließ ich im Interesse der Serenissima überprüfen.
Damit kommen wir zum vorhin erwähnten Zeitfaktor. Uns genügen
zehn Minuten, den Kauf eigener Anteilscheine zu tätigen, ehe die
Kauforder für Cartouches Papiere ergeht, die nach besagten zehn
Minuten wesentlich mehr kosten werden als zum Zeitpunkt unseres
Kaufes, der die Wertsteigerung ja erst auslöst. Aber eben – und
darauf müssen wir Rücksicht nehmen – nur um so viel mehr, daß
der Bandit, sobald er unsere Manipulation durchschaut, nicht ungemütlich wird. Der tatsächliche ›run‹ beginnt erst nach dem Ruchbar-
werden von Florians Großkauf. Wird gar noch publik, daß Frankreichs – was sage ich – daß der berühmteste und abgebrühteste
Bösewicht unserer Epoche, dem Schotten vertrauend, den grandiosen Kauf tätigen ließ, gibt es kein Halten mehr – die Louisiana-

Papiere klettern vorübergehend ins Uferlose. Vorübergehend! Kommen übermorgen ein paar glaubwürdige Zeugen aus Amerika zurück, die über die Kolonie Louisiana und deren Hauptstadt New Orleans tatsächlich Bescheid wissen und das Gegenteil von Laws Behauptungen bekunden, lösen sich die Aktien in Nichts auf. Aber darauf werden wir nicht warten, sondern bereits anderntags alle Law-Papiere wieder verkaufen. Mit einem hübschen, runden Gewinn, der Florians Verlust mindert und mir selbst keinesfalls ungelegen kommt. Auf diese Weise entpuppt sich der Fall Garcia, wenn nichts Unvorherzusehendes dazwischen kommt, als Komödienstoff, an dem Molière, lebte er noch, sicher Gefallen fände. Der Erpreßte – Ihr Beschützer, Held und zukünftiger Gatte, meine liebreizende Schöne aus dem fernen Cuba – zieht Gewinn aus dem eigenen Erpreßtwerden. Das ist neu und – Sie werden es zugeben – nicht unoriginell!«

Die junge Frau griff sich beidhändig an die Schläfen. »Mir schwirrt der Kopf. Es ist unglaublich. An Stelle von Münzen aus edlem Metall bezahlt man mit Papier, dessen Preis aufgedruckte Ziffern bestimmen; eine Art Lose oder Lotteriescheine, ›Aktien‹ genannt, deren Wert wie im Fall der Louisiana-Papiere offensichtlich auf kaum überprüfbaren Behauptungen basiert, ermöglichen einerseits Riesengewinne, wenn ›Wissende‹ ihre Manipulationschancen nutzen, während andererseits zahllose brave, aber ›unwissende‹ Leute mitunter ihr gesamtes, hart erarbeitetes Erspartes verlieren. Und alles ist durchaus legal , ist absolut gesetzkonform, mehr noch – wird von Seiner Hoheit, dem Regenten, wie ein ganz gewöhnliches Lottospiel nicht nur abgesegnet und gefördert, sondern zusätzlich allen Untertanen anempfohlen. Dabei ist alles, Ihrer Schilderung folgend, Exzellenz, nichts anderes als ein riesiges, staatlich sanktioniertes Betrugsmanöver, den Leuten ihr sauer verdientes Geld aus der Tasche zu ziehen. Sehr schlau von Law, vor allem aber von diesem Philipp. Frankreichs Interimsherrscher kommt zu enormen Einnahmen, ohne je das häßliche Wort ›Steuererhöhungen‹ benützen zu müssen. Ganz im Gegenteil beeindruckt Frankreichs Landesvater seine Untertanen mit dem Anschein, eine Huld, eine Gefälligkeit offeriert zu bekommen, wenn er den gemeinen Mann, die schlichte Frau aus dem Volk an dieser Lotterie teilnehmen läßt. Wie bei einer solchen sprechen sich zumeist nur die Gewinne und die Gewinner herum. Von den Verlusten redet kaum jemand.«

Enrico nickte zustimmend. »Das liegt in der Natur der Dinge und – in jener der Menschen. Das Schicksal von Glücksfällen überraschter Mitbürger beflügelte die Phantasie seit jeher. Sie selbst gebrauchten eben die Begriffe ›Lotteriespiel‹ und ›Lotteriescheine‹. Zum Teil benennen sie wirklich die Gegebenheiten. Für die meisten der derzeitigen Aktienkäufer ist es in der Tat nichts anderes als ein Lotteriespiel. Und wie bei diesem gewinnt zuerst vor allen andern und in jedem Fall der Veranstalter, gelingt es ihm, sich mit der jeweiligen Obrigkeit zu verbinden. Ich glaube es war ein Niederländer, der um die Mitte des 15. Jahrhunderts, also vor fast zweihundert Jahren, erstmals seine ›Obrigkeit‹ für die von ihm erdachte Idee ›Lotterie‹ gewann, um die Staatsfinanzen mit jenem dreißigprozentigen Gewinnanteil des Lotterieumsatzes aufzubessern, der als ›gesetzlich gestattet‹ dem Spiel zugrunde liegt. Gewinner werden beneidet, Verlierer selten bedauert. Und das ist gut so. Es ermuntert die Leute, Neues, nie Getanes zu wagen. Ein in seinem Wesen von Pessimismus geprägter Christobal Colon, den wir Nichtspanier Christoph Columbus nennen, wäre nie aufgebrochen, um den Seeweg nach Indien zu entdecken, wie er sich vornahm, sondern zu Hause geblieben. Und wir wüßten weder etwas von Amerika, noch von Ihrer als wunderschön beschriebenen Heimat, der Insel Cuba, teuerste Isabella. Jetzt, meine Lieben, bitte ich euch, mich entschuldigen zu wollen. Es gilt, eine Reihe von Vorkehrungen und Arrangements zu treffen, um euer Abenteuer endgültig zum guten Abschluß zu bringen.«

»Du sagst es.«

Florian blickte den Freund forschend an. »Und was gibt es für mich zu tun? Du erwartest wohl kaum, daß ich hier sitze und Daumen drehe?«

»Dir, mein Bester, bleibt kaum etwas anderes übrig. Du bist sicher einsichtig genug, meine Chancen, bei d'Argenson etwas zu erreichen, für bedeutend höher einzuschätzen als deine eigenen. Als Diplomat Venedigs genießt man einige Vorzüge. Unter anderem jenen, umgehend vorgelassen zu werden, wenn die Audienzbitte mit einer ausreichenden Begründung einhergeht. Ihr beide bleibt zu eurem eigenen Besten so lange in der Gesandtschaft, bis in der ›Rue‹ die Bombe platzt. Bis zu diesem Zeitpunkt solltet ihr meine Gastgeberrolle ohne Widerspruch über euch ergehen lassen.« Abschließend meinte er lächelnd: »Beschäftigt euch mit eurer Tochter, die sicher längst darauf wartet, euch die beiden winzigen Kätzchen vorzuführen, die ich ihr bringen ließ.«

Isabella stand mit reichlich undamenhafter Schnelligkeit von ihrem Stuhl auf.

»Das Kind! All dieses Herumreden um Banknoten, Aktien, Spekulationen und unseriöse Geldgeschäfte des Staates verursachten in meinem Kopf ein solches Durcheinander, daß mir das Nächstliegende entfiel. Ich bin eben noch keine Mutter! Aber ich werde mich darum nach Kräften bemühen, Rebekkas Bild einer ›Mama‹ zu entsprechen, darauf hoffend, daß dies nicht all zu lange dauert.«

Sie sah zur Uhr, deren wunderschön geformtes und bemaltes Porzellangehäuse hinter dem Glas einer der beiden Vitrinen zu bewundern war, die die Wandflächen zwischen den drei hohen, sich zur Rue Saint Antoine hin öffnenden, nebeneinanderliegenden Fenster des kleinen Gesandtschaftssalons bestückten.

»Es ist längst über die Zeit. Ein Uhr! Rebekka spielt mit dem Kindermädchen im Park. Sie wird hungrig sein.« Sich an Florian wendend: »Essen wir zusammen? Ich meine – Rebekka, du und ich?«

Er runzelte die Stirn, als bereitete es ihm Mühe, zu einem Entschluß zu kommen. Nach einer Weile glätteten sich seine Züge, als der Widerhall ihrer Worte in seinem Hirn nachklang. Was hatte sie eben gesagt? Rebekka, du und ich. Natürlich. ›Rebekka, du und ich!‹ Und dann wurde er sich plötzlich einer Erkenntnis bewußt, die ihn tief bewegte. *Es tat nicht mehr weh,* wenn der Name ›Rebekka‹ fiel. Selbst wenn er ihn nur dachte, war der Schmerz immer dagewesen, auch wenn er dagegen anzukämpfen versuchte, sich sentimental schalt und vor Selbstmitleid triefend empfand. Und nun war er weg, und so sollte es sein, und auch sie würde es so wollen. Dessen war er plötzlich ganz sicher, und dieses Wissen erfüllte ihn mit einem Frieden, den er, ohne dies zu ahnen, seit seiner Ankunft in Habana vor so vielen Jahren vermißt hatte. Still vor sich hinnickend sagte er, die Stimme voll Zärtlichkeit: »Ja, Isabella, wir essen zusammen. Du, Rebekka und ich.«

300

Enrico Parsani schaute ihnen sinnend nach, als die beiden dicht nebeneinander den Raum verließen. Möge es der Herrgott geschehen lassen, daß sie die schlimmsten Prüfungen hinter sich hatten, diese Zwei. Nein – er lächelte – diese Drei! Rebekka, die Tochter jenes bezaubernden Geschöpfs, das einst diesen Namen trug und jeden Raum zum Strahlen gebracht hatte, in dem es sich aufhielt, damals, in Venedig, als die Welt noch jung war. Diese neue Rebekka würde schon dafür sorgen, daß sie die nicht zu übersehende und zu übergehende Dritte in dem Liebesbund blieb, der diese beiden Menschen vereinte.

Der Sekretarius dritter Klasse Ludwig Maria Weißgerb saß stumm und regungslos, mit weit geöffneten, hellwachen Augen neben dem Schreibpult seiner in der obersten Etage der kurbaierischen Gesandtschaft gelegenen Amtsstube und wandte nicht einen Moment den Blick vom Mund seines Besuchers Pierre Leprun, Offizier vom Chatelet am Pont au Change, dem Polizeiquartier der Stadt Paris. Seit über einer Viertelstunde berichtete der in ziviler Kleidung erschienene Gast von unglaublichen, kaum faßbaren Geschehnissen, die sich um ein nicht minder erregendes Ereignis rankten, das vor nicht ganz einer Stunde in der Rue Quincampoix stattgefunden hatte und sicher schon am Nachmittag die gesamte Capitale in Atem halten würde, anschließend und innerhalb eines kürzestmöglichen Zeitraumes sich wie ein Lauffeuer verbreitend in ganz Frankreich Gehör fände, um danach die an solchen Dingen Interessierten in allen Hauptstädten des Abendlandes zu erreichen. Als Leprun für einen Augenblick schwieg, um seiner heiser gewordenen Stimme die erfrischende Wohltat eines Schlucks kühlen Weißweins zu gönnen, den ihm der Sekretarius kredenzte, meinte dieser:
»Und wer ist dieser Spanier, der den – wie sagt man? – der diesen ›run‹ durch seinen ungeheuerlichen Aktienkauf auslöste?«
Der Offizier stutzte, runzelte die Stirn und erwiderte:
»Ich sprach von keinem Spanier, Monsieur Weißgerb.«
Plötzlich hob er die Brauen und nickte begreifend.
»Der Name trügt. Delgado ist meines Wissens Venezianer. Möglich, daß er in Spanien geboren wurde. In jedem Fall kam er als seit Jahren

in Venedig ansässiger Glasmacher nach Paris. Anno 11 oder 12, glaube ich.«

»Ein Glasmacher? Sie scherzen!«

»Mitnichten!«

»Parbleu! Wie kommt ein Handwerker zu – nein! Halten Sie mich nicht zum Narren! Ein Aktienerwerb – der größte bekannte Aktienkauf aller Zeiten durch einen Glasmacher? Du guter Gott! Der Kurs von Laws Louisiana-Zertifikaten schnellte auf – wieviel, sagten Sie?«

»Auf siebentausendfünfhundertvierzig!«

»Du meine Güte! Von sechshundertvierundzwanzig Livres auf siebentausendfünfhundertvierzig! Das sind ja elfhundert Prozent Gewinn!«

»Bei steigender Tendenz, wie man mir berichtet. Ein Ende ist noch nicht abzusehen. Jetzt stürzt sich der Pöbel auf Laws Papiere, nach ihm das Landvolk. Die Provinz wird ihre Sparstrümpfe plündern.«

»Und all das ausgelöst durch einen zugezogenen Handarbeiter? Ist denn die ganze Welt plötzlich verrückt geworden? Hier stimmt doch etwas nicht!«

Der beleibte, rundliche Baier beugte sich auf seinem spartanischen Hocker nach vorne, während er seinen Informanten eindringlich musterte. Nach einer Weile meinte er lauernd:

»Die Hauptsache, scheint mir, verschwiegen Sie bisher. Richtig? Die Hauptsache kommt erst?« Seine Schweinsäuglein verengten sich zu Schlitzen. Leise, fast flüsternd setzte er nach: »Sagen Sie es! Allein des Geschehens in der ›Rue‹ wegen, so unglaublich es ist, bemühten Sie sich kaum persönlich hierher. Sicher werde ich in den nächsten Minuten durch unsere eigenen Leute davon unterrichtet, und das wußten Sie. Deshalb: bitte, Colonel, reden Sie!«

Der andere nickte gut gelaunt, sich seines Überraschungseffekts sicher.

»Es stimmt. Da gibt es noch etwas. Ich bin stolz auf meine Behörde und deren – Spezialisten. Sie arbeiten schnell, sauber und perfekt. Seine Exzellenz, der Minister, hat ganze Arbeit geleistet, als er sich daranmachte, den bei seiner Amtsübernahme am Pont au Change vorgefundenen Sauhaufen – verzeihen Sie den rüden Terminus, aber er benennt leider die damalige Truppe zu recht – den Sauhaufen

auszumisten und den als brauchbar empfundenen Rest neu zu organisieren. Nur deshalb verfüge ich jetzt, noch nicht einmal nach einer
Stunde, seit die ›Rue‹ sich erneut in einen Hexenkessel verwandelte,
über Informationen, die nichts um den Handlungsablauf des Coups
offenlassen. Ich glaube, Seine Exzellenz, der Herr Gesandte Ihres
durchlauchtigsten Landesherrn, des Kurfürsten von Baiern, wird die
Eile und Exaktheit, mit der wir ihn bedienen, zu schätzen wissen.«
»Dessen können Sie sicher sein, verehrter Colonel.«
Weißgerb registrierte den Hinweis mit entsprechender Aufmerksamkeit. Er begriff sie als Signal einer außergewöhnlichen Überraschung, die sein Besucher noch für ihn bereithielt. Der Polizeioberst
setzte sich sehr gerade, legte beide Unterarme auf seine Oberschenkel, die schmalen, kräftigen Hände flach ausgestreckt. Ohne die
Stimme zu erheben, sagte er in seltsam langsamer Sprechweise:
»Delgado war einst Cartouches erster Quartiergeber, als dieser – ein
sehr junger Bursche damals – in Paris Unterschlupf suchte. Der
Bandit schätzt ihn noch heute, ebenso wie Parsani, der den Glaser
mitunter zu seinen Gästen zählt. Die eigenartige Liberalität des
Venezianers ist berüchtigt. Er empfängt bekanntlich auch Skriben-
ten, Dichter, Maler, was weiß ich. Aber es wird noch interessanter!«
Leprun gestattete sich eine dramatisch wirkende Unterbrechung,
ehe er fortfuhr: »Daß Delgados Weib zusammen mit beider Sohn –
ein Säugling noch in jenen Tagen – Venedig verlassen konnte, um zu
ihrem Mann nach Paris zu gelangen, verdankt sie jemand ganz anderem. Sie war damals zur Einkerkerung vorgesehen, wie ich erfuhr.
Im Zusammenhang mit diesem Glasmacheraufstand von Murano,
den man in Versailles mit besonderer Aufmerksamkeit zur Kenntnis
nahm. Am Ende wurden bekanntlich die Rädelsführer auf dem Mar-
kusplatz gehängt. Seine Majestät, der König, äußerte seine tiefe Zufriedenheit, über die Art und Weise, mit der der Doge Cornaro das
Problem aus der Welt schaffte.«
»Den Namen, Colonel, den Namen!«
Dem Sekretarius bereitete es große Mühe, seine Ungeduld zu zügeln und seinen Ärger über die Weitschweifigkeit des Gastes zu
unterdrücken. Leprun lächelte fein.
»Ja, der Name. Er ist in diesem Hause nicht unbekannt. Ein Landsmann, mein lieber Weißgerb, ein Baier namens – Florian Stoll.

Eigenartig, wie das Leben manchmal so spielt. Einige Akteure längst zurückliegender, aber durchaus bemerkenswerter Ereignisse befinden sich Jahre später, zum gleichen Zeitpunkt, hier in unserer Stadt.«

Weißgerb saß wie erstarrt auf seinem Hocker. Nur sein Atem ging schneller. Und seine Lippen zuckten, als hätten sein Mund und seine Zunge Mühe, Worte zu bilden.

Der Polizeioffizier betrachtete ihn eine Weile abschätzend und ein wenig spöttisch. Diese Information wird euch einiges an Gegenleistung kosten, dachte er, deinen arroganten, hochnäsigen Baron und nicht zuletzt dich, du kleiner, herausgefressener, karrierelüsterner Speichellecker! Eine Hand wäscht die andere, so ist es nun mal in diesem Geschäft. Leider lassen sich die Partner nicht aussuchen. Laut sagte er:

»Stoll, Parsani, Delgado. Alle agieren erneut zusammen in einem Stück, dessen Publikumserfolg außer Frage steht, wie das heutige Geschehen beweist. Was sich weiter daraus entwickelt, wird die Zukunft offenbaren. Insbesondere ob die Herrschaften zu Akteuren einer Komödie oder eines Dramas werden. Aber ich will Sie nicht länger auf die Folter spannen, mon ami. Deshalb jetzt die kurzgefaßte Geschichte des Aktiencoups. Oder besser – dessen Vorgeschichte. Delgado kaufte heute im Auftrag Stolls unter Einbringung dessen gesamter Silberflottenbeute Mississippi-Papiere. Da Ihr Landsmann die Münzen während seines kurzen Aufenthaltes in London der Bank von England anvertraute, übernahm sein Freund, Venedigs immens reicher Gesandter Enrico Parsani die Bürgschaft. Natürlich akzeptierte sie Law. Das gesamte Aktienbündel ging wenige Minuten später – und nun halten Sie sich fest – in den Besitz Dominique Cartouches über, der daraufhin den von ihm im Auftrag der Spanier festgehaltenen Partner Ihres Landsmannes, den Katalanen Garcia, in die Freiheit entließ. Nach unseren Informationen ist Stoll nach dieser Transaktion finanziell am Ende. Für die Behörden – auch für meine – wurde er damit zur Unperson. Stoll schrumpfte zu dem, was er war, als er Baiern verließ – zum Niemand, für den kein Franzose von Stand und Einfluß mehr einen Finger rührt. Ich könnte mir vorstellen, daß all das Ihr Vorgesetzter, Baron von Tonneck, mit viel Vergnügen zur Kenntnis nehmen wird.«

Der Polizeioffizier durfte mit der Wirkung seiner Worte auf den Zuhörer zufrieden sein. Weißgerb richtete sich langsam auf, sein Oberkörper schien um etliche Zoll zu wachsen, während seine Lippen ein triumphierendes Lächeln umspielte. Gleichzeitig fixierten seine Augen einen imaginären Punkt weit über dem Kopf seines Gastes, als spielte sich dort ein Geschehen ab, das ihn über alle Maßen faszinierte. Nicht einmal die Existenz seines Besuchers schien mehr in sein Bewußtsein zu dringen, bis ihn dessen indigniertes Räuspern in die reale Welt seiner Amtsstube im kurbaierischen Gesandtschaftspalais zurückholte. Um Fassung bemüht sagte er brüchig:

»Verzeihen Sie, Colonel Leprun. – Ich – ich bin ... mein Verhalten – Sie werden nicht verstehen ...«

»O doch. Ich verstehe sehr wohl.« Lepruns spöttisches Lächeln vertiefte sich. »Ich sagte es schon und entschuldigen Sie, wenn ich mich wiederhole – ich bin stolz auf meine Behörde und deren Ergebnisse.«

Weißgerb achtete nicht darauf, sondern flüsterte kopfschüttelnd:

»Er ist also wieder ein ganz gewöhnlicher, mitteloser, entlaufener Leibeigener, der jener Behandlung zugeführt werden kann, die in allen zivilisierten Staaten für solche Subjekte vorgesehen ist?«

»Es sieht so aus. Ich bitte freilich zu bedenken – da wäre noch Parsani – die Verbindungen des Venezianers sind beträchtlich.«

Der Sekretarius winkte verächtlich ab. »Sie glauben doch nicht im Ernst, daß es sich der Vertreter der Serenissima am französischen Hof leisten könnte, die Arretierung und Auslieferung eines entlaufenen Leibeigenen des kurbaierischen Gesandten, Georg Baron von Tonneck, zu verhindern, um den Fall zu einer hochpolitischen Prestigeangelegenheit zwischen dem Kurfürstentum und der Adriarepublik werden zu lassen? Allein die Idee ist absurd. Nein mein Lieber, so primitiv agieren Diplomaten vom Rang eines Parsani nicht. Natürlich wird er an Drähten zu ziehen versuchen, keine Frage. Aber wie ich die Lage einschätze, dürfte er auf Granit beißen. Der Regent hat Ärger mit Seiner Durchlaucht, dem Kurfürsten, zugegeben. Aber noch weniger ist er Venedig gewogen, das zwar zur großen Allianz gegen die Türken gehört, aber dennoch ständig Ärger macht.«

»Ich weiß.«

»Eben. Nein, ich denke nicht, daß Parsani sich Blößen gibt oder gar offiziell tätig wird. Es sei denn, er hätte die Absicht, sich aus der Politik zurückzuziehen. So wie ich den Mann kenne, erscheint mir dies nicht nur irreal, sondern vermessen. Parsani ist kein Narr. Seien Sie dessen versichert!« Plötzlich fuhr er von seinem Sitz hoch. »Mein Gott. Ich muß zu Seiner Exzellenz.«

Auch Leprun erhob sich. Ehe er Gelegenheit fand, zu einer Verabschiedungsfloskel anzusetzen, fühlte er Weißgerbs Fingerspitzen auf seinem Unterarm.

»Noch einen Moment, Colonel. Warum? Bei allen guten Geistern – warum opferte Stoll seine gesamte Beute, um Garcia frei zu bekommen? Ist er übergeschnappt? Dem Wahn verfallen? Sagen Sie es!« Lauernd und drängend, das Handgelenk Lepruns jetzt mit einem festen Griff umklammernd, ohne dies gewahr zu werden, wiederholte er: »Sagen Sie es! Nachdem Ihre Agenten Sie über alle, den Aktienkauf erhellenden Details unterrichteten, wissen Sie auch darüber Bescheid! Ich muß es wissen! Seine Exzellenz...«

»Seine Exzellenz ist besessen danach zu erfahren, ob man ihm einen geistig Umnachteten, einen zum Idioten, zum Kretin gewordenen aushändigt, oder jemand, dessen peinliche Befragung als Teil einer längst fälligen Rache entsprechendes Vergnügen bereitet. Verblüfft? Dazu besteht kein Anlaß. Meine Behörde weiß selbstverständlich, was damals, an Weihnachten anno fünf in der Hofmark Tonneck geschah. Seit damals steht die Begleichung dieser Rechnung offen. Beide waren Jungen. Der junge Herr Baron und sein Bräubursche Florian. Ein Ohr, nicht? Das linke.«

Der Polizeioffizier schüttelte mit gespielter Empörung den Kopf. »Unerhört, was sich so Bauernkerle herausnehmen. Bei uns würde man ihn...« Weißgerb entspannte sich, bemerkte, daß er noch immer das Handgelenk Lepruns umklammerte, löste den Griff und fiel dem andern ins Wort:

»Ich weiß, Colonel. Aber nicht nur bei Ihnen, dessen dürfen Sie sicher sein!« Gleichzeitig fuhr er sich mit gestrecktem Zeigefinger dicht unterm Kinn von einer Halsseite zu anderen und ergänzte: »Natürlich erst nach einer wochenlangen, ausführlichen Befragung des Subjekts, die diesem einiges an Unwohlsein abnötigen wird.«

»Daran zweifle ich nicht. Ich wiederhole mich erneut – wie das Leben so spielt – einmal oben, einmal unten.«
Er verbeugte sich gemessen.
»Es war mir ein Vergnügen, Monsieur Weißgerb.«
»Ganz meinerseits, Colonel. Seine Exzellenz mag – wie jeder Mensch – seine Schwächen haben. Nur – undankbar ist er nicht.«
Leprun nickte nachdenklich.
»In der Politik ist der Stellenwert solcher Begriffe nicht sehr hoch angesiedelt. Belassen wir es bei dem guten alten ›eine Hand wäscht die andere‹. Dann weiß jede Seite, was jeweils opportun ist. Empfehlen Sie mich Seiner Exzellenz, dem Herrn Gesandten. Und wir beide, mein lieber Weißgerb, treffen uns, wenn sich die Gelegenheit dazu ergibt, vielleicht an einem neutralen Ort. Sie wissen, wo Sie mich erreichen können.«
»Danke. Ich bin Ihnen sehr verbunden, Colonel Leprun.«

Eine halbe Stunde danach unterrichtete der Sekretarius dritter Klasse seinen soeben eingetroffenen Vorgesetzten. Tonneck hörte ihm bemerkenswert ruhig und gefaßt zu und unterbrach ihn nicht ein einziges Mal. Selbst sein Gesichtsausdruck veränderte sich kaum, sondern blieb starr und maskenhaft, bis Weißgerb zum Schluß kam. Drei volle Minuten vergingen, ehe Graf Monasterols Stellvertreter sonderbar ruhig, mit gedämpfter Stimme sagte:
»Und nun? Haben Sie Vorschläge?«
Weißgerb sah den Baron offen an. Seinem langen Blick fehlte die gewohnte Unterwürfigkeit. Tonneck registrierte es sofort und begriff, daß sich das Verhältnis zu seinem Untergebenen geringfügig zwar, aber unübersehbar verändert hatte. Es war, so sehr es ihm widerstrebte es einzugestehen, ein Blick von gleich zu gleich. Noch gestern wäre er jetzt vor Zorn explodiert. Heute mahnte ihn die Beobachtung ausschließlich zur Vorsicht. Als der andere keine Anstalten machte zu antworten, wiederholte er, mühsam seine Ungeduld zügelnd:
»Ihre Vorschläge, mein Lieber! Sie haben doch welche? Oder ich müßte mich sehr irren.«
Der dickliche Mann aus Rott am Inn nickte ohne die übliche Beflissenheit und bequemte sich endlich zu einer Erwiderung.

»Ja, Exzellenz, ich habe Vorschläge. Und ich bin willens, für alles, was in Zusammenhang mit meinem Plan angeordnet und durchgeführt wird, die alleinige Verantwortung zu übernehmen.«

Danach herrschte eine Weile Schweigen. Tonneck musterte sein Gegenüber lang und aufmerksam. Über die Vorzüge, aber auch über die Mängel Weißgerbs machte er sich keine Illusionen. Der Mann hatte sich bisher mehr als brauchbar und vor allem – nützlich erwiesen. Ein kleiner, subalterner Streber, nach oben buckelnd und nach unten tretend, karrierebeflissen bis zum Überdruß, aber eben deshalb von erheblichem Wert nicht nur für die Gesandtschaft, sondern vor allem für ihn, Tonneck, ganz persönlich. Diesmal freilich ging es um mehr als um eine Gefälligkeit, mehr als um ein sich Verdientmachen in Form von Übereifer und vorauseilendem Gehorsam, servilem Beiseiteräumen von Unannehmlichkeiten oder dem Ausbügeln von Lässigkeiten, die man ihm, den nach Graf Monasterol höchstrangigen Diplomaten der kurbaierischen Gesandtschaft in Paris, hätte ankreiden können. Weißgerbs Hinweis auf seine Bereitschaft, die alleinige und volle Verantwortung für jene Geschehnisse zu übernehmen, die den »Fall Florian Stoll« ein für alle Mal lösten und sich, sollten unvorhergesehene Ereignisse zum Mißlingen der Aktion führen, zur Urheberschaft der Intrige zu bekennen, signalisierten gleichzeitig einen Anspruch auf Dankbarkeit, der das übliche Maß erwarteten, karrierefördernden Wohlwollens bei weitem überschritt. Sollten sich Weißgerbs Pläne als durchführbar herausstellen und am Ende zum gewünschten Erfolg führen, wurde der Sekretarius zum Mitwisser privater, höchst gefährlicher Geheimnisse, die die Möglichkeit des Erpreßtwerdens miteinschloß.

Unwillig schüttelte er den Gedanken ab. Nichts im bisherigen untadeligen Verhalten des Beamten deutete auf eine solche Entwicklung hin. Dennoch war Vorsicht geboten.

Plötzlich wurden alle diese Überlegungen von einer Welle von Haß und Wut fortgeschwemmt, als sich das Bild Florian Stolls vor sein geistiges Auge schob. Aber nicht jenes des zum Venezianer gewordenen Beaus von 1712, sondern das des Bräububen, der über ihn triumphiert, der ihn körperlich attackiert und ihn durch das Abtrennen einer Ohrmuschel zeitlebens zum Verunstalteten gemacht hatte, der seither selbst beim intimen Zusammensein mit Frauen seine Perücke festgeklebt auf dem Kopf behielt, um das obszöne Loch zu verbergen, das seinen Gehörgang offenlegte. Sein sengender Haß auf den einstigen Mitschüler und Gefährten seiner Kindheit sprengte erneut den von Vernunft und kühler Überlegung errichteten Damm in ihm. Unbeherrscht knirschte er:

»Verdammt, Mann, reden Sie endlich!«

Weißgerb tat ihm den Gefallen. Ausführlich, nüchtern und sachlich umriß er seinen Plan, wies auf dessen Vorzüge hin und streifte Risiken, ohne den Hinweis zu unterlassen, daß es ausschließlich seine eigenen, Weißgerbs Risiken wären, die möglicherweise zur Debatte stünden, da Seine Exzellenz bei allem aus dem Spiel blieb. Sollte wirklich etwas schiefgehen, träfen die Folgen ausschließlich ihn als Inszenator des Geschehens selbst.

»Sie, Exzellenz, wissen nichts von den ›bedauerlichen Rankünen und Kabalen, wissen nichts vom Übereifer eines außer Kontrolle geratenen, liebedienerischen Untergebenen, dessen ungeheuerliche Schandtat schärfstens zu verurteilen‹ sein wird, wenn – nun – wenn bestimmte Details nicht mehr abzustreiten wären.« Weißgerb sagte es kalt, ohne eine Spur von Zynismus, im Tonfall eines mit der Untersuchung einer zu ahndenden Untat beauftragten Juristen und ergänzte am Ende in ausgewogenem Gesprächston: »Aber so weit wird es nicht kommen. Ich überlegte mir alles genau. Wenn Sie einverstanden sind, Exzellenz, werde ich alles Nötige veranlassen.«

Georg Maximilian Freiherr von Tonneck zwang seine starren Lippen zu einem anerkennenden Lächeln. Mit gedämpfter Stimme, deren Beben er mit viel Mühe unterdrückte, sagte er:

»Tun Sie Ihr Bestes, Monsieur Weißgerb. Sie werden es nicht bereuen.«

Es war das erste Mal, daß er dem Untergebenen die Anrede »Monsieur« zugestand. Weißgerb vernahm sie mit Wohlgefallen und dem festen Vorsatz, die Voraussetzungen dafür zu schaffen, damit es zukünftig dabei blieb.

Die Buchhandlung, Edition und Druckerei Francois Latte et fils lag an der Rue d'Argenteuil, die sich, mit einem flachen Knick in der Mitte, von der Rue neuve St. Roch zur Rue des Frondeurs hinzog, um dort im spitzen Winkel in die Rue St. Honoré einzumünden. Der vierte, größte und hinterste ihrer Räume, der als Papier- und Druckfarbenlager diente, erlaubte einen Ausblick auf den runden, niederen Turm der St. Roch-Kirche mit seiner Kuppel und den beiden Reihen schmaler, hoher, gotischer Fenster, die nicht recht zur plumpen, an Bastionen erinnernden Form des Bauwerks passen wollten, das nur wenige Schritte entfernt das Presbyterium der Kirche beherbergte. Die vier Männer freilich, die alle – bis auf einen – gleichzeitig auf den fünften, am Kopfende des niedrigen, zerschrammten Arbeitstischs Sitzenden einredeten, hatten keinen Blick für das altehrwürdige Gemäuer des Turmes, sondern starrten, teils wütend, teils resignierend, auf den verkniffen schweigenden, abgerissen und ausgezehrt Wirkenden an der Tisch-Stirnseite, dessen Langmut jetzt zu Ende ging. Mit beiden Fäusten hieb er plötzlich auf die Tischplatte und fegte gleichzeitig mit dem rechten Ellbogen einen mit angewärmtem Leim gefüllten Topf von der Stellage, die ihm bisher als Rückenstütze gedient hatte.

»Schluß jetzt! Haltet endlich den Mund!«

Das Geschrei verstummte. In Umberto de Garcias Miene spiegelten sich Ärger, Mißmut und Ungeduld. Noch lag es keine Stunde zurück, daß ihn seine beiden Bewacher von dem planenüberdachten Fuhrwerk stießen, das ihn, unter locker geschichteten Strohballen liegend, nach einer qualvollen, nicht endenwollenden Fahrt, die ihn jeden einzelnen Knochen spüren ließ, hierher gebracht hatte. Noch benommen von der plötzlichen Helle und dem ständigen Aufprallen seines Kopfes auf die harten Bretter des Wagenbodens, wenn das Gefährt über die zahllosen Schlaglöcher der Straße rumpelte, fand er sich mitten in Paris. Im ersten Moment bereitete es ihm einige Mühe, sich zu orientieren. Dann erkannte er, daß er vor der Latteschen Druckerei abgesetzt und entlassen worden war. Anscheinend wußten diese Kerle alles, selbst dieser Treffpunkt seiner politischen Freunde war ihnen bekannt! Kurz darauf hatte ihn Leon Latte, der Eigentümer des Hauses, verblüfft zuerst und dann freudig überrascht eingelassen und umgehend einen seiner drei Gehilfen losgeschickt, um die zu erreichenden Hauptleute zusammenzutrommeln, die wenig später angerückt waren. Ohne auf Einzelheiten einzugehen, hatte ihnen Umberto de Garcia in dürftigen Worten seine

Entführung durch Cartouches Banditen geschildert, sowie dessen Forderung der Beuteherausgabe, seine eigene Ablehnung des Ansinnens und die dann um so überraschendere Freilassung durch seine Bewacher. Anschließend hatte er seine Absicht verkündet, sich auf kürzestem Weg zu seinem Haus an der Place Vendome zu begeben, wo ihn seine Braut und seine Schwester sicher sehnlichst erwarteten. Seither redeten die Männer, von einem abgesehen, ununterbrochen auf ihn ein. Er solle diese Idee, deren Verwirklichung nur mit einer erneuten Entführung enden konnte, fallen lassen. Sie sähen sich außerstande, ihm in seinem Heim eine Bewachung zur Verfügung zu stellen, die in dieser exklusiven, von stadtbekannten Persönlichkeiten bevölkerten Umgebung wohl kaum unentdeckt bliebe, Grund zu polizeilichen Nachforschungen gäbe und unter Umständen sogar das Eingreifen von d'Argensons Bütteln herausforderte. Alles Dinge, die sie sich in ihrer Situation als ständig von sofortiger Landesverweisung bedrohte Ausländer nicht leisten könnten. Mit seinem energischen »Schluß jetzt« aber fegte der Katalane alle ihre Einwände beiseite. Sein Blick richtete sich auf den links von ihm an einem Papierstapel lehnenden Mann, einen Riesen von Kerl, mit einer langen, schmalen, auffallend gekrümmten Nase. Sein Gesicht wirkte dreieckig, fast wie eine umgedrehte Pyramide – breite, hohe Backenknochen über eingefallenen Wangen, ein dünnlippiger Mund über einem spitzen, vorspringenden Kinn. Seine Haut war braun und ausgedörrt. Trotz seiner Größe erschien er auf seltsame Art zerbrechlich. Ihn sich als Kämpfer, als Mann des Aufruhrs und des Krieges vorzustellen, bedurfte es erheblicher Phantasie, doch als revolutionärer Planer und Vordenker, der seine Anhänger zu überzeugen vermochte und ihnen Begeisterung einzuimpfen verstand, wenn sie zu verzagen begannen, war er durchaus denkbar. Er hieß Lopez Magulantes, war ein der Kirche verlorengegangener Kleriker und verdiente sich als Tuchfärber seinen Lebensunterhalt in Paris. Nebenbei verfaßte er Schriften gegen den spanischen König und dessen obersten Ratgeber, Kardinal Alberoni, gegen die Jesuiten und, mit jeder Zeile abgrundtiefe Verachtung versprühend, solche gegen jene katalanischen Adligen, die aus Feigheit oder aus Angst um ihren Besitz mit den Spaniern paktierten.
Fast ein wenig amüsiert, wie es schien, ertrug er Garcias Blick und

sagte dann mit sonorer, geschulter Stimme des einst seine Zuhörer faszinierenden Predigers:

»Verzeiht unser Ungestüm, Don Garcia. Es entspringt unserer Besorgnis um Eure Sicherheit und Euer Wohlbefinden. Ich beschwöre Euch, keinesfalls Cellamares Entschlossenheit zu unterschätzen, Euch, komme was will, nach Madrid zu befördern. Zwar wird selbst ein Mann wie er nicht auf die Idee kommen, daß Ihr Euch, wieder in Freiheit, einfach nach Hause begebt und es, wenn überhaupt, der Polizei überlaßt, für Euern Schutz zu sorgen. Erfahren aber würde er Eure – verzeiht – zum Himmel schreiende Unüberlegtheit bald. Wir werden Euch vorübergehend eines unserer Verstecke zu Verfügung stellen, die wir für neuankommende Flüchtlinge bereithalten. Es wird nicht gerade komfortabel sein, für kurze Zeit aber mag es angehen. So lange, bis wir zu einem Entschluß kommen, wie wir weiter verfahren.«

Sein leicht amüsierter Unterton war, je länger er sprach, einer Härte gewichen, die jedem am Tisch begreifen ließ, daß er keinen Widerspruch dulden würde.

»Es geht nicht um Eure Person, Don Garcia, sondern – um es deutlich zu sagen, um die Sache Kataloniens, was in diesem Fall heißen will – um Euer Geld! Verzeiht die Offenheit. Für ein Herumreden bleibt keine Zeit. Wir benötigen die uns von Euch zugesagte Summe dringender, als Ihr ahnt. Und wir werden nicht dulden, daß Ihr sie durch Unbedachtheit erneut aufs Spiel setzt. Es scheint irgend etwas Absonderliches, Geheimnisvolles geschehen zu sein. Daß man Euch frei ließ, kam nicht von ungefähr. Wir müssen den Grund herausbekommen. Erst dann können wir weiter sehen. Bis zu diesem Zeitpunkt aber werdet Ihr – bei allem Respekt, Euch so verhalten, wie wir es der Situation angemessen befinden.« Garcias Protest mit einer Handbewegung zum Verstummen bringend, meinte er um Entspannung der Atmosphäre bemüht: »Ich bin einverstanden, daß Ihr Euer Heim kurzfristig aufsucht und die Sorgen um Euch von Euren Angehörigen nehmt. Meine Männer werden Euch im geschlossenen Gefährt hinbringen und heute abend wieder abholen. Bis dahin ist alles vorbereitet.«

Er unterbrach sich und ergänzte dann in verbindlicherem Ton:
»Selbstverständlich treffen wir keine Entscheidungen über Euren

Kopf hinweg. Wir beraten nicht über – sondern mit Euch, was für-
derhin zu tun sein wird, um zu einer befriedigenden Lösung zu
kommen, die Euch nich all zu große Unannehmlichkeiten abverlangt, ohne dabei Eure Sicherheit zu gefährden. Ihr seit – ich erbitte
nochmals Pardon – zu kostbar, um Euch eigenen, möglicheweise
falschen Entschlüssen und deren Folgen auszusetzen.«
Garcia begriff, daß er sich fügen mußte. Die Autorität des langen,
dünnen Mannes keinen Augenblick in Zweifel ziehend, schickte er
sich ins Unvermeidliche. Als er nach seiner Ankunft in Paris damit
begonnen hatte, Kontakt zu hier ansässigen, gleichgesinnten Landsleuten zu knüpfen, hatte man ihn an diesen früheren Priester ver-
wiesen, der seit über einem Jahrzehnt die geächteten, aus der Heimat geflohenen Katalanen in Frankreichs Kapitale zusammenhielt,
ihnen Mut zusprach, wenn sie versucht waren zu resignieren und
sich in ihr Schicksal zu fügen, dem es zu danken war, daß sie nie den
Glauben an die Befreiung des Vaterlandes vom spanischen Joch verloren. Das Wissen um diese Dinge bewog ihn, den Vorschlag des
anderen zu akzeptieren. Mürrisch und ungeduldig erhob er sich.
»Dann beschafft den Wagen! Mich drängt es, zu den Meinen zu
kommen.«
Magulantes antwortete mit leisem Lächeln:
»Das Gefährt wartet vor der Türe. Der Kutscher ist einer von uns.
Francesco und Miguel werden Euch begleiten und später dafür sorgen, daß Ihr sicher zurückkommt.
Auf seinen Wink erhoben sich die Genannten, Garcia murmelte ein
einsilbiges »Ich danke Euch« und verließ mit seinen ihm aufge-
zwungenen Leibwächtern das Lattesche Papierlager.

Trotz des warmen, sonnigen Frühlingswetters bestanden seine Begleiter darauf, die Fenster der Kalesche während der Fahrt geschlossen zu halten und die Vorhänge zur Hälfte zuzuziehen. Der Katalane ließ es mit einem Schulterzucken geschehen. Vom Turm der
Kirche St. Roch schlug es die elfte Tagesstunde, als der nur von
einem Pferd gezogene Wagen in die belebte Rue Saint Honoré
einbog. Je mehr sich ihr Gefährt dem Palais Royal näherte, um so
dichter wurde die Menge der Passanten, die sich vor, neben und
hinter dem Wagen drängten und kaum zu bewegen waren, all den

Fiacres, Kaleschen, Fuhrwerken, Reitern, Sänftenträgern und Straßenhändlern mit ihren zweirädrigen Handkarren, aus denen sie Backwaren, Süßigkeiten, Obst und Gemüse verkauften, ein schnelleres Vorwärtskommen zu ermöglichen. Auch die ellenlangen Flüche und das Peitschenknallen ihres Kutschers zeigten keinerlei Wirkung. Für die knapp 500 Schritte vom Latteschen Anwesen bis zur Place du Palais Royal mit ihren beidseitigen Lindenalleen benötigten sie an die zwanzig Minuten. Garcia drückte sich in die schäbigen, nach Moder riechenden Polster der Kalesche, bemühte sich, an den Gesichtern seiner ihm gegenübersitzenden Begleiter vorbeizusehen und schloß, als ihm dies nicht gelang, angewidert die Augen. Gleichzeitig lockerte er seine während der Tage seiner Gefangenschaft arg verunreinigte seidene Halsbinde. Seine Gedanken begannen abzuschweifen. Magulantes hatte vorhin einen Umstand berührt, der ihm selbst seit Stunden zu schaffen machte. Mit Unbehagen erinnerte er sich an Cartouches Worte, mit denen ihn der Bandit höchstpersönlich verabschiedet hatte.

»Seien Sie künftig vorsichtiger. Nur höchst selten finden sich generöse, zum Freikauf bereite und – noch wichtiger – fähige Freunde. Ihr Glück übertrifft bei weitem Ihren Verstand. Jene Summe, die man für Sie opferte, dürfte bisher nur für die Freilassung inhaftierter Fürsten, berühmter Heerführer oder als Lösegeld für sehr hochgestellte und schöne weibliche Geiseln bezahlt worden sein.«

Garcias verblüffte Bitte, den Namen seines Wohltäters zu nennen, hatte der Bandit unbeantwortet gelassen.

»Sie werden ihn früh genug erfahren. Machen Sie sich auf eine Überraschung gefaßt. Morgen weiß ganz Paris, um wen es sich handelt. Halten Sie Augen und Ohren offen. Sicher nehmen sich schon jetzt die ersten Bänkelsänger der Geschichte an.«

Cartouches trockenes Lachen klang in Garcias Ohren nach. Er war verwirrt. Wer in Teufels Namen hatte ein Interesse daran, ein beträchtliches Lösegeld zu bezahlen, um ihn frei zu bekommen? Daß seine katalanischen Gefährten nichts damit zu tun hatten, stand fest. Warum hätte Magulantes nicht darüber reden sollen? Wer also? Ein ungutes Gefühl beschlich ihn. Jede Sache hatte ihren Preis, mußte bezahlt werden. Irgendwann und irgendwie. Irgendjemand würde den Preis nennen, würde Forderungen stellen, die der Höhe des

Lösegeldes entsprachen. Seine Verwirrung und sein Unbehagen wuchsen, je intensiver er darüber nachdachte. Er zweifelte keinen Moment daran, daß es um sehr viel Geld ging. Nur ein Vermögen konnte den Verbrecherkönig Cartouche veranlassen, ihn den Spaniern vorzuenthalten und in Freiheit zu setzen. Ein Riesenvermögen, denn Cellamare bezahlte gut.

Die in sein Denken züngelnden Vorahnungen abblockend, begann er damit, vor seinem geistigen Auge die erwartete Wiedersehensszene mit Isabella Gestalt gewinnen zu lassen. Während der Zeit des von ihr Getrenntseins war ihm einmal mehr bewußt geworden, wie sehr er diese Frau – besser – dieses Mädchen liebte. Nicht einmal das Wissen um ihren einstigen Liebhaber störte ihn mehr. Zumindest war er besten Willens, großzügig darüber hinweg zu gehen und bei seiner Familie kein Sterbenswörtchen davon verlauten zu lassen. In all den zurückliegenden langen Tagen und Nächten im Kellerverlies eines Gebäudes, dessen Ortung ihm nicht gelungen war, hatte ihn weniger der Gedanke an seinen bevorstehenden Abtransport nach Spanien und an das ihn dort erwartende Schicksal fast um den Verstand gebracht als vielmehr das damit einhergehende Wissen, Isabella nie mehr wiederzusehen, für alle Zeit verloren zu haben. Der einstige Kleriker hatte völlig recht – die Gefahr eines erneuten Entführungsversuches, oder, wenn dieser mißlang, eines Attentats zu negieren, war vermessen. Er tat gut daran, sich vorzusehen, gut daran, auch Übergriffe auf Familienmitglieder, nicht zuletzt auf Isabella, ins Kalkül zu ziehen. Sich schüttelnd, kreuzte er die Arme vor der Brust und umfaßte seine Schultern, als fröstelte ihn. Von nun an waren alle, die ihm nahestanden, in höchstem Maß gefährdet, als Pfandsache, um seiner endgültig habhaft zu werden, in Cellamares Hände zu geraten. Folglich galt es, auch von seinem mit so viel Enthusiasmus angegangenen Plan, in Südfrankreich Land zu erwerben, um sich dort auf Dauer anzusiedeln, Abstand zu nehmen. Wirkliche Sicherheit fand sich nur bei Spaniens Todfeinden, im Vereinigten Königreich oder beim Kaiser. Seine Beute öffnete ihm alle Grenzen, machte ihn und die Seinen zu überall hofierten Immigranten, um deren Gunst die Einheimischen selbst höchster Ränge buhlen würden. Und nicht nur dies! Der Sorgen um die Sicherheit seiner Familie für immer los zu sein, würde ihn innerlich frei machen für Taten um die Sache Kataloniens, für den Kampf um die Befreiung des Vaterlandes! Er würde mit Magulantes reden. Der Mann war klug, verfügte über große Erfahrung und war um sein, Garcias Wohlbefinden bemüht wie kaum ein anderer. Garcia lächelte grimmig, aber nicht ohne Verständnis. Dreihunderttausend Livres waren eine Menge Geld. Dafür lohnte es sich, ein wenig nachzudenken, Pläne zu wälzen, Erkundigungen und Informationen einzuholen, die dem Spender nützten. Am dringlichsten freilich war es, dieser verdammten Stadt den Rücken zu kehren. Sie war weiß Gott kein Platz für ihn und die Seinen! Verächtlich schaute er über die Köpfe des vorüberflutenden Volkes hinweg auf die protzigen Säulenreihen des Palais Royal, dieser verkommenen Residenz des moralisch noch verwahrlosteren Regenten, der hinter diesen Mauern sein ausschweifendes Leben führte, mit sechs, sieben Weibern zugleich das Bett teilte, der Nacht für Nacht soff, bis er bewußtlos vom Stuhl kippte oder, nicht mehr seiner Sinne mächtig, von Lakaien fortgeschleppt wurde, dessen Gebaren nicht nur die Hofgesellschaft, sondern ganz Paris nachäffte! Nein, dies war nicht seine Welt, nicht die Welt von Menschen von Ehre! Der Gedanke, Isabella nach einem nicht zu verweigernden Empfang bei Hofe den Nachstellungen Philipps ausgeliefert zu sehen, ließ ihn schaudern und für einen Moment die Zähne blecken. Seine vor sich hindösenden Begleiter bemerkten es und warfen sich vielsagende Blicke zu. Sie fühlten sich in ihrer Meinung bestätigt – der Mann war, bei allem Ruhm und bei allem Geld, wirr im Kopf. Sie durften keinesfalls vergessen, ihre Beobachtung Magulantes zu berichten.

Der Wagen hielt vor dem Portal des von ihm für sündteures Geld angemieteten Palais an der Place Vendôme. Garcia sprang federnd aus dem Gefährt und sagte, während er die protzige Fassade des von John Law als Spekulationsobjekt errichteten Bauwerks empor blickte, zu seinen ihn mit verschlossenen Mienen beobachtenden Landsleuten:

»Gegen halbacht Uhr also. Bis dorthin ist es euch hoffentlich dunkel genug.« Spöttisch setzte er hinzu: »Um die Vorsicht auf die Spitze zu treiben, bin ich sogar willens, mich in ein schwarzes Cape zu hüllen.«

Die beiden ignorierten den Hohn, nickten mürrisch, gaben dem

Kutscher ein Zeichen; das Roß trabte an, und die hohen Räder der Kutsche rumpelten über das Kopfsteinpflaster des Platzes.

Garcias Blicke streiften noch immer die Frontseite des Palais. Irgendetwas störte ihn. Dann wußte er, was ihn irritierte – die Vorhänge aller Fenster waren zugezogen. Hatte man ihn bereits abgeschrieben? Unsinn. Nicht Isabella, nicht seine Schwester! Dennoch verspürte er einen Druck in der Magengegend, und sein Pulsschlag beschleunigte sich. Er kannte diese Zeichen seines Körpers. Sie gingen immer mit einer bösen Vorahnung einher. Der Ungewißheit ein Ende setzend, betätigte er den schweren, glänzenden Bronzegriff an der rechten Portalseite und schlug mehrere Male kräftig gegen das dicke Eichenholz der Türfüllung. Seine Bemühungen bewirkten lediglich, daß die Bauarbeiter, die auf dem Nachbargrundstück ein weiteres Law-Gebäude hochzogen, auf ihn aufmerksam wurden, amüsiert herüberblickten und sich in einem für ihn unverständlichen neapolitanischen Kauderwelsch Bemerkungen zuriefen, Schimpfworte mit eingeflochten, die die Übrigen mit schallendem Gelächter quittierten, das seine Stimmung nicht gerade verbesserte. Wütend setzte er seine Anstrengungen, gehört zu werden, mit einem Stakkato von Klopfschlägen fort und bediente sich am Ende sogar seiner Stiefelspitzen, um auf sich aufmerksam zu machen. Gleichzeitig wußte er, daß er ein unwürdiges, sinnloses Schauspiel bot. Aber sein sich steigernder Zorn bedurfte eines Ventils.

Plötzlich öffnete sich der eine Türflügel gerade so weit, daß Kopf und Oberkörper einer jungen Magd sichtbar wurden, die ihn aus großen, schreckgeweiteten Augen angaffte, als hätte sie ein Gespenst vor Augen. Unbeherrscht stieß er sie grob zur Seite, ging mit raschen Schritten an ihr vorbei und rief, in der Mitte der Halle verharrend und sich nach allen Seiten wendend, mit lauter Stimme:

»Was, verdammt nochmal, geht hier vor?«

Alles blieb still. Er wandte sich an die Magd, die zu Tode erschrocken einige Schritte zurückwich.

»Wo ist Madame, wo meine Schwester?«

Seine Stimme hallte dröhnend von den Wänden und der hohen Stuckdecke des nur wenig möblierten ovalen Raumes wider, in dem sich beidseitig breite, freitragende Treppen in eleganten Bögen zu der die erste Etage markierenden Empore hochschwangen.

Das versteinert auf seinem Platz verharrende Mädchen brachte keinen Ton hervor. Erneut herrschte er es an.

»Rede, Weib!«

Die Magd zuckte zusammen, als hätte sie der Schlag seiner Hand getroffen, und riß beide Hände, ihr Gesicht schützend, nach oben. Ihre Geste ernüchterte ihn. So ging es nicht. Die Kleine war sichtlich das ungeeignetste Geschöpf, seinen Ärger an ihr abzureagieren.

»Umberto!«

Er fuhr herum, starrte zur Empore hoch. Elvira stand dort. Ihr Gesicht war aschfahl, ihre harten, knochigen, abgearbeiteten Hände umklammerten den Umlauf des Emporengeländers. Dann kam Leben in sie. So schnell sie die Füße trugen, eilte sie den Treppenbogen hinunter, ihrem Bruder entgegen, blieb, unter Aufbietung aller Energie ihre Erregung niederringend, eine Armlänge vor ihm stehen. Nur ihre heftigen, keuchenden Atemzüge verrieten den Aufruhr ihrer Gefühle, die sein plötzliches Erscheinen verursachte. Die ihr auf den Lippen brennenden Fragen unterdrückend, wartete sie stumm, bis er sie anredete. Aus häßlich verzerrtem Mund flüsterte er heiser:

»Wo ist sie?«

Sie sagte es ihm. Verzichtete auf Umschweife, Entschuldigungen und Ausflüchte, ersparte sich Wertungen und Kommentare, beschränkte sich vielmehr auf die nüchterne Schilderung des Ablaufes der Ereignisse, die zu Isabellas Verschwinden geführt hatten, auf die harte, brutale Wahrheit, wie sie sie sah. Sie ließ nichts aus. Auch nicht jene Passagen des Geschehens, die ihr eigenes Fehlverhalten offenkundig werden ließen. Bis auf den Moment, als sie erstmals den Namen Florian Stoll hervorstieß, hörte er ihr schweigend zu, betrachtete sie aus zusammengekniffenen Augen, als wäre sie eine Fremde. In diesem Augenblick aber erblaßten seine schon seit seiner Ankunft fahlen Lippen bleifarben.

Florian Stoll! Er hatte es geahnt. Hatte es so sicher gewußt, daß sich ihre Wege noch einmal kreuzen würden, hatte es sogar ausgesprochen, damals in London, kurz ehe sie von Bord gingen. Nur im Zeitfaktor war ihm ein Irrtum unterlaufen. Damit, daß es so bald geschehen würde, hatte er nicht gerechnet. Es dauerte eine Weile, ehe er es registrierte, daß Elvira verstummt war. Seine abirrenden

Gedanken begannen sich auf ihre zuletzt geäußerten Worte zu konzentrieren. Bescheiden und still stand sie vor ihm und wartete mit niedergeschlagenen Augen auf sein sicher gleich erfolgendes Toben. Um diesem zuvorzukommen, raffte sie sich zu einem beschwichtigenden Hinweis auf.

»Ich tat, was ich für richtig hielt. Es mag falsch gewesen sein, sie aus dem Haus zu weisen, zusammen mit diesem Mann und dem Kind. Meine Empörung war zu groß, ließ mich jede Logik vergessen. Ich verkannte Zusammenhänge. Aber selbst jetzt, im Rückblick, bleibe ich dabei – ich hatte keine Wahl. Es ging um deine Interessen, um deine – und der Familie Ehre!« Stolz und wiedergewonnenes Selbstbewußtsein sprachen jetzt aus ihrer Stimme.

»Bestrafe mich, wenn du der Meinung bist, daß ich Strafe verdiente, o Bruder. Du bist der Herr. Aber überlege gut.« Dann verwandelte sich ihre Miene erneut. Ihr Anflug von Demut war nicht gespielt. Tausend Jahre alte Erziehungsmethoden und Traditionen ließen ihr keine Wahl. Sie wiederholte still: »Du bist der Herr.«

Umberto Garcia nickte. Ja, er war der Herr. Sie war stolz, entbehrte nicht der Würde, die der ältesten lebenden Garcia gut anstand, und verfügte über Selbstachtung. Seine gesamte Jugend über war sie ihm weniger »große Schwester«, sondern vielmehr Mutter gewesen, und nur zu oft war es geschehen, daß er sie, als Vier- und Fünfjähriger, »Mama« und nicht »Elvira« gerufen hatte, wenn ihm bang war und er Trost suchte. Sein veränderter Status, sein Reichtum, und – wenn sich seine Wünsche erfüllten, seine Ziele verwirklichten – seine zukünftige Macht hatte sie vom ersten Augenblick ihrer Ankunft in Paris begreifen lassen, daß nicht mehr der jüngste ihrer Brüder vor ihr stand, sondern der Herr, gleichrangig dem Vater, alle übrigen Anverwandten weit überragend. Wenn er sie bestrafte, war es sein Recht. Um so überraschter, ja verblüffter war sie, als sie ihn mit dem Ausdruck brüderlichen Einverständnisses sagen hörte:

»Alles, was du tatest, entsprach der Notwendigkeit. Es ist wie du sagst, eine Garcia konnte nicht anders handeln. Dennoch irrtest du. Isabella ist mein und bleibt mein. Ich liebe sie. Sie wird die Mutter meiner Söhne, Herrin meines Hauses. Finde dich damit ab und richte dich darauf ein. Ich werde sie zurückholen. Nicht morgen, nicht irgendwann, sondern jetzt; auf der Stelle. Und niemand und nichts wird mich zurückhalten. Am wenigsten Florian Stoll. Beide befinden sich noch immer in der venezianischen Gesandtschaft? Bist du dessen sicher?«

»Ja. Sie sind Gäste des Gesandten, eines Mannes namens Parsani. Ich wußte, daß du mich danach fragen würdest. Deine – Braut – nahm nichts mit, als sie mit diesem Stoll und dessen Tochter verschwand. Nur das, was sie auf dem Leib trug. Nicht einmal ihre Reisedokumente, ihre Bankbeglaubigungen aus London und dergleichen mehr. Einen Tag nach ihrem Auszug kam ein höherer Beamter der Gesandtschaft mit einer von ihr unterzeichneten Vollmacht und bat um Aushändigung aller auf einer Liste aufgeführten Dinge. Ich gab sie ihm, bestand aber darauf, daß er alles, was ihr gehörte, mitnahm. Also auch ihre Kleider, Hüte, Wäsche, ihre gesamte Habe eben. Nur ihren Schmuck hielt ich zurück. Ich war mir nicht sicher, ob es sich bei jedem der zum Teil sehr wertvollen Stücke wirklich um ihr Eigentum handelt. Bitte überprüfe die vorhandenen Pretiosen. Ich vertröstete den Diplomaten auf deine Rückkehr. Er war einverstanden. Billigst du mein Verhalten?«

»Nicht unbedingt.«

Mißbilligend schüttelte er den Kopf und nagte an seiner Unterlippe. »Tatsächlich gehörte alles ihr. Geschenke von Wert vor der Hochzeit wären unschicklich gewesen, wie du sicher begreifst. Nein, alles ist ihr Eigentum, ist Teil der ihr von der Mannschaft des Bucanierschiffes überlassenen Beute. Die Ringe, Ketten, Ohrringe und Spangen gehörten zur Ladung der Silberflotte. Das Zeug stammt aus Chatay und Indien und ist sehr wertvoll. Insbesondere die Ringe mit den Edelsteinen. Aber lassen wir das. Sie wird alles hier sicher verwahrt vorfinden, wenn ich sie zurückbringe und es von dir ausgehändigt erhalte. Und das wird noch heute geschehen, das verspreche ich dir.«

Der Weg von der Place Vendome zur venezianischen Gesandtschaft an der Rue St. Honoré betrug keine vierhundert Schritte. Dennoch bediente er sich eingedenk der dringenden Ermahnung Magulantes zweier Sänftenträger, die zusammen mit Zunftgenossen zu Füßen des Denkmals Ludwig XIV. auf Kundschaft warteten. Devot zogen beide ihre blauen Kappen; als sie, von Garcias angemietetem Diener herbeizitiert, die wackelige Tür ihres dunkelgrau lackierten Traggehäuses öffneten, um den Katalanen einsteigen zu lassen. Im Inneren der engen vier Wände roch es penetrant nach Kampfer. Garcia verzog die Nase, genehmigte sich eine Prise Schnupftabak und begann ein weiteres Mal damit, seine Lage zu überdenken. Isabella war – darüber machte er sich keine Illusion – freiwillig mit Stoll abgezogen. Sicher war ihr Verhalten nicht zuletzt von den andauernden Auseinandersetzungen mit seiner Schwester beeinflußt worden, die seit der Ankunft Elviras die Atmosphäre im Haus vergifteten und die ihn längst hätten zum Eingreifen veranlassen müssen, wie er sich jetzt eingestand. Daß die Situation immer mehr eskalierte, war mit seine Schuld. Er hatte die Zügel zu lange schleifen lassen und die Schwester nicht zur Ordnung gerufen. Erst jetzt, nach seiner Rückkehr, schien sie begriffen zu haben, daß er der Herr war, und Isabella, an seiner Seite, die zukünftige Herrin. Je eher Elvira dies akzeptierte, um so besser für alle Betroffenen. Bestimmt war sie grob geworden während seiner Abwesenheit, wie dies ihrer Art entsprach, hatte Isabella mit unüberlegten Worten verletzt, deren Temperament – ein kurzes, amüsiertes Lächeln ließ ihn die Lippen verziehen – ein Sichfügen kaum zuließ.

Schon nach einer kurzen Wegstrecke hatte sich seine Körperhaltung dem wiegenden Rhythmus der Trägerschritte angepaßt, wie es üblich war. Sein Kopf, Oberkörper sackten sachte vor und zurück. Nachdenklich beobachtete er die Sonnenkringel, die, den Bewegungen der Sänfte folgend, an deren Vorhängen auf und ab hüpften, während die Träger eine der Lindenalleen vor dem Palais Royal passierten. Plötzlich richtete er sich auf, zog seine Uhr aus der Westentasche, warf einen Blick aufs Zifferblatt und befahl den Trägern, anzuhalten. Beide kamen der Anordnung nach und stellten den Tragstuhl ab. Garcia fragte einen der beiden:

»Wie lange dauert das denn noch? Man sagte mir, die Entfernung bis zur venezianischen Gesandtschaft betrüge nur eine Viertelmeile.«

Die Antwort kam verärgert.

»Wir erreichten sie bereits. Wenn Euer Gnaden sich gütigst der Mühe unterziehen, nach links zu schauen – hinter der Umfriedung befindet sich der Park des Anwesens. Das helle Bauwerk jenseits des Rasens ist das Gesandtschaftspalais.«

Garcia richtete sich auf, blickte auf den die Straße säumenden Stake-
tenzaun, öffnete plötzlich weit die Augen, stieg aus, schritt bis zur
Parkumfriedung, stutzte erneut, drehte sich auf der Stelle um und
ging zu den Sänftenträgern zurück. Noch während er diese ent-
lohnte, vernahm er das Jauchzen eines Kindes und als Antwort darauf ein übermütiges, jugendlich klingendes Lachen einer Frau. Isabella! Sie mußte es sein. Also doch! Sein Gehör eben hatte ihn nicht
getrogen. Es war ihre Stimme. Er war sich dessen sicher, obwohl er
sie noch nie in dieser Weise hatte lachen hören. Im gleichen Augenblick drängte sich ihm die Frage auf: Hatte sie überhaupt jemals
herzhaft gelacht während der zurückliegenden, gemeinsam in Paris
verbrachten Wochen? Unmut ließ eine steile Falte zwischen seinen
Augenbrauen entstehen. Wie konnte sie sich zu einem solchen Lachen hinreißen lassen, sich ein solches Lachen erdreisten, im Wissen
um seine, Umberto de Garcias mißliche Lage und sein im fernen
Madrid zu erwartendes schreckliches Schicksal? Wie konnte sie sich
so vergessen?
Er trat dicht an die mit vergoldeten Spitzen versehenen, lanzenähn-
lichen Staketenstäbe heran, um den Park überblicken zu können. Ja,
dort war sie! Sie sah hinreißend aus in ihrem hellen, dünnen Musse-
linekleid mit dem engen Mieder und dem unversteiften, weit aus-
schwingenden, am Saum hochgesteckten Rock, der ihr ein, wie es
ihm schien, ungezügeltes, ja fast schamloses Laufen und Springen
über den Rasen ermöglichte, wobei ihre langen, dunklen Locken ihr
erhitztes, liebliches Gesicht in einer Weise umwehten, wie es wohl
einem Kind, keinesfalls aber einer Dame von Geblüt anstand. Wie
konnte sie sich so gehenlassen? Und dann dieses Lachen! Dieses
helle, perlende Lachen mit seinem kehlig ausklingenden Unterton,
der ihn erregte. Sein Ärger wuchs. Ein Schlafzimmerlachen! Lustbe-
tont, frivol, ganz und gar ungeziemend in der freien Natur, selbst in
der Begleitung eines Kindes! An was mochte sie denken? An wen?
Sicher nicht an ihn, von dem sie glauben mußte, daß er in diesem
Moment in einem finsteren Verlies weilte. Wenn es an der Zeit war,
würde er sich daran zurückerinnern und ihr nahebringen, wie sie
sich als eine Garcia in der Öffentlichkeit zu verhalten habe. In naher
Zukunft bliebe ihr gurrendes Lachen ausschließlich ihm vorbehalten. Dafür würde er Sorge tragen.

Jetzt warf sie beide Arme hoch, um den Ball zu fangen, den das Kind, sicher Stolls Tochter, ihr zuwarf. Ihr Gesicht strahlte vor Lebensfreude und unbeschwertem Frohsinn, ihr Mund mit den weichen, schön geschwungenen roten, nur leicht geschminkten Lippen war geöffnet und ließ ihre Zähne blitzen. Leicht wie eine Feder sprang sie hoch, warf den Ball zurück, während sich im Sprung ihr Oberkörper graziös nach hinten krümmte und sich ihre kleinen, der Mode entsprechend nur knapp von gefälteltem Musseline bedeckten Brüste im Rhythmus schneller Atemzüge hoben und senkten. Er verschlang sie förmlich mit seinen Blicken, dachte – das alles wird mein sein, nicht irgendwann, nicht erst nach der Hochzeit, sondern heute noch, in wenigen Stunden!

Jubelnd bemühte sich das Kind, den Ball mit beiden Händen zu fangen, griff aber daneben und rief:

»Nicht so heftig Mama, nicht so heftig! Du mußt höher werfen, damit der Ball einen weiten Bogen macht. So hoch du kannst! Er kommt dann langsamer und ist leichter zu fangen. O Mama, ich sagte es schon so oft.«

Die Kleine rief es in deutscher Sprache. Er verstand nur das zweimalige »Mama«. Es genügte ihm. Er knirschte mit den Zähnen. Es machte einen Unterschied, von dieser unglaublichen, absurden Äußerung des Kindes durch Elvira zu erfahren, oder sie, wie es eben geschehen war, mit eigenen Ohren zu vernehmen. Schluß, aus damit! Auf der Stelle mußte dem Unfug ein Ende bereitet werden! Tiefe Röte schoß ihm ins Gesicht. Isabella benahm sich schandbar! Wie konnte sie es gestatten, sich von Stolls Tochter »Mama« anreden zu lassen? Ohne zu überlegen, rannte er mit wenigen Schritten auf die kleine, für Fußgänger bestimmte Pforte neben dem hohen, zweiflügeligen Tor zu, dessen Breite den Durchlaß von Fuhrwerken erlaubte, riß sie ungestüm auf, lief Isabella entgegen, die, mit dem Kind beschäftigt, nicht bemerkte, was in ihrem Rücken geschah, und erst aufmerksam wurde, als sie Rebekkas in Schrecken erstarrten Gesichtsausdruck gewahr wurde. Aber da war er bereits bei ihr, riß die Überraschte herum, ergriff sie an beiden Armen und knirschte gepreßt:

»So haben wir nicht gewettet, meine Liebe, so nicht!« Ihre Fassungslosigkeit, ihre Bestürzung, brachten ihn zur Besinnung. Abrupt ließ

er sie los. Mit heiserer, vom schnellen Laufen noch ein wenig keuchender Stimme sagte er, Zerknirschung andeutend: »Tut mir leid. Verzeih meinen Überfall. Ich vergaß mich. Bitte, verzeih!«
Um seine Worte zu unterstreichen und seinen Auftritt zu entdramatisieren, trat er ostentativ einen Schritt zurück. Nach der Situation angemessen erscheinenden Worte suchend, begann er zögernd: »Man setzte mich, wie du siehst, in Freiheit. Warum, weiß ich nicht. Es wird sich klären und ist im Moment auch gleichgültig. Meine Schwester unterrichtete mich über deinen Aufenthaltsort. Ich bitte dich, mit mir zurückzukommen. Nun wird alles gut. Nie wieder werde ich dich einer derartigen Lage aussetzen. Mein Wort darauf. Wir werden Paris umgehend verlassen und uns in ein Land begeben, wo unsere Sicherheit garantiert werden kann. Du hast keinerlei Gefahr mehr zu befürchten, Teuerste, das schwöre ich.« Ihre verständnislosen Blicke absichtlich übersehend, meinte er: » Du brauchst dich nicht zu verabschieden. Ich werde alles Nötige veranlassen. Sag jetzt dem Kind adieu« – er deutete auf Rebekka, die ihn mit schreckgeweiteten Augen und offenem Mund sprachlos anstarrte, ohne sich bewegen zu können. Ungeduldig ergänzte er: »Los, mach schon! Sag ihr Lebewohl und dann laß uns gehen. Um zwei Ecken und du bist zu Hause.«
Ihre Miene spiegelte nicht Furcht, sondern nur fassungsloses Staunen. Immer ungeduldiger werdend drängte er:
»Bitte komm endlich. Auf diese Weise vermeiden wir einen Auftritt. Du kannst sicher sein, daß ich anschließend alles der Etikette und Schicklichkeit gemäß nicht nur regeln, sondern uns beide bei deinen Gastgebern – du hörst, ich spreche im Plural – entschuldigen werde. Das verspreche ich. Glaube mir, es ist am besten so.«
Während er auf sie einredete, gelang es ihr, sich zu entspannen. Von ungläubigem Staunen erfüllt und bemüht, ihre Erregung abklingen zu lassen, antwortete sie so gelassen sie es vermochte:
»Du verkennst die Situation, Umberto. Ich verließ dein Haus an der Seite des Mannes, den ich liebe und dessen Ehefrau ich werde. Es war mein Fehler, dies so spät, fast zu spät, erkannt zu haben. Ich werde nicht mit dir kommen, sondern bei Florian bleiben. Bei ihm, und seiner Tochter, meinem Kind. Du hörst richtig, mein Kind. So sehr das meine, daß es mir wenig Mühe bereitet, mir vorzustellen, Re-

bekka selbst zur Welt gebracht zu haben!« Ungerührt beobachtete
sie, wie sein Gesichtsausdruck nach und nach versteinerte und seine
Blicke sie zu durchbohren schienen. Ruhig fuhr sie fort: »Die Frage
nach deinem Befreier oder besser – nach deinem Lebensretter kann
ich beantworten.«
Er keuchte:
»Das interessiert mich nicht! Nicht jetzt! Lenke nicht ab! Du willst
mich allen Ernstes glauben machen, diesen leibeigenen Vagabunden
zu lieben? Ich kann dir einiges über ihn sagen, das dir neu sein
dürfte. Der Bastard gehört nicht einmal sich selbst. Nichts, gar nichts
gehört ihm, kein roter Heller, sondern alles seinem Herrn, irgend-
einem deutschen Landjunker. All das ist nüchterne Realität. Ich entlockte es einem von Cartouches Adjutanten. Nein, meine Liebe,
keine Ehe mit Florian Stoll!« Er lachte triumphierend. »So verrückt
bist du nicht! Er besitzt nichts, absolut nichts!«
Sie antwortete leise:
»Seinen Beuteanteil ist er los. Das ja. Und weißt du, weshalb?«
Ihre Augen funkelten, während sie weitersprach, ihr Gesicht dem
seinen sehr nahe. »Weil er sie dem Banditen für deine Freiheit, für
dein Leben aushändigte! Verblüfft? Das verstehe ich. Verblüfft, weil
er etwas tat, zu dem du nicht einmal fähig wärst, um dein Seelenheil
zu retten!« Nicht den Bruchteil einer Sekunde wich sie seinen Blik-
ken aus. »Du verdankst es Florian Stoll, wenn du in der Lage bist,
dich jetzt vor mir aufzuspielen. Normalerweise wärst du längst auf
dem Weg nach dem Süden. Florian kaufte dich frei, nachdem ihn
Cartouche überzeugte, dich an Cellamare ausliefern zu wollen, der
beabsichtigte, den Schurken fürstlich zu entlohnen. Und – nicht weil
ich ihn um deine Freiheit, um dein Leben bat, entschloß sich Florian, so zu handeln, sondern weil er selbst es so wollte.«
Garcias schrilles Gelächter ließ sie erstarren. Breitbeinig, die Hände
in die Hüften gestützt, sein ebenmäßiges, gutgeschnittenes Gesicht
auf ihre Augenhöhe bringend, stand er vor ihr und wiegte sich wie
ein Betrunkener hin und her. Endlich richtete er sich auf und nahm
wieder seine fast lässige Körperhaltung ein.
»Generös, fürwahr! Ein hoher Preis. Der höchste, von dem ich je
hörte. Eine stolze Kaufsumme für eine Frau, einer Königin würdig.
Er muß dich tatsächlich im Wortsinn ›um jeden Preis‹ besitzen

wollen. Und dennoch hat er Pech. Du, meine Liebe, bist unverkäuflich! Und legte er mir die Welt zu Füßen – du bist und bleibst mein, wie es der Priester formulieren wird, bis daß der Tod uns scheidet!« Wieder lachte er. »Die ganze Beute – du lieber Gott!« Sein Gelächter bekam erneut einen schrillen Ton. »Und am Ende ist er neben seinen Dublonen auch noch die heiß erhoffte Ware los! Ein Witz, eine Farce! Dieser arme, verrückte Narr! Glaube mir, vor solchen Leuten gilt es sich zu hüten. Sie sind unberechenbar. Aber jetzt genug davon. Komm, es wird Zeit. Ich will keinen Eklat. Laß uns verschwinden.«

Isabella konnte es nicht glauben: Seine Anmaßung, seine grenzenlose Überheblichkeit, die in diesem Augenblick jede Logik, jedes Begreifen der Wirklichkeit ausschlossen, erinnerten sie an das Verhalten ihres Vaters. Schon Rebekkas wegen, deren Angst und Erregung langsam abklangen, seit sie die Erwachsenen ruhig miteinander reden hörte und sich damit begnügte, Isabellas Hand mit festem Griff zu umklammern, um auf diese Weise anzudeuten, daß sie sich keinen Schritt fortbewegen würde, ehe dieser Mann den Park verließ, mußte sie ihn beruhigen, ihn ablenken und wenn nötig, sogar Versprechungen machen. Im Augenblick galt es, Zeit zu gewinnen. Zeit, bis vom Gesandtschaftsgebäude aus die Szene beobachtet wurde und Bediente oder einer der Diplomaten aufmerksam wurde und ihr zu Hilfe kam.

Garcia warf einen prüfenden Blick in ihr Gesicht, musterte das Kind und dessen trotzig zusammengepreßte Lippen. Wenn es Ärger verursachte oder Isabella sich gar zu einer Weigerung verstieg, ihm zu folgen, würde er es darauf ankommen lassen und sie mit Gewalt auf die Straße zerren. Selbst auf die Gefahr hin, ihr einen Schlag versetzen zu müssen, der ihr das Bewußtsein raubte. Fiacres gab es in dieser Gegend genug. Eine kranke Frau – ein Unwohlsein – dergleichen Reden und ein ansehnliches Trinkgeld wirkten Wunder.

Sie spürte, was in ihm vorging, ließ Rebekkas Hand los und rief, die Kleine fortstoßend:

»Lauf schnell, Rebekka! Lauf ins Haus, hole Hilfe!«

Das Kind sah sie verständnislos an. Es begriff kein Wort der in Spanisch gesprochenen Sätze. Isabella war verzweifelt. In diesem Augenblick fühlte sie sich erneut an den Armen ergriffen. Garcia

zog sie mit aller Kraft in Richtung der Pforte. Rebekka schrie auf.
Auch die junge Frau begann nun um Hilfe zu rufen. Sie stolperte,
wurde von Garcia hochgerissen und weiter über den Rasen gezerrt.
Ihre Schreie verstärkten sich. Auf der Terrasse des Palais wurde es
lebendig. Mehrere Männer stürzten gleichzeitig ins Freie, rannten
die Freitreppe herunter und näherten sich rasch. Garcia stand wie
gelähmt. Langsam sackten seine Arme nach unten. Dann waren die
Bediensteten über ihm, schlugen ihn, drehten ihm die Arme auf den
Rücken und zerrten ihn mit sich fort. Einer kümmerte sich um
Isabella und das Kind. In schnellem Italienisch redete er auf beide
ein, bis ihn Enrico Parsani zur Seite schob, seine Gäste liebevoll mit
den Armen umfing und leise sagte:
»Es ist vorbei! Und zu der jungen Frau:
»Es ist Garcia?«
Isabella nickte stumm. Er nahm das Kind und sie an der Hand und
schritt mit beiden über die Rasenfläche der Residenz entgegen. Kurz
vor der zur Terrasse führenden Freitreppe verhielt sie und sah zu
ihm auf.
»Was wird mit ihm geschehen?«
Enrico Parsani musterte sie ernst.
»Garcia drang in exterritoriales Gebiet ein in der Absicht, einen Gast
der Gesandtschaft zu entführen. Das ist ein Staatsverbrechen. Darauf
steht die Todesstrafe. Übrigens nicht nur in Frankreich, sondern in
allen mir bekannten Staaten. Es sei denn...«
»Es sei denn?«
Er zuckte die Schultern.
»Jemand legt für ihn ein gutes Wort ein. Oder entschließt sich zu
einer Falschaussage. Es liegt an Ihnen, Isabella. Sein weiteres Schicksal liegt jetzt tatsächlich in Ihren Händen. Sie riefen um Hilfe. In
spanischer Sprache zwar, aber dennoch unmißverständlich. Das Geschehene läßt sich nicht vertuschen. Hinter dem Zaun fanden sich
Passanten ein, die alles beobachteten. Da – »er wandte sich um und
machte mit dem Kopf eine richtungsweisende Bewegung. »Sehen
Sie selbst.« Isabella folgte der Aufforderung und blickte zurück. Ja,
dort standen mehrere Personen beiderlei Geschlechts am Zaun und
drückten ihre Köpfe an das Staketengitter. Sie ließ den Kopf hängen.
Enrico sagte: »Nun gut. Wenn Sie es so wollen. Ich werde mein

Möglichstes tun, um all zu großes Unheil von ihm abzuwenden. Aber ich muß d'Argenson unterrichten. Mir bleibt keine Wahl. Man wird Ihren stürmischen Verehrer abholen und in sein Ministerium bringen. Diesen Fall überläßt er nicht seinen Untergebenen. Da kenn' ich ihn zu gut. Mit ihm kann man reden. Möglich, daß er Garcia einfach über die Grenze abschieben läßt. Eine Grenze, die nicht unbedingt im Südwesten liegen muß, vielleicht in eines der deutschen Ländchen oder in Richtung Wien. Mit seinem Vermögen ist er überall willkommen, stehen ihm überall die Türen offen. Warten wir ab, wie der Minister darüber denkt und – entscheidet.«

Ihr Gesicht bekam wieder Farbe.

»Danke, Exzellenz. Danke«

»Nicht Exzellenz – Enrico klingt bedeutend besser. Wir sind doch Freunde? Nennen Sie mich Enrico!«

»Danke.« Sie zögerte einen Moment, errötete und vervollständigte: »Danke, Enrico.«

Noch immer hatte sich Florian nicht an den Geruch gewöhnen können, der ihm in die Nase stieg, sooft er ins Freie trat. Die Stadt stank unglaublich intensiv und ekelerregend. Es mochte die Sonne scheinen, regnen oder Schneeflocken vom Himmel wirbeln, mochten Nebelschwaden sich auf Türme, Mauern, Schornsteine, Häuser, Plätze und Straßen senken und sie einhüllen, bis nichts mehr blieb als graue, immer dichter werdende Schleier, die das Atmen erschwerten, oder sich ein lichter, blauer Himmel über das Häusermeer wölben, das sich Paris nannte – die Stadt roch zum Erbarmen. Florian hielt ein parfümiertes Seidentuch vor seine Mundpartie, während er lockeren Schrittes die krumme Rue St. Antoine hinabschritt, nachdem er eben das Hotel de Ville passiert hatte. Warum, fragte er sich, noch immer bass erstaunt über den Gleichmut der Pariser diesem Gestank gegenüber, ertrugen es die Menschen? Wie um alles in der Welt konnten sie diese ständige Beleidigung ihres Geruchssinns zulassen, der ihre Gaumen und Rachenhöhlen reizte, sooft sie sich vor die Türen der zumeist dunklen Verliese wagten, die sie Wohnungen nannten und die ihnen Heimat bedeuteten? Und vor allem – warum nahmen sie diese ständige Tortur selbst nach Feierabend auf sich, wo doch ein zauberhaftes Umland bereits eine halbe Meile vor dem Hotel de Ville, dem Rathaus, auf sie wartete, mit ländlich sanften Gerüchen, einer weichen, milden Luft und mit Winden aus dem Westen, die den Duft und die Frische des Meeres, des Atlantiks, mit sich führten oder zumindest die unendliche Weite des Ozeans ahnen ließen?

Es war warm geworden. Die Leute auf den Straßen hatten die Mäntel und Umhänge, Schals und Tücher zuhause gelassen. Manche der vor ihren Werkstätten im Freien arbeitenden Handwerker trugen nichts als die nackte Haut unter ihren, den Oberkörper bedeckenden Schürzen. Die jungen Mädchen aus dem Volk ließen sich von der fast sommerlichen Wärme dazu animieren, helle, luftige, kurzärmelige Kleidchen mit tiefen, den Damen des Hofes abgeguckten Ausschnitten zu tragen. Manch eine warf dem hochgewachsenen jungen Mann mit seinem exotisch gebräunten Gesicht und trotz seiner betont einfachen Kleidung einen abwägenden, wohlwollenden Blick zu, den Florian mit freundlichem Lächeln erwiderte. Statt der am Nachmittag und am frühen Abend in der Straßenmitte dominierenden Kutschen, Fiacres und anderen eleganten, der Personenbeförderung dienenden Fahrzeugen, nahmen um diese Stunde Transportgespanne, vom Markt kommende, entladene Bauernfuhrwerke und oft von Kindern geschobene, zweirädrige, teils mit schweren Lasten beladene Handkarren deren Plätze ein. Dazwischen kämpften sich Lastträger mit vollbepackten, vor die Brust und auf den Rücken geschnallten Holzgestellen mit ihrem traditionellen Ruf »Platz – Leute, Platz – Leute« rücksichtslos durch die Menge. Es war das erste Mal, daß Florian tagsüber, bei hellem Sonnenschein, einen Teil von Paris zu Gesicht bekam. Enrico hatte ihm empfohlen, sich an diesem Vormittag als schlicht gekleideter Passant unters Volk zu mischen, um per pedes an all den Weg säumenden berühmten Bauwerken vorbei bis zum Theatre Royal auf dem linken Seineufer an der Rue des Fosses Saint Germain zu gelangen. Freilich nicht, um dieses architektonische Wunderwerk des Baumeisters Onbay zu bewundern, mit seinen drei Logenreihen, seinen riesigen Kronleuchtern und Vestibülen, in denen die Theaterbesucher lustwandeln und Erfrischungen zu sich nehmen konnten. Sein Ziel war vielmehr das gegenüber dem Prachtbau gelegene, nicht minder berühmte Café Procope nahe der Straßenkreuzung Buci, einem zur Institution gewordenen Etablissement, in dem sich tagsüber Schriftsteller und Künstler ein Stelldichein gaben, die das Kaffeehaus als Nachrichtenbörse und Forum zur Verkündung neuer Ideen benutzten, während das von seinem Besitzer mit großem Luxus eingerichtete Lokal mit seinen zahllosen Spiegeln, üppigen Kronleuchtern und dicken Teppichen am Abend ausschließlich Theaterleuten und deren Publikum den als chic und passend empfundenen Rahmen bot.

Besonders hoch her ging es im »Procope« nach den vom Regenten höchstselbst im Opernhaus eingeführten »Opernbällen«, zu denen alle Gäste samt den zahllosen Dirnen, die neben den Damen der Hocharistokratie das Feld behaupteten, kostümiert erschienen und sich im Schutz der Maskenfreiheit buchstäblich alles erlaubten, was ihnen gerade einfiel. Nicht selten stürzte sich Philipp persönlich ins freizügige karnevalistische Treiben, wobei es manchmal für seine Begleitung nötig wurde, Seine Durchlaucht aus einem Handgemenge leidlich heil herauszuholen, wenn Frankreichs Herrscher einer Schönen all zu ungestüm auf den Leib rückte und es von deren Begleitern Schläge zu hageln begann.

Der Gründer und Eigentümer des »Procope«, hatte Enrico berichtet, war ein Sizilianer namens Francesco Procopio dei Coltelli, der durch das Feilbieten von heißem Kaffee im Marktgelände und auf den Straßen rasch zu Geld gekommen war und 1686 an der Rue des Fosses St. Germain drei Häuser kaufte, von denen das mittlere fast ein Jahrhundert von den Parisern als Badehaus und Bordell frequentiert worden war. Ausgerechnet in dessen Räumen installierte der geschäftstüchtige Sizilianer, der sich später zum unumstritten besten und größten Likörfabrikanten ganz Frankreichs mauserte, sein »Cafe Procope«.

»Du mußt es dir ansehen«, war Florian von Enrico geraten worden. »Es vermittelt dir zumindest eine Ahnung von jener Atmosphäre, der sich Paris rühmen kann und die ihm die Bezeichnung ›Weltstadt‹ einträgt, ein Terminus, der jetzt immer öfter zu hören ist. Selbst jener junge Procope-Stammgast mit Namen Francois-Marie Arouet verwendet ihn, der sich seit kurzem Voltaire nennt und dieser Tage des Verdachts wegen, ein gegen den Regenten gerichtetes Pamphlet verfaßt zu haben, zu einem Jahr Haft in der Bastille verurteilt wurde. Tatsächlich aber weiß jedermann, daß nicht dieser Vierundzwanzig-

jährige, sondern ein ganz anderer, sehr bekannter Autor die Schmäh-
schrift auf dem Gewissen hat. Aber wie auch immer, mach einen
Besuch im Procope, und du spürst wenigstens einen Hauch dessen,
was sich derzeit in Paris tut. Zu gerne hätte ich Isabella und dich in
einen jener jetzt so modern gewordenen Salons eingeführt, die da
und dort in der Stadt Furore machen. Aber dazu reicht die Zeit eures
Aufenthaltes nicht. Eingerichtet wurden und werden sie zumeist von
gebildeten, sehr belesenen und brillanten Frauen, die es verstehen,
die klügsten Köpfe von Paris in ihren Häusern oder Wohnungen um
sich zu versammeln. Bei ihnen zählen nicht Name, Rang und Stand
ihrer Gäste, noch weniger deren Besitz oder Geld, sondern ausschließlich Esprit, Intelligenz, Schlagfertigkeit, die Fähigkeit, bril-
lant formulierte neue Ideen zu verkünden, eben Originalität und –
nach Möglichkeit – Charme. Kartenspiele sind in diesen Salons
ebenso verpönt wie alle Arten von ›Palais-Royal-Assoziationen‹,
wenn du verstehst, was ich damit andeuten will.«
Florian bedauerte in der Tat, weder die besonders berühmten Salons
der Damen de Tencin und de Deffaud oder gar jenen der Marquise
de Lambert kennenlernen zu können, die jeden Mittwoch im dem
Herzog von Nevers gehörenden Palais Mazarin empfing, noch einen
der anderen, interessanten privaten Treffpunkte, wo sich, wie Enrico
versicherte, die geistvollsten Autoren, Künstler und Politiker versammelten, Reden funkensprühend auf Gegenreden prallten, wo es
wie im Theater Beifall gab oder Protestrufe und dennoch nie die
Grenzen des guten Geschmacks, noch Anstand und Sitte verletzt
wurden. Welch ein Kontrast zur Atmosphäre in Habana und Kingston, zum provinziellen Augsburg und selbst zu London, von dem er
zwar viel zu wenig zu sehen bekommen hatte, um sich ein persönliches Urteil zu erlauben, wohl aber den Informationen von Tiepolts
dortigen Statthaltern vertrauen durfte, die ihm die Stadt, was deren
kulturelles Leben betraf, in wenig verlockenden Farben schilderten.
Sogar Venedig konnte hier nicht mithalten, hatte Enrico betont, als
er ihn auf den Weg schickte.
»Frauen wie die Tencin, die Lambert hätten selbst in der Serenissima
keine Chance, sich derart zu entfallen.«
Florian glaubte ihm. Unwillkürlich mußte er an Tina Parsani denken. Enricos Schwester hätte hierher gepaßt. Hier würde sie aufblü-

hen, sie selbst sein dürfen, befähigt zu den unglaublichsten Dingen. Sicher avancierte sie in Paris innerhalb kürzester Frist zum Mittelpunkt einer illustren, durch Witz, Geist und Einfallsreichtum sich auszeichnenden Gesellschaft oder machte gar als Autorin von Rang von sich reden. Bestimmt käme sie hier ihrer Vorstellung von »Glück« näher als an der Seite Brabantes, in einer im Endeffekt doch sehr konventionellen Ehe. Aus den Briefen ihres Bruders wußte sie bestimmt von den vielen Vorzügen der Stadt. Wenn sie trotzdem in Venedig blieb, konnte dies nur bedeuten, daß ihr mehr an Brabante lag, als sie es in ihrem Schreiben hatte eingestehen mögen. Er lächelte vor sich hin. Frauen! Er würde nie klug aus ihnen werden, nie ergründen, was in ihren Köpfen vorging. Wie auch immer – in dieser Stadt an der Seine kündigte sich eine neue Welt, kündigte sich ein neues Zeitalter an. So viel hatte er begriffen. Für einen Moment bedauerte er es, bei diesen Anfängen einer Epoche nicht mit dabei sein zu dürfen, nicht Zeuge werden zu können. Er mußte sich vielmehr – aus seinem Lächeln wurde ein Grinsen – mit dem Besuch von zwei Kaffeehäusern begnügen, um wenigstens ein Zipfelchen dieses »Neuen« zu erhaschen.

Ehe er in den Faubourg St. Germain links der Seine wechselte, machte er noch einen Abstecher zur Place Vendome. Allerdings nicht, um das Denkmal des Sonnenkönigs zu bewundern oder gar Umberto de Garcias pompöses Pariser Domizil eines Blicks zu würdigen. Vielmehr folgte er einem Hinweis Enricos, diesen von seinem Gestalter mit dem Ziel konzipierten Platz, in seiner Geschlossenheit den Eindruck von Reichtum und Macht zu vermitteln, sich, von Palais zu Palais flanierend, kritisch und mit Bedacht anzusehen. Am Ende hatte der Freund lachend und gleichzeitig bewundernd gerufen:
»Einer von Laws Geniestreichen! Wie du weißt, gehört ihm im weiten Rund der gesamte Grund und Boden. Einen Nachteil hat das Ganze trotz seiner hervorragenden Lage dennoch: Um die angestrebte architektonische Gesamtimpression in voller Harmonie zu erhalten, erteilt die Stadt Paris dort nur Baugenehmigungen, wenn sich die Fassaden der geplanten Baulichkeiten exakt an vorbestimmte Gestaltungskriterien orientieren. Und nun betrachte es dir

aus der Nähe, auf welche Weise der abgefeimte Schotte das Problem löste!«

Eines war nicht zu leugnen – die Place Vendome entbehrte jeder Fröhlichkeit. Zumindest hatte Florian bei seinem kurzen Blick auf den Platz während seines Wartens, im Haus Garcias Einlaß zu finden, diesen Eindruck gewonnen. Enrico wiederum hatte es so formuliert:

»Der Komplex wirkt wie eine Aneinanderreihung von öffentlichen Bauten, erinnert an eine Anhäufung von Ministerien und dergleichen, und keinesfalls an die vornehmste Pariser Wohngegend mit jenen ›Hotels‹ genannten Stadtwohnungen der zum Teil noch in Versailles ansässigen Aristokratie«. Zudem verbarg die Anlage keineswegs, daß es sich um ein dreistes Spekulationsobjekt handelte, dessen Erfolgsträchtigkeit bereits offenkundig wurde. So hatte sich jüngst Frankreichs Kanzler d'Agnessau zu einem Ankauf entschlossen; neben ihm residierte die berüchtigte Gräfin Panabère, eine schöne junge Witwe, die in dem Ruf stand, den Regenten zu besonders üblen Ausschweifungen zu ermuntern. Andere Palais gehörten reichen Juden, wie Moise Fontanieu, Isaak Pereira, Ephraim Reich und anderen, im Geldgschäft tätigen Herren.

Mit diesem Vorwissen versehen näherte sich Florian, beeindruckt von den breiten, bis zu vier Etagen hohen, den respektablen Platz säumenden Häuserfronten. Je dichter er freilich heranrückte, um so mehr begann er daran zu zweifeln, seinen Augen trauen zu dürfen. Seine Irritation wuchs mit jedem Schritt. Dann wurde aus seinem Verdacht Gewißheit: Was sich ihm von weitem als locker nebeneinander placierte, im modernen, repräsentativen Regence-Stil errichtete Palais offenbart hatte, mit Auffahrten und Portalen, Säulen und ausladenden Fensterreihen, entpuppte sich aus der Nähe in fast der Hälfte aller Fälle als ungeheuer geschickt mit Fenster- und Säulenfronten, Skulpturen und Goldbeschlägen kunstvoll bemalte, einfache, auf der Rückseite durch schräggesetztes Gebälk abgestützte Mauerwerke! Fassaden, die gleich Theaterkulissen die hinter ihnen liegenden Rasenstücke, offenen Baugruben oder im besten Fall meist zweistöckigen Wohnbauten verbargen, architektonisch gestaltet, wie es die Geldbeutel, Ansprüche und Geschmäcker ihrer derzeitigen Besitzer erzwangen, forderten oder zuließen. Florian blieb vor einer dieser Fassaden stehen, klopfte mit der Faust gegen eines der aus der Ferne wie aus edelstem Holz zusammengefügt scheinenden Portale, lauschte dem hohlen Klang seines Bemühens nach und begann kopfschüttelnd zu schmunzeln. Welch ein Einfall, welch ein Mann! Was für eine Stadt! Sicher stieg der Preis des Bodens in Bälde um das Zehn- oder Zwanzigfache und die als Spekulanten zugezogenen, hinter den prächtigen Fassaden hausenden Erstkäufer konnten mit Vermögenszuwachs rechnen, der es ihnen erlaubte, sich in einer weniger vornehmen Umgebung in naher Zukunft durchaus luxuriöse Domizile hinzustellen. Law, der Volksbeglücker! Bei Gott – was für ein Kerl, dieser Schotte!

Noch immer erheitert, erreichte er eine Viertelstunde danach das vielgerühmte Kaffeehaus Procope.

Das erste, was ihm auffiel, als er die Buci-Ecke passierte und sein Ziel ins Blickfeld bekam, war der in voller Breite der Fassade über der unteren Fensterreihe in feuerroter Farbe auf dem dunkelgrauen Grund des Bauwerks in männerarmlangen Buchstaben aufgetragene Schriftzug »Cafe Procope«. Tatsächlich hätte es dieser monströsen Orientierungshilfe kaum bedurft, um selbst völlig Fremden zu signalisieren, wo sie sich befanden, welche Umgebung und welche Art von Gästen sie im Innern des Etablissements zu erwarten hatten. Im Gegensatz zur schreiend-plebejischen Aufschrift wirkten die fast bis zur Straßenmitte Platz beanspruchenden Tische und Stühle in ihrer eleganten, grazilen Form und ihrem mit goldfarbenen Arabesken verzierten Elfenbeinton so verspielt gediegen, daß sie jedem Salon zur Zierde gereicht hätten. Von einem »Gatter«, jenem in Venedig durch Barrieren separierten, ausschließlich dem Adel vorbehaltenen Geviert, war nichts zu sehen. Ein Umstand, der Florian das »Procope« sofort sympathisch machte. Alle Stühle waren mit zumeist jungen Männern besetzt, deren in gedeckten Farben gehaltenen Jacken und Mützen sie in ihrer Mehrzahl als Studenten auswiesen, die während einer Vorlesungspause ein zweites Frühstück verdrückten. Als bunte Farbtupfer behaupteten sich da und dort auch ein paar Mädchen und junge Frauen, die in ein gesellschaftliches Schema einzuordnen Florian schwerfiel. Interessiert ließ er seine Blicke über den Freiluftbereich des Procope schweifen, registrierte belustigt, daß die auf der Straße in unmittelbarer Nähe der Tischreihen liegenden, zahllosen Haufen von Pferdeäpfeln keinen der Gäste zu stören schienen, bis er plötzlich befremdet die Augen zusammenkniff. Das war doch nicht möglich! Jenseits der Straße, halb verdeckt von einer eleganten Equipage, aus deren Fenster sich eine übertrieben geschminkte Dirne des Palais Royal beugte, um sich von einem der Kellner des Procope eine Tasse dampfenden Kaffees reichen zu lassen, wie dies in jüngster Zeit üblich geworden war, standen die beiden Jungen von vorhin und äugten mehrmals zu ihm herüber, während der größere auf einen schweifwedelnden Hund einredete, der ihn immer wieder verspielt ansprang, und der kleinere die Flanke des Equipagengauls streichelte.

Florian schüttelte, über sich selbst amüsiert, den Kopf. Ein Zufall. Ein unglaublicher, absonderlicher Zufall, aber eben nur dies. Verrückt die Annahme, von den Kindern die gesamte Wegstrecke verfolgt worden zu sein. Eine Wahnvorstellung der dauernden Ermahnungen Enricos, vorsichtig zu sein und auf jede Absonderlichkeit zu achten. Ohne dem Grund seiner Irritation auf den Grund zu gehen, passierte er den unauffälligen, schlichten Lokaleingang und stellte überrascht fest, daß ihm ein weitaus geringerer Lärm entgegenschlug, als er ihn nach dem Anblick der im Freien sitzenden, ausgelassen lachenden oder lautstark und temperamentvoll debattierenden jungen Leute erwartet hatte. Des Rätsels Lösung offenbarte sich schnell. Das »Procope« setzte sich aus mehreren hohen, durch breite Durchlässe voneinander getrennten Räumen zusammen, deren separierende Zwischenwände jedem der so entstandenen Kabinette eine gewisse Intimität verliehen ud gleichzeitig schalldämpfend wirkten. Die türlosen Durchlässe wiederum ließen andererseits den Eindruck einer überschaubaren Lokaleinheit entstehen. Diesen Effekt unterstrichen zusätzlich an den Wänden in raffiniert aufeinander abgestimmten Schrägstellungen angebrachte hohe Spiegel, die den Gästen von verschiedenen Plätzen und Standorten aus eine Art »Um die Ecke blicken« erlaubten. Eine optische Spielerei, die sich großer Beliebtheit erfreute und insbesondere von auswärtigen Besuchern bestaunt und bewundert wurde.

Mit etwas Glück gelang es Florian, den eben von einer weiblichen Person unbestimmten Alters freigegebenen Stuhl an einem Tisch nahe dem Durchgang zum nächsten Kabinett zu erobern. Als Nachbarn bekam er zwei junge Männer, die sich in ihren dunklen, ein wenig uniformen Kleidern samt den zur Zeit in ihren Kreisen üblichen karierten Halstüchern als Studenten auswiesen, sowie einen gesetzt wirkenden, seine Umgebung mit Verachtung strafenden, rotgesichtigen, in die Lektüre des »Mercure de France« vertieften Endvierziger, den Florian als dem Kaufmannsstand zugehörig taxierte. Im Gegensatz zu den Studenten, die seinen Gruß höflich erwiderten, nahm der Ältere keinerlei Notiz von ihm. Die jungen Männer, beide um die Zwanzig, setzten ihr Gespräch über einen Mann namens Arouet fort, von dem sie offensichtlich viel hielten. Der breitere, kräftigere der beiden, mit einem runden, glatten Burschengesicht, das noch keinerlei Bartspuren erkennen ließ, sparte nicht mit harscher Kritik am Staat, der diesem Arouet anscheinend übel mitgespielt hatte. Sein Begleiter, kleiner, schlanker, zierlicher, mit auffallend dunklen, klugen Augen unter einer gutproportionierten Stirn bemühte sich vergeblich, ihn zu beruhigen. Unbeirrt fuhr der andere fort:

»Ist doch wahr! Jedermann weiß, daß das Machwerk nicht von ihm verfaßt wurde. Jedermann! Es ist eine Schande.« Sein Blick streifte Florian. »Oder finden Sie es in Ordnung, was man mit ihm anstellte? Ein Jahr! Ein volles Jahr! Es stinkt zum Himmel!«

»Bitte, Frederic!« Sein Kamerad legte ihm besänftigend die Hand auf den Unterarm. Florian winkte ab.

»Lassen Sie nur. Tut mir leid, passen zu müssen. Der Name Arouet sagt mir nichts.« Beide rissen die Augen auf. Selbst der Rotgesichtige hob für einen Moment den Kopf, musterte ihn kurz von der Seite, ehe er sich erneut ans Lesen machte.

»Sie müssen fremd sein in Paris.« Es war keine Frage, sondern eine Feststellung. Der Zierliche maß Florian interessiert. Sein Freund ergänzte wütend: »Jeder in der Stadt, dessen Interessen sich nicht ausschließlich aufs Fressen, Saufen und Huren beschränken, kennt Arouet. Noch vor sechs Wochen saß er fast tagtäglich hier auf diesem Platz, Monsieur«, er deutete auf Florians Stuhl, »trank seinen Orangenlikör und formulierte unerhörte Gedanken! Und jetzt steckten sie ihn in die Bastille. Für zwölf Monate!«

»Weshalb?«

»Weil er angeblich ein Pamphlet gegen den Regenten und das Trei-

ben des Hofes im Palais Royal verfaßte, gespickt mit haarsträuben-
den Details.«
»Sie sagten – angeblich?«
»Eben! Er war es nicht! Es ist nicht sein Stil, nicht seine Sprache. Viel
zu plump, zu obszön, zu undelikat formuliert. Arouet trifft geistvoll,
pointiert, mit Witz. Zweifellos ein Zyniker, aber begnadet. Er nennt
sich übrigens in seinen jüngsten Schriften ›Voltaire‹. Irgendeine Art
Anagramm seines Namens, wird behauptet. Wahrscheinlich bin ich
zu dumm, es zu entziffern. Egal – ich gab Ihnen diesen Hinweis,
damit Sie sich später erinnern, wenn Sie auf den Namen stoßen, von
dem Sie erstmals im ›Procope‹ hörten. Francois-Marie Voltaire. Sie
sollten ihn sich merken.«
»Und wer verfaßte das Pamphlet wirklich? Gibt es Vermutungen?«
Der Schlanke hatte sich als Louis Pinay und seinen Freund als Frederic Marais vorgestellt. Jetzt erwiderte er:
»Man spricht vage von einem ›sehr bekannten Stückeschreiber‹
Namen werden nicht genannt. Wie ich hörte, scheint man sich inzwischen auch bei Hofe darüber einig zu sein, das Arouet – oder
bleiben wir besser bei ›Voltaire‹ – zu Unrecht verurteilt wurde.
Doch wer schert sich schon um einen vierundzwanzigjährigen Poe-
ten? Hauptsache, Seiner Durchlaucht konnte ein Schuldiger präsen-
tiert werden. Es liegt viel im argen in Frankreich, Monsieur. Sie sind
Ausländer?«
»Ja. Ich komme aus Westindien.«
»Oh – Westindien! Brite oder Spanier? Verzeihen Sie die Neu-
gierde. Aber man hat selbst im Procope nicht all zu oft das Vergnü-
gen, Männer zu treffen, die den Atlantik überquerten.«
Florian erwiderte locker:
»Ich bitte Sie! Nein, ich bin weder Brite noch Spanier, kam vielmehr
in Baiern zur Welt.«
Pinay lachte.
»Ein Baier aus der Karibik! Ein Umstand, der Ihre Exotik gewisser-
maßen verdoppelt!«
Sein Freund fragte:
»Sie sind zum ersten Mal in Paris?«
»Nicht nur in Paris. Ich war vorher noch nie in Frankreich.«
»Seien Sie deshalb nicht all zu betrübt. Sie versäumten wenig. Die

Stadt – nun gut. Paris ist fraglos der beste Fleck im Land. Die Provinz hingegen – ein Jammer! In den letzten zweihundert Jahren veränderte sich nichts, absolut nichts! Weder an den Sitten noch an den Zuständen. Die Landarbeiter und Taglöhner leben genau so ärmlich und ohne Menschenwürde wie eh und je, auch wenn – zugegeben – Hungersnöte seltener wurden.« Er schwieg einen Moment und verzog seinen Mund zu einer Grimasse, die offenließ, was er damit ausdrücken wollte. »Ich korrigiere mich. Es geschah doch etwas. Die Hälfte des Adels verarmte während der letzten beiden Jahrzehnte. Fragen Sie nicht nach den Gründen. Eine Antwort wäre zeitraubend. Jedenfalls gingen zahllose Landsitze und Schlösser in den Besitz von Pariser Spekulanten über, die jetzt dort während der Sommermonate ›Aristokratie‹ spielen.«

Sein Freund schüttelte mißbilligend den Kopf. Marais machte eine ungeduldige Handbewegung.

»Stimmt es etwa nicht?« Als eine Antwort unterblieb, fuhr er scheinbar besänftigt fort: »Hier in Paris aber tut sich etwas. Neues bereitet sich vor. Zumindest wir Jungen sind uns dessen sicher.«

»Sie sprechen von Ihresgleichen – von Studenten?«

»Natürlich. In den Köpfen der Ungebildeten bleibt nichts als schwärzeste Finsternis.«

»Vorerst noch!«, warf Pinay ein.

Der andere winkte ab.

»Deinen Optimismus möchte ich haben!« Begütigend ergänzte er: »Na schön, wenn du darauf bestehst – ›vorerst‹! Dieses ›Vorerst‹ kann freilich noch lange währen, wenn nichts unternommen wird. So lange es den Priestern, insbesondere den Jesuiten gestattet wird, den Unwissenden die Hirne mit Phrasen zu vernebeln, bleibt alles beim Alten. Philipp ist schlau. Er weiß, daß wohlgenährte Priester gute Lakaien sind und sorgt dafür, daß es den geistlichen Herren an nichts fehlt. In Frankreich, Monsieur« – er blickte Florian starr in die Augen – »in Frankreich, müssen Sie wissen, steuert noch immer der Adel mit Blut und die Geistlichkeit mit Gebeten. Bleibt zum Auspressen nur das Volk, dem die Kirchenmänner mit Verve einreden, daß eben dies Gott wohlgefällig sei! In Paris allerdings äußern sie sich in jüngster Zeit ein wenig subtiler. Sie spüren, daß die Leute in der Stadt es in ihrer überwiegenden Mehrzahl leid sind, verdummt zu werden. Das Wort ›Gedankenfreiheit‹ geht um. Von Abschaffung der Zensur ist die Rede und dergleichen mehr.«

»Ein bißchen viel auf einmal. Warum nicht gleich die Aufhebung der Monarchie? Ihre Worte bestärken mich darin, Paris als Hort der Freiheit zu erkennen. Allein daß Sie es wagen, Ihre Meinung an einem Kaffeehaustisch vor Fremden zu verkünden, spricht für das geistige Klima und die Atmosphäre in der Metropole.

»Der Schein trügt, Monsieur.« Die Besorgnis und Verärgerung in Pinays Stimme war unüberhörbar. »Mein Freund täte gut daran, seine Zunge im Zaum zu halten. Seine Chancen, sich in Bälde als Voltaires Nachbar in der Bastille wiederzufinden, steigen von Tag zu Tag.« Er erhob sich. »Ich denke, es ist an der Zeit zu gehen, Frederic. Verlassen wir die gastliche Stätte, ehe du dich in Rage und um Kopf und Kragen redest. Zudem schätzen es die Professoren wenig, in ihren Vorträgen durch Zuspätkommende unterbrochen zu werden.« Der Angesprochene zögerte, stand dann aber ebenfalls auf, musterte mißtrauisch-verächtlich den Mann mit der Zeitung, der ihm freilich keinerlei Beachtung schenkte. Sich an Florian wendend meinte er bedauernd:

»Tut mir leid, Monsieur. Wir würden uns gerne länger mit Ihnen unterhalten. Bedauerlicherweise müssen wir tatsächlich in den Hörsaal zurück. Vielleicht ein andermal.«

Beide verbeugten sich und verschwanden zur Straße hin. Nachdenklich verfolgte er ihren Abgang. Reden dieser Art in einem Lokal waren ihm fremd. Nirgendwo sonst auf der Welt, dachte er, würden Untertanen das Wagnis eingehen, sich in dieser Weise an einem öffentlichen Ort vor Unbekannten zu äußern. Er nippte an seinem Likör, den der Procope-Wirt, wie ihm der Kellner während des Servierens versicherte, selbst herstellte, und war vom köstlichen Geschmack des starken Getränks entzückt. Erst jetzt fiel sein Blick auf ein bürgerlich gekleidetes Paar, das sich rasch näherte, um die beiden frei gewordenen Stühle am Tisch in Beschlag zu nehmen, ehe sich andere Neuankömmlinge der Sitzgelegenheit bemächtigten.

»Sie erlauben?«

Florian machte eine einladende Geste, und der Mann schickte sich an, seiner Begleiterin den Stuhl zurechtzurücken. Sie machte eine resolute Körperdrehung und streifte dabei mit ihrem weitausladenden, durch ein Fischbeingestänge versteiften, in Tulpenform gehaltenen Rock die Zeitung des stummen Händlers so heftig, daß sie dessen Fingern entglitt und zu Boden fiel.

Ohne eine Miene zu verziehen oder gar über den Vorfall ein Wort zu verlieren, ließ sie sich affektiert nieder und reagierte empört, als der seiner Lektüre Beraubte wütend protestierte, einige Sou auf die Tischplatte warf, die zu seinen Füßen liegende Zeitung mit der Schuhspitze zurückstieß und sich zornig entfernte. Nun ging alles unglaublich schnell und mit einer Präzision vonstatten, die dem Überraschten keine Chance ließ, sein Verhalten abzuwägen und angemessen zu reagieren. Diese Idee kam ihm freilich erst, als es kaum noch etwas zu ändern oder zu retten gab. Als erstes stieg ihm eine Wolke intensiven Alkoholgeruchs in die Nase. Gleichzeitig verspürte er Nässe an seinen Beinkleidern und an seinen einfachen Baumwollstrümpfen, die er am Morgen zu seinem betont schlichten Anzug gewählt hatte. Sekundenbruchteile später ließ ihn das schrille Kreischen seiner ihm gegenübersitzenden Tischnachbarin aufblikken. Die Frau sprang so ungestüm hoch, daß ihr Stuhl nach hinten umfiel, preßte dabei beide Hände in Höhe des Unterleibs schützend gegen den Stoff ihres Rockes, stellte endlich ihr Kreischen ein und ersetzte es durch ein nicht minder lautes, gellendes:

»Er berührte mich! Unter dem Kleid. Mit seinem Fuß! Der Strolch drückte mir seine Schuhspitze zwischen die Beine! Hierher – an dieser Stelle!«

Sie begann sich umzuwenden und blickte mit gutgespielter, fassungsloser Empörung in die Gesichter der im ganzen Kaffeehaus aufmerksam gewordenen Gäste, die jetzt auch von den benachbarten Räumen hereindrängten, sich an den beiden Einlässen stauten, während weitere Leute hinter ihnen nachschoben und sich neugierig umsahen. Die Ruferin wies in der Pose der zutiefst Beleidigten und Entwürdigten mit ausgestrecktem Zeigefinger auf den sich langsam von seinem Stuhl erhebenden, nach Schnaps stinkenden Florian, der, von der Menge vehement niedergeschrien, vergeblich zu protestieren versuchte. Sein Bemühen, wenigstens den Begleiter der Rasenden von seiner Schuldlosigkeit zu überzeugen, unterbrach ein heftiger Schlag, der seine Unterlippe platzen ließ, sowie ein noch kräftiger geschlagener Haken gegen seine Kinnspitze, der ihm den Kopf in den Nacken und seine Beine vom Boden riß. Er kippte nach hinten, prallte mit dem Rücken auf die Tischplatte und das darauf befindliche, noch nicht abgeräumte Geschirr und verlor für mehrere Sekunden das Bewußtsein. Von kräftigen Fäusten hochgerissen, mit Blutgeschmack im Mund und von Alkoholdünsten umgeben, als wäre er eben einem Faß mit Fusel entstiegen, befand er sich kurz danach wieder auf den Beinen, der Nachwirkung der eingesteckten Schläge wegen freilich reichlich unsicher und schwankend. Jemand drückte ihn auf einen Stuhl. Betroffen sah er an sich herunter. Seine hellen Kniehosen verunreinigten im Schritt und oberhalb der Knie dunkle, feuchte Flecken. Der Begleiter der Frau deutete darauf und rief pathetisch:

»Welch ein Schweinekerl! Und dieses stinkende Nichts wagte es, Madame auf schandbarste Art zu berühren! Ein unglaublicher Skandal. Dies im Procope, das sogar unser allerdurchlauchtigster Regent beehrt! Diese Kreatur gehört umgehend hinter Schloß und Riegel!«

Aus der sich um den Tisch gebildeten Menschentraube wurden zustimmende Rufe laut. Florian fühlte sich hochgerissen und zu Boden gestoßen. Dabei kam er auf den Bauch zu liegen. Irgendwelche Kerle verschnürten ihm die Hände auf dem Rücken. Ein Sichwehren war zwecklos. Fußtritte trafen seinen Hinterkopf, Rücken und Gesäß. Dennoch wich plötzlich seine Benommenheit, konnte er wieder klar denken und sich augenblicklich alles zusammenreimen. Eine gut inszenierte Auftragsarbeit, dachte er wütend. Beginnend mit den die Gesandtschaft wahrscheinlich seit Tagen beobachtenden, auf sein Erscheinen wartenden und ihn bis hierher verfolgenden beiden Knaben, von denen der kleinere seine weitere Anwesenheit im Procope zu überwachen hatte, während der größere Bruder ihre Auftraggeber verständigte, die dann das von ihnen engagierte Pärchen losschickten, wobei »Madame« die Rolle der »unsittlich Belästigten« übernahm und ihr Galan ihn kurz vorher, wie geschehen, mit einem Flakon Fusel zu begießen hatte, um einen hohen Betrunkenheitsgrad vorzutäuschen. Ein Trick der schon zweitausend Jahre früher in der Literatur des klassischen Griechenlands beschrieben wurde! Wie alles weiterging, war abzusehen. Aber wozu das Ganze und vor allem – von wem in Szene gesetzt? Keinesfalls handelte es sich um Cellamares Werk. Der hohe Diplomat würde den Teufel tun, ihn der französischen Polizei in die Hände zu spielen! Ganz zu schweigen von Cartouche.

Mit einem Mal lichtete sich der Nebel in seinem Hirn, wurde alles sonnenklar. Schmerzten ihn nicht sämtliche Körperteile, hätte er aufgelacht. Jetzt, geschätzter Ziehbruder, bist du zu weit gegangen. Und dies auch noch ungeschickt. Die Spur läßt sich zurückverfolgen. An weiteren Überlegungen hinderten ihn drei Männer in altertümlichen Pluderhosen und Trabantenwämsen. Um sie als Polizisten zu identifizieren, hätte es nicht ihrer mitgeführten Hellebarden bedurft. Unter dem Gejohle der Menge stießen ihn zwei von ihnen vor sich her auf die Straße, während der dritte mit der Frauensperson und deren Begleiter folgte.

Im Chaletet am Pont au Change war um diese Vormittagsstunde kaum Betrieb. Der wachhabende Sergeant hörte sich mit gleichgültiger Miene die Schilderung seiner Untergebenen an, notierte Namen und Anschrift des Zeugenpaares, das zum Warten angehalten wurde, um danach eine protokollarisch festgehaltene Aussage zu unterschreiben. Beide begannen an der Forderung des Sergeanten herumzunörgeln, fügten sich aber, als dieser grob wurde und befahl, sich auf die Eckbank der Wachstube zu setzen, bis man sie rief. Danach beäugte er Florian von oben bis unten kritisch-abschätzend und schüttelte den Kopf.

»Ich werde euch Kerle nie begreifen. Ein Mann wie du, mit gefälliger Visage, hohem Wuchs und jung – fährt einer Schnepfe mit den Zehen zwischen die Beine! Dein Name? Florian nannte ihn.

»Wohnhaft? Wo haust du?«

»In Venedigs Gesandtschaft.«

»Lakai?«

»Gast.«

»Der Köchin, des Hausmeisters?«

»Seiner Exzellenz, des Gesandten.«

Der Sergeant stutzte und grunzte:

»Sag das nochmal!«

»Ich bin Gast Seiner Exzellenz des Gesandten der Republik Venedig, Enrico Parsani.«

342

»Dein – na gut – Euer Ernst? Wenn Ihr hier lügt, daß sich die Balken biegen, kommt Euch dies teuer zu stehen!«

»Dessen bin ich mir bewußt. Um gleich etwas richtigzustellen – ich bin weder betrunken, noch gehört es zu meinen Gewohnheiten, in öffentlichen Lokalen sitzende Frauenspersonen zu traktieren.« Er sagte es betont ruhig und gelassen. Seine Selbstsicherheit gab dem Wachhabenden zu denken.

»Venezianer?«

»Nein. Ich wurde in Baiern geboren.«

»Na bitte. Endlich eine klare Auskunft! Baier also. Destaigne!« Einer seiner Untergebenen steckte den Kopf durch die Türe. »Ab mit dir zur bairischen Gesandtschaft. Sie sollen jemanden schicken, um einen Landsmann zu identifizieren. Nennt sich Stoll, Florian. Hast du begriffen?« Der junge Polizist nickte und warf die Türe der Wachstube hinter sich zu. Florian sagte geduldig:

»Mein Passport befindet sich . . .«

». . . in der Rue Saint Antoine, ich weiß. Zumindest behauptet Ihr dies. Es wird sich alles klären. Ihr selbst gebt zu, Untertan des Kurfürsten zu sein. Wir haben Order, uns im Falle irgendwelcher Straftaten beschuldigter und festgenommener Ausländer mit deren Gesandtschaft in Verbindung zu setzen. Eine obligatorische Regel. Also keine Aufregung. Euch geschieht hier keinerlei Unrecht. Lediglich ein wenig Geduld wird gefordert. Ihr werdet eine Weile – ein oder zwei Stunden vielleicht – hier Quartier beziehen. Nicht sehr komfortabel, zugegeben. Immerhin könnt Ihr Euch hinlegen und wenn Euch danach zumute sein sollte, schlafen.«

Florian fügte sich. Ein Protest war sinnlos. Der Mann tat nichts als seine Pflicht. Die neben der Wachstube gelegene Zelle war klein und schmutzig. Das durch eine winzige, vergitterte Luke dicht unter der Decke eindringende Tageslicht erhellte den Raum nur spärlich. Die Strohsäcke auf den längs der Wände stehenden beiden Holzpritsche rochen nach Urin und Moder. Florian warf einen Blick darauf, verzog den Mund und setzte sich auf den Steinboden, lehnte sich an die Wand und schloß die Augen. Vielleicht gelang ihm tatsächlich ein Schläfchen, dachte er belustigt. Unwillkürlich wanderten seine Gedanken in der Zeit zurück. Als er sich das letzte mal in einer derartigen Umgebung befand, war seine Lage bedeutend übler und trostloser. Damals, in Venedig. Bis Enrico erschien, und seine Freilassung bewerkstelligte. Innerhalb einer kürzeren Frist, als er erhofft und erwartet hatte, wurde er von dem in die Zelle tretenden Sergeanten aus seinem Vorsichhindösen gerissen und zum Mitkommen aufgefordert. Kurz danach fand er sich in einem in der ersten Etage des alten, festungsartigen Bauwerks gelegenen, weiträumigen Büro zwei Männern gegenüber, die ihn schweigend, dafür aber um so eingehender musterten. Beide saßen in bequemer Haltung auf den Polsterstühlen einer als Besucherecke mit zivilem Mobilar ausstaffierten Erkernische und trafen keinerlei Anstalten, sich nach seinem Eintritt von ihren Plätzen zu erheben. Den einen, schmalschultrigen Hageren, dessen volle, weißgepuderte Perücke viel Geld gekostet haben mußte und ihm trefflich zu Gesicht stand, wies seine reichbetreßte Uniform mit ihren goldblitzenden Epauletten als Colonel aus. Der andere trug zivile Kleidung von gutem, aber keineswegs eleganten Schnitt, wirkte auf den ersten Blick plump und bäuerisch, gewann aber beim genaueren Hinsehen, wie sich Florian eingestand. Dafür sorgten seine klugen, aufmerksam beobachtenden Augen, die überdurchschnittliche Intelligenz verrieten. Florian sah sich nach einer Sitzgelegenheit um, zuckte die Schultern, als sich nichts dergleichen fand, schritt an den ihn stumm beobachtenden beiden Männern vorbei und setzte sich auf den breiten Sims eines der den Erker flankierenden Fenster, streckte lässig seine langen Beine aus, seinen Rücken gegen die Scheibe lehnend. Plötzlich verzog sich das Gesicht des Uniformierten zur Andeutung eines Grinsens.

»Nicht schlecht, Stoll. Sie haben Courage. Aber das war zu vermuten. Helfen wird sie Ihnen allerdings kaum. Es liegen schwere Anschuldigungen gegen Sie vor. Ungeheure Anschuldigungen, wenn ich es recht bedenke. Entsprechen sie der Wahrheit, bewahrt Sie nur ein Wunder vor dem Strick.«

Florian gab sich amüsiert. Artig fragte er:

»Verzeihen Sie, Colonel – mit wem habe ich das Vergnügen? Es spricht sich besser, einem Gegenüber mit Namen Rede und Antwort zu stehen.«

»Oh – Pardon! Natürlich! Der Höflichkeit sei Genüge getan. Colonel Leprun.« Er machte ein kleine, spöttische Verbeugung.

»Danke, Colonel Leprun. Eine schwere Anschuldigung also. Die bewiesen werden muß. Die Behauptung der – Dame – steht auf schwachen Füßen. Deren Aussage gegen die meine. Vor allem aber frappiert mich Ihr Hinweis auf den Strick. Unterstellt, die unappetitliche Entgleisung im Procope träfe zu – seit wann steht darauf die Todesstrafe? Wir leben im 18. Jahrhundert.«

»Richtig, mein Guter!«

Der Zivilist sagte es deutsch, allerdings mit einem unüberhörbaren baierischen Akzent. Florian lächelte still in sich hinein. Vergnügt dachte er: Das ging ja alles viel schneller, als zu hoffen war. Ausgezeichnet. Nonchalant erwiderte er, ebenfalls auf deutsch:

»Sieh an, ein Landsmann! Es ist lange her, seit ich solche Laute vernahm. Sie wecken fast so etwas wie – Heimatgefühle.«

Der andere meinte trocken:

»Die werden Ihnen bald vergehen, fürchte ich.«

»Lassen wir es darauf ankommen. Wenn nicht alles trügt, sind Sie einer von Tonnecks Diplomaten.«

»So ist es. Ich bin Doktor Weißgerb. Und Sie sind Stoll. Florian Stoll aus der Hofmark Tonneck im oberen Baiern. Mit dem nicht uninteressanten Status eines entlaufenen Leibeigenen. Zuletzt auf Schloß Tonneck als Bräuknecht tätig.«

Florian lachte.

»Erlauben Sie die Korrektur – Bräubube, nicht Knecht! Im Grunde natürlich wesensgleich, aber dennoch ein Unterschied.«

Weißgerb reagierte erstaunt. Die ungekünstelte Sorglosigkeit des Mannes irritierte ihn.

»Sie geben es also zu, Leibeigener zu sein?«

»Gewesen zu sein! Auch dies ein kleiner, aber wichtiger Unterschied. Nochmals klar und deutlich: ja, ich war der leibeigene Bräubub der Freiherrn von Tonneck, bis ich gen Süden entschwand. Wie lange ist das her – lassen Sie mich nachrechnen – dreizehn Jahre! Wie die Zeit vergeht!«

Der baierische Diplomat betrachtete ihn konzentriert. Irgendetwas erschien ihm seltsam. Der Bursche spielte kein Theater und wirkte alles andere als eingeschüchtert. Mehr noch – auf irgendeine Weise schien er befriedigt, einem Kämpfer ähnlich, der kurz vor dem Sieg sein Triumphgefühl mühsam zu verbergen sucht. Den Hauch eines unguten Gefühls abschüttelnd, sagte er grimmig:

»Denken Sie etwa, die Sache sei verjährt? Oder durch Ihre – Erfolge – Ihre Abenteuer – aufgehoben, gegenstandslos geworden? So verrückt können Sie doch nicht sein.«

»Keine Sorge um meinen Geisteszustand, Weißgerb. Übrigens empfehle ich Ihnen, unserem gemeinsamen Gastgeber Leprun meine Aussage zu interpretieren, ehe er explodiert.«

Die Miene des Offiziers verbarg dessen Ungeduld zweifellos nur kümmerlich. Weißgerb beeilte sich, Florians Rat nachzukommen, und ließ nichts aus. Am Ende drehte sich Leprun zu Florian um.

»Sie geben also zu, streiten nichts ab?«

»Warum sollte ich? Es sind Tatsachen.« Sich an beide wendend, sagte er mild: »Lassen wir das Theater, meine Herren. Wir sind uns darüber einig, daß es sich bei meiner Festnahme um ein abgekartetes Spiel handelt. Ihre Behörde, Colonel, weiß längst über alle Tonneck und mich betreffenden Fakten Bescheid. Nicht umsonst nennt man Ihre Polizeitruppe die beste der Welt. Trotzdem sind selbst ihr einige nicht unwesentliche Details entgangen. Aber seien Sie nicht zu betrübt darüber. Nur der Allmächtige ist vollkommen.« Er stand vom Fenstersims auf, machte einige Schritte und blieb vor dem Offizier stehen, ohne ihn aus den Augen zu lassen. Mit einer von tiefem Ernst erfüllten Stimme sagte er eindringlich: »Ich weiß nicht, ob Ihre Ehre und Ihr Rang es zulassen, von einem gewesenen Leibeigenen einen Ratschlag anzunehmen. Mir bleibt nur, Ihnen dringendst und nachdrücklichst zu empfehlen, ehe Sie in dieser Sache eine Entscheidung treffen, sich mit Ihrem Minister d'Argenson in Verbindung zu setzen. Es gibt Dinge, die Sie nicht wissen, nicht wissen können, die aber allem ein anderes Gesicht verleihen. Ohne Umschweife, Colonel – ich möchte Sie vor einer Unbedachtsamkeit bewahren, die Ihnen Schaden brächte.«

Leprun blickte ihm nach dieser Eröffnung fast eine halbe Minute lang starr in die Augen. Dann entspannte sich seine Miene, wurde locker, fast verbindlich. Er schien zu einem Entschluß gekommen zu sein. Sein Blick traf Weißgerb, der ihn verwundert ansah.

»Nur Unbelehrbare verzichten grundsätzlich und unter allen Umständen, hin und wieder, wenn es darauf ankommt, auf des Volkes Stimme zu hören. Und ›Volk‹ ist er doch allemal, Ihr zu Ruhm gekommener ›Leibeigener‹.«

»Was bedeutet ...«

»Was bedeutet, daß ich nicht umhin komme, Seine Exzellenz, den Minister zu informieren, und zwar umgehend. Ich bin Polizist, Weißgerb. Man sagt mir nach, über Instinkt zu verfügen. Und der kündigt mir – Komplikationen an. Überlassen wir es Seiner Exzellenz, dem Herrn Minister, im Fall Florian Stoll abschließende Entscheidungen zu treffen.«

»Ich verstehe nicht ...?« Auch Weißgerb stand jetzt, blickte von einem zum andern, ratlos, betroffen, verunsichert. Leise sagte er: »Und jetzt?«

»Ich erwähnte es bereits. In spätestens zehn Minuten weiß Seine Exzellenz, worum es geht. Dann werden wir sehen. Ich stelle Ihnen anheim, mein lieber Weißgerb, sich zurück in die Gesandtschaft zu begeben oder sich so lange als mein Gast zu betrachten. Denn eines ist sicher – Seine Exzellenz wird umgehend zu einem Entschluß kommen. Verstehen Sie – es sind einfach zu viele hochgestellte und vor allem – politisch relevante Persönlichkeiten verwickelt. Überraschungen sind unausbleiblich, wie Sie heute bereits einmal erfahren mußten. Mit ihnen ist immer zu rechnen.«

Weißgerb schien zu schrumpfen. Seine ohnehin nicht all zu gesunde, immer ein wenig von Aktenstaub gepudert wirkende, fahle Gesichtsfarbe bekam zusätzliche Grautöne. Er nickte.

»Alle Mißverständnisse sind ausgeräumt.« Gebeugt wie ein alter Mann wankte er zur Tür und schloß sie dann leise hinter sich.

Beide blickten ihm nach. Der Offizier blieb äußerlich sehr gelassen. In seinem Inneren aber tobte es. Welch ein Narr, dachte er. Alles versaut, auf der ganzen Linie. Schade. Eine superbe Informationsquelle weniger. Tut mir leid für dich, Doktor Weißgerb. Es wird dich zwar kaum den Kopf, wohl aber deine Karriere kosten. Zu hoch gespielt, mein Lieber, und verloren. Das Leben ist grausam. Im königlichen Spiel müssen Bauernopfer gebracht werden. Sein Blick traf Florian. Eigentlich schuldete er ihm Dank, diesem Abenteurer. Ohne dessen beeindruckenden Hinweis – d'Argenson konnte höllisch ungemütlich werden, wenn er auf Blößen stieß. Und er war nahe darangewesen, sich eine solche zu geben. Dieser Fuchs Stoll hatte noch etwas in der Hinterhand. Sein Auftreten, seine Nonchalance waren kein Theater. Der Mann fühlte sich sicher. Seine Gedanken wanderten erneut zurück zu seinem Vorgesetzten. Der Minister war voll in seinem Element. Welch eine Gelegenheit, an Drähten zu ziehen und Gordische Knoten zu zerschlagen. Alle Akteure hatten anzutanzen, wurden zu Marionetten in seiner Hand. Dieser unglaubliche baierische Abenteurer, Tonneck, dem die schon sicher geglaubte Beute ein weiteres Mal entglitt, Parsani, der Unangreifbare. Selbst Law und Cartouche hatten ihre Rollen, nicht zu vergessen dieser immens reiche, verrückte Katalane. In diesem Augenblick erinnerte er sich einer Unterlassungssünde. Florian, der sich eben anschickte, sich ebenfalls zu verabschieden, sah des Colonels Geste und wartete. Leprun sagte:

»Nur noch einen Moment. Da wäre noch etwas, das Sie wissen sollten. Ihr – Partner – ich meine – der Verlobte Ihrer Braut – verzeihen Sie, es ist ein wenig verwirrend für mich.«

»Was soll das? Sagen Sie es schon. Es geht um Garcia? Richtig?«

»Richtig. Er war hier. Vor einer knappen Stunde. Es ging um Minuten, sonst wären Sie sich in der Wachstube begegnet.«

Florian war perplex.

»Aber warum?« Versuchte man ihn erneut...«

»Zu entführen? Nein.« Leprun ergänzte trocken: Das besorgte diesmal er selbst. Er wurde eingeliefert wegen eines Entführungsversuches.« Florian blieb die Sprache weg. Leprun fuhr fort: »Unglaublich, aber wahr. Er drang in den Park der venezianischen Gesandtschaft ein und versuchte, Ihre – seine – ach was, er konnte erst im letzten Augenblick durch das Gesandtschaftspersonal daran gehindert werden, Senora Varga gewaltsam auf die Straße zu zerren. Dann führte man ihn ab und brachte ihn hierher.« Florians Frage zuvorkommend, meinte er beruhigend: »Senora Varga befindet sich bei bester Gesundheit und dürfte sich von dem Schrecken längst erholt haben. Sie können ganz beruhigt sein.«

»Beruhigt?« Florian rang um Fassung. »Ist denn die ganze Welt plötzlich verrückt geworden? Ich breche ihm das Genick, diesem Mistkerl!«

»Dazu ermangelt es Ihnen der Gelegenheit. Man wird ihn des Landes verweisen. Umgehend. Eilorder Seiner Durchlaucht höchstselbst. Auf Seiner Exzellenz des Ministers, Empfehlung. Je eher ihn Frankreich los ist, um so besser. Ein politischer Unruhestifter. Finanziert die Katalanischen Freischärler. Wußten Sie das? Machte sich Hoffnungen, wie man mir berichtete, zu einer Art Fürst, Landesherr oder gar König Kataloniens zu avancieren. Ein Spinner. Daß er sich nicht einmal scheute, auf exterritoriales Gebiet vorzudringen – es gab den Rest. Man schiebt ihn ab.«

»Nach...«

»Nein. Das nicht. Nicht nach Spanien. Das könnte Cellamare so passen! Der Kaiser wird ihn aufnehmen. Bei dem vielen Geld, das er mitbringt, keine Schwierigkeit. Oder Max Emanuel. Ihren Kurfürsten drücken Schulden noch und noch. Oh, Umberto de Garcia ist überall im Osten willkommen. Oder zweifeln Sie daran.«

»Nein. Sie haben recht. Ich bin sehr zufrieden.« Er sagte es mit Nachdruck. Dieses Kapitel war abgeschlossen.

Es dauerte statt der von Leprun vermuteten zwei Stunden nur fünfzig Minuten, bis an die Herren Enrico Parsani, Georg Freiherr von Tonneck, Dr. Ludwig Maria Weißgerb und Florian Stoll durch reitende Boten die schriftliche, in höflichster Form gehaltene, mit vielen noch sehr barocken Formulierungen und diversen Entschuldigungen ob der Kurzfristigkeit des vorgegebenen Termins angereicherte Einladung erging, sich um vier Uhr am Nachmittag des gleichen Tages im Privatdomizil des Großsiegelbewahrers von Frankreich und Staatsministers des Regenten Philipp von Orléans René Marc Marquis von Voyer d'Argenson zu einer alle Beteiligten tangierenden, inoffiziellen Zusammenkunft zu bemühen.

Eine Bitte, der alle Angesprochenen mit geziemender Pünktlichkeit nachkamen. Fast auf die Minute genau um vier Uhr nachmittags meldete der Haushofmeister des Schlosses d'Argenson seinem Herrn das Eintreffen der »baierischen Messieurs«. Enrico und Florian erschienen eine halbe Minute später.

D'Argensons Besitz lag an der Straße nach Versailles, knapp vier Meilen außerhalb des neuen Burgfriedens von Paris, inmitten von Kornfeldern. Hinter dem schöngeschmiedeten Gitter des Haupttores der den gesamten Besitz umfriedenden Mauer führte eine kurze Pappelallee zum Mittelbau des Schlosses, der von symmetrischen Stallgebäuden flankiert wurde. An das elegante zentrale Bauwerk mit seinem in Blaßrosa und Zartgrau gehaltenen Verputz schlossen sich beidseitig flache, ebenerdige Galerien an. Den zwei verspielten Pavillons, die sie rechts und links begrenzten, waren aus Puttengruppen zusammengefügte Wasserspiele vorgesetzt, die der Hausherr erst in jüngster Zeit hatte errichten lassen. Die Dächer des Mittelbaus und der Pavillons strebten hoch und steil empor. Als störend für das überaus harmonische Gesamtbild erwiesen sich die in großer Anzahl vorhandenen, unvermeidlichen, verschieden hohen Kamine. An beiden Stellen der Freitreppe stützten Skulpturen von je zwei hübsch gestalteten Einhörnern ein versilbertes Wappen.

D'Argensons Haushofmeister empfing Florian und Enrico, nachdem beide ihren Wagen verlassen hatten, am Fuß der Freitreppe, geleitete sie durch die mit farbenprächtigen, aufwendigen Wandgemälden ausgestattete Halle in ein im Verhältnis zu dem gesamten Luxuskomplex schlichtes, ja spartanisch möbliertes Gemach, dessen drei hohe, dicht nebeneinander placierte, oben mit Rundbögen versehene Fenster dem Raum viel Licht gaben. Außer einem ungewöhnlich großen Nußbaumschreibtisch, auf dessen geschweifter, polierter Platte sich das Sonnenlicht spiegelte, und einem bequem wirkenden Armsessel mit hoher gepolsterter Rückenlehne und Polstern aus grünem Seidenbrokat, bestückten nur ein halbes Dutzend in der gleichen Farbe gehaltene lehnenlose, längs der Wandflächen zwischen den in Nachbargemächer führenden hohen, zweiflügeligen Türen aufgestellte Hocker den Raum. Sitzgelegenheiten, die kaum zu einem längeren Verweilen einluden. Zudem hatte sie der Hausherr in Schrittweite vor den Wänden placiert, um Bequemlichkeit anstrebende Besucher daran zu hindern, sich solche zu verschaffen.

Als Florian und Enrico eintraten, stand d'Argenson neben seinem Schreibtisch bei seinen baierischen Gästen und unterhielt sich zwanglos mit ihnen. Mit gedämpfter Stimme meldete der Haushofmeister:

»Seine Exzellenz, der Gesandte der Republik Venedig, Enrico Parsani und Monsieur Florian Stoll.«

D'Argenson wandte sich den beiden zu, schritt ihnen gemessen entgegen und deutete eine Verbeugung an, ehe er jedem von ihnen die Hand reichte. Er sah beeindruckend aus mit seiner hochgetürmten, brünetten Perücke, von deren Mittelscheitel rechts und links eine

Fülle weicher, mittelgroßer Locken, von einem Meister seines Faches eine so exakt gestaltet und gelegt wie die andere, auf Schultern und tief bis zur Rückenmitte fielen. Unter der knapp über die Knie reichenden, hellbeigen Seidenbrokatweste mit vielen Silberknöpfen, die untersten fünf, wie es die Mode seit einem halben Jahr vorschrieb, geöffnet, trug er ein weißes Batisthemd mit Spitzenvolants am Handgelenk, sowie um den Hals ein mit breitem Volant auf die Brust fallendes, mit einer wertvollen, türkisfarbenen Brosche versehenes Spitzentuch. Den höchst aufwendigen Anzug ergänzten ein dunkelblauer, unten weit ausgestellter Brokatüberrock mit einer handbreiten Knopflochblende und stickereiverzierte Aufschläge. Aufgesetzte große Taschen, Knopflöcher mit Zierlitzen und die ebenfalls von der augenblicklichen Mode in exakt dieser Anzahl geforderten zwanzig Silberknöpfe vervollständigten das Prachtgewand, zu dem noch eine zartgraue Kniehose aus bestem Wollstoff, weiße Seidenstrümpfe und schwarze Lackstiefeletten mit hohen Absätzen und Silberschnallen gehörten. D'Argensons Aufzug stand in fast groteskem Gegensatz zur Bekleidung seiner Gäste, die alle der geforderten Eile wegen in jenen Anzügen erschienen waren, die sie trugen, als die Einladungen sie erreichten. Mit leichtem Spott auf seine noble Kleidung weisend sagte er:
»Ein bißchen viel schillernder Aufwand für unsere sehr private Zusammenkunft. Ich erbitte Ihre Nachsicht, Messieurs. Seine Durchlaucht, der Regent, hatte die Güte, mich in einer Stunde zum Lever zu befehlen. Meine Zeit und, wie ich vermute, auch die Ihre ist begrenzt. Ich bitte, sich zu setzen.« Er machte eine Geste zu den Hockern hin, ließ sich in seinen bequemen Sessel fallen und legte die Beine übereinander. Seine Besucher kamen der Aufforderung nach. Die Sitzordnung fügte nicht der Zufall. Während die beiden hochrangigen Diplomaten sich auf den mittleren Hockern niederließen, nahmen Weißgerb und Florian außen neben ihren Begleitern Platz. Die Abstände zwischen den Sitzgelegenheiten betrugen je drei Schritte. Georg Tonneck würdigte Florian keines Blicks. Dieser hingegen musterte seinen Todfeind sich vorbeugend immer wieder unverschämt direkt. Gleichzeitig wandte er demonstrativ den Kopf und lächelte mokant, ohne freilich eine Reaktion zu bewirken. Erstaunlich, dachte er, wie sehr sich die Züge des Kerls

immer mehr jenen seines Erzeugers anglichen. Dieselben an den Winkeln nach unten gezogenen, geschrumpft erscheinenden Lippen, die gleiche schmale Stirn und die erste Andeutung von Tränensäcken unter den Augen, die dem Antlitz des alten Barons Charakter verliehen – wenn er nicht längst zu Grabe getragen worden war, mußte er jetzt an die Achtzig sein – bei Georg hingegen nur den Eindruck von Verlebtheit erweckten.

Florian schreckte zusammen, als er seinen Namen vernahm. Fast beiläufig begann d'Argenson:

»Es geht um Ihren Status, Monsieur Stoll. Die Anschuldigungen Baron Tonnecks sind Ihnen bekannt. Er versichert glaubhaft, in Ihrer Person den Leibeigenen seiner Familie, Florian Stoll, aus der Hofmark Tonneck im oberen Baiern wiederzuerkennen, der anno 1705 – an Weihnachten, wie der Baron sich genau zu erinnern glaubt – unter Nichtbegleichung einer nicht mehr exakt zu fixierenden Bringschuld entlief. Zum andern, so behauptet es Baron Tonneck, ließ sich besagter Leibeigener, um seine Flucht zum Erfolg zu führen, zu einem noch wesentlich schwerwiegenderen Verbrechen hinreißen. Er griff seinen Herrn körperlich an und verletzte ihn durch Abtrennung einer Ohrmuschel. Eine Tat, deren Folge Baron Tonneck zeitlebens entstellt. Dabei handelt es sich, wie Sie wissen, um ein Kapitalverbrechen. Der mit diesem Verbrechen einhergehende Diebstahl eines Pferdes sowie einer wertvollen Pistole fällt dabei nur noch unerheblich ins Gewicht. Ich frage Sie jetzt, Monsieur – sind Sie besagter Florian Stoll?«

»Gewiß! Genau so ist es! Und wenn ich hinzufügen darf – es war mir damals ein Vergnügen, den jungen Herrn an seine Verletzlichkeit zu erinnern, und noch heute – mit Verlaub, Euer Gnaden – wird mir warm ums Herz, wenn mir, wie jetzt, das Geschehen von einst vor Augen steht.«

D'Argenson verzog keine Miene. Ernst, mit Augen wie Eiswürfel, richtete er seine Blicke auf den Sprecher. Anschließend streiften sie Enrico, danach Tonneck, in dessen ungepuderte Wangen vom Hals her eine leichte Röte stieg. Weißgerb übersah er. Dann konzentrierte er sich erneut auf Florian.

»Wenn es so ist, Monsieur, bleibt mir keine Wahl.« Fast schien es, als schwänge in seiner Stimme ein Hauch von Bedauern mit.

»Noch eine Bitte, Euer Gnaden. Ein Wort an Euren Gast, den Gesandten des Kurfürsten von Baiern am Hof Ihrer Durchlaucht, des Regenten. Nur einen Satz.«

D'Argenson erwiderte steif:

»Reden Sie.«

Florian erhob sich, holte ein Spitzentuch aus seiner Brusttasche, entfaltete es, trat einen Schritt vor, wandte sich seinem unruhig werdenden einstigen Herrn zu, näherte sich dem jetzt nervös wirkenden baierischen Diplomaten und blieb in unmittelbarer Nähe vor ihm stehen. Tonneck besaß nicht die Nerven, ihn weiter unbeachtet zu lassen. Erschreckt sah er hoch. In diesem Moment streifte ihn Florians Tuch über Nase und Augen. Ein symbolischer Schlag, der ihn die Hände abwehrend nach oben reißen ließ, während er reflexartig die Augen schloß. Florian schob das Tuch achtlos in seine Manschette und sagte langsam, kalt, jedes Wort einzeln betonend:

»Georg von Tonneck, du bist ein ehrloses, verkommenes Schwein, ein Intrigant und Feigling!«

Die der ungeheuerlichen Beleidigung folgende Stille schien dem Raum die Atemluft zu entziehen. Enrico und d'Argenson faßten sich unwillkürlich an den Hals, Weißgerb keuchte, aus Georg von Tonnecks offenem Mund tropfte Speichel. Völlig unbeteiligt, als entbehre er jeden Gefühls für die Dramatik des Augenblicks, fast schläfrig wirkend, schaute Florian mit nur halb geöffneten Augen auf den vor ihm regungslos Sitzenden herab, der dümmlich benommen vor sich hin glotzte. Nach einer Weile schweiften seine Blicke zu d'Argenson, konsterniert, hilfesuchend, ratlos. Dieser erwiderte den Blick, maß Tonneck lange und eindringlich, wartend. Als nichts geschah, als kein Aufschrei erscholl, keine wie immer geartete spontane Reaktion erfolgte, kein rasend losstürmender, zutiefst gedemütigter, seiner Sinne kaum noch mächtiger Mensch seinem Urtrieb folgend, sich auf den Herausforderer warf, sondern einfach sitzenblieb, keinen Augenblick Konventionen, Standesdünkel, Etikette, Herkommen, Erziehung und die tiefe Kluft vergessend, die den anderen von ihm, den Aristokraten, trennte, schien es Enrico, als seufze der Raum selbst. Alle meinten, diesen tiefen Seufzer zu vernehmen, jeder der Überzeugung sicher, ihn nicht ausgestoßen zu haben. Weißgerb saß weit nach hinten gebeugt, als suchte sein Rükken eine Möglichkeit, sich anzulehnen, und verlor fast das Gleichgewicht bei dem Bemühen, die Balance zu bewahren. Seine Lippen bildeten ein rosiges, rundes Loch, das sich langsam vergrößerte, als sei es an ihm, die Beleidigung hinunterzuschlucken, um auf diese Weise die Ungeheuerlichkeit ungeschehen zu machen und damit dem tatenlosen Geschehenlassen seines Vorgesetzten diese unsägliche Würdelosigkeit zu nehmen, die alles noch unerträglicher werden ließ. Schon im gleichen Moment, als dieser Abenteurer Stoll hart, gezielt und auf Wirkung bedacht seine Beleidigung formulierte, hatte er es geahnt, hatte er Georg von Tonnecks unterbleibende Reaktion darauf so sicher vorhergesehen, wie ihn die Erfahrung lehrte, daß einem fernen Wetterleuchten kein Donner folgte. Weißgerb kannte den Uneingeweihten nicht erklärbaren Pferdefuß seines Vorgesetzten. Er wußte seit langem darum und hatte seit jeher, eingedenk seiner nie verheimlichten Absicht, dem Mann, von dem er, was sein berufliches Weiterkommen betraf, Wohlwollen und Unterstützung erhoffte, so gut er konnte auch auf diesem Gebiet beigestanden und gelernt, mögliche Gefahrenquellen rechtzeitig zu erkennen und beiseite zu räumen, um den ansonsten von ihm bewunderten und beneideten Freiherrn vor Situationen zu bewahren, die dessen Pferdefuß hätten offenbar werden lassen. Diesen Makel, der sich so simpel anhörte, sich als eine im Grunde lächerliche Verhaltensabnormität äußerte und dennoch Wirkungen mit Folgen zeitigen konnte, die in keinem Verhältnis zur Ursache standen: Baron Tonneck konnte kein Blut sehen. Ihm wurde übel bis zum Erbrechen, wenn ihm welches, gleich auf welche Weise, vor Augen kam, und er fiel in Ohnmacht, wenn er ihm so nahe kam, daß er es roch. Weißgerb erinnerte sich mit Entsetzen jenes Morgens, wenige Tage nach seinem Eintreffen in Versailles, als er auf der Terrasse des alten Gesandtschaftsgebäudes in Tonnecks Gegenwart mit dem Schlag seiner Rechten eine fette Mücke, den Körper fast bis zum Platzen gefüllt mit angesaugtem Blut, auf seinem linken Handgelenk, einem Reflex folgend, zerquetschte und der rote Saft die Manschette seines Hemdes besudelte. Sein Vorgesetzter war bei dem Anblick erbleicht und, wie vom Schlag gerührt, besinnungslos zu Boden gestürzt. Während Lakaien den leblos Scheinenden fortschleppten und zu Bett brachten, war er fassungslos über das ihm Unverständliche und bedrückt darüber, den Vorgang durch sein gedankenloses Tun ausgelöst zu haben, dunkler Ahnungen voll auf der Terrasse zurückgeblieben. Des Rätsels Lösung erfolgte anderntags, als ihn Tonneck, nun wieder voll intakt, beiseite genommen hatte, um ihn über seine Anomalie, die ihm seit Jugendtagen anhing, aufzuklären. Daß Tonneck, wie sich bald herausstellte, alle Jagdeinladungen ausschlug oder, wenn sie sich des Protokolls wegen nicht umgehen ließen, sich abseits hielt, bedurfte für ihn keiner Erklärung mehr. Bei Hof tat man Tonnecks seltsame Verhaltensweise als Marotte ab, ebenso wie dessen Angewohnheit, ihm ansonsten durchaus sympathischen Damen an bestimmten Tagen aus dem Weg zu gehen. Die Erfahrung, wie der Baron auf eigenen Blutverlust und dessen Anblick reagierte, war Weißgerb, und dafür dankte er Gott, bisher erspart geblieben.

Nein, dieser Mann schlug nicht zu und würde alles tun, nicht geschlagen zu werden. Banger Ahnungen voll beobachtete Weißgerb den Gesandten Parsani, wie dieser, um die Fassung zu bewahren, an seiner Hose herumzupfte. Den nächsten vernehmbaren Laut verursachte des Ministers über die Schreibtischplatte streichender Ärmel, als bemühe sich der Aristokrat, den Hochglanz des edlen Holzes noch zu verstärken. Erst dann kam sein leises, aber schneidendes: »Das war unnötig, Stoll! Die Beleidigung eines meiner Gäste in meinem Haus entspricht der Beleidigung meiner selbst. Ein Leibeigener bezahlt in Frankreich diesen Schimpf mit dem Tod. Wußten Sie das?« Florian nahm die Schultern zurück, hob den Kopf und sah den Großsiegelbewahrer unverwandt und mit gelassener Würde an. Nicht minder schneidend erwiderte er:
»Das muß ich akzeptieren. Natürlich wissen Euer Gnaden, daß mir nichts ferner liegt, als Euch zu beleidigen. Dennoch – Euer Wort gilt! Andererseits entspricht der in Eurem Land praktizierte Ehrenkodex jenem aller Staaten des Abendlandes. Beleidigungen gleich welcher Art, die sich Gäste zufügen, tangieren den Gastgeber ausschließlich dann, wenn es sich bei diesem um den Souverän handelt. Bei aller Hochschätzung, Euer Gnaden, aber der seid Ihr nicht.«
Der Minister fegte das Argument mit einer winzigen Geste seiner linken Hand fort.

»Sie orientierten sich, Stoll. Aber nicht exakt genug. Die Hauptsache entging Ihnen offensichtlich: Der Kodex beschränkt sich auf Personen von Stand. Er eröffnet dem Beleidigten die Möglichkeit, den Beleidiger zur Wiederherstellung seiner Ehre zu fordern. Baron Tonneck hat diese Okkasion nicht, wie Sie sehr wohl wissen. Mit Leibeigenen, mit Knechten, schlägt sich kein Herr. Er überläßt dies dem Staat. Überall im Abendland! Bei den Wilden in Afrika oder Amerika mag es anders sein. Auf diesem Sektor sind Ihre Erfahrungen größer als die meinen. In Frankreich aber hält man es so, wie ich es Ihnen kundtat.«

»Sie täuschen sich dennoch, Marquis. Nicht was die Gepflogenheiten in den verschiedenen Ländern betrifft, sondern in Ihrer Einschätzung der Situation. Die Okkasion einer Forderung bleibt dem Herrn aus Baiern. Er kann – nein, mehr noch, Marquis – er *muß* mich fordern!« Seine Stimme nahm an Schärfe zu. »Sein Stand, ausgerechnet sein Stand läßt ihm keine andere Wahl. Und darüber bin ich – mit Verlaub, Euer Gnaden – entzückt. Enrico, bitte!«

Venedigs Gesandter stand auf, entnahm seiner mitgeführten Ledermappe mehrere gewichtig aussehende Schriftstücke und übergab sie dem Hausherrn. Den Blick des Großsiegelbewahrers und Ministers mit dem gleichen Ernst erwidernd, sagte er ruhig:

»Es stimmt, Marquis. Er hat tatsächlich keine Wahl. Tonneck muß ihn fordern. Er muß. Bitte, lesen Sie.«

Nach langem Zögern und einer unwilligen Frage auf den Lippen, die er am Ende unterdrückte, machte sich d'Argenson daran, der Aufforderung nachzukommen und widmete sich der Lektüre der Dokumente. Zwischendurch nahm er eine Lupe zu Hilfe, um Unterschriften und Siegel genauer zu studieren, legte danach das Gerät samt den Papieren auf den Schreibtisch zurück, strich mit der flachen Hand über das edle Papier des Deckblattes und setzte sich gerade, den ihn unruhig beobachtenden Baron ausdruckslos musternd. Seine geschulte Politikerstimme ließ jede Verbindlichkeit vermissen, als er sich Enrico zuwandte, der noch immer vor ihm stand.

»Sie wußten es längst! Warum dieser Auftritt? Warum in meinem Haus?« Sein Ärger wuchs von Sekunde zu Sekunde. »Sie hätten es verhindern können, Parsani. Sie müssen sehr gute Gründe haben, um mich zu überzeugen, daß es notwendig war, mein Heim zum Schauplatz eines Schmierenstücks zu machen. Sehr gute Gründe. Ich warte.«

Enrico erwiderte schlicht:

»Er ist mein Freund. Nirgends sonst, nur hier, zeitigt das Geschehene jene Auswirkung, die mein Freund und ich selbst anstreben. Nirgendwo sonst. Und Sie wissen dies, Marquis.«

D'Argenson blieb eine Weile stumm. Dann nickte er.

»Ich verstehe. Keine Protokolle, keine Zeugenbefragungen, kein Aufsehen. Jede Behörde wäre genötigt, den Vorgang aktenkundig und damit publik zu machen. Woran niemand, und ich nehme mich nicht aus, interessiert sein kann. Hätten die Farce im Procope nicht andere inszeniert, wären Sie selbst, darauf möchte ich wetten, in ähnlicher Form, allerdings mit mehr Phantasie und origineller, aktiv geworden, um beide Akteure hierher zu bringen. Was keineswegs heißen soll, das ich Ihr Theater absegne oder gar entschuldige, Parsani!« Nach einer Pause fuhr er um ein geringes weniger streng fort: »Ihr Freund also. Nun gut. Der Begriff Freundschaft bedeutet auch uns Franzosen viel. Deshalb würdige ich zumindest Ihre Handlungsweise«

Beide schienen Tonneck vergessen zu haben. Dem war freilich keineswegs so. D'Argensons Aufmerksamkeit konzentrierte sich erneut auf den baierischen Diplomaten, während dessen Begleiter Weißgerb für ihn körperlos zu sein schien, so sehr negierte er dessen Anwesenheit.

Georg von Tonneck vermittelte den Eindruck totaler Konfusion. Gleich einem nach Luft schnappendem Fisch riß er mit zuckenden Lippen den Mund auf, ohne einen Ton hervorzubringen. Sein Gesicht glänzte schweißfeucht. Verständnislos hörte er d'Argenson sagen:

»Ich fürchte, Baron, Ihnen eine herbe Überraschung zumuten zu müssen. Erlauben Sie, Ihnen diesen Mann, den Sie als Ihren Leibeigenen bezeichnen, mit seinem vollen Namen und Rang vorzustellen; legitimiert und beglaubigt durch Begleitschreiben der Hofkammer von Pyrrenstein-Lindenkamm führt Monsieur Stoll seit vier Wochen den Namen und Rang ›Florian Freiherr von Stoll-Dahlenbühl‹.« Vergeblich auf Tonnecks Reaktion wartend fuhr er nach

einer Weile fort: »Sie wurden folglich in der Tat und vor Zeugen durch einen Herrn von Geblüt beleidigt. Es liegt an Ihnen, welche Konsequenzen Sie daraus ziehen. Natürlich steht es Ihnen zu, sich Gewißheit über Stolls Nobilitierung zu verschaffen, wenngleich Zweifel kaum angebracht sind. Sie können zudem davon ausgehen, daß Ihr Souverän, Kurfürst Max Emanuel, längst von der Hofkanzlei Pyrrenstein-Lindenkamms über den Sachverhalt unterrichtet wurde, wie dies bei Nobilitierungen von Untertanen fremder Landesherren üblich ist. Um ganz sicher zu gehen, empfehle ich Ihnen, einen Eilkurier nach München in Marsch zu setzen, dessen Rückkehr in spätestens acht Tagen erwartet werden kann. Bis dahin ruht die Sache aus meiner Sicht. Sind Sie einverstanden, Messieurs?« Da von keiner Seite ein Widerspruch erfolgte, erklärte d'Argenson die Audienz für beendet. Abschließend sagte er: »In acht Tagen also. Halten Sie sich bitte bereit, Messieurs. Sie alle. Es war mir eine Ehre.«
Er drehte sich um und betätigte den neben dem mittleren Fenster angebrachten Glockenzug. Kurz darauf erschien sein Haushofmeister. Des Ministers Besucher verabschiedeten sich mit knappen Verbeugungen und folgten dann dem Bediensteten.

Florian erwachte seit Tagen fast immer auf die Minute genau um die gleiche Stunde gegen halbacht Uhr, als der durch den Spalt des handbreit offenen Brokatvorhangs ins Zimmer flutende lange Sonnenstreifen Brüste und Venushügel der fülligen, jugendfrischen Dame erreichte, die nichts weiter trug als einen pompösen, breitrandigen roten Hut mit einem bunten Blumengebinde auf der linken Seite, während sie sich einer weiteren nackten Üppigkeit zuwandte, von der nur der untere Teil einer stattlichen Rückenpartie, sowie eine Flut offener, weißblonder Haare zu sehen waren, da ein Tuch ihr züchtig Waden und Schenkel bedeckte. Die beiden Schönen räkelten sich am Ufer eines von mächtigen Laubbäumen und Birkenschößlingen umgebenen Teiches, in dem zwischen Seeroseninseln zwei Schwäne ihre stille Bahn zogen, die ein etwas schmalbrüstig geratener, fein herausgeputzter Kavalier mit einem federverzierten Samtbarett auf dem Haupt, von seinem Standort in Griffweite der beiden lagernden Nixen aus beobachtete, ohne, wie es schien, diese überhaupt wahrzunehmen. Gut, daß es sich bei dieser Szene

nur um das Sujet eines großformatigen Gemäldes handelte, das an der Wand gegenüber seines Bettes hing, dachte Florian, da ihn allmorgendlich die Lust überkam, dem Kerl einen Tritt in den Hintern zu versetzen. Bis der Sonnenstreifen, nach links rückend, die nackten Damen in diskretes Dunkel gleiten ließ, vergingen, wie er wußte, an die dreißig Minuten, die ihm blieben, mit offenen Augen in den neuen Tag zu träumen. Heute freilich sah er sich einer weitaus anregenderen und verlockenderen Perspektive gegenüber. Zärtlich strich er Isabella übers Haar, die wohlig seufzend ihren Kopf in seine Armbeuge schmiegte und schlaftrunken flüsterte:
»Welch ein Erwachen! Ich kann es noch immer kaum glauben! Mit dem großen Senor im gleichen Bett!« Sie schmiegte ihren Leib an seine Seite, schob sich hoch, bis ihre Wange die seine berührte. Seine Hand umfing ihre Brust, um zur Fortsetzung ihres Liebesspiels überzuleiten. Ein weiteres Mal liebten sie sich, hellwach jetzt, jede Sekunde auskostend, bis sich ihre Körper endlich zögernd und köstlich ermattet trennten. Nebeneinander auf dem Rücken liegend, betrachteten sie den Sonnenstreifen, der längst das Seitenstück des prächtigen, dicken Goldrahmens der Schäferszene erreicht hatte, dessen Funkeln sie nach kurzem Hinsehen geblendet die Augen schließen ließ. Florian richtete sich auf, strich ihr die schweißfeuchten Locken aus der Stirn, küßte ihr Ohrläppchen und sagte lächelnd:
»Jetzt bist du meine Frau! Trotz des noch fehlenden Segens der Kirche.« Sie hinderte ihn mit einem Kuß am Weiterreden, ließ sich dann wieder in die Kissen zurücksinken und erwiderte verträumt:
»Es ist schamlos, es einzugestehen, aber – du hättest mich schon am ersten Tag auf dem Schiff, das uns nach Kingston brachte, hättest mich schon in der ersten Nacht haben können. Nicht aus Dankbarkeit, sondern weil ich mich schon zu diesem Zeitpunkt bis zum Verrücktwerden in dich verliebt hatte. Ich wartete so darauf, war so sehr bereit!«
»Still, Geliebte! Kein Wort mehr, sonst gehe ich die Wände hoch! Ich war einfach blöd. Und wer sagt sich das gerne selbst! Später war ich geneigt, es mir tagtäglich vor dem Spiegel ins Gesicht zu brüllen – du borniertester aller Hornochsen ließest die entzückendste Frau der Welt in den Armen eines anderen zurück!«

Isabellas Lächeln versickerte. Ohne ihn anzusehen, sagte sie: »Wirst du ihn töten, diesen Tonneck?«

Sein Körper versteifte sich. Endlich meinte er gepreßt:

»Ich dachte einen Moment daran. Als er mich durch seine Machenschaften hier in Paris erneut zwang, mich daran zu erinnern, daß er es war, der damals in Venedig meine Flucht bewirkte, dessen Rachsucht und Heimtücke meinem Leben eine Wendung gaben, die mich allem entriß, was mir lieb und teuer war. Der Gedanke, ihn zu töten, erfüllte mich einen Moment mit Zufriedenheit, ja – fast hätte ich gesagt – mit Behagen. Aber eben nur für Minuten. Nein, Isabella, ich werde ihn nicht töten. Gleichgültig welche Waffe er wählt – als dem Beleidigten steht ihm die Wahl der Waffe zu – er hat keine Chance. Nicht Tonneck. Er weiß dies und viel schlimmer – ich weiß es ebenfalls. Ihn zu töten, wäre Mord. Und ich bin kein Mörder. Eine leichte Verwundung genügt, das Duell in Ehren abzubrechen. Dafür sorgen die Sekundanten. Es war idiotisch von mir, ihn überhaupt in diese Lage zu versetzen. Kleinlich und kindisch. Alles hätte sich klären lassen, ohne ihm diese Beleidigung an den Kopf zu werfen. Aber ich wurde wütend, als ich in dieses arrogante, hochmütige Gesicht blickte. Wütend, aber nicht kopflos. Im Gegenteil. Ich beleidigte ihn kühl, bedacht, überlegt und zutiefst befriedigt. Ich genoß es, zu beobachten, wie seine Züge nach unten sackten, als wäre die Haut an seiner Stirn und den Schläfen zu dünn und kraftlos, Wangen und Mund dort Halt zu geben, wo sie hingehörten. Dann war auch dies vorbei, und ich entschloß mich, ihn möglichst leicht zu verwunden und dann endgültig aus Paris zu verschwinden. Und so wird es geschehen. Wir werden ihn nie wiedersehen, nie wieder von ihm hören. Mag ihn der Teufel holen.«

Ein leises, aber bestimmtes Klopfen an der Tür ließ beide aufhorchen. Florian wurde sich blitzschnell bewußt, noch nie, seit er in der Gesandtschaft zu Gast war, am Morgen von jemand gestört worden zu sein. Wenn es jetzt geschah, mußte ein schwerwiegender Grund vorliegen. Das Klopfen wiederholte sich, lauter jetzt und in schnellerem Rhythmus.

»Senor!«

»Tuma!« Beide riefen es gleichzeitig. Die Schwarze trat ins Zimmer, stutzte, als sie Isabella an Florians Seite bemerkte. Ein flüchtiges

Lächeln erhellte kurz ihr Gesicht. Gleichzeitig drückte sie Florian ein zusammengefaltetes, mit erbrochenem Siegel versehenes Schriftstück in die Hand.

»Vor dem Palais wartet ein Wagen, Senor. Dessen Kutscher brachte das Papier Seiner Exzellenz, Senor Parsani. Nach einem Blick darauf befahl er mir, damit sofort zu Ihnen zu kommen und Sie zu ersuchen, es sich anzusehen.«

Florian entfaltete das Blatt, las:

Bitte kommen Sie umgehend zusammen mit Ihrem Freund zu mir. Mein Wagen wird Sie herbringen. d'Argenson.

Bereits eine halbe Stunde danach empfing sie der Minister. Zu ihrer Verwunderung befand sich Weißgerb mit im Raum. Der Mann machte einen erbärmlichen Eindruck, war schlampig gekleidet, sein Gesicht aufgedunsen, seine Augäpfel gerötet. Zudem wirkte er übernächtigt. Bei ihrem Eintritt stand er auf, machte eine fahrige Verbeugung und ließ sich sofort wieder auf den Hocker fallen, als überstiege alles Stehen seine Kräfte.

Auch der Hausherr wirkte verstört, machte zumindest einen abwesenden Eindruck. Mit müder, resignierender Geste forderte er sie nach einer nur angedeuteten Begrüßung zum Sitzen auf und sagte zu Weißgerb, ohne ihn anzusehen:

»Los, reden Sie! Ich müßte sonst wiederholen, was Sie mir eröffneten.« Als der Angesprochene seiner Aufforderung nicht unverzüglich nachkam, rief er unbeherrscht: »Verdammt, Mann, sagen Sie, was gesagt werden muß!«

Der kleine, dickliche Baier fuhr erschrocken von seinem Sitz hoch, machte mehrere Ansätze, artikulierte Worte zu formen und krächzte endlich, während er sich verzweifelt bemühte, die Fassung zu bewahren:

»Er ist tot! Baron Tonneck erhängte sich heute nacht!«

Florian und Enrico stockte der Atem. Es dauerte eine Weile, ehe sie Weißgerbs ungeheuerliche Bemerkung verdauten. Beide erhoben sich, als folgten sie einer Order. Florian sagte heiser:

»Warum?« Dabei ließ er den Landsmann nicht aus den Augen.

An dessen Stelle antwortete schneidend der Minister:

»Monsieur Docteur Weißgerb! Geben Sie den Herren einen wahrheitsgemäßen Bericht. Beschränken Sie sich auf die Fakten. Wann, wie und wo fanden Sie ihn? Und – wenn Sie die Frage beantworten können – warum tat er es?« Und zu allen: »Setzen wir uns, Messieurs. Ich denke, es dauert einige Zeit, ehe alles deutlich wird.«

Weißgerb begann. Immer wieder stockend, nach Worten suchend, Pausen einlegend, die ihm halfen, sein seelisches Gleichgewicht zu bewahren und die Tränen zurückzuhalten, deren er nur mühsam Herr wurde, erzählte er, seinen Vorgesetzten gegen neun Uhr in dessen Schlafzimmer aufgesucht zu haben, um ihm eine soeben per Eilkurier vom Hof aus München eingetroffene Depesche auszuhändigen, wie dies die Vorschrift verlangte. Nachdem ihm auf mehrmaliges Klopfen nicht geöffnet worden war, hatte er Tonnecks Schlafgemach betreten, ihn dort aber nicht angetroffen; anschließend mehrmals nach ihm gerufen und, als auch darauf keine Antwort erfolgte, im Ankleidezimmer, dessen Tür halb offen stand, nachgesehen und ihn dort, die Beine gegrätscht nach vorne gestreckt, das Gesäß drei Handbreit über dem Boden, an einem an der dicken Klinke des Fensters befestigten, um seinen Hals geschlungenen Strick hängend, tot aufgefunden. Ein Abschiedsbrief blieb trotz seines Suchens unauffindbar. Auf dem zerwühlten Bett hingegen lag das Mandat des Kurfürsten vom 17. April dieses Jahres, das allen seinen Untertanen, insbesondere aber allen baierischen Offizieren und Diplomaten jegliches Duellieren bei strengsten Strafandrohungen untersagte. Ohne weiter darauf einzugehen, begann Weißgerb damit, den Verlauf eines Gesprächs zu schildern, das Tonneck gestern nach ihrer Rückfahrt von Schloß d'Argenson in die Gesandtschaft mit ihm geführt hatte. Dabei, meinte er, hatte er eine Art Verwirrung an seinem Vorgesetzten wahrgenommen, über die er erschrak. Zudem waren ihm, so berichtete er, eine Reihe von Seltsamkeiten an Baron Tonneck aufgefallen, die im völligen Gegensatz zu dessen üblichem Verhalten Untergebenen gegenüber standen. Er schien plötzlich gedrängt, sich zu offenbaren, Verhaltensbegründungen und Erklärungen abzugeben, Gründe für beabsichtigte Entscheidungen darzulegen und dergleichen Ungewöhnlichkeiten mehr. Nicht zuletzt hatte er ihm, Weißgerb, zu erklären versucht, daß Stolls »erschlichener, erkaufter Briefadel diesen in seinen Augen keinesfalls satisfaktionsfähig machte und daß es absolut entehrend sei, unter Umständen durch einen Leibeigenen, durch einen – »seine Worte, Exzellenz, Messieurs« – durch einen räudigen, verkommenen Ehehalten – »wie man Knechte in meiner Heimat nennt – den Tod zu finden. Als ihn sein Untergebener daran erinnerte, daß Zweikämpfe nicht unbedingt zum Tod eines der Duellanten führen müßten, hatte Tonneck erregt gerufen: »In unserem Fall schon! Ich hasse – hasse ihn! Und nichts wäre mir willkommener, als ihn in seinem Blute schwimmend vor mir am Boden liegen zu sehen!« Weißgerb ergänzte. »Da wurde es mir zur Gewißheit, daß irgendetwas an oder in ihm nicht mehr stimmte.« Um diesbezüglichen Fragen zuvorzukommen, erläuterte Weißgerb seinen überraschten Zuhörern Tonnecks eigenartige Empfindlichkeit im Zusammenhang mit Blut. »Mit jeder Art von Blut – menschlichen oder tierischen Ursprungs«, wie er erklärend hinzufügte.

Florian schoß im gleichen Augenblick die Erinnerung an Tonnecks in Venedig erfolgten Versuch, ihn zu kastrieren durchs Hirn. Deshalb also war es unterblieben! Darum hatte der Bastard das bereits in seiner Rechten befindliche Messer weggeworfen und sich damit begnügt, ihm mit aller zur Verfügung stehenden Kraft einen schweren Knüppel zwischen die Beine zu schlagen! Florians mit Sicherheit immens blutende Wunde, wäre sie denn Wirklichkeit geworden, hätte den Kerl wahrscheinlich die Besinnung verlieren lassen und der Gefahr ausgesetzt, über Bord der Lastbarke in den Kanal zu stürzen und zu ertrinken. Weißgerb meinte:

»Mir schien, er war, was das bevorstehende Duell betraf, zum Sterben bereit, es ging ihm, wie auch immer er die Satisfationsfähigkeit seines Gegners bewertete, um seine Ehre. Er wußte, daß er sich dem Zweikampf, egal mit welchen Einwänden, nicht entziehen konnte, ohne von der Gesellschaft, ohne vom Hof, von Leuten seines Standes, als Feigling, und damit als ehrlos betrachtet zu werden, während er zugleich für sich selbst zu dem Schluß gekommen war, daß ein Getötet- oder Verwundetwerden durch einen ›Knecht‹ nicht minder ehrenrührig sei. Weißgerb sagte:

»Ich fürchte, an diesem Zwiespalt, an diesem nicht mehr wissen, was rechtens war, dazu seine – nennen wir es – ›Blutscheue‹ –, daran ging er zugrunde. Sein eigenes Blut fließen zu sehen – es riechen zu müssen und all das – der Gedanke daran brachte ihn um den Verstand. Deshalb wählte er den Tod durch den Strick. Ein unblutiges Sterben.«

Weißgerbs Bericht folgte betroffenes Schweigen, dem d'Argenson, sich an Weißgerb wendend, Minuten später ein Ende setzte.

»Wir danken Ihnen. Monsieur. Sie können gehen.«

Kurz ehe der Diplomat die Tür erreichte, rief der Minister: »Warten Sie!« Weißgerb blieb stehen, und drehte sich um, ohne aufzublicken. D'Argenson fuhr fort: »Georg Freiherr von Tonneck, erster Rat an der Gesandtschaft Seiner Durchlaucht, des Kurfürsten von Baiern, und Vertreter Seiner Exzellenz, des Gesandten, verstarb im Alter von neunundzwanzig Jahren, wie dies nicht selten vorkommt, am Schlagfluß. So jedenfalls wird es Seiner Durchlaucht nach München berichtet und allen, die davon Kenntnis zu nehmen gezwungen sein werden. Sie machten sich verdient, Monsieur Weißgerb, daß Sie niemanden von dem, was heute nacht in der baierischen Gesandtschaft geschah, außer mich selbst, unterrichteten und dafür Sorge trugen, daß Baron Tonnecks Leiche unentdeckt blieb. Außer dem Regenten wird niemand erfahren, auf welche Weise der Mann zu Tode kam. Niemand! Sind wir uns darüber einig?« Er blickte streng von einem zum andern. Alle drei nickten. Enrico sagte:

»Sie dürfen dessen sicher sein. Wir sind uns einig! Niemand wird je davon erfahren.«

»Ich danke Ihnen, Messieurs.«

Sein Blick traf den Baiern.

»Ich danke Ihnen ganz besonders. Gehen Sie jetzt, Monsieur Weißgerb. Für Sie gibt es bei Gott viel zu tun jetzt. Einige meiner Männer erwarten Sie am Portal mit dem Wagen und werden Sie in die Gesandtschaft begleiten. Auch ein Arzt befindet sich unter ihnen. Alles nimmt, wie es hierzulande in solchen Fällen üblich ist, seinen Lauf. Baron Tonneck wird auf dem Friedhof in Saint Germain seine letzte Ruhe finden und mit der seinem Rang und seiner Position entsprechenden Zeremonie zu Grabe getragen. Nochmals danke, Monsieur Weißgerb.«

Der Diplomat ging. D'Argenson wandte sich an Florian, der bleich und merklich betroffen neben seinem Freund stand. Tonlos sagte er:

»Ich denke, Baron, es ist an der Zeit, Ihre Zelte in Paris, Ihre Zelte in Frankreich abzubrechen. In Ihrer Umgebung pflegen laufend Dinge zu geschehen, die sogar den Staat in Schwierigkeiten bringen und selbst diplomatische Verwicklungen nicht ausschließen. Beehren Sie eine Weile Ihre britischen Freunde. Vielleicht bekommt Ihnen, der schönen Madame Varga, der Sie bitte meine Verehrung übermitteln wollen und mein Bedauern, mich nicht persönlich verabschieden zu können, und vielleicht auch Ihrer, wie man mir versicherte, reizenden kleinen Tochter das Klima der Insel wesentlich besser als das unseres Landes. Innerhalb von – sagen wir – einer Woche sollte sich meines Erachtens Ihre Abreise in die Wege leiten lassen. Oder sind Sie anderer Meinung, Florian Freiherr von Stoll-Dahlenbühl?«

D'Argenson bemühte sich nicht, den winzigen Spott in seiner Stimme zu verbergen. Florian verzog keine Miene.

»Wir verstehen uns trefflich, Exzellenz. Marquis, es war mir eine Ehre, den Großsiegelbewahrer Frankreichs, den ersten Minister Seiner Durchlaucht, des Regenten, kennengelernt zu haben.«

Er verbeugte sich tief, vollführte zwei weitere Bücklinge, während er protokollgerecht rückwärtsschreitend der Tür zustrebte, sich umdrehte und verschwand. Knapp zwei Minuten später nahm Enrico neben ihm im Wagen Platz, der beide nach Paris zurückbrachte.

Es war einer jener Tage, wie sie, ihrer ungewöhnlichen Wettersituation wegen, selbst alten, erfahrenen Seemännern mitunter im Gedächtnis haftenbleiben. Ein hoher, weiter, nur von wenigen weißen Wolken gesprenkelter Himmel wölbte sich tiefblau von Horizont zu Horizont. Die Luft war so klar und durchsichtig wie manchmal an föhnigen Tagen im Gebirge. Dabei spiegelten sich die vereinzelten Wolkenstreifen keineswegs auf der Oberfläche eines Bergsees, sondern im kabbeligen Gewässer des wegen seines meist trüben Wetters berüchtigten Ärmelkanals, an dessen schmalster und meistbefahrenster Stelle, zwischen Calais und Dover. Die zweimastige Schonerbrigg »Macbeth« hielt sich federnd im Gleichgewicht, während sie mit gekürzten Segeln bei mittlerem Seegang luvwärts strebte. Immer wieder kurvten Möwen in kühnen Sturzflügen auf die wenigen Passagiere herab, die in ihre Mäntel gehüllt, mit über die Hüte gezogenen Schals und Tüchern, auf dem Achterdeck stehend, dem Wind trotzten und die Kapriolen der Vögel beobachteten, die erst knapp über ihren Köpfen abdrehten, um sich erneut in eine Bö zu werfen und in atemberaubender Geschwindigkeit nach oben zu segeln und sich weiter in die unendliche Bläue katapultieren zu lassen.

Etwas abseits von der kleinen Gruppe hingerissen das Schauspiel verfolgender Passagiere stand Isabella an Florians Seite. Rebekka an seine Brust drückend, hielt er das Kind mit beiden Armen umfangen, das laut rufend das Gekreische der Möwen nachahmte und jubelnd nach ihnen zu greifen versuchte, wenn sie wenige Handbreiten von seiner Nase entfernt vorbeiflogen. Plötzlich wies Florian mit ausgestrecktem Arm und Zeigefinger nach halblinks.

»Dort! Endlich! Seht – die englische Steilküste – die Kreidefelsen!«
Dicht aneinandergeschmiegt schauten alle drei nach Nordwesten, wo am Horizont ein langer, schmaler, weißer Strich eine scharfe Trennungslinie zwischen Himmel und Meer zog. Das Kind rief:
»Da ist London?«
»Ja. Irgendwo dahinter,«
»Und dort werden wir ein Haus haben? Das uns gehört. Wie in Augsburg bei Onkel Tiepolt? Und nicht wie in Paris, bei deinem Freund, Papa? Der ist zwar nett – aber all die vielen Leute, die in seinem Palast herumlaufen – nein! Und alle Französisch reden, nochmals nein! Ein Haus und einen Garten, in dem mich Kinder besuchen kommen, wo wir wohnen bleiben und nicht gleich wieder woanders hin müssen. Ich möchte Kinder kennenlernen, richtige Kinder wie ich, versteht ihr? Die mit mir spielen. Viele!«
Die beiden Erwachsenen sahen einander schuldbewußt an. Rebekka neigte sich Isabella zu.
»Mama – sagt man – ›Freundinnen‹? So heißt es doch, Freundinnen?« Sie stutzte. »Ach so. Du verstehst mich ja nicht. Macht nichts! Sei deshalb nicht traurig. Das kommt schon. Hast eben nur auf so komische Weise sprechen gelernt wie Tuma.« Und zu ihrem Vater: »Papa, was heißt Freundinnen auf spanisch?«
»Amigas.« Sie nickte und strahlte übers ganze Gesicht. »Amigas«. Dann deutete sie auf sich selbst und rief triumphierend: Mi muchos amigas! Si?«

Isabella lachte hellauf, während Florian erwiderte:
Ja, meine Kleine, ich verspreche es feierlich – ein Haus, ein Garten und viele, viele Freundinnen!«
Isabellas Lachen verebbte.
»Werden wir bleiben? In London? Mit Haus und Garten? Ist es dir ernst damit?«
Er schloß beide in die Arme und sagte in komisch deutsch-spanischem Kauderwelsch, das freilich beide verstanden:
»Gebt mir – nein, laßt *uns* ein paar Monate Zeit und uns alles besehen und beriechen. Gefällt es uns in der großen Stadt, bleiben wir. Ihr, meine allerschönsten Damen, entscheidet! Wenn ihr es wünscht, daß wir bleiben, gut. Einverstanden!«
»Und die Alternative?«
Florian küßte beide auf den Mund, ehe er antwortete:
»Die Alternative? Boston, New-York – beides weitab aller Spanier! Und frei! Herrlich frei! Kinder, begreift es doch – ein ganzes Universum liegt vor uns, wir können tun, was immer wir wollen! Seht euch um – ist es nicht eine herrliche Welt? Ist es nicht eine Freude zu leben?«
Sie hielten sich fest, alle drei, und Florian rief laut in den Wind:
»Welt – es ist eine Freude, in dir zu leben!«

INHALT